ハヤカワ文庫 SF
〈SF1693〉

くらやみの速さはどれくらい

エリザベス・ムーン
小尾芙佐訳

早川書房
6401

THE SPEED OF DARK
by
Elizabeth Moon

Translated by
Fusa Obi
Published 2008 in Japan by
HAYAKAWA PUBLISHING, INC.
This book is published in Japan by
arrangement with
JABBERWOCKY LITERARY AGENCY
through THE ENGLISH AGENCY (JAPAN) LTD.

マイケルに。絶えざる歓びのみなもとはあなたの勇気と歓び。
リチャードに。あなたの愛情と助力がなければ
この仕事は二百パーセントむずかしいものになっていたでしょう。
そして自閉症の子供をもつ父母に。彼らもまたそれぞれに
この歓びを見つけてくださるように希って。

謝辞

本書執筆のための調査に力を貸してくださったひとびとのなかには、自閉症の子供たち、自閉症の成人たち、そしてその家族の方々がいる。彼らは、長年にわたり――私信やインターネットを通じて――わたしと連絡をとりあってきたひとたちである。本書の構想の段階で、わたしは、これらひとりひとりの方たち（前述した自閉症者にかかわりをもつひとたち）のプライバシーを守るために、インターネットのさまざまなグループからのメール受信をやめて、ほとんどの情報源と距離をおいた。このようにして数年間それらのグループと絶縁していれば、ふつうの人間の不確かな記憶力では、個人が特定できるような出来事の詳細も、記憶していることはおよそ不可能になるわけだ。だがこうしたひとたちのなかに、Eメールでわたしと連絡をとりつづけてくれた方がいた。彼女とは身体の障害について、普通の社会への適応について、自閉症ではないひとびとの認識についてさまざまな問題点を話し合った。彼女の惜しみない協力には負うところが大きい。しかしこの時点で彼女は本書を（未だ）読んでいない、従って本書の内容については彼女にはなんら責任はない。

この分野の著者として、オリヴァー・サックスに負うところが大きい。神経学に関する氏の多くの著書は、知識の宝庫であり豊かな人間性にあふれている。テンプル・グランディン女史の自閉症に対する内面的洞察ははかりしれないほど貴重なものであった（またわたしが長年、動物行動によせた強い関心が、女史の専門知識と重なることから、わたしにはことに理解しやすかった）。自閉症に強い興味をもっておられる読者諸賢は、わたしのウェブサイトの参考書リストをどうぞご覧いただきたい。

雇用法の分野に広範な経験をもつ弁護士、J・フェリス・デュホン氏は、近未来のビジネスと法律の環境を、障害者というレッテルをはられたひとびとの雇用問題にからめて構築する手助けをしてくれた。いかなる法律的な過誤も、氏の責任ではなくわたしの責任である。J・B、J・H、J・K、そしてK・Sの各氏は、企業の構成、多国籍大企業や研究組織内部における運営についての考察に助言をあたえてくれた。彼らは明白な理由によって、氏名の公表は避けたいと言った。デイビッド・ワトスンは、フェンシングについて、歴史再現競技組織について、競技会の規約について専門的な助言をあたえてくれた。これらの点についてなんらかの誤りがあれば、それはあくまでもわたしの責任であることをふたたび付記したい。

担当編集者のシェリー・シャピロは、ほどよい自由と指針をあたえてくれた。またわたしのエージェントのジョシュア・ビルムズは、わたしがこれをじっさいになしとげることを固く信じて尽力を惜しまなかった。

くらやみの速さはどれくらい

登 場 人 物

ルウ・アレンデイル……………………自閉症者。製薬会社社員

ピート・オルドリン……………………ルウの所属するセクションAの統括者

ジーン・クレンショウ…………………管理部長

トム
ルシア
マージョリ
ドン
……………………………ルウのフェンシング仲間

デイル
リンダ
キャメロン
ベイリ
エリック
チャイ
……………………………セクションAの同僚。自閉症者

ジョー・リー……………………………ルウの同僚

エミー・サンダースン…………………ルウのセンターでの知人

ダニエル（ダニー）・ブライス…………警察官。ルウの隣人

第一章

質問。たえず質問。答えるいとまもあたえてくれなかった。彼らは質問の山をきずいて私におそいかかり、すべての時間を質問で埋め、質問の棘《とげ》のような痛みのほかはすべての感覚を遮断した。

そして命令。命令でなければ、「ルウ、これはなに？」「これはなにか教えて」だった。鉢。同じ鉢。いつもいつも鉢。それは鉢です、醜い鉢です、退屈な鉢です、およそ退屈きわまりないおもしろくもない鉢です。あんなおもしろくもない鉢に私は興味がない。

彼らに聞く気がないのに、なぜ私は話さなければならないのか？

そんなことを声に出して言ってはならないことぐらいは私にもわかっている。私の人生で私が大切だと思うものはすべて、自分の考えていることを口に出さず、ひとが私に言わせたいことを言うという犠牲のもとにかちとられたものだ。

この診療室で年に四回、私は評価されて助言を受けるが、精神科医は、自分と私を隔てる線がどこにあるのか、ほかの患者たちの場合よりもはっきり確信しているのだ。彼女の強い確信は見ていて痛ましい、だから私は必要以上に彼女を見ないようにする。そうすることはある危険をともなう、ほかの患者のように私ももっと相手と視線を合わせなければいけないと彼女が考えるからだ。私は彼女のほうをちらりと見る。

プロらしくてきぱきとしたドクター・フォーナムは、ほんのこころもち眉を上げて頭を振る。自閉症者はこうした表情の意味を理解しない、書物にはそう書いてある。私はその本を読んだので、自分がなにを理解しないかわかっている。

どうしてもわからないのは、彼らのほうがどこまで理解していないかだ。正常者《ノーマル》たちが。本物たちが。学位を持ち、デスクの前のかけ心地のよい椅子にすわっているひとたちが。彼女がなにを知らないか私はすこしは知っている。私が文字を読めることを彼女は知らない。私の症状が、ただ言葉を機械的にくり返しているハイパーレクシアであると思っている。彼女が機械的な言葉のくり返しと名づけていることと、彼女が本を読むときの機械的な言葉のくり返しとのあいだにどんなちがいがあるのか私にはよくわからない。私が豊富な語彙をもっていることを彼女は知らない。あなたの仕事はなんですかと彼女が尋ね、まだ製薬会社に勤めていますと私が答えるたびに、〝製薬〟という言葉の意味を知っていますかと彼女は訊く。私が機械的に言葉をくり返しているのだと彼女は思いこんでいる。彼女が言葉の機械的なくり返しと名づけているものと、私がたくさんの言葉を使うこととどうちがいがあるのか私にはよくわからない。彼女はほかの医者や看護師や技師たちと話すときはたくさんの言葉を使って、もっと簡単に言えるようなことをながながと話している。彼女は、私がコンピュータの仕事をしていることを知っている、私が学校に通ったことも知っている、それなのに、私がほとんど読み書きができず、かろうじて言葉を発することができるにすぎないと彼女が信じていることと、それは矛盾するということが彼女にはわかっていない。

彼女は、愚鈍な子供を相手にするように私に話しかける。私が大仰な言葉を（と彼女は言う）使うのを嫌い、言いたいことはもっと簡単な言葉で述べなさいと言う。

私が言いたいのは、暗闇の速度は光の速度と同じくらい興味深いものだということで、ことによると暗闇の速度のほうが早いのかもしれないし、だれかがそのことを発見するかもしれないということだ。

私が言いたいのは、重力のこと、もし重力が二倍の世界があるとすると、その世界では扇風機が送り出す風はもっと強いものだろう、なぜかというと空気が濃密だから、ナプキンを吹きとばすだけでなく、コップをテーブルから吹きとばすほど強いかもしれないということだ。あるいは大きな重力というものは、コップをテーブルの上にしっかりと固着させて、もっと強い風でもそれを動かせない、ということだ。

私が言いたいのは、この世界は大きくて恐ろしくて騒々しくて狂っていて、でもとても美しい、でも嵐のまっただなかにいるということだ。

私が言いたいのは、もし私が色を人間と考えるとすると、人間を硬くて白い白墨《チョーク》、さもなければ茶色の、または黒いチョークと考えるとすると、それがどんなちがいがあるのかということだ。

私が言いたいのは、なにが好きかなにを望んでいるか私にはわかっているということ、そして彼女にはわかっていないということ、それから彼女が私に好きになってほしいもの、望んでほしいものを、私は好きになりたくもないし、望みもしないということだ。

彼女は私が言いたいことを知ろうともしない。彼女はほかのみんなが言うようなことを私に言わせたい。「おはようございます、フォーナム先生」「はい、おかげさまでぼくは元気です」「はい、待っています。ぼくはかまいません」

私はかまわない。彼女が電話に出ているあいだ、彼女のオフィスのなかを見まわして、彼女が気づいてもいないきらきら光るものを見つけだす。頭を前後に動かすと部屋のすみにある明かりが、すみのほうに反射して光ったり消えたり、本箱にならぶ本のてかてかした表紙に反射して光ったり消えたりする。私が頭を前後に動かしているのに気づくと彼女は私のカルテにそれを書きこむ。そんなことはやめなさいと私に言うために電話を中断するかもしれない。私がやるときは、それは常同症と呼ばれ、彼女がやるときは首筋ほぐしと言われる。光が反射して光ったり消えたりするのを眺めることを、私は楽しみと呼ぶ。

ドクター・フォーナムの診察室は、いろいろなにおいがいりまじった妙なにおいがする、紙とインクと本のにおい、敷物の接着剤と椅子の骨組みのプラスチックのにおいばかりか、チョコレートのにおいではないかとずっと思いつづけているなにかのにおい。デスクの引き出しにお菓子の箱が入っているのだろうか？　確かめてみたい。私が質問をすると彼女は私のカルテにメモをとる。においに気づくというのは感心しない。気づくということに関するノートは悪いノートだが、音楽の悪い音符《ノート》、つまり間違った音符とはべつのものだ。

ほかのひとたちが、あらゆることについて一様であるとは私は思わない。だれでもみんなそのことを知っていてだれでもみんなそうするのだと彼女は言うけれど、私は盲目ではなく自閉症にすぎないから、だれでもみんなそのことを知っていてそれなりにちがうやり方をしていることは、私にはわかっている。駐車場に並んでいる車はみんな色もちがうし大きさもちがう。けさはその車の三十七パーセントはブルー。九パーセントは特大のトラックやヴァン。三列あるオートバイ置場に十八台のオートバイが並んでいる。ということは一列に六台のはずだが、十八台のうちの十台は管理ビルに近い一番うしろの置場においてある。それぞれに異なるチャンネルがそれぞれに異なる番組を流す。もしだれもかれもが同じなら、そういうことにはならないはずだ。

電話を切って私を見るとき、彼女の顔はあの表情をうかべている。ほかのひとたちがそれをどう名づけているか知らないが、私はそれを、〝わたしは本物よ〟的表情と名づけている。ということは彼女は本物で、いつも答えを知っていて、私のほうはそれより劣る人間で完全に本物とはいえない、診察室の椅子のぶつぶつした布地の感触をスラックスを通して感じることができてもだ。私はいつも尻の下に雑誌を敷いておくが、そんなことをする必要はないと彼女は言う。彼女は、自分は本物だと思っている、だから私に必要なことや必要でないことはわかっている。

「はい、フォーナム先生、ぼくは聞いています」彼女の言葉がやや苛立ち気味に、樽いっぱいの酢みたいに私の頭の上に浴びせられる。「会話のきっかけをつかむようにちゃんと聞いていなさい」と彼女は言って待つ。「はい」と私は言う。彼女はうなずき、カルテになにか書きこみ、それから言う。「たいへんよくできました」と私を見もせずに言う。廊下の向こうのほうからだれかがこちらに向かって歩いてくる。二人のだれかが喋りながら。やがて彼らの話と彼女の話がいりまじる。金曜日のデビーのこと……この次……行くつもり……あの連中は？　それで言った。でも椅子の上に鳥なんか……いるはずがない。そしてドクター・フォーナムは私の答えを待っている。彼女は椅子の上の鳥の話などしていない。「すみません」と私は言う。もっとよく聞いていなさいと彼女は言い、そしてまた私のカルテにマークをつけ、それから私の交友関係について尋ねる。

私の話は彼女の気に入らない、ドイツにいる友だちのアレックスとインドネシアにいる友だちのカイとインターネットでゲームをするという話。「現実の生活での話よ」と彼女はきっぱりと言う。「仕事先のひとたちのことですね」と私が言うと、彼女はまたうなずいて、それからボウリングやミニチュア・ゴルフや映画や自閉症児協会地方支部のことなど尋ねる。

ボウリングは背中が痛くなるし、音が騒々しく頭にひびく。ミニチュア・ゴルフは子供の遊びで大人の遊びではないし、私は子供のときからあれが嫌いだった。私はレーザーガンを使う戦闘ゲームが好きだったけれども、初めての面接でそのことを話したら、彼女は〝暴力的性向〟と記した。暴力に関する一連の質問を私の定まった療法事項から取り除くのに長いことかかった。彼女がその記録を削除することはぜったいないだろう。私はボウリングもミニチュア・ゴルフも嫌いですとあらためて言うと、彼女は好きになるように努力しなさいと言う。映画を三度見に行きましたと言うと、彼女はその映画について質問する。私は批評を読んでいるので、粗筋を話すことはできる。映画もあまり好きではない、ことに映画館で見るのはいやだが、とにかく彼女になにか話さなければならない……彼女に話している粗筋は批評を丸暗記したものだということは、まだ彼女にばれていない。

次の質問に私は身がまえる、この質問はいつも私を怒らせる。私の性生活など、彼女の知ったことではない。ガールフレンドやボーイフレンドのことを話すとしても、彼女にだけはいやだ。だが彼女は私にガールフレンドがいるとは思っていない。彼女はただ、私にガールフレンドがいないということを記録したいだけ、これはさらに悪い。

ようやく面接がおわる。ではまたこんどねと彼女は言う。そして私は言う、「ありがとう、フォーナム先生」すると彼女は言う、「たいへんよくできました」と、まるで訓練中の犬にでも言うように。

戸外は暑くて乾いている。駐車している車の照り返しに私は目を細くしなければならない。歩道を歩いているひとたちは、太陽のもとでは黒いしみのようで、目が馴れるまではちらちらする光がまぶしくてよく見えない。

私はとても早足で歩いている。それは私の靴が舗道にあたるたったという音でわかるばかりでなく、私のほうに向かって歩いてくるひとたちが、顔をしかめているからだ、その表情はなにかを心配しているという意味だと思う。なぜ？　私は彼らを殴ろうとしているわけではない。だから私は歩く速度をおとして音楽のことを考える。

フォーナム先生は、ほかのひとたちのように音楽を楽しむことを学びなさいと言う。私はそうしている。ほかのひとたちはバッハやシューベルトが好きだけれども、彼らのすべてが自閉症というわけではない。ああいう管弦楽やオペラが好きだという自閉症の人間はそう多くない。だが彼女の言う〝ほかのひとたち〟というのは〝大多数のひとびと〟という意味だ。私はピアノ五重奏曲〈鱒〉を思い浮かべる、そして音楽が頭のなかで流れはじめると、そのテンポに合わせるように呼吸も落ち着き足どりもゆっくりになる。

私のキーは車のドア・ロックになんなくすべりこむ、しかるべき音楽が頭に流れているから。シートは温かい、ほどよく温かい、そして柔らかな本物の羊毛皮《フリース》が心地よい。私は病院のフリース毛布を使っていたが、最初にもらった給料の一部で本物のシープスキンを買った。私はエンジンをかける前に流れる音楽に乗ってちょっと跳びあがる。エンジンがかかるとときどき音楽が流れにくくなることがある。私はリズムに乗るまで待つことにする。

仕事にもどる道々、私は音楽に流されるままに、交差点を、信号を、渋滞をやりすごす、そして彼らが言うところのキャンパスの門をくぐる。われわれの建物は右手にある。駐車場の警備員にＩＤカードをちらりと見せ、私のお気に入りの場所を見つける。ほかの建物にいるひとたちは、お気に入りの場所が取れないと文句を言っているが、ここではいつでも好きな場所に止められる。だれも私の場所を取る人間はいない、私もほかのひとの場所を取るつもりはない。私の右はデイル、左はリンダ、真向かいはキャメロンだ。

曲の一番好きな部分、最後のフレーズに乗って建物まで歩いていき、ドアをくぐるとともにそれが消えるにまかせる。デイルがコーヒー・マシンのそばにいる。彼は口をきかない、私もきかない。ドクター・フォーナムは私に話をしなさいと言うが、話をする理由がない。デイルはじっと考えこんでいる、それを邪魔することはない。私は三カ月に一度、ドクター・フォーナムに会ったあとは気分が悪い、だから自分のデスクを通りすぎミニジムに入っていく。跳躍が癒してくれるだろう。跳躍はいつも癒してくれる。そこにはだれもいない、だからドアに札をかけ、跳躍にふさわしい音楽を大きくひびかせる。

跳躍をしているあいだはだれも邪魔はしない。トランポリンの強い反発力、そのあとの無重力の浮揚感は、心を晴れやかに軽くしてくれる。心がのびのびとしてリラックスする、音楽に完璧にリズムを合わせていても。集中力がもどってきて、課せられた研究課題にふたたび好奇心が私を駆り立てると、私は跳躍の速度をゆるめて最後に軽くひととびしてトランポリンからおりる。

自分のデスクのところまで歩いていくあいだ、だれも私の邪魔はしない。リンダもいるしベイリもいるが、かまわない。あとでいっしょに夕食をとるかもしれないが、いまはいい。さあ、これで仕事にとりかかれる。

私が研究している記号は、たいていのひとたちにはなんの意味もない、わけのわからないものだ。私がしていることを説明するのはむずかしいが、これが重要な研究であることはわかる、なぜかというと彼らは、車を買いアパートを借りられるほどの充分な給料をはらってくれる、ジムも備えてくれ年四回のドクター・フォーナムとの面接も手配してくれる。基本的な仕事はパターンを探すこと。パターンのあるものには素敵な名前がついている、ほかのひとたちにはそれがなかなか見えないが、私にはいつでもらくに見える。私がすることは、ただ頭のなかにはっきり描いているそのパターンを、ほかのひとたちにもわかるように言葉で言いあらわす方法を見つけることだ。

ヘッドホンをつけて音楽を選ぶ。いま進行中のプロジェクトには、シューベルトは華麗すぎる。バッハならぴったり、その複雑なパターンは私が必要としているパターンを映し出す。パターンを見つけたりパターンを生み出したりする私の頭の一部をプロジェクトに埋没させてくれる。そうしてそれは氷の結晶が静かな水面で成長していくのを見ているようだ。一本一本氷の線が増えていき、枝分かれし、さらに枝分かれし、からみあっていく……私がやらなければならないのは、そのパターンが対称であるように、あるいは非対称であるように、あるいはそのときどきのプロジェクトが要求する形であるように、意識を集中してその状態を確保することだ。今回はいつもよりはなはだしく反復的で、そのフラクタルな増殖がスパイクにおおわれた球形を形づくるのが頭のなかにはっきりと見える。

縁の部分がぼやけると私は体を揺すって椅子の背にもたれる。もう五時間も経っているのに気がつかなかった。ドクター・フォーナムから受けた気持の乱れはおさまり、頭はすっきりしている。戻ってきたときに、一日ぐらいは仕事にならないこともあるが、今回は跳躍のおかげで均衡を取り戻した。私のワークステーションの上のほうで、風車《かざぐるま》が換気装置から出る風でゆるゆると回っている。それに息を吹きかけると、すぐに——じっさいは一・三秒後に——それは速く回りだし、紫と銀色の光をまきちらす。風車と回転螺旋《スピン・スパイラル》がぜんぶいっしょに回るように首ふり扇風機をつけることにする、すると私のオフィスはきらめく光であふれる。

　そのまばゆい光があふれだしたとき、ベイリが廊下の向こうで大声でさけぶ、「だれかピザを食べにいかないか？」私は空腹だ。腹がぐうぐう鳴り、ふいに部屋のあらゆるにおいがわっと襲いかかる。紙、ワークステーション、敷物、金属／プラスチック／ほこり／洗剤……私自身。扇風機を止め、きらきらと光りながら回転する美しいものをちらりと見てから廊下に出る。何人もの友だちの顔を一度ぱっと見るだけで、だれが来ていてだれが来ていないか私にはわかる。それを話題にする必要はない。みんな知っていることだ。

　ほぼ九時にピザ・レストランに入る、リンダ、ベイリ、エリック、デイル、キャメロン、そして私。チャイもいっしょに食べるつもりでいた、だがここのテーブルは六人しかすわれない。彼は諒解する。彼とほかのひとたちが私より前に来ていたら、私も諒解するだろう。私はこの店でほかのテーブルにはすわりたくない。だからチャイもこのテーブルには近づかない、だから彼をここにむりやり割りこませないですむ。去年ここに来た新しいマネジャーにはこのことがわかっていない。彼はいつもたくさんの夕食を用意して、われわれがすわる席も勝手にきめようとする。「そう頭のかたいことを言いなさんな」と彼はいつも言う。彼が見ていないすきに、みんな自分のすわりたい席に移動する。ディルは目がチック症でリンダはそれがいやなので彼が見えない席にすわる。私はディルのチックがおもしろくてそれを見たいのでディルの左側にすわる、その席にすわるとまるで彼が私にウインクしているように見える。

ここで働いているひとたちはみんなわれわれのことを知っている。レストランでいっしょになるひとたちが、われわれの動作やわれわれの話すときの――あるいは話していないときの――様子をまじまじと見ているときでも、ここのひとたちは、ほかの場所でわれわれが出会うような〝よそへ行ってくれ〟という表情は見せない。リンダは自分がほしいものを指さすか、ときにはそれを文字で伝えるけれど、ここのひとたちはリンダによけいな質問はしない。

今晩われわれのお気に入りのテーブルは汚れていた。五枚の汚れた皿とピザののっていた皿を見るのは耐えられない。ソースやチーズのしみやパイ皮のかけらを思い浮かべるだけで吐き気がする、そのうえ皿の数が奇数なのでますます気分が悪い。右のほうに空いているテーブルがあるけれど、そのテーブルは嫌いだ。手洗いに行く通路のわきなので、大勢のひとたちがしじゅううしろを通ることになる。

われわれは辛抱強く待つ、〈こんちは‐あたし‐シルビア〉が――彼女の胸の名札にそう書いてある、まるで人間ではなくセール用品みたいに――仲間のひとりにわれわれのテーブルを片づけるように合図するのを待っている。私は彼女が好きだ、そして彼女の名札を見ないでいれば、〈こんちは‐あたし〉がなくても彼女はシルビアという名前だと思い出せる。〈こんちは‐あたし‐シルビア〉はいつも私たちににこにこ笑いかけて親切にしてくれる。〈こんちは‐あたし‐ジーン〉は、木曜日が勤務の日なので、われわれは木曜日にはここに来ない。〈こんちは‐あたし‐ジーン〉は、われわれが嫌いで、われわれを見るとぶつぶつ言う。ときどきわれわれのだれかが、仲間の注文したものを取りにいくことがある。この前私が取りにいったとき、〈こんちは‐あたし‐ジーン〉はこう言った。「彼はほかの変物どもをここによこさないだけいいわよ」私がレジに背を向けたときコックのひとりにそう言った。私に聞こえているのはわかっているくせに。私に聞こえるように言ったのだ。ここでは彼女だけがわれわれに文句をつける。

だが今夜は〈こんちは‐あたし‐シルビア〉とタイリー。タイリーは平気な顔で汚れた皿やナイフやフォークを片づける。彼は名札をつけていない。彼はただテーブルを片づけるだけだ。彼の名前がタイリーだとわれわれが知っているのは、ほかのひとたちが彼をそう呼んでいるからだ。さいしょ私が彼を名前で呼んだとき、彼はびっくりしたような怯えたような顔をしたが、いまではわれわれのことはよくわかっている、もっとも彼はわれわれを名前では呼ばない。

「すぐに片づけるからね」とタイリーは言ってわれわれを横目で見る。「元気かい？」

「元気だ」とキャメロンが言う。彼はかかとから爪先へとちょっと体重を移しては体を揺すっている。彼はいつもこんなふうに体を軽く揺するのだが、今夜はいつもより揺すり方が早い。

　私は、窓でまたたいているビールのネオンを見つめる。ネオンは三つのパターンで点《つ》く。赤、緑、と点いて、それからまんなかの青が点いて、全部が消える。赤がまたたく。緑がまたたき、青がまたたき、そして赤／緑／青がまたたいて、ぜんぶが消え、ぜんぶが点き、ぜんぶが消え、そしてまたはじめからそれをくり返す。とても単純なパターンで、色もそれほどきれいではない（赤は私の好みからいうとオレンジが強すぎる、緑も気に入らない、でも青はとてもきれいな青だ）、とはいうものの見るに価《あたい》するパターンにはちがいない。

「あんたたちのテーブルの用意ができたわよ」と〈こんちは‐あたし‐シルビア〉が言う、私はビールのネオンから彼女に注意を移すとき、顔をぴくぴくさせないよう気をつける。

　われわれはいつもの席順でテーブルをかこむ。ここに来るときはいつも同じものを食べるので、注文に時間はかからない。われわれはたのんだものが来るまで、話をしないで待っている、なぜかというと各自が自分なりにこの状況になじもうと努めているからだ。ドクター・フォーナムとの面接があったので、ふだんよりこの間のさまざまなことが気になる。リンダはスプーンの丸い背の上で指を踊らせている、その複雑なパターンは、彼女をよろこばせていると同時に数学者たちもよろこばせるだろう。私は目のはしでビールのネオンを見ている、ディルも同じだ。キャメロンはポケットのなかでプラスチックの小さなサイコロを弾ませている、彼のことを知らないひとたちなら気づかないくらいひそやかに、だが私の目には彼の袖がひらひらとリズミカルにはためくさまが見える。ベイリもビールのネオンを見ている。エリックは多色ペンを取り出して紙製のマットの上に幾何学模様を描いている。まず赤、それから紫、それから青、それから緑、それから黄色、それからオレンジ、そしてまた赤。色が一巡したときに食べ物が運ばれてくると彼はうれしい。

今回は黄色で描いているときに飲み物が来た。食べ物が来たのは次のオレンジのときだった。彼の顔がゆるんだ。

われわれはキャンパスの外ではプロジェクトの話はしてはいけない。だがキャメロンは、みんながほとんど食べおえたころにも、自分が解いた問題について話したい欲求に駆られていて相変わらず体を揺すっている。私はまわりをちらりと見まわす。近くのテーブルにはだれもいない。「エザー」と私は言う。エザーというのは〝言えよ〟というわれわれの暗号だ。われわれに暗号があるとはだれも知らない、だれもわれわれにそんなものが作れるとは思いもしないが、われわれにはできる。多くのひとたちが、自分では知らずに暗号を使っている。彼らはそれを専門用語とか俗語とか呼んでいるけれども、それもほんとうは自分たちだけに通じる暗号であって、だれがそのグループに属しているか、だれが属していないかを示す一つの方法なのだ。

キャメロンはポケットから用紙を一枚取り出して広げる。仕事場から用紙は持ち出してはいけないことになっている、他人がそれを手に入れる場合もあるからだ、だがわれわれはみんな持ち出している。話をするのがときどきむずかしいことがある、文字で書いたり絵に描いたりするほうがずっと楽なことがある。

　私には、キャメロンが絵のすみにぐにゃぐにゃした線で描いた守り神が見える。彼はアニメが好きだ。彼の解答の大半に見られるすっきりとして優雅な部分的反復によって接合されるパターンも私には見える。われわれはみんなそれを見てうなずく。「きれい」とリンダが言う。彼女の両手がぴくっと横に動く。ここがキャンパスなら彼女はその手をぱたぱたと振り動かすだろう、でもここではそうしないように努めている。

「そうだ」キャメロンはそう言って紙を折りたたむ。

　こんなやりとりはドクター・フォーナムを満足させないだろう。彼女はキャメロンにその絵を説明しなさいと言うだろう、たとえそれがわれわれにははっきりわかることであっても。質問をしなさい、意見を言いなさい、それについて話し合いなさいと彼女は言うだろう。話し合うことはなにもないのに。問題がなにかわれわれにははっきりわかっている、キャメロンの解答はあらゆる意味で優れていることも。それ以外のことは単なる無駄話にすぎない。われわれのあいだでは質問も話し合いも必要はない。

「暗闇の速度ということについてずっと考えている」と私はうつむいて言った。彼らは私が話しているあいだは、たとえちらりとではあっても私を見るだろう、私は彼らの視線を感じたくないのだ。

「暗闇には速度はない」とエリックが言う。「光のないところは単なる空間だ」

「重力が一G以上ある世界でピザを食べるとしたらどんな感じかな?」とリンダが言う。

「わからない」とディルが心配そうな声で言う。

「わからないということの速度」とリンダが言う。

私はちょっと考えこむが、その意味が解ける。「知らないということは知っているということより早い速度でひろがる」と私は言う。リンダはにこりと笑って首をすくめる。

「それゆえ暗闇の速度は光の速度より早いかもしれない。光のまわりにいつも暗闇があるのであれば、暗闇は光の先へ先へと進んでいかなければならない」

「ぼくは家に帰りたい」とエリックが言う。ドクター・フォーナムなら彼が動揺しているかどうか尋ねなさいと私に言うだろう。彼は動揺などしていない、私にはわかっている。いま家に帰れば好きなテレビ番組が見られるということなのだ。われわれはさよならを言う、なぜかというとわれわれはいま公共の場にいるから、公共の場で別れるときはさようならと言うのがきまりだ。私はキャンパスに戻る。家に寝に帰る前にしばらく回転翼や回転螺旋を眺めたいからだ。


キャメロンと私はジムにいて、トランポリンの上で跳びながら、口から言葉を噴き出すようにして話している。この数日、よい仕事をたくさんしたので、いまはリラックスしている。

ジョー・リーが入ってくる、私はキャメロンを見る。ジョー・リーはまだ二十四歳。われわれには間に合わなかった治療法を受けていなければ、彼もわれわれの仲間になっていただろう。彼はわれわれの仲間だと思っている、なぜかというと彼は治療を受けなければ自分もそうなっていたということがわかっているし、われわれの特性のいくばくかを具《そな》えてもいる。たとえば、抽象化や再反復の能力は優れている。同じようなゲームのいくつかも好きだ。われわれのジムが好きだ。だが彼のほうがはるかに優れている——ほんとうのところ、彼は正常《ノーマル》だ——ひとの心を読んだり表情を読んだりする能力については。ノーマルな心や表情を読む能力がある。そういう面では、もっとも親密な親戚であるわれわれといっしょにいるとき、彼はへまをする。

「やあ、ルゥ」と彼は私に言う。「やあ、キャム」キャメロンが顔をこわばらせるのがわかる。彼は名前を縮めて呼ばれるのは嫌いなのだ。脚を切られたような感じがすると彼は私に言ったことがある。ジョー・リーにもそう言ったはずだが、ジョー・リーは忘れている、なぜかというと彼はノーマルなひとたちといっしょにいることのほうが多いからだ。

「元気やってる？」と彼は早口で不明瞭に尋ねるが、われわれに唇が見えるようにこちらを向くことを忘れている。私にはそれがわかる、なぜかというと私の聴覚処理能力は、キャメロンより優れているし、ジョー・リーがしじゅう早口で不明瞭に喋るのに馴れているからだ。

「元気でやっていますか？」と私はキャメロンのためにはっきりと言ってやる。「元気です、ジョー・リー」とキャメロンはささやくように言う。

「聞いてる?」とジョー・リーは尋ねる、そして答えを待たずに勢いよく言う。「だれかが自閉症の治療法の研究をしているんだってね。ネズミだかなにかで実験したって、だからこんどは霊長類で実験するんだってさ。あんたたちがおれみたいにノーマルになるのもそう遠くじゃないと見たね」

ジョー・リーは口ぐせのように自分はあんたたちの仲間だと言うけれども、この言葉で彼はそれを決して信じてはいないことが明らかになる。われわれは〈あんたたち〉で、ノーマルなひとは〈おれみたい〉なひとなのだ。彼が自分はあんたたちの仲間だけれどもただ運がよかったのだと言うのは、われわれを慰めるためなのか、それともだれかほかの人間をよろこばすためなのか、と私は考える。

キャメロンはにらみつけている。もつれあった言葉のかたまりが彼の喉に詰まり、喋ることを不可能にしているのが感じられるほどだ。私は彼にかわって喋るほど愚かではない。私は自分のためにだけ喋る、だれでもみんなそうすべきなのだ。

「するとあんたはわれわれの仲間ではないことを認めるんだね」と私は言う。ジョー・リーは体を硬くする、その顔は、〝感情を傷つけられた表情〟と教えられた表情をうかべている。

「なんでそんなことを言うんだ、ルウ? これは治療法の話で――」

「もしあんたが聾者の子供に聴力をあたえたら、その子はもう聾者ではない」と私は言う。

「それをもっと早いうちにやれば、その子は聾者にはならなかった。そうではないというふりをみんなしているだけだ」

「そうではないふりをみんなしているとはどういうことだい？　そうではないとはいったいなんだい？」ジョー・リーは感情を傷つけられ、そして戸惑っているように見える。それで私は自分がわずかな間《ま》を省いていたことに気づいた、自分の言ったことを書きとめるとしたらコンマを入れなければならない部分にはさまなければならない間を。しかし彼の戸惑いに私は狼狽する——理解してもらえないということに私は狼狽する。子供のころにはそういうことがずっとつづいた。頭のなかや喉の奥にごちゃごちゃと詰まっている言葉を、順序よく並べて適切な表現にしてから吐き出すのに私はとても苦労する。なぜ言いたいことを、ただその言葉を並べるだけではいけないのか？　声の調子とか速度とか高さなどに変化をつけることになぜ苦労しなければならないのか？

自分の声がこわばって機械的になるのがわかる。自分にもその声が怒っているように聞こえるが、私がいま感じているのは恐怖だ。「きみが生まれる前に彼らがそれを治したからだよ、ジョー・リー」と私は言う。「きみは——一日だって——われわれのような生き方はしなかった」

「それはまちがっている」と彼はすぐさまさえぎった。「おれの内部はあんたたちと同じだよ、ただし——」

「ただしあんたがほかのひとたちとはちがうもの、あんたがノーマルと呼んでいるものは除いて」とこんどは私がさえぎって言う。さえぎるのは心が痛む。セラピストのひとり、ミス・フィンリーは、私がさえぎるといつも私の手を軽くたたいた。だが彼が真実ではないことを言いつづけるのを私はだまって聞いていられなかった。「きみはひとの言うことを聞き、言語の音声を処理することができる――きみはノーマルな話し方を学んだ。きみは目をぎらぎらさせなかった」

「ああ、でもおれの脳は同じような働きをしているよ」

私は頭を横に振った。ジョー・リーはちゃんと心得ているべきだ。そのことはくり返し彼に言った。われわれの聴覚や視覚やそのほかの感覚にある問題は、感覚器官の問題ではなく脳の問題なのだ。それゆえわれわれの脳は、そうした問題をもたないひとの脳と同じ働きはしない。われわれがコンピュータだとすると、ジョー・リーは、異なるメイン・プロセッサー・チップ、異なる命令系統をもったコンピュータというわけだ。異なるチップをもった二台のコンピュータが同じソフトを使っても、それは同じようには動かない。

「だけどおれは同じ仕事をして――」

だが彼はしていない。彼が自分でしていると思っているだけだ。ときどき私は、われわれが働いている会社は、彼がわれわれと同じ仕事をしていると思っているのだろうかと疑うことがある。なぜかというと彼らは、ジョー・リーのような人間をほかにも何人も雇っているからだ、われわれのような人間が大勢失業しているというのに。ジョー・リーの解釈は一次元的なものである。ときにはそれは非常に効率的ではあるけれども、ときには……

……私はそう言いたいのに言えない、なぜかというと彼がとても怒っているように、動揺しているように見えるからだ。

「おいおい」と彼は言う。「晩飯いっしょにくわないか、おれとあんたとキャムと。おれのおごりで」

私は胃のあたりが冷たくなるのを感じる。ジョー・リーといっしょに夕食などとりたくない。

「だめ」とキャメロンが言う。「デートがあるから」彼は日本にいるチェスのパートナーとデートがあるのだろう。ジョー・リーが私のほうを振り返る。

「すまない」私も思い出して言う。「会合があるので」汗が背中を流れる。なんの会合だとジョー・リーが尋ねないようにと思う。いまから会合までのあいだにジョー・リーといっしょに夕食をとる時間があるのを知っているだけでも気分が悪いのに、もし会合のことで嘘をつかなければならないとしたら、何日も惨めな思いをしなければならないだろう。

ジーン・クレンショウは、テーブルの上座におかれた大きな椅子にすわっていた。ピート・オルドリンは、ほかの連中と同じように、テーブルの片側におかれたふつうの椅子にすわっている。いかにも彼らしい、とオルドリンは思った。彼がわざわざここで会議を開くのは、この大きな椅子にすわるといかにも大物に見えるからである。四日のあいだに三度の会議、この会議のためにいっこうにはかどらない仕事がオルドリンのデスクに山積みになっている。それはほかの連中も同じだった。

きょうの議題は、仕事場における消極的態度についてだった、ということはなんであれクレンショウに質問をした人物を指しているらしい。質問などせずに〈大きな展望〉――クレンショウの展望――をとらえることを彼らは要求されるのだ――そしてなにもかも切り捨ててそれに集中すること。展望に適合しないものは……たとえ悪くはなくても要注意人物だ。民主主義などはこれにには関係ない。あくまでもこれはビジネスであって政党ではないのだ。クレンショウはそれを何度もくり返す。それから彼は、オルドリン管轄のユニット、社内ではセクションAで知られているユニットを困ったものの例として取り上げた。オルドリンの胃がかっかと燃える。酸っぱいものが口のなかに湧いてくる。セクションAの生産性はめざましい。そのおかげで自分の記録には賞賛の言葉が書きつらねられている。そのどこかに不都合があるなどと言うクレンショウはいったいなにを考えているのだ？

彼が跳びつく前に、マッジ・デモントが口を切った。「いいですか、ジーン、われわれの部局はいつもチームとして仕事をしています。そこへあなたがやってきて、われわれが協同してやっている研究、好成績を上げている確立された方法にはなんの関心もはらわず――」

「わたしは生まれながらの指導者だ」とクレンショウが言った。「性格分析によるとわたしは船長の格であって乗組員ではない」

「チームワークはだれにとっても大切です」とオルドリンは言った。「指導者はさまざまな人間と協同して仕事をしていかねばなりません」

「そんな能力はわたしにはない」とクレンショウは言った。「わたしの能力とは、ひとびとに活力をあたえ、ぐいぐい引っ張っていくことだ」

クレンショウの能力というのは権利もないのに威張りちらすことだが、なにしろ経営幹部陣の強力な推挙があってここにやってきた人物だ。ここにいる連中のほうが彼より先に解雇されるのがおちだろう。

「あそこにいる連中は」とクレンショウは言葉をついだ。「この会社にとってかけがえのない人材ではないということを認識すべきだ。連中はこちらの期待に添うべきだ。自分にあたえられた仕事を果たすのが連中の義務で――」

「しかし彼らのあるものも、生まれながらの指導者だとしたら？」とオルドリンは訊いた。

クレンショウはうなり声をあげた。「自閉症者が？　指導者だと？　冗談じゃない。やつらには指導者になる素質はない。そもそも連中は社会がどう機能しているかも理解していない」

「当社には契約上の義務があります……」オルドリンは、かっかとしすぎて無体なことを口走らないうちに矛先を変えた。「契約の条件には、当社は彼らにふさわしい研究環境を整える義務があると明記されています」

「なに、そんなことならやっているんじゃあないのかね？」クレンショウは憤怒に駆られて体を震わせんばかりだ。「莫大な費用をかけてだ。連中専用のジム、音響装置、駐車場。あらゆる種類の玩具」

上層部の連中にだって専用のジムや音響装置や駐車場やストックオプションといったありがたい玩具はあるじゃないか。そんなことを言ってもはじまらないが。

クレンショウは言葉をついだ。「わが社の勤勉な社員たちも同じ砂場で遊べるチャンスがあればよろこぶだろうな——だが彼らはまともに仕事はやっている」

「セクションAだってまともに仕事はしていますよ」とオルドリンは言った。「彼らの生産性の指標は——」

「まずまずさ、たしかにね。だが連中が遊びに費やす時間を仕事にふりむけるなら、その数字はもっと上がるはずだ」

オルドリンの首筋がかっと熱くなった。「彼らの生産性はまずまずどころじゃありませんよ、ジーン。突出しています。セクションAは、個別に見ても、ほかの部局よりはるかに生産性が高いですよ。おそらくわれわれがやるべきなのは、ほかの社員にも、セクションAにあたえているのと同じような支援設備をあたえることじゃないでしょうかね——」

「そして利益率をゼロに落とせと。わが社の株主たちはよろこぶだろうさ。ピート、部下を守ろうという姿勢には感心するが、きみが重役になれない理由、昇進できない理由はまさにそこにあるな、きみがものごとの全体像を見て展望を得ることを学ばないかぎりはね。わが社は発展途上にある、会社は障害をもたない労働力、生産性のある労働者が必要なんだよ――ああいうくだらないものを必要としない人間がね。わが社は、無駄を排した強靭な生産マシンに立ち戻るために贅肉をそぎおとしている……」

聞き飽きた業界用語だ、とオルドリンは思った。セクションAに高い生産性をあたえるためのあの設備の数々を獲得するとき、まず立ち向かわなければならなかった業界用語。セクションAの収益力によって彼の正当性が立証されると、上層の経営幹部はすなおに折れた――と彼は思ったのに。それなのに彼らはクレンショウをさしむけてきた。彼らは知っていたのか？　知らなかったということがありうるのか？

「きみには自閉症の兄さんがいるそうだね」とクレンショウが言った、いかにも口先だけの声だった。「きみの苦労はわかるがね、だがここは現実の社会だということを認識しないといかんね、保育園じゃないんだよ。わが社の方針を立てる際に、きみの家族の問題を考慮するわけにはいかないのだ」

オルドリンは水差しを取り上げて――水と氷ごと――クレンショウの頭に叩きつけてやりたかった。だがそうしない分別はあった。彼がセクションAを擁護するのは、自閉症の兄がいるという理由よりはるかに複雑な思いがあるのだと、クレンショウを納得させることは不可能だろう。彼は、兄のジェレミーのせいで、理不尽なジェレミーの怒りの影におびえて暮らした少年期のせいで、〈頭のおかしい知恵おくれ〉の兄をほかの子供たちにからかわれ苛《いじ》められたせいで、あのセクションで働くのは断ろうかと一時は思った。ジェレミーにはさんざん苦労させられた。家を出るとき、彼は兄を思い出させるものはいっさい避けようと、安全で正気でノーマルなひとびとのあいだで、この先一生暮らそうと心に誓ったのだった。

とはいうものの、オルドリンにセクションAの人間を擁護させているものは、ジェレミー（いまだグループ・ホームに住み、せいぜい身のまわりの始末しかできないために昼間は成人のデイケア施設に通っている兄）と彼らのあいだのちがいである。ジェレミーと共通するものももつ彼らと接して、尻込みせずにいるのはいまもってむずかしい。それでも彼らとともに仕事をしていると、せいぜい一年に一度ぐらいしか両親やジェレミーのもとを訪れないことの罪悪感がやや薄れるように思う。

「それは間違っています」と彼はクレンショウに言った。「もしセクションAの支援設備を撤去するなら、生産性の低下を招くでしょう。わが社の生産性は、彼ら特有の能力に左右されます。彼らが開発した検索用アルゴリズムやパターン分析は、なまのデータから生産に乗せるまでの時間を削減してくれています——この競争社会ではこれはたいへんな強みで——」

「わたしはそうは思わないな。彼らの生産性を維持するのはきみの仕事だ、オルドリン。お手並み拝見といこうじゃないか」

オルドリンは怒りをのみこんだ。クレンショウはしてやったりと作り笑いをしている、自分が権力の座にいることを知り、部下がひるむのを見て楽しんでいる人物の笑い。オルドリンは目をそらせた。一座の連中は必死に彼を見ないようにしている、彼の身に降りかかったトラブルが自分たちに及ばないようにと。

「それにだ」とクレンショウは言葉をついだ。「最近新しい研究がヨーロッパの研究所で発表された。一日二日のうちにインターネット上に流されることになっている。まだ実験の段階だが、非常に有望なものだと理解している。実験計画案を進めるように提案すべきかもしれない」

「新しい治療法？」

「ああ。詳しいことはわからないんだが、たまたまそれにかかわっている人間を知っていてね、彼はわたしが大勢の自閉症者を抱えていることを知っていた。いつか人間で実験するときがくるだろうから、目をはなさないようにと言われてね。基礎的な欠損を修復して健常者にするらしい。もし彼らが健常者になれば、ああいう贅沢が許される理由はなくなるわけだ」

「彼らが健常者になれば、いまの仕事は不可能になります」

「いずれにしても、こういうものをあたえずにすむことになるわけだ——」クレンショウの大きく振られた手は、セクションAに備えられたジムからドアつきの彼らの小さな部屋まですべてをふくめていた。「彼らは低減されたコストでわが社の仕事をするか、この仕事ができないとあれば、もはやわが社の社員ではなくなるわけだな」

「その治療法とはどういうものですか？」とオルドリンは訊いた。

「ああ、神経促進因子とナノテクの組み合わせだよ。それによってたぶん脳のしかるべき部位を成長させる」クレンショウはにやりと笑った、敵意ある笑い。「それについて調べてみたらどうかね、ピート、そして報告書を出してくれたまえ。うまくいけば、北米のライセンスを取得できるかもしれない」

オルドリンは睨みつけてやりたいと思ったが、睨みつけてもどうなるわけでもない。彼はクレンショウの罠にかかってしまったのだ。もしこれがセクションＡの連中にとって不都合であると判明したら、彼自身がセクションＡの非難の的になるだろう。「その治療法をだれにも強制することはできませんよ」と彼は言った。汗が脇腹をたらたらと流れおちる。「彼らには公民権がある」

「ああいうふうになりたいと思う人間がいるとは想像もつかんね」とクレンショウは言った。「あんなふうになりたい人間がいるとしたら、それは精神科医の診断が必要になるんじゃないかね。わざわざ病気になりたがるとは――」

「彼らは病気じゃありません」とオルドリンは言った。

「傷ものだな。治るというのにわざわざ特別扱いのほうを選ぶとはね。ある種の精神のアンバランスだよ。解雇を真剣に検討すべき根拠になるな、ほかの人間がやりたがるような微妙な研究に従事しているのであれば」

オルドリンは、クレンショウの頭をなにか重いもので叩きつぶしてやりたいという欲求をまたも抑えつけるのに苦労した。

「きみの兄さんにも役に立つかもしれない」とクレンショウは言った。

もうたくさんだった。「どうかわたしの兄のことはほっといてください」とオルドリンは食いしばった歯のあいだから言った。

「まあまあ、きみを動揺させるつもりはなかった」クレンショウの笑いがひろがった。「わたしはただきっと役に立つのではないかと思ったまでで……」彼は軽く手を振って背中を向けた、オルドリンが頭のなかでひしめいている破壊的な言葉を口にする前に。そして列に並んでいる次の人物と向き合った。「さて、ジェニファー、あんたのチームが間に合わないという目標の日程についてだが……」

オルドリンになにができるだろう？　なにもできはしない。ほかのだれになにができるだろう？　なにもできない。クレンショウのような人間がトップになるのは、彼らにそういう素質があるからだ――それが必要なものだからだ。明らかに。

もしそういう治療法があるのなら――彼は信じているわけではないが――兄の役に立つのだろうか？　自分の目の前にそんな餌をぶらさげたクレンショウを彼は憎んだ。彼はようやくありのままのジェレミーを受け入れたというのに。過去の怒りと罪悪感をようやく克服したというのに。ジェレミーが変わるとしたら、そういう努力はいったいなんになるのだろう？

第二章

ミスタ・クレンショウは新任の管理部長だ。われわれの上司ミスタ・オルドリンがあの最初の日、彼を案内してきた。彼のことはあまり好きになれない――つまり、クレンショウのことだが――なぜならば私の中学の男子の体育教師、高校のフットボールのコーチになりたがっていた教師と似たようなわざとらしい声を出すからだ。われわれはあの教師をジェリー・コーチと呼んでいた。彼は特別養護学級の生徒は馬鹿だと思っていたので、われわれはみんな彼を憎んでいた。ミスタ・クレンショウを憎みはしないが、好きにもなれない。

きょう仕事に行くとちゅう、私は州間高速道路と交差している道路で信号待ちをしていた。私の前の車は濃紺のミニヴァンで州外のナンバー・プレート、ジョージア州のナンバー・プレートをつけていた。後部の窓にクマの縫いぐるみが小さなゴムの吸盤でくっつけられていた。クマは馬鹿みたいな表情で私に向かってにやにや笑っている。玩具でよかった。車のうしろに犬がいて私を見ているのは堪らない。たいてい犬は私に向かって吠えるのだ。

信号が変わってミニヴァンが飛び出す。おい、よせ、と私が考えるいとまもなく、二台の車が赤信号を突っ走ってくる、オレンジ色の冷水器をうしろにのせたベージュに茶色のラインの入ったピックアップ・トラックと茶色のセダンだ。トラックがヴァンの側面に衝突する。衝突音はすさまじい、ぐわん／がっちゃん／ききっ／がりがり、という音がいっぺんに上がる。ヴァンとトラックがスピンし、きらめくガラスの砕片をふりまく……そのグロテスクな形をしたものがスピンしながら近づいてくるのを見て私は自分の内部に消えてしまいたいと思う。私は目を閉じる。

静寂がじょじょに戻ってくる。なんで車の流れが止まったか知らない連中が鳴らすクラクションの音が合間にひびく。私は目を開ける。信号は青だ。ひとびとが車から下りてくる。つぶれた車の運転者たちがなにか喋りながら動きまわっている。

運転法規によれば、事故にまきこまれた人間は現場を立ち去ってはいけないことになっている。運転法規には、停車して支援すべしと書いてある。だが私は事故にまきこまれたわけではない。なぜかというと割れたガラスの砕片がいくつか私の車に触れたにすぎない。支援する人間はほかに大勢いる。私は支援をする訓練は受けていない。

私は注意深くうしろを見てから、ゆっくりと慎重に事故現場を通りすぎる。ひとびとが怒った顔で私を見る。だが私は悪いことはしていない。事故にまきこまれたわけではない。このままここに留まっていると仕事に遅刻する。それに警官と話をしなければならない。私は警官が怖い。

仕事場に着くと、体ががたがた震えているのがわかる、だから自分の部屋に入る前にまずジムに行く。《バグパイプ吹きシュヴァンダ》から〈ポルカとフーガ〉を選んでかける。なぜかというといまの私には高い跳躍と大きく揺れる動きが必要だから。跳躍のおかげでわずかに平静を取り戻したところに、ミスタ・クレンショウがあらわれる。その顔は赤茶色の醜い色合いでてかてか光っている。

「さてさて、ルウ」と彼は言う。口調には翳《かげ》がある。快活な声を出そうとしているものの本心は怒っているとでもいうようだ。ジェリー・コーチもよくこういう声を出した。「ジムは気に入っているんだね？」

長い返答のほうが、短い返答よりもおもしろいものだ。たいていのひとが、長くておもしろい返答よりも短くてつまらない返答のほうを好むことを私は知っているので、長い返答になりそうな質問を彼らがするときはそのことを思い出すようにしている。彼らにそれが理解できればだが。ミスタ・クレンショウは私がジムの部屋を気に入っているかどうかを知りたいだけだ。どれほど気に入っているか知りたいわけではない。

「いいですよ」と私は言う。

「ここにないもので必要なものがあるかね？」

「いいえ」ここにないもので必要なものはたくさんある、食べ物や水や眠る場所や、だが彼の質問の意味は、この部屋にあるべきものでいまこの部屋にないものが必要かどうかということだ。

「あの音楽は必要なのかね？」

あの音楽。ひとが名詞の前に〝あの〟と言うときには、その名詞の内容に対しての自分の意見を示しているのだとローラが教えてくれた。ミスタ・クレンショウはあの音楽に対してどんな意見をもっているのかと考えていると、彼はひとびとがよくやるように、私が答えるより先に話をつづける。

「なかなか苦労するんだよ」と彼は言う。「あの音楽をぜんぶ揃えておくのは。録音テープは磨耗するからね……ラジオのスイッチを入れるだけでよいなら、もっと楽なんだがね」

ここのラジオはがんがんと大きな騒音を出し、あのひいひいという歌をひびかせる、あれは音楽ではない。そしてさらに大きな音のコマーシャル、それも数分おき。それにはリズムなどはない、リラックスするのに必要なリズムは。

「ラジオは効き目がない」と私は言う。彼の顔がこわばったので、その返答がとてもそっけなかったのだとわかる。こんな短い返答ではなくもっとなにか言うべきなのだ、長い返答をすべきなのだ。「音楽はぼくの体を流れていかなくてはなりません」と私は言う。「適切な効果をもたらすためには適切な音楽が必要です、話や歌ではなく音楽が必要です。それはわれわれみんなに必要なものです。われわれ自身の音楽、われわれに役立つ音楽が必要です」

「そりゃけっこうなことだな」ミスタ・クレンショウは怒りのこもった声で言う。「だれないのひとたちは——」彼は〝たいていのひとたち〟という意味合いの口調で〝たいていのひとたち、ノーマルなひとたち〟と言う。「たいていのひとたちは手もとにあるもので間に合わせなければならないんだ。でもが自分のお気に入りの音楽を聞けるならね。だがたいていのひとたちは——」

「わかります」と私は言う。だがほんとうはわからない。だれでもプレイヤーと自分の音楽をもってきて仕事中はイアホンで聞けばいいのだ、われわれのように。「でもわれわれには——」われわれ自閉症者、不完全人間には、「適切な音楽が必要です」

彼の顔がほんとうに怒っているように見える。頬の筋肉にひだがよって顔はますます赤くますます輝きをはなつ。肩がこわばってシャツの布地が伸びるのが見える。

「けっこうだ」と彼は言う。それはよいという意味ではない。適切な音楽をわれわれに聞かせる必要があっても、できることならそれをやめさせたいと彼は思っている。ミスタ・オルドリンに訊いてみようと思う。

それから十五分かけてようやく気持を落ち着かせ仕事部屋に入る。体じゅう汗でぐっしょり濡れている。いやなにおいがする。予備の服を出しシャワーを浴びにいく。ようやく仕事にとりかかるころには、始業時間から一時間四十七分遅れている。遅れを埋め合わせるために今夜は遅くまで仕事をしよう。

終業時間、私はまだ仕事の最中だが、ミスタ・クレンショウがふたたびあらわれる。ノックもせずに私の部屋のドアを開ける。私が気づくまで、彼がどのくらい前からそこにいたのかわからないが、彼がノックをしなかったのはたしかだ。彼が「ルウ！」と呼びかけ、私は跳びあがってうしろを振り向く。

「なにをしているのかね？」と彼は訊く。

「仕事です」と私は言う。いったいなんだと思っているのか？　私の仕事部屋で、私のワークステーションで、いったい私が仕事のほかになにをしているというのだ？

「見せてくれないか」と彼は言い、私のワークステーションに近づいてくる。私の背後にやってくる。蹴とばされた小さな絨毯のように私の神経が皮膚の下で縮んでいくのがわかる。背後にひとがいるのは嫌いだ。「これはなんだ？」彼は、一本の白い線で上のブロックと下のブロックに分けられている記号の列を指さす。私はきょう一日、その線を自分の思いどおりのものにしようといじくりまわしていたのだ。

「これはその……リンクさせるものです、これと」──私は上のブロックを指さす──「これを」私は下のブロックを指さす。

「で、これはなんだね？」と彼は訊く。

彼はほんとうに知らないのか？　それともこれは本に書いてある教育的話法というものなのか？　つまり教師が、学生たちが知っているかどうか確かめるために自分が答えを知っている質問をするという方法だ。もし彼がほんとうに知らないのであれば、私がどう説明しようとわかるはずはない。もし彼がほんとうは知っているのだとすると、彼は知らないのだと私が思っていることに気づいたら彼は怒るだろう。

ひとがほんとうに言いたいことを言いさえすれば、ものごとはもっと簡単になるだろう。

「これは統合のための三層システムです」と私は言う。短いけれども適切な返答だ。

「ああ、なるほど」と彼は言う。その声はわざとらしい笑いをふくんでいる。私がでたらめを言っていると思っているのか？　私のデスクの上の光るボールに彼の顔の歪んだ像がぼんやりと映っている。その表情がなにを意味しているのか私にはよくわからない。

「三層システムは、製造コードに埋めこまれます」と私は言い、懸命に平静を保つ努力をする。「そのおかげで、末端のユーザーは生産パラメータを確定できますが、それをなにか有害なものに転換することはできません」

「きみはこれを理解しておるのかね？」と彼は言う。

これとはどのこれだろう？　私は自分のやっていることは理解している。なぜそれがなされるかは必ずしも理解していない。私は楽で短い返答を選ぶ。

「はい」と私は言う。

「けっこう」と彼は言う。それは朝のときと同じように嘘っぽく聞こえる。「きょうは始まりが遅れたな」と彼は言う。

「今夜、残業します」と私は言う。「一時間四十七分遅れました。昼食のあいだも仕事をしました。それが三十分です。あと一時間十七分残っています」

「きみは正直だな」と彼は言う、見るからに驚いている。

「はい」と私は言う。私は振り返って彼を見ようとはしない。彼の顔は見たくない。七秒後に彼は立ち去る。ドアのところで最後の言葉を言う。

「物事はこんなふうにはつづかない、ルウ。変化が起きる」

二十三文字。二十三文字が、ドアの閉まったあと私を震撼させる。

扇風機をつける、室内がくるくる回りながらきらめく反射光で満たされる。私は一時間十七分仕事をつづける。今夜はそれ以上仕事をする気にはならない。水曜日の夜にはやることがある。

外は穏やかでちょっと湿気がある。私は慎重に運転をして自分の住居に戻る。そこでTシャツとショーツに着がえ、冷たいピザを一切れ食べる。


ドクター・フォーナムにぜったい話さないことのなかに、私の性生活がある。彼女は私に性生活があるとは思っていない、なぜかというと彼女が私にセックス・パートナーやガールフレンドやボーイフレンドはいますかと訊くとき、私はただ、いいえと答えるからだ。彼女はその先は訊かない。私にとってはありがたいことだ、なぜならばこのことについて彼女と話し合いたくはないからだ。私にとって彼女は魅力的ではない。私の両親が話してくれたことだが、セックスについて話し合うただ一つの理由は、パートナーにいかによろこびをあたえるか、パートナーによっていかによろこびをあたえられるかを知るためだ。なにかうまくいかないことがあれば医者に相談すればよい。

私についていえばうまくいかなかったことはなにもない。あることは最初からうまくいかなかったが、それはまた別のことだ。ピザを食べながら私はマージョリのことを考える。マージョリは、私のセックス・パートナーではないが、ガールフレンドだったらうれしい。マージョリと出会ったのは、ドクター・フォーナムが参加すべきだと考えている障害者向けの催しではなくフェンシングのクラスだった。フェンシングのことはドクター・フォーナムには話していない、なぜかというと彼女は暴力的な性向というものを憂慮しているからだ。レーザーガンの戦闘ゲームでさえ気になる彼女だから、長く尖った刃先をもつ剣は彼女をパニックに陥れるだろう。ドクター・フォーナムにマージョリのことは話さない、なぜかというと私が答えたくない質問をつぎつぎにするだろうから。だからこれは二つの大きな秘密だ、剣とマージョリとは。

食べおわると、車でトムとルシアの家で開かれているフェンシング・クラスに行く。マージョリも来るだろう。目を閉じてマージョリのことを考えたいが、私はいま車の運転中なので、それは安全ではない。そのかわり音楽のことを、バッハのカンタータ三十九番のコラールのことを考える。

トムとルシアの家はとても大きくてフェンスをめぐらせた広い裏庭がある。私より年上なのに子供はいない。子供がいないのは、ルシアが患者たちを相手に仕事をするほうが好きで、子供たちと家にひきこもるのはいやなのかとはじめ私はそう思ったが、彼女がだれかに、自分とトムのあいだには子供ができないと話しているのを聞いた。彼らは友だちが大勢いて、ふだん八、九人のひとたちがフェンシングの練習にやってくる。ルシアが病院のだれかに、自分がフェンシングをやっていてときどき患者をフェンシングの稽古に招いているということを話しているのかどうか私は知らない。病院は賛成しないと思う。トムとルシアのところに剣で闘う技を習いに来ている精神科の観察対象患者は私一人ではない。私は一度彼女に訊いたことがあるけれども、彼女はただ笑ってこう言った。「知らなければ、だれも怖がりはしないのよ」

私はここで五年間フェンシングの稽古をしている。フェンシングの練習場の地面を新しく舗装するトムの手伝いをした。その舗装はふつうはテニスコートに使われるものだ。われわれが剣をしまっておく奥の部屋にラックを作るトムの手伝いもした。私は自分の剣を自分の車やアパートの部屋には置きたくはない、なぜかというとそれを怖がる人間がいるからだ。このことはトムが警告してくれた。ひとを怖がらせないということは大切なことだ。だから私はフェンシングの用具もいっさいトムとルシアの家に置いてくる、そして、左に向かって二つおいた空間が私のもので、それから反対側の壁の左に向かって二つおいた木釘も私のものだということはだれでも知っている。それからマスク収納場所には私の専用の仕切りがあることもみんなは知っている。

まず私はストレッチからはじめる。すべてのストレッチを入念にやる。私はほかのひとたちのお手本だとルシアが言う。たとえばドンがストレッチをすべてやることはめったにない。だから彼は背中を痛めたり筋肉をひきつらせたりする。そうするとコートの外にすわりこんで文句を言う。私は彼ほどフェンシングはうまくないが、ルールを無視して痛い思いをするということはない。彼もルールに従ってほしいと思う、なぜかというと友だちが痛い思いをするのは悲しいからだ。

　腕、肩、背中、脚、爪先のストレッチをすませると奥の部屋に行き、袖が肘のところで切れているレザーのジャケットを着て鋼鉄製の喉当てをつける。首のまわりに感じる喉当ての重みが快い。手袋が折り畳まれて入っているマスクをおろして、手袋はとりあえずポケットに入れる。私のエペとラピエはラックにおさまっている。マスクを脇の下に抱えこみ、剣を注意深く取る。

　ドンがいつものように汗を流しながら駈けこんでくる、顔が赤い。「やあ、ルウ」と彼は言う。私もやあと言って、彼が剣を取りやすいように一歩うしろに下がる。彼はノーマルだから彼が望めば自分のエペを車のなかに置いてもひとを怖がらせることはないが、彼はよく忘れ物をする。いつもひとに借りなければならなかったので、とうとうトムが持ち物はここに置いていくようにとドンに命じた。

　私は外に出る。マージョリはまだ来ない。シンディとルシアがエペを構えて向かい合っている。マックスは鋼鉄のヘルメットをかぶっている。私は鋼鉄のヘルメットは好きになれない。剣がヘルメットに当たるとすごく大きな音がする。私がそのことを話すとマックスは笑って耳栓をすればいいと言った。でも私は耳栓が嫌いだ。ひどい風邪をひいたときのような感じがする。これは不思議だ。なぜかというと私はじっさい目隠し布をするのが好きなのだ。幼いころよくそれを使って目が見えないふりをした。そうするとひとの声が多少よく理解できた。だが耳をふさいでも、目がよく見える助けにはならない。

ドンがエペを脇にはさみ、飾りのついたレザーの胴着《ダブレット》のボタンを止めながら、よろよろと外に出てくる。ときどきあいうのが欲しいと思うことがあるが、地味なもののほうが私にはふさわしいと思う。

「ストレッチはしたの？」とルシアが訊く。

彼は肩をすくめる。「たっぷり」

彼女も肩をすくめてみせる。「痛い思いをするのはあなたなんだから」と彼女は言う。

彼女とシンディはフェンシングをはじめる。私はそれを見るのが好きだ、彼女たちがなにをしているのか理解しようと努める。動きがとても速いのでそれについていくのはむずかしいが、ふつうのひとたちにもむずかしいことだ。

「こんちは、ルウ」とマージョリが私の背後から声をかける。私の心は温かくなり軽くなる、まるで重力が減ったようだ。一瞬私は目をかたくつむる。彼女は美しい、だが彼女を見るのはむずかしい。

「こんちは、マージョリ」と私は言ってうしろを振り向く。彼女が私に笑いかけている。顔が輝いている。ひとびとがとても幸せなときその顔は輝く、私はそれを見るといつも悩む、なぜかというと怒っているひとの顔も輝くので、私にはその顔が怒っているのか幸せなのかよくわからない。私の両親は、眉の位置とかその他もろもろのことでちがいがあることを教えてくれようとしたが、それを判別するもっともよい方法は、目の外側のすみのちがいだということを私はとうとう突きとめた。マージョリの輝いている顔は幸せな顔だ。彼女は私に会えてうれしい、私も彼女に会えてうれしい。

でも私は、マージョリのことを考えるといろいろなことが気にかかる。自閉症は感染するのではないか？　彼女は私から感染するのではないか？　感染するのは彼女もいやだろう。感染はしないことになっているのはわかっているが、大勢のひとたちといっしょに行動していると、そのひとたちと同じ考え方をするようになる。彼女が私といっしょに行動すると、彼女は私のような考え方をするようになるのだろうか？　彼女の身にそんなことは起こってもらいたくない。もし彼女が生まれつき私と同じようであれば、それはそれでいい、だが彼女のようなひとが私のようになってはいけない。そんなことが起こるとは思わないが、もしそうなったら私は罪悪感を感じるだろう。ときどきこんなことを考えるので、私は彼女からはなれていたいと思う、でもたいていもっともっと彼女のそばにいたいと思う。

「こんちは、マージ」とドンが言う。彼の顔は前より輝いている。彼もマージョリが美しいと思っている。私がいま感じているのは嫉妬と呼ばれるものなのだ。私はそれを本で読んだ。これは悪い感情である。つまり私が自分の感情を抑えすぎているということだ。自分の感情を抑えすぎないように努めてうしろに下がる、するとドンが前に出る。マージョリはドンではなく私を見ている。

「やるか？」ドンが肘で私をつつく。私が彼とフェンシングをやりたいかという意味なのだ。最初はそれがわからなかった。いまはわかる。私は黙ってうなずき、私たちは二人が向き合える場所を探しにいく。

ドンは手首をちょっと振る、試合をはじめる前にいつもやるしぐさ、私は反射的にそれを迎えうつ。私たちはぐるぐる回りながら、フェイントをかけては受け流す、すると彼の腕が肩からだらりと垂れるのが見える。これもまたフェイントなのか？　少なくともこれが手始め、私は突きを入れ彼の胸をとらえる。

「やられた」と彼は言う。「腕がほんとに痛いよ」

「すまない」と私は言う。彼は肩をもみほぐすといきなり前に飛び出して私の足に打ちかかる。これは前にもやられた。私はすぐにうしろに下がるから、彼は私を打ちこめない。私がさらに三度彼を打ちこむと、彼は大きな吐息をはき、疲れたと言う。こちらはそれでけっこうだ。私はマージョリと話をするほうがいい。マックスとトムが、私たちが使っていた場所に出てくる。ルシアは休息をとっている。シンディはスーザンと向き合っている。

マージョリはいまルシアのかたわらに腰をおろしている。ルシアは彼女に写真を見せている。ルシアの趣味の一つは写真を撮ることだ。私はマスクを取り、二人を眺める。マージョリの顔はルシアの顔より大きい。ドンが私とマージョリのあいだに割りこんできて話をはじめる。

「邪魔よ」とルシアが言う。

「ああ、ごめん」ドンは言うが、まだそこに立ったまま私の視界をさえぎっている。

「あなた、まんなかにどっかりじゃない」ルシアが言う。「どうかみんなの邪魔をしないで」彼女は私のほうをちらりと見る。私はなにも悪いことはしていない、していれば彼女がそう言うだろう。私は、だれが私みたいではないかだれよりもよく知っている、彼女は自分の望んでいることをとてもはっきり言う。

ドンはぷりぷりしながらうしろを向いてわきにどく。「ルウが見えなかった」と彼は言う。

「あたしには見えたわ」とルシアが言う。彼女はマージョリを振り返る。「さてと、これは四日目にあたしたちが泊まったところ。これは部屋のなかから撮ったの――どう、この景色、見てちょうだい！」

「すばらしい」とマージョリが言う。彼女が見ている写真は私には見えないが、彼女の顔に浮かんだ幸せな表情は見える。ほかの写真のことを話しているルシアの声を聞かずに私はマージョリを見つめる。ドンがあれこれ意見を述べて邪魔をする。写真をぜんぶ見てしまうと、ルシアはポータブル・ビューワーのケースをたたんで椅子の下に置く。

「さあ、ドン」と彼女は言う。「あたしを相手にお手並み拝見」彼女は手袋をはめマスクをかぶりエペを取る。ドンは肩をすくめて彼女のあとから練習場に出ていく。

「すわって」とマージョリが言う。私は腰をおろす、立ち去ったばかりのルシアのかすかなぬくもりを感じる。「きょうはどうだった？」とマージョリが訊く。

「もう少しで事故になるところだった」と私は言う。彼女は質問はしない。ただ私に話させる。あのことを残らず話すのはむずかしい。いまになるとあのとき私が走り去ってしまったのは許せない気がするが、でもあのときは仕事場に行くことと警察のことが気になっていたのだ。

「恐ろしいことね」と彼女は言う。その声は温かでやさしい。職業的なやさしさではなく、私の耳にただ快い。

ミスタ・クレンショウのことを話したいと思ったが、そのときトムがもどってきて手合わせをしないかと訊く。トムと手合わせをするのは好きだ。トムは私とほぼ同じ背丈で、彼のほうが年上なのにとても元気だ。このグループのなかではもっとも巧《うま》いフェンサーだ。

「きみとドンの手合わせを見ていた」と彼は言う。「彼の技を上手に受け流していたね。だが彼は上達していないな――じっさい練習を疎《おろそ》かにしているよ――だからきみは毎週もっと巧い連中とやったほうがいい。ぼく、ルシア、シンディ、マックス。このうちの少なくとも二人だけでも、いいね？」

少なくとももというのは〝より少なくはない〟という意味だ。「いいですよ」と私は言う。

私たちは二つの長い剣、エペとラピエを手に取った。最初のうち私は二番目の剣を使おうとすると、かならずもう一方の剣にぶつけてしまっていた。次に私は二本を平行に構えることにした。こうすると二本が交叉しないのだが、トムは両方の剣を払うことができた。そこで今の私は二本の高さと角度を変えて構えている。

私たちはまわる、はじめは一方に、それから逆の方向に。トムが教えてくれたことをすべて思い出そうと努める。足の置き方、剣の構え方、どの動きがどの動きを誘うかということ。彼が突きを入れてくる。左の剣でそれをかわそうと私の腕が上がる。同時に突きを入れると彼はそれをはねかえす。まるでダンスのようだ。ステップ－ステップ－突き－受け－ステップ。トムは、相手に動きを読まれないようにパターンを変える必要があると教えてくれるが、このあいだ彼がほかのだれかと手合わせをしているときに、私には彼のノンパターンのなかにパターンが見えたと思う。彼を少しのあいだ防御できれば、そのあいだにまたパターンが見えるかもしれない。

ふいにプロコフィエフの〈ロメオとジュリエット〉の荘厳な音楽が聞こえてくる。それは私の頭を満たし、私はそのリズムに入りこんでより速い動きから緩慢な動きに移る。トムの動きも私の動きに合わせて緩慢になる。これで私には見える、彼が考案したあの長いパターンが見える、なぜかというとまったく無作為な動きはだれにもできないからだ。私のものである音楽に乗って、それとともに動くと、私は彼のあらゆる突きを防御し、彼がどう受け流すか試すことができる。それから彼の次の動きがわかる、なにも考えず私の腕は弧を描いて、彼のこめかみに回し斬り《プンタ・リベルサ》をお見舞いする。腕に手応えを感じる。

「ようし！」と彼は言う。音楽が止まる。「わお！」と彼は言いながら頭を振る。

「強すぎてすみません」と私は言う。

「いやいや、あれでいいんだ。ぼくの守りを突破した鮮やかな攻めだ。受け流すひまもなかったよ」彼はマスクのかげで笑っている。「きみは上達したと言っただろう。さあもう一度行こうか」

私はだれも傷つけたくない。フェンシングを始めたとき、私の剣を相手に触れさせることはじっさいできなかった、相手が感じるほど強く触れさせることはできなかった。いまでもやりたくない。私がやりたいのは、パターンを習得して、私もそのパターンに入りこめるようにそれを再構成することだ。

トムが両方の剣を上げて構えると、剣はきらりと光る。一瞬私はそのきらめきに、光のダンスの速さに打たれる。

そしてまた私は、光の先にある暗闇のなかで動く。暗闇はどれほど速いのか？　影は、それを投げかけるものより速くはないが、すべての闇が影というわけではない。そうだろうか？　こんどは音楽は聞こえないが、光と影のパターンが、闇を背景に光の弧や螺旋を描きながらくるくる回るのが見える。

私は光の尖端、いや光の向こうで踊っている、とつぜん手に衝撃を感じる。つぎはまたトムの剣が胸に烈しく振りおろされるのを感じる。私は、彼が言うように、「ようし」と言う。それから二人は一歩うしろに下がり、同時攻撃《アタック・シミュルタネ》を認める。

「いたたた！」私はトムから目をそらし、ドンが片手を腰にあてて身を屈めているのを見る。彼はふらふらと椅子のほうにやってくるが、ルシアがさきにやってきてマージョリの横にまたすわってしまう。私は奇妙な感覚におそわれる。それに気づいて心配しているという感覚。ドンは身を屈めながら立ち止まった。ほかのフェンサーたちがやってきたので、もう余分の椅子はない。ドンは石畳の上に腰をおろしてずっとうめいている。

「もうやめどきだな」とドンは言う。「年をとりすぎた」

「年をとっているものですか」とルシアが言う。「怠けものなのよ」なぜルシアがドンにこれほど意地悪をするのか私には理解できない。彼は友だちだ。友だちの悪口を言うのはよくないことだ、ふざけて言うのはべつとして。ドンはストレッチが嫌いだし、しじゅう文句ばかり言っているが、だからといって友だちではないということにはならない。

「さあこい、ルウ」とトムが言う。「きみはぼくを殺した。おたがいに殺し合った。きみに仕返しをしてやりたいよ」それは怒りの言葉かもしれないが、声には親しみがこもり、彼の顔は笑っている。私はふたたび剣を上げる。

　こんどはトムがこれまでやったことのないことをやって攻撃してくる。攻撃されている瞬間、彼に言われていた適切な行動を思い出すひまはない。私は一歩下がり体重を移し変え、彼の一方の剣を私の剣で払い、ラピエで彼の頭への突きを試みる。だが彼はすばやく動く。私はし損じる、彼のラピエを持った腕が大きく振り上げられ、私の頭のてっぺんに強打をくわえる。

「やったぜ!」と彼が言う。

「あなたはやったどうやって?」と私は訊く、それから急いで言葉を入れ替える。「どうやってあなたはやったのですか?」

「これはぼくの競技会用の秘密の攻めだよ」とトムは言ってマスクを上げる。「十二年前にだれかにやられたんだよ、家に帰ってからぶらさげた丸太相手に練習したんだ……ふつうは競技会のときしか使わない。だけどきみはもうこれを習得してもいい時機だ。トリックはたった一つさ」彼はにこにこ笑っている。顔には汗が縞を描いている。

「おーい！」ドンが中庭の向こうでどなった。「おれは見てなかった。もう一度やってくれ、ねえ？」

「トリックとはなんですか？」と私は訊く。

「そいつは自分で会得しなくちゃならない。うちの丸太はいつでも使ってくれていいが、ぼくの競技指南はこれっきりだ。言っておくけど、この技は完璧に習得して使わないと、パニックに陥らない相手にとってきみは死体も同然だよ。一方の剣を受け流すのはいとも簡単だっただろう」

「トム、おれにはそれを見せてくれなかった――もう一度やってよ」とドンが言う。

「きみはまだその準備ができていない」とトムは言う。「もっと練習しないとね」彼は、さっきのルシアのように怒っている。彼らを怒らせるようなどんなことをドンはやったのか？　彼はストレッチをやらなかった、すぐに疲れてしまう、だがそれが怒る理由になるのか？　いまは訊けないが、あとで訊いてみよう。

私はマスクを脱いでから、マージョリのそばに歩いていく。上から見ると光が彼女のつやつやした黒い髪に反射している。もし私が前後に動いたら、光も彼女の髪の毛を上がったり下りたりするだろう、トムの剣にあたった光が上がったり下りたりしたように。彼女の髪の毛に触ったらどんな感じがするのだろう。

「ここにおすわりなさい」とルシアが言って立ち上がる。「もう一度やってくるわ」

私は腰をおろす、横にいるマージョリを強く意識する。「今夜はフェンシングをやりますか？」と私は訊く。

「今夜はやらない。早めに帰らなくちゃならないの。友だちのカレンが帰ってくるから、空港に迎えにいくと約束しちゃったの。ここにはちょっと寄っただけ……見物しに」

私は、寄ってくれて嬉しいと言いたいが、言葉が口のなかにへばりついている。私は硬くなりぎくしゃくしている。「カレンはどこから帰ってくるのですか？」と私はようやく言う。

「シカゴ。両親のところに行っていたのよ」マージョリは足を前に伸ばす。「彼女は空港に車を置いていくつもりだったのに、出かける朝にパンクしちゃったの。だからあたしが迎えにいかなきゃならないの」彼女は私のほうを見る。私は彼女の熱い視線に耐えられずに目を伏せる。「今夜は遅くまでここにいるの？」

「それほど遅くはならない」と私は言う。もしマージョリが帰り、ドンが残るなら、私は家に帰るだろう。

「いっしょに空港まで行かない？　あとでここまで送ってあげるから、あなたは自分の車で帰れるわよ。もちろん家に帰るのは遅くなるけど。彼女の飛行機は十時十五分着だから」

マージョリといっしょに車に乗る？　私はとても驚き／とても幸せだったので、長いこと動けなかった。「ええ」と私は言う。「ええ」顔がかっと熱くなるのがわかる。

空港までの道々、私は窓の外を見る。体が軽くなったような、空中に浮かんでいるような感じ。「幸せで、重力がふつうより少ないように感じる」と私は言う。

マージョリがちらりとこちらを見る。「羽根のように軽い」と彼女は言う。「そういう意味ね？」

「羽根ではないかもしれない。風船といったほうがいいかもしれない」と私は言う。

「その感じはわかるわ」とマージョリが言う。いまそういう感じがすると彼女は言わない。彼女がどう感じているか私にはわからない。ふつうのひとたちには、彼女がどう感じているかわかるのだろうが、私にはわからない。彼女のことを知れば知るほど、わからないことがどんどん出てくる。トムとルシアがなぜドンに意地悪をするのかも、私にはわからない。

「トムとルシアは二人ともドンのことを怒っているみたいだった」と私は言う。彼女は横目でちらりと私を見る。私はその意味がわからなくてはいけないのに、私にはわからない。私は目をそらしたくなる。胸のなかでおかしな感じがする。

「ドンはまったくいやなやつ《リアル・ヒール》だから」と彼女は言う。

ドンはヒール《かかと》ではなく人間だ。ふつうのひとたちはこんなふうに、予告なしに言葉の意味を変えてしまう、そして彼らにはその意味がわかる。私にもわかっている、なぜかというと数年前に、ヒールというのはスラングで〝悪い人間〟という意味だとだれかに教わったから。だが彼はなぜそういう意味になるのか教えることができなかったので、私はいまもよくわからない。だれかが悪い人間なら、悪い人間と言えばいいのに、なぜそう言わないのだろう？　なぜ〝ヒール〟とか〝ジャーク〟とかそんなふうに言うのだろう？　それから〝リアル〟という言葉も困ったものだ。もしなにかがリアル《ほんもの》であるというなら、それはほんものという意味でなければならない。

　しかし私は、ドンはいやなやつ《リアル・ヒール》だというのが間違っているということをマージョリに説明したいと思うが、それよりも先にトムとルシアがなぜドンのことを怒っているのか知りたい。「彼が充分なストレッチをしないからですか？」

「いいえ」マージョリはちょっと怒ったような声で言う、すると私の胃がきゅっとしまるような感じがする。私はなにをしたのか？　「彼はただ……ただいじわるなのよ、ときどきね、ルウ。おかしくないひとたちのことをジョークの種にするのよ」

　おかしくないのはそのジョークなのか、そのひとたちなのか、と私は悩む。たいていのひとがおかしくないと思っているジョークのことは私も知っている、なぜかというと私もそういうジョークを言うことがある。なぜあるジョークはおかしくて、私のジョークはおかしくないのか、まだ理解できないが、たしかにそれは真実だ。

「あなたのことをジョークの種にしたわ」とマージョリは、ちょっと間をおいてから低い声で言う。「あたしたちはそれが気に入らなかった」

私はなんと言っていいかわからない。ドンはだれのことでもジョークにする、マージョリでさえ。私もそういうジョークは気に入らないが、私はそれについてはなにもしなかった。なにかする必要があるだろうか？　マージョリがまたちらりと私を見る。こんどは、彼女は私になにか言ってもらいたいのだろうと思う。でもなにも思いつかない。ようやく思いつく。

「ぼくの両親は、ひとのことを怒っても、それでそのひとたちの態度がよくなるわけではないと言っていました」

マージョリはおかしな音を発する。それがなにを意味しているのか私にはわからない。

「ルウ、あなたって哲学者だってときどき思うわ」

「いいえ」と私は言う。「ぼくは哲学者になるほど利口ではありません」

マージョリはまた同じ音を発する。私は窓の外を眺める。もうじき空港だ。夜の空港は、滑走路や誘導路にさまざまな色のライトがついている。黄、青、緑、赤。紫もあればいいと思う。マージョリは駐車場の短期間用区画に車を止める。それから歩いてバス道路を横切りターミナルに入る。

ひとりで旅をするとき、私は自動ドアが開いたり閉まったりするのを眺めているのが好きだ。今夜はマージョリの横に立ってドアなどに興味がないふりをしている。彼女は立ち止まり発着便のモニター画面を見ている。私はすでにその便を見つけ出している。シカゴ発のその航空会社の便は午後十時十五分予定どおり到着、十七番ゲート。彼女はそれを見つけるのに時間がかかる。ノーマルなひとたちはいつも私より時間がかかる。

出迎え用のセキュリティ・ゲートで、私はまた胃がきゅっとしまるのを感じる。これのやり方は知っている。両親が教えてくれた。前にやったことがある。ポケットから金属製のものをすべて出してそれを小さな籠に入れる。自分の順番を待つ。アーチをくぐる。だれもなにも訊かなければ簡単だ。だが彼らが質問をすると、私はいつも相手の言うことがよく聞こえない。あたりの騒音がひどく、それが硬い壁面に反響する。自分が緊張するのがわかる。

マージョリがまず進む。彼女のバッグはコンベア・ベルトに、キーは小さな籠に。彼女が歩いてくぐるのを私は見ている。だれも彼女に質問しない。私はキーと財布と小銭を小さな籠に入れてアーチをくぐる。ブーともピーともいわない。制服の男が私を見つめる前で、私はキーと財布と小銭を拾い上げてポケットにもどす。数ヤード先で待っているマージョリのほうに向き直る。そのとき彼が声をかける。

「チケットを見せていただけますか？　IDカードも？」

全身が冷たくなるのがわかる。彼はほかのだれにも質問しなかった――コンベアの上からブリーフケースを取り上げるために私の横をすりぬけていった縄編みの長髪の男にも、そしてマージョリにも質問しなかった――そして私はなにも悪いことはしていない。到着便を出迎えるためにセキュリティを通過するのにチケットは必要ない。ただ到着便のナンバーを知っていればいい。ひとを出迎える人間にチケットはいらない、なぜならこれから飛行機に乗るわけではないのだから。出発便のセキュリティではチケットが必要だ。

「チケットは持っていません」と私は言う。彼の向こうでマージョリが体重を移しかえているのが見えるが、そばに来ようとはしない。彼が言っていることがマージョリに聞こえるとは思わない、公共の場所で大声を張り上げたくはない。

「IDは？」と彼は言う。彼の顔は私にじっと向けられ、赤く輝きはじめる。私は財布を出し、それを開いてIDを見せる。彼はそれを見て、私をまた見る。「チケットを持っていないなら、ここでなにをしている？」と彼は訊く。

心臓がどくどく鳴りだす、汗が首すじににじみでる。「ぼくは……ぼくは……ぼくは……」

「大きな声で言えったら」と彼は眉をしかめて言う。「それともいつもそんなふうにどもるのかね？」

私はうなずく。いまはなにも言えないとわかっている、数分間は。私はシャツのポケットに手をつっこんでそこに入れてある小さなカードを引き出す。それを彼に見せる。彼はそれをちらりと見る。

「自閉症か、ええ？　だけどいままで喋ってたじゃないか。たったいままでおれの質問に答えていた。だれを出迎えるのかね？」

マージョリが彼のうしろに近づく。「どうかしたの、ルウ？」

っていて、彼女は言う。そしてあたしにも、あたしたちのあいだにも、なんの変化もないかのように。

「下がりなさい、ご婦人」と男は言う。男はマージョリを見ない。

「彼はあたしの友だちよ」とマージョリが言う。「十七番ゲートに到着する三八二便に乗っているあたしの友人を迎えにいっしょに来たんです。ブザーは聞こえなかったけど……」彼女の声には怒りのひびきがある。

男はようやくちらりと振り返って彼女を見る。ちょっと緊張をとく。「おたくの連れなんですか？」

「そうよ。なにか問題があるの？」

「いいえ、ありません。ちょっと奇妙な素振りが見えたのでね。まあこれで」――彼はまだ私のカードを持っている――「説明はつきますがね。あなたがいっしょなら……」

「あたしは彼の付添いじゃありませんよ」マージョリは、ドンはいやなやつよと言ったときと同じ口調で言う。「ルウはあたしの友だちです」

男の眉が上がり、そして下がる。彼はカードを返してくれると向こうをむく。私はマージョリといっしょにその場をはなれる。彼女は、脚に無理がかかっているにちがいないような早足で歩きはじめる。十五番ゲートから三十番ゲートまでの隔離された待合所に着くまで私たちはなにも喋らない。ガラスの壁の向こうの搭乗者待合所ではチケットを持ったひとびとがずらりと腰かけている。座席のフレームは光る金属で、シートはダーク・ブルーだ。出迎え用の待合所には椅子はない、なぜかというと到着便が時刻表どおりに到着すれば十分以上は待つことはないからだ。

これは昔の方式とはちがう。むろん私が覚えているわけではない——私は今世紀の初頭の生まれだ——だが両親が、ひとを出迎えるにはそのゲートにただ歩いていけばよかったと話してくれた。それから二〇〇一年の災厄のあとは、搭乗者たちしかゲートに入れなくなった。介助を必要とするひとたちにとってそれは不便なことだったので、多くのひとびとが特別のパスを求めた、政府はそのかわりに別の検問所をそなえた出迎え用の待合所をこしらえた。両親がはじめて私を飛行機に乗せたのは、私が九歳のときだが、大きな空港はすべて到着客と搭乗客が分けられていた。

私は大きな窓の外を眺める。いたるところにライト。飛行機の翼の先端には赤と緑のライト。飛行機の機体には薄暗い四角の明かりがずらりと並び、窓のある場所を示している。バッゲージ・カートを引っ張る小さな車のヘッドライト。じっと動かないライトとちかちかまたたくライト。

「もう話ができるかしら？」外のライトを眺めている私にマージョリが訊く。

「ええ」私は彼女の温もりを感じる。彼女は私のすぐそばに立っている。私は一瞬目を閉じる。「ぼくはただ……頭が混乱するものだから」私はゲートに向かってやってくる飛行機を指さす。「あれがそうですか？」

「そうだと思うわ」彼女は私と向き合う。「だいじょうぶなの？」

「ええ。ああいうことは……よくあるんです」それが今夜、マージョリとはじめて二人きりになれたときに起こったのが恥ずかしい。高校のころ私と話をしたくない女の子たちと話をしたかったのを思い出す。彼女もまた去っていくのか？ トムとルシアのところへはタクシーで戻ればいいが、あまり金を持っていなかった。

「だいじょうぶでよかった」とマージョリは言う、それから飛行機の扉が開き、ひとびとが飛行機からおりはじめる。彼女はカレンを探している、私は彼女を見守る。カレンは白髪まじりの年輩の婦人だ。ほどなく私たちはいっしょに外へ出てカレンのアパートに向かう。私は後部座席に静かにすわりマージョリとカレンの話を聞いている。二人の声は岩の上を流れていく早瀬のようにさざ波を立てながら流れる。二人が話していることを完全に理解することはできない。私には早口すぎる、二人が話題にしているひとたちや場所を私は知らない。それでもいい、なぜならばこちらが話をする必要がなく、マージョリをただ眺めていられるからだ。

私の車が置いてあるトムとルシアの家にもどると、ドンはもう帰ったあとで、フェンシングのグループの最後のひとたちが車のなかに用具を運びこんでいるところだった。私は自分の剣とマスクを片づけなかったことを思い出し、それを取りに外にでる、だがトムがもう片づけたと言う。私たちがいつ戻ってくるかわからなかったから。彼は暗闇のなかにそれを置いておきたくなかったのだ。

私はトムとルシアとマージョリにさよならを言い、動きの速い暗闇のなかを家に向かって車を走らせた。

第三章

家に帰るとメッセージャーが点滅している。ラースのコードだ。彼はオンラインでの連絡を待っている。夜ももう遅い。寝すごしてあす遅刻するのはいやだ。だがラースは、私が毎週水曜日にフェンシングに行くのを知っている、だから彼はふだんこの日には連絡してこない。きっと重要な用件にちがいない。

私はサイン・オンし、彼のメッセージを探す。雑誌の記事、霊長類の成体における自閉症様症状の回復に関する研究の記事を私のために引用しておいてくれた。それをざっと読むと、心臓がどくどくと鳴りはじめる。乳児における遺伝性自閉症の回復、あるいは、小児に自閉症様症状を引き起こす脳の損傷の回復は、すでに普通のこととなっているが、私の年齢ではもう遅すぎると聞いている。もしこれがほんとうのことなら、遅すぎるということはないわけだ。記事の最後に執筆者は、この研究が人間に応用できるかもしれないと推測し、さらなる研究の継続を示唆して、これの関連づけを行なっている。

読んでいるとべつのアイコンがスクリーンにとびこんでくる。自閉症協会の地方支部のロゴだ。キャメロンのロゴとデイルのロゴ。すると二人もこのことを聞いたらしい。しばらくのあいだ二人を無視し、記事を読みつづける。それは私の脳のような脳に関する記事だが、これは私の領域ではないので、その治療法がどのように効果をあげるのかまったくわからない。記事の執筆者は、その治療手順について詳細な説明がなされている他の記事をさかんに引用している。これらの記事はアクセスができない――私には、今夜は。〈ホーとデルグラシアの方法〉がなんであるのか私にはわからない。それらの言葉がどういう意味なのか私にはわからない、私の辞書にも出ていない。

時計を見るともう真夜中を過ぎている。ベッド。眠らなければならない。すべてをオフにして、アラームをセットしベッドに入る。私の頭のなかでは光子《フォトン》が暗闇を追いかけているが追いつけない。

翌朝仕事場で、われわれは全員廊下に立って、たがいに目を合わせないようにしている。みんなが知っている。

「いかさまだと思う」とリンダが言う。「うまくいくわけがない」

「でもうまくいけば」とキャメロンが言う。「うまくいけば、みんな正常《ノーマル》になれる」

「ノーマルになんかなりたくない」とリンダが言う。「あたしはあたし。それで幸せ」彼女は幸せそうには見えない。猛々しいという感じ、まったく動じていないように見える。

「おれも」とデイルが言う。「猿に効果があるからといって――それがどうだというのだ？　猿は人間ではない。猿はおれたちより単純だ。猿は喋らない」彼のまぶたはふだんより勢いよくぴくぴくする。

「あたしたちはもう猿より上手に意思を通じあえる」とリンダが言う。

こんなふうにわれわれだけしかいないと、われわれはいつもよりよく喋ることができる。われわれはそれぞれについて笑う、ノーマルなひとびとがわれわれの能力を阻害する場《フィールド》を作っているのではないかと言っては笑う。それが事実でないことはわかっている。こういうジョークを言うとほかのひとびとがわれわれのことを被害妄想的だと思うだろうということもわかっている。彼らはわれわれの頭が変に狂っていると思うだろう。これがジョークだということは彼らにはわからない。われわれがジョークに気づかないと、彼らは、われわれに想像力がなく事柄を文字のとおりに解釈するからだと言う。彼らはそうではないということをわれわれは知っている。

「三カ月ごとに精神科医に会わなくてすむようになればいい」とキャメロンは言う。ドクター・フォーナムと会わなくてもいいということになったら私はもっと幸せになるだろう。私と会わずにすむとなったらドクター・フォーナムは幸せになるだろうか？

「ルウ、あなたどう？」とリンダが訊く。「あなたはすでに彼らの世界で半分暮らしている」

われわれはみんなそうだ、ここで働いて独立した生活を送っている。だがリンダは、自閉症ではないひとたちとなにかをいっしょにやるのは好まない。彼女は前に私にこう言ったこともある。あなたはトムとルシアのフェンシングに行くひとたちや教会のひとたちのまわりをうろつくべきではないと思うと。もし私がマージョリにどんな感情を抱いているか知ったら、きっと意地悪なことを言うだろう。

「ぼくはうまくやっている……なぜ変えなければいけないかわからない」ふだんよりかすれ気味の自分の声が聞こえる、動揺したときに声がこんなふうにならなければいいと思う。私は怒っているのではない。怒っているように聞こえなければいいと思う。

「ほらね？」とリンダはキャメロンを見る、キャメロンは目をそらせる。

「ぼくは働かなければならない」と私は言って自分のオフィスに向かう、そこで小さな扇風機をまわし、きらめく光を見つめる。跳躍の必要があるけれどもいまジムに行く気にはなれない、ミスタ・クレンショウが入ってくると困るから。なにかが私を締めつけるような感じがする。いまやっている問題になかなか入りこめない。

正常《ノーマル》というのはどんな感じのものだろう。学校を卒業したときそのことについて考えるのはやめた。その考えが頭を出すとわきへ押しのける。しかし……私がどもってしまうとき、まったく返事ができずに小さな手帳に文字を書いてひとに見せなければならないとき、私の頭がおかしいとひとに思われるのではないかと悩まずにすむというのは、どんな感じのものだろうか？　ポケットにカードを入れておかなくてもいいというのはどんな感じのものだろう。どこへでも行って見たり聞いたりすることができるというのは？　ひとの顔を見るだけでそのひとがなにを考えているかわかるというのは？

私がいま扱っている記号のひとかたまりが突如まったくもやもやした意味をなさないものに見える、ひとの声がまったく意味のない音に聞こえるように。

こういうことなのか？　なぜノーマルなひとたちがわれわれのやっているこうした仕事をしないかということの、これが理由なのか？　私がやり方を知っているこの仕事、私がうまくできるこの仕事と、ノーマルであることと、私はそのどちらかを選ばなければならないのだろうか。私はオフィスを見まわす。回転螺旋がふいに疎《うと》ましくなる。回転螺旋の動きはただくるくる回ること、同じパターン、くり返しくり返しくり返し。私は扇風機を止めるために手を伸ばす。もしこういうことがノーマルだというなら、私はいやだ。

符号がふたたび生きかえる、さまざまな意味をもち、私はそのなかに跳びこんで頭をそれに沈めるので頭上の空を見る必要はない。

ふたたび浮かび上がるともう昼どきをすぎている。一つところに長くすわりすぎていたために、そして昼食をとらなかったために頭痛がする。私は立ち上がりオフィスのなかを歩きまわり、ラースが言ったことを考えまいとする。だが、考えずにはいられない。空腹ではないが、食べなくてはいけない。われわれの建物の簡易キッチン《キチネット》へ行き冷蔵庫から私のプラスチックの容器を出す。われわれはみんなプラスチックのにおいが嫌いだが、この容器のおかげでたがいの食べ物がくっつかない、だからリンダのツナのサンドイッチのにおいを私はかがずにすむし、彼女も私のジャーキーや果物のにおいをかがずにすむ。

ブドウを少しとリンゴを食べ、ジャーキーをかじる。胃がざわざわする。ジムに行こうと思い、のぞいてみるとリンダとチャイがいた。リンダは高い跳躍をしている、顔をしかめている。チャイは床にすわりファンの吹き流しのカラー・テープを見つめている。リンダは私を見つけると、トランポリンの上で向こうをむく。彼女は話したくない。私も話したくない。

午後は永遠に続くように思われる。私はきっちり時刻どおりに仕事場を出て、駐車場にある私の車のほうに歩いていく。まったく合わない音楽が、頭のなかでがんがんと鳴りひびく。車のドアを開けると、熱くなった空気がふうっと吐き出される。車の横に立って、早く秋になって涼しくなればいいと思う。ほかのひとたちが出てくる、みんなそれぞれ緊張し、視線を避け合っている。だれも喋らない。それぞれ車に乗りこむ。私が真っ先に車を出す、なぜかというと真っ先に出てきたからだ。

暑い午後、合わない音楽を頭に鳴りひびかせながら安全にドライブするのはむずかしい。光がウインドウやバンパーや縁どり《トリム》のメタルに反射する。反射する光が多すぎる。アパートに帰りつくころには、頭が痛くなり体がぶるぶる震えている。カウチからクッションを取って寝室に入り、日除けをぜんぶおろしドアも閉める。ベッドに横たわるとクッションをぜんぶ体に積み上げ明かりを消す。

これはドクター・フォーナムに決して話さないことだ。彼女のことだからこのことをさっそく私のカルテに書きこむだろう。そうにきまっている。私は暗闇のなかに横たわる、ふうわりとしたやさしい重みが私の緊張をやわらげてくれ、頭のなかの合わない音楽は洗い流される。私はやわらかな暗い沈黙のなかに漂う……早い速度で動いていく光子におそわれずに、安らかに休息する。

ようやくまた考えることも感じることもできるようになる。私は悲しい。私は悲しんではならない。ドクター・フォーナムが私に言い聞かせるように私は自分に言い聞かせる。私は健康だ。充分な給料を保証された仕事もある。住む場所も着る衣服もある。そうざらにはない私有車特別許可証もあるので、あの騒々しい混雑する公共の乗り物にほかのひとたちといっしょに乗る必要もない。

それでも私は悲しい。私は懸命に努力しているのに、相変わらずなんの効果もない。私はほかのひとと同じ服を着る。同じ言葉を同じような時に使う。おはよう、やあ、元気、元気です、おやすみ、どうぞ、ありがとう、どういたしまして、けっこうです、とりあえずいまは。私は交通規則に従う。あらゆる規則に従う。自分のアパートにはふつうの家具を置いている。あまりひとの聞かない私の好きな音楽をかける、うんと低くして、あるいはヘッドホンで聞く。だがそれでも充分ではない。私がどれほど懸命に努力しても、ほんもののひとたちは、まだ変われと言う、自分たちのようになりなさいと言う。

それがどれほどむずかしいことか彼らにはわからない。気にもしない。私に変わってほしいと思う。私の頭のなかにいろいろなものを入れて、私の脳を変えようとする。そんなことはしていないと彼らは言うが、彼らはそうしているのだ。

私は安全だと思っていた、ひとりで生活し、ほかのみんなと同じように暮らしていれば。

だがそうではなかった。

クッションの下で私はふたたび震えはじめる。泣きたくはない。大声で泣くかもしれない、そうしたら隣近所のひとに気づかれるかもしれない。私にのしかかるレッテルが聞こえる、私が子供のころ彼らが私の記録に貼ったレッテルが。主軸診断・自閉症スペクトラム障害／自閉症。感覚統合障害。聴覚処理障害。視覚処理障害。触覚障害。

私はこのレッテルを憎む。べたべたした感じがする、私には引き剝がせない専門家の糊で私に貼りつけられたレッテル。

赤ん坊はみんな自閉性障害をもって生まれてくる、とわれわれのグループのひとりがかつて言ったことがある。われわれは落ち着かなく笑った。認めはしたものの、認めたと言うのは危険だった。

神経学的に正常な乳児でも、入力された感覚情報を統合して一貫した外界の概念を形成できるようになるのに何年もかかるのだ。私の場合はもっと長い年月を要した――そして躊躇なく認めるが、私の知覚処理機能はいまでも正常《ノーマル》ではない――私は赤児たちと同じ方法でこの問題に挑戦した。まずさえぎる門もなく整理もされず入ってくる知覚情報に押し流された。私は眠ることと無視することによって知覚のこの過剰な負担からわが身を守ろうとした。

この研究論文を読むと、神経に損傷のある子供だけがこういうことをする、と思うかもしれないが、事実は乳児はみな、感覚情報への曝露をコントロールしている――目を閉じることによって、視線をそらすことによって、あるいはこの世界の情報が過剰になるときはただ眠ることによって。時が経ち赤児たちがこのデータのかたまりを理解するようになると、彼らは網膜の刺激のどのパターンが、視界に映るどの出来事を示す信号なのか、聴覚の刺激のどのパターンが人間の声を——そして自分の母国語を喋っている人間の声を示す信号なのか、ということを学んでいく。

私が——自閉症の人間はだれでもそうだが——これについて学ぶにはもっと時間がかかる。私の両親は、私が成長してそういうことが理解できるようになると、それについて説明してくれた。なんらかの理由で乳児の私の神経は、感覚刺激がギャップを埋めるまで長く持続することを必要としていた。彼らには——そして私には、必要な感覚刺激の持続時間を私の神経に供給してくれるさまざまな技術が幸運にもあったわけだ。〈注意欠陥〉というレッテル（これはごく当たり前だった）を貼られるかわりに、私には注意を払うことができる刺激があたえられただけのことだった。

私は、コンピュータがアシストしてくれる初等言語習得プログラムを受けさせられる以前のことを覚えている……ひとの口から発せられる音は、牛が野原でもうと鳴いたり唸《うな》ったりしているよりでたらめで、いや、でたらめ以上だった。子音の多くが聞きとれなかった——聞きとれるほど長く発せられなかった。治療法が役立った——私が聞きとれるまでコンピュータがその音を引き伸ばしてくれたので、私の脳はしだいに短いシグナルもとらえられるようになった。だがそのすべてではない。きょうこの日まで早口に喋るひとの言葉は、いかに神経を集中しようと私にはとらえられない。

昔はもっとひどいものだった。コンピュータがアシストする言語習得プログラムができる以前は私のような子供は言葉をまったく学ぶことができなかった。二十世紀中葉には、セラピストたちは、統合失調症のように自閉症を精神の病《やま》いと考えていた。私の母は、自分の子供の頭を狂わしたと言われた女性の手記を読んでいた。自閉症の人間は精神を病んでいる、あるいは病むようになるという考えは、二十世紀末までずっとつづいていた。私は数年前にそれに関する記事を雑誌で見たことさえある。そのために私はドクター・フォーナムの診察を受けなければならなかった、私が精神病に移行していかないことを彼女が確かめるために。

ミスタ・クレンショウは私の頭が狂っていると考えているのだろうか。私に話しかけるときの彼の顔が輝くのはそのためだろうか？　彼は怖がっているのか？　ミスタ・オルドリンが私を怖がっているとは思わない――私だけではなく、ほかのみんなも。彼はわれわれがほんものの人間であるかのように話しかける。だがミスタ・クレンショウは、私が手に負えない動物、躾《しつ》けてやらなければならない動物であるかのように話しかける。私はときどき怖くなる、だがクッションの下でやすらぎを覚えたいまはもう怖くはない。

私がしたいことは、外に出て星を見あげることだ。両親は私を南西部にキャンプに連れていってくれた。寝ころんで、天空の美しい星座のすべてを、永遠にめぐりめぐっている星座を見たのを思い出す。もう一度あの星空が見たい。子供のころそれは私にやすらぎをあたえてくれた。星空は秩序ある宇宙を、一つの大きなパターンである宇宙を私に見せてくれた。そのなかで私は大きなパターンのちっぽけな一部なのかもしれない。あの光が私の目に届くにはどれほど長いあいだ——何百年、何千年という年月——旅をしてくるか、両親が話してくれたとき、私はなぜか心がやすらぐのを覚えた。

ここでは星を見ることができない。アパートの隣りにある駐車場の防犯灯は、ナトリウム灯でピンクがかった黄色の光を放っている。それは空気をぼやけさせ、そのぼやけた黒い空のふたに妨げられて星が見えない。見えるのは月と少数の明るい星と惑星だけである。

ときどき私は郊外に出かけていって星を見る場所を探す。そんな場所を見つけるのはむずかしい。郊外の道路に車を止めてライトを消すと、ほかの車の運転者は車が見えないので私に突っこんでくるかもしれない。路肩とか、納屋に通じるふだん使われていないような小道などに車を止めようとしたが、近くに住むひとが車に気づいて警察に通報するかもしれない。警察がやってきたらなぜこんな夜更けに車を止めているのか知りたがるだろう。私は星を見たいという私の欲求を彼らは理解しない。それは口実にすぎないと言うだろう。私はもう二度とこういうことはしない。そのかわりお金をたくさん貯めて休暇を取って星の見えるところに行くことにする。

警察というところはおかしい。われわれの仲間は、ふつうのひとたちより警察の厄介になることが多い。サンアントニオで育ったホルヘは、もしあんたが金持ちでもなく白人でもなくふつうでもなかったら、警察はあんたを犯罪者だと考えるよと言った。大きくなるまでのあいだ彼は何度も不審尋問を受けた。彼は十二歳になるまで話し方を習得せず、習得したあとも上手に話すことができなかった。警察はいつも彼が酔っぱらっているかヤクをやっていると考えた、と彼は言った。自分がどういう人間で、ふつうに喋ることができないことを説明するブレスレットをはめていても、警察の連中はそれを確かめるために彼を警察署までわざわざ連行した。そして町はずれに住む彼を送ってはくれず、両親のどちらかに連絡してわざわざ迎えにこさせるのだ。両親はふたりとも働いていたので、彼はいつも三、四時間は警察で待たされた。

私はこういう目にあったことはないが、空港の警備員に呼び止められたように、いつも不可解な理由で不審尋問をされた。だれかが乱暴な口調で話しかけてくると私はとても怖くなって、ときにはなかなか返事ができない。私はこう言うように練習をした。「ぼくの名前はルウ・アレンデイルです。ぼくは自閉症です。質問になかなか答えることができません」鏡の前で、どんなに怖くてもちゃんとそう答えられるように練習した。練習をするときでも声がかすれてひきつった。彼らは訊く、「身分証はあるかね？」私は「ポケットに入っています」と言わなければならない。私が財布を抜き出そうとするそぶりを見せると、彼らは怖がって私を殺すかもしれない。高校のシビア先生が話してくれたことがある。われわれがポケットにナイフとか銃を持っているかもしれないと警察官が考えて、ＩＤを出そうとする人間を殺してしまったことがあるそうだ。

私はこれはおかしいと思うが、警察がじっさいに脅威を感じたのであればこれは正当防衛だという判決を法廷が下したという記事を読んだ。しかしもしだれかほかの人間が警察にじっさい脅威を感じて、その人間が警官を殺したとしても、それは正当防衛ということにはならない。

これは筋が通らない。シンメトリーがない。

高校のわれわれのクラスにやってきた警官はこう言った。警察はみんなに力を貸すために存在するものだから、警察を怖がるのは悪いことをした人間だけだと。ジェン・ブラウチャードが、私が思っていることを言ってくれた。自分たちを怒鳴ったり脅かしたり、地面にうつぶせに伏せろと命令したりする人間を怖がるなというのはむりだ。なにも悪いことはしていなくとも、大男が自分に向かって銃をふりまわせば、怖がるのはあたりまえだ。警官は顔を赤くして、そういう態度はよくないと言った。彼の態度もよくないと私は思ったが、口に出さない分別はあった。

しかし私のアパートに住んでいる警官はいつも愛想がいい。彼の名前はダニエル・ブライス、だが彼は自分をダニーと呼んでくれと言っている。私に会うとかならずおはようとか今晩はとか挨拶をする。私もおはようとか今晩はとか挨拶する。私が車をとてもきれいにしているので褒めてくれる。ミス・ワトスンが養護施設に行くことになったときは、彼と二人で彼女の引っ越しを手伝った。彼女のコーヒー・テーブルの両端を二人で持って階下におろした。彼は後ろ向きでおりていくほうを持つよと自分から言った。彼は私の知るかぎりひとを怒鳴ったことがない。私のことを彼がどう思っているかは知らない、ただ彼は私の車がきれいなのが気に入っているようだ。私が自閉症であることを彼が知っているかどうかはわからない。私は彼を怖がらないことにした、なぜかというと私はなにも悪いことはしていないからだ、でもやっぱり、ちょっぴりは怖い。

みんなが彼を怖がっていると彼が思っているかどうか、彼に訊いてみたいと思うけれども、彼を怒らせたくはない。私がなにか悪いことをしていると彼に思われるのはいやだ、なぜかというと彼がまだちょっぴり怖いから。

テレビの警察ものの番組を見ようとすると、私はまた怖くなる。警察官はいつも疲れていて怒っているように見える、そしてその番組ではそれでかまわないと思わせようとしているらしい。私は怒っているときでも怒っているしぐさを見せてはいけないと教えられているが、警官はそうしてもいいらしい。

しかし私は、私のようなひとたちがやることで自分を判断されたくはない。私はダニー・ブライスに対して不公平にはなりたくない。彼は私に向かって微笑するので、私も微笑を返す。彼がおはようと言うので私もおはようと言う。彼が持っている銃は玩具なのだと思いこもうとする、だから彼のそばにいても汗をたくさんかくこともなく、私がやってもいないことで罪悪感をもっているのではないかと彼に思わせもしない。

毛布とクッションの下で、落ち着いたと同時に汗もかいた。私は毛布の下から這いだして、クッションを並べなおしシャワーを浴びにいった。いやなにおいをさせないようにするのは大切なことだ。いやなにおいをさせているひとは、ほかのひとを怒らせたり怖がらせたりする。私はいま使っている石鹸のにおいが嫌いだ——人工的なにおいが強すぎる——だがこれはほかのひとたちには受け入れられるにおいなのだろう。

シャワーを浴びて着替えをしたときにはもう夜も遅く、九時をすぎていた。ふだんの木曜日は〈コバルト457〉を見るのだが、もう遅すぎる。空腹だ。湯を沸かしてそのなかにヌードルを落とす。

電話が鳴る。私は跳び上がる。どんな呼び出し音を選ぼうと、電話はいつも私を驚かし、私は驚いたときはいつも跳び上がる。

ミスタ・オルドリンだ。喉が詰まる。なかなか言葉が出てこないが、彼は話をつづけない。待っている。彼は理解している。

私には理解できない。彼は仕事場の人間だ。彼は仕事場の一員だ。これまで私の自宅に電話をしてきたことはない。その彼が私と話をしたいと言う。なんだか罠にはまったような気がする。彼は私の上司だ。私になんでもやれと命令することはできるが、それは仕事に限られる。彼の声を家の電話で聞くのは妙な感じがする。

「あ——あなたから電話をもらうとは思いませんでした」と私は言う。

「そうだろう」と彼は言う。「仕事場ではないところできみと話す必要があるので家に電話をしたんだよ」

胃がぎゅっと縮むのがわかる。「なんのために？」と私は訊く。

「ルウ、クレンショウさんがきみたちを呼び出す前にきみは知る必要があるんだよ。成人の自閉症を治療する実験があるんだ」

「知っています」と私は言う。「そのことなら聞きました。猿で実験したそうです」

「そうだ。しかしジャーナルに載っていたのは一年以上前のものだ。それから……進展があった。うちの会社はその研究を買いとった。クレンショウはきみたち全員がこの新しい治療法を受けることを望んでいる。わたしは賛成できない。時期尚早だと思う、それにきみたちに押しつけるのは間違いだと思う。少なくともきみたち自身が選択するべきだ。だれもきみたちに命令してはいけない。だが彼はわたしの上司だ、彼がきみたちにこれについて話すのを止めるわけにはいかない」

止めるわけにはいかないのなら、なぜ電話をしてきたのだろう？　これはノーマルなひとたちが、どうしてもそうしないわけにはいかなくて誤ったことをしてしまったことに同情してもらいたいときに取る方法なのだろうか。そんなことを本で読んだことがある。「きみを助けたい」と彼は言う。なにかをやりたいと言うことは、やるということと同じではないと私の両親が言っていたのを思い出す……つまりそう努めるということとそうするということは同じではないということだ。なぜ彼はこう言わないのだろう、「きみを助ける」と。

「きみには代弁者が必要だと思う」と彼は言う。「クレンショウと交渉するのにきみの力になってくれる人間だ。わたしよりましな人間だ。そういう人間をきみのために探すことはできる」

　彼はわれわれの代弁者になりたくはないのだと私は思う。彼はクレンショウに解雇されるのを恐れているのだと思う。それなら筋が通る。クレンショウはわれわれをだれでも解雇できる。私はまわらない舌と格闘して言葉を押し出した。「すべきではない……それはいけない……ぼくは思う……ぼくは思うぼくは——ぼくたちは——ぼくたちの側の人間を見つけるべきだと」

「見つけられるのか？」と彼は訊く。その声に疑いのひびきがある。以前の私は、うれしそうではない声を耳にしただけで、相手が自分のことを怒っているのではないかと恐れたものだ。もうそういうことはなくなったのでよかったと思う。彼はなぜ疑いを持ったのだろう、彼は、われわれがどんな種類の仕事ができるか知っているし、私が自立していることも知っているのに。

「センターに行きます」と私は言う。

「たぶんそのほうがいいかもしれない」と彼が言う。彼のほうの通話口で音がする。彼の声が聞こえる、だがそれは私に向かって言ったのではない。「音を低くしてくれ。電話中なんだ」ほかのひとの声、不機嫌な声が聞こえるが、言葉はよく聞こえない。それからミスタ・オルドリンの声が、私の耳に大きくひびく。「ルウ、だれかを探すのがむずかしいようなら……わたしの助けがほしいと思ったら、そう言ってくれ。いちばんきみのためになるようにしたいと思っている。それは知っているね」

それは知らない。ミスタ・オルドリンがわれわれの管理者だということは知っている、そしてわれわれに対してはいつも機嫌よく根気よく接してくれるし、われわれの仕事がやりやすくなるようなものを提供してくれる、だが彼がいちばんわれわれのためになるようなことをしたいと思っているとは知らなかった。それがなんであるか、彼にはどうやってわかるのだろう？　彼は私がマージョリと結婚することを望んでいるのだろうか？　仕事場をはなれたわれわれのことをどれだけ知っているのだろう？

「ありがとう」と私は言う、どんな場合でも無難な型どおりの挨拶。ドクター・フォーナムは鼻を高くするだろう。

「よし、それじゃ」と彼は言う。私は、なんの意味も持たないこういう言葉で頭を混乱させないように努める。これも型どおりの挨拶。彼は会話の結びに入ったのだ。「わたしが力になれることがあったら電話をしてくれたまえ。自宅の電話番号を教えるから……」彼は番号を早口で言う、私の電話システムは番号を受信している、もっとも私はぜったい忘れることはないが。番号はやさしい、この番号は素数が並んでいるのでとくにやさしい、もっとも彼のほうはそんなことには気づきはしないだろう。「おやすみ、ルウ」彼は電話の向こうで言う。「心配しないように努めなさい」

努めるということは、するということではない。私はおやすみなさいと言って電話を切り、いささかのびてしまったヌードルに戻る。のびたヌードルでも私は平気だ。やわらかで心地よい。たいていのひとが、ヌードルにピーナツバターをのせるのは好まないが、私は好きだ。

ミスタ・クレンショウがわれわれにその治療を受けさせたがっているということについて考える。われわれに強制することはできないと思う。われわれと医学研究についての法律がある。どんな法律か正確には知らないが、彼はわれわれにそれを強制することはできないと思う。ミスタ・オルドリンはそれについては私より詳しく知っているはずだ。彼は管理者なのだ。彼はきっとミスタ・クレンショウがそれをやれる、あるいはやろうとするだろうと思っているにちがいない。

なかなか眠れない。

金曜日の朝、ミスタ・オルドリンが自分にも電話をしてきたとキャメロンが言う。ミスタ・オルドリンはみんなに電話をしたのだ。ミスタ・クレンショウはまだわれわれにはなにも言わない。胃のあたりに不快感がある、合格しそうもないテストの前のように。コンピュータの前にすわり仕事ができるのはありがたい。

最新のプロジェクトの前半分を終え、試験的な操作もみな問題なく進んだ。そのほかは一日なにも起こらない。昼食のあとキャメロンが言う。地元の自閉症協会が、研究論文に関する集会をセンターで開催するという告知をしたと言う。彼は行くつもりだ。みんな行くべきだと彼は考えている。私はこの土曜日は車の掃除をするほかはなにも予定はないし、いずれにしても土曜日の午前中はだいたいセンターに行くことにしている。

土曜日の朝、私はセンターに歩いていった。長い距離だが、朝もこれほど早いと暑くはないので脚の具合もよい。それに道路には煉瓦の歩道がついていて、二色の煉瓦が――褐色と赤――おもしろいパターンを作っている。それを見るのは楽しい。

センターには、私の仕事場にいるひとたちばかりではなく、市内のあちこちに散らばっているひとたちも来ている。彼らは、多くは年輩のひとたちで、成人のディケア施設にいるひとたち、あるいは厳重な監視つきの作業所で働いてグループ・ホームで生活しているひとたちだ。ステファンは、ここの小さな大学の教授である。生物学のある分野の研究をしている。マイは大きな大学の教授で、彼女の研究分野は、数学と生物物理学が部分的に重なりあっているものだ。ふたりともこうした集会にはひんぱんにはあらわれない。もっとも障害の重いひとたちがいちばんよく集会にやってくることに私は前から気づいていた。ジョー・リーのような若いひとたちはぜったいやってこない。

私の知っている、私が好きなひとたち、たとえば仕事場のひとたちや、ほかから来るひとたち、大きな会計事務所で働いているマレーのようなひとたちと私は話をする。マレーは私のフェンシングの話を聞きたがる。彼は合気道を習っているが、私と同じように精神科医には黙っている。マレーは新しい治療法のことはもう聞いているはずだし、どういう理由でここに来たのかということも知っているはずだが、彼はそれについて話したくないだろうと私は思う。彼の仕事場はわれわれとはちがう。この治療法が人間を使って実験する段階になっていることも知らないかもしれない。おそらく彼はその治療を望むだろうし、人間に適用されればいいと願うだろう。私はそれについて彼に尋ねる気はない、きょうはまだ。

センターは自閉症者だけが使うところではない。ほかのさまざまな障害をもったひとたちの姿も大勢見える、ことに週末には。その障害のすべてについて私は知っているわけではない。だれのどこが悪いのかというようなことについては考えたくはない。

気さくなひとたちはわれわれに話しかけるし、そうでないひともいる。きょうのエミーはすぐにわれわれのところにやってくる。彼女はほとんどいつもここにいる。私より背は低く、髪の毛は黒くまっすぐ、厚い眼鏡をかけている。なぜ目の手術を受けないのだろうか。尋ねるのは無作法である。エミーはいつも怒っているように見える。眉を寄せ、口のすみに小さな硬い筋肉のかたまりがあり、口の両はしが下がっている。「あんた、ガールフレンドがいるでしょ」と彼女が言う。

「いいや」と私は言う。

「いるわよ。リンダが教えてくれた。あたしたちの仲間じゃないって」

「いいや」と私はもう一度言う。マージョリは私のガールフレンドではない――まだ――それに彼女のことをエミーと話し合うのはいやだ。リンダはエミーになにも話してはいけないのだ、ことにこのことは。私はリンダに、マージョリが私のガールフレンドだと話したことはない、なぜならばマージョリはガールフレンドではないからだ。これは正しいことではなかった。

「あんたが剣で遊ぶところ」とエミーは言う。「そこにガール——」

「彼女は女の子《ガール》じゃない」と私は言う。「彼女は女性だ。それにぼくのガールフレンドでもない」まだそうではないのだ、と私は思う。マージョリのことを思い出し、先週あの顔に浮かんだ表情を思い出すと首すじがかっと熱くなる。

「リンダがそうだと言ってたもの。あの女はスパイよ、ルウ」

エミーはふだんはめったにひとの名前を言わない。彼女が私の名前を言うのを聞くと、腕をぴしゃりとぶたれたような感じがする。「それはどういう意味、〝スパイ〟とは？」

「彼女は大学で働いている。あのプロジェクトをやっているところよ」エミーは私をにらみつける、まるで私があのプロジェクトをやっているとでもいうように。彼女が言っているのは、発達障害について研究しているグループのことだ。私が子供のころ、両親は障害の程度を判断してもらうために私をそこへ連れていき、三年の間私はそこの特別養護学級に通った。それから両親はそのグループが子供たちの力になるよりは補助金の獲得のための研究論文を書くことに関心があることに気づいたので、私を地元の病院の別のプログラムに参加させた。われわれの地域社会では、研究者たちにその身元を明らかにするように要求する方針をとっている。彼らがわれわれの集会に出席することをわれわれは拒んでいる。

エミーは守衛としてその大学で働いている。だからマージョリがそこで働いていることも知っているのだろう。

「大勢のひとたちが大学で働いている」と私は言う。「そのぜんぶがあの研究グループに所属しているわけではないよ」

「彼女はスパイよ、ルウ」エミーはもう一度言う。「彼女はあんたの病状分析に興味があるだけで、人間としてのあんたには興味はない」

胸のなかに穴があいたような気分がする。マージョリは研究者ではないとは思うが、あまり確信はない。

「彼女にとってあんたは出来損ない」とエミーは言う。「被験者よ」彼女は被験者という言葉を猥雑な口調で言った、私が〝猥雑〟の意味をちゃんと理解しているとすればだが。ひどい。迷路のなかのネズミ、檻のなかのサル。私は新しい治療法について考える。それを最初に受ける人間は被験者、彼らがはじめにそれを試みた猿と同じもの。

「それはちがう」と私は言う。脇の下に、首すじに汗がしたたりおちるのがわかる、そして恐れを感じるときやってくる微かなおののき。「だけどとにかく、彼女はぼくのガールフレンドではない」

「あなたがそれほど分別をもっているなんてうれしいわ」とエミーが言う。

私は集会場へ行く、なぜかというともしセンターを立ち去れば、エミーはマージョリと私のことをほかの連中に話すだろう。研究の計画案とそれのもつ意義について話している人物に耳を傾けているのがむずかしい。彼の話を聞いていて聞いていない。私がこれまで聞いたことのない話を彼がすると、私はそれに気づくが、注意して聞こうとはしない。あとでセンターのウェブサイトで講演の内容を読むことができる。エミーが言うまでマージョリのことは考えていなかったのに、いまはとめどもなくマージョリのことを考えている。

マージョリは私が好きだ。たしかに私のことが好きだ。私自身としての、グループのひとたちといっしょにフェンシングをやるルウとしての、あの水曜日の夜いっしょに空港まで行かないかと誘ったルウとしての私が好きなのだ。ルシアはマージョリが私のことを好きだと言った。ルシアは嘘をつかない。

だが好きにもいろいろある。私は食べ物としてハムが好きだ。ハムを噛んだときハムがなにを考えるかということは気にしない。ハムは考えないということは知っているので、それを噛んでも私は平気だ。あるひとたちは肉を食べない、なぜかというとその原料である動物はかつて生きていて、たぶん感情も思考力ももっていたから。だがいったん死んでしまえば、それも気にならない。ひとに食べられるものは、数グラムの無機物は別としてすべてはかつては生きていたものだ。そして樹木も、それと意思の疎通をする方法がわかれば、思考や感情をもっているのがわかるかもしれない。

マージョリが、エミーの言うような意味で私のことが好きだとしたら——つまり一つの物として、被験者として、私がハムを噛むのと同じような意味で好きだとしたら？　もし私が落ち着いていて愛想がよいという理由でほかの研究対象よりも私のほうが好きだとしたら？

いまの私は落ち着いた気分でもないし愛想よくする気分でもない。だれかを殴りたい気分だ。

集会場にいたカウンセラーはわれわれがもうすでにインターネットで読んだことしか話さない。彼は治療の方法について説明することができない。その研究に応募するにはどこへ行けばよいのかも知らない。私の会社がその研究を買ったことも言わない。おそらく知らないのだろう。私はなにも言わない。ミスタ・オルドリンの言うことが正しいかどうか確信はない。

集会のあとほかのひとたちは残って新しいプロセスについて話しあうということだが、私はすぐに立ち去る。家に帰り、エミーのいないところでマージョリのことを考えたい。マージョリが研究者であるということについては考えたくない。車のなかで私の横にすわっていた彼女のことを考えたい。彼女のにおい、髪の毛の艶、そして彼女がラピエで闘うさまを考えたい。

自分の車の掃除をするあいだはマージョリのことが考えられる。シープスキンのシート・パッドをはずして振るう。どんなに注意をしても、いつもパッドにひっかかっているものがある、ごみや糸くずやそして――きょうは――ペーパー・クリップ。なんでそんなものがここにあるのかわからない。それを車の前のほうにおき、小さなブラシでシートをはらい、それから床に掃除機をかける。掃除機の音で耳が痛くなるが、ブラシではらうより早いし舞い上がるほこりも少ない。フロントガラスの内側をすみずみまで入念に拭き、それからミラーも拭く。店には車用の特別なクリーナーを売っているけれども、どれもとてもいやなにおいがして気分が悪くなるので、私は濡らしたぼろ布を使う。シープスキンをシートにもどし、きちんと結びつける。これで私の車は日曜日の朝のためにすっかりきれいになる。教会へはバスで行くにしても、自分の車が日曜日の服を着てきれいになっていると考えると気分がいい。

マージョリのことは考えずに急いでシャワーを浴び、それからベッドに入って彼女のことを考える。私の頭のなかで彼女は動いている。たえまなく動き、それでいて静かだ。彼女の顔は、ほかのどの顔よりはっきりと浮かんでくる。その表情は、私がその意味を理解できるほど長く変わらない。私が眠りにつくとき、彼女は微笑んでいる。

第四章

トムは道路に立って、マージョリ・ショウとドン・ポワトウが庭を横切ってやってくるのを眺めていた。マージョリが、ちかごろルウ・アレンデイルに心を寄せている、とルシアは思っているが、マージョリはいまドンと肩をならべて歩いてくる。ドンは彼女の手から用具の入ったバッグをむりやり取っていた——だがマージョリが彼のことを嫌っているとしたら、彼女はなぜバッグを取り返そうとしないのか？

トムは溜め息をついて薄くなった髪の毛をかきあげた。フェンシングというスポーツは好きだし、ひとを家に集めるのも好きではあるが、このグループの対人関係の絶え間ないごたごたは、年をとるにつれて重荷となり、彼は疲労困憊していた。自分とルシアの家が、みなの肉体的、社会的能力を最大限に伸ばせる場になることを願っていたものの、ときには、庭を占領する永久に未熟なままのひとびとと共に自分も埋もれていくような気がしてならなかった。いずれにしてもだれもかれもが恨みつらみや傷ついた心を抱いてここにやってくる。

さもなければルシアの前にどさりと投げ出す。主として女性がそうした。ルシアの横にすわりこんで、彼女の針仕事や絵に興味があるようなふりをしながら、自分の悩みをまくしたてる。彼とルシアは、いまなにが進行しているか、だれがどんな支援を必要としているか、過度の責任を背負いこまずに援助の手をさしのべる最善の方法はなにかということについて何時間も話し合う。

ドンとマージョリが近づいてくると、彼女が迷惑そうにしているのが見えた。ドンは相変わらずひとりで話に夢中になり彼女のバッグを振りまわしながら早口にまくしたてている。これも一例だ、とトムは思う。今夜じゅうにきっとマージョリからドンに迷惑をかけられた話を聞かされるだろうし、ドンからはマージョリがちっともわかってくれないという不満を聞かされることだろう。

「あいつは用具をいつも同じ場所に置かないと気がすまないんだよ、ほかじゃぜったいだめなのさ」と言うドンの言葉が聞こえるほど、ふたりは近づいてきた。

「几帳面なのよ」とマージョリが言った。とげとげしい声、相手の言い分にいかにも腹を立てている口調だ。「几帳面なことに文句があるの？」

「あの異常なこだわりに文句があるんだよ」とドンは言った。「あんたにはね、健康的な融通性ってものがあるよ、車を止めるにもときには道路のこっち側、ときにはあっち側だろ、ちがう服だって着てくる。ルウは、毎週まったく同じ服を着てくるんだ——清潔なのは認めるけどね、だけど同じやつだぜ——それから用具をどこにしまうか、あいつのやり方ときたら……」

「あなたは用具の置き場所をまちがえて、トムに移せと言われたでしょ?」とマージョリが言った。

「それはルウが動揺するからだってさ」とドンは不服そうに言った。「公平じゃ――」

マージョリがドンを怒鳴りつけてやりたいと思っているのがトムにはわかる。トムもそうしたかった。だがドンを怒鳴りつけるのはむだなことだ。ドンには献身的なガールフレンドがいて、まるで親のように八年間も彼の世話をやいていたのに彼はなにも変わっていない。

「ぼくもあそこがきちんと片づいているほうがいいな」トムは皮肉にならないように気をつけた。「各人の用具置場がきまっているほうがみんなも楽なんじゃないか。それに用具をあたりかまわずほうりだしておくのも、同じ場所にこだわるのと同じくらい異常なこだわりともいえるね」

「ちょっと、トム。忘れっぽいのとこだわりとじゃ正反対だぜ」彼は迷惑そうな様子もない、ただおもしろがっている、トムが無知な少年だとでもいうように。ドンは仕事場でもこんな態度をとるのだろうかとトムは思った。そうだとすれば、変化に富む職歴も説明がつくというものである。

「ぼくがきめたきまりのことでルウを責めないでくれよ」とトムは言った。ドンは肩をすくめ用具を取りに中に入っていった。

ごたごたが始まる前のわずか数分の平和……トムはルシアの横に腰をおろした。彼女はすでにストレッチを始めており、彼の爪先に手を伸ばしてくる。彼女はらくらくとこなしている。マージョリはルシアの向こう側にすわって体を前に屈めて額を膝につけようとしている。

「ルウは今晩ここに来るはずよ」とルシアは言った。そしてマージョリを横目で見た。

「あれは迷惑だったかしら」とマージョリは言った。「空港までいっしょに来てなんてたのんだのは」

「そんなことないでしょ」とルシアが言った。「むしろとてもよろこんでいたんじゃない。なにかあったの?」

「ううん。あたしの友人を出迎えて。あたしはルウをここまで送ってきた。それだけよ。ドンが、彼の用具のことをなにか言ってたけど――」

「ドンには用具を片づけるようにトムがいつも言っているのにね、ドンときたらラックにほうりこむだけ。きちんとしまうようにトムが言ってるんだけどね。もうずうっとひとのするところを見ているんだから、いいかげんしまい方ぐらいわかってもいいのに、ドンときたら……やる気がぜんぜんないのよ。ヘレンもはなれちゃったしね、何年も前に逆戻り、またあくたれ坊主になっちゃった。成長してもらいたいわよ」

トムは話にくわわらずただ耳を傾けていた。彼はいくつかの兆《きざ》しを見逃さなかった。ルシアはもういつでも、ルウに対する気持とドンに対する気持をマージョリにぶちまけるだろう、そんなときには遠くにはなれていたいとトムは思った。ストレッチを終えて彼が立ち上がったちょうどそのとき、ルウが家の角をまわってやってくるのが見えた。

照明を点検し、怪我をしそうな危険を取り除くためにもう一度そのあたりを見渡しながら、トムはルウのストレッチを見守っていた……いつもながら規則正しく、いつもながら始めから終わりまできっちりとやっている。ひとによってはルウを退屈な人間だと思うかもしれないが、トムは彼に底知れぬ魅力を感じている。三十年前なら、彼はふつうの生活はできなかったかもしれない。五十年前なら、彼は一生を施設で過ごしたかもしれない。しかし初期段階での早期介入技術の向上と教育法と、それからコンピュータによる感覚統合訓練の進歩のおかげで、彼は優良な雇用先を見つけ自立する能力、ふつうとほぼ同等の条件で現実の世界のなかで生きていく能力とをあたえられたのだ。

奇跡的な社会への順応、それはまたトムにとっていささか心の痛むことではあった。ルウより若いひとびと、同じ神経系統の欠損障害をもって生まれてきたひとびとが、生後二年のあいだの遺伝子治療によって完治することができるようになった。両親がそうした治療を拒否したものたちだけが、ルウのように、ルウがこれまでにマスターした困難なセラピーと取り組まなければならない。もしルウがもう少し若ければ、こんな苦労はしなくてすんだのだ。彼は健常者《ノーマル》になっていたかもしれない、健常者ということがどういうものであろうと。

それでも彼はこうしてフェンシングをしている。ルウがこれをやりはじめたころのぎくしゃくとした動きを思い出す――ほんとうに長いあいだ、ルウのフェンシングは、本物のフェンシングのパロディもいいところだった。クラスが上にあがるたび、いつも出始めはもたもたし進歩もはかばかしくなかった……フルーレからエペへ、エペからラピエへ、一本の剣から、フルーレとダガーへ、エペとダガーへ、ラピエとダガーなどなどへ進んだ。

彼はその技能を生来具《そな》わった能力ではなく、まったくの努力によって習得した。しかも肉体的技能を身につけたいま、ほかのフェンサーだと何十年もかかるような頭脳的技能はわずか数カ月で会得したようだった。

トムはルウの目を捕らえると彼を招きよせた。「ぼくが言ったことを覚えているだろう――きみはもう上級の連中と練習をするべきだ」

「はい……」ルウはうなずいて、型どおりの礼《サルー》をする。はじめの動きは生硬だったが、たちまち敏速な動きのできる態勢に移った。トムは円を描き、方向を変え、フェイントをかけ、わざと隙を見せる、ルウはその動きに合わせ、自分が試されたようにこちらを試してくる。トムの動きに反応するだけではなく、ルウ自身の動きにもパターンはあるのだろうか？　トムにはわからなかった。だがたびたびルウはこちらの動きを予測し、それをほとんど見破った……ということは、自分自身の動きにパターンがあり、ルウはそれを見破ったにちがいない、とトムは思った。

「パターン解析か」声に出して言った、そのときルウの切っ先が彼の切っ先をかすめて彼の胸に触れた。「それを考えつくべきだった」

「すみません」とルウは言った。彼はいつも「すみません」と言って困った顔をする。

「いい突き《トウシュ》だった」とトムは言った。「ぼくはきみがどういう闘い方をするか見つけようとしていた、試合に集中するよりもね。ところできみはパターン解析を応用しているのかい？」

「はい」とルウは言った。その口調には軽い驚きのひびきがある。みんなそうしているのではないのか、と彼は考えているのだろうか。

「じっさいの競技中にぼくにはそんなことはできないよ」とトムは言った。「相手がごく単純なパターンを使っていないかぎり」

「それは規則に反しているのですか？」とルウが訊いた。

「とんでもない、きみにそれができるとすれば、それは優秀なフェンサーの特性だね――その点から言えば、チェス・プレイヤーも然《しか》りだ。きみはチェスをやるの？」

「いいえ」

「そうか……じゃあ、試合のほうに神経を集中して、おかえしの突きができるかどうか試してみよう」

トムはうなずき、そしてまた闘いはじめるが、なかなか集中できなかった。彼はルウのことを考えたかった――あのぶざまなぎごちなさが、鋭い攻撃に変わったときのこと、ルウは見込みがあるとはじめて思ったときのこと、ルウが自分より進歩の遅いフェンサーのパターンを読むようになったときのこと、そんなことを考えたかった。それは、ルウの考え方についてなにを語っていたのか？　それは人間としてのルウについてなにを語っていたのか？

トムは隙を見て踏みこんだが、胸にまた鋭い突きを受けたのを感じた。「きみはいやかい？」

「やったな、ルウ、こんなふうにやられたんじゃ、きみを競技会に推薦しなくちゃならないな」と彼は半ば冗談に言った。ルウは肩を丸めて体を硬くした。

「ぼくは……競技会でフェンシングをやるべきだとは思いません」とルウは言った。

「きみ次第だけどね」トムはふたたび剣を構えた。なぜルウはそんなふうに言うのだろう。競争心がないということと、彼が競技を〝するべきでない〟と考えるのとはべつである。もしルウが健常者なら――トムはこの用語を考えるのさえいやなのに、まあこのとおり言ってしまう――三年前に競技会に出ているはずだ。長いあいだ個人的な練習の場に留まっていずに、大方のひとのようにもっと早い時期に競技会に出るべきだった。トムは勝負に心を引き戻し、突きを間一髪かわし、手当たり次第に攻撃した。

遂に息が切れ、喘ぎながら動きを止めなければならなかった。「ちょっと休みたいな、ルウ。ここで復習してみよう――」ルウはおとなしく従いパティオを囲む石垣に腰をおろし、トムは椅子にすわった。ルウは汗をかいているが、息づかいは荒くなかった。

トムはついに動きを止めて、はあはあ喘ぎながら、疲れたからもうやめだと言う。先に立ってすみのほうに私を連れていく。そのあいだにほかのふたりがリングに入る。彼の息づかいはとても荒い、言葉がとぎれとぎれに出てくるので、かえって私にはわかりやすい。私がとてもうまくやったと彼が思っているのがうれしい。

「それなのに——きみはまだ息切れしていないな。だれか相手をさがして練習したまえ、そのあいだにぼくはひと息入れている。あとで話し合おう」

私はルシアの横にすわっているマージョリのほうを見る。トムと闘っているあいだ彼女が私を見ているのがわかった。いまはうつむいており、熱気が彼女の顔をピンク色に染めている。胃がきゅっと締まるが、私は立ち上がって彼女のほうに歩いていく。

「こんにちは、マージョリ」と私は言う。胸がどきどきする。

彼女が顔を上げる。微笑をしている、完璧な微笑。「こんにちは、ルウ」と彼女は言う。

「今夜は調子はどう?」

「とてもいい」と私は言う。「やってもらえます……やりたいですか……ぼくと試合してくれますか?」

「もちろんよ」彼女は手を伸ばしてマスクを取りそれを顔にあてる。だからもう彼女の顔が見えない、彼女も私がマスクをしているときは私の顔が見えない。私はマスクを顔の上に戻す。これで見られることなく見ることができる。心臓が落ち着く。

私たちは、まずサビオロのフェンシング・マニュアルにある一連の動きをくり返す。一歩一歩、前に横に、回ってたがいを探り合う。それは儀式であり対話だ、私は彼女の突きを受け流し、彼女の受け流しに突きを入れる。私はこれを知っているのか? 彼女はあれを知っているのか？　彼女の動きはトムの動きより穏やかでためらいがちだ。回る、ステップ、質問、返答、頭のなかにひびく音楽に乗った鋼鉄の対話。

　私の予測どおりに彼女が動かないので私は突きを入れてしまう。私は彼女に突きを入れたくなかった。「すみません」と私は言う。私の音楽が逡巡し、私のリズムがつまずく。私は後退し、突くのを止め、剣の先を地面に置く。

「いいの――いい突きよ」とマージョリが言う。「油断してはいけないことはわかっているのに……」

「怪我はしなかったですか？」私のてのひらに衝撃を感じるくらい強い突きだったような気がする。

「いいえ……つづけましょう」

　彼女のマスクのなかに白い歯がひらめく、微笑。私は剣を構え、彼女が応える。私たちは踊りを再開する。私は慎重に剣を繰り出す、鋼鉄と鋼鉄の触れ合う感触を通して私は感じる、彼女が剣をもつ手にいっそう力をこめ、精神を集中させ、動きを速めているのが感じられる。私は動きを速めない。彼女は私の肩に突きを入れる。その時点で私は彼女のペースに合わせ、この手合わせができるだけ長くつづくようにする。

　たちまち彼女の息が荒くなり、早くも彼女はひと休みしたいと動きを止める。私たちはたがいの腕を組み合わせて礼を言う。私はめまいを感じる。

「おもしろかったわ」と彼女は言う。「トレーニングをしない言いわけばかりするのはやめないとね。ウエイトトレーニングをやっていれば、腕も痛くならないのに」

「ぼくは週に三回はウエイトトレーニングをやっています」と私は言う。それから彼女にそうしろと自分が教えているのに気づく、あるいは自慢をしていると彼女が思うかもしれないと気づく、だが私の言いたいのは、私はウエイトトレーニングをしているので腕は痛まないということなのだ。

「そうよね」と彼女は言う。その声はとてもリラックスしていて幸せそうだ。私もリラックスする。私がウエイトトレーニングをしていると言っても、彼女は不幸せではない。

「前はよくやっていたのよ。でも新しいプロジェクトが始まって、それに時間を食われているの」

私はプロジェクトが生き物で時計を齧っている絵を思い浮かべる。それはエミーが言っていた研究にちがいない。

「そうですか。そのプロジェクトとはなんですか？」答えを待っているあいだ私はほとんど息がつけない。

「ええ、あたしの研究分野は、神経筋のシグナル・システムなの」とマージョリが言った。「あたしたちが研究しているのは、遺伝子治療でもだめだった遺伝的神経筋疾患を治療する可能性があるものなの」彼女は私を見る、私はうなずく。

「筋ジストロフィーのようなもの？」と私は訊く。

「ええ、それよ」とマージョリは言う。「じっさいあたしがフェンシングにかかわるようになったのはそのためなの」

私の額に皺がよるのが感じられる。困惑。フェンシングと筋ジストロフィーとどういう関係があるのか？　筋ジストロフィーの患者はフェンシングをやらない。「フェンシング……？」

「ええ。数年前、課の会議に行くとちゅう、中庭を横切っていくと、そこでトムがフェンシングのデモンストレーションをやっていたの。あたしは、筋肉を使っているひとの立場からじゃなく、医者の観点から、よい筋肉の機能というものについて考えていたのよ……立ち止まって、フェンシングをやるひとたちを眺めながら、筋肉細胞の生化学反応について考えていたんだけど、そのときトムがとつぜんあたしにやってみませんかと声をかけてきたの。あたしが見ていたのは脚の筋肉だったのに、トムは、あたしの表情をフェンシングに対する興味と誤解したらしいのよ」

「大学でフェンシングをやっていたと思いました」と私は言った。

「大学よ」とマージョリは言った。「あのときはあたし院生だったの」

「ああ……それであなたはずっと筋肉の研究をしてきたのですね？」

「まあなんとかかんとかね。単なる筋肉の病気に対して遺伝子治療が成功してからは、神経筋のほうに移ったの……というかあたしの雇い主が移った、というべきね。あたしはプロジェクトの主任には向かないわ」彼女は私の顔を長いこと見つめている。烈しい緊張が感じられて私は目をそむける。「空港まで行ってもらったりして迷惑じゃなかったかしら、ルウ。あなたがいっしょのほうが安心だったから」

体が熱くなるのを感じる。「そんなことは……ぼくはちっとも……ぼくはそう望んで——」ごくりと唾を飲みこむ。「迷惑ではありませんでした」私は自分の声をとりもどすとそう言う。「あなたといっしょに行けてうれしかった」

「よかった」とマージョリは言う。

彼女はそれ以上なにも言わない。私は自分の体がリラックスするのを感じながら彼女の横にすわっている。できることなら、私は一晩じゅうでもここにすわっていたい。心臓の鼓動がしずまると私はまわりにいるひとたちを見る。マックスとトムとスーザンが二対一でフェンシングをやっている。ドンはパティオの向こうの椅子に屈みこんですわっている。彼は私を見つめているが、私が見ると目をそらす。


トムは、連れ立って帰っていくマックス、スーザン、マージョリに手を振った。こちらを向くとルウがまだそこにいた。ルシアは、例によって話をしたい連中を従えて家のなかに入っていった。

「研究があるんです」とルウが言った。「新しい。治療法、たぶん」

トムはその言葉より、ルウの声のぎごちなさ、音の高低と音調にあらわれている明らかな緊張に耳を傾けていた。ルウは怯えている。彼は不安なときにこういう声を出す。

「それはまだ実験段階なのかい、それとも実用化されているの？」

「実験段階です。しかし彼らは、会社は、彼らは望んでいます——ぼくの上司は言いました……彼らはぼくが……それを受けることを望んでいると」

「実験段階の治療法を？　それはおかしい。ふつうそういうものは一般健康保険では受け入れられないはずだよ」

「それは——彼らは——それはケンブリッジ・センターで開発されたものらしいです」とルウは言った、その声はさらにぎごちなく機械的だった。「会社がそれを所有しています。ぼくの上司が言うには、彼の上司がぼくたちにそれを受けさせたいと言っているそうです。彼は賛成できないけれども、会社をやめることはできないのです」

トムはふいに、拳でだれかの頭を殴りたい衝動に駆られた。ルウは怖がっている。だれかが彼を脅しているのだ。彼はわたしの子供ではない、とトムは自分に言いきかせた。この状況に介入する権利はないが、ルウの友人として彼には責任がある。

「それがどんな効果があるのかきみは知っているのか？」と彼は訊いた。

「まだです」ルウは首を振った。「つい先週、ウェブ上に発表されました。地元の自閉症協会がそれに関する会合を開きましたが、協会のひとは知らなかった……人間に対して実用化するにはまだ数年かかると彼らは考えています。ミスタ・オルドリン——ぼくの上司——は、それはいま現在実験されうる状態だと言いました。ミスタ・クレンショウはぼくたちにそれを受けろと言っています」

「実験段階にあるものをきみたちにやらせることはできないよ、ルウ。強制するのは法律に反する——」

「でも会社はぼくの仕事を取り上げることができます——」

「もし受けないと、きみを解雇すると言っているのか？ そんなことは許されないよ」彼らにそんなことができるとは思わない。大学ではできなくても、民間企業では事情がちがうのかもしれない。それほどちがうものだろうか？ 「きみには弁護士が必要だね」と彼は言った。知っている弁護士を何人か思い浮かべた。ゲイルなら適任かもしれない、とトムは思った。ゲイルは長いあいだ人権擁護の仕事をしてきたし、擁護したばかりではなく賠償金も支払わせた。だれが助けになるか考えよう、だれかの頭を殴りたいという強まるばかりの衝動に身をまかせるのではなく。

「いえ……ええ……ぼくにはわかりません。ぼくは不安です。ミスタ・オルドリンは言いました、ぼくたちには助けが、弁護士が必要だと——」

「まったくそのとおりだよ」とトムは言った。ルウがほかのことを考えるように仕向けてやるのが、彼の助けになるだろうか、とトムは思った。「いいかい、さっき競技会のことを言ったけれども——」

「ぼくはそんなにうまくありません」とルウは即座に言った。

「きみはほんとうにうまいよ。たぶん競技会で闘うことは、その問題でもきみの助けになるんじゃないだろうか——」トムは、自分がなぜそれがよい考えだと思ったのかはっきりさせるため、あわててさまざまなことに思いをめぐらせた。「きみが雇い主と闘うために法廷に出るとすると、それはフェンシングの試合をするようなものなんだ。フェンシングで得た自信が役に立つはずなんだ」

ルウはほとんど無表情に彼を見ただけだった。「なぜそれが役に立つのかぼくにはわかりません」

「そう……もしかしたら役に立たないかもしれない。ただ、ぼくたち以外のひとたちと別の経験をすることが、役に立つのではないかと思っただけだよ」

「競技会はいつですか？」

「次の地区競技会は二週間先だ」とトムは言った。「土曜日だ。ぼくたちの車に乗ればいい。ルシアとぼくが付き添って面倒をみるよ、きみがいいひとたちに当たるように」

「いいひとでないひとがいるのですか？」

「ああ、いるんだよ。いいひとでないひとたちはいたるところにいる、少数のひとたちだが、フェンシングのグループにもいつも入ってくる。でもたいていのひとたちがいいひとだ。競技会を愉しむのもいいよ」無理強いはいけない、だがルウはノーマルな世界にもっと接すべきだという思いはますますつのってくる、フェンシングという復古趣味愛好家の集まりをノーマルと呼べるならだが。彼らは日常生活ではノーマルだ、ただ凝った衣裳を着けて、剣で相手を殺すふりをするのが好きなだけだ。

「ぼくは衣裳をもっていません」とルウは言って、袖を切った古い革のジャケットを見おろした。

「なにか見つけてあげよう」とトムは言った。ルウなら、自分の衣裳で間に合うだろう。トムは必要以上にたくさんの衣裳をもっている、十七世紀のひとたちでももっていないほどたくさんの衣裳を。「ルシアが手を貸してくれるよ」

「自信がありません」とルウは言った。

「やるかどうか来週までに教えてほしい。申込み金をきみからもらう必要があるからね。こんどやらないにしても、そのあともあるからね」

「考えてみます」とルウは言った。

「よし。それからもう一つの問題だが——きみの助けになる弁護士を知っている。あとで彼女に連絡してみるよ。センターのほうはどうする——そっちにも話したの？」

「いいえ。ミスタ・オルドリンがぼくに電話をしてきたんですが、公式な発表はまだないので、発表があるまでは言ってはいけないと思います」

「きみらが事前にどんな法的権利をもっているか知っても邪魔にはなるまい」とトムは言った。「たしかなことはわからない——法律はたえず変わっているが、ぼくの仕事関係では人間を被験者にした研究はないから、最近の法律事情には通じてはいないんだ。専門家がぜひとも必要だよ」

「莫大な金がかかるのでしょう」とルウが言った。

「たぶん」とトムが言った。「それも調べておかないとね。おそらくその情報はセンターでわかると思うよ」

「ありがとう」とルウは言った。

トムは歩み去る彼を見送った、静かで、落ち着いていて、ときどき彼なりの差し障りのないやり方で怯えを見せる彼。だれかがルウを実験台にすると考えるとトムは胸くそが悪くなった。ルウはルウだ、あのままでいいじゃないか。

家のなかに入ると、ドンが天井で回っているファンの下の床に寝そべって、いつものようにべらべらと喋りまくっている、ルシアは、「助けて！」と言いたげな表情をうかべてせっせと刺繍にはげんでいる。ドンが彼のほうを振り返った。

「すると……ルウはもう正式な競技会に出られると思っているんですね、ええ？」

トムはうなずいた。「立ち聞きしたのかい？　ああ、そう思っているよ。めざましい進歩だからね。われわれの仲間のトップクラスと闘ってもひけをとらないね」

「彼のような人間にはたいへんな重圧だな」とドンは言った。

「〝彼のような人間〟……自閉症の人間っていうことか？」

「ああ。人ごみとか騒音とかが苦手なんだよね？　音楽がよくできるやつでもコンサートを開く演奏家にはならないって、なにかで読んだな。ルウはそっちのほうはだいじょうぶだけど、競技会に出ろと無理強いするのはよくないんじゃないの。きっとへばりますよ」

トムははじめに浮かんだ考えをぐっとのみこんでから言った。「きみがはじめての競技会に出たときのことをおぼえているかい、ドン？」

「ああ、まあ……ずいぶん若いころのことだし……あれはひどかったな」

「そうだ。さいしょの試合のあと、きみがなんと言ったかおぼえているかい？」

「いや……よくはおぼえていない。負けたのはわかっているけど……惨敗だったな」

「まわりに大勢の人間が動きまわっているので集中できなかったと言っていたよ」

「そう、ルウみたいなやつにはもっとたいへんだろうな」

「ドン――きみのあんな負け方よりもっとひどい負け方なんてあるのかね？」

ドンの顔が赤くなった。「それは、おれは――やつは――やつはもっとひどい目にあうだろうな。負けるってことだけど。おれにとっては――」

「きみはあのあとビールを六缶も空けて木のかげで吐いてたよ」とトムは言った。「それからおいおい泣いて、一生で最悪の日だとぼやいてた」

「若かったからなあ」とドンは言った。「だからぜんぶぶちまけた、あのあとはけろりとしてたな……やつはうじうじ考えるぜ」

「彼の気持を思いやっていただいてうれしいわ」とルシアが言った。トムは、彼女の声に棘を感じて顔をしかめた、自分に向けられたものではなかったが。

ドンは肩をすくめ、目を細めた。「気にかけますとも」と彼は言った。「あいつはおれたちとはちがうもんね」

「そのとおりよ」とルシアが言った。「だれよりもうまいフェンサーで、あるひとたちよりはいいひとよ」

「おやおや、ルーシ、ご機嫌ななめで」とドンが言った。トムにはおなじみの決して冗談ではない、しかし冗談めかした口調だった。

「機嫌を直すにもあなたじゃなんの役にも立たない」とルシアは言い捨てて刺繍道具をしまうと立ち上がった。そしてトムになにも言わせずにその場を立ち去った。彼は、自分が考えたことをルシアが口に出して言い、そしてそのあとで、自分が隠そうとしていた考えをルシアが言ってしまったのに気づいて、それがまきおこす余波の後始末を自分がしなければならないのがいまいましかった。予期したとおり、ドンはトムが同調できない女性観に同調せよと誘うような男同士の共謀者めいた視線を送ってきた。

「彼女って……うーん……更年期にさしかかっているのかな？」とドンが訊いた。

「いいや」とトムは言った。「彼女は意見を述べたまでさ」たまたま彼も同調できる意見だったが、そう言うべきだろうか？　なぜドンは成長しないのか、成長してこうした問題を引き起こさないようにならないのか？　「さてと――疲れたな、あしたは早い講義があるからね」

「わかった、わかった、察しはついてる」とドンは言い、大仰に顔をしかめながら片手を腰にあてるとどっこらしょと立ち上がった。

問題は、ドンには気をきかせることができないということだった。彼が帰ったのはそれから十五分も経ってからだった。トムは玄関のドアに鍵をかけて明かりを消した。いつものようにドンがまたなにか思いついてもどってこないうちに。トムは気が滅入った。ドンは数年前までは魅力ある熱血少年だった。もっともっと成熟した男性に成長する手助けを自分はできたのではないか。なんのために年上の友人がいるのだ？

「あなたのせいじゃない」とルシアがホールの向こうから声をかけた。その声はもう穏やかになっていたので、彼はちょっと気持が軽くなった。怒っているルシアを慰める気分ではなかったのだ。「あなたが鍛えてやらなかったら、あの子、ますますつけあがる」

「どうだかね」とトムは言った。「でもねえ――」

「あなたは生まれながらの教師ね、トム、あなたときたらいまだに彼らを立ち直らせてやれると信じているのよね。考えてみて、コロンビアにはマーカスがいる、ミシガンにはグレイソン、ベルリンにはウラディーノフがいるじゃないの――あなたの学生たちはみんな、あなたと知り合えたことでましな人間になっているのだから。ドンはあなたのせいじゃない」

「今晩はそのご意見を買いましょう」とトムは言った。寝室の明かりを逆光に受けたルシアは、まるで魔法の力をもっているように見えた。

「あたしが売っているのはそれだけじゃないのよ」彼女はからかうように言って、ローブを肩から落とした。

私が自閉症の実験的治療法について話したとき、トムがそこでまたフェンシングの競技会に参加しないかと言いだしたのは、私には納得がいかなかった。車で帰宅するあいだ私はそのことを考えた。私のフェンシングが上達していることも、グループのなかのできる剣士たちにひけはとらないことも明らかだ。しかしその事実と、あの治療法や法的権利とどんな関係があるのだろう？

競技会で闘うひとたちは真剣である。練習も積んでいる。自分の用具ももっている。勝ちたいと望んでいる。私は果たして自分が勝ちたいのかどうかわからない、パターンを見破り、その隙をねらって攻めるのを楽しんではいるが。おそらくトムは、私が勝ちたいという意欲をもつべきだと思っているのではないか？　おそらくトムは法廷で勝つためにはフェンシングでも勝つ意欲をもつことが必要だと考えているのではないか？

この二つにはなんのつながりもない。ひとは試合に勝ちたいと思うことはできる、あるいは法廷で勝ちたいと思うことはできる、この両方に勝ちたいと思わなくても。

どこが似ているのか？　両方とも勝負である。だれかが勝ち、だれかが負ける。私の両親はよく言っていたものだ、人生ではなにもかもが勝ち負けではない、ひとと力を合わせて働くことはできる、勝とうと思えばだれでも勝つことはできると。フェンシングは、ひとと協力しあい、相手とそれを楽しもうとするなら、もっとおもしろみが増すものだろう。私は相手から一本とったことを勝ちとは考えず、試合をうまく運んだと考える。

どちらも準備が必要なのか？　あらゆるものが準備を必要とする。両方とも必要なのは――後部反射板が壊れたままで走っていた自転車の男を危うくかわした。相手の姿はほとんど見えなかった。

予想。配慮。理解。パターン。私の頭にそんな考えがフラッシュカードのようにひらめく。その一枚一枚のカードが、すべてを言いあらわしていない簡潔な一語の下に隠された概念をもっている。

私はトムをよろこばせたいと思う。フェンシングのコートの整備や用具置場の整理を手伝うと彼はよろこんでくれた。機嫌のいい父親を取り戻したような気分だった。トムをまたよろこばせたいと思うが、私が競技会に出ることが彼をよろこばせることになるのかどうかわからない。もしやり損なって負けてしまうとしたら？　彼は失望するだろうか？　彼はいったいなにを期待しているのだろう？

これまでに会ったことのないひとたちとフェンシングをするのは楽しいかもしれない。私がまだパターンを知らないひとたちと。正常《ノーマル》なひとたち、そして私が正常《ノーマル》ではないことを知らないだろうひとたちと。それともトムは彼らに話すのだろうか？　彼が話すとはどうも思えない。

こんどの土曜日はエリックとリンダとプラネタリウムへ行くことになっている。その次の土曜日は、月の三番目の土曜日で、私は月の三番目の土曜日にはアパートの部屋の大掃除をすることになっている。競技会はそのあとの土曜日だ。その日はなにも予定はない。

帰宅すると、私は月の四番目の土曜日の空欄に〈フェンシング競技会〉と鉛筆で書き入れた。トムに電話をしようと思ったが、夜ももう遅いし、トムは来週返事をくれと言っていた。それでカレンダーに〈トムに参加すると返事〉とメモをはりつけた。

第五章

金曜日の午後になってもミスタ・クレンショウは、治療実験についてはなにも言わなかった。ことによるとミスタ・オルドリンは思いちがいをしていたのかもしれない。ことによるとミスタ・オルドリンは彼を説得してやめさせたのかもしれない。ウェブサイト上では、論議が乱れとんでいる、主として掲示板上でだが、いつどこで人間を使った実験が行なわれることになっているのかだれも知らないらしい。

私はネット上では、ミスタ・オルドリンがわれわれに話してくれたことについてはなにも言わない。彼はこのことをひとに話してはいけないとは言わなかったけれども、それは変だと思う。ミスタ・クレンショウが考えを変えて、そしてみんなが動揺するとしたら、彼はきっと怒るだろう。いずれにしてもわれわれの様子を見にくるときのミスタ・クレンショウはほとんどいつも怒っているように見える。

プラネタリウムのプログラムは、〈外惑星とその衛星を探索する〉というものだ。これは労働者の日《レイバー・デイ》からずっとやっているので、土曜日でももうあまり混んではいない。一回目のプログラムを見るために早く出かけた。混む日でもこの時間はひとが少ない。席も三分の一しか埋まっていない。だからエリックとリンダと私は一列ぜんぶを占領できるので、ほかのひとにくっつかないですむ。

　円形劇場は変なにおいがするが、これはいつものことである。明かりが暗くなり人工の空が暗くなると、昔と同じような興奮を感じる。ドーム天井にあらわれてくるちかちかとまたたく光はほんものの星ではないが、これは星についての話だ。この光はあまり古いものではない。何千億マイルのそのまた何千億マイルもの距離を旅してきてつるつるにすりへった光ではない――それは一光秒の一万分の一より短い距離にあるプロジェクターから届いた光だ――それでも私にはおもしろい。

　おもしろくないのは、百年前、五十年前、などなどのわれわれがかつて知っていたことについて語られる最初の長い説明である。私は現在知られていることが知りたい、私の親たちが子供のころに聞いたかもしれない話ではなく。遠い昔だれかが火星に運河があると考えていたとしても、それがどうだというのだろう?

　私のすわっているシートの布地にごつごつしたところがある。指でそれを触ってみる――だれかがガムかキャンディをそこにくっつけて、清掃係がそれをすっかり取らなかったのだろう。いったんそれに気づくともう気になってしかたがない。自分とそのごつごつしたところのあいだに私はパンフレットをはさむ。

　ようやく星の歴史の話がおわって現在の話になる。宇宙探索衛星が撮った外惑星の最新の写真はすばらしい。接近通過《フライバイ》のシミュレーションは、自分がシートから落ちてそうした惑星の重力井戸につぎつぎと落ちこんでいくような感覚をあたえる。自分がほんとうにそこに行かれたらいいと思う。子供のころ、はじめて宇宙にいるひとびとの報道写真を見たとき、私は宇宙飛行士になりたいと思ったが、それが不可能だということはわかっている。たとえ新しい寿命延長療法《ライフタイム》を受けて長生きしたとしても、それでも私が自閉症であることに変わりはない。どうにも変えようのないことを嘆いてもしかたがないのだと、私の母は言った。

私がまだ知らないことを学んだわけではないが、とにかくショウは愉しめる。ショウのあと腹が空く。いつもの昼食時間をもう過ぎている。

「おひる食べてもいいね」とエリックが言う。

「ぼくは家に帰る」と私は言う。家においしいジャーキーと、これ以上長くおくと、さくさくではなくなるリンゴがある。

エリックはうなずき背を向ける。

日曜日には教会に行く。礼拝が始まる前にオルガン奏者がモーツァルトを弾く。その音楽は、礼拝の儀式にふさわしい。ワイシャツとネクタイと上着がぴったり合わなければいけないように、すべてがぴったり合っている。似ているというのではなく、全体がうまく調和して釣り合っている。聖歌隊がルターの快活な聖歌をうたう。ルターはモーツァルトほど好きではないが、頭が痛くなることはない。

月曜日は、北東から湿った冷たい風が吹きこんで涼しくなる。ジャケットやセーターを着るほど冷えはしないが、ずっと快《こころよ》い。夏のもっとも悪い時期の終わりを知る。

火曜日はまた暑くなる。火曜日には食料品の買い出しに行く。どこの店も火曜日はすいている。たとえ火曜日がその月の一日目にあたっても。

食料品店にいるひとたちを私は眺める。子供のころ、まもなく食料品店はなくなるだろうと言われていた。食料はだれでもインターネットで注文し、戸口まで配達されるだろうと。隣人がしばらくそれをやっていた、私の母はそれは馬鹿げたことだと思っていた。母とミセス・テイラーはよく言い合いをした。ふたりの顔が輝いてくる。声は二本のナイフがこすれあうような音になる。小さいころは、ふたりが憎みあっているのだと思っていたが、そのうちに大人というものは、おたがいに憎みあっていなくても意見が合わないときは議論をするものだということがわかってきた。

食料品を配達してくれるところはまだあるが、このあたりの配達をしていた店は廃業してしまった。いまできるのは、食料品を注文して、〈速急受け取り口〉に置いてもらうことだ。ここではコンベアベルトが箱を受け取り口まで運んでくる。私もときどきそれを利用するが、そうちょくちょくではない。十パーセントの手数料がかかるし、私にとっては買い物をする経験が重要なのだ。母がそう言っていた。ミセス・テイラーは、買い物をしなくても私はたっぷりストレスを受けていると言ったが、私の母はミセス・テイラーは神経質すぎると言った。ときどきミセス・テイラーが私のお母さんならいいと思うことがあったが、そう思うと落ち着かなくなった。

食料品店で買い物しているひとは、ひとりのときには考えこみ緊張した様子で、ほかのひとたちのことはかまわない。母は、食料品店での作法というものを教えてくれた。騒音と混雑にもかかわらず、その作法の大部分はらくにできた。なぜなら彼らは知らないひとを引き止めてお喋りをしようとは考えないし、目を合わせることも避けるから、彼らをこっそり見ても彼らにいやな思いをさせることはない。私が目を合わせないことを彼らは気にしない。カードやお金を受け取るひとを、ほんの一瞬でもまっすぐに見るのが礼儀だが。天気の話をするのも礼儀だ、たとえ自分の前に並んでいるひとがほとんど同じ話をしていたとしても。だがぜったいに必要なわけでもない。

ときどき私は考える、正常《ノーマル》なひとというのはどれほど正常《ノーマル》なのだろうかと、食料品店のなかではそんな疑問をよく考える。われわれの〈日常生活の技術〉のクラスでは、食料品店に行くときは、まずリストを作り、まっすぐに棚から棚をめぐって、リストの品物に済みの印をつけていくように教えられた。先生は、棚の前に立って値段をくらべるよりも行く前に新聞などで値段を調べておくようにと言った。先生が教えてくれたことは――ノーマルなひとたちの買い物の仕方だと私は思った。

だが私の前で通路をさえぎっている男のひとは、その講義を受けなかったのだ。彼はノーマルに見えるが、スパゲッティ・ソースの壜を一つ一つ手にとって値段をくらべ、ラベルを読んでいる。彼の向こうでは厚い眼鏡をかけた白くて短い髪の女性がその男のうしろから同じ棚をのぞこうとしている。彼女は私の側にあるソースのひとつがほしいらしいが、男のひとが邪魔をしているし、彼女のほうは男の邪魔はしたくない。私もそれは同じだ。彼の顔の筋肉はこわばっていて、額や頬や顎に筋肉が小さなこぶを作っている。皮膚がすこし光っている。彼は怒っている。白髪の女性も私も、怒っているように見える身なりのいい男が、邪魔をされたら怒りを爆発させるだろうということがわかっている。

ふいに男が顔を上げて私の目を捕らえた。顔に血がのぼって、ますます赤く光り輝いてくる。「なにか言ったらどうだ！」と男のひとは言い、カートを自分のほうにぐいと引き寄せながら、白髪の女性の前にわざと立ちはだかる。私は彼女に微笑を見せてうなずく。彼女は男のひとの横をまわってカートを押してくる。そのあと私は通っていく。

「まったくくだらん」と男のひとがぶつぶつ言っているのが聞こえる。「どうしてみんな同じサイズじゃないのかね？」

私はそれに返事をしそうになったが、思いとどまる分別はそなえている。ひとが喋るのは、だれかに聞いてもらいたいからだ。ひとは喋るとき、私が注意を向けて聞いているだろうと期待している。私はたいていのときはそうするように自分を訓練してきた。食料品店では、ひとびとは返事を期待してはいないし、もし返事をしたら怒るだろう。この男はすでに怒っている。心臓がどきどきしてくる。

私の前にはくすくす笑っている子供がふたりいる、とても幼い子供で、棚から混合スパイスの袋をひっぱりだしている。ジーンズをはいた若い女が通路のはしからのぞきこんでがみがみと怒鳴る。「ジャクソン！　ミスティ！　それをもどしなさい！」私は跳び上がる。彼女が私に言っているのではないとはわかっているが、その口調は歯が浮くような不快感をあたえる。私のすぐ横にいた子供がきいきいわめき、もうひとりの子供が言う、「やだ！」怒りのあまり奇妙な形に顔を歪ませた女が私のわきを駈けだす。子供が甲高い叫び声をあげるのが聞こえるが、私は振り向かない。私は言いたい、「静かに、静かに、静かに」だがこれは私にかかわりのないことだ。親や上司でなければ、他人に静かにしろと言うのはよくない。ほかの声が聞こえる、女たちの声、だれかが子供を連れたあの女性を怒鳴りつけ、私は棚と棚のあいだの通路にすばやく入りこむ。私の心臓は胸のなかで走りだす、いつもより速く強く。

ひとびとはこういう店にわざわざやってくる、この騒音を聞き、ほかのひとたちがあたふた動きまわり怒り狼狽するのを見るために。家にいて注文をして配達してもらうシステムが失敗したのは、ひとびとが品物が配達されるのをひとりですわって待っているよりも、店にやってきてほかのひとびとを見たいと思ったからだ。あらゆるところがそうだというわけではない。ある都市では自宅で注文、自宅に配達というシステムが成功している。だがここでは……私はワインの中央展示スペースのまわりをまわっていきながら、自分が目当ての棚を通りすぎてしまったことに気づき、まわりの棚をぐるりと注意深く見まわす。

私はいつも、スパイスの棚を、それが要らなくてもずっと見ていく。ひとだかりがしていなければ――きょうはしていない――そこに立ち止まってその香りをかぐ。床用ワックスのにおい、液体洗剤のにおい、近くにいる子供が嚙んでいる風船ガムのにおいがしても、そこにスパイスとハーブのいりまじったかすかな香りをかぎとることができる。シナモン、クミン、クローブ、マージョラム、ナツメッグ……スパイスの名前もとてもおもしろい。母は料理にスパイスやハーブを使うのが好きだった。いつもそのにおいをかがせてくれた。私が嫌いなにおいもあったが、ほとんどが私の頭のなかに快い感じをあたえてくれた。きょう私がほしいのはチリだった。立ち止まって探す必要はない。赤と白のその箱が棚のどこにあるか私は知っている。

ふいに汗がどっと吹き出す。マージョリが私の前にいる、私に気づいていない、食料品店の買い物モードになっているからである。スパイスの入れ物を開けている――なんだろうと私は考えていると、空気の流れがまぎれもないクローブの香りを運んでくる。私の好きなもの。私は急いで頭をこちらに向け、食用の着色料や砂糖漬けの果物やケーキの飾りつけ用品などの棚に注意を集中しようと努める。なぜこういうものがスパイスやハーブと同じ通路にあるのかわからない、でもそこにある。

彼女は私を見るだろうか？　私を見たら話しかけてくるだろうか？　彼女に話しかけなければいけないのだろうか？　私の舌はズッキーニみたいに大きくふくらんだ感じになる。ひとが近づいてくる気配がする。彼女か、それともほかのひとか？　もし私がほんとうに買い物をしていたとしたら、私は見ないはずだ。私はケーキの飾りつけ用品も砂糖づけのサクランボもほしくはない。

「こんにちは、ルゥ」と彼女が言う。「ケーキを焼くの？」

私は振り返って彼女を見る。私はトムとルシアの家か、空港の行き帰りの車のなか以外のところで彼女に会ったことはない。この店で彼女に会ったことは一度もない。ここは彼女にふさわしい環境ではない……それともふさわしいのかもしれないが私にはわからない。

「ぼくは——ただ見ているだけです」と私は言う。話すのがむずかしい。汗をかいている自分がいやだ。

「きれいな色ね」と彼女は、少々興味があるような声で言う。少なくとも声に出して笑ってはいない。「フルーツ・ケーキが好きなの？」

「い——いや」私は喉に詰まった大きなかたまりを呑みこむ。「ぼくは思う……この色は味より美しい」それはちがう——味は美しくも醜くもない——でももう言いなおすには遅すぎる。

彼女はうなずく、表情は真剣だ。「あたしも同じように感じる」と彼女は言う。「はじめてフルーツ・ケーキを食べたとき、小さいころだったけれども、味もいいはずだと思ってたの、とてもきれいだったから。ところが……まずかったの」

「あなたは……あなたはここでよく買い物をするのですか？」と私は訊く。

「ふだんはしないの」と彼女は言う。「友だちの家に行くとちゅうで、友だちに買い物をたのまれたのよ」彼女は私を見る、私はそこで、話すのがいかにむずかしいか気づく。息をするのさえ苦しい、汗が背中を流れてべたべたした感じがする。「ここはあなたの買いつけのお店?」

「はい」と私は言う。

「じゃあお米とアルミフォイルがどこにあるか教えてくださらない」

私の頭は一瞬からっぽになり、思い出せない。それからようやく思い出す。「お米は、三番通路のまんなかあたりです」と私は言う。「それからアルミフォイルは十八番――」

「あら、おねがい」と彼女は言う、幸せそうな声がひびく。「案内してくださらない。もうたっぷり一時間も探しまわっている気分」

「案内――連れていく?」私はたちまち阿呆になった気分だ。それが彼女の言っている意味だ、もちろん。「行きましょう」と私が言ってカートを押し出すと、品物を高々と積んだカートを押している大柄な女のひとににらまれる。「すみません」と私はその女のひとに言う。彼女は無言で私を追い抜いていく。

「あとをついていきましょう」とマージョリは言う。「ほかのひとの迷惑になりたくないから……」

私はうなずき、まず米のところに向かう、いまいるところは七番通路で、そちらのほうが近いのだ。マージョリがうしろにいる。そう知っているだけで私の背中の一部が熱くなる、太陽の光線に照らされたように。彼女には私の顔が見えないのでうれしい、顔にも熱が感じられる。

マージョリが米の棚を見ているあいだ――袋入りの米、箱入りの米、長い米粒、短い米粒、茶色の米、ほかのものとまぜあわせた米など、そして彼女は自分がほしい種類の米がどこにあるのかわからない――私はずっとマージョリを見ている。睫毛の一本がほかのより長くて濃い茶色だ。彼女の目には一色以上の色があり、虹彩には小さな斑点があって、それがますますおもしろい。

たいていのひとの目の色は一色以上だが、ふつうは同系統の色である。ブルーの目はブルーの濃淡か、あるいはブルーとグレー、あるいはブルーとグリーン、あるいは一つ二つ茶色の斑点があったりする。たいていのひとはそんなものには気づかない。州のIDカードをはじめてもらいにいったとき、用紙に目の色を書く欄があった。私は自分の目の色をすべて書こうとしたが、その欄にはそれだけのスペースがなかった。係員が〝茶色〟と書くようにと言ったので私は〝茶色〟と書いたが、それは私の目の唯一の色ではない。それはひとにそう見える色だ、なぜならひとは他人の目をよくよく見たりはしないものだから。

私はマージョリの目の色が好きだ、なぜならそれは彼女の目で、なぜなら私はその目の色がぜんぶ好きだから。彼女の髪の毛の色もぜんぶ好きだ。彼女は、髪の色を書きなさいという質問用紙には〝茶色〟と書くだろう、だが彼女の髪の毛にはさまざまな色があり、その色の数は目の色の数より多い。店の照明の下では、外にいるときより鈍く見えるので、オレンジ色のきらめきはまったく見えないはずだが、私にはその色がちゃんとわかる。

「あったわ」と彼女が言う。彼女は長い粒の白いインスタント米の箱をもっている。「さあフォイルへ!」と彼女は言う。そしてにこりと笑う。「アルミフォイルのことよ、フェンシングのフルーレ《フォイル》じゃないわよ」

私もにっこり笑い返したが、頬の筋肉がひきつるのがわかる。彼女がなんのフォイルのことを言っているか私にはわかっていた。私が知らないと思ったのか、それともただジョークだったのか? 私は店の中央通路に彼女を導き、そこからビニール袋やプラスチックの保存容器やラップやパラフィン紙やアルミフォイルが並んでいる通路のところまで歩く。「早かったわね」と彼女が言う。彼女は米を選ぶときよりずっと早く目当てのものを選びだす。「ありがとう、ルウ」と彼女は言う。「とても助かったわ」

この店のお急ぎレジのことを教えるべきかどうか私は迷った。彼女はいやがるだろうか? でも彼女は急いでいると言っていた。

「お急ぎレジ」と私は言う。頭がふいにからっぽになる。抑揚のない冴えない声が聞こえる。「でもときどきレジに並んだひとが、お急ぎレジの掲示に記されている品数より多い品数をもっていることがあるから――」

「それはうんざりね」と彼女は言う。「もっと早いレジはないかしら?」

彼女の言っていることがはじめはよくわからない。列のうしろと前は同じスピードで動いていく、先のひとが出れば、一番うしろのひとが前に動くからだ。問題はレジのひとがすわっている真ん中、そこで列の動きが早いかがきまる。マージョリは私を急き立てることもなくじっと待っている。たぶん彼女の言った意味は、レジのどの列が、それがお急ぎレジでなくても、より早いかということかもしれない。それならわかっている。それは顧客サービスカウンターにもっとも近いところだ。私が教えると彼女はうなずく。

「ごめんね、ルウ、急いでるの」と彼女は言う。「六時十五分までにパムのところにいくことになっていて」いまは六時七分、パムの家がうんと遠くなら間に合わないだろう。

「うまくやって」と私は言う。彼女がほかの買い物客を上手にかわしながらきびきびと通路を歩いていく姿を私は見送った。

「そうか――あれが彼女というわけね」と私のうしろにいるだれかが言う。私は振り返る。エミーだ。いつものように怒った顔をしている。「それほど美人じゃないわね」

「彼女は美人だと思う」と私は言う。

「見え見えよ」とエミーが言う。「赤くなってる」

顔が熱い。きっと赤くなっているだろう、でもエミーはそんなことを言ってはいけない。公共の場所でひとの表情についてあれこれ言うのは失礼だ。私はなにも言わない。

「彼女が惚れてるって思っているんじゃないの」とエミーが言う。敵意が感じられる声だ。私がそう思いこんでいると彼女は思っている、だがそれは私の思いちがいで、マージョリは私に惚れてなんかいないと彼女は思っているのだ。エミーがそんなことを考えていると思うと悲しいが、彼女が言っていることも、彼女の言い方などもすべてよく理解できるのがとてもうれしい。数年前の私なら理解できなかっただろう。

「わからない」と私は声を静かに抑えて言う。通路の向こうのほうで、ひとりの女性がプラスチックの保存容器のパッケージの上に手をおいて私たちのほうを見ている。「ぼくがなにを考えているかきみにはわからない」と私はエミーに言う。「それに彼女がどう考えているかもきみにはわからない。きみはひとの心を読もうとしている。それは誤りだ」「あんたは自分がとても利口だと思ってる」とエミーが言う。「コンピュータや数学をやっているというだけで。あんたにひとのことなんかなにもわからない」

通路の向こうのほうにいた女性がぶらぶらと近づいてきてわれわれの話に耳を傾けている。私は怖くなる。公共の場所でこんなふうに話をしていてはいけない。われわれは人目をひくようなことをしてはいけない。われわれは溶けこまなくてはいけない。われわれは外見も声も身振りもふつうに見えなくてはいけない。そのことをエミーに説明しようとすれば、彼女はもっと怒るだろう。大声を出してなにか言うかもしれない。「もう行かなければ」と私はエミーに言う。「遅れている」

「なんの用? デート?」と彼女が訊く。彼女はデートという言葉をほかの言葉よりも大声で言い、その甲高い口調は、彼女が皮肉を言っていることをあらわしている。

「いや」と私は静かな声で言う。私が静かにしていれば、彼女は私をほうっておいてくれるだろう。「テレビを見る。いつもテレビを見るのは——」ふいにきょうが何曜日なのか思い出せない。頭がからっぽになる。私は言うことをしまいまで言ったというふりをして背中を向ける。エミーは笑う、耳ざわりな声、だが私の耳に聞こえるようなことはそれ以上言わない。私は大急ぎでスパイスの棚のところにもどり、チリ・パウダーの箱を取り、レジのところに行く。レジはどこも行列ができている。

　私が並んだ行列は、前に五人のひとがいる。女性三人と男性二人。ひとりは明るい色の髪、四人は濃い色の髪。ひとりの男性は明るいブルーのセーターを着ているが、その色はカートに入っている箱とほとんど同じ色だ。私は色のことだけ考えようとするが、あたりは騒がしく、店の照明はものの色をほんとうの色とはちがう色にしてしまう。つまり自然光で見る色とはちがうということだ。店もまた現実の存在である。私の嫌いなものは私の好きなものと同じく現実の存在である。

　そうは言っても好きなもののことを考えて、好きではないもののことは考えないようにするほうがずっと楽だ。マージョリとハイドンのテ・デウムのことを考えると私はとても幸せになる。一瞬でもエミーのことを考えると、音楽は酸っぱく暗くなり、私は駆けだしたくなる。私はマージョリのことだけ考える、まるであたえられた仕事であるかのように彼女というひとを考える、すると音楽は踊り、ますます明るく、明るくなる。

「あのひと、あなたのガールフレンド？」

　私は体を硬くしてちょっと振り返る。エミーと私を見ていた女性だ。彼女はレジの行列の私のすぐうしろにいたのだ。店の明るい照明のもとで彼女の目が光っている。口のすみの口紅が乾いて派手なオレンジ色になっている。私を見て笑っているが、やさしい笑いではない。硬い笑い、口もとだけの。私はなにも言わない、彼女がまた話しかける。

「どうしても目についちゃってね」と彼女は言う。「あなたのお友だちとても興奮してたでしょ。ちょっとばかし……ちがうんじゃない？」彼女はさらに歯をむきだす。私はなんと言ってよいかわからない。なにか言わなければいけない。行列のほかのひとたちも見ている。

「失礼なこと言うつもりはないんだけど」とその女性は言う。目のまわりの筋肉がこわばっている。「ただね……あのひとの喋り方が気になったの」

エミーの人生はエミーの人生だ。この女性の人生ではない。エミーのどこが悪いか彼女には知る権利はない。たとえどこかが悪いとしても。

「あなたたちみたいなひとにはたいへんでしょうね」とその女性は言う。彼女は頭をめぐらせて、私たちを見ている行列のほかのひとたちをちらりと見てくすくす笑う。彼女が考えていることがおかしいのかどうか私にはわからない。それのどこかがおかしいとは私は思わない。「人間関係ってあたしたちでも厄介なもんだからねえ」と彼女は言う。もう笑ってはいない。ドクター・フォーナムが私にやらせたいことを説明するときと同じような表情をしている。「あなたたちにはもっとたいへんだろうねえ」

彼女のうしろにいる男性が妙な表情を顔に浮かべている。彼女の意見にその男性が同意しているのかどうか私にはわからない。静かにするようにだれかが彼女に言ってくれればいい。私が静かにしろと言ったら、それは失礼になる。

「あなたを困らせたんじゃなければいいけど」と彼女は高い声で言う、そして眉があがる。私がちゃんと返事をするのを待っている。

ちゃんとした返事などないと私は思う。「ぼくはあなたを知りません」と私はとても静かな低い声で言う。つまりこういうことだ、「ぼくはあなたを知らないし、エミーのことやマージョリのことや、そのほかの個人的なことについては知らないひととなにも話したくはありません」

彼女の顔がぎゅっと固まる。私は急いでこちら向きになる。私のうしろでむっとした声が聞こえる、「失礼な！」それからそのうしろで男の声がぶつぶつ言っている、「いい気味だ」それは女性のうしろにいる男性の声だと思うが、私はうしろを振り返って見なかった。私の前にはあとふたりしかいない。私はことさら何かに目の焦点を合わせないでただまっすぐ前を見て、また音楽を聞こうとするが、聞こえない。聞こえるのは騒音ばかりだ。

買い物の袋を外に運びだすと、ねっとりとした熱気は、店に入ったときよりもっとひどくなったように思われる。あらゆるもののにおいがする。捨てられたキャンディの包み紙についているキャンディ、果物の皮、ガム、ひとびとの防臭剤やシャンプー、駐車場のアスファルト、バスの排気ガス。私は袋を車のトランクの上において車のキーを開けた。

「おい」とだれかが言う。私は跳び上がって振り返る。ドンだ。ここでドンに会うとは予想もしていなかった。ここでマージョリにも会うなんて予想もしていなかった。フェンシングのグループのひとたちもここで買い物をするのだろうか？　「よう、相棒」と彼は言う。縞のニットのシャツを着て黒っぽいズボンをはいている。彼がこういうものを着ているのはこれまで見たことがない。彼がフェンシングに来るときは、Tシャツとジーンズか、剣士の衣裳だ。

「こんちは、ドン」と私は言う。友だちだとはいってもドンと喋りたくはない。とても暑いし、食料品を家に持ち帰って、しまわなければならない。一つめの袋を取り上げて車のバックシートに置いた。

「ここで買い物するの？」と彼が訊く。車のトランクに食料品の袋をのせてここに立っているのに馬鹿な質問をするものだ。私がこれを盗んだとでも思うのか？

「火曜日にここに来る」と私は言う。

彼は文句を言いたそうに見える。たぶん食料品の買い物をするには火曜日はまずいと思っているのかもしれない——それなら彼はなぜここにいる？「あしたフェンシングに行くのかい？」と彼が訊く。

「ええ」と私は言う。私はもう一つの袋を車のなかに入れてドアを閉める。

「競技会に行くのかい？」彼は私をじっと見つめる、目を伏せるかそらすかしたくなるような目つきだ。

「ええ」と私は言う。「でもいまは家に帰らないと」ミルクは摂氏四度かそれ以下で保存しなければならない。この駐車場は少なくとも摂氏三十度はある、買ってきたミルクは温まってしまうだろう。

「ほんものの日課があるんだな？」と彼は言う。

偽の日課とはどういうものか私にはわからない。これは〝ほんもののかかと〟と同じようなものなのか。

「毎日同じことをするのかい？」と彼が訊く。「同じ日に同じことだ」

「毎日同じことではないよ」と私は言う。

「ああ、そうだな」と彼は言う。「じゃ、あしたまた会おう、規則正しいおにいさん」彼は笑う。奇妙な笑い、ほんとうに楽しいというような笑いではない。私は車の前のドアを開けて乗りこむ。彼はなにも言わず立ち去ろうともしない。エンジンをスタートさせると彼は肩をすくめる、まるでなにかが彼を刺したとでもいうような肩のふいの痙攣。

「さよなら」と私はていねいに言う。

「ああ」と彼は言う。「あばよ」私が走りだしても彼はまだそこに立っている。バックミラーで見ると、私が通りに出るまで、同じ場所に立っている。ちらりと振り返ったときには彼はもういない。


私のアパートのなかは外より静かでも、静寂というほどではない。私の部屋の下に住む警官のダニー・ブライスがテレビをつけている、彼が見ているのは公開のゲーム番組だということがわかる。私の部屋の上は、ミセス・サンダースン、椅子をキチネットのテーブルのところまでひきずっている。彼女は毎晩これをやる。ぜんまい式の目覚まし時計のカチカチという音と、コンピュータの追加電源のかすかなうなりが聞こえる。消費電力が変動するたびにトーンがかすかに変わる。外の騒音はまだ入ってくる。シャトルのがたごという音、行き交う車の轟音、建物の横の庭から聞こえるひと声。

気持が動揺しているとき、こうした音を無視するのはむずかしい。自分の音楽をかけると、騒音をむりやり押さえこむことはできても、騒音はいぜんそこにある、厚い絨毯の下に押しこまれた玩具のように。私は牛乳の容器についている水滴を拭いてから食料品を片づけ、それから音楽をかける。あまり大きくはなく。近所のひとの迷惑になってはいけない。プレイヤーにのっているディスクはモーツァルトで、いつも効果がある。緊張が少しずつ解けていくのがわかる。

なぜあの女性が私に話しかけてきたのか、私にはわからない。彼女はあんなことをしてはいけない。食料品店は中立地帯だ。知らぬひとに話しかけてはいけない。彼女が私に気づくまで私は安全だった。エミーがあんなに大声で喋らなければ、あの女性は気づかなかったはずである。あの女性はそう言った。私はどのみちエミーがあまり好きではない。エミーが言ったことやあの女性が言ったことを考えると首すじが熱くなってくる。

私の両親は、おまえがほかのひとととちがっていることを他人が気づいたからといってそのひとを責めてはいけないと言った。私はエミーを責めてはいけない。私は自分自身を顧みてなにが起こったのか考えなければならない。

私はそんなことはしたくない。なにも悪いことをしたわけではない。私は食料品の買い出しに行く必要があった。しかるべき理由があってあそこにいた。私はその場にふさわしい振る舞いをしていた。知らないひとに話しかけたり、大声で独り言を言ったりしたわけではない。通路で必要以上のスペースを占領していたわけではない。マージョリは私の友人だ。彼女に話しかけるのも、彼女が米やアルミフォイルを探す手伝いをするのも間違ったことではない。

エミーは間違っている。エミーは大声を出した、だからあの女性が気づいたのだ。だがそれにしてもあの女性は自分の用事をしていればよかったのだ。エミーが大声を出したからといって、それは私のせいではない。

第六章

私は知る必要がある、私が感じているものが、正常《ノーマル》なひとたちが恋をしているとき感じるものなのかどうか。われわれは学校の国語のクラスで、恋をしているひとたちの物語をいくつか読んだことがあるが、教師たちはいつも、これらの物語は非現実的だと言った。それがどういうふうに非現実的なのか私にはわからない。私はそのときは尋ねなかった、私にはどうでもよいことだったから。それは愚かしいことだと私は思った。保健担当のニールスン先生は、それはみんなホルモンのせいだから、馬鹿なまねはしてはいけないと言った。彼が性交についてしてくれた説明を聞いて、私は、ビニールの人形のように、下のあそこになにもついていなければいいと思った。これをあれのなかに入れなければならないなんて想像もつかなかった。それに身体の各部を言いあらわす言葉はどれも醜い。突き刺されるのは痛い。だれが突き刺すもの《プリック》などほしがるだろう？　私は棘のことを考えつづけた。ほかの言葉もたいしてよくはない、正式な医学用語の陰茎《ピーナス》という言葉も、なんだかふにゃふにゃな音に聞こえる、ティーニー、ウィーニー、ミーニー……ピーナス。行為そのものを言いあらわす言葉も醜く、どすんどすんとひびくような言葉だ。それは痛みを思わせた。ぴったり体をつけるということ、他人の息を吸いこむということ、女性の体のにおいを近くでかぐということを考えると……ぞっとした。ロッカー・ルームだけでたくさんなのに。私はげえっと吐きそうだった。

　あの当時はぞっとした。いまは……マージョリがフェンシングをしているときの彼女の髪のにおいは、もっと彼女に近よりたいと私に思わせる。たとえ彼女が衣服を洗うのに香り石鹸を使っていても、粉っぽいようなにおいのする防臭剤を使っていても、なにか彼女のにおいがある……それにしてもあのことを考えるとぞっとする。私は写真を見たことがある。女性の体がどんなものか知っている。学校にいたころ、同級生たちは裸で踊っている女や性交をしている男女のビデオをまわして見たものだ。そういうことをするとき男女はいつも興奮して汗をかくし、その声もいつもとちがっていて自然番組に出てくるチンパンジーの声みたいだった。私もはじめは見たかった、なぜかというと知らなかったからである――両親はこういうものを家においておかなかった――だがそれは退屈なものだった。女たちはみんななんだか怒っているか、怯えているように見えた。彼らがそれを愉しんでいるとしたら幸せそうな顔をしているはずだと思った。

　私は女のひとを怯えさせたり、怒ったような表情にはさせたくない。怯えたり怒ったりするのは、気分のいいものではない。怯えているひとは誤りをおかす。怒っているひとも誤りをおかす。性的感情をもつのは正常《ノーマル》だとニールスン先生は言ったが、性的感情とはどういうものなのか、私が理解できるように説明してはくれなかった。私の肉体はほかの少年の肉体と同じように成長した。股間にはじめて黒い毛が生えたのを見つけたときの驚きを私はおぼえている。先生は精子と卵子の話をして、どんなふうに種からいろいろ育つのか話した。その毛を見たとき、だれかがそこにそんな種を埋めたのだろうと思った、どうしてそんなものが生えたのか私にはわからなかった。私の母は、それは思春期というもので、馬鹿なまねはしてはいけませんと言った。

彼らの言う感情とはどんなものなのか、体が熱くなったり冷たくなったりすることなのか、頭が幸せと感じたり悲しいと感じたりすることなのか、私にはよくわからなかった。裸の女の写真を見たとき、私の体のほうはときどきなにかを感じたが、頭が感じたものは嫌悪だけだった。

マージョリがフェンシングをしているのを眺めていて、彼女がそれを楽しんでいるのはわかるが、彼女はほとんど笑っていない。笑っている顔は幸せな顔なのだとみんなは言った。もしかするとみんなは間違っていたのではないか？　彼女はあれを楽しむのだろうか？

トムとルシアの家に行くと、ルシアは私に外に出るように言う。彼女はキッチンでなにかしている。鍋ががちゃがちゃいう音が聞こえる。スパイスの香りがする。ほかにはまだだれも来ていない。

裏庭に行ってみると、トムは自分の剣についた傷をサンドペーパーでこすりおとしているところだ。私はストレッチをはじめる。トムとルシアは、私の両親が死んでから、ずうっと結婚生活を続けているたった一組の夫婦だ。両親が死んでからは、結婚とはどういうものか訊ける相手がいない。

「ときどきあなたとルシアはおたがいに怒っているような声を出しますね」と私は言い、トムが怒りだしはしないかとその顔を見守る。

「結婚しているものはときどき喧嘩をするものだよ」とトムは言った。「何年も何年もおたがいこんなにみぢかに暮らすのも楽じゃないんだよ」

「あのう――」自分の言いたいことをどう言えばよいか私にはわからない。「もしルシアがあなたに対して怒ったとしたら……もしあなたが彼女に対して怒ったとしたら……それはあなたがたがおたがいに愛しあっていないということですか？」

トムは驚いた顔をする。それから笑う、緊張した笑い。「いいや、でも説明しにくいね、ルウ。ぼくたちは愛しあっているよ、怒っているときでも愛しあっているのさ。愛は怒りのかげに隠れているのさ、カーテンのかげの壁のように、あるいは嵐が吹きあれていく大地のようにね。嵐が去っても大地はまだそこにあるだろう」

「嵐が来ると」と私は言う。「ときには洪水もあるし、家が吹きとばされることもありますね」

「そうだよ、そして愛がそれほど強くなくて、怒りが大きすぎるときには、ひとは愛しあうことをやめるんだ。ぼくたちはやめないけどね」

彼はどうしてこれほど確信があるのだろう。ルシアはこの三カ月のあいだに何度も何度も怒っていた。ルシアがまだ自分を愛しているとトムにはどうしてわかるのだろう？

「ひとはときどき、つらい時期にはいることがあるんだよ」とトムは言う、私がいま頭で考えていたことがわかったとでもいうように。「ルシアは最近仕事のトラブルで苛々しているんだ。きみが治療を強制されそうになっていることを知って、そのことでも動揺しているんだ」

ノーマルなひとたちが仕事でトラブルを抱えているとは考えたこともなかった。私が知っているノーマルなひとたちは、私が知っているかぎりずっと同じ仕事についていた。ノーマルなひとたちはどんなトラブルを抱えているのだろう？　彼らは飲みたくない薬を飲むようにミスタ・クレンショウから強制されたりはしないはずだ。彼らは、自分たちの仕事のなにに怒っているのだろう？

「ルシアは仕事のせいで、それからぼくのせいで怒っているのですか？」

「そういうこともある。いろいろなことが一度に彼女の身に起こったのさ」

「ルシアが怒っていると、あまり気分がよくありません」と私は言う。

トムは、笑い声のような、なんだかおかしな音を出す。「きみはもう一度そう言うこと《ユー・キャン・セイ・ザット・》ができる《アゲイン》」と彼は言う。これは、いま言ったことをもう一度言ってよい、という意味ではない。「きみと同じ意見だ」とか「きみの言うとおりだ」と言わないでこんな言い方をするのは愚かしく聞こえる。

「競技会のことを考えました」と私は言う。「それで決心しました――」

マージョリが庭に出てくる。彼女はいつも家のなかを通って庭に出てくる、たいていのひとが横の木戸を通ってくるのに。もしマージョリが、ルシアがトムに対して怒るように、あるいはトムとルシアがドンに対して怒るように、私に対して怒るとしたら、私はいったいどんな気持がするのだろう。自分の嫌いなひとでも私に対して怒ると、私はいつも気持が動揺する。マージョリが私を怒ったりしたら、両親に怒られるよりもっと動揺するだろうと思う。

「決心した……」トムはまともに訊いたわけではない。それから彼はちらりと目を上げてマージョリを見る。「ああ。それで?」

「ぼくはやってみたいです」と私は言う。「もしまだよければ」

「あら」とマージョリが言う。「競技会に参加することに決めたの、ルウ? よかったわね!」

「おおいにけっこうだ」とトムが言う。「ただしぼくの標準第一番講義を聞かねばならないよ。マージョリ、きみは自分のものを取ってきなさい。ルウは気分を集中しなければならないからね」

いったいどれほどたくさんの番号つき講義があるのだろう。フェンシング競技会に参加するにはなぜ番号つき講義が必要なのだろうか、と私は考えた。マージョリが家のなかに入ったので、トムの話を聞くのが楽になる。

「まずはじめに、いまから試合までのあいだ、きみはできるだけ多く練習をすること。できれば試合前日まで毎日だな。もしここに来られないとしても、少なくとも家でストレッチやフットワークや、突きの練習をすること」

トムとルシアのところに毎日来られるとは思わない。洗濯や食料品の買い出しや車の掃除はいつやればいいのだ？「どれだけやればいいのですか？」

「時間のあるかぎり、痛くならないようにほどほどにね」とトムは言う。「それから前の週には、用具をぜんぶチェックすること。きみは用具の手入れはよくしているが、それでもチェックはしたほうがいい。いっしょにチェックしよう。スペアの剣はあるのかい？」

「いいえ……注文したほうがいいですか？」

「そうだね、その余裕があるなら。さもなければ、ぼくのを貸してもいい」

「ぼくは注文することができます」私の予算には入っていないけれども、いまならじゅうぶん余裕はある。

「それではと。きみはぜんぶの用具をチェックして、それを磨きあげて、いつでもバッグに詰めこめるようにしておく。前日は、練習はしないこと——リラックスする必要がある。用具をバッグに詰めてから、散歩かなにかすること」

「家にいてはいけませんか？」

「いいとも、だが体を動かすほうがいいね、ただしやりすぎないように。充分な夕食をとる、いつもの時間に寝ること」

この計画の目的はよくわかっているが、トムの言うことをぜんぶやって、それから仕事に行き、やらねばならないほかのことをやるのはたいへんなことだ。テレビも見てはいけない、ネットで友だちとゲームをやってもいけない、土曜日にセンターに行ってもいけない、たとえいつもやっていることでも。

「あのう……ここではできるでしょうか……水曜日以外の夜でもフェンシングの練習が？」

「競技会に参加する生徒なら」とトムは言う。「火曜日以外ならいつでも来たまえ。火曜日はぼくたちの特別の夜だ」

顔が熱くなるのがわかる。特別の夜をすごすというのはどんなものなのだろうと私は想像する。

マージョリとルシアとマックスが家から出てくる。「ぼくは火曜日に食料品の買い物をします」と私は言う。

「彼を怯えさせているじゃないの。参加申込書を忘れないように」「講義はもう充分」とルシアが言う。

「参加申込書！」トムは額をぴしゃりと叩いた。彼はなにか忘れるとかならずこれをやる。なぜだか私にはわからない。私がそんなことをしても、思い出す役には立たない。彼は家のなかに入っていく。私はもうストレッチを終えたのに、ほかのひとたちは始めたばかりだ。スーザンとドンとシンディが横の木戸から入ってくる。ドンはスーザンのブルーのバッグをもっている。シンディはグリーンのバッグをもっている。ドンは用具を取ってくるために家のなかに入る。トムが、私が記入し署名するための用紙をもって戻ってくる。最初のほうはやさしい。私の名前、住所、連絡先の番号、年齢、身長、体重。〈ペルソナ〉と記された空欄にはなにを記入すればよいのかわからない。

「そこはとばしていい」とトムが言う。「それは役を演じたい人間が記入する欄だ」

「芝居で?」と私は訊く。

「いや。一日じゅう、歴史上の人物になりきるわけだ。まあ、歴史ごっこだけどね」

「それもゲームのひとつですか?」と私は訊く。

「そう、まさに。そしてみんな、連中をその役になりきった人物として扱うわけだよ」

私が先生たちに、自分ではない人物になるひとたちのことを話したとき、彼らは動揺し、私の記録になにか書きこんだ。ふつうのひとたちはこういうことをよくやるのか、またトムもやるのか訊いてみたかったが、彼を動揺させたくはなかった。

「たとえば」とトムは言う。「ぼくがもっと若かったころ、ピエール・フェレという役をやったことがある——フェレというのは動物のケナガイタチ《フェレット》と同じ綴りでね——悪いショウジョウコウカンチョウ《カーディナル》をスパイする役なんだ」

「鳥が悪いというのはどういうことですか?」と私は訊く。

「カーディナルは枢機卿という意味もあるんだよ」とトムは言う。「きみは『三銃士』を読んだことはないのかい?」

「ええ」と私は言う。『三銃士』なんて聞いたこともなかった。

「うん、まあ、きみは好きになるよ」と彼は言う。「でもいま物語の筋を話すには時間が足りない——つまり、邪悪な枢機卿と愚かな女王とさらに愚かな若い王がいた、そして三人の勇敢なマスケット銃兵がいた、彼らはダルタニアンを除けば世界でいちばん上手な剣士たちで、だからとうぜん、ぼくたちのグループの半分は、マスケット兵になりたがった。ぼくは若くて乱暴者だったから、枢機卿のスパイになろうと決めた」

私はスパイになったトムを想像することができない、そしてひとびとが彼を、トムではなくその名前で呼ぶのを想像することができない。ピエール・フェレという名の人物になりきったトムを想像することはできない、そしてひとびとが彼を、トムではなくその名前で呼ぶのを想像することができない。彼がほんとうにやりたいことがフェンシングだとしたら、わざわざそんな苦労をすることはないような気がする。

「それからルシアは」と彼はつづける。「ルシアはいちばん優秀な女官になったんだよ」

「やめてよね」とルシアは言う。彼女は、やめなければならないことがなんなのか言わない、でも笑っている。「いまじゃ年をとりすぎて、あんなまねはできないわ」と彼女は言う。

「おたがいさまさ」とトムは言う。本気でそう言っているような口ぶりではない。彼は溜め息をつく。「だがきみには役はいらないよ、ルウ、きみが一日、ほかの人物になりたいというのでなければ」

私はほかの人間になどなりたくない。ルウでいるだけで骨が折れるのに。

私は自分がやらないペルソナに関する欄はみんなとばして、いちばん下の権利放棄という項目を読む。それは太い文字で書かれているのだが、それがなにを意味しているのか私にはよくわからない。それに署名すると、私は、フェンシングが危険なスポーツであり、私が負うかもしれない怪我は、競技会の主催者の罪ではなく、したがって私は彼らを訴追することはできない、ということに同意することになる。それからさらに私は、このスポーツのルールに、最終判定を出すすべてのレフリーの決定に従うということに同意する。署名した申込書をトムにわたし、トムはそれをルシアにわたす。彼女は溜め息をつき、それを針仕事の箱にしまう。

木曜日の夜はいつもテレビを見ることにしているが、私は競技会のための練習に行く。トムはできるだけ毎日練習をするようにと言った。着がえをしてトムとルシアの家に車で行った。木曜日にこの道を運転していくのは奇妙な感じがする。空の色、木の葉の色など、いつもよりよく目につく。トムは私を外に連れ出して、フットワークの練習をはじめなさいと言う、それから特別の受け《パリ》／受けからの反撃《リポスト》のコンビネーションの練習をやるようにと言う。すぐに息が苦しくなる。「それでいい」と彼は言う。「つづけなさい。きみが家でできることをやってもらっているんだよ、きみはおそらく毎晩はここに来られないだろうからね」

ほかにはだれひとり来ない。半時間もするとトムはマスクをつけ、そして私たちは同じ動きを緩急をつけてくり返しくり返し練習する。それは私が予想していたようなものではないが、それがどう役に立つかはわかる。八時三十分にここを出る、とても疲れていたので家に帰ってもネットに接続してゲームもできない。練習を交代してひとのやるのを見ているよりも、ひとりでずっとフェンシングをやりつづけるのはとてもたいへんなことである。

シャワーを浴び、新しい痣をそっと撫でる。疲れて体がこわばっているが気分はいい。ミスタ・クレンショウは新しい治療法と人間で実験することについてまだなにも言わない。マージョリは、私が競技会に出ることを知って、「あら。よかったわね！」と言った。トムとルシアはおたがいに相手のことを怒ってはいない、少なくとも結婚をやめる気はない。

翌日は洗濯をする。土曜日の掃除のあとは、トムとルシアの家にふたたび練習をしにいく。日曜日は金曜日ほど厳しくはない。月曜日にはまたちがう特別練習をする。トムとルシアの特別の日が火曜日でうれしい、なぜかというと食料品の買い出しの日を変えずにすむからだ。マージョリは店に来ない。ドンも店に来ない。水曜日にはいつものようにフェンシングに行く。マージョリは来ない。ルシアの話では街を出ているそうだ。ルシアが競技会用の特別の服をくれる。木曜日にはもう来なくてよい、充分準備ができているから、とトムが言う。

金曜日の朝八時五十三分、ミスタ・クレンショウがわれわれを集め、発表したいことがあると言う。私の胃がきゅっとひきつる。

「諸君はみんなとてもラッキーだ」と彼は言う。「いまのような不況下で、率直に言って、こういうことがいささかなりとも可能であるということすら驚きであるが、じっさい……諸君は自己負担なしで最新の療法を受けられる機会に恵まれた」彼の口が引き伸ばされ大きな偽りの笑いをうかべる。彼の顔はその努力のために輝いている。

彼はわれわれがほんとうに馬鹿だと思っているにちがいない。私はキャメロン、それからデイル、それからチャイを、私が自分の首をまわさなくて見ることのできるひとたちをちらりと見る。彼らの目も動いている。

キャメロンが抑揚のない声で言う、「つまりケンブリッジで開発され、数週間前にネイチャア・ニューロサイエンス誌に発表された試験的療法のことを言っているのですか？」

クレンショウは青くなりごくりと唾をのみこむ。「そんなことをだれがきみに話した？」

「ネット上にありました」とチャイが言う。

「それは――それは――」クレンショウは口ごもり私たちをにらみつける。それから口を歪めてまた笑いを浮かべる。「それはそれとして、新しい療法がある、諸君はそれを自己負担なしで受ける機会がある」

「あたしはやりたくありません」とリンダが言う。「治療は必要ありません。あたしはこのままで健康です」私は振り返って彼女を見る。

クレンショウは赤くなる。「きみは健康ではない」と彼は言う。声が高くとげとげしくなる。「それにふつうでもない。きみは自閉症だ、きみは障害者だ、きみは特殊条件のもとに雇われている」

「ふつうというのは乾燥機の設定のことですよ」とチャイとリンダが同時に言う。彼らはちょっと笑う。

「きみたちは適応しなければならない」とクレンショウは言う。「きみたちは特別待遇を永久に期待することはできない、きみたちを正常にする療法があるというのに。あのジム、個室の仕事場、あの音楽、あのふざけた飾りつけ――きみたちは正常になれる、そうなったらあんなものは必要ない。あんなものは不経済だ。ばかばかしい」彼は立ち去ろうというように背を向け、それからくるりとこちらを向く。「やめるべきだ」と彼は言う。そして立ち去る。

私たちはたがいに顔を見合わせる。数分のあいだだれもなにも言わない。それからチャイが言う。「さあて、とうとうはじまったぞ」

「あたしはやらない」とリンダが言う。「むりにやらせることはできない」

「たぶんできるんだ」とチャイが言う。「よくはわからない」

午後に私たちはそれぞれに社内便で一通の文書をもらう。その文書にはこうある、経済的重圧、多角化の必要性、競争に生き延びるため、各部局は職員を削減しなければならない。研究実施要領を積極的に受け入れるものは解雇されない、とその文書にはある。あとのものたちも、自主的に離職を申し出た場合は、充分な解雇手当てが支給される見込みである。その文書は特に、われわれは治療に同意しなければならない、さもなければ職を失うとは言っていないけれども、そういうことなのだろうと私は思う。

ミスタ・オルドリンが午後おそくわれわれの建物にやってきて、われわれをホールに集めた。

「わたしの手では阻止できなかった」と彼は言う。「努力はした」私はふたたび、母が言っていたことを思い出す。『努力をするということはやったことにはならない』努力だけではだめなのだ。やることだけに意味がある。私はミスタ・クレンショウほどの力がないことは明らかだ。ミスタ・オルドリンを見た、彼は気立てのいいひとだ、そして気立てのよくないミスタ・オルドリンは悲しそうに見える。「ほんとうに申しわけない」と彼は言う。「だがそれが結局いちばんいいことかもしれない」そうして彼は立ち去る。愚かしいことを言うものだ。それがどうしていちばんいいことなのだ？

「みんなで話し合う必要がある」とキャメロンが言う。「ぼくがどうしたいか、きみたちがどうしたいか、それはともかくとして、これについてみんなで話し合う必要がある。それからほかのひとたちとも話す必要がある——たぶん弁護士と」

「あの文書には、仕事場の外で議論をしてはならないと書いてある」とベイリが言う。

「あの文書はわれわれへの脅しだ」と私は言う。

「みんなで話し合う必要がある」とキャメロンがもう一度言う。「今晩仕事のあとで」

「金曜日の夜は洗濯をする」と私は言う。

「あす、センターで……」

「あすは行くところがある」と私は言う。みなが私を見る。私は目をそらせる。「フェンシングの競技会がある」と私は言う。だれもそれについて尋ねないので私はちょっと驚く。

「ぼくたちはセンターで話し合う、質問するかもしれない」とキャメロンが言う。「それについてはあとできみに伝えてやるよ」

「あたしは話したくない」とリンダは言う。「ほうっておいてもらいたい」彼女は歩み去る。彼女は動揺している。われわれはみんな動揺している。

私は自分の仕事場に入っていき、モニター・スクリーンを見つめる。データは平坦でなにもない、空白の画面のようだ。あのデータのどこかにパターンがある、それを見つけるか、生成させるか、そのために給料をもらっているパターンだが、だがきょう私に見えるパターンは、私のまわりを罠のようにとりまいて渦巻く暗闇、私が解析できないほど速く動く。

私は今日と明日のスケジュールに意識を集中する。トムは準備のために私がやるべきことを教えてくれた、私はそのとおりにやるつもりだ。

トムは、ルウのアパートの建物の駐車場に車を入れながら、ルウはもう何年も自分の家に出入りしているのに、ルウの住んでいる場所を見たことがなかったことに気づいた。ごくふつうのアパートの建物、前世紀に作られた建物だ。予想したとおり、ルウはきっかりその時間に、剣を除いたすべての用具をダッフル・バッグに詰めこんで、建物の外で待っていた。緊張はしていても、落ち着いているように見えた。助言に忠実に従い、よく食べ、睡眠はたっぷりとった様子がはっきりうかがわれる。ルシアの手で整えた衣裳を身につけている。いかにも着心地が悪そうだ、時代ものの衣裳を身につけたほとんどの初心者はみなそうだが。

「準備はいいかい？」とトムは尋ねた。

ルウは点検するように自分を見まわした。「はい。おはようございます、トム。おはようございます、ルシア」

「おはよう」とルシアは言った。トムは彼女をちらりと見た。ルウのことですでにふたりはやりあってきた。ルシアは、ルウにちょっとでも迷惑をかけるような人間は手足をもぎとってやるといきまいた。そしてトムは、ルウは小さな問題は自分で解決できるという意見だった。ルシアは最近ルウのことにとても神経質になっている、とトムは思う。彼女とマージョリはなにか企んでいるらしいが、ルシアは説明しようとしない。それが競技会で噴き出さなければいいがとトムは願っている。

道中、ルウはうしろの座席で黙りこんでいた。トムがいつも聞き馴れているお喋りにくらべるとその沈黙は心が休まった。ふいにルウが話しかけてきた。「あなたは考えたことがありますか？」と彼は訊いた。「暗闇の速度はどのくらいか？」

「うん？」トムは最近書いた論文の中頃の部分は削除したほうがいいかどうか思案している最中だったが、現実に注意をもどした。

「光の速度は」とルウが言った。「真空における光の速度の値はわかっています……しかし暗闇の速度は……」

「暗闇に速度はないわ」とルシアが言った。「暗闇とは光のないところにあるものよ――ないものを示す言葉にすぎないわ」

「ぼくは……たぶん速度はあるんだと思います」とルウは言った。

トムはバックミラーをちらりとのぞいた。ルウの顔はちょっと悲しげだった。「暗闇の速度についてなにか考えたことがあるのかい？」とトムは訊いた。ルシアはちらりと彼を見た。彼はそれを無視した。トムがルウの言葉あそびをまともに受け取るのを、彼女はいつも心配していたが、そうすることで差し障りがあるとはトムには思えなかった。

「暗闇は光がないところのものです」とルウは言った。「光がまだそこに来ていませんから。暗闇はもっと速いかもしれない――いつも光より先にあるから」

「あるいは暗闇はまったく動きがないものかもしれない、なぜならいつもその場にあるから」とトムは言った。「それはひとつの場で、動きではない」

「暗闇はものじゃないわ」とルシアが言った。「それは単なる抽象よ、光がないことを言いあらわす言葉にすぎないわ。動きがあるはずがないでしょ……」

「そこまで言うならだね」とトムが言った。「光は一種の抽象概念だ。そして今世紀のはじめまで、光は動きと粒子と波動においてのみ存在すると言われてきたが、その後その考えは捨てられた」

ルシアが顔をしかめているのは、顔を見なくてもその声のとげとげしさで彼にはわかった。「光はじっさいに存在するもの。闇は光が欠如している場所」

「ときどき闇は闇よりも暗いことがあります」とルウが言った。「より濃い闇」

「じっさいに存在するものだとあなたは思うの？」とルシアがシートで体をひねって尋ねた。

「暗闇は光の欠如によって特定される自然現象」ルウの平板な話し方で、これが引用であることは明らかだった。「これはぼくの高校時代の一般科学の教科書にあった言葉です。でもこれはなにも説明してくれません。先生は言いました、夜空は、星と星のあいだは暗く見えるけれども、じっさいは光があるのだと――星はあらゆる方向に光を放っているので、光は存在するが、ただそれが見えないだけだと」

「隠喩的には」とトムが言った。「もし知識を光とし、無知を闇とするなら、闇はじっさいに存在するものだと思えるときがある――つまり無知は存在すると。無知は単に知識の欠如というよりもっと触感のある筋肉質のもの。無知に向かう一種の意志のようなもの。それはある種の政治家たちを言いあらわすことになるね」

「隠喩だと言うなら」とルシアが言った。「鯨は砂漠のシンボルとも言えるわね」

「気分が悪いの？」とトムは訊いた。目のはしに彼女がとつぜん身動《みじろ》ぎをするのが見えたのだ。

「気分を害しているのよ」とルシアは言った。「なぜだかわかるでしょう」

「すみません」とルウがうしろの席で言った。

「なんであなたがあやまるの？」とルシアが訊いた。

を動揺させました」

「暗闇の速度などということを言ってはいけなかったんです」とルウが言った。「あなたのせいで動揺したわけじゃないの」とルシアは言った。「トムのせいよ」

不穏な沈黙が流れるなかでトムは運転をつづけた。競技会が開催される公園に到着すると、トムはルウの登録だの武器の点検などを手早く手伝ってやり、それからルウを連れて施設を見てまわった。ルシアは友人とお喋りをしにいった。どうか機嫌をなおしてくれますようにとトムは思った。ご機嫌が悪いと、自分もルウもおろおろしてしまうのだ。

半時間後、トムは親しい仲間といっしょになってくつろいでいた。ほとんどのひとたちが彼の知り合いだった。お馴染みの会話があたりにうずまいている。だれがだれといっしょに練習しているとか、だれがこの競技会に登録したかとか、だれが勝ってだれが負けたかとか。最近あった諍《いさかい》とか、だれが口をきかないとか。ルウは、トムが紹介するひとたちとちゃんと挨拶もでき、がんばっているように見える。トムは彼に少しばかり準備運動をさせた。そうこうするうちに彼を最初の試合のリングに連れていく時間になった。

「よく覚えておくんだ」とトムは言った。「きみが得点をする絶好のチャンスは先制攻撃をすることだ。きみの相手はきみの攻め方を知らない、きみも相手の出方を知らない、だがきみは速い。相手のガードを突き破って相手を捕まえろ、捕まえるように努めるんだ。いずれ相手をぐらつかせたら——」

「やあ、みんな」ドンがトムの背後で言った。「いま着いたところなんだけどね——やつはもうやったのかい？」

ルウの集中力をくずそうとするとは、いかにもドンらしい。「いや——いまからだ。すぐ行くよ」トムはルウを振り返った。「うまくやれるさ、ルウ。いいかい——五本のうち三本とれれば最高だ、相手が突きをとっても心配するな。それでも勝てる。それからようくレフ……」そして時間となり、ルウは向こうをむいてロープで囲ったリングに入っていった。トムはふいにパニックにおそわれるのを感じた。ルウを、その能力以上のものにほうりこんだのではないか？

ルウは最初の年はいかにもぎごちなかった。両足のスタンスが技術的に正しくても、硬く不自然で、じっさいに動くことができる人間のもののように見えなかった。

「おれが言ったとおりさ」とドンは小声で言った。「あいつには荷が重すぎる——」

「黙って」とトムが言った。「彼に聞こえるじゃないか」

トムが来る前に私の準備はできている。ルシアが私のために整えてくれた衣裳も着たけれども、人前で着るのはとても奇妙な感じがする。ふつうの衣服のようには見えない。長い靴下は私の脚の膝のところまで締めつける。大きな袖は風に吹かれて私の腕を撫であげ撫でおろす。色は地味で、茶色と褐色とダーク・グリーンだが、ミスタ・オルドリンもミスタ・クレンショウもこんなものを着ている私を見ても、いいとは言わないだろう。

「時間厳守は王の作法」と四年生のときの先生が黒板に書いた。それを書きうつすようにと先生は言った。先生はその意味を説明してくれた。そのときは王というものがわからなかったし、なぜわれわれが、王のしたことを気にしなければならないのか理解できなかったが、ひとを待たせるのは失礼だということはずっと前から知っていた。待たされるというのは私も嫌いだ。トムも時間は厳守する、だから私は長く待たないですむ。

競技会場まで車で行くあいだ私は怖くなる、なぜならルシアとトムがまた口論をしているからだ。トムは心配ないと言ったが、私は心配ないとは思わない、この口論は私のせいだという気がする。どうしてだか、なぜだかはわからない。ルシアが仕事のことで怒っているのなら、それについて話そうとせずに、トムにがみがみ言っているのはなぜなのか私にはわからない。

競技会の会場に着くと、トムは芝生のほかの車の隣りに駐車する。ここにはバッテリーのプラグの差しこみ口がない。私は無意識にほかの車を眺め色と型が何種類あるか数える。ブルーが十八台、赤が五台、茶色ないしはベージュないしは褐色が合わせて十四台。二十一台がルーフにソーラー・パネルをのせている。ほとんどのひとが衣裳を着ている。衣裳はみんな私と同じように奇妙なものか、もっと奇妙なものだった。ひとりの男は、羽根でおおわれた平らな大きな帽子をかぶっている。それはかぶる場所を間違えたように見える。トムはそんなことはないと言う、何世紀も前、ひとはみんなこういう衣裳だったのだと言う。私は色を数えたいと思ったが、ほとんどの衣裳には多くの色が使われているので数えるのはたいへんだ。私が好きなのは、衣裳の表側と内側とそれぞれが一色の布地でできているひらひらしたマントだ。それが動くと、まるでくるくる回る風車のように見える。

まずあるテーブルのところへ行くと、そこではロング・ドレスを着た女性が私たちの名前とリストを照合する。彼女は、穴がいくつかあいた金属製の小さな円板をさしだす。ルシアはポケットから細いリボンの束をひっぱりだし、そのうちの緑のリボンを私にくれる。「これを穴に通して」と彼女は言う。「それから首にかけるの」それからトムがもう一つのテーブルに私を連れていく、そこではふくらんだ短いズボンをはいた男性が別のリストの私の名前にチェック・マークをつけている。

「きみの出番は十時十五分だ」と彼は言う。「対戦表はあそこだ」――彼は緑色と黄色の縞のテントを指さす。

対戦表は、大きなボール紙を何枚かテープで張り合わせたもので、家系図のように名前を線で結ぶようになっているが、名前のところはほとんど空白だ。左側の一列だけに名前が入っている。私は自分の名前と最初の相手の名前を見つける。

「いまは九時三十分だよ」とトムは言う。「競技場を見にいこう、それから準備運動できる場所を見つけよう」

出番になると、私は囲まれた試合場に入った。心臓がどきどきして手が震える。ここでなにをしているのかわからない。私はここにいるべきではない。私はパターンを知らない。すると私の相手が攻撃してくる、私はかわす。よいかわし方ではない――動きがにぶい――だが相手は私に突きを入れなかった。私は深呼吸をして相手の動きに、相手のパターンに集中する。

相手は私が突きを入れるときにも気づかないらしい。私は驚く、だがトムが、突きを申告しないひともいると言っていた。ひとによっては、興奮しすぎていて、軽い突きも中くらいの突きも感じないかもしれない、ことに初めての試合のときには、とトムは言った。きみの場合にもそういうことが起きるかもしれない、と彼は言った。彼がしっかりと突けと私に言うのはそのためだ。私はもう一度試みる、こんどは私が突きを入れる瞬間に相手が突っこんでくるので、相手に強い一撃をあたえてしまう。彼は動転し、レフリーに抗議するが、レフリーは、突っこんでいったほうが悪いと言う。

けっきょく私は試合に勝つ。息が切れる、試合のためばかりではない。とてもちがう感じがする。そのちがいがなんなのか私にはわからない。体が軽く感じられる、重力が変わったように、だがそれは、マージョリのそばにいるとき感じるあの軽さと同じではない。知らない人間と闘ったせいなのか、それとも勝負に勝ったせいなのか？

トムが私と握手する。顔が輝いている。声は興奮している。「やったぞ、ルウ。すごいぞ——」

「ああ、よくやったさ」とドンがさえぎる。「あんた、ちょっとばかりラッキーだったのさ。三度のパリには気をつけなよ、ルウ。前から気がついていたんだけど、あんたはあいつをあんまり使っていないし、使うときはその次になにをやるか相手に身振りで感づかせるんだ——」

「ドン……」とトムが言うが、ドンは話しつづける。

「――それに相手があんなふうに突っこんでくるときは、隙をねらわれないようにしなくちゃ――」

「ドン、彼は勝ったんだ。よくやったよ。やめないか」トムの眉は下がっている。

「はい、はい、彼が勝ったことは知ってるよ、初試合にはつきがあったな、だがこの先勝ちつづけるには――」

「ドン、なにか飲み物を買ってきてくれないか」トムの声は乱れている。

ドンは驚いたようにまばたきをする。トムの手から金を取る。「ああ――わかった。すぐ戻ってくる」

もう軽い感じはない。重い感じがする。私はたくさん過ちをした。

トムが私のほうを向く。彼は笑っている。「ルゥ、ぼくが見た初試合のうちではもっともいいもののひとつだよ」とトムは言う。ドンが言ったことを私に忘れさせたいのだと思うが、私には忘れられない。ドンは私の友人だ。私の役に立とうとしている。

「ぼくは……ぼくはあなたにやれと言われたことをやりませんでした。あなたは真っ先に攻撃するようにと言ったのに――」

「きみがやったことはうまくいった。ここではあれが尺度なんだ。きみが出ていってから、あれは悪い助言だったかもしれないと気がついたんだ」トムの眉が寄せられる。なぜだかわからない。

「ええ、でももしぼくがあなたの言うとおりにしていたら、彼は最初のポイントを取らなかったかもしれない」

「ルウ――聞いてくれ。きみはとてもとてもよくやった。彼は最初のポイントを取ったが、きみは体勢をくずさなかった。きみは立ち直った。そしてきみは勝った。彼がもしちゃんと突きを申告してくれていたら、きみはもっと早く勝ちをとっていただろう」

「しかしドンは言いました――」

トムは烈しく首を振る、まるでなにかが痛いとでもいうように。「ドンが言ったことは忘れなさい」と彼は言う。「ドンは最初の競技会の最初の試合でくずれたんだ。完全に。それでひどく動揺して、残りの試合を投げちゃってね、敗者復活戦にも出なかったんだ――」

「やあ、ありがたいことで」とドンが言う。彼はソーダの缶を三つ持ってうしろに立っている。そのうちの二つを地面に落とす。「ひとの気持をご親切に案じてくれていると思ったのにな――」彼は缶を一つ持って大股に歩み去った。彼は怒っているのだ。

トムは溜め息をつく。「まあね……ほんとうのことだ。心配しないように、ルウ。きみはほんとうによくやった。きみはきょう勝たなかったかもしれないんだ――初出場の人間はぜったい勝てない――だがきみはすでにかなりの落ち着きと技量を示した、きみがぼくたちの仲間であることを誇りに思うよ」

「ドンはとても動揺していますね」と私は彼の後ろ姿を見ながら言う。トムは、ドンの初出場のときの話をするべきではなかったのだと思う。トムはソーダの缶を拾って私にさしだす。開けるとしゅーっと泡が出る。トムのもシューッと泡が出る、彼は指についた泡をなめる。これは作法にかなったことなのかどうかわからないが、私も指についた泡をなめる。

「ああ、しかしドンのやつは……そういうやつなんだ」とトムは言う。「彼はいつもこれなんだ。きみは見ただろう」これというのはなんのことか私にはわからない、ドンがほかのひとたちにおまえは間違っていると言うことか、それともドンが怒っていることか。

「彼はぼくの友だちになろうと、ぼくを助けようとしたのだと思います」と私は言う。「彼はマージョリが好きです、ぼくもマージョリを好きです、彼女が自分を好きになってくれるようにと彼が願っているとしても、彼女は、ドンのことをほんものかとだと思っています」

トムはソーダにむせて咳こむ。それから彼は言う。「きみがマージョリを好きだって？ただ〝好き〟という好きなのか、〝とくべつ好き〟ということなのか？」

「ぼくは彼女をとても好きです」と私は言う。「ぼくは願っています――」だがその願いを口に出して言うことはできない。

「マージョリはドンのような男にひどい目にあっているんだよ」とトムが言う。「ドンが同じような振る舞いをするたびにその男のことを思い出すだろうね」

「彼もフェンシングをやっていたのですか？」と私は訊く。

「いや、仕事の関係で知り合った人間だ。だがときどきドンはその男と同じような言動をするんだ。マージョリはそれがいやでたまらない。むろんきみのほうが好きにきまっているよ」

「ドンがぼくのことでよくないことを言っていたと、マージョリが言いました」

「それできみは怒っているのかい？」とトムが訊く。

「いいえ……ときどきひとは、理解していないためにそういうことを言うことがあります。そうぼくの両親は言っていました。ドンは理解していないのだと思います」私はソーダを一口飲む。私の好みほど冷えてはいないが、ないよりはましである。

トムはソーダを長いこと飲んだ。リングではほかの試合が始まっている。私たちはそこからゆっくりとはなれる。「これからするべきことは」と彼は、その問題からかろうじて逃れながら言った。「記録係のひとにきみの勝ちを申告してつぎの試合の準備は万全かどうかたしかめることだね」

つぎの試合のことを考えたとき、自分が疲れていて、さっきの相手から受けた突きの痕が痛むのに気づく。いま家に帰ってこれまで起こったことについて考えたいと思ったが、まだまだ闘わなければならない試合はある、トムは私がここに留まってすべての試合をすることを望んでいる。

第七章

私は二番目の相手と向かいあう。二度目は非常にちがう感じがする、なぜかというと全部がすべて驚くことではないからだ。この男は羽毛のついたピザのような帽子をかぶっている。彼はいま、顔の部分がワイヤメッシュではなく目の部分が透明になっているマスクをつけている。この種類のマスクは値段が高い。この男はとてもうまいが、正々堂々としているとトムが言った。私の突きを申告するだろうとトムが言った。相手の表情がはっきり見える。なんだか眠そうな表情だ。青い目にまぶたがおおいかぶさっている。

レフリーがハンカチを落とす。私の相手がさっと飛び出してくる、その姿がぼやけるほどすばやい。私の肩に彼の突きを感じる。私は手を上げる。眠そうな表情だからといって動きが鈍いとはかぎらない。トムにどうすればいいか訊きたい。私はまわりを見まわしたりしない。勝負はまだ続いているし、相手はまた突いてくるかもしれない。

こんどは私が横に動く、相手もまた円を描いて動く。相手の剣が飛び出す、あまりにも速く、消えてしまったように見えたが、またあらわれて私の胸を突く。どうすればこれほど速く動けるのか私にはわからない。私の体はこわばり、動きがぎごちなく感じられる。

次の突きがあれば私の負けだ。私は攻めに転じる、奇妙な感じだが。私の剣が彼の剣にあたるのを感じる——こんどはうまく受け流す。もう一度、さらにもう一度、そして最後に突きを入れたとき、自分の手がなにかに触れるのを感じる。彼は即座にうしろに下がって手を上げる。「はい」と彼は言う。私は彼の顔を見る。彼は笑っている。私の突きを気にしていない。

私たちは反対の方向に円を描いて動く、剣がひらめく。私には相手の素早い動きのなかにパターンが見えてくるが、私がそのデータを使うより早く、彼が三度目の突きを入れる。

「ありがとう」と彼は最後に言う。「きみは手強かった」

「よくやった、ルウ」トムが、リングの外に出た私に言う。「彼はおそらく優勝するだろう。例によってね」

「ぼくは一度突きをとりました」と私は言う。

「ああ、いい突きだった。それにあと何回か突きが入りそうだったな」

「もう終わりですか?」と私は訊く。

「まだだ」とトムは言う。「一試合負けただけだ。こんどは、一勝した連中のたまりに入るんだよ。そして少なくともあと一試合はすることになる。だいじょうぶかい?」

「はい」と私は言う。息が苦しく、まわりの騒音や動きにもうんざりしているが、さっきのように家に帰りたいとは思わなくなっている。ドンは見ていたのだろうか、姿はどこにも見えない。

「昼食にしようか？」とトムが訊く。

私は首を振る、腰をおろせる静かな場所を見つけたい。トムは先に立ってひとごみをかきわけていく。私の知らないひとたちが、私の手をつかんだり、肩を叩いたりして言う。「いい試合だったね」私は触れられるのはいやだが、彼らは親切でそうしてくれているのだ。

ルシアと私の知らない女のひとが木の下にすわっている。ルシアが地面を叩く。それは「ここにすわりなさい」という意味だとわかっていたので、私はそこにすわる。

「ガンサーが勝った、だけどルゥは彼に突きを入れたんだぜ」とトムが言う。

女のひとが両手を叩く。「それはよかった」と彼女は言う。「初試合でガンサーに突きを入れるひとなんてほとんどいないのよ」

「じっさいはぼくの初試合ではありませんが、ガンサーとは初試合です」と私は言う。

「あたしもそういうつもりで言ったの」と彼女は言う。彼女はルシアより背も高く、体重もある。裾の長い飾りのついた衣裳を着ている。小さな木枠を手に持って、指が行ったり来たりしている。彼女は茶色の幾何学模様の細長い布を織っている。模様は単純だが、私はひとが布を織るところを見たことがなかったので、どうやって織るのか、茶色の模様の方向をどうやって変えるのか、はっきりわかるまで注意深く見ている。

「トムがドンのことを話してくれたわ」とルシアが私をちらりと見ながら言う。とつぜん体が冷たくなる。ドンがどれほど怒っていたか私は思い出したくない。「あなた、だいじょうぶ?」とルシアが訊く。

「ぼくはだいじょうぶです」と私は言う。

「ドン、あの天才少年?」と女のひとがルシアに訊く。

ルシアは顔をしかめる。「そう、ときどきほんとに間抜け野郎になるのよ」

「こんどはいったいなあに?」と女のひとが訊く。

ルシアがちらりと私を見る。「ああ――また例のごとしよ。大口たたきめ」

ルシアがくわしく話さないので、私はうれしい。トムが話したであろうほどドンが悪いひととは私は思っていない。トムがだれかに対して不公平な仕打ちをすると思うと、私は不幸せな気持になる。

トムが戻ってきて、私の次の試合は一時四十五分だと言う。「相手も初出場の人間だ」と彼は言う。「最初の勝負でさっさと負けている。さあ、これを食べなさい」彼は肉入りのパンを私にさしだす。においはだいじょうぶだ。腹が空いている。一口かじるといい味だった。私はぜんぶ食べた。

一人の老人が立ち止まってトムに話しかける。トムは立ち上がる。私も立ち上がるべきなのかどうか、私にはわからない。その老人のなにかが私の目を惹く。彼は痙攣している。そしてとても早く喋る。なにを喋っているのかわからない――私の知らないひとたちのこと、私が行ったことのない土地のこと。

三度目の試合の私の相手は、赤い縁どりのついた黒い衣裳だ。彼はあの透明なマスクをつけている。黒い髪の毛と黒い目、そして青白い肌。もみあげは先のほうを尖ったように刈りこんである。だが動きはよくない。のろのろした動きで、あまり力もない。攻めてもこない。近くに寄ってくることもなく、剣をただ前後に振りまわすだけだ。私が突きを入れたのに、彼は申告もせず、さらに強い突きでようやく申告する。彼の顔には感情があらわれている。驚き、そして怒り。私は疲れていたが、勝とうと思えば勝てるだろう。

ひとを怒らせるのはよくないことだが、私は勝ちたい。私は彼のまわりをまわる。彼はのろのろとぎごちなくまわる。私はふたたび突きを入れる。彼の下唇が突き出される。彼の額がうねを作る。相手に自分は馬鹿だと思わせてしまうのはよくないことだ。私は動きを遅くするが、彼はそれを利用しない。彼のパターンはきわめて単純だ、まるで二つのパリと攻撃しか知らないとでもいうようだ。私が近づくと彼はうしろに下がる。だが突っ立ったまま打ち合いをするのは退屈だ。彼になにかやってほしい。なにもやらないので、私は彼の弱々しいパリをそらして打ち込む。彼の顔が怒りで歪む。そしてひどい言葉を連ねる。最後に握手をして、ありがとうと言うのがきまりなのに、彼はさっさと立ち去る。レフリーが肩をすくめる。

「よくやった」とトムが言う。「きみが動きを遅くして、彼に名誉挽回の攻めのチャンスをあたえてやったのを見たよ……それを受けて立つこともわからないとは、とんでもない阿呆だな。これできみもわかっただろう、ぼくが弟子たちを早いうちから競技会に出したくないわけが。彼ときたら、そろそろ仕上がりかけているなんてものじゃない」

彼はそろそろ仕上がりかけている、というのはほとんど仕上がっているということだ。彼はまったく仕上がっていなかった。勝ちを申告に行くと、自分が二勝一敗の記録をもつもののたまりにいることを発見する。無敗なのは八人だけだ。ひどい疲労を感じているが、トムを失望させたくはないので、このまま引き下がるつもりはない。次の試合は、背の高い色の浅黒い女性が相手で、ほとんどすぐにはじまる。彼女は地味な濃紺の衣裳を着け、顔の部分がワイヤメッシュの普通のマスクを着けている。彼女は前の男性とはまったくちがう、すぐさま打ちこんできて、数回の打ち合いの末に最初の突きを入れる。私は二本目の突きを入れ、彼女は三本目の突きを入れる。それから私が四本目の突き。彼女のパターンは見えにくい。リングのまわりで声が聞こえる。いい試合だと、ひとびとが言っている。私はまた気分が軽くなり、幸せな気分になる。そのとき彼女の剣の切っ先を胸に感じ、勝負は終わる。私は平気だ。とても疲れていて汗もかいている。体がにおう。

「いい試合だったわ！」と彼女が言い、私の腕をつかむ。

「ありがとう」と私は言う。

トムはよろこんでいる。彼の笑顔でそれがわかる。ルシアもそこにいる。彼女が見にきていたのに気づかなかった。トムとルシアは腕を組んでいる。私はさらに幸せな気分になる。「この試合できみの順位がどうなったか見にいこう」と彼は言う。

「順位？」

「フェンサーたちは試合の結果で順位がつけられるんだ」と彼は言う。「初出場者は初出場者で順位がつけられる。きみの順位はかなり高いと思うよ。まだこれからいくつか試合があるわけだけれど、初出場者たちは全員すでに試合を終えているだろう」

こういうことは知らなかった。ボードに書かれた大きな図表を見ると、私の名前は十九番目にあるが、下のほうの右はしにあり、そこには七人の初出場者の名前が並んでいて、私の名前は一番上にある。「思ったとおりだ」とトムが言う。「クローディアー――」ボードに名前を書きこんでいる女のひとが振り返る。「初出場者の試合はぜんぶ終わったの？」

「ええ――そちらはルウ・アレンディル？」と彼女は私をちらりと見る。

「はい」と私は言う。「ぼくはルウ・アレンディルです」

「初出場にしては上出来よ」と彼女は言う。

「ありがとう」と私は言う。

「あなたのメダルよ」と彼女は言って、テーブルの下に手を伸ばし、なにかが入っている小さな革袋を取り出す。「このまま待っていれば、表彰式で受け取ることもできるけど」

私はメダルがもらえるとは知らなかった。すべての試合に勝ったひとだけがメダルをもらえると思っていた。

「もう帰らないと」とトムが言う。

「ああ、そうなの――じゃあこれを」彼女は革袋を私にさしだす。本物の革の手ざわりだ。

「こんどのときもがんばってね」

「ありがとう」と私は言う。

その袋をその場で開けるのかどうか私はわからない、だがトムが「見てみよう」と言う。それで私はメダルを取り出す。剣を浮き彫りにした小さな丸い金属のかたまりで、はしのほうに小さな穴が開いている。私はそれを袋に戻す。

帰宅のとちゅう、私はすべての試合を頭のなかで再現してみる。私は試合のすべてを記憶しており、ガンサーの動きをゆっくりと再現することができる。だからこの次の機会には——次の機会があること、自分がまたやりたいと思っていることを知って私は驚く——彼ともっとうまく闘えるだろう。

もし私がクレンショウと闘わなければならないとしたら、競技会で闘うことが私にとって役に立つと、なぜトムが考えたかわかってきた。私は私のことをだれも知らないところに行き、ふつうのひとと同じように闘った。自分がなにかをやりとげたということを知るためだけなら、なにも競技会に出る必要はなかったのだが。

家に戻るとルシアが貸してくれた汗まみれの衣裳を脱ぐ。特殊なものだから洗わなくてもいい、と彼女は言った。吊るして乾かして、水曜日のフェンシングのクラスのときに持ってくるようにと言った。衣裳がにおうのがいやなので、今晩か明日に返しに行きたいと思ったが、彼女は水曜日と言った。シャワーを浴びるあいだ、居間のカウチの背にかけておく。

熱い湯は気持がいい。何度か突きを入れられたところに小さな青痣《あおあざ》ができている。すっかりきれいになったと感じられるまで、長い時間シャワーを浴びる。それから柔らかなスウェットシャツを着てスウェットパンツをはく。とても眠いけれども、だれかが集会のことをEメールしてくれたかどうかチェックしなければならない。

キャメロンとベイリからEメールが来ている。キャメロンは、みんなで話し合ったがなにもきまらなかったと言っている。ベイリは集会にだれが来たかということ——私とリンダのほかはみんな来た——それからセンターのカウンセラーに、人体実験に関する規則について質問したことを知らせてくれる。彼によれば、キャメロンはもうすでにこの治療法のことを知っていて、みんながこれをやりたがっていると言ったそうだ。カウンセラーは関連する法律をくわしく調べることになっているという。

私は早めにベッドに入った。

月曜日にも火曜日にも、ミスタ・クレンショウからも会社からもなんの話もない。おそらくこの治療法の研究をしているひとたちは、これを人間に試みる準備ができていないのだろう。おそらくミスタ・クレンショウは、彼らを説得しなければならないのかもしれない。われわれがこれについてもっとわかっていればと思う。最初の試合のときにリングに立ったときのような感じがする。知らないということは、知っているということより、ぜったい速度が早いと思う。

インターネットの報道記事の概要を見るが、そこに書かれている言葉のほとんどが私にはまだ理解できない。辞書や文献を調べてみても、その治療法がじっさいどんなものなのか、どんなふうにその治療がなされるのか、私にはまだ理解できない。もともと理解できないことなのだ。これは私の専門分野ではないのだから。

しかしこれは私の脳であり私の生命だ。私は理解したい。フェンシングをはじめたとき、私はこれを理解できなかった。なぜフルーレはある角度に構えなければならないのか、なぜ私の足はある角度で外側に向けられなければならないのか、ということがわからなかった。用語とか動きとかいうものが、なに一つわからなかった。私はフェンシングがうまくなろうとは思っていなかった。私の自閉症が妨げになると思ったし、じじつはじめはそうだった。ところが私は競技会で正常《ノーマル》なひとと試合をした。勝ちはしなかったが、ほかの初出場者より成績はよかった。

おそらく脳についても、いま知っている以上のことを学べるだろう。時間があるかどうかわからないが、学んでみたいと思う。

水曜日、衣裳をトムとルシアの家に返しに行く。衣裳はもう乾いていて、それほどいやなにおいはしないが、私の汗の酸っぱいようなにおいはまだ残っている。ルシアに衣裳を返すと、私は家のなかを通って用具室に行く。トムはすでに裏庭に出ている。私は用具を取り外に出る。外はひんやりしているが、静かで風もない。彼はストレッチをしている。私もストレッチをはじめる。日曜日と月曜日は体がこわばっていたが、もうこわばってはいない。青痣のひとつがまだ痛むだけだ。

マージョリが裏庭に出てくる。

「あなたが競技会でがんばったことをマージョリに話したのよ」とルシアが彼女のうしろで言う。マージョリが私に笑いかける。

「ぼくは勝ちませんでした」と私は言う。「いくつか誤りをしました」

「あなたは二試合勝ったのよ」とルシアが言う。「そして初出場者のメダルをもらった。それほどたくさんの誤りもしなかったし」

〝それほどたくさん〟というのは、どのくらい多くの誤りなのかわからない。もし〝とてもたくさん〟という意味なら、なぜ彼女は〝それほどたくさん〟と言うのだろう。

この裏庭で私はドンのことを思い出す。トムが彼について言ったことに、彼がどんなに怒ったか思い出す、あの二つの試合に勝ったときの浮き立つような気持より、ドンが怒ったときの印象のほうが強い。彼は今晩ここに来るだろうか？　彼は私のことを怒っているのだろうか？　彼にそのことを言うべきかと考えたが、言うべきではないのだと思った。

「サイモンが感心していたよ」とトムが言う。彼はいま体を起こし、刃についた傷を紙やすりでこすりおとしている。私も自分の剣をなでてみたが、新しい傷はない。「あのレフリーだよ。昔からの知り合いなんだ。きみの相手が突きの申告をしなかったとき、きみのとった態度は立派だったと感心していたよ」

「あのようにやるべきだとあなたに教わりましたから」と私は言う。

「ああ、だけどみんながぼくの助言に従うわけじゃない」とトムが言う。「さてどうかな——数日経ってみて——思ったより楽しかったか、それともわずらわしいことだと思ったか？」

競技会は楽しいとは思わなかったが、わずらわしいとも思わなかった。

「それともまったく別のことかしら？」とマージョリが言う。

「まったく別のことです」と私は言う。「あれがわずらわしいとは思いませんでした。どのように準備すればよいか、あなたが教えてくれました、トム。ぼくはそのとおりにやりました。あれが楽しいとも思いませんでした。あれはテスト、挑戦です」

「少しは楽しんだかい？」とトムが言う。

「はい。ある部分は、とても楽しかったです」いりまじっている気持をどう言いあらわすのか私にはわからない。「新しいことをやるのは、ときには楽しいこともあります」と私は言う。

だれかが木戸を開ける。ドン。裏庭にふいに緊張がみなぎるのを感じる。

「やあ」と彼は言う。その声はこわばっている。

私は彼に笑いかけるが、彼は笑い返さない。

「やあ、ドン」とトムが言う。

ルシアはなにも言わない。マージョリが彼に向かってうなずく。

「用具を取りにきただけですよ」と彼は言って家のなかに入る。

ルシアがトムを見る。彼は肩をすくめる。マージョリが私に近づいてくる。

「勝負しない？」と彼女が訊く。「今夜は遅くまでいられないの。仕事」

「いいですよ」と私は言う。また気分が浮き立ってくる。

競技会に出たので、ここではとても楽にフェンシングができる。ドンのことは考えない。マージョリの剣のことだけ考える。彼女の剣に触れるのは、彼女に触れるような感じだ――鋼鉄の刃を通して彼女のあらゆる動きが感じられる、彼女の気分さえ感じられるようだ。これがずっと続けばいいと思う。この戦いがずっと続くように私は少し速度を落とし、なるべく接触しないように、できるだけ突きを入れない。競技会とはだいぶちがう感じだが、その感じを言いあらわす言葉、私に思いつけるのはただ一つ〝浮き立つ〟という言葉だ。

とうとう彼女が後退する。息が荒い。「おもしろかったわ、ルウ、でもおかげですっかり疲れた。一休みしないとね」

「ありがとう」と私は言う。

私たちは肩を並べてすわる。二人とも呼吸が早い。私は彼女の呼吸に合わせる。そうすると気持がいい。

ふいにドンが用具室からあらわれる、片手に剣を、もう一方の手にマスクを持っている。彼は私をにらみつけ、ぎくしゃくした足どりで家の角をまわっていく。トムは彼のうしろについて出口まで行く、戻ってくると肩をすくめ、両手をひろげる。

「引き止めようと説得したんだがね」と彼はルシアに言う。「競技会の会場で、ぼくが彼をわざと侮辱したんだと思いこんでいるんだ。彼はルウとたった一位しかちがわないというのにね。さしあたりすべてはぼくのせいだ。彼はガンサーのところに習いに行くそうだよ」

「どうせ長続きはしないわよ」とルシアは言う。彼女は両足を伸ばす。「稽古に耐えられないんだから」

「ぼくのせいですか？」と私は訊く。

「世界が彼の好みに合うようになってくれないせいさ」とトムが言う。「二週間ほど様子を見よう、何事もなかったような顔をしてね」

「それから彼を連れ戻すわけ？」ルシアは鋭い声で言う。

トムはまた肩をすくめる。「彼が行儀よくするというならね。ひとは成長するものさ、ルシア」

「曲がったまま成長するのもいるのよ」と彼女は言う。

そのとき、マックスとスーザンとシンディ、そしてほかのひとたちが一団となって到着し、みなが私に話しかける。私は競技会の会場で彼らの姿を見なかったのに、彼らはみんな私を見ていたのだ。気づかなかったことに私は当惑したが、マックスが説明する。

「ぼくたちはきみの邪魔をしないようにしていた、きみが集中できるように。ああいうときは、一度に一人か二人だけとしか話したくないものだ」と彼は言う。ほかのひとびとも集中するのに苦労するのだとすると、それはもっともなことだろう。私は彼らがそんなふうに思っていたとは知らなかった。彼らはしじゅう大勢のひとたちにかこまれていたいのだと思っていた。

私自身について私が聞かされているいろいろなことが、すべて正しいのではないとしたら、正常《ノーマル》なひとたちについて私が聞かされているいろいろなことも、すべて正しいとはかぎらないのかもしれない。

私はマックスとフェンシングをし、それからシンディとする、それからマージョリの隣りに腰をおろす、彼女がもう帰らなくてはと言うまで。私は彼女のバッグを持って車のところまで送っていく。彼女ともっと多くの時間を過ごしたいと思うが、どうすればそうできるかわからない。もし私がトーナメントの会場でマージョリのようなひとに——私が好きなひとに——会ったとして、私が自閉症だということを相手が知らないとしたら、そのひとを夕食に誘うのはもっと楽だろうか？　そのひとはなんと言うだろう？　もし私がマージョリを誘ったらマージョリはなんと言うだろう？　彼女が車に乗ったあと、私は車の横に立って誘う言葉をすでに彼女に言っており、あとはただ彼女の答えを待っているのだとしたらどんなにいいだろう。エミーの怒った声が私の頭のなかで鳴りひびく。彼女の言ったことが正しいとは私はぜったい思わない。マージョリが私を単なる症例としか見ていない、有望な研究対象としてしか見ていない、そんなことは私には信じられない。だが信じないといっても、夕食に誘うほどの自信がもてるほどではない。私は口を開くがなんの言葉も出てこない。沈黙が音の前にそこにある、私が考えをまとめるより早くそこにある。

マージョリは私を見つめている。恥ずかしさのあまり私の体はふいに冷たくなり硬くなる。「おやすみ」と私は言う。

「さよなら」と彼女は言う。「来週またね」彼女はエンジンをかける。私はうしろに下がる。

裏庭にもどると、ルシアの横にすわる。「もしひとがひとを夕食に誘うとして」と私は言う。「そしてもし誘われるひとが行きたくないとしたら、誘うひとが誘う前にそれを知る方法はありますか？」

彼女はしばらく答えない、四十秒以上たったと思う。それから彼女は言う。「もしあるひとがあるひとに親しく振る舞っていれば、そのひとは誘われることはいっこうにかまわないけれども、それでもそのときは行きたくないかもしれない。あるいはその晩なにかほかにすることがあるかもしれない」彼女はまた黙りこむ。「あなた、だれかを夕食に誘ったことがあるの、ルウ？」

「いいえ」と私は言う。「仕事の仲間のほかには。彼らはぼくと同じような人間です。それはちがうと思います」

「ええ、たしかにね」と彼女は言う。「あなた、だれかを夕食に誘おうと思っているの？」

喉が詰まる。なにも言うことができない、でもルシアは質問をくり返そうとはしない。彼女は待っている。

「マージョリを誘おうと思っています」私はようやく低い声で言う。「でも彼女に迷惑はかけたくないのです」

「彼女が迷惑がるとは思わないけど、ルウ」とルシアが言う。「彼女が誘いを受けるかどうかわからないけど、あなたに誘われても慌てたりしないと思うわよ」

夜、家でベッドに入ってから、私はテーブルの向かいにすわって食事をしているマージョリの姿を思い浮かべる。ビデオでこういう場面を見たことがある。私にはまだその心構えができていない。

木曜日の朝、アパートのドアから外に出て、駐車場に置いてある私の車を見た。なにかがおかしい。四つのタイヤがぜんぶぺちゃんこになって地面にはりついている。私にはわけがわからない。このタイヤはみんな数カ月前に買ったものだ。ガソリンを入れるたびに空気圧はいつもチェックしている。ガソリンを入れたのは三日前である。なぜみんなぺちゃんこなのかわからない。スペアのタイヤは一つしかないし、足踏み式ポンプは車に積んであるけれども、三つのタイヤにすぐに空気を入れることはできない。仕事に遅れてしまう。ミスタ・クレンショウはきっと怒るだろう。汗がたらたらと脇腹を流れおちてくる。

「いったいどうしたんだい?」ダニー・ブライス、ここに住んでいる警官である。

「タイヤがぺちゃんこなんです」と私は言う。「なぜだかわかりません。エアをチェックしたばかりです」

　彼は近くによってくる。彼は制服を着ている。彼はミントとレモンの匂いがする、制服はクリーニング屋の匂いがする。靴はぴかぴか光っている。制服のシャツには名札がついている、銀色の札に黒い小さな文字でダニー・ブライスと書いてある。

「タイヤが切られてる」と彼は言う。真剣な声だが怒ってはいない。

「切られた？」こういう話は本で読んだことがあるが、自分の身に起こったのははじめてだ。「なぜ？」

「いたずらだな」と彼は腰を屈めてのぞきこみながら言う。「うん。たしかに悪質だ」彼はほかの車を見る。私も見る。どの車のタイヤも空気は抜けていない、ただアパートのビルの所有者が持っている古い平台型のトレイラーのタイヤの一つは別だ、これはもうずっと前から空気が抜けている。そのタイヤは黒ではなく灰色に見える。「あんたの車だけだな。だれかあんたに怒ってるやつはいないか？」

「だれもまだぼくに怒ってはいません。きょうはまだだれにも会っていません。ミスタ・クレンショウはこれからぼくに怒るでしょう」と私は言う。「仕事時間に遅れてしまいましたから」

「なにがあったか話せばいいさ」と彼は言う。

　いずれにしてもミスタ・クレンショウは怒るだろうと思うが、私は黙っている。警官と議論をしてはいけない。

「おれがかわりに電話で届けを出しておくよ」と彼は言う。「警察はだれかをここに―

――」

「ぼくは仕事に行かなくてはなりません」と私は言う。汗が滲みだしてくるのがわかる。まずこれからどうしてよいのかわからない。交通機関の時刻表がわからない、駅がどこかはわかっているが。時刻表を見つけなければならない。研究所に電話をすべきだが、もうあそこにだれか来ているかどうかわからない。

「これは届けを出すべきだ」と彼は言う。彼の顔は下にさがっている、真剣な表情。「ボスに電話をして、報告したほうがいい……」

ミスタ・クレンショウの内線番号を私は知らない。彼に電話をすれば、彼は私をどなるだけだろう。「あとで電話をします」と私は言う。

十六分で警察の車がやってくる。ダニー・ブライスは仕事に出かけずに私のそばに残っている。彼はあまり喋らないが、彼がそばにいてくれるので安心だ。警察の車のなかから、褐色のズボンをはき茶色のスポーツ・コートを着た男がおりてくる。名札は着けていない。ミスタ・ブライスは車のところに近よる、もうひとりの男が彼をダンと呼んでいるのが聞こえる。

ミスタ・ブライスとやってきた警官が話をしている。二人の目がちらりと私のほうを見て、そしてそらされる。ミスタ・ブライスは私のことをなんと説明しているのだろう？体が冷たくなる。視力を集中するのがむずかしい。彼らが私のほうに近づいてくる、まるで光がぴょんぴょんと跳ねるように、小さく跳ねあがるように動いてくる。

「ルウ、ステイシー警部補だ」とミスタ・ブライスは言って私にほほえみかける。私はその男を見る。ミスタ・ブライスより背が低く痩せている。つやのある黒い髪の毛は油っぽい甘い匂いがする。

「ぼくの名前はルウ・アレンディルです」と私は言う。声がおかしい、怖がっているときのような声だ。

「けさより前、車を最後に見たのはいつですか?」と彼が訊く。

「昨夜の九時四十七分です」と私は答える。「時計を見たので確かです」

彼は私をちらりと見て、それから携帯コンピュータになにか入力している。

「車はいつも同じ場所に置くんですか?」

「だいたい」と私は言う。「駐車場所には番号がついていませんから、仕事から帰ってくると、ときどきほかのひとが使っていることがあります」

「昨夜は仕事から九時」――彼は携帯コンピュータをちらりと見て――「四十七分に帰ってきたんですね?」

「いいえ、ちがいます」と私は言う。「仕事から帰ってきたのは、五時五十二分で、それからぼくは行きました――」私は、〝フェンシングのクラスに〟と言いたくない。フェンシングはまずいと彼が考えたらどうしよう? あんたがフェンシングだと? 「友人の家に」と私はそう言った。

「そのひとのところへはよく行くんですか?」

「はい、毎週」

「そこにはほかのひとたちもいましたか？」

むろんそこにはほかのひとたちもいた。もし私のほかにそこにだれもいないとしたら、なんで私はそこを訪ねるだろう？「その家に住んでいる友人たちがいます」と私は言う。「それからその家に住んでいないひとたちもいます」

彼は目をぱちぱちさせてミスタ・ブライスをちらりと見る。その目の表情がなにを意味しているのか私にはわからない。「ああ……そのほかのひとたちとも知り合いなんですね？その家に住んでいないひとたちと？パーティだったんですか？」

質問が多すぎる。どの質問にまず答えればよいのか私にはわからない。そのほかのひとたち？それはトムとルシアのことではなくトムとルシアの家にいたひとたちという意味なのか？あの家に住んでいなかったのはだれか？だいたいのひとがあの家には住んでいなかった……あの家に住んでいない。世界じゅうの何十億という人間のなかで、たったニ人のひとがあの家に住んでいる、そしてそれは……百万分の一パーセントより少ない。

「パーティではありませんでした」と私は言う、なぜそう言ったかというと、それが答えるのにもっとも簡単な質問だったからである。

「あんたは毎週水曜日の夜に出かけるね」とミスタ・ブライスが言う。「ときどきダッフル・バッグをかついでいく——ジムにでも行っているのかと思った」

彼らがトムかルシアと話し合ったら、フェンシングのことはわかってしまうだろう。いま私が話しておいたほうがいいかもしれない。「それは……それは、フェンシング……フェンシングのクラスです」と私は言う。どもったり、まごついたりするのはほんとうにいやだ。

「フェンシング？　あんたが剣を持っているのは見たことがないけどね」とミスタ・ブライスが言う。驚いたような、おもしろがっているような声だ。

「その――持ち物は彼らの家に置いてあります」と私は言う。「彼らはぼくのインストラクターです。ああいうものを自分の車や自分のアパートに置いておきたくないのです」

「するときみはフェンシングのクラスに出るために友人の家に行ったんですね」と警官が言う。「それできみはフェンシングをやってきた――どのくらい？」

「五年です」と私は言う。

「するとあんたの車にいたずらをしてやろうと思った人間は、それを知っていたかもしれませんね？　あんたが毎週水曜日の夜どこにいるか知っていたかもしれない」

「たぶん……」ほんとうはそうは思わない。私の車に損傷をあたえたいと考えた人間が、私の住んでいる場所を知っていたとしても、私の外出先まで知っていたとは思わない。

「そこの連中とはうまくいってるんですか？」と警官が訊く。

「はい」これは愚かな質問だと思う。もし彼らがいいひとたちでなければ、私は五年も通いつづけたりはしないだろう。

「名前と連絡先の番号を教えてください」

私はトムとルシアの姓名を告げ、彼らの第一連絡先を告げる。なぜ彼がそれを必要とするのかわからない、なぜなら車はトムとルシアの家ではなく、ここで損傷をあたえられたのだから。

「おそらく悪質ないたずらだな」と警官は言う。「この界隈はずっと静かだったが、ブロードウェイの向こうは、タイヤを切ったりフロントガラスを割ったりするいたずらが横行していたからね。がきどもがあのあたりは警察がうるさくなったと見切りをつけて、こっち方面に移ってきたんだろうね。あんたの車をやってからほかの車にとりかかろうとしたときに邪魔が入ったのかもしれないな」彼はミスタ・ブライスを振り返った。「ほかにも被害があったら知らせてくださいよ、いいですか？」

「いいとも」

警官の携帯コンピュータがじーじーといって紙を一枚吐き出す。「さあ、これ——届出記録、事件番号、担当巡査、保険請求の際に必要なものがそろっている」彼はその紙を私に手わたす。私は馬鹿になったような気分だ。これをどうすればよいのかまったくわからない。彼はうしろを向いて去っていく。

ミスタ・ブライスは私を見つめる。「ルウ、このタイヤをどうするか、電話する相手を知っているかい？」

「いいえ……」私はタイヤのことより仕事のことのほうが心配だ。車がなければ、公共の交通機関を使えばいいが、もう一度遅れたりして仕事を失えば、私にはもうなにもない。

「まず保険会社に連絡する必要がある、タイヤを取り替えてもらう人間も必要だ」

タイヤを取り替えてもらうには金がかかるだろう。四つのタイヤの空気が抜けたままオート・センターまで車を運転していけるのかどうかわからない。

「助けがほしいかい？」

私はこの日がほかの日であってほしい、車にちゃんと乗って仕事場まで運転していけるそういう日であってほしい。私はなんと言ってよいかわからない。私は助けがほしい、どうしていいかなにもわからないから。どうすればよいか知りたい、そうすれば助けは必要ない。

「保険の支払い請求書を提出する必要がこれまでなかったとしたら、わかりづらいかもしれない。だが、あんたがおれの助けは必要ないというなら、口出しするわけにはいかない」ミスタ・ブライスの表情は、私にはまったく理解できないものだ。彼の顔の一部はちょっと悲しげで、ほかの部分はちょっと怒っている。

「保険の支払い請求書を提出したことは一度もありません」と私は言う。「いま保険の支払い請求書を提出しなければならないのなら、保険の支払い請求書の正式な提出の仕方を知る必要があります」

「あんたの部屋に行ってコンピュータに入力しよう」と彼は言う。「おれが手順をすっかり教えてやるよ」

一瞬、私は動くことも話すこともできない。だれかが私の部屋に来る？　私のプライベートなスペースに入ってくる。だが私はなすべきことを知らなければならない。彼は私のなすべきことを知っている。彼は助けてくれようとしているのだ。彼がそんなことをしてくれるとは予想もしていなかった。

私はなにも言わずにアパートの建物のほうに歩きだす。数歩あるいたところで、私はなにか言うべきだったということを思い出す。ミスタ・ブライスはまだ私の車の横に立ったままだ。「それは親切なことです」と私は言う。そう言うのが適切かどうかよくわからないが、ミスタ・ブライスは理解してくれたようだ、なぜなら彼は私のあとをついてくる。

部屋のドアの鍵を開けるとき私の手は震える。私がここに創りあげた静謐《せいひつ》が壁のなかに会社のインターネットにつなぐ。音楽は昨夜からそのままになっているモーツァルトでは窓の外に姿を消し、部屋は緊張と恐怖に満ちあふれる。私はホーム・システムを起動し、じまる、私は音量をさげる。私にこの音楽は必要だが、彼がどう思うか私にはわからない。「いい部屋だね」とミスタ・ブライスが私のうしろから言う。私は、彼がそこにいるのを知っているのに、ちょっと跳びあがる。彼は、私から見えるように横のほうに動く。このほうが少しはいい。彼が体を寄せる。「いまからやることというのは――」

「私が遅刻することを監督者に報告します」と私は言う。「それをまずやらなければなりません」

会社のウェブサイトでミスタ・オルドリンのEメールのアドレスを調べなければならない。これまでに外から彼にEメールを送ったことはない。どう説明してよいのかわからないので、ごく簡単な文面にする。

私は遅刻します、なぜかというと私の車のタイヤがけさぜんぶ切られて空気が抜けました。そして警察が来ました。できるだけ早く行きます。

ミスタ・ブライスは、私がキーを打つあいだは画面を見ない、よかった。私は公共ネットにつなぎなおす。「彼に報告しました」と私は言う。

「ようし、それではと、まずやらなければならないのは、あんたの保険会社に申請書を提出することだ。もし支店があれば、そこからはじめる――支店でも本社でもウェブサイトはあるだろう」

私はすでにサーチしている。支店はない。本社のサイトがあらわれる、私は早速〈顧客サービス〉、〈自動車保険〉と進んで、画面上に申請書を見つけるために、〈新規支払い請求〉へ進む。

「よくやるじゃないか」とミスタ・ブライスが言う。彼の声が高くなったのは彼が驚いていることを示している。

「とてもわかりやすいです」と私は言う。私は自分の名前と住所を入力し、私の個人ファイルから保険証書の番号を引写し日付を入れ、〈不測の事故は警察に届出済みですか?〉という欄の〈はい〉というところにチェック・マークをつける。

ほかの空欄は理解できない。「これは警察の事故受付番号だ」とミスタ・ブライスが言い、私がもらった紙片に書かれた一行を指さす。「それからこれは担当巡査のコード番号で、これはあそこへ、彼の名前はここに入れる」彼は私が自分で理解できたところは説明しない。彼には私が理解できることとできないことがわかるらしい。私は、私が目撃しなかった出来事を〈ご自分の言葉で〉書く。私は夜、車を駐車し、朝四つのタイヤの空気がぜんぶ抜けていた。ミスタ・ブライスはそれで十分だと言う。

保険の支払い請求書を提出すると、こんどはタイヤを取り替えてもらうひとを探さなければならない。

「だれに電話をすればよいかおれが教えるわけにはいかないんだ」とミスタ・ブライスが言う。「去年こういうことで厄介なことが持ち上がってね、警察が修理工場から口きき料をとっているって非難されたんだ」〝口きき料〟とはなんのことだか私にはわからない。アパートの管理人のミズ・トマツが、階下におりていく私を呼びとめ、タイヤの交換をしてくれるひとを知っていると言う。連絡先の番号を教えてくれる。起きたことを彼女がどうやって知ったのか私にはわからないが、ミスタ・ブライスは、彼女が知っていることに驚きもしないらしい。これは普通のことだというように振る舞っている。駐車場で私たちが話しているのを聞いたのだろうか？　そう考えると気分が悪くなる。

「それで駅まではおれの車で送ってやるよ」とミスタ・ブライスが言う。「さもないとおれも仕事に遅れちゃうからな」

彼は毎日勤め先まで自分の車を運転していくわけではないということを私は知らなかった。私を車に乗せてくれるというのは親切なことだ。彼は友だちのように振る舞っている。

「ありがとう、ミスタ・ブライス」と私は言う。

彼は頭を横に振る。「前にも言っただろう。ダニーと呼んでくれ、ルウ。おれたちゃ、隣り同士だ」

「ありがとう、ダニー」と私は言う。

彼は私に笑いかけ、こくりとうなずき、それから彼の車のドアの鍵を開ける。彼の車のなかは私の車と同じようにとても清潔だが、シートにシープスキンは敷いていない。彼は音楽のスイッチを入れる。それは音がとても大きくてがんがん鳴り響き、私の内臓は震える。この音楽は嫌いだが、駅まで歩かなくてすむのがありがたい。

駅もシャトルも混みあっていて騒音がひどい。どこまでの切符を買えばいいか、どのゲートに並べばいいかを示す表示を落ち着いて読むのがむずかしい。

第八章

キャンパスを、ドライブウエイや駐車場からではなく、シャトルの駅から見るのはとても奇妙な感じがする。車入り口の守衛に私のＩＤタグを見せるかわりに、駅出口の守衛にそれを見せる。この勤務時間に働くひとたちはもうすでに仕事をはじめている。守衛は私をにらみつけてから、頭をぐいとひねって通れという合図をする。両側が花壇で縁どられている広い歩道は管理棟に通じている。花壇の花は、ふくらんだように見えるオレンジ色と黄色の花である。その色は日光のなかでゆらゆらとゆらめいている。管理棟で私は別の守衛に私のＩＤを見せなければならない。

「いつも置く場所になぜ車を止めなかったんだ？」と彼は訊く。怒っているような声だ。

「だれかにタイヤを切られました」と私は言う。

「ついてないな」と彼は言う。彼の顔が下にさがる。目がデスクにもどる。彼はきっとなにも怒ることがなくてがっかりしたのだろう。

「ここから二十一号館に行くもっとも近い行き方は？」と私は訊く。

「この建物のなかを突っ切って、十五号館を過ぎたところで右のほうに行きなさい、それから馬に乗った裸の女がいる噴水を通りすぎる。そこからきみの駐車場が見えるよ」彼は目を上げもしない。

私は、レモンの強烈なにおいをさせている醜い緑色の大理石を敷いた管理棟のなかを突っ切って、ふたたび輝く太陽のもとに出る。あたりはさっきよりずっと暑くなっている。日光がぎらぎらと歩道に照り返している。ここには花壇はない、雑草が舗装を破って生えている。

自分たちの建物にたどりつきIDをドアのロックにさしこむころには、もう汗をかいている。体がにおう。いいにおいではない。建物のなかはひんやりとして薄暗くリラックスすることができる。壁の柔らかな色、旧式な照明の落ち着きのある光、ひんやりした無臭の空気——そうしたものが私にやすらぎをあたえてくれる。私はまっすぐに自分のオフィスに入り、冷房の風力を強にする。

オフィスのコンピュータは、ふだんどおりに起動していて、メッセージありの記号が点滅している。くるくる回るものと、音楽のスイッチを入れる——バッハ、〈羊は安らかに草を食み〉のオーケストラ・バージョン——そしてメッセージを呼び出す。


着いたらただちに電話せよ。〔署名〕ミスタ・クレンショウ、内線番号２３１３

オフィスの電話に手を伸ばすと、それを取り上げないうちに電話が鳴る。

「オフィスに着いたらすぐに電話せよと言ったはずだ」とミスタ・クレンショウの声が言う。

「たったいま着いたところです」と私は言う。

「きみは二十分前にメイン・ゲートを通っているじゃないか」と彼は言う。とても怒っている声だ。「あそこから歩いてくるのに二十分はかからないはずだ」

すみません、と言うべきだが、私はすまないとは思わない。ゲートから歩くのにどのくらいの時間がかかったか私は知らない、もっと早く歩くとしてどれぐらい早く歩けるのか私にはわからない。とても暑かったので早く歩くことはできなかった。これまでやってきた以上のなにが私にできるのか私にはわからない。首が締めつけられるようになって熱い感じがする。

「とちゅうで立ち止まったりしませんでした」

「それにこの空気の抜けたタイヤとはなんだ？　タイヤの交換ができないのか？　もう二時間も遅刻だぞ」

「タイヤ四つです」と私は言う。「だれかが四つのタイヤをぜんぶ切り裂いたのです」

「四つだと！　警察に届けたんだろうな」と彼は言う。

「はい」と私は言う。

「仕事が終わったあとにできなかったのか」と彼は言う。「あるいはオフィスで電話をするとか」

「警官がそこにいました」と私は言う。

「そこに？　きみの車がいたずらされているのを見ていたやつがいたのか？」

「いいえ――」彼の声の苛立ちと怒りに立ち向かいながら、私は必死に彼の言葉を理解しようとする。言葉はだんだん遠ざかっていくように聞こえ、そしてますます意味のない言葉に思えてくる。正しい返事はなんなのか、とうてい考えられない。「その警官は、ぼくのアパートに住んでいます。彼は空気の抜けたタイヤを見ました。彼は電話でほかの警官を呼びました。彼は私にどうすればいいか教えてくれました」

「仕事に行けと教えるべきだったな」とクレンショウは言う。「きみがぐずぐずしている理由はなかった。この遅れはちゃんと埋め合わせをしてもらうぞ、わかったな」

「わかっています」なにかの理由で彼が遅れたときは、彼も遅れを埋め合わさなければならないのだろうか？　彼は仕事に来るとちゅうでタイヤの空気が抜けたことがあるのか、それも四つのタイヤがぜんぶ。

「超過勤務だなんて記録しないようにしろよ」と彼は言い、かちりと電話を切る。私のタイヤが四つぜんぶ空気が抜けたのに、気の毒に、とも言わなかった。そう言うのがしきたりだ、「災難だったな」とか、「とんだことだ」とか、だが彼は正常《ノーマル》なのに、そのどちらの言葉も言わなかった。きっと彼は気の毒には思わないのだろう。あらわすべき同情心がないのかもしれない。私は自分がなにも感じないときでもそういうしきたりの言葉は言うように教わってきた。なぜなら、そうやってまわりに適合し、うまくやっていくことを学ぶのである。これまでミスタ・クレンショウに、まわりに適合し、うまくやっていくように教えたものはいないのか？

もう昼食の時間だが、私は遅れている、時間の埋め合わせをする必要があるからだ。体のなかがからっぽになったような気分だ。オフィスのキチネットに行こうとして、自分が昼食に食べるものを持ってこなかったのに気づく。保険の請求書を提出するためにアパートの部屋にもどったときにカウンターの上に置いてきたにちがいない。私の頭文字のついた冷蔵ボックスにはなにも入っていない。前日にからにしてしまったのだ。

この建物には食品の自動販売機はない。ここではだれも販売機の食品は食べない。なかのものが腐ってしまうので、会社は販売機を撤去した。会社の食堂はキャンパスの向こうにあり、隣りの建物には食品の自動販売機はある。販売機で売っている食べ物はひどいものだ。それがもしサンドイッチだとすると、サンドイッチのあらゆる部分がいっしょに押しつぶされて、マヨネーズやサラダ・ドレッシングでぐちゃぐちゃになっている。緑色のもの、赤いもの、肉など、いろいろな味のするものといっしょに刻んである。たとえそれをひきはがして、パンからマヨネーズをかきおとしたとしても、においと味は残っていて、肉がそれにくっついている。甘いもの――ドーナツとかロールパン――はべたべたしていて、それを取り出すとプラスチックの容器に汚らしいしみがついている。それを想像するだけで私の胃はねじれる。

車で外に出てなにかを買いたいと思う、ふだんは昼食に外には出ないが。でも私の車はまだアパートの駐車場に空気の抜けたタイヤをつけたまま取り残されている。キャンパスを横切っていき、知らないひとたち、われわれを不気味で危険なものと考えているひとたちといっしょにあの大きな騒々しい部屋で食べる気にはなれない。あそこの食べ物がましなものかどうか、私にはわからない。

「ランチを持ってこなかった？」とエリックが訊く。私は跳び上がる。ほかのひとたちとまだ一度も喋ってはいなかったのだ。

「だれかがぼくの車のタイヤを切り裂いた」と私は言う。「遅刻した。ミスタ・クレンショウが怒っている。うっかりランチを家に置いてきてしまった。ぼくの車は家にある」

「腹が空いているか？」

「うん。食堂には行きたくない」

「チャイは昼食の時間に車で使いに出るよ」とエリックが言う。

「チャイはひとを乗せるのはいやがるね」とリンダが言う。

「ぼくがチャイに話してみる」と私は言う。

チャイは、私のために昼食の食べ物を買ってきてくれると言う。彼は食料品店に行かないので、私は彼が簡単に買ってこられるものを食べなければならない。彼はリンゴとハンバーグをはさんだバンを買ってもどってくる。私はリンゴは好きだが、ハンバーグは嫌いだ。ハンバーグのなかのまぜこぜになった小さなつぶつぶが嫌いだ。でもほかのものほどいやではないし、腹が空いているので、私はそれを食べ、それについてはあまり考えないことにする。

車のタイヤの交換をしてもらうために、だれかに電話をするのを忘れたことに気づいたのは四時十六分だ。その地域の電話帳に掲載されている番号のリストを画面に呼び出し、番号のリストをプリントアウトする。ネットのリストには位置も記されているので、私のアパートにいちばん近いところからはじめる。彼らに電話すると、だれもかれも、きょうはもう仕事にかかるには遅すぎると言う。

「いちばん手っとり早いのは」と彼らのひとりは言う。「車輪にはめこまれたタイヤを四つ買って、自分で取り替えればいい、一つずつ」タイヤと車輪を四つ買うには大金がいるだろう、そしてそれをどうやって家に運べばいいのだろう。こんなにすぐにチャイにまた頼むのはいやだ。

人間とめんどりと猫のあの謎々のようだ、川のこちらがわに食べ物の入った袋があり、ボートはいっぺんにふたりしか運べない、ボートは彼らをみんな向こう岸に運ばなければならないが、猫とめんどりをいっしょにおいてはいけないし、めんどりと食べ物の入った袋をいっしょにおいてもいけない。私は四つの切り裂かれたタイヤと一つのスペア・タイヤを持っている。もしスペア・タイヤに替え、車輪からとりはずしたタイヤをタイヤ店に転がしていけば、店では新しいタイヤと取り替えてくれる、私はそれを転がしてもどり、それを切り裂かれたタイヤと取り替え、そしてはずしたタイヤをまた店に転がしていく。こうして三度往復すれば、車のタイヤはすべて新しいものになるから、私は車を運転することができ、最後の空気の抜けたタイヤを店に車で運ぶことができる。いちばん近いタイヤ店は一マイルははなれている。そこまで空気の抜けたタイヤを転がしていくにはどのくらい時間がかかるか私にはわからない――空気の入ったタイヤを転がしていくよりは時間がかかるだろう。だが私にはこれしか思いつけない。タイヤを車内に持ち込むことは許してもらえないだろう、たとえシャトルが私の行きたい方角に行くとしても。

タイヤの店は九時で閉店だという。今晩二時間超過の勤務をしても、八時までには家にもどることができる、それからタイヤを一つだけ店に運ぶことはできる。明日定時に退けるならば、二つは運べるだろう。

七時四十三分に家に帰る。車のトランクの鍵を開けて、苦労してスペア・タイヤをトランクから出す。自動車学校でタイヤの交換の仕方は習ったが、それ以来タイヤを交換したことはない。口で言うのは簡単だけれども、予想以上の時間がかかる。ジャッキをちゃんとした位置に置くのがむずかしい、車はそう早くは持ち上がらない。車の前のほうが車輪の上にのしかかる、ぺちゃんこになったタイヤは、タイヤの溝と溝がこすれあってきゅっきゅっという鈍い音をたてる。タイヤをはずし、スペア・タイヤに取り替えたときには、息が切れて汗をたくさんかいている。大型のナットを締める順序について教わったことがあるのだが、しっかり覚えていない。ミズ・メルトンは、ナットを正しく締めることが大切だと言っていた。もう八時を過ぎて、電灯の縁のまわりが暗くなっている。

「おい――」

私はぱっと起きあがる。最初はその声がだれのものか、こちらに走ってくる黒い大きな人影がだれなのかわからない。人影の動きがゆっくりになる。

「ああ――あんたか、ルウ。また例の乱暴者が、いたずらしにやってきたのかと思ったよ。なにやっているんだい、新しいタイヤを買ったのかい？」

それはダニーだ。ほっとして膝がかくんとなる。「いいえ。これはスペア・タイヤです。スペア・タイヤと交換して、それからはずしたタイヤをタイヤ店に持っていって、新しいタイヤと交換してもらう、そうすればもどってそれを悪いタイヤと交換することができます。あしたはまたもう一つ交換できます」

「あんたね――だれかをここに呼んで四つのタイヤをぜんぶいっぺんに取り替えればいいんだ。どうしてこんなご苦労なことをしているんだ」

「あしたも、それからその次の日も、できないというんです。早くやりたければ、タイヤひとそろいをできるだけ安く買って自分で交換しろと言いました。そこでぼくは考えました。スペア・タイヤのことを思い出しました。それで自分でやれば、お金と時間の節約になるから、家にもどるとさっそくやることにして――」

「いま家に帰ったところなのかい？」

「けさ遅刻をしてしまいました。その埋め合わせにきょうは遅くまで仕事をしていました。ミスタ・クレンショウはとても怒りました」

「ああ、しかしだ――こんなことをやっていたらあと何日もかかるぞ。とにかく、店はあと一時間足らずで閉店だ。タクシーかなにか頼むつもりだったのかい?」

「ぼくが転がしていきます」と私は言う。ぺちゃんこになったタイヤがはまっている車輪が私を嘲笑っている。それを片側に寄せて転がしていくだけでもたいへんなことだ。自動車学校でタイヤを交換したとき、タイヤには空気が入っていた。

「歩いてかい?」ダニーは首を振った。「そんなことできゃしないぜ、ぼうや。おれの車にのっけて、おれが運転していくほうがいい。二つはずせないのが残念だな……それともはずせるかな」

「スペア・タイヤは二つはありません」と私は言う。

「おれのを使えばいいよ」と彼は言う。「車輪のサイズは同じだから」それは知らなかった。私の車は同じ作りの同じ型のものではなく、みんな同じサイズのタイヤをつけているわけでもない。彼はなんでサイズが同じだと知っているのだろう?「ナットは向きあっているものを一つずつ締めていくんだぜ――半分まで締めるだけ――それから反対側にある残りのやつをぜんぶ締める、いいかい? あんたは車を大事に手入れしているから、そんなことを知る必要もなかったのかもしれないな」

私は大型ナットを締めるために屈みこむ。彼の言葉で、私はミズ・メルトンが言ったことをちゃんと思い出す。これはパターンだ、やさしいパターン。私はシンメトリーのパターンが好きだ。私がやりおえるころに、ダニーが彼のスペア・タイヤを持ってもどってくると、腕の時計をちらりと見る。

「急がなくちゃな」と彼は言う。「次のタイヤはおれがやってもいいか？　おれは馴れてるから――」

「かまいません」と私は言う。私はすべての真実を言っているわけではない。もし今晩二つのタイヤをはずせるという彼の言葉がほんとうなら、それはとても助かることだが、彼は私の生活にわりこんできて、私を急きたて、私は自分がのろまな阿呆だという気分にさせられる。それはかまわないとは言えない。しかし彼は友だちのように振る舞い、助けてくれようとしている。その助力には感謝するのが大切なことだ。

八時二十一分、二つのスペア・タイヤが私の車の後部にはまった。ぺちゃんこのタイヤが前部に、空気の入ったタイヤが後部についている車は、滑稽に見える。車の後部からはずした切り裂かれた二つのタイヤは、ダニーのトランクに入れ、私は彼の横にすわった。彼はまたサウンド・システムのスイッチを入れ、そのがたがた、ぶんぶんという音が私の体を震動させる。私はここから跳びおりたい。ばかでかい音、不快な音だ。彼はその音に負けまいと声を張り上げるが、私には彼の言うことがわからない。音楽と彼の声がぶつかりあう。

タイヤ店に着くと、車輪についたぺちゃんこのタイヤを店のなかにひきずっていく彼の手伝いをする。店員はほとんど無表情に私を見る。私がしてもらいたいことを説明する前に、彼はもう首を横に振っている。

「もう遅すぎる」と彼は言う。「これからタイヤの交換なんてできないよ」

「九時まで店は開いているでしょう」と私は言う。

「デスクは、開いているよ。でもこんな遅い時間にタイヤは交換しない」彼は入り口のドアのほうをちらりと見る、そこにはダーク・ブルーのズボンにつぎをあてた褐色のシャツを着た痩せた男がドアの枠によりかかって、両手を赤い布で拭いている。

「でももっと早く来ることはできなかった」と私は言う。「店は九時まで開いている」

「いいかい、旦那」と店員は言う。口の片側があがるが、それは笑いでも、薄笑いでもない。「いま言ったでしょうが――遅すぎるんだよ。いまからタイヤを交換するとしたら、九時すぎまでかかりますよ。あんただって、どっかのとんま野郎が閉店ぎりぎりの時間に飛びこんできておっつけた仕事を、残業までしてやっつける気にはならないだろうが」

ぼくなら遅くまで残業します、きょうは残業して、だからこんなに遅くなったのだと言うために口を開いたが、そのときダニーが前に進み出た。デスクにいた男は急に体をまっすぐに伸ばし、警戒する顔になる。だがダニーはドアによりかかっている男を見ている。

「よう、フレッド」と彼は楽しそうな声で言う、まるでたったいま友だちに出会ったとでもいうようだ。だがその声の下に、別の声がある。「近ごろはまっとうにやってるかい？」

「ああ……やってるとも、ブライスさん。きれいなもんさ」

彼はきれいには見えない。両手には黒いしみがついていて爪は真っ黒だ。ズボンもシャツも黒いしみがいっぱいついている。

「そりゃけっこうだ、フレッド。なあ――ここにいるおれの友だちが、ゆうべ車にいたずらされちまってさ。けさ勤めに遅刻したから、遅くまで残業しなくちゃならなくてね。あんたがなんとかやってくれるだろうとおおいに期待してきたのさ」

ドアのところの男は、デスクの前にいる男を見る。二人の眉が上がって下りる。デスクの前の男は肩をすくめる。「店は閉めてもらうよ」と彼は言った。それから私に向かって、「お望みのタイヤの種類はわかるかね?」

わかっているとも。ほんの数カ月前にここでタイヤを買ったから、私はなんと言えばよいかわかっている。彼は番号と型式を書いてもう一人の男――フレッド――にわたすと、フレッドはうなずき、前に進んで私からタイヤを受け取る。

ダニーと私がちゃんとしたタイヤを二つもって店を出たのは九時七分だった。フレッドがタイヤをダニーの車まで転がしていき、トランクにほうりこむ。私はとても疲れている。ダニーがなぜ私を助けてくれるのかわからない。彼のスペア・タイヤが私の車についているると思うと気分が悪い。ビーフ・シチューに魚のかたまりが入っているような変な感じがする。アパートの駐車場に帰り着くと、彼は私の車の前部の切り裂かれたタイヤと二つの新しいよいタイヤを交換して切り裂かれたタイヤを私の車のトランクに入れる手伝いをしてくれた。そのとき私は気がついた、これで私は朝になれば車で仕事場まで行けるし、昼には切り裂かれたタイヤを交換しにいくことができるのだ。

「ありがとう」と私は言う。「これで車が運転できます」

「できるな」とダニーが言う。彼は笑っている、それは本物の笑いだ。「そこで提案をしよう。今晩は車を移動しろよ。乱暴者がもどってくるといけないからな。あそこ、あのうしろのほうに置くといい。警報器をつけておくよ。だれかが車に触れれば、警報音が聞こえるから」

「それはいい考えです」と私は言う。とても疲れていたので、そう言うのもやっとだった。

「どういたしまして《ポル・ナーダ》」とダニーが言う。彼は手を振って建物のなかに入っていく。

私は車のなかに乗りこむ。ちょっとかびくさいにおいがするが、シートの感じはいい。私は震えている。エンジンをかけ、それから音楽をかける――本物の音楽を――そしてゆっくり車をバックさせ、ハンドルをまわし、ほかの車をすり抜けて、ダニーの言ったそのスペースに入る。それは彼の車の隣りだ。

それでもなかなか寝つかれない――あるいはきっと――とても疲れているせいかもしれない。背中と脚が痛む。たえずなにかが聞こえるような気がして、ぎくっとして目が覚める。音楽のスイッチを入れる、ふたたびバッハ、そしてようやくその穏やかな波に乗って眠りに入る。

朝がたちまちやってくる、だが私は跳び起きてまたシャワーを浴びる。急いで階下におりていくと、自分の車が見えない。体の芯が冷たくなるが、車がいつもの場所にないことを思い出し、建物の横をまわって見にいく。車は何事もなさそうだ。朝食を食べて弁当を作りに部屋にもどる途中、階段でダニーに会う。

「昼にはタイヤを交換します」と私は彼に言う。「夕方にはあなたのスペア・タイヤをお返しします」

「急ぐことはないよ」と彼は言う。「きょうはどっちみち車は使わないからね」

本気でそう言っているのだろうか。私を手伝ってくれたとき彼は本気でそう言った。とにかく返すことにする、なぜかというと、彼のスペア・タイヤをつけているのがいやだからだ。あれは私のタイヤではないので、うまく合っていない。


いつもより五分早く仕事場に着くと、ミスタ・クレンショウとミスタ・オルドリンが廊下に立って話をしている。ミスタ・クレンショウが私を見る。彼の目は光っていて厳しい。彼らを見るのは気分がよくないが、私は目を合わせるように努力する。

「きょうはタイヤは無事かね、アレンデイル？」

「はい、ミスタ・クレンショウ」と私は言う。

「警察は犯人を見つけたのかね？」

「わかりません」私は自分の仕事場に行きたいが、彼がそこに立っているので、彼を押しのけていかなければならない。それは無作法なことだ。

「担当の警官はだれだね？」とミスタ・クレンショウが訊く。

「彼の名前は覚えていませんが、名刺があります」と私は言い、財布を引き出す。ミスタ・クレンショウは、肩をぴくりと動かし頭を振る。目のまわりの小さな筋肉が引き締まる。「さあ、わたしのオフィスへ行ってこの件に決着をつけよう」彼は背を向ける、両方の肩がちょっと丸まる、そしてミスタ・オルドリンはそのあとに続く。これで私は自分の仕事部屋に行くことができる。

なぜミスタ・クレンショウが警官の名前を訊きながら、その名刺を見もしなかったのか、私にはわからない。ミスタ・オルドリンに説明してくれるように頼もうと思ったけれども、彼も行ってしまった。正常者《ノーマル》であるミスタ・オルドリンがなぜあんなふうにミスタ・クレンショウのあとについていくのか私にはわからない。彼はミスタ・クレンショウが怖いのか？　正常《ノーマル》なひとはほかの人間をあんなふうに怖がるものなのか？　もしそうだとすると、ノーマルであるということにどんな得があるのだろう？　ミスタ・クレンショウは、もしわれわれが治療を受けてノーマルになれば、ほかのひとたちともっと楽にうまくやれると言ったけれども、〝うまくやれる〟とはどういう意味で言ったのだろう。おそらく彼は、だれもがミスタ・オルドリンのようになり、だまって自分についてくるようなひとになることを望んでいるのだろう。もしわれわれがそんなことをしていたら、自分たちの仕事などできはしない。

私はこのことを頭から追いはらい、ふたたび自分のプロジェクトにとりかかる。

正午になると、キャンパスに近いほかのタイヤ店にタイヤをもっていき、交換してもらうように置いてくる。ほしいタイヤのサイズと種類を紙に書いて、店員にそれを手わたす。彼女は私と同い年くらいで、髪の毛は黒く短い。褐色のシャツを着ている、シャツには、〈顧客係〉と赤く刺繍した小さな布をつけている。

「助かるわ」と彼女は言う。彼女は私に笑いかける。「必要なタイヤのサイズもわからずに立ち往生というひとたちがどれだけ大勢いるか信じられないくらいよ」

「これを書くのは簡単です」と私は言う。

「ええ、でもみんな思いつかないのね。お待ちになりますか、それとも出直してきますか？」

「出直してきます」と私は言う。「夜は何時まで開いていますか？」

「九時まで。それともあしたお出でになります？」

「九時前に来ます」と私は言う。彼女は私の銀行カードを器械に通し、注文票の〈支払い済み〉のところにチェック・マークをつける。

「これが控えです」と彼女は言う。「なくさないようにね——タイヤのサイズを書いてくるようなお利口なひとなら、注文票はなくさないでしょうけどね」

私は車のところに歩いてもどる、呼吸が前より楽になる。こういう出会いで、私がほかのみんなと同じ人間だと思わせるのはたやすいことだ。相手がいまの女性のように話好きなひとなら、なおさらたやすい。私はただ、ひとことふたこと、きまりきったことを言って笑って、それでおしまいである。

私がもどると、ミスタ・クレンショウがまたわれわれの建物の廊下にいる、昼休みの終わる三分前だ。彼の顔は、私を見るとぴくりと引き攣る。どうしてなのかはわからない。さっと向きを変えて歩み去る。私に話しかけない。ひとが話しかけないとき、そのひとは怒っていることがよくあるが、彼を怒らせるようなことを私がしたかどうか私にはわからない。二度遅刻をしたけれども、二度とも私のせいではない。私が交通事故を起こしたわけではないし、私が自分のタイヤを切り裂いたわけでもない。

なかなか落ち着いて仕事にとりかかれない。

七時に帰宅するときは、四つのタイヤぜんぶが自分のタイヤになり、トランクにはダニーのスペア・タイヤと自分のスペア・タイヤが入っている。彼が部屋にいるのかどうかわからないけれども、ダニーの車の隣りに駐車することにする。車が近くにあるほうが、彼のスペア・タイヤを自分の車から彼の車に移すのは楽だろう。

彼の部屋のドアをノックする。「はい?」と彼の声。

「ルウ・アレンデイルです」と私は言う。「あなたのスペア・タイヤがぼくのトランクに入っています」

彼の足音がドアに近づいてくるのが聞こえる。「ルウ、言ったじゃないか——なにもあわてることはないって。でもありがとよ」彼はドアを開ける。彼の部屋のカーペットは私のところのと同じ茶色／ベージュ／赤さび色という多彩色だ、もっとも私は目が痛くないようにその上をなにかでおおっている。ダーク・グレーの大きなビデオ・スクリーンがある。スピーカーはブルーで、そのセットに合わない。カウチは茶色で、茶色の地に小さな黒っぽい四角がついている。この模様は普通のものだが、カーペットと合わない。若い女がカウチにすわっている。彼女は黄色とグリーンと白の模様のシャツを着ているが、それはカーペットにもカウチにも合わない。彼は彼女のほうをちらりと見る。「リン、おれのスペアをルウの車からおれの車に移しに行ってくるよ」

「わかった」彼女は興味のなさそうな声で言う。彼女はテーブルの上を見る。彼女はダニーのガールフレンドなのだろうか。彼にガールフレンドがいるとは知らなかった。これがはじめてではないのだが、なぜ女の友だちをガールフレンドと呼び、ウーマンフレンドと呼ばないのだろうかと不思議に思う。

ダニーが言う、「入れよ、ルウ、キーを取ってくるから」私は部屋に入りたくないが、無愛想だと思われるのもいやだ。よく合っていない色と模様が私の目を疲れさせる。一歩なかに入る。ダニーが言う、「リン、階上《うえ》のルウだ——彼に昨日おれのスペアを貸したんだ」

「こんちは」と彼女は言い、ちらりと目を上げてまた下げる。

「こんちは」と私は言う。ダニーが机に近づいてキーを取り上げるのを私は見ている。机の表面はとてもきちんとしていて、デスクパッドと電話がのっている。

私たちは階下におりて駐車場に歩いていった。私はトランクの鍵を開け、ダニーがスペア・タイヤを勢いよく取り出す。彼は自分の車のトランクを開けてそれを入れ、それからトランクを勢いよく閉める。その音は私のトランクとはちがう。

「助けてくれてありがとう」と私は言う。

「なになに《ノウ・プロブレモ》」とダニーが言う。「役に立ってよかったよ。おれのスペアをこんなに早く返してくれてありがとよ」

「どういたしまして」と私は言う。彼は私を助けるためにもっとたいへんなことをしてくれたのに、〝どういたしまして〟というのは変な気がしたけれども、ほかにどう言えばよいのかわからない。

彼はそこに立ったまま私を見ている。しばらくなにも言わない。それから彼は言う。

「じゃ、また会おうな」それから背中を向けて立ち去る。もちろん彼はまた私と会うだろう。同じ建物に住んでいるのだから。彼は私といっしょになかにもどりたくない、ということだと私は思う。そういうことなら、なぜそう言わないのか、私にはわからない。私は自分の車のほうを向いて、玄関のドアが開いて閉まる音が聞こえるまで待つ。

もし私が治療を受ければ、こういうことも理解できるようになるのだろうか？　彼の部屋にあの女のひとがいるためなのか？　もしマージョリが私の部屋を訪れているとしたら、ダニーがいっしょになかにもどるのはいやだろうか？　私にはわからない。なぜ正常《ノーマル》なひとがそういうことをするのかその理由がはっきりわかるような気がするときもあるが、まったく理解できないときもある。

ようやく私はなかに入り、自分の部屋に上がっていく。静かな音楽、ショパンのプレリュードをかける。小さなソースパンにカップ二杯の水を入れ、野菜入りのヌードルのパックを開ける。水が沸騰して、泡がぶくぶくと立つのを私は眺める。最初の泡の位置で鍋の下のバーナーのパターンが私には見える。水が完全に沸騰すると、それはぶくぶくと泡立っていくつかの水の細胞を形成する。それにはなにか重要なことがあるのではないか、ぐらぐらと煮立つだけではない、なにか意味があるのではないかと考えるが、その全体のパターンはいまだにつかめない。私は野菜入りのヌードルをそのなかに落としてかきまわす、調理法に示されているとおりだ。野菜が沸騰する湯のなかではげしく踊るさまを見るのが私は好きだ。

そしてときどきこの馬鹿げた踊る野菜にうんざりすることもある。

第九章

金曜日に私は洗濯をする、だから週末は自由になる。洗濯籠は二つある、一つは明るい色のもの、一つは暗い色のものを入れる。ベッドからシーツをはがし、枕カバーを枕からはずし、それを明るい色用の籠に入れる。タオルは暗い色用の籠へ。私の母は、薄青色のプラスチックの籠に仕分けした衣類を入れていた。母は一つを暗い籠、一つを明るい籠と呼んでいて、それが私には嫌でたまらなかった。私は濃い緑色のやなぎ細工の籠を見つけて、それに暗い色の衣類を入れている。明るい色の衣類を入れる籠は、素材のままのやなぎで、蜂蜜のような色をしている。私はやなぎ細工の編みこみ模様が好きだ、やなぎ《ウィッカー》という言葉も好きだ。やなぎの小枝をよりあわせた束が、縦芯のまわりを、ウィッカーという音のなかの**ウイッ**のようにめぐっていき、それからその束がめぐっている縦芯のように鋭い**カ**の音がつづき、そのあと**アー**という柔らかな音が、その束が向こう側の蔭に見えなくなるにつれてやってくる。

私は小銭箱からきっちりときまった枚数の硬貨と、もう一枚よぶんの硬貨を取り出す、スロットに入れても洗濯機が動かない硬貨があるからだ。完全に丸い硬貨を入れても洗濯機が動かないときはいつも私は怒っていた。私の母が、よぶんの硬貨を一枚もっていくようにと教えてくれた。怒りつづけるのはよくないと母は言った。洗濯機や乾燥機では役に立たなかった硬貨が、清涼飲料水の自動販売機では役に立つこともあるし、清涼飲料水の販売機で役に立たなかった硬貨が洗濯機で役に立つこともある。これは理屈に合わないけれども、世間というのはこういうものなのだ。

硬貨をポケットに入れ、洗剤の箱を明るい色の籠につっこみ、それからその籠を暗い色の籠の上にのせる。明るい色は暗い色の上になるのがいい。それで釣り合いがとれる。

廊下を歩いていくとき、抱えた籠の上からようやく前が見える。頭のなかでショパンのプレリュードを鳴らして洗濯室に向かう。金曜日の夜は例によって洗濯室にいるのはミス・キンバリーだけである。年寄りで髪は灰色の縮れ毛だが、ミス・ワトスンほどの高齢ではない。彼女は寿命延長療法《ライフタイム》のことなど考えるだろうか、それともそうするにはもう年をとりすぎているのだろうか。ミス・キンバリーは薄緑色のニットのスラックスをはき、花模様のブラウスを着ている。温かいときの金曜日はいつもこれを着ている。私は彼女の着ているもののことを考えて、洗濯室のにおいは考えないようにする。ここのにおいはつんと鼻にくるにおいで、私は嫌いだ。

「今晩は、ルウ」と彼女が言う。もう洗濯はすませて左のほうにある乾燥機にそれを入れている最中だ。彼女はいつも左の乾燥機を使う。

「今晩は、ミス・キンバリー」と私は言う。彼女が洗濯しているところを私は見ないようにする。女のひとの洗濯物を見るのは無作法なことだ、なぜならばそのなかには下着があるかもしれないからである。女のひとのなかには、男に下着を見られたくないひともいる。なかには見られたいと思っているひともいるので、私の頭は混乱するけれども、ミス・キンバリーは年寄りだから、シーツやタオルのなかにまじっているピンクのくしゃくしゃしたものを私に見てほしいとは思わないだろう。私もそんなものは見たくない。

「この一週間、どうだった？」と彼女は訊く。彼女はいつも同じ質問をする。私の一週間がどうだったか、ほんとうに気にかけているわけではないと思う。

「車のタイヤを切り裂かれました」と私は言う。

彼女は乾燥機に洗濯物を入れていた手を止めて私を見る。「だれかがあんたのタイヤを切り裂いたの？ ここで？ それとも勤め先で？」

そのことにどんなちがいがあるのか私にはわからない。「ここで」と私は言う。「木曜日の朝、外に出てみるとタイヤがぜんぶぺちゃんこになっていました」

彼女は不機嫌な顔をしている。「ここで、ここの駐車場で？ ここは安全だと思っていたのに！」

「とても不便でした」と私は言う。「仕事に遅れてしまいました」

「だって……乱暴者が！ ここで！」彼女の顔は、これまで一度も見たことのないような形になる。恐怖に似たなにか、嫌悪に似たなにか。それから怒っている表情になり、私がなにか悪いことでもしたように私をじっと見つめる。私は目をそらす。「引っ越そうかしら」と彼女は言う。

私にはわけがわからない。私のタイヤが切り裂かれたからといってなぜ彼女は引っ越さなければならないのか？　だれも彼女のタイヤを切り裂くことはできない、なぜならば彼女はタイヤを持っていない。彼女は車を持っていない。

「だれがやったのか見たの？」と彼女は訊く。洗濯物が半分洗濯機の縁からたれさがっている。それはとてもだらしなくて気分が悪い。食べ物が皿の縁からはみだしているみたいだ。

「いいえ」と私は言う。私は明るい色の籠から明るい色の衣類を取り出して、右のほうにある洗濯機にそれを入れる。慎重に測った洗剤をくわえる、多すぎるのは無駄だし、足りないと衣類はきれいにならない。スロットに硬貨を入れ扉を閉め、湯洗い、水すすぎ、標準コースにセットしてスタート・ボタンを押す。洗濯機のなかでなにかががちゃんと音をたて、水がバルブからじゃあじゃあ出てくる。

「恐ろしいわ」とミス・キンバリーが言う。彼女は残りの洗濯物をかきあつめて乾燥機に入れる、両手の動きがぎくしゃくしている。くしゃくしゃしたピンク色のものが床に落ちる。私はこちらを向いて暗い色の籠から衣類を取り出す。それを真ん中の洗濯機に入れる。

「あんたみたいなひとたちはいいけど」と彼女が言う。

「ぼくみたいなひとたちはいい、というのはどういう意味ですか？」と私は訊く。彼女はこれまでにこんなふうな話し方をしたことはなかった。

「あんたは若い」と彼女は言う。「そして男。あんたは心配しなくていい」

私にはよくわからない。私は、ミスタ・クレンショウによれば若くはない。もう少し常識があってもいい年だ。私は男だが、なぜそれがタイヤをナイフで切り裂かれてもいいということになるのか私にはわからない。

「ぼくはタイヤを切られたくなかった」と私は言う、この先彼女がどんな行動に出るかわからないのでゆっくり喋る。

「そりゃあ、もちろんそうでしょうよ」と彼女は言う、とても早口に。ふだん彼女の肌は洗濯室の明かりで黄色がかった青白い色に見えるけれども、いまは桃色のしみのようなものが頬にあかあかと浮きだしている。「でもあんたはだれかに飛びかかられる心配はないじゃないの。男たちは」

私はミス・キンバリーを見るが、だれかが彼女に飛びかかるところを想像できない。彼女の髪の毛は灰色で、頭のてっぺんにはピンク色の地肌がすけて見える。皮膚には皺がより、腕には茶色のしみができている。本気でそんなことを言っているのか訊いてみたいと思ったが、彼女が本気なのはわかっている。彼女は笑わない、私がなにかを落としたときも笑いもしない。

「あなたが心配しているのはお気の毒です」と私は言い、洗剤を暗い色の衣類がいっぱい詰まっている洗濯機に振り入れる。それからスロットにコインを入れる。乾燥機の扉ががたんと閉まる。ミス・キンバリーが言うことを理解しようと考えていたので乾燥機のことは忘れていた、そして手がすべる。一枚の硬貨がスロットに入りそこねて洗濯物のなかに落ちる。それを探し出すには洗濯物をぜんぶ出さなければならない、衣類にかかった洗剤が洗濯機の上にこぼれおちるだろう。頭のなかでぶんぶん音がする。

「ありがとう、ルウ」とミス・キンバリーが言う。その声は前よりも落ち着いて穏やかだ。私は驚く。自分が適切なことを言うとは思わなかった。「どうかした？」と彼女は、私が衣類を持ちあげてなるべく多くの洗剤が洗濯機のなかに落ちるように振るっているのを見て訊く。

「このなかに硬貨を落としました」と私は言う。

彼女が近よってくる。私は彼女に近よってもらいたくない。においのきつい香水、とても甘いにおいの香水をつけているからだ。

「別の硬貨を使いなさいよ。なかに落ちた硬貨は、洗濯物を出すときにはすっかりきれいになっているわよ」と彼女は言う。

私は片手に洗濯物を持ったまましばらくその場に立っている。硬貨をなかに入れたままにしておけるだろうか？ポケットのなかにはよぶんの硬貨が一枚ある。衣類を洗濯機のなかにほうりこみ、ポケットの硬貨を取り出す。それはちょうどいいサイズだった。それをスロットに入れて扉を閉め、洗濯コースをセットして、スタートのボタンを押す。またもやがちゃんという音がして、水がじゃあじゃあ流れだす。胸のなかが奇妙な感じがする。以前はミス・キンバリーのことがわかっていると思った、彼女が、次になにをするか予測できる老女だったときには、私と同じように金曜日の夜に洗濯をしにくる老女だったときには。数分前まで彼女のことはわかっていると思った、彼女が動揺していることがわかる程度には。だが彼女はまだ動揺していると私が思っているあいだに彼女は解決法をたちまち考え出してくれた。どうしてそんなことができたのか？　正常《ノーマル》なひとはいつもそういうことができるものなのか？

「洗濯物を取り出すより簡単よ」と彼女は言う。「そうすれば洗濯機に振りかかった洗剤を掃除しないでもすむわよ。あたしはこういうことがあるといけないからいつもよぶんの硬貨を持ってくるの」彼女は笑う、短い乾いた笑い。「年とると、ときどき手が震えてね」彼女は口をつぐみ私を見る。私はまだ、彼女がどうやってそれを成しとげたのか、考えているが、彼女が私からなにかを待ち受けているのに気づく。なぜありがとうと言うのかよくわからないときでも、ありがとうと言っておけば間違いない。

「ありがとう」と私は言う。

そう言ったのはまた適切だった。彼女は微笑する。

「あんたはいいひとね、ルウ。タイヤのことはお気の毒だったわね」と彼女は言う。彼女は腕時計を見る。「これから電話をほうぼうにかけなくちゃならないのよ。あなた、ずっとここにいる？　乾燥機を見はっている？」

「ぼくは階下にいます」と私は言う。「この部屋にはいません。とてもうるさいから」以前にも、彼女から洗濯物から目をはなさないでと頼まれたとき、私はそう言った。私はそのたびに、目を取り出してそれを洗濯物の上に置いておくことを考えるが、彼女にはそんな考えは話さない。その表現がこの社会ではどういう意味をあらわすのかわかっているが、それでもそれは馬鹿げた意味だと思う。彼女はうなずきほほえみ、そして出ていく。私は二つの洗濯機のコース設定が正しいかどうかもう一度チェックして、それから廊下に出る。

洗濯室の床は醜い灰色のコンクリートで、洗濯機の下の大きな排水管に向かってやや傾斜している。排水管がそこにあることは知っている、なぜかというと二年前に洗濯物を持ってきたとき、作業員がここにいた。彼らは洗濯機をどかして、排水溝の蓋をとった。そこはすえたようなとてもいやなにおいがして気分が悪くなった。

廊下の床はタイルで、それぞれのタイルは、ベージュ色の上に二種類のグリーンの縞が入っている。それぞれのタイルは十二インチ×十二インチの大きさだ。廊下の幅はタイル五枚、長さは四十五枚と半分。このタイルを並べたひとは、それぞれのタイルの縞がたがいにはすかいに向き合うように並べた。――つまりタイルの縞が隣りのタイルと九十度の角度で向かい合うように並べてある。タイルの大部分は二つの方法のうちの一つの方法でおかれているが、そのうち八枚だけが、隣りのタイルと同じ方法だが、逆におかれている。

私はこの廊下を見てその八枚のタイルについて考えるのが好きだ。この八枚を逆向きにおいたらどんなパターンが完成するだろう？　いままで可能性のある三つのパターンを考え出した。一度このパターンについてトムに話そうとしたが、彼は私のように頭のなかでそのパターンを見ることができなかった。私はぜんぶのパターンを紙に描いてみせたが、彼が退屈していることはすぐにわかった。ひとを退屈させるのは失礼なことだ。私はこれについて二度と彼に話すのはやめた。

だがこれは私にとって果てしない興味を覚えさせる。床に飽きれば――飽きたことは一度もないが――壁を見ればいい。廊下の壁はぜんぶペンキ塗りだが、一つの壁だけはタイル模様の壁材が張ってある。この模造タイルは、一辺が四インチだが、床のタイルとはちがい、模造壁タイルには模造漆喰の溝がある。それゆえじっさいの模様の大きさは、四・五インチになる。もしこれが四インチなら、三つの壁タイルで床タイルの一つ分になる。

私は、タイルとタイルのあいだの線がずっと壁の上のほうに延びていき天井を越えてまたそのまま途切れることなく下におりてくるところを探した。この廊下では、その線がほとんどそのまま延びているところが一ヵ所あるが、完全ではない。私は、そういう線が二ヵ所見つかるためには、この廊下は二倍の長さがなければならないと思っていたが、じっさいはそうはいかない。よく見てみれば、そのタイルのあいだのそういう線をきっかり二ヵ所見つけるためには、この廊下は五と三分の一倍の長さがなければならないということがわかる。

洗濯機の一つが回転音からひゅうんという音に変わるのを聞くと、私は洗濯室にもどる。そうすると洗濯槽が回転を止めたときに洗濯機のところにぴたりと到着することを私を知っている。洗濯機が最後の回転を終わるときに最後の一足を踏みこむというのは一種のゲームだ。左のほうの乾燥機はまだがたがたぶんぶんという音をたてている。濡れている衣類を右のほうのからの乾燥機に入れる。それをぜんぶ入れおえて、洗濯機になにも残っていないことを確かめてしまうと、二番目の洗濯機が回転を止める。去年、一度私は、回転を遅くする摩擦力とそれが発する音波数の関係を計測してみたことがある。コンピュータなしで自力でやったが、そのほうがおもしろかった。

二番目の洗濯機から衣類を取り出すと、そこに落とした硬貨がある、ぴかぴかに光ってきれいになり、指のあいだですべすべした感じがする。それをポケットに入れ、濡れている衣類を乾燥機に入れコインを入れ、そしてスタート・ボタンを押す。その昔、私はのたうちまわる衣類を眺めて、パターンを見きわめようとしたものだった――なぜ今回は、赤いスウェットシャツの腕がブルーのローブの前で上がった下りたりしているのか、そして次のときは、同じ赤い腕が黄色のスウェットパンツと枕カバーのあいだにあるのはなぜか。私の母は、衣類が上がったり下りたりするのを眺めながら私がぶつぶつとつぶやくのを嫌がっていたので、私はそうしたことは頭のなかでやることを学んだのだった。

ミス・キンバリーは、彼女の衣類の入っている乾燥機が止まったちょうどそのときにもどってくる。彼女は私に笑いかける。クッキーののった皿を持っている。「ありがとう、ルウ」と彼女は言う。彼女は皿をさしだす。「クッキー食べて。男の子は――つまり若い男のひとたちは――クッキーが好きでしょ」

彼女はほとんど毎週クッキーを持ってくる。私は彼女の持ってくるクッキーはどれも嫌いだが、そう言っては失礼である。今週はレモン・クッキーだ。これなら大好きだ。私は三枚もらう。彼女は皿を折り畳み式のテーブルにのせ、乾燥機から衣類を出す。出したものを籠に入れる。彼女はここではそれをたたまない。「すんだらお皿を持ってきてね」と彼女は言う。これは先週と同じである。

「ありがとう、ミス・キンバリー」と私は言う。

「どういたしまして」と彼女はいつもと同じように言う。

クッキーを食べおえ、くずをごみ箱に捨て、それから階上にあがる前に洗濯物をたたむ。彼女に皿を返し、自分の部屋にもどる。

土曜日の午前中は、センターに行く。カウンセラーの一人に、午前八時三十分から十二時までのあいだ会えることになっている。月に一度特別プログラムがある。きょうはプログラムはないが、カウンセラーの一人であるマクシーンが、私が着いたとき会議室に向かって歩いてくる。ベイリは彼らが先週話したカウンセラーが彼女かどうか言わなかった。マクシーンは、オレンジ色の口紅を塗り、紫色のアイシャドウをつけている。私は彼女になにも訊かない。彼女にとにかく訊いてみようかと思うが、だれかほかの人間が、私が決心する前に入りこむ。

カウンセラーたちは、私たちに法律上の助言者やアパートを見つけてくれる方法は知っているが、私がいま直面している問題を理解してくれるかどうかわからない。彼らはいつも、健常者により近づくためになんでもやるようにと私たちにすすめる。彼らは、この治療法がまだ実験段階で人間に試みるのは危険だと思っているとしても、この治療法を受けるべきだと私に言うだろうと思う。けっきょくここでだれかと話し合わなければならないのだが、私の前にだれかがいてくれてよかった。いますぐこのことを話し合う必要はない。

アルコール中毒支援会やその他いろいろの支援グループのミーティング（未婚の親、十代の親、求職者）、それから趣味同好会（ファンキーダンス、ボウリング、コンピュータ講座）などのお知らせが出ている掲示板を見ていると、エミーが近づいてくる。「あら、あんたのガールフレンドはどうしてる？」

「ぼくにガールフレンドはいない」と私は言う。

「あたしは彼女を見たよ」とエミーが言う。「あたしが見たことは知っているでしょ。嘘は言わないで」

「きみはぼくの友だちを見た」と私は言う。「ガールフレンドではない。ガールフレンドというのは、ガールフレンドになることに同意しているひとだ、彼女は同意していない」

私は正直ではない、それは間違っている、だがそれでもマージョリのことをエミーと話したり、エミーから聞かされたりするのはいやだ。

「彼女に訊いたの？」とエミーが言う。

「彼女のことをきみと話しあうのはいやだ」と私は言って背中を向ける。

「なぜかというとあたしの言うとおりだからよ」とエミーは言う。彼女はさっと私の前にまわりこんで私の前に立つ。「彼女は、あたしたちを研究材料のネズミにする連中――健《ノー》常者《マル》だと言ってるけど——そのひとりよ。あんたはああいう連中といつもいっしょにうろうろしている、ルウ、それは正しいことじゃない」

「きみの言っている意味がわからない」と私は言う。私はマージョリとは週に一度しか会っていない——食料品店に行った週は二回——だから彼女といつも〈いっしょにうろうろしている〉ことがどうしてできるだろうか？　もし私が毎週センターに来て、エミーがそこにいるとしたら、それは私がエミーといっしょにうろうろしているということになるのだろうか？　そんなことは考えたくない。

「あんたは、もう何ヵ月も特別行事にぜんぜん出てこないでしょ」と彼女は言う。「あんたは、健常者の友だちといつもいっしょにいる」彼女は健常者という言葉をその口調で呪いの言葉にする。

私が特別行事に来ないのは、それに興味がないからだ。子育ての方法に関する講義？　私に子供はいない。ダンス？　彼らがかける音楽は、私の好きな音楽ではない。陶芸の実演や実習？　私は粘土でものを作ろうとは思わない。そう考えてくると、いまセンターで私の興味をひくものはとても少ない。ほかの自閉症者と出会うにはここに来るのがいちばん簡単だが、彼らがみんな私に似ているわけではない。私の興味を分かちあってくれるひとたちは、インターネット上や仕事場のほうに大勢見つかる。キャメロン、ベイリ、エリック、リンダ……われわれはみんな、どこかほかに行く前に、だれかに会うためにセンターにやってくるが、これは単なる習慣だ。ときどきカウンセラーと話し合うほかは、じっさい私はセンターを必要としていない。

「ガールフレンドを探しているなら、あんたと同じ種類の人間からはじめるべきよ」とエミーが言う。

私は彼女の顔を見る、その顔全体に怒りのしるしがあらわれている――赤みをおびた皮膚、緊張したまぶたのあいだのぎらぎら光る目、四角い形をした口、ほとんど嚙み合わされている歯。彼女がいまなぜ怒っているのか私にはわからない。私がどのくらいの時間をセンターで過ごすかということをなぜ彼女はそんなに気にするのか私にはわからない。彼女が私と同じ種類の人間だとは思わない。エミーは自閉症者ではない。彼女の病名は知らない。私は彼女の病名などに興味はない。

「ぼくはガールフレンドを探しているわけじゃない」と私は言う。

「じゃあ彼女があんたを探しに来たのね？」

「これについてはきみと話をしたくないと言ったはずだ」と私は言う。私はまわりを見る。ほかに知っている人間はだれもいない。ベイリはけさここに来ているかもしれないと思っていたが、たぶん彼もたったいま私が気づいたようなことを考えたのだろう。たぶん彼は来ない、なぜならセンターは必要ないということが彼にはわかっているから。私はここに突っ立ってマクシーンの手が空くのを待っているのはいやだ。

エミーが背後にいるのを意識しながら彼女に背を向けて立ち去ろうとするが、彼女は黒黒とした感情を私が逃れ去るより早く放射してくる。リンダとエリックが入ってくる。私がなにか言う前に、エミーがわめく。「ルウはまたあの女と会っていたのよ、あの研究者と」

リンダはうつむき目をそらす。彼女は聞きたくない。とにかく議論にまきこまれたくない。エリックの視線は私の顔をかすめ床のタイルの模様へと移る。彼は聞いているが質問はしない。

「彼女が研究者で、このひとを利用するために近づいただけなのに。でもこのひとは耳を傾けようとしないんだ」とエミーが言う。「あたし、彼女に会ったけど、美人でもなんでもない」

首がかっと熱くなるのがわかる。エミーがマージョリのことをそんなふうに言うのは許せない。マージョリのことをよく知りもしないくせに。マージョリはエミーより美しいと思うが、美しいということが、私が彼女を好きな理由ではない。

「彼女はあんたに例の治療法を受けるようにすすめているのか、ルウ？」とエリックが訊く。

「いや」と私は言う。「ぼくたちはそれについて話すことはない」

「ぼくは彼女のことは知らない」とエリックは言い、そして背を向ける。リンダの姿はすでに見えない。

「あんたは彼女を知りたくないのよ」とエミーが言う。

エリックがうしろを振り返る。「もし彼女がルウの友だちなら、きみは彼女の悪口を言うべきではない」と彼は言う。そしてリンダのあとから歩いていく。私も彼らのあとを追っていこうと思ったが、私はここにはこれ以上いたくない。エミーがあとをついてくるだろう。もっと喋るだろう。もっと喋りつづけるつもりだ。そんなことをされたらリンダもエリックも迷惑だ。

私が立ち去ろうと背を向けると、エミーがさらに言う。「どこへ行くの？」と彼女は訊く。「いま来たばかりなのに。自分の問題から逃げられるなんて思わないでよ、ルウ！」

彼女の前から逃げ出すことはできる、と私は思う。仕事やドクター・フォーナムからは逃げることはできないが、エミーからは逃げ出すことはできる。私はそう考えて微笑を浮かべる、すると彼女の顔はさらに赤くなる。

「なにを笑ってるの？」

「音楽のことを考えている」と私は言う。こう言うのがいつも安全だ。私は彼女を見たくない。彼女の顔は赤く輝き、怒っている。彼女は私と向き合おうとして私のまわりをまわる。私は床を見つめている。「ひとがぼくのことを怒っているときは音楽のことを考える」と私は言う。それはときに真実だ。

「ああ、まったく手に負えない！」と彼女は言う、そしてどかどかと廊下を歩いていく。

彼女には友だちというものがいるのだろうか。彼女がほかのひとたちといっしょにいるところを見たことはない。これは悲しいことだ、だがそれは私にはどうしようもないことである。

センターは車の往来のはげしい通りに面しているのに、外のほうがずっと静かな感じがする。いまはなんの計画もない。もし土曜日の午前中をセンターで過ごさないとすると、これからどうすればよいかわからない。洗濯はしてしまった。アパートの部屋はきれいだ。書物によれば、われわれは、目的が定まらないことやスケジュールの変更などにうまく対処できないということだ。ふだんはそんなことは気にならないが、けさは胸のうちに不安を感じる。マージョリをエミーが言うようなひとだと考えたくはない。エミーの言うことが正しいとしたら？　マージョリが私に嘘をついているのだとしたら？　そうとは感じられないが、私の感じ方が間違っているのかもしれない。

いまマージョリに会えたらと思う。いっしょになにかやれたらいい、彼女を見ることのできるところで。彼女がだれかほかのひとと話しているのをただ眺めて耳を傾けていたい。彼女が私を好きなのかどうかわかるものだろうか？　彼女は私が好きなのだと思う。でも私をたくさん好きなのか少し好きなのか私にはわからない。彼女は私を、ほかの男たちを好きなように好きなのか、あるいは大人が子供を好きなように好きなのか、それもわからない。どうすればそれがわかるのか、私にはわからない。もし私がノーマルな人間ならきっとわかるのだろう。ノーマルなひとたちにはわかっているにちがいない、さもなければ結婚はできないだろう。

先週のこの時間、私は競技会にいた。私はそれを楽しんだ。こんなところにいるよりあそこにいるほうがいい。騒音があっても、たくさんのひとたちがいても、いろいろなにおいがいりまじっていても。あそここそ私がいる場所だ。私はもうここにいる人間ではない。私は変わりつつある、というより私は変わってしまったのだ。

私はアパートまで歩いて帰ることにした、とても遠い道のりだけれども。前より涼しいし、秋の花が、あちこちの庭に咲きはじめている。歩くリズムが私の緊張をほぐしてくれ、歩くために選んだ音楽をゆっくり聞ける。イアホンをつけているひとたちがいる。彼らはラジオや録音した音楽を聞いているのだ。イアホンをつけていないひとたちは、自分自身の音楽を聞いているのだろうか、それとも音楽なしで歩いているのだろうか。

焼き立てのパンのにおいが途中で私の足を止めさせる。私は小さなパン屋に寄り道をして温かいパンを買う。パン屋の隣りには花屋があり、紫、黄、青、銅色、深紅色のかたまりが並んでいる。色彩は光の波長より多くのものを放つ。悦びを、誇りを、悲しみを、慰めを放つ。ほとんど耐えられないほどたくさんのものを放つ。

私は記憶のなかにそれらの色彩と質感を蓄え、パンをもってその香りをかぎ、私が通りすぎてきた色彩とそのにおいを結合させる。通りすぎた一軒の家には遅咲きのバラが壁を這っている。庭の奥なのに、ほのかなバラの甘さをかぎとることができる。

もう一週間以上が経つのに、ミスタ・オルドリンもミスタ・クレンショウもあの治療法のことについてはあれ以上なにも言ってこない。私たちのところにはあれ以来手紙も来ない。これは実験過程でなにかまずいことが起こったということで、彼らはこのことはいずれ忘れてしまうだろうと思いたいが、忘れることはないと思う。ミスタ・クレンショウは顔も声もいつもとても怒っているようだ。怒っているひとたちは自分たちが傷ついたことを忘れない。許しは怒りを溶かす。今週の説話はそれについてだった。説話のあいだは心をさまよわせてはいけないが、ときどき説話が退屈になってほかのことを考えてしまう。怒りとミスタ・クレンショウはつながっているように思われる。

月曜日に私たちはみんな土曜日に集まるようにという掲示が出る。私の土曜日をそれに譲りたくはないが、掲示には、出席しないでいい理由は一つもあげていない。センターでマクシーンと話し合う順番を待っていればよかったと後悔するがもう遅い。

「行かないといけないのか？」とチャイが訊く。「行かないと解雇されるのか？」

「わからない」とベイリが言う。「彼らがなにをするつもりか知りたい、だからぼくはとにかく行く」

「ぼくも行く」とキャメロンが言う。私はうなずき、ほかのひとたちもみんなうなずく。リンダがいちばん悲しそうな顔をしているが、彼女はふだんからいちばん悲しそうな顔をしている。

「いいか……あー……ピート……」クレンショウの声はいやに馴れ馴れしかった。相手がこちらの名前を思い出せないでいるのにオルドリンは気づいた。「わたしのことを冷酷なやつだと思っているだろうが、実を言えば、いま会社は苦境でね。宇宙関連の生産に追われているが、これが信じられないほど利益を食いつぶしている」

ほう、信じられない？　とオルドリンは思った。彼の意見によれば、これは愚かしいことだ。低重力——または無重力の設備のもたらす利点より、それにかかる経費や障害のほうがはるかに大きい。ここ、この地上で得られる富は十分にある、もしだれかが彼に一票を与えてくれていたら、彼は宇宙への関与などに票を投じたりはしないだろう。

「きみとところの連中は化石だよ、ピート。現実に目を向けろ。あいつらより年上の自閉症者たちは、十人中九人は役立たずさ。それ、あの女、なんという名前だったかな、食肉処理場だかなにかを設計したあの女のことは持ち出すな——」

「グランディン」とオルドリンはつぶやいたが、クレンショウはそれを無視した。

「百万人に一人か、あの女のように独力でのしあがってきた連中には最大級の尊敬をはらうがね。だがあれは例外だよ。あの哀れな連中の大部分は望みはない。やつらのせいじゃない、いいな？　だがそれでも、彼ら自身にとってもほかのだれにとってもいいことはない、いかに多くの金を彼らのために費やしていたとしてもだ。そしてもし精神科医の野郎どもがああいう種類の連中を抱えこんでいれば、あの連中もお先真っ暗というわけだ。やつらにとって幸いだったのは、神経学者と行動主義者たちが影響力をもったということだ。だがそれでも……連中は健常者ではない、きみがなんと言おうと」

オルドリンは無言だった。いずれにせよ喋りまくっているクレンショウは聞きはしないだろう。クレンショウはその沈黙を同意と受け取って話しつづけた。

「そこで連中はどこが具合が悪いのかということを突きとめて赤ん坊のうちにそれを修正するようになった……そういうわけできみんところの連中は化石なのさ、ピート。暗黒の昔と輝かしい新時代のあいだに置き去りにされた化石だ。にっちもさっちもいかない。彼らにとってそれは不公平だ」

人生で公平なものなどごくわずかだ。クレンショウに公平さなどというものがちょっぴりでもわかるとは、オルドリンは信じられない。

「さてきみは、彼らにはユニークな才能があり、われわれが彼らに湯水のように注いでいる莫大な費用は、その生産性ゆえに妥当なものだと言う。五年前ならそれは真実だったかもしれない、ピート――おそらく二年前でも――だがコンピュータが追いついた、例によって」彼はプリントアウトをさしだした。「きみは人工頭脳についての最新の文献なんかに通じているわけではないよな？」

オルドリンはそのプリントアウトを見もせずに受け取った。「コンピュータには彼らがやるようなことはぜったいできませんよ」と彼は言った。

「むかしむかし、機械は二たす二もできなかった」とクレンショウは言った。「だがいまじゃ紙と鉛筆で数列をいくつも加算するための人間など雇ったりはしないだろう？」

まあ停電のあいだはね。小企業なら、レジで働いている連中が紙と鉛筆で二たす二が計算できるかどうかちゃんと確かめておくほうがいい。だがそんなことを口に出してもなんの役にも立たないことは彼も心得ていた。

「コンピュータに彼らのかわりができるとおっしゃるんですね?」と彼は訊いた。

「いとも簡単にね」とクレンショウは言った。「いや……それほど簡単じゃないかもしれないが。新しいコンピュータやら高性能のソフトウエアが必要だろう……だがそれが必要とするのは電力だけだ。あいつらが使っているああいうばかばかしいものはなにひとついらないんだ」

電力の費用はこれからもずっと支払いつづけていかなければならないが、彼のグループの支援施設にかかった諸費用はもうすでに支払いずみだ。これもまたクレンショウは耳など傾けるつもりはあるまい。

「彼らがみんなこの治療法を受けて、それがうまくいったと考えてみましょう。それでもあなたはコンピュータに彼らの代用をさせたいのですか?」

「最終損益だよ、ピート、最終損益。会社にとって最善であることが、わたしの望みさ。もし連中がこれまでと同じようにあの仕事ができて、新しいコンピュータほどのコストがかからないなら、だれも失業させようなんて考えないさ。だがわれわれはコストを削減しなければならない――しなければならないんだ。この業界で、投資収入を得る唯一の方法は効率を追求することだな。そしてあの豪華な個人研究室――株主たちはあれを効率的とは思うまい」

重役たちのジムと食堂が、ある株主たちから非効率的な浪費と指摘されていることをオルドリンは知っていたが、だからといって重役たちの特権が失われることはただの一度もなかった。重役たちは、トップとしての力量を維持していくためには、これは必要なものだと言いつづけている。彼らはこの特権を自らの努力で獲得し、その特権は彼らの効率をいっそう高めるのだと。そんな言い分をオルドリンは信じなかった。しかしこのことにも彼は触れなかった。

「なるほど、最終損益ですか、ジーン——」クレンショウの名前を口にするのは危険だが、いまは危険を冒したい気分だった。「彼らが治療に同意すれば、彼らをこのままにしておこうとお考えになる、そうでない場合はあなたは彼らを追い出すというわけなんですね。合法的であろうとなかろうと」

「法律は会社が自己破産することは求めてはいないよ」とクレンショウは言った。「その考え方は今世紀初頭に極端に走りすぎた。われわれは税制上の優遇措置を失うだろうが、それはわが社の予算からいえば微々たるもので、まったく取るに足りない、実際問題として。もし彼らが、いわゆる支援設備を不要とすることに同意してくれ、ふつうの社員と同じように行動してくれるなら、わたしはなにもこの治療法を強制するつもりはない——もっともなぜこの治療を望まないのか、わたしにはとんと計りかねるがね」

「するとわたしになにをやれと?」オルドリンは訊いた。

クレンショウは微笑した。「このことできみが協力してくれるようでうれしいよ、ピート。どんな選択肢があるか、きみのところの連中にはっきりさせてもらいたい。いずれにせよ、やつらは会社の足手まといにならないようにしなければならない。ああいう贅沢な設備を放棄するか、あるいは、ああいうものを必要とするのが自閉症のせいだというなら、治療を受けてああいうものを不要にするか、さもなければ……」彼は喉首を指で切ってみせた。「連中は会社を人質にしつづけることはできないんだ。この国には、くぐりぬけられない法律、変えさせることができない法律はないんだよ」彼はふんぞりかえって両手を頭のうしろで組んだ。「われわれに資力はあるんだ」

オルドリンは気分が悪くなった。成人してからこのかた、それについてはよく知ってはいたが、このことを堂々と公言する社会層に彼は属したことはない。たとえ知ってはいても、自分自身知らぬふりをしてきたのである。

「説明してみましょう」と彼は言った。口のなかで舌がこわばっている。

「ピート、みましょうではなくて、やるんだ」とクレンショウは言った。「きみは馬鹿でもないし、怠け者でもない。それはわかっている。だがきみにはないんだな……押しというものが」

オルドリンはうなずくとクレンショウの部屋から逃れ出た。洗面所に入って両手をごしごし洗った……まだ汚れているような気がした。いっそ辞職しようかと、辞表を提出しようかと考えた。マイアはいい仕事についているし、子供はまだ作らないことに決めていた。いざとなれば、しばらくは二人でなんとかやっていけるだろう。

だがだれが、あの連中の面倒をみてくれるのだ？　クレンショウではない。オルドリンは鏡のなかの自分に向かってかぶりを振った。自分が助けられると思っているとしたら、それは自分を欺いているにすぎない。とにかくやってみなければなるまい、だが……家族のいったいだれが兄の治療施設の費用を払えるというのか？　自分が失職するとしたら？

彼は接触する先を考えてみた。人的資源部のベティ。経理部のシャーリー。法務部にはだれも知り合いがいない。いままで一度もその必要がなかったのだ。人的資源部は、被雇用者の特別な要求について法律との仲介役を引き受けてくれていた。彼らは必要とあれば法務部と話し合った。

ミスタ・オルドリンは、部局の人間をぜんぶ夕食に招待した。われわれはピザ・レストランに行った。一つのテーブルにすわるには人数が多すぎるので、いつもとはちがう場所にある二つのテーブルに押しこめられた。

私のテーブルにミスタ・オルドリンがすわっているので気分はよくないが、それについてどうすればよいかはわからない。彼はよく笑いよく喋る。例の治療法はよいものだといまは思っていると彼は言う。強制するつもりはないが、私たちのためになることだと思うと彼は言う。ピザの味のことを考えて彼の話は聞くまいとするが、それもだんだんむずかしくなる。

しばらくすると喋り方がゆっくりになる。彼はまたビールを飲んだ、声も角がとれて柔らかくなる、ホットチョコレートに浸したトーストのように。私がよく知っているミスタ・オルドリンのようにためらいがちな口調になる。「上のひとたちがなぜこんなに急いでいるのか、わたしにはまだよく理解できない」と彼は言う。「ジムやなんかにかかる費用はじっさい微々たるものだ。あのスペースが必要なわけでもない。この部局の収益性にくらべたら、バケツのなかの一滴だ。それにこの治療法がきみたちみんなに完璧な効果があるとしても、この治療法で収益をあげられるほど、この世界にはきみたちのような自閉症者は多くはないんだ」

「最新の推計では、合衆国だけでも自閉症者は何百万人もいますよ」とエリックが言う。

「ああ、しかし――」

「それだけの人間に必要な社会福祉事業のコストは、もっとも障害の重いひとたちのための居住施設を含めて、年間何十億と推計されます。もしこの治療法が効果をあげれば、その金はほかに――」

「わが国の労働力人口では、それだけ多くの新しい労働者の面倒は見きれない」とミスタ・オルドリンは言う。「それに年輩者だっている。ジェレミーは――」彼はふいに黙りこむ、皮膚の色が赤く変わって輝きだす。彼は怒っているのか、それとも当惑しているのか？　よくわからない。彼は深く息を吸う。「わたしの兄だが」と彼は言う。「彼はこれから職につくには年をとりすぎている」

「あなたには自閉症の兄がいるのですか？」とリンダが訊く。彼女は彼の顔をはじめて見る。「いままで一度も話してくれなかった」ふいに体が冷たくなり、無防備にさらけださ れたような感じがする。ミスタ・オルドリンには私たちの頭のなかを見ることはできないと思っていたが、もし彼に自閉症の兄がいるのだとしたら、彼は私が思っていたより多くのことを知っているかもしれない。

「わたしは……そのことが重要なことだとは思わなかった」彼の顔はあいかわらず赤く輝いている。彼はほんとうのことを言っていないと私は思う。「ジェレミーはきみたちのだれよりも年上だ。彼は施設にいて――」

ミスタ・オルドリンについてのこの新しい情報、つまり自閉症の兄がいるという情報と、私たちに対する彼の態度に考えをめぐらすのに懸命で、私はなにも言わない。

「われわれに嘘をついていた」とキャメロンが言う。彼のまぶたがたれさがる。声は怒りをひびかせる。ミスタ・オルドリンの頭がぐいとうしろに引かれる、まるでだれかが頭についた紐を引っ張ったようだ。

「わたしはなにも――」

「嘘には二種類ある」とキャメロンが言う。彼は教わったことを引用しているのだ。「故意の嘘、それは話し手に嘘だとわかっている嘘で、それから不作為の嘘は、話し手には真実だとわかっている真実を述べることを省くこと。あんたは自分の兄が自閉症だということを話さないことで、われわれに嘘をついた」

「わたしはきみたちのボスだ、きみたちの友だちではないんだ」ミスタ・オルドリンはわめく。彼はますます赤くなる。さっきは私たちの友だちだと言ったのに。彼はあのとき嘘をついていたのか、それともいま嘘をついているのか？　「つまり……これはわたしの仕事とはなんの関係もなかった」

「あんたが、われわれの主任になりたいと思ったそれが理由なんだ」とキャメロンが言う。

「そうではない。わたしははじめ、きみたちの主任になりたくはなかった」

「はじめは」リンダはまだ彼の顔をじっと見つめている。「なにかが変わった。それは兄のせいだったの?」

「いいや。きみたちはわたしの兄とはだいぶちがう。彼は……重い障害をもっている」

「あんたは兄にこの治療を受けさせたいと思っていますか?」とキャメロンが訊く。

「わたしには……わからない」

これもまたほんとうのことだとは思えない。私は、ミスタ・オルドリンの兄、この見知らぬ自閉症者のことを想像してみる。もしミスタ・オルドリンが兄のことを重い障害をもっていると考えるなら、われわれのことはどう思っているのか? 彼の生い立ちはどんなものだったのか?

「わかっているはずです」とキャメロンは言う。「もしこれがわれわれにとっていい療法だと考えるなら、自分の兄も助けてくれるはずだとあんたは思うだろう。たぶんあんたはこう考えている、もしわれわれにそれを受けさせることができるなら、そのご褒美に兄にもこの治療を受けさせてもらえるかもしれないと? いい子だ、アメをやろう」

「それは言いがかりだ」とミスタ・オルドリンは言う。彼の声も大きくなる。ひとびとが振り向いてこちらを見る。こんなところに来なければよかったと私は思う。「彼はわたしの兄だ、やれることがあればとうぜん助けてやりたいと思う、しかし——」

「ミスタ・クレンショウはあなたに約束しましたか、もしわれわれを説得して治療を受けさせることができたら、あなたの兄もその治療を受けられると」

「わたしは……なにもそんなことは——」彼の目が横から横へ滑る。顔の色が変わる。彼の顔の懸命な動き、もっともらしく私たちをだまそうという懸命な努力。書物によれば、自閉症のひとびとは、容易に騙されやすい、なぜかというと意思の疎通における微妙な差異を理解しないからだと。嘘をつくということが微妙な差異だとは私は思わない。嘘をつくことは悪いことだと思う。ミスタ・オルドリンが私たちに嘘をついたのは残念だが、彼が上手に嘘をつけないのはうれしい。

「自閉症者に対するこの治療法に十分なマーケットがないのなら、いったいそれがなんの役に立つのですか？」とリンダが訊く。話題を前に引き戻さないでくれと思うが、もう遅い。ミスタ・オルドリンの顔がやや和らぐ。

私にある考えがうかぶ、だがそれはまだ明確ではない。「ミスタ・クレンショウが言いましたが、もしわれわれが支援施設を放棄するなら、治療を受けないでも私たちをこのまま雇っておいてくれるというのは、ほんとうですか？」

「ああ、なぜだね？」

「すると……ミスタ・クレンショウは、われわれが——自閉症者が、うまくできないということは抜きで、うまくできることを手に入れたいということですね」

ミスタ・オルドリンの眉に皺がよる。これは混乱を示すときの動きだ。「そうだと思うが」と彼はのろのろと言う。「しかしそれがこの治療法となんの関係があるのかわたしにははっきりしない」

「もとの文書のどこかに会社の利益が隠されているはずです」と私はミスタ・オルドリンに言う。「自閉症者を変えるというのではなく――われわれのような生まれながらの自閉症者はもういないのです、この国には。われわれのような自閉症者は多くはない。しかしわれわれがやることを、ふつうのひとたちができるなら、それは十分価値があり会社の利益になります」私は自分のオフィスで起こったある瞬間のことを考える、あのとき、記号の意味とデータのパターンの複雑な美しさがどこかに消えてしまい、私は混乱したまま呆然としていたのだ。「あなたはぼくの仕事をもう何年も見てきました。あなたにはそれがなにかわかるはずです――」

「パターン解析と数学の才能だろう」

「いや――あなたは言いました、ミスタ・クレンショウは、新しいソフトウエアでも、それができると言ったと。それは別のことです」

「あたしはあなたの兄のことをもっと知りたい」とリンダが言う。

オルドリンは目を閉じて、目を合わせることを拒絶する。それと同じことをやって私は以前に叱られたことがある。「きみは……手厳しいな」と彼は言う。「遠慮しようとしない」

あるパターンが私の頭に形をとる、ぐるぐると動きまわる明るく暗いものが凝集しはじめる。だがそれでも十分ではない。私にはもっとデータが必要だ。

「金のことを説明して」と私はオルドリンに言う。

「説明する……なにを？」

「金のこと。会社はわれわれに給料を支払うためにどうやって金を作るのですか？」

「それは……とても複雑でね、ルウ。きみに理解できるとは思わないよ」

「どうか説明してみてください。ミスタ・クレンショウは、われわれがとても金がかかると、会社の利益に損害をあたえると言っています。その利益とはいったいどこから来るのですか？」

第十章

ミスタ・オルドリンはただ私を見つめているばかりだ。ようやく彼は言う。「わたしにはどう言っていいかわからないよ、ルウ、だってこの治療法の実験過程が厳密に言ってどういうものか知らないし、それを自閉症者ではない人間に適用したらどういうことになるかも知らない」

「少なくとも――」

「それに……わたしはこれについて話し合うべきだとは思わないよ。きみたちを助けることとは別だが……」彼はまだ私たちを助けてくれてはいない。私たちに嘘をつくことは私たちを助けることにはならない。「しかし存在しないものについてあれこれ推測するのは、会社がおそらくもっと広範囲にわたる活動を考えているのだと推測するのは……そう解釈もできるだろうが……」彼は口をつぐみ、文章を最後まで言わずに頭を横に振る。私たちはみんな彼を見つめている。彼の目はぎらぎら輝いている、まるでいまにも泣きだしそうだ。

「わたしは来るべきではなかった」彼はしばらくしてそう言う。「これはたいへんな間違いだった。食事代はわたしが払うが、もう帰るよ」

彼は椅子をうしろに引いて立ち上がる。レジのところでこちらに背中を向けて立っている彼が見える。彼が正面のドアから出ていくまでだれもなにも言わない。

「彼は頭がおかしい」とチャイが言う。

「彼は怖がっている」とベイリが言う。

「彼はあたしたちを助けてくれていない、じっさいに」とリンダが言う。「彼がなぜ気にしていたのかわからない――」

「兄だ」とキャメロンが言う。

「ぼくたちが言ったことのなにかが、ミスタ・クレンショウや彼の兄のことより、彼を狼狽させた」と私は言う。

「彼はあたしたちに知らせたくないことを知っている」リンダは額にかかった髪の毛をさっとかきあげる。

「彼自身もそれを知りたくない」と私は言う。なぜそう思うのかよくわからない、だが私はそう思う。たしかに私たちが言ったなにかだ。それを知る必要がある。

「なにかがあった、今世紀の変わり目あたりに」とベイリが言う。「サイエンス・ジャーナルに、人間を自閉症にするともっと働くようになるというようなことが出ていた」

「サイエンス・ジャーナルか、サイエンス・フィクションか？」と私は訊く。

「たしか――待ってくれ。調べてみる。このことを知っている人間を知っている」ベイリは携帯コンピュータにメモを入力する。

「それは仕事場から送るな」とチャイが言う。

「なぜ——? ああ。わかった」ベイリはうなずく。

「あしたピザ」とリンダが言う。「ここに来るのはふつう」

私は、火曜日は食料品の買い物の日だと口を開きかけて、また閉じる。こちらのほうが重要なことだ。食料品を買わなくても一週間はもつし、あとで買い物をすることもできる。

「みんな、できるだけ調べる」とキャメロンが言う。

家に帰ると私はログオンしてラースにEメールを送る。彼のいる場所は深夜なのに、彼は起きている。最初の研究は、デンマークでなされていることを発見するが、研究所全体が装置ごと買収されて、研究基盤はケンブリッジに移された。一週間前に私がはじめて知った論文は、一年あまり前になされた研究を土台にしている。ラースは、その治療を人間に適用するための作業はもうほとんど完了したと考えている。彼はこれは軍の秘密実験だと推測している。私はこれは信じない。ラースはなんでも軍の秘密実験だと考える。彼はとても優秀なゲーム・プレイヤーだが、彼が言うことをすべて信じているわけではない。

風が私の窓をがたがたと鳴らす。私は立ち上がり片手をガラスにあてる。だいぶ冷たい。大粒の雨が落ちてきて雷が鳴っている。いずれにしてももう遅い。私はシステムをシャットダウンしてベッドに入る。

火曜日、われわれは仕事場で、〈おはよう〉と〈こんにちは〉以上のことはたがいに話さない。私のプロジェクトの一部をやりおえると、ジムで十五分間すごし、それからまた仕事にもどる。ミスタ・オルドリンとミスタ・クレンショウが二人してやってくる、腕を組んでいたわけではないが、とても仲が良さそうに見える。長くはいなかったし、私に話しかけもしない。

仕事がおわると、ピザ・レストランにもどる。「二晩つづけて!」と〈こんちは‐あたし‐シルビア〉が言う。彼女がそれで幸せなのか不幸せなのか、私にはわからない。私たちはいつものテーブルにすわるが、みながすわれるようにもう一つテーブルを引きよせる。「それで?」と、みなの注文がすむと、キャメロンが言う。「みんな、なにを発見した?」

私はラースから聞いたグループのことを話した。ベイリは古い作品が載っているテキストを見つけた、それはあきらかにフィクションで、ノンフィクションではない。科学雑誌がわざわざ空想科学小説を掲載したということは知らなかった。それも明らかにここ一年のうちのことだ。

「ひとびとを、あたえられた任務に集中させて、ほかのことに時間を浪費させないためだったんだね」とベイリが言った。

「ぼくたちが時間を浪費しているとミスタ・クレンショウが考えているようにか?」と私は言う。

ベイリはうなずく。

「彼が怒った顔をして歩きまわって浪費している時間ほどたくさんの時間をわれわれは浪費していない」とチャイが言う。

私たちはみんな笑う、だが静かに。エリックは色ペンで渦巻き図形を描いている。それは笑い声のように見える。

「それはうまくいったと書いてあるの？」とリンダが訊く。

「まあね」とベイリが言う。「だがこの科学小説がいいものかどうかぼくにはよくわからない。それにこれは何十年も前のものだ。彼らがうまくいくと考えたものが、じっさいにうまくいくかどうかはわからない」

「彼らはぼくたちのような自閉症の人間は望まない」とエリックが言う。「彼らが望んでいたのは——あるいは彼らが望んでいたとあの小説に書かれているのは——ほかに問題のない特殊能力者の才能と集中力なんだ。特殊能力者にくらべるとわれわれは多くの時間を浪費している、もっともミスタ・クレンショウが思っているほど多くの時間ではないが」

「正常者《ノーマル》は、非生産的な事柄に多くの時間を浪費している」とキャメロンが言う。「すくなくとも、われわれと同じくらいの時間、あるいはもっと多くの時間を」

「一人のノーマルを、問題のなにもない特殊能力者に変えるにはなにが必要なの？」とリンダが訊く。

「わからない」とキャメロンが言う。「最初から利口でなければならないだろう。なにかが上手であること。それになによりもそれをやりたいという意欲がなければならない」

「下手なことをやりたいという意欲があってもなんの役にも立たない」とチャイが言う。これは私は、リズム感もなく音感もないのに音楽家になろうと決意する人間を想像する。これは馬鹿げている。私たちはみんなこのことのおかしい面に気づいて笑う。

「できもしないことをやりたいと考えている人間がいるの？」とリンダが訊く。「つまり、正常者《ノーマル》だけど？」彼女がノーマルという言葉を悪い言葉のように言わなかったのはこれがはじめてだ。

私たちはすわったまましばらく考える。それからチャイが言う。「ぼくには作家になりたいと望んでいた伯父がいた。ぼくの妹は――本をたくさん読む――妹は、伯父はまったくだめだと言った。ほんとうにほんとうにだめだと。彼は手を使う仕事がうまかったのに、彼は書くことを望んだ」

「さあ、どうぞ」と〈こんちは‐あたし‐シルビア〉が言ってピザを置く。私は彼女を見つめる。彼女は微笑するが、くたびれた顔をしている、まだ七時だというのに。

「ありがとう」と私は言う。彼女は片手を振って小走りに去る。

「ほかのことに気を取られないようにさせるなにか」とベイリが言う。「よいものを好ませるようにするなにか」

「〝注意の転導性は、感覚処理のあらゆる段階での感覚的感度と感覚統合の強度によって決定される〟」とエリックが暗唱する。「ぼくは本で読んだ。その一部は生まれつきだ。これはもう四、五十年前から知られていることだ。二十世紀末に、この知識は、大衆レベルまで引き下げられ、育児書に記述されるようになった。注意制御の回路は胎内で早くから発育する。それはのちのち傷害により危険にさらされることがある……」

私は一瞬、たったいまなにかが私の頭脳を攻撃しているような気がして気分が悪くなりそうになり、その感覚をむりやり押しのける。私の自閉症の原因となったものがなんであれ、それは過去のこと、修復するにも私の手の届かない場所だ。いまは自分のことを考えずにこの問題について考えるのが肝心だ。

私はこれまでずっと、早期介入による改善の恩恵に浴せる時代に生まれて非常に幸運であると言われてきた。しかるべき国に生まれ、初期のしかるべき干渉を受けることができるような教育と資産のある両親を持ち、非常に幸運であったと言われてきた。完全な治療を受けるには早すぎる時期に生まれてきたことさえ幸運だった、なぜなら――と私の両親は言った――苦闘することが、性格の強さを示す機会を私にあたえるからと。

私が子供のときにこの治療が可能だったとしたら、両親はなんと言っただろう？　彼らは私がもっと強くなることを望んだであろうか、それともノーマルになることを望んだであろうか？　この治療を受け入れることは、私の性格に強さがないということなのか？　それとも私は新たな苦闘をすることになるのだろうか？

次の夜も私はこのことを考えながら着替えをし、フェンシングをしにトムとルシアのところに車で出かける。ときおり発揮できる特殊な才能のほかに、だれかがそれから利益を

得られるようなどんな行動をわれわれはもっているのか？　自閉症者の行動のほとんどは、長所ではなく欠点としてわれわれに示されてきた。非社交性、社会生活技術の欠如、集中力の問題……私はたえずその問題にもどってくる。彼らの視点で考えることはむずかしいが、この集中力の問題は、時空間の渦の中心にあるブラックホールのように、このパターンの中心に位置している。それこそが、かの有名な〈心の理論〉によれば、私たちが欠いていることなのだ。

私はちょっと早すぎた。車を止めているものはまだだれもいない。私は、自分の車のうしろにできるだけ余地をあけるよう慎重に車を止める。ときどきあまり慎重でない人間がいるので、少なくないひとがさらにほかのひとに迷惑をかけて駐車することになる。私は毎週早めに着くが、これはほかのひとたちには公平ではないかもしれない。

なかに入るとトムとルシアがなにかのことで笑っている。私が入っていくと、彼らはとてもくつろいだ様子で私ににっこり笑いかける。自分の家にいつでもだれかがいる、笑いあえるだれかがいるというのはどんな感じなのだろう。彼らはいつも笑っているわけではないが、笑っていないときより幸せそうに見えることが多い。

「元気かい、ルウ？」とトムが訊く。彼はいつもこの質問をする。これはふつうのひとがいつもする質問の一つである。たとえ相手が元気だということがわかっていてもだ。

「元気です」と私は言う。ルシアに医学上のことについて質問したいが、どう言いだせばよいかわからない、あるいはそれが失礼にならないのかどうかもわからない。私はほかの

ことで話をはじめる。「先週は車のタイヤを切り裂かれました」

「えっ、まさか！」ルシアが言う。「なんてひどい！」彼女の顔の形が変わる。同情を表そうとしているのだと思う。

「アパートの駐車場に置いてあったんです」と私は言う。「いつもと同じ場所で。四つのタイヤぜんぶ」

トムが口笛を吹く。「そりゃ金がかかるな」と彼は言う。「あの地域は破壊行為が横行しているのかい？　警察には通報したのか？」

この質問の一つのほうにはまったく答えることができない。「通報はしました」と私は言う。「ぼくのアパートに住んでいる警官がいます。彼が通報の方法を教えてくれました」

「そりゃよかった」とトムが言う。彼が、よかった、と言ったのは警官が同じアパートに住んでいるのがよかったという意味か、私が通報したことがよかったという意味か私にはよくわからないが、どちらなのか知ることが重要だとは思わない。

「ミスタ・クレンショウは、ぼくが仕事に遅れたと言って怒りました」と私は言う。

「彼は新任なんだろう？」とトムが訊く。

「そうです。彼はわれわれのセクションが嫌いです。自閉症者が嫌いです」

「ああ、彼はおそらく……」ルシアが言いはじめるが、トムが彼女を見ると、彼女はやめる。

「彼が自閉症者は嫌いだとなぜきみは思うのか、よくわからないが」とトムが言う。私はほっとする。トムがこういうふうに話してくれると、トムと話すのがとても楽になる。この質問には脅しがない。なぜだか知りたい。

「あの支援施設はぼくたちには必要ないものだと彼は言います」と私は言う。「あれは莫大な金がかかるから、ああいうジムとか……それからほかのものも放棄すべきだと彼は言います」私はこれまで、われわれの仕事場をよりよい環境にする特別の設備について話したことがない。トムとルシアも、あれについて知れば、ミスタ・クレンショウと同じことを考えるかもしれない。

「それは……」ルシアは口を閉ざし、トムを見、それからまたつづける。「それは馬鹿げているわ。彼がどう思おうとかまわないじゃないの。法律によれば、彼らは支援のために仕事場の環境を整えなければならないのよ」

「われわれがほかの被雇用者と同じように生産性をあげているかぎりは」と私は言う。このことについて話すのはむずかしい。とても怖い。喉が詰まるし、声が緊張して機械的になる。「法律上、その診断カテゴリーがわれわれに適用されるかぎりにおいては……」

「もうすでに自閉症は法律上そうなっているのよ」とルシアが言う。「それにあなたは生産的よ、さもなければ、彼らがあなたをこれほど長いあいだ雇っているわけがない」

「ルウ、ミスタ・クレンショウはきみを解雇すると脅しているのか？」とトムが訊く。

「いいえ……正確にはそうではありません。あの試験的な治療法のことはお話ししました。

しばらく彼はそれについてなにも言いませんでしたが、いまでは彼らは――ミスタ・クレンショウと会社は――われわれがこの治療実験を受けることを望んでいます。彼らは手紙を送ってきました。それには、治療実験実施要項に従うひとたちは、人員削減は免れると書いてありました。ミスタ・オルドリンはぼくたちのグループに話しました。土曜日に特別集会があります。彼らはわれわれにそれを強制することはできないと思っていましたが、ミスタ・オルドリンの話によると、ミスタ・クレンショウはわれわれのセクションを廃止し、ほかのセクションに再雇用することを拒否することができると言うのです、なぜならわれわれはほかのことができるような教育は受けていないからです。もしわれわれがこの治療法を受け入れないならば、彼らはそうするだろうし、これは解雇ということにはならない、なぜなら会社は時代とともに変わるものだからと言います」

トムとルシアは二人とも怒った顔をしている、彼らの顔の筋肉がかたく縮まり、その肌に輝きがあらわれる。いまこれを言うべきではなかった。いまはタイミングが悪かった、これを持ち出すのによいタイミングがあるとしたら。

「あの野郎たち」とルシアが言う。彼女は私を見つめる、すると彼女の顔が変化して、怒りのために縮まった筋肉の、目のまわりだけが柔らかになる。「ルウ――ルウ、聞いてちょうだい。あたしはあなたに怒っているんじゃないわ。あなたを傷つけ、あなたを正当に扱わないひとたちに怒っているのよ……あなたにじゃないのよ」

「こんなことをあなたに言うべきではありませんでした」と私は確信がないままに言う。

「いいえ、言うべきだったのよ」とルシアが言う。「あたしたちはあなたの友だちじゃないの。あなたの生活になにかまずいことが起こったら、あたしたちも知る必要がある、そうすれば助けることができるから」

「ルシアの言うとおりだよ」とトムが言う。「友だちは友だちを助ける――きみがぼくたちを助けてくれたように、ほらきみはマスクをかけるラックを作ってくれたじゃないか」

「あれはぼくたちがみんなで使うものです」と私は言う。「ぼくの仕事はぼくだけのことです」

「そうでもあり、そうでもない」とトムが言う。「ぼくたちはきみといっしょに仕事をしていない、だからきみを直接助けることはできない、という意味ではそうだ。だがこれのように一般に通じるような大きな問題であるときは、そうではない。これはきみだけのことじゃない。あらゆるところで雇われているあらゆる障害者に影響を及ぼす問題だ。もし彼らが、車椅子に乗っている人間に傾斜路は必要ないと言いだしたらどうする？　きみたちにはぜったい弁護士が必要だ、きみたちみんなに。センターで弁護士を探してもらえるときみは言わなかったかい？」

「ほかの連中がやってこないうちに、ルウ」とルシアが言う。「このミスタ・クレンショウと彼の計画についてもっとくわしく話してくれない？」

私はソファにすわる。トムとルシアが話を聞きたいと言っても、これについて話すのはむずかしい。私は床の敷物を見つめる、ブルーとクリーム色の太い縁の内側に幾何学的な模様がある――単純なブルーの縞の枠のなかに四つのパターンがある――そして私は話を明確にしようと努める。

「彼らが――だれかが――成長した猿に用いた治療法があります」と私は言う。「猿が自閉症になるとは知りませんでしたが、彼らが言うには、自閉症の猿がこの治療を受けると、前より正常になったというのです。そこでミスタ・クレンショウはそれをわれわれが受けるように望んでいます」

「そしてきみはそれを望んでいない？」とトムが訊く。

「それがどのような効果があるのか、あるいはそれがどんなふうに状況をよくするのか、ぼくにはわかりません」と私は言う。

「しごく当然よ」とルシアが言う。「この研究をだれがやったか知っているの、ルウ？」

「名前は覚えていません」と私は言う。「ラースが――彼は成人自閉症者の国際グループのメンバーです――彼が数週間前にEメールでこのことを知らせてきてくれましたが、その雑誌のウェブサイトを送ってくれたので、ぼくはそこへ行ってみましたが、あまり理解できなかった。神経学は勉強しませんでしたから」

「そのウェブサイトはまだあるの？」とルシアが訊く。「あればそれを見て、なにが書きこまれているか調べることはできるわ」

「できるのですか？」

「できますとも。それから局で聞きまわって、その研究者たちが優秀だと考えられているのか、そう考えられていないのか突きとめることもできるわ」

「われわれに考えがありました」と私は言う。

「われわれってだれ？」とトムが訊く。

「われわれとは……いっしょに仕事をしているひとたちです」と私は言う。

「ほかの自閉症のひとたちのことだね？」とトムが訊く。

「はい」私は落ち着くためにちょっと目を閉じる。「ミスタ・オルドリンがわれわれにピザをご馳走してくれました。彼はビールを飲みました。彼は、成人の自閉症者を治療してもたいした利益があるとは思っていないと言いました――なぜかというといまは、胎児や赤児を治療していますから、われわれは、こういう症状を示している最後の集団なのです。少なくともこの国では。そこでわれわれは考えました、なぜ彼らはこの治療法を展開させたいと思っているのか、ほかになにができるのかと。それはぼくがやったあるパターン解析に似ています。パターンが一つある、しかしこれが唯一のパターンではない。彼らは一つのパターンを生じさせ、じっさいいくつものパターンを生じさせ、それらの一つは役に立つかもしれないし、役に立たないかもしれない、その問題に応じて、と考えることはできます」私はトムを見あげる、トムは奇妙な表情で私を見つめる。彼の口がちょっと開いている。

彼はかぶりを振る、勢いよく。「すると――きみは、おそらく彼らがなにか意図していると、きみたちはそのほんの一部にすぎないと考えているのだね？」

「そうかもしれません」と私は用心深く言う。

彼はルシアを見、彼女はうなずく。

「いかにもありうることだ」と彼は言う。

「なんであれきみたちに試みることによって、さらなるデータを得ることになるのかもしれないし、そして……考えさせてくれ」

「それは注意の制御と関係があるものだと思います」と私は言う。「われわれはそれぞれ、感覚入力を感知して、注意の優先順位を設定するのにさまざまな異なる方法をもっています」適切な言葉を使っているかどうか自信がないが、ルシアは勢いよくうなずいている。

「集中力の制御――そうよ。もし彼らがそれを化学薬品を使ってではなく構造上制御することができるとしたら、特定の労働力を開発するのはもっと楽になる」

「宇宙」とトムが言う。

私は混乱するが、ルシアは目をぱちぱちさせただけ、そしてうなずく。

「そうよ。宇宙開発関連の雇用には大きな限界がある、つまり注意散漫でない集中力のある人間を獲得することがむずかしい。あそこでのセンサリー・インプットは、ふつうのものとはちがうのよ、つまり通常のセンサリー・インプットの取捨選択ではない」トムが考えていることが彼女にどうやってわかるのか、私にはわからない。私もあんなふうにひとの頭のなかを読んでみたい。彼女が私に笑いかける。「ルウ、あなたはここでなにかでかいことを嗅ぎつけたのだと思うわ。そのウェブサイトを見せて、ざっと調べてみる」

私は不安になる。「キャンパスの外で仕事の話をしてはいけないのです」

「あなたは仕事の話をしているわけじゃない」と彼女は言う。「あなたの仕事場の環境のことを話しているのよ。仕事の話とはちがうわ」

ミスタ・オルドリンもそういう見方をするだろうか。

だれかがドアをノックする。私たちは話をやめる。フェンシングをしたわけではないのに汗をかいている。最初にやってきたのはデイブとスーザンだ。私たちは家のなかを通り抜け、用具を取り、裏庭でストレッチをはじめる。

マージョリがその次にやってくる。彼女は私に笑いかける。私はまた体が空気より軽くなったように感じる。エミーが言ったことを思い出すが、マージョリを見るとそんなことは信じられない。今晩彼女を夕食に誘うかもしれない。ドンは来なかった。彼はまだ、自分を友だちとして扱ってくれなかったからとトムとルシアに怒っているだろう。彼らがもう友だちではないと考えると私は悲しくなる。彼らが私のことを怒って友だちであることをやめないように願っている。

デイブとフェンシングをはじめると、通りのほうで騒音がする、タイヤをききっときしませて車が走り去る音が聞こえる。私はそれを無視して攻めつづけるが、デイブは手を止めたので、私は彼の胸を強く打ってしまう。

「すみません」と私は言う。

「だいじょうぶ」と彼は言う。「あれは近くに聞こえたね。きみには聞こえなかった?」

「なにか音が聞こえました」と私は言う。その音を再現してみる、がたん－がちゃん－ちりん‐ちりん‐きぃーっ‐ぶわーん、そしていったいなんだろうと考える。だれかが車からボウルを落としたのか？

「調べてきたほうがいいかもしれない」とデイブが言う。

何人かのひとたちがすでに見にいくために立ち上がっている。私はそのひとたちのあとについて前庭へ行く。角に立つ街灯の明かりで舗道の上で光っているものが見える。

「あんたの車よ、ルウ」とスーザンが言う。「フロントガラスが」

体が冷たくなる。

「先週はタイヤでしょ……何曜日だったの、ルウ？」

「木曜日」と私は言う。私の声はちょっと震え、かすれている。

「木曜日。そしてまたこれか……」トムはほかのひとたちを見る、彼らはトムを見返す。彼らが同じことを考えているのがわかるが、それがなんであるかはわからない。トムが首を振る。「警察を呼ばなくちゃならないだろうね。練習を中断するのはいやだが、しかし――」

「あたしが車で送っていくわ」とマージョリが言う。彼女は私の背後に来ていた。私は彼女の声を聞いて跳び上がる。

トムは警察に電話する、なぜかというと、自分の家の前で起こったからだと彼は言う。彼は数分後に私に電話をわたす、すると間のびした声が、私の姓名、住所、電話番号、そして車のライセンス・ナンバーを訊く。電話の声の向こうで騒音が聞こえる、居間ではみんなが話をしている。電話の声が言っていることが聞きとりにくい。それがきまった質問だけだったので助かる。これならなんとか推測することができる。

それからその声がなにかほかのことを訊く、するといろいろな言葉がもつれあって推測ができなくなる。「すみませんが……」と私は言う。

声が大きくなり、言葉がひとつひとつはっきりしてくる。トムが居間のひとたちをしぃーっと言って黙らせる。こんどは理解できる。

「だれがやったか心あたりはありますか？」とその声が訊く。

「いいえ」と私は言う。「しかしだれかが先週ぼくのタイヤを切り裂きました」

「なんと？」興味を示す声になる。「それは警察に届けましたか？」

「はい」と私は言う。

「捜査担当の警官はだれだったか覚えていますか？」

「名刺があります。ちょっと待って――」私は電話を置いて財布を取り出す。名刺はまだそこにある。その名前を読み上げる、マルカム・スティシー、そして事件の番号。

「彼はいまここにいない。この報告書を彼のデスクに置いておきますよ。さて……目撃者はだれかいますか？」

「音は聞きました」と私は言う。「しかし見ていません。みんな裏庭にいました」

「あいにくだな。じゃあ、だれかをそっちにやりますよ、でもちょっと時間がかかるから。そこにいてください」

パトロール・カーが到着したのはもう午後十時近かった。みんな居間にすわって待ちくたびれている。罪悪感を覚える、自分のせいではないといっても。私は自分でフロントガラスを割ったわけでもないし、みんなに残ってくれるよう言ってくれと警察にたのんだわけでもない。やってきた警官はイサカという名前の女性で、小柄で肌は黒くきびきびしている。警察を呼ぶほどのことではない、と彼女は考えていると私は思う。

彼女は私の車を見、ほかの車や通りを見てから溜め息をつく。「さて、だれかがあんたの車のフロントガラスを割った、だれかが数日前にあんたのタイヤを切り裂いた、そうすると、これはあんたの問題だと思うな、アレンデイルさん。あんた、きっとだれかを怒らせるようなことをしたんだね。ちょっと考えてみれば、それがだれだか心あたりがあるんじゃないの。仕事場ではうまくいっている？」

「うまくいっています」と私はじっさい考えもせずに言う。トムがこちらからあちらに体重を移す。「新しいボスがきましたが、ミスタ・クレンショウがフロントガラスを割ったりタイヤを切り裂いたりするとは思いません」彼は怒っていたが、彼がそんなことをするとは想像もできない。

「ほう？」と彼女は言ってメモをとる。

「タイヤが切り裂かれたあと、仕事に遅れたので彼は怒りました」と私は言う。「彼がぼくのフロントガラスを割るとは思いません。彼はぼくを解雇するかもしれない」

彼女は私を見たが、それ以上なにも言わない。彼女はこんどはトムのほうを見る。「パーティをやっていたんですか?」

「フェンシング・クラブの夜間練習ですよ」と彼は言う。

警官の首筋が緊張するのが見える。「フェンシング? 剣を使うやつ?」

「これはスポーツですよ」とトムは言う。彼の声にも緊張のひびきが聞こえる。「先々週に競技会があったんです。数週間後にまたあります」

「だれかが怪我をしたことは?」

「ここではありませんよ。厳重な安全ルールを守っていますから」

「毎週同じ人間がここに集まる?」

「たいていは。ときどき練習を休むものもいますがね」

「それで今週は?」

「ええと、ラリーが来ていない——彼は商用でシカゴです。それから、ドンも来ないようだな」

「近隣のひととなにか悶着を起こしたことは? 騒音とかそんなたぐいのことで苦情が来るとか?」

「いや」トムは片手で髪の毛をかきあげる。「近所のひとたちとはうまくやってますよ。ご近所はいいひとたちですから。ふだんはこうした破壊行為もありませんしね」

「しかしアレンデイルさんは、一週間たらずのあいだに二度も車を狙われている……これはやっぱり意図的なものですよ」彼女は待つ。だれもなにも言わない。彼女はようやく肩をすくめ、先をつづける。

「こういうことですよ。もしその車が東を向いて走っていたら、つまり道路の右側を走っていたとしたら、ドライバーは車を止めて外に出て目当ての車のフロントガラスを割って、自分の車に乗りこんで、そして走り去る。その車の運転席があんたの車と同じ方角を向いていたら、飛び道具がないかぎりガラスを割る方法はないんですよ——飛び道具があっても角度が悪い。ただしその車が西を向いて走っていれば、ドライバーの手元になにかありさえすれば——たとえばバットとかね——あんたの車のフロントガラスに手がとどく、あるいは走りながら、フロントガラスに石を投げる。それからだれかが前庭のほうから走り出してこないうちに走り去る」

「なるほど」と私は言う。彼女がそう言ってくれたので、私は、接近、襲撃、逃亡のシーンを目の前に描くことができる。だがなぜだ？

「あんたのことを怒っている人間に心あたりがあるはずですよ」と警官は言う。私に対して怒っているような声だ。

「だれかがだれかに対してどんなに怒っているかは問題ではありません。ものをこわすというのはよくないことです」と私は言う。私は考える、だが私がフェンシングに行くといって怒っていた唯一の人間はエミーだ。エミーは車を持っていない。トムとルシアが住んでいる場所を彼女は知らないはずだ。それにエミーがフロントガラスを割るとは思えない。彼女だったらなかに入ってきて大声でわめいて、マージョリになにか失礼なことを言うだろう、だがものをこわすようなことはしないはずである。

「それはそうね」と警官は言う。「よくないことですよ、でもそれをやる人間がいるんだね。あんたに腹を立てている人間はだれ？」

彼女にエミーのことを話せば、エミーと面倒なことになるだろうし、エミーと私も面倒なことになるだろう。エミーでないことは確かだ。「わかりません」と私は言う。背後で動くものを感じる、まるで圧力のような。きっとトムだろうと思うが、確信はない。

「いいでしょうかね、お巡りさん、ほかの連中は帰っても？」とトムが訊く。

「ああ、いいですとも。だれもなにも見ていない、だれもなにも聞いていないんだから。まあ、なにかは聞いたわけだけど、なにも見なかった――そうですね？」

「ええ」「ぼくはなにも」「もっと早く飛び出していれば」というようなつぶやきとともに、みんなはぽつぽつと車のほうへ歩いていく。マージョリとトムとルシアが残る。

「もしあんたが狙われているのなら、どうもそう思えるんですがね、それがだれであろうと、そいつはあんたが今晩ここに来ることを知っていたわけですよ。あんたが水曜日にここに来ることを知っている人物は何人いますか？」

エミーは私がいつフェンシングに行くか知らない。ミスタ・クレンショウは私がフェンシングに行くことも知らない。

「ここでフェンシングをやっている連中はみんな」とトムが私のかわりに答える。「たぶんこのあいだの競技会に出た連中の何人かと――ルウははじめて出場したんですよ。仕事関係のひとたちは知っているのかい、ルウ？」

「あまり話したことはありません」と私は言う。なぜかは説明しない。「話題にしたことはあるけれども、稽古場がどこにあるかをだれかに話したかどうかは覚えていません。話したかもしれません」

「それじゃあ、それを突き止めなくちゃなりませんね、アレンデイルさん」と警官は言う。「こういうことは身体的な傷害にまでエスカレートすることもある。気をつけてくださいよ」彼女は姓名と電話番号の書かれたカードを私にさしだす。「あたしかスティシーに電話ください、なんでも思いついたら」

パトカーが走り去るとマージョリがまた言う。「あなたを家までよろこんで送るわよ、ルウ、あなたさえよかったら」

「ぼくは自分の車で行きます」と私は言う。「修繕する必要がありますから。保険会社にもまた連絡する必要もあります。ぼくのことをよろこばないでしょう」

「シートにガラスが落ちていないか調べよう」とトムが言う。彼は車のドアを開ける。ダッシュボードの上や床やシープスキンのシート・パッドにガラスの細かい破片が散らばってきらきら光っている。私は気分が悪くなる。あのシープスキンは柔らかく温かなはずなのに。いまはそのなかに尖ったものが混ざっている。私はシート・パッドをはがして路上で振るう。ガラスの破片が路面にあたって小さな甲高い音をたてる。それは現代音楽のように醜い音だ。ガラスの破片のすべてが振りはらわれたかどうか確かではない。小さな破片は、隠された小さなナイフのようにシープスキンのなかにひそんでいるかもしれない。

「これじゃ運転していけないわよ、ルウ」とマージョリが言う。

「とにかく新しいフロントガラスを入れてもらえるところまでこれを運転していく必要があるよ」とトムは言う。「ヘッドライトは無事だから。ゆっくり走らせれば、運転していけるよ」

「家まで運転していけます」と私は言う。「用心して運転していきます」私はシープスキンの敷物をうしろのシートにおき、前のシートにおそるおそる腰をおろす。

夜遅く家にもどり、トムとルシアが言ったことを、頭のテープを巻きもどして思い出してみる。

「ぼくが思うには」とトムは言った。「きみのところのミスタ・クレンショウは、限界を見て可能性を見ないことにしたんだね。彼はきみやきみのセクションのほかの連中を、保護すべき資産というふうに考えてもよかったのに」

「ぼくは資産ではありません」と私は言った。「ぼくは人間です」

「そのとおりだ、ルウ。しかしここでは会社のことを話しているんだ。軍隊を例にとれば、彼らは自分たちのために働く人間を資産ないしは債務というふうに見ている。ほかの被雇用者たちとはちがうなにかを必要とする被雇用者はお荷物と見なされる。つまり同じ生産量に対してより以上の資源を必要とするお荷物。それがいちばん楽な見方なんだ、それだから大半の管理者たちはそういう見方をするんだよ」

「なにが間違っているか彼らにはわかっています」と私は言った。

「そうだ。彼らはきみの価値を――資産としての価値を――知っているかもしれないが、負担にならない資産を手に入れたいと望んでいる」

「よい管理者がすることは」とルシアが言った。「ひとびとの成長を助けることよ。もし彼らが仕事のある部分では有能で、ほかの部分では有能でないならば、よい管理者というのは、彼らが有能でない分野を見出してその分野で成長していけるように援助をあたえる――しかし彼らが雇われた理由であるその才能が傷つけられないかぎりにおいてだけど」

「しかしより新しいコンピュータ・システムがそれをもっと効率よくやれるとしたら――」

「それはかまわないんだよ。いつだってなにかがある。ルウ、コンピュータにせよ、別の機械にせよ、別の人間にせよだ、それらにきみがやっている特殊な仕事ができるといっても、それはかまわないんだよ……それをより早く、より正確に、そのほかなんであれ、そいつができるにしても……ほかの人間がきみよりうまくできない唯一のこと、それはきみであることなんだ」

「しかしぼくに仕事がないとしたら、それがなんの役に立ちますか？」と私は訊いた。

「職を得ることができないならば……」

「ルウ、きみは一人の人間だ――ほかのどんなひとも真似のできない人間だ。そのことが役に立っているんだ、きみに仕事があろうとなかろうと」

「ぼくは自閉症の人間です」と私は言った。「それがぼくです。ぼくはぼくなりにやっていかねばなりません……もし会社がぼくを解雇したら、ぼくはほかになにができますか?」

「多くのひとたちが仕事を失い、そしてまた別の仕事につく。きみがそうしなければならないなら、きみだってそうすることはできる。もしきみが望むならばね。仕事を変えることをきみが選ぶならばね。なにもそれを甘んじて受け入れることはない。これはフェンシングのようなものなんだよ——きみは自分でパターンを設定するか、さもなくば他人の設定したパターンに従うか、そのどちらかだ」

私はこのテープを何度も再生し、言葉の調子を、私が記憶している言葉や表現にあてはめてみる。彼らは何度も、弁護士を雇うように言うが、私は知らない人間と話をする用意はできていない。私がなにを考えているか、なにが起こったかということを説明するのはむずかしい。私は自分で考え抜いて解決したいのだ。

いま現在の自分がいままでずっと存在してきた自分でないとしたら、私はいったいいままで何者だったのか? 私はそのことについてときどき考えてきた。もし私が、ひとびとが言っていることをたやすく理解できるとわかったら、ひとの言うことをもっと聞きたいと思っただろうか? もっとたやすく話をすることを学んだだろうか? そしてそうすることで、もっと友だちを作って人気者にもなれただろうか? 私は、子供、正常《ノーマル》な子供としての自分を想像してみる、家族や先生や級友とべちゃべちゃ喋っている子供。もし私が、この私自身ではなく、そのお喋りの子供だったとしたら、私は数学をあんなにらくらくと学んでいただろうか？　クラシックの音楽のあの偉大にして複雑な構成が、一度聞いただけであれほど鮮明につかみとれただろうか？　バッハの〈トッカータとフーガ　ニ短調〉をはじめて聞いたときのことを覚えている……あのとき感じた烈しい歓喜を覚えている。私はこの仕事をすることができていただろうか？　そしてほかのどんな仕事ができる可能性が私にあっただろうか？

成人したいま、ちがう自分というものを想像するのはむずかしい。子供のときは、ほかのさまざまな役になりきる自分を想像したものだ。私はノーマルな人間になれるだろうと思った、ほかのみんなが楽にやっていることをいつかは私もできるようになるだろうと思った。時とともにそういう空想は色褪せていった。私がもつさまざまな限界は現実であり不変であり、私の人生の輪郭に黒々と描かれる太い線だった。私が演じられるたった一つの役柄はノーマルな人間だ。

あらゆる書物が認めているただ一つのことは、彼らに言わせると、欠損の永続性だ。初期の干渉はいくつかの症状を改善することができたが、主な問題は残った。私はその主な問題を毎日身をもって感じた、まるで自分の胴中に大きな丸い石があるかのように、私がやったこと、やろうとしたことのすべてに影響した重く不器用な存在。

もしそれがなかったらどうだろう？

学校を卒業したとき、私は自分自身の障害に関する書物を読むことはあきらめた。化学者としても、生化学者としても、遺伝学者としても、なんの教育も受けていなかった……製薬会社で働いていたが、薬の知識は少なかった。私が知っているのは、ただ私のコンピュータの画面を流れるパターンだけだ、私が見つけて解析するパターン、会社が私に創り出すことを望んでいるパターンである。

ほかのひとたちが新しいことをどのように学ぶのか知らないが、私が学ぶやり方は、私にはうまくいっている。私の両親は、私が七歳のときに自転車を買ってくれ、乗り方を私に教えようとした。両親は、自転車を押さえているからまず腰をおろしてペダルをこぐように、それから自分でハンドルを操作するようにと言った。私は両親を無視した。ハンドルを操作するのがいちばん重要なことで、いちばんむずかしいことだった、だから私はまずそれを学びたいと思った。

私は裏庭で自転車を歩かせ、前輪が草や石ころの上を乗り越えるときハンドルがどんなふうに小刻みに揺れるか、ぴくぴくするか、がたがた揺れるか手で感じた。それから自転車にまたがり、それをまた歩かせ、ハンドルを動かし、車体を倒し、そして起こした。最後に車まわしのスロープをゆっくりと走り、ハンドルを右に左に動かし、そしていつでも止まれる態勢で両足を地面からはなした。そうして私はペダルをこぎ、二度と倒れることはなかった。

まずなにからはじめればよいかわかっているということだ。正しいところからまずはじめて、そのあとの段階を一つ一つたどっていけば、必ず正しい結末にたどりつく。

もしミスタ・クレンショウを金持ちにするため、この治療法になにができるか私が理解したいとすれば、まず私は脳の働きについて知る必要がある。ひとびとが用いる曖昧な専門用語ではなく、それが機械としてどのような働きをするかということだ。それは自転車のハンドルのようなものだ——それは人間全体を操縦する方法だ。そしてじっさいどんな薬なのか、どんな効果をもたらすのかということを私は知る必要がある。

学校で教わった脳について私が覚えていることといえば、それは灰色で、大量のぶどう糖《グルコース》と酸素を使うということだ。学校にいるとき、私はグルコースという言葉が嫌いだった。それはにかわ《グルー》を思い出させ、私は自分の脳がにかわを使うと考えるのがいやだった。自分の脳はコンピュータのようなもので、それ自体でよい働きをして誤りを犯さないものであってほしかった。

書物には、自閉症の問題は脳にあると書いてある、それは自分が欠陥のあるコンピュータであるかのように感じさせる、送り返してスクラップにしなければならないようなものに感じさせる。さまざまな干渉、さまざまな訓練は、悪いコンピュータを正常に動かすように設計されたソフトウエアみたいなものだ。それはぜったいうまくいかない、そして私の場合もうまくいかなかった。

第十一章

とてもたくさんのことが、とても速く起こっている。それは出来事のスピードが光より速いという感じで、それは客観的に正しくないことはわかっている。客観的に正しいというのは、う言葉は、オンラインで読んでいたテキストのなかにあった。主観的に正しいというのは、その個人にとって物事をどう感じるかということだとその本では述べている。とてもたくさんのことが、とても速く起こっているので、それを目で見ることはできないという感じだ。それは気づく前から光よりつねに速い暗闇のなかで起こっている、暗闇がなぜ光より速いかといえば暗闇は光より先にそこに行きついているからだ。

私はコンピュータの前にすわり、そのなかにあるパターンを見つけようとする。パターンを見つけるのが私の特技だ。パターンを信じること――パターンの存在を信じること――はあきらかに私の信条である。それは私であるところのものの一部だ。あの本の著者は、ある人間が何者かということは、その人間の遺伝子、背景、環境によって決まると書いている。

子供のころ、尺度について、いちばん小さいものからいちばん大きいものまで、あらゆる尺度について書いてある本を図書館で見つけた。これはあの建物のなかでもっともよい本だと私は思った。ほかの子供たちが、構造をもたない本、複雑な人間の感情と欲望を描いたただのお話の本をなぜ好むのか私には理解できなかった。ヒトデと星が同じパターンでどのように重なり合うかということを知るよりも、架空の少年が架空のソフトボール・チームに入るという話を読むほうが、なぜ大事なのか？

かつての私は、数字の抽象的パターンは、相互関係の抽象的パターンよりもっと大切だと考えた。砂粒はほんものである。星はほんものである。この二つがどのように重なり合うかを知ることは、温かな心地よい感覚を私にあたえてくれる。私のまわりにいるひとたちを論理的に理解するのはむずかしい、理解するのは不可能である。まして本のなかにあらわれるひとびとは私にとってはますますわけがわからない。

いまの私は、もし人間が数字のようなものだったら、もっと理解するのが楽だろうと思う。だがいまの私は、ひとは数字のようなものではないことを知っている。人間が4や16だとすると、4は必ずしも16の平方根ではない。ひとはひと、複雑で変わりやすく、その日ごとに——一時間ごとに——ちがったやり方で混じり合っている。私もまた数字ではない。私は、私の車の被害を捜査しにきた警官にとってはミスタ・アレンデイルであり、ダニーにとってはルウである、ダニーもまた警官ではあるが。トムとルシアにとって私はフェンサー-ルウであるが、ミスタ・オルドリンにとっては社員-ルウ、そしてセンターのエミーにとっては自閉症-ルウである。

こんなことを考えていると頭がくらくらする、なぜなら、私のなかでは、自分は一人の人間だと感じているからである。三人でも四人でも一ダースでもない。同じルウが、トランポリンの上で跳びはね、オフィスにすわり、エミーの話を聞き、トムとフェンシングをやり、マージョリを見つめてあの温かな気持を感じる。それらの感情は、風のある日に野山をうつろっていく光や影のように私の上をうつろっていく。雲の影が落ちていようと日光が注いでいようと、野山は野山だ。

空を走る雲の低速度撮影の写真には、パターンが見える……一方では雲が増えていき、そのあいだもう一方では、連なる丘が尾根を形づくっているところ、澄んだ空のなかに雲は消えていく。

私はフェンシングのグループのパターンについて考える。私の車のフロントガラスを割った人間が、割りたいと思っているそのフロントガラスがどこに行けば見つかるか知っていたということは私にもよくわかる。彼は私がそこにいることを知っていて、どの車が私の車か知っていた。彼は尾根の上に湧き出る雲、澄んだ空気のなかに消えていく雲だった。私がいるところに彼はいる。

私の車の外見を知っているひとびと、そして私が水曜日の夜どこに行くか知っているひとびとについて考えると、可能性は狭まってくる。証拠が、ある一点へと一つの名前を引きずりながら引きこまれていく。それはありえない名前だ。それは友だちの名前だ。友だちは友だちの車のフロントガラスを割ったりしないものだ。彼はトムやルシアに対して怒ることはあっても、私に対して怒る理由はない。

きっとほかの人間にちがいない。私がいくらパターン解析にすぐれているとはいっても、いくら慎重にこれについて考えたからといっても、ひとがどういう行動に出るかということになると、私は自分の論理づけに自信がもてない。私はふつうのひとたちを理解できない。彼らは、論理に従うパターンに必ずしも適合しない。だれかほかにいるにちがいない、友だちではないだれか、私を嫌っていて私に対して怒っているだれか。私はその別のパターンを、明晰ではないパターンを見つけなければならないが、それは不可能である。

ピート・オルドリンは、最新の社員名簿に目を通した。解雇はいまのところまだほんのぽつぽつとしたもので、メディアの注意を惹くほどではないが、彼が知っている名前の少なくとも半分はすでにこの名簿にはない。いずれ噂は広まるだろう。人的資源部のベティは……早期退職をした。経理部のシャーリーは……

問題は、なにをするにせよ、クレンショウを助けているように見せかけなければならないということだ。彼に反旗を翻すことを考えているかぎり、胃のなかにある冷たい恐怖のしこりは、なにかをしようという意欲を奪ってしまう。クレンショウの頭越しになにかをやろうという勇気はない。クレンショウの上司もこの計画について知っているのかどうか、あるいはこれはみなクレンショウの発案なのか、彼にはわからない。自閉症者たちに打ち明けて相談する勇気もない。秘密を守ることの重要性を彼らが理解できるだろうか？

この件についてクレンショウは上司の承認を得てはいないだろうと彼は確信している。クレンショウは問題解決者として見られたいと望んでいる、前向きの考え方をする将来の経営者、自分の帝国をうまく牛耳る人物。彼は質問はしないだろう。許可を求めもしないだろう。これが外部に洩れたら、悪夢のようなスキャンダルになるにちがいない。上層部のだれかがこれに気づくかもしれない。だがどのあたりまで？　クレンショウは、表沙汰になること、外部に洩れること、ゴシップになることは考えていない。それはおかしい、たとえ彼のセクションのあらゆる人間の喉を締めて口止めをしたとはいっても。

そしてもしクレンショウが失脚し、オルドリンも協力者と見なされたら、彼もそのときは職を失うだろう。

セクションAの社員たちを被験者グループに配置転換するにはどんな措置が必要だろうか？　彼らは職場を休まなければならない、どのくらいの期間？　彼らは、有給休暇と病気欠勤の時間をそれに当てるように要求されるのか、あるいは会社側が休暇をあたえるのだろうか？　もし特別休暇が必要だとしたら、給料はどうするのか？　年功序列はどうなるのか？　彼のセクションの会計はどうなるのか——このセクションの運営費から支払われるのか、それとも研究費から支払われるのか？

クレンショウはすでに人的資源部や経理部や法務部や研究部門と取り引きを行なっているのか？　いったいどんな取り引きなのか？　オルドリンははじめクレンショウの名前を出したくなかった。彼の名前を使わなかったらどんな反応が来るか知りたかったのだ。

シャーリーはまだ経理部にいた。オルドリンは彼女に電話した。「ある人間が別のセクションに配置転換になるとしたら、わたしがやるべき事務手続きとはどんなものか教えてくれないか」と彼は切り出した。「ぼくのほうの予算からすぐはずすとか、そういうことかな?」

「配置転換は目下凍結よ」とシャーリーが言った。「この新しい管理方式は――」彼女がはっと息をのむ音が聞こえた。「まだメモをもらってないの?」

「そうらしい」とオルドリンは言った。「だから――もし実験計画に参加したいという社員がいるとしたら、彼らの給料の支払いは、研究部門のほうにまわすわけにはいかないのかね?」

「とんでもありませんよ!」とシャーリーは言った。「ティム・マクドナーは――ほら、研究部門の部長よ――そんなことしたらあなたの皮をすぐにも剝いで壁に鋲で張りつけるわよ」やや間をおいて彼女は言った。「なんの実験計画?」

「新薬とかの」と彼は言った。

「ああ。まあとにかく、もしそれをやりたいという社員がいたら、それはボランティアとしてやらなくちゃならないわ――給付金は、実験計画がクリニックに一泊を必要とする場合は五十ドル、そのほかの場合は一日二十五ドル、限度額は二百五十ドルよ。むろん病院居住ということになれば、ベッドと食事と必要なあらゆる医学的支援がついているわ。それっぽっちじゃ、あたしだったら薬剤テストもさせないわよ、でも倫理委員会は、奨励金などもってのほかだと言ってるし」

「で……給料はそのままもらえるのかな？」

「彼らが仕事をしていればね、さもなければ有給休暇ということになるわね」とシャーリーは言った。そしてくすくす笑った。「社員ぜんぶひとりひとり研究対象にして手当てを払うだけということにすれば、会社のお金は倹約できる、そうじゃない？　経理計算もぐっと簡単になるし——国家保険分担金条令《FICA》も国家失業補償金条令《FUCA》もなし、州税の天引きもなし。ありがたいことね」

「そうだろうね」とオルドリンは言った。そこで彼は考える、いったいクレンショウは、給料のことや研究給付金をどうするつもりなのだろう？　だれがこの計画の資金を供給しているのだろう？　なぜ自分はもっと前にこのことを考えつかなかったのだろう？　「ありがとう、シャーリー」と彼は遅ればせに言った。

「がんばって」と彼女は言った。

そこで、この治療法が実施されるとして、いったいどれくらいの時日がかかるのか、オルドリンはまったく知らないことに気づいた。クレンショウからもらった資料にそのことは書いてあるのか？　彼は唇をすぼめて資料を入念に読んだ。もしクレンショウが研究資金をセクションAの給料に当てるという措置を取っていないとしたら、彼は、年功のある技術職員を低賃金の実験モルモットに配置転換するというわけだ……そしてたとえ彼らが一カ月で（計画案に示されたもっとも楽観的な計算による）リハビリテーション施設から出ることができたとしても、それだけで莫大な金を……倹約できるわけだ。彼は計算をしてみた。それは莫大な金額に見えたが、そうではなかった、会社が遭遇するかもしれない法律上のリスクと比べれば。

彼は、研究部門のずっと上のほうにいるひとで知っているのは資料支援部のマーカスだけで、あとはだれも知らない。人的資源部に考えをもどすと……ベティは辞めてしまっているし、彼はほかの名前を思い出そうとしてみた。ポール。デブラ。ポールはリストにのっている。デブラはのっていない。

「さっさとしろよ」とポールは言った。「おれは明日出ていくんだ」

「出ていく?」

「かの名高き十パーセントのひとりさ」とポールは言った。オルドリンはその声に怒りのひびきを聞きとった。「ああ、会社が損しているわけじゃないさ。ああ、会社は人員を削減しているわけでもない。ちょうどおれさまのご奉公がもう要らなくなったというわけなのさ」

冷たい指先が彼の背中をさっと撫でた。来月は自分かもしれなかった。いや、きょうかもしれない、クレンショウが、彼のしていることに気づいたら。

「コーヒーをおごるよ」とオルドリンは言った。

「ふん、コーヒーなんて飲まなくたって目は醒めっぱなしなのにね」とポールは言った。

「ポール、聞いてくれ。あんたとぜひとも話がしたい、電話じゃだめなんだ」

長い沈黙、そして、「ああ。きみもなのか？」

「まだだよ。コーヒーは？」

「いいとも。十時三十分、スナックバーで？」

「いや、早めのひるだ。十一時三十分」とオルドリンは言って電話を切った。てのひらが汗ばんでいた。

「それで、そのでかい秘密とはなんだい？」とポールが訊いた。その顔は無表情だ。スナックバーの中央に近いテーブルに屈みこむようにすわった。

オルドリンはすみのほうのテーブルにしたかったのだが、いま——ポールが真ん中にいるのを見て——いつか見たスパイ映画を思い出した。すみのテーブルは監視されているかもしれないのだ。ポールだってあれを……ワイヤと呼ばれているものをつけているかどうかわかったものではない。彼は気分が悪くなった。

「おいおい、おれはなにも録音なんかしてないぜ」とポールが言った。彼はコーヒーをちびちびと飲んだ。「そんなとこに突っ立って、あんぐり口を開けておれを見てたらさ、さもなきゃぱたぱた体じゅう叩いて身体検査なんかすれば、そのほうがよっぽど目立つぜ。あんた、よっぽどどえらい秘密を抱えてるらしいな」

オルドリンはすわった、彼のコーヒーはマグの縁からこぼれた。「ぼくのところの新しい部長が、改革に熱心な新任者だってことは知ってるな——」

「おたがいさまさ」とポールはさっさと話をすすめろよと言いたげだった。

「クレンショウ」とオルドリンは言った。

「運のいい野郎さ」とポールは言った。「たいそう名を上げたぜ、われらがクレンショウさまは」

「ああ、で、セクションAは覚えているかい？」

「自閉症者だ、覚えてるとも」ポールの表情が厳しくなる。「やつは彼らを追いかけているのか？」

オルドリンはうなずいた。

「そいつは馬鹿げてる」とポールは言った。「やつが馬鹿じゃないというわけじゃないが、だけど——そいつはまったく馬鹿げてる。六一四・一一条による税の控除は、自閉症者たちのおかげなんだぜ。きみの部門はいずれにせよ、六一四・一一条の職員の雇用にはぎりぎりのところだし、彼らは一人につき一・五単位の価値があるんだ。それに報道関係で宣伝される可能性もあるし……」

「わかっているよ」とオルドリンは言った。「だが彼は耳をかそうとしない。連中は金がかかりすぎると彼は言っている」

「自分以外の人間はみんな金がかかりすぎると思ってるんだよ」とポールは言った。「やつは自分に対する支払いが低すぎると思ってるのさ、信じられないね」彼はまたコーヒーを一口飲んだ。

クレンショウがなんに対して金を支払ってもらっているか、それに彼が触れなかったことにオルドリンは気づいた。

「彼がおれたちのオフィスに来たとき話をする時間があったんだけどね——税の控除や本に書いてある節税方法はすっかり知りつくしているよ」

「そうだろうとも」とオルドリンは言った。

「で、やつは、なにをやろうっていうんだ、彼らを解雇したいのか？　彼らの給料を削減したいのか？」

「彼らを脅して研究成果の人体実験に志願させようというんだよ」とオルドリンは言った。ポールの目が大きくなった。「冗談だろ！　そんなことができるはずがない！」

「できるんだよ」オルドリンはいったん口をつぐんで、また口を開いた。「会社がすり抜けられない法律はないと言っている」

「まあ、それはほんとうかもしれない、しかし——法律を無視しちゃっていいわけがない。やつらを阻止すべきだね。それから人体実験も——いったいなんの実験だ、薬か？」

「成人の自閉症の治療だよ」とオルドリンは言った。「彼らを健常者にするものらしい。サルにはどうやら効果があったらしい」

「まさか本気じゃないよな」ポールは彼を凝視した。「本気なんだな。クレンショウは、六一四・一一条の職員を脅して、最初の人体実験をさせるつもりなのか？　そりゃスキャンダルを呼びよせているようなものだ。会社はそいつのおかげで何千億ドルという損失をこうむるかも――」

「きみにはそれがわかってる、ぼくにもわかってる、しかしクレンショウには……やつにはやつなりの考え方があるのさ」

「それで上のだれが、そいつに署名したのかね？」

「ぼくが知っている範囲ではだれも」とオルドリンは言い、息を止めて待つ。それはほんとうのことだった、なぜなら彼は訊かなかったからだ。

ポールの顔はもう不機嫌ではなかった。「権力亡者めが」と彼は言った。「これをやりとげてサミュエルソンに勝つつもりだな」

「サミュエルソン？」

「改革に熱心な新任者さ。あんたは、なにがどうなっているかちゃんと把握していないのか？」

「ああ」とオルドリンは言った。「ぼくはそういうことは苦手でね」

ポールはうなずいた。「おれは得手だと思っていたんだが、こんどの解雇通知は、おれがそうじゃないことを証明しているわけさ。だがとにかく、サミュエルソンとクレンショウはライバルとしてやってきたんだよ。サミュエルソンは報道機関にさざ波ひとつたてずに生産コストを削減した――もっとも事態はじきに変わるだろうと思うがね。とにかくクレンショウは、トリプル・プレイをやれると思っているにちがいないよ――もしうまくいかなかった場合でも、自分の職を失うのが怖くてなんの不平も言えないボランティアをつのる、そしてだれにも知らせないで自分だけで実験計画を押しきる、そして最後に自分の功名にする。そしてあんたは、なにもしないでも、やつといっしょに後世に名を残すんだ、ピート」

「もしぼくがなにかやれば、たちどころに解雇されるよ」とオルドリンは言った。

「いつの世にも行政監察官はいるからね。やつらもあの職はカットしないからな、ローリーはかなりぶるっているけど」

「ぼくはそれが信用できないんだ」とオルドリンは言ったが、それでもそのことは頭のなかに綴じこんでおいた。彼は別の質問がいくつかあった。「あの――彼は、もし彼らがこれをやるとしたら、彼らの費やす時間にどうやって十分な償いをするのだろうか。それに関する法律をもっと知っておきたかった――彼は、実験期間のあいだ彼らに病欠と有給休暇を使わせることができるのか？　特別職員に関する規則とはどんなものなのかね？」

「そう、基本的には、彼が申し出ていることは、まったく非合法なことさ。まず、研究チームが、被験者がほんもののボランティアではないということをちょっとでも嗅ぎつけたら、よってたかってつぶしにかかるよ。彼らは国立衛生研究所《NIH》に報告しなければならない、彼らだって、半ダースもの医学倫理規定違反と公正雇用法違反でＦＢＩに追いかけられるのはごめんだろうが。それにまたその実験が三十日以上連中を仕事場の外に引き出すということになれば――そうだろう？」オルドリンはうなずき、ポールは言葉をついだ。「そうなれば休暇として分類されるわけにはいかない、それからことに、特別カテゴリーの職員に関しては、休暇とサバティカル休暇に対する特別の規則がある。彼らは年功優先権の喪失を強制されることはない。その意味では月給も」彼はマグの縁を指先でなでまわした。「こいつは経理部をよろこばせることにはならない。ほかの研究機関のサバティカル休暇を取っている年輩の科学者たちを除いては、給料の全額を受け取りながら、じっさいは仕事をしていない職員のための経理上の分類なんてないんだ。ああ、ついでに言えばそれはあんたのセクションの生産性をめちゃくちゃに暴落させてゼロにしちまうかもしれないぜ」

「それはぼくも考えた」とオルドリンはつぶやいた。

ポールの口がねじれた。「あんたたちはほんとうにあいつの野心を暴くことができるんだぜ」と彼は言った。「もう職場にもどれないことはわかっているがね、いままでのようなわけにはいかないってことは……でもなにがどうなっていくか知る楽しみはあるよな」

「こっそりたちまわりたいんだがね」とオルドリンは言った。「つまり——ぼくだって自分のクビは心配だ、しかしそれだけじゃない。彼はぼくが馬鹿で臆病で怠けものだと思っている、やつにおべっかを使うとき以外はね、そうしてぼくが生来のおべっか使いだと思っている。なにかへまをやらかして、そのついでに彼の計画をあばいてみようかと思ったが——」

ポールは肩をすくめた。「おれのやり方じゃない。おれなら立ち上がって叫ぶよ、おれの方から。だがあんたはあんただ、それでひと騒ぎ起こせるというなら……」

「そこで——彼らのために休暇をとる手配をするには、人的資源部のだれに話せばいいだろう？　それから法務部のほうはどうだろう？」

「それはすごい回り道だぜ。時間がかかる。せっかく行政監察部があるんだから、なぜそっちと話さないのかね、あんたが英雄気取りなら、大ボスと面会したらどう？　あんたんとこの知的障害者だかなんだかをみんな引き連れて、うんと派手にやったらどうだい」

「彼らは知的障害者じゃない」とオルドリンは無意識に言った。「彼らは自閉症者だ。もし彼らが、この計画全般が非合法のものだということを嗅ぎつけたら、いったいどんなことになるやらわからないね。彼らには知る権利はあるがね、彼らが新聞記者だのなんだのに電話をかけたらどうなると思う？　そうしたらそれこそほんとうに火に糞をくべるってやつだね」

「それじゃ自分ひとりで行けよ。ことによると、経営ピラミッドの、ざらには見られないきわめつけの高いところが、あんたの気に入るかもしれないね」ポールはいささか声高に笑った。ポールがコーヒーのなかになにか入れたのではないかとオルドリンは疑った。

「さあね」と彼は言った。「そんな高いところまで近づけるはずはないよ。クレンショウは、ぼくが面会を申しこんだことを嗅ぎつけるよ、上意下達というあのメモを覚えているだろう」

「それが、退役将軍を会長にお雇い申したツケというものかね」とポールが言った。

だが昼食に集まったひとびとの姿もしだいにまばらになり、オルドリンは行かねばならぬことを悟った。

次になにをしたらよいか彼には確信がなかった。どこにアプローチすればもっとも収穫があるのか。ことによると研究所がこの計画を頓挫させるかもしれないという望みに彼はすがった。そうすれば自分はなにもする必要はなくなる。

クレンショウは午後遅く自分の発案に片をつけた。「さあ、ここに実験実施要項があるぞ」彼はデータ・キューブとプリントアウトをオルドリンの机に叩きつけた。「なぜこんな予備検査をしなければならないのかわからんね——まったく、陽電子放射断層撮影法《PET》だの、MRIだの、なんだかだと——だけど研究所の連中はやると言うんだ、まあわたしが研究所を運営しているわけじゃないからな」〝いまのところは〟というクレンショウの野心はみえみえだった。

「ミーティングを行なうから、きみのところの連中のスケジュールを調整したまえ、それから予備検査の日程については研究所担当のバートと連絡を取るように」

「予備検査の日程?」とオルドリンは訊いた。「検査が通常の勤務時間にぶつかったときはどうしますか?」

クレンショウは顔をしかめ、肩をすくめた。「ちょっ、われわれは寛大になろうじゃないか——その時間の埋め合わせをする必要はない」

「それから経理の方はどうなりますか? どこの予算を——?」

「ああ、たのむよ、ピート、よきにはからえだ!」クレンショウの顔がどす黒くなった。「さっさと問題を解決してくれたまえ、問題を見つけるんじゃなくね。書類はわたしにまわせ。署名をしてやるから。そのあいだこっちのほうの書類には認可コードを使うように」彼は書類の山のほうに顎をしゃくった。

「わかりました」とオルドリンは言った。彼はあとずさりするわけにはいかなかった――机の前に立っていた――だがクレンショウはすぐに背を向けて自分のオフィスに戻っていった。

問題を解決しろ。彼は問題を解決したい、だがそれはクレンショウの問題ではなかった。

私は自分がなにを理解できるのかわからない。理解していると思っていることがじつは誤って理解しているのかどうかわからない。私はネットで見つけることができる神経生物学のもっとも低レベルのテキストを調べ、まず用語辞典を見る。用語を先に学ぶことができるなら、言葉の意味を調べるために無駄な時間は使いたくない。用語辞典には、これまで見たこともない言葉がいっぱい詰まっている、何百という言葉が。その定義も私には理解できない。

私はずっと前にさかのぼり、ずっと遠くにある星、ずっと深い過去から光を見つけなければならない。

高校生向きの生物学のテキスト。これなら私のレベルかもしれない。私は用語辞典をちらりと眺める。それらの言葉は知っているが、そのなかのいくつかはもう何年も見たことがない。おそらく十分の一ははじめて見る言葉だ。

第一章から読みはじめると、そのなかのあるものは、私の記憶とは異なっている。それは予期している。それは平気だ。真夜中になる前にそれは読みおえた。

次の晩、私はいつも見る番組を見ない。大学のテキストを読む。簡単すぎる。高校で生物学を勉強しなかった大学生のために書かれたものにちがいない。私に必要なものを推定しながら次のレベルに移る。生化学のテキストを読むと頭が混乱する。私は有機化学を知る必要がある。インターネットで有機化学のサイトを探し、テキストの第一章をダウンロードする。その夜遅くまで、そして金曜日の勤務の前と後と、それから洗濯をしているあいだにそれを読む。

土曜日にはキャンパスでミーティングがある。自宅でテキストを読みたいが、そうすべきではない。車を走らせているとテキストの中身が頭のなかでしゅうしゅうと音をたてる。もつれあった小さな分子が、私にまだ捕らえられないパターンを描いてのたうつ。週末にキャンパスに行ったことはこれまで一度もない。週日とほとんど同じようにみなが働いているとは知らなかった。

私が到着すると、キャメロンとベイリの車がそこにいる。ほかのひとたちはまだ来ていなかった。指定された会議室を探す。そこは緑色のカーペットが敷かれ、壁は模造材の板張りだ。脚が金属製、シートは詰め物がしてある椅子が二列並べてあり、椅子の背はローズ色の地に緑色の小さな斑点のある布地で、部屋の一方を向いている。私が知らないひと、若い女性がドアのわきに立っている。なかに名札が入っているボール箱を持っている。小さな写真が貼ってあるリストを持っていて、私を見て私の名前を言う。「これはあなたのです」と彼女は言い、名札をさしだす。名札には小さな金属製のクリップがついている。私はそれを手に持つ。「おつけなさい」と彼女は言う。私はこういう種類のクリップは嫌いだ。これを止めるとシャツがひきつれる。とにかくそれをつけてなかに入る。

ほかのひとたちはもう椅子にすわっている。空いている椅子にはそれぞれに、われわれの名前がついている。自分の席を見つける。この席は嫌いだ。私は右の方の前列に腰をおろす。移動するのは作法に反するかもしれない。椅子の列をちらりと眺めると、われわれに向かいあっている話し手の方から見て椅子がアルファベット順に並んでいるのがわかる。私は定刻より七分早い。読みかけだったテキストのプリントアウトを持っていれば、いま読むことができたのに。そのかわり読んだことについて考える。ここまではすべて筋が通っている。

全員が部屋にそろうと、二分四十秒のあいだみんな無言のまますわって待っている。それからミスタ・オルドリンの声が聞こえる。「全員そろいましたか?」彼はドアのわきにいる女性に訊く。彼女ははいと答える。

彼が入ってくる。疲れている様子だが、それ以外は普通だ。ニットのシャツに黄褐色のスラックス、ローファーをはいている。われわれに向かってほほえんだが、それは完全なほほえみではない。

「全員集まってくれてうれしい」と彼は言う。「あと数分でランサム博士がお見えになり、このプロジェクトの概略について志願予定者に説明してくださいます。諸君が持っているフォルダーに、諸君の全般的な健康記録についての質問書が入っている。待っているあいだに記入をすませてもらいたい。それから非公開協定にも署名してください」

質問事項は簡単で、空白を埋めるのではなく多項目選択式である。ほとんどの質問に記入をおわるころ（心臓病、胸痛、息切れ、腎臓病、排尿困難……などについて〈なし〉という欄にチェックマークをつけるのにちょっと時間がかかる）ドアが開き白衣を着た男のひとが入ってくる。彼の白衣のポケットのところに、ドクター・ランサムという名前が刺繍してある。灰色の巻き毛、明るいブルーの目。その顔は若々しく白髪まじりの毛髪は似合わない。彼もまたわれわれに向かってほほえみかける、目と口の両方で。

「ようこそ、みなさん」と彼は言う。「みなさんにお会いできてうれしいですよ。みなさんはこの臨床実験に興味を持っているそうですね？」われわれの返事を彼は待ってはいない。「手短に話しましょう」と彼は言う。「ともあれきょうのところは、実験の内容について、予備検査の日程などについて聞いてもらうにとどめます。まず、最初にこの実験の簡単な沿革についてお話しします」

彼はとても早口に話す、ノートを読み上げ、自閉症の研究の沿革をまくしたてる、まず今世紀初頭の、自閉症スペクトラム障害に関係する二つの遺伝子の発見からはじめる。プロジェクターを使って脳の写真を見せるころには、私の頭は負荷がかかりすぎ無感覚になる。彼はライト・ペンでいろいろな領域を指し示しながら早口にまくしたてる。ようやく最近のプロジェクトにたどりつき、霊長類の社会組織及びコミュニケーション法、結果的にこの有望な治療法にたどりついたそもそもの研究者たちの初期段階の研究にまでさかのぼる。

「これがだいたいのあらましです」と彼は言う。「おそらくみなさんには負担が大きすぎるだろうが、わたしの熱意に免じてください。みなさんの手もとにあるフォルダーには、簡略な説明と図表が入っています。そもそもわれわれがこれからやろうとしていることは、自閉症者の脳を正常化し、そのあとで脳のその新しい機構がうまく機能できるように、幼児の感覚統合の高度化ないしは迅速化したもので訓練するのです」彼は口をつぐみ、コップの水を少々飲み、そしてつづける。「さてこの会合はここまでです。テストの日程は追って知らせます――それもぜんぶフォルダーのなかにあります――むろん医学チームとのミーティングも何度か開かれます。質問用紙やほかの書類はドアのところにいる女性にわたしてください、もしあなたがたがこの実験に採用されるとなれば通知が行きます」彼は背を向けると、私がなにか言うべきことを考えつかないうちに立ち去る。ほかのみんなもなに一つ考えつかない。

ミスタ・オルドリンが立ち上がりわれわれのほうを向く。「記入済の質問用紙と署名した非公開協定書をわたしのところに出すように――心配する必要はない、きみたちは全員この実験に採用されるだろう」

私が心配しているのはそんなことではない。私は質問用紙の記入をすませ、協定書に署名をして両方ともミスタ・オルドリンにわたし、ほかのみんなと話もせずに部屋を出る。土曜日の午前がほとんどすべて無駄にされた。私は読書にもどりたい。

私は制限速度ぎりぎりのスピードを出して帰宅し、部屋に入るとすぐに読書をはじめる。部屋の掃除と車の掃除はやめない。日曜日には教会に行かない。私はいま読んでいる章と次の章をプリントアウトする、月曜日、火曜日、そして昼休みや深夜に読んで勉強できるようにする。情報は、明確に秩序立って入りこんでくる、文節や章やセクションごとにきちんとしたパターンをもって積み重ねられ私の頭に流れこんでくる。私の頭にはその情報をすべて入れる余地がある。

次の水曜日には、脳の機能の仕組みを理解するためにはなにを読むべきかルシアに尋ねる用意ができたと感じる。私は、生物1、生物2、生化学1及び2、有機化学理論1のオンライン査定試験を受けた。神経学の本をちらりと見るが、いまはずっとよく理解できる。ただそれが適切な本なのかどうか自信がない。あとどれだけの時間が残っているのかわからない。不適切な本を読んで時間を無駄にしたくない。

いままでこれをやらなかったことに驚きを感じる。フェンシングを始めたとき、私はトムが推薦してくれた本をすべて読み、助けになるとトムが言ったビデオを見た。コンピュータ・ゲームを始めるときは、それに関する本をぜんぶ読む。

それなのに、自分の脳の機能に関しては、いままで一度も学ぼうとはしなかった。なぜだかわからない。はじめはとても奇妙な感じがして、本に書いてあることを理解できないだろうという気がした。だがじっさい読んでみるとやさしい。やろうと思えば私はこの分野で大学の学位をとっていたかもしれない。私の助言者やカウンセラーたちはみんな、応用数学の分野に進むようにと言ったので、私はそうした。私ができることを彼らが教えてくれ、私は彼らを信じた。彼らは、私がほんものの科学的な研究ができる頭脳を持っているとは考えなかった。おそらく彼らは間違っていたのだ。

私は、自分が読んだもののすべてと、査定試験の点数のリストのプリントアウトをルシアに見せた。「次になにを読めばいいか知りたいのです」と私は言う。

「ルウ――いまさら感心したなんていうのも恥ずかしいわ」ルシアは首を振る。「トム、これを見てちょうだい。ルウは一週間で大学の生物学の学位をとれるだけの勉強をしてしまったのよ」

「それほどではありません」と私は言う。「これはたった一つのことを目的としています、大学の課程は、集団生物学、植物学などの科目が含まれて――」

「あたしは、広さより深さのことを考えているのよ」とルシアが言う。「あなたは初級から上級課程に進んでしまった……ルウ、あなたはほんとうに有機合成を理解しているの？」

「わかりません」と私は言う。「まだ実験室の仕事はなにもやったことがありません。でもそのパターンは明快です、化学薬品がうまく調合される方法は——」

「ルウ、なぜあるグループは二つくっついた炭素環にくっついて、あるものは炭素の一つ、二つを飛びこえるか、説明できるかい?」

これは愚かしい質問だ、と私は思う。あるグループとグループが結合するところは、そのグループの形、またはそのグループの持っている電荷によるものだということは明らかだ。私はそれらを頭のなかで簡単に見ることができる。ぼこぼこ出っぱっている形のものは、陽電荷と陰電荷の雲がまわりをとりかこんでいる。それは愚かしい質問だと、私はトムに言いたくない。私はテキストのなかのそれが説明されている部分を記憶しているが、彼は、私がそれをそのとおりにくり返すのではなく自分の言葉で説明するのを望んでいるのだと思う。そこで私はそれをできるだけ明確に、テキストと同じ言葉を使わないで説明する。

「するときみはあの本を読んだだけで理解したのかい——何度読んだの?」

「一度です」と私は言う。「ある文節は二度」

「おったまげたな」とトムは言う。ルシアがちっちと舌打ちをする。彼女は過激な言葉を好まない。「ルウ——たいていの大学生がそれを学ぶのにどれだけ苦労しているかわかるかね?」

学ぶことは辛いことではない。学ばないことのほうが辛い。なぜ彼らはそれを辛いと感じるまで学ばないのだろうか? 「ぼくの頭のなかで見ることは簡単です」と私は、尋ねるかわりにそう言う。「それに本には絵が書いてあります」

「強力な視覚想像力」とルシアがつぶやく。

「絵が書いてあっても、ビデオのアニメーションがあっても」とトムは言う。「ほとんどの大学生が有機化学にはてこずるんだよ。それなのにきみはあの本をたった一度読んだだけでそこまで理解してしまった――ルゥ、きみは隠していたな。きみは天才だよ」

「これは分裂した才能かもしれません」と私は言う。トムの表情が怖い。私が天才だと彼が思っているとしたら、彼はきっと私にはフェンシングをさせたくないと思うかもしれない。

「分裂した才能だって、ばかな」とルシアが言う。その声は怒っている。胃がぎゅっと締めあげられる。「あなたのことじゃないわよ」と彼女は急いで言う。「でも分裂した才能という概念そのものはとても……時代遅れよ。だれにも長所と短所はあるものよ。だれもが自分のもてる才能の多くを広げそこなっている。機械工学でトップの物理学科の学生がつるつる滑る道路で自動車をめちゃくちゃにしてしまう。彼らは理論は知っているけれども、じっさいの運転にそれを適用することができないのよ。あたしはあなたをもう何年も前から知っているわ――あなたの才能は才能よ、分裂した才能ではなく」

「でもこれはほとんどが記憶をすることだと思います」と私はまだ不安でそう言う。「ぼくはすごい速さで記憶することができます。それから標準化されたたいていのテストはやさしい」

「自分の言葉でそれを説明するということは、記憶しているからじゃない」とトムは言う。「オンラインのテキストは知っているが……あのね、ルウ、きみはぼくがなんで生計を立てているか訊いたことはなかったね」

これはショックだ、寒い日にドアのノブに触ったみたいに。彼の言うとおりだ。私は彼の仕事がなにか訊いたことがなかった。ひとにその仕事を尋ねるという考えが頭に浮かんだことがない。私はクリニックでルシアに会ったので、彼女が医者だということは知っていたが、トムは？

「あなたの仕事はなんですか？」と私はいま尋ねる。

「ぼくは大学で教えている」と彼は言う。「化学工学をね」

「学生を教えているのですか？」と私は訊く。

「ああ。学部の学生のクラスを二つと、修士課程のクラスを一つ。化学工学専攻の学生は、有機化学が必修だから、彼らがこれをどう思っているか知っている。そしてこれを理解している学生が、理解できない学生とは対照的に、どう説明するかも知っている」

「すると――あなたはぼくが理解しているとほんとうに思っているのですか？」

「ルウ、きみの頭じゃないか。きみは理解しているとは思わないのか？」

「そう思います……でもほんとうに理解しているかどうか自信がありません」

「ぼくもそう思う。一週間たらずでそれを完全に理解した人間なんてひとりも知らないんだ。きみはＩＱテストをいままで受けたことがあったかい、ルウ？」

「はい」それについては話したくない。私は毎年テストを受けた、必ずしも同じテストではない。私はテストが大嫌いだ。たとえば、テストを作ったひとが、ある絵を指して、それがどの言葉をあらわしているかを私に当てさせるようなテストは。あるときトラックという言葉にあてはまるものとして、濡れた道路にタイヤの痕がある絵と、屋根がドーム型の長くて高い建物の絵があって、それは競技場の観覧席のように見えた。それで私は競走路という意味にとってあとのほうの絵を選んだら間違いだった。

「それでテストの結果はきみの両親に知らされたのかな？」

「両親には知らされませんでした」と私は言う。「それでぼくの母親は動揺しました。彼らはぼくに対する母親の期待に影響を及ぼしたくないと言いました。でもぼくは高校は卒業できるはずだと彼らは言いました」

「ふうむ。なにか手がかりがあればいいんだが……きみはそのテストをもう一度受けたくはないかね？」

「なぜですか？」と私は訊く。

「つまり……ただちょっと知りたいと思ってね……でもきみがテストなんか受けなくてもこういうことができるのだとしたら、じっさいそんなことやってもなんの意味もないね？」

「ルウ、だれがあなたの記録を持っているのかしら？」とルシアが訊く。

「知りません」と私は言う。「たぶん――卒業した学校にあるのでは？　医者とか？　両ばだが」

「それはきみの記録だからね。いまそれを取りよせてもいいはずだ。もしきみが望むなら親が死んでから帰ってないんです」

これもまた以前には決して思いつかなかったことだ。ひとは、成長して家を出たあと、学校の記録や医者の記録を取るものなのか？　ひとびとがそうした記録にどんなことを書いたか、自分は知りたいと思うのかどうかわからない。彼らが、私が記憶しているより悪いことを私について書いていたらどうしよう？

「とにかく」とルシアが言葉をつぐ。「次に読むべき本はあると思う。それはどちらかと言うと古いものだけど、でもそこに書いてあることはどれも間違ってはいないの、もっとも多くのことがその後研究されたけれどもね。シーゴとクリントン共著の『脳の機能』。一冊持っている……と思う……」彼女は部屋を出ていき、そして私は彼女とトムが言ったことのすべてについて考えてみようと努める。それはたいへんなことだ。私の頭はさまざまな考えで鳴りひびいている、動きの速い光子が私の頭蓋のなかで跳びはねているようだ。

「さあ、ルウ」とルシアが言って、一冊の本をさしだす。布のカバーのついた重くて厚い紙の本だ。書名と著者の名前は、本の背の黒い矩形の上に金で印刷されている。紙の本を見たのはひさしぶりだ。「いまじゃオンラインのどこかにあるかもしれないけれど、どこにあるかわからないわ。あたしはこれを、ずっと昔、医大に入ったばかりのころに買ったのよ。見てごらん」

私は本を開く。最初のページにはなにも書いてない。次のページは題名と著者の名前——ベッツィ・R・シーゴ、そしてマルカム・R・クリントン。Rというのは、二人の同じミドルネームなのだろうか、それで彼らはいっしょにこの本を執筆したのだろうか。それから空白のスペースがあり、その下に会社の名前と日付が入っている。これは本の会社なのだろう。R・スコット・ランズダウン出版会社。またもやR。そのページの裏には、小さな活字で情報が書いてある。それからまた題名と著者が書かれたページ。その先のページにはまえがきと書いてある。私は読みはじめる。

「それと序文は飛ばしていいのよ」とルシアが言う。「この本の各章の論述のレベルであなたが納得するかどうか知りたいのよ」

この著者は、ひとびとが読もうとしないものをなぜ挿入したのか？　まえがきとはなんのためのものか？　序文は？　ルシアと議論はしたくないが、最初にあるその部分は読むべきであるように私には思える。さしあたりそれを飛ばしてもよいというなら、なぜ最初にそれがあるのだろう？　だが、さしあたり、私は第一章が見つかるまでページを繰った。

読んでむずかしくはなく、私には理解できる。十ページほど読んで目を上げると、トムとルシアが二人とも私を見つめている。顔が熱くなるのが感じられる。読んでいるあいだ彼らのことは忘れていた。ひとのことを忘れてしまうのは失礼だ。

「だいじょうぶ、ルウ？」とルシアが訊く。

「ぼくは好きです」と私は言う。

「よかった。家に持って帰って、好きなだけ手もとにおいていいのよ。オンラインで読めるほかの参考書はEメールで送るわ。それでどう?」

「けっこうです」と私は言う。私は読みつづけたかったけれども、外で車のドアがバタンという音がしたので、もうフェンシングの時間だとわかる。

第十二章

二分たたないうちにほかの連中がかたまってやってくる。われわれは裏庭に行き、それからストレッチをし、用具をつけ、フェンシングを始める。マージョリは勝負の合間は私の隣りにすわっている。彼女が隣りにすわってくれると私はとても幸せだ。彼女の髪の毛に触りたいけれども触りはしない。

私たちはあまり話もしない。なにを言えばよいかわからない。フロントガラスはなおしたかと彼女が訊く、私は、ええと答える。彼女とルシアの勝負を私は眺める。彼女はルシアより背が高いが、ルシアのほうがフェンシングはうまい。マージョリの茶色の髪の毛が、動きにつれて揺れる。ルシアは明るい色の髪の毛をポニーテイルにしている。二人とも今夜は白のフェンシング・ジャケットを着ている。ほどなくマージョリのジャケットの、ルシアが突きを入れた箇所に茶色の小さなしみができる。

私はトムとフェンシングをしながらまだマージョリのことを考えている。私はマージョリのパターンを見ている、トムのではなく、それで彼はすばやく二度私を仕とめる。

「注意が足りないね」と彼が言う。

「すみません」と私は言う。私の目はマージョリのほうに滑っていく。

トムが溜め息をつく。「いろいろ考えることがあるだろうがね、ルウ、これをやるのは、そこから離れるためなんだからね」

「ええ……すみません」私は目をトムと彼の剣に引きもどす。集中すると彼のパターンが見える――長い、複雑なパターン――そこで私は彼の攻めを受け流すことができる。低く、高く、高く、低く、逆回転《リバース》、低く、高く、低く、低く、リバース……彼は五回目ごとにリバース・ショットを繰り出し、そのパターンの設定を変化させる。そこで私はそのリバースに備えて、くるりと回って素早く斜めに足を出す。斜めの突き、昔の名剣士が言っているように、決してまっすぐに突きは入れない。それはそういう意味ではチェスに似ている、ナイトとビショップは斜めに進む。ついに私はいちばんお気に入りの一連の動きに入り、がっちり一本とる。

「わお！」とトムは言う。「でたらめにうまくやったつもりだったのに」

「五回目ごとにリバースですよ」と私は言う。

「くそっ」とトムは言った。「もう一度やろう――」

こんどは彼は九回目までリバースをやらなかった、次は七回目――そこで私は、彼がいつも奇数回のときにリバース・アタックを用いることに気づく。その事実を、何度もくり返したしかめて、ただ待っている。たしかにそうだ……九、七、五、そしてまた七にもどる。そこで私は斜めに踏みだし、また彼を仕とめる。

「あれは五回目じゃなかったよ」と彼は言う。彼は息を切らしている。

「ええ……でも奇数でした」と私は言う。

「そんなに早くは考えられないよ」とトムは言う。「フェンシングをやりながら考えることはできない。きみはどうしてそんなことができるの？」

「あなたは動きますが、パターンは動かない」と私は言う。「パターンは——ぼくに見えるときは——静止している。ぐにゃぐにゃ動かないので頭のなかにとどめておきやすい」

「そんなふうには考えたことはなかったよ」とトムは言う。「すると——きみは自分の攻めはどういうふうに組み立てるの？　それらはパターンにはなっていないのかい？」

「なっていますよ」と私は言う。「しかしパターンをつぎつぎに変えることができます……」これは彼にはわかってもらえないだろうと思うので、ほかの言い方を考える。「あなたが車でどこかへ行こうとするとき、そのルートはいろいろありますね……選べるパターンがたくさんある。あなたがあるパターンを選んで走りだす、しかしあなたが走ろうとしているルートが閉鎖されているとすると、あなたはべつのルートをとる、そこであなたはほかのパターンに移る、そうじゃありませんか？」

「あなたはルートがパターンとして見えるのね？」とルシアが言う。「あたしにはルートは紐に見える——だからある紐から別の紐に移るのに、そのつなぎ目が同じブロックのなかにないととても苦労するわ」

「あたしは完全に迷っちゃうわね」とスーザンが言う。「公共の交通機関は、あたしにはまったくのお恵みよ——表示に従って乗ればいいんだもの。その昔、どこにも車で行かなくちゃならなかったときは、いつも時間に遅れていたわ」

「すると、あなたは頭のなかにさまざまなフェンシングのパターンを蓄えているのね、そしてただ……こっちからあっちへと飛び移るというわけ？」

「でもふつうは相手のパターンを解析しながら、相手の攻めに反応します」と私は言う。

「それであなたがフェンシングをはじめたときの、あなたの学習の仕方がのみこめるわね」とルシアが言う。彼女は幸せそうな顔をしている。なぜそれが彼女を幸せにするのか私にはわからない。「あの最初のころの手合わせ、あれはあなたにパターンを学ぶ時間がなかったわけね——そしてあなたは考えながらフェンシングをすることにまだ習熟していなかったわけだ、そうね？」

「ぼくは……よく覚えていませんね」と私は言う。こういう話は不快だ、ほかのひとが私の脳の働きについてつつきまわるのは。あるいは脳が働かないことについても。

「まあどうでもいいわ——いまじゃすばらしいフェンサーなんだから——でもふつうは学習の仕方がちがうのよ」

その夜は早く過ぎていく。ほかの何人かと勝負をする。その合間の、マージョリが勝負をしていないときは、彼女の横にすわっている。通りの音に耳をすましているが、なにも聞こえない。ときどき車が走り去る、でも音はふつうに聞こえる、少なくとも裏庭で聞いている私には。車のところへ行ってみるが、フロントガラスもこわされていない、タイヤもパンクしていない。損傷が起こる前には損傷は存在しなかった――だれかが私の車に損傷をあたえにやってくるとすると、損傷はそのあとに起こる……暗闇と光によく似ている。暗闇がまずそこにあり、そして光がやってくる。

「その後警察はフロントガラスのことでなにか言ってきたかい?」とトムが訊く。私たちはみんないっしょに前庭にいる。

「いいえ」と私は言う。今夜は警察のことは考えたくない。マージョリが私のとなりにいて、彼女の髪のにおいがする。

「だれがやったのか考えたかい?」と彼が訊く。

「いいえ」と私は言う。マージョリがそばにいるときにそのことは考えたくない。

「ルウ――」彼は頭を掻いている。「きみは考えなけりゃいかんな。きみの車が、フェンシングの稽古のある晩に、行きずりの人間から続けて二度も蛮行を受けたということがありうるだろうか?」

「ぼくたちのグループのひとじゃありませんよ」と私は言う。「あなたたちはぼくの友だちです」

トムはうつむき、そしてまた私の顔を見る。「ルウ、よく考える必要があると思う――」私の耳は彼が言おうとしていることを聞きたがらない。

「ほらこれ」とルシアが言って割りこんでくる。割りこむことは無作法だが、割りこんでくれて私は嬉しい。彼女は本を持ってきてくれたのだ。ダッフル・バッグを車のトランクに入れているときに、彼女がそれをわたしてくれる。「これをどうやって読みこなしていったか教えてね」

通りの角に立つ街灯の明かりの下では、その本の表紙は鈍い灰色に見える。それは私の指にざらざらした感触をあたえる。

「なにを読んでいるの、ルウ?」マージョリが訊く。胃がぎゅっと締めつけられる。マージョリとこの研究について話をしたくない。彼女がこのことをすでに知っているということを私は知りたくない。

「シーゴとクリントン」とルシアが、まるでそれが題名であるかのように言う。

「わお」とマージョリが言う。「感心《グッド・フォー・ユー》ね、ルウ」

私にはわからない。彼女は、著者の名前だけでこの本のことがわかるのか? この著者たちは一冊しか本を書いていないのか? そしてなぜ彼女は、この本を読むことをおめでとうというのか? 〈おめでとう《グッド・フォー・ユー》〉というのは褒めるための言葉だったのか? 私にはその言葉の意味がわからない。私はさまざまな疑問の渦に巻きこまれるのを感じる、知らないということが私のまわりで渦を巻き、私を溺れさせる。

はるかかなたの微小な斑点から私に向かって光が疾走してくる、いちばん古い光はいちばん長い時間をかけてやってくる。

私は車を慎重に運転して家に帰る、街灯や信号灯から浴びせられる光のたまりや流れがふだんより気になる。疾走する暗闇を出たり入ったり——暗闇のなかにいるとスピードがより速く感じられる。

トムは、走り去るルウを見送りながら首を振る。「わからないよ――」と彼は言い、口をつぐんだ。

「あたしが考えているのと同じことを考えているのね？」とルシアが訊いた。

「それが唯一の可能性だよ」とトムが言った。「こんなことを考えたくないし、ドンにこんなひどいことができるとはとても信じられないんだがね、しかし……ほかのだれにできる？　彼はルウの名前を知っている。彼の住所を見つけることができる、フェンシングの稽古日がいつか、ルウの車がどういう車かも、ちゃんと知っている」

「でもあなたは警察には話さなかった」とルシアは言った。

「ああ。ルウが突き止めるだろうと思ったんだ。つまりはあれは彼の車なんだから。干渉すべきではないと思った。しかしこうなると……ルウにはっきりとドンに気をつけろと言っておけばよかった。彼はまだあいつのことを友だちだと思っている」

「そうね」ルシアは首を振った。「彼はとても――うん、それがほんとうの誠実さなのか、それとも単に習慣なのか。いったん友だちになったら、いつまでも友だち？　それに――」

「ドンじゃないかもしれない。そうなんだ。あいつはときどき馬鹿なことをやらかして、やなやつだと思うこともあったけどね、いままで暴力的なことは決してしなかったよ。今晩はなにも起こらなかったし」
「今晩はまだ終わっていないわよ」とルシアが言った。「もしまたなにかあったら、こんどは警察に話さないとね。ルウのために」
「そりゃそうだ、もちろん」トムは欠伸《あくび》をした。「なにも起こらないように願うよ、これは偶然起こったことだとね」

アパートに着くと、私は本とダッフル・バッグを持って階段を上がる。ダニーの部屋の前を通りすぎるとき、部屋からはなにも聞こえない。汚れた衣類を入れる籠にフェンシング用のジャケットを入れ、本を机のところに持っていく。机のスタンドの光で見ると表紙は灰色ではなく明るいブルーだ。

本を開く。そこは飛ばせと急き立てるルシアがいないので、私ははじめからぜんぶ注意深く読む。〈献辞〉という見出しがのせられているページには、ベッツィ・R・シーゴと書いてある。〈ジェリーとボブへ、感謝をこめて〉、そしてマルカム・R・クリントンと書いてある。〈わが愛する妻シリアへ、わが父ジョージを偲《しの》んで〉。まえがきは、ジョンズ・ホプキンズ大学医学部名誉教授、医学博士ピーター・J・バートルマンによって書かれたもの、ベッツィ・R・シーゴのRはローダムの略であり、マルカム・R・クリントンのRはリチャードの略であるという情報が記されている、したがってこの両者のRは、共著であることとはなんの関係もないのだろう。ピーター・J・バートルマンは、この本は、脳に関する知識の現状を集めたもっとも重要なものだと書いている。彼がなぜまえがきを書いたのか私にはわからない。

序文はその疑問に答えている。ピーター・J・バートルマンは、ベッツィ・R・シーゴの医学部時代の教師であり、脳機能に対する興味と生涯にわたる献身を目覚めさせた。その言葉づかいはどこかぎごちなく思われる。序文では、この本がなにについて書かれているか、著者たちはなぜこの本を書いたかということが記されている、そして協力してくれた大勢のひとたちと会社への感謝の言葉も記されている。そのリストに私が働いている会社の名前を発見して私は驚く。彼らはコンピュータ・メソッドによって協力したのである。

コンピュータ・メソッドは、われわれのセクションが開発したものだ。私はもう一度版権の日付を見た。この本は私がまだあそこで働いていないときに書かれたものだ。

こうした古いプログラムのどれかがまだ存在しているだろうか。

本の最後についている用語解説を開き、用語の定義をざっと読む。そのうちの半分はすでに知っているものだ。第一章、〈脳の構造の概観〉を読みはじめるが、それはよくわかる。小脳、扁桃体、海馬、大脳……さまざまな角度から図解されている、上から下へ、前から後ろへ、左から右へと分割されて並んでいる。だが、さまざまな部分の機能を示す図はいままで見たことがなかったので、それを入念に見る。なぜ言語中枢が左脳にあるのか、右脳に完璧な聴覚処理の部分が存在するのに。なぜそのように専門化しているのか？　一方の耳に入ってくる音が、もう一方の耳から入ってくる音以上にはっきり言葉として聞こえてくるのだろうか。視覚処理の層も同じように理解するのが困難だ。
その章の最後のページで見つけたある文章に私は圧倒され、私は読むのをやめてそれを凝視した。『本来、生理学的機能はさておいて、人間の脳は、パターンを解析し発生させるために存在する』
息が止まる。体が冷たくなり、そして熱くなる。これこそまさに私がしていることだ。もしこれが人間の脳の本質的機能だすれば、私は出来損ないではなく正常《ノーマル》なのだ。
そんなことはありえない。私が知るあらゆるものが、私はふつうとはちがう人間、欠陥のある人間だと言っている。私はその文章を何度も何度も読み返し、私が知っていることにうまくあてはめようとしてみる。
とうとう私は残りの一節まで読み通す。『パターン解析、またはパターン創造は、ある種の精神病と同じように欠陥があることもある、その場合、間違った〈資料〉にもとづいてもたらされた誤った解析またはパターンに行き着いてしまう、しかしもっとも著しい認識の機能欠如の場合でさえ、この二つの行動は、人間の頭脳の特色であり、さらには人間ほど洗練されていない頭脳にさえある特色なのだ。非人間におけるこうした機能に興味を持つ読者は、左記の参考書を読むとよい』
そうするとおそらく私は正常《ノーマル》であり、かつ奇形なのだ……パターンを見たり作ったりする機能は正常《ノーマル》だが、おそらく私は誤ったパターンを創造するのではないか？
私は読みつづけ、最後に読むのをやめたとき、体ががくがくして疲労しきっていた、もう朝の三時になろうとしている。六章の『視覚処理のコンピュータによる評価』のところまで来た。

私はすでに変わりつつある。数カ月前、私は自分がマージョリを愛していることを知らなかった。競技会で知らないひととフェンシングができるとは知らなかった。生物学や化学を自分がやってきたような方法で学べるとは知らなかった。こんなにまで変われるとは知らなかった。

子供のころ何時間も過ごしたリハビリ・センターのひとたちはいつもこんなふうに言っていた。障害というものは、神が彼らに信仰のあかしを示す機会をおあたえになったということだと。私の母はくちびるをきゅっと結び、反論しようとはしなかった。当時の政府のあるプログラムは、リハビリテーションの奉仕を提供する各地の教会を通して資金を提供していた。私の両親はそのお蔭をこうむっていたわけである。母は、そのとき反論しようものなら、彼らが私をプログラムから閉め出すのではないかと恐れたのだろう。あるいは少なくとも母はその説教をもっと聞かされることになっただろう。

私は神がそういうものだとは思わない。人間を精神的に成長させるために悪いことが起こるようにするとは思わない。悪い親はそうする、と私の母は言った。悪い親は子供に辛い思いをさせるようなことをして、それを子供の成長のためだと言う。成長することも生きることもすでにじゅうぶん厳しい。子供たちにとってものごとがこれ以上厳しくなる必要はない。正常《ノーマル》な子供たちにとってもこれは言えると思う。小さな子供たちが歩くすべを学ぶ姿を私は見てきた。子供たちはみんなよちよちと歩いては何度も転ぶ。子供たちの顔は、それが容易なことではないことを示している。その子供たちに煉瓦を結びつけて、ますます辛い思いをさせるのは愚かしい。歩くことを学ぶのにそんなことをするのは愚かだというのが真実だとすると、成長し学習することにも同じことが言えると思う。

神は、よき親、父親だということになっている。だから神がものごとをより辛くさせるようなことはしないだろうと思う。私が自閉症であるのは、神が私の親に努力の対象が必要である、あるいは私に努力する対象が必要であると考えたためだと私は思わない。これは、赤ん坊のとき、岩が私の上に落ちてきて私の脚を折ったのと同じようなものだと思う。それが起こったのは、偶発事故である。神は事故を防いではくれなかったが、それを起こしたわけでもないのである。

偶発事故はだれの身にも起こるものだ。私の母の友人のシリアは、おおかたの事故はじっさいは事故ではない、だれかがなにか愚かしいことをやったことによって引き起こされたものだと言った。しかし怪我をするひとは、かならずしもその愚かなことをやった本人ではない。私の自閉症は事故だと思うけれども、それについてどうするかというのは私の問題だ。私の母はそう言っていた。

私がふだん考えているのはそういうことだ。ときどき自信はなくなるが。

雲が低くたれこめた灰色の朝。速度の遅い光はまだすべての暗闇を追いはらってはいなかった。私は昼の弁当を作る。〈シーゴとクリントン〉を持って階下におりる。昼休みに読めるはずだ。

タイヤはみんなふくらんでいる。新しいフロントガラスは壊れていない。私の友だちではない人物は私の車を傷つけることにあきたらしい。ドアの鍵を開け、弁当と本を助手席に置き、車に乗りこむ。運転をするときの私の好きな朝の音楽が頭のなかで鳴っている。キーをまわすがなにも起こらない。車はスタートしようとしない。なんの音もせず、キーがまわるカチッという小さな音がするだけだ。これがなにを意味しているか私にはわかっている。バッテリーが切れたのだ。

頭のなかの音楽がつまずく。バッテリーはゆうべはまだ切れてはいなかった。充電量の針は、ゆうべはノーマルだった。

車をおりてボンネットを開ける。ボンネットを持ち上げたとき、なにかが私に跳びかかってきた。私はうしろによろめいて舗道の縁に倒れそうになる。

それは子供のおもちゃ、びっくり箱だ。それはバッテリーがあるべきところに置いてある。バッテリーは消えていた。

勤めに遅れてしまう。ミスタ・クレンショウが怒るだろう。びっくり箱には触らずにボンネットを閉める。子供のころ、びっくり箱は嫌いだった。警察や保険会社や、あのうんざりするリストにのっているところに電話をかけなければならない。腕時計を見る。駅まで急いで行けば、シャトルに間に合うだろう、したがって遅刻することもないだろう。

私は弁当の袋と本を助手席から取り上げ、ドアに鍵をかけ、それから駅まで早足で歩く。財布のなかに警察官の名刺が入っている。仕事場からそこに電話をすればいい。

混み合うシャトルに乗ると、ひとびとは、目を合わそうとはせず、たがいの顔の向こうを凝視する。彼らはみんな自閉症者ではない。ただ車内では目を合わせないのが適切だということを知っている。あるひとはニューズ・ファクスを読んでいる。あるひとは車内のはしにあるモニターを凝視している。私は本を開いて、シーゴとクリントンが、脳がどうやって視覚の受けた信号を処理するかということについて述べている部分を読む。彼らがこれを書いた当時は、産業ロボットには、動きをガイドするのに単純な視覚の入力しか用いられていなかった。ロボットの双眼視は、大型兵器のレーザー・ターゲッティングを除いては、まだ開発されていなかった。

私は視覚処理の過程におけるフィードバックの回路に魅せられた。この興味深いものが、正常《ノーマル》な頭のなかで起こっているということに気づいていなかった。彼らはただものを見て、無意識的にそれを認知しているのだと思っていた。私の視覚処理が不完全なのは——もし私が正しく理解しているとすれば——ただ処理が遅いだけのことだと思っていた。

キャンパス前の駅に着くが、私はもうどちらに行けばよいかわかっている、それがわれわれの建物への近道だということを知っている。三分二十五秒早かった。ミスタ・クレンショウがまた廊下にいるが、私に話しかけてはこない。なにも言わずにわきにどくので、私は自分のオフィスに行けるわけである。私は言う。「おはようございます、ミスタ・クレンショウ」なぜならこれが作法だから。彼は、「おはよう」と言ったのかもしれない。私の言語療法士につけば、もっとはっきり発音するようになるだろう。

私は本をデスクにのせ、昼の弁当をキチネットに持っていく。ミスタ・クレンショウがこんどはドアのわきに立ち、駐車場のほうを見ている。彼は振り返り私を見る。「きみの車はどこだね、アレンディル？」と彼が訊く。

「家に」と私は言う。「シャトルで来ました」

「するときみはシャトルを使えるのだね」と彼は言う。彼の顔がちょっと光っている。

「じっさいは特別な駐車場はいらないわけだ」

「あれはとても騒音がひどいです」と私は言う。「だれかがゆうべぼくのバッテリーを盗みました」

「車は、きみのような人間にはたえず問題を起こすだけだな」と彼は近くに寄ってきて言う。「安全な地域に住まず安全な駐車場がない人間は、車を見せびらかすようなことはしてはいけないね」

「数週間前まではなにも起こりませんでした」と私は言う。自分がなぜ彼に反論したいと思うのか私にはわからない。議論するのは嫌いだ。

「運がよかっただけさ。ところがいまだれかがきみを標的に選んだようだね？　三件の破壊事件だ。少なくともこんどは遅刻はしなかったな」

「そのせいで遅刻したのは一度だけです」と彼は言う。

「そんなことは問題じゃない」と彼は言う。それではなにが問題なのか、われわれを嫌っていることに加えて。彼は私のオフィスのドアをちらりと見る。「仕事に戻りたいだろう」と彼は言う。「あるいははじめるか――」彼は廊下の時計を見る。開始時間を二分十八秒すぎている。私はこう言いたい、あなた、あなたのおかげで遅れました、でも私はそうは言わない。私はオフィスに入りドアを閉める。二分十八秒を埋め合わせようとは思わない。これは私のせいではないのだ。このことで私は少し興奮をおぼえる。

きのうの仕事を画面に呼び出す、すると美しいパターンがふたたび私の頭のなかで形をあらわす。パラメータがつぎつぎと流れこみ、パターンの構造をよどみなく変えていく。私は不要な変化がないかチェックしながら、許される範囲でパラメータを変化させていく。目を上げると、一時間と十一分経っている。ミスタ・クレンショウはもうわれわれの建物のなかにいないだろう。彼はいつもあまり長くここにはいない。廊下に人気《ひとけ》はないが、ジムのドアに出ているサインが見える。だれかがあそこにいる。それはかまわない。

私は言うべき言葉を紙に書いて、それから警察に電話し、最初の事件の担当警官であるミスタ・ステイシーを呼んでもらう。彼が電話に出ると、背景の物音が聞こえる。ほかのひとびとが喋っている、がたがたという物音もする。

「こちらはルウ・アレンデイルです」と私は言う。「ぼくの車のタイヤが切り裂かれたときにあなたが来ました。そのときあなたは電話をしろと――」

「そう、そう」と彼は言う。苛立たしそうな声で、ほんとうは聞いていないみたいだ。「イサカ巡査が次の週のフロントガラスの件を報告してきましたよ。まだ捜査するひまがなくてね」

「ゆうべぼくのバッテリーが盗まれました」と私は言う。「そしてだれかがバッテリーのあるべき場所におもちゃをおいていきました」

「なんだって？」

「けさ外に出ると、ぼくの車はエンジンがスタートしませんでした。ボンネットの下を見るとなにかがぼくに跳びかかってきました。それはバッテリーがあるべき場所にだれかがおいたびっくり箱でした」

「そこでじっとしていなさい、だれかをやるから――」と彼が言う。

「ぼくは家にいません」と私は言う。「いま仕事場です。遅刻するとボスが怒ります。車は家にあります」

「わかった。おもちゃはどこにある？」

「車のなかです」と私は言う。「触りませんでした。ぼくはびっくり箱は嫌いです。ただ蓋を閉めただけです」〝ボンネット〟と言うつもりだったのに、間違った言葉が口から出てきた。

「こいつは面倒だな」と彼は言う。「だれか、あんたのことをほんとうに嫌っているやつがいるんだな、アレンディルさん。一度ならいたずらだ、けど――だれがやったのか心当たりはないんですかね？」

「ぼくのことを怒っているひとはただひとり、ぼくのボスのミスタ・クレンショウです」と私は言う。「あのとき、遅刻したものだから。彼は自閉症者が嫌いです。彼はわれわれに治療実験をやらせたがって――」

「われわれ？　あんたが働いているところにはほかにも自閉症の人間がいるんですか？」

彼が知らないことに私は気づく。この前そのことについては彼は訊かなかった。「われわれのセクションは全員自閉症者です」と私は言う。「しかしミスタ・クレンショウがこんなことをやるとは思いません。しかし……彼は、われわれが特別運転免許を持ち、特別の駐車場を持っていることをよろこんではいません。われわれもほかのみんなと同じようにシャトルに乗るべきだと思っています」

「ふうむ。そして襲撃はすべてあんたの車に行なわれたわけだ」

「はい。しかし彼はぼくのフェンシングのクラスのことは知りません」ミスタ・クレンショウが街を走りまわり私の車を見つけ、それからフロントガラスを割るという光景を想像することはできない。

「ほかになにか？　なんでもいいんですがね？」

間違った非難はしたくない。間違った非難をすることはとても悪いことだ。だが車に二度と損傷をあたえてもらいたくない。ほかのことをする時間が奪われてしまう。私のスケジュールをめちゃめちゃにしてしまう。それに金も必要になる。

「センターにエミー・サンダースンというひとがいます、彼女はぼくが正常者《ノーマル》の友だちを持つべきではないと考えています」と私は言う。「でも彼女はフェンシングの稽古場がどこにあるか知りません」エミーだとは私はまったく考えていないが、この一ヵ月かそこらのあいだに私に対して怒った人物は、ミスタ・クレンショウのほかは彼女だけである。私の頭に浮かぶパターンは彼女にもミスタ・クレンショウにも適合しないが、これはパターンが間違っているにちがいない、なぜなら可能性のある名前がそこに浮かんでこないからだ。

「エミー・サンダースン」と彼はその名前をくり返す。「彼女は稽古場の場所は知らないと思うんですね？」

「ええ」エミーは私の友だちではないが、彼女がああいうことをしたとは信じられない。ドンは私の友だちだ、彼があああいうことをしたとは信じたくない。

「するとあんたのフェンシングのグループに関係のある人物のほうが可能性があるんじゃないかな？　うまくいっていない人物はいませんか？」

とつぜん汗が出てくる。「みんな、ぼくの友だちです」と私は言う。「彼らとはほんとうに友だちになれるはずがないとエミーは言いますが、彼らは友だちです。友だちは友だちを傷つけません」

彼はうなり声をあげる。そのうなり声がなにを意味しているのか私にはわからない。

「友だちといってもいろいろあるさ」と彼は言う。「フェンシングのグループのひとたちのことを話してくださいよ」

私は、トムとルシアのことをまず話し、それからほかのひとたちのことを話す。彼は名前を書きとめ、綴りのわからない名前は綴りを訊いた。

「そのひとたちはみんな来ていたわけですか、この数週間？」

「毎週というわけではありません」と私は言う。そして覚えているかぎりのことを伝える、だれが仕事で出張していたか、だれが来ていたか。「それからドンはインストラクターを変えました。トムのことを怒っていました」

「トムのことを。あんたじゃなく？」

「ええ」友だちを批判せずにこのことをどう伝えればよいのか私にはわからない、友だちを批判するのは悪いことだ。「ドンはときどきからかいますが、彼はぼくの友だちです」と私は言う。「彼がトムに対して怒ったのは、ドンがずっと昔にやったあることをトムがぼくに話したからで、ドンはぼくには話してもらいたくなかったのです」

「なにか悪いことでも？」とスティシーが訊く。

「競技会のことです」と私は言う。「ドンは、あの試合のあとぼくのところにやってきて、ぼくが悪いことをしたと言いました。それでトムが——ぼくのインストラクターが——ぼくのことにはかまうなと彼に言いました。ドンはぼくを助けようとしたのですが、トムはそれは助けているのではないと思ったのです。トムはぼくに、ドンが最初の競技会に出たときよりよくやったと言いました。ドンがそれを聞いていて、トムを怒ったのです。そのあと彼はわれわれのグループをやめました」

「ああ。あんたのインストラクターのタイヤを切り裂く理由のほうがありそうだな。ひとまず彼のほうを調べてみよう。ほかに思いついたことがあれば知らせてください。そのおもちゃを取り除く人間をそっちにやりますから。そいつから指紋かなにか取れるかもしれない」

　電話をおき、すわってドンのことを考えるが、あまりいい気分ではない。そのかわりマージョリのことを考える、それからマージョリとドンのことを。ドンとマージョリが……友だちだと考えるとちょっと気分が悪くなる。愛しあっていると考えると。マージョリがドンを嫌っていることは知っている。ドンは彼女が好きなのだろうか？　彼がマージョリのそばにすわったこと、彼が私と彼女のあいだに割りこんできたこと、ルシアが彼を追いはらったことを思い出す。

　マージョリは、私を好きだということをルシアに話したのか？　これもふつうのひとがよくやることだと思う。彼らは、だれがだれを好きだとか、どれほど好きかということを知っている。彼らは思いなやむ必要がない。これは彼らの読心術のようなもので、ひとが冗談を言っているか、本気で言っているか、ちゃんとわかるのだ。言葉が正しく使われているか、あるいは冗談として使われているかちゃんとわかるのだ。私は、マージョリがほんとうに私を好きなのかどうかわかればいいと思う。彼女は私にほほえみかける。私に快い声で話しかける。だが好きでなくとも、嫌いでなければ彼女はそうするのかもしれない。彼女はだれにでも気持よく接する。食料品店でそういう彼女を私は見た。

エミーの非難を思い出す。もしマージョリが私のことを興味ある症例として、彼女の分野ではないが研究対象として見ているとしたら、同じように私にほほえみかけ話しかけるだろう。それは彼女が私を好きだということではない。彼女はドクター・フォーナムよりいいひとだということなのかもしれない、ドクター・フォーナムでも、こんにちはや、さようならを言うときはちゃんと笑みをうかべるが、でもマージョリの笑みのように目まで笑ってはいない。マージョリがほかのひとたちにほほえみかけるところを見たことがある、彼女の笑みはいつも心からあふれでるものだ。それにしても、もしマージョリが私の友だちなら、自分の研究の話をするときは、私に真実を話すだろう、もし私が彼女の友だちならば、私は彼女を信じなければいけない。

私は頭を振り、そうした考えを、それがもともといるはずの暗闇に追いやる。私は、回転螺旋を回すために扇風機をつける。いまはそれが必要だ。呼吸がとても速くなり、首すじに汗がにじみだしてくる。それは車のせいだ、ミスタ・クレンショウのせいだ、警察に電話をしなければならなかったせいだ。マージョリのせいではない。

数分すると私の脳の機能はパターン解析とパターン発生に取り組みはじめる。〈シーゴとクリントン〉に考えがいかないようにする。警察との話で費やした時間を埋め合わせるために昼食の時間の一部も仕事をするつもりだが、ミスタ・クレンショウのおかげでむだにした二分十八秒は埋め合わせるつもりはない。

パターンの複雑さと美しさに没頭し、一時二十八分十七秒まで昼食の場に行かない。

頭のなかの音楽はブルッフのヴァイオリン協奏曲第二番。この録音は家に四つおいてある。私の大好きな二十世紀の演奏家パールマンの演奏でとても古いものである。あとの三つはそれより新しいもの、そのうち二つはまあよいものだがあまりおもしろくない。もう一つは去年のチャイコフスキー・コンクールの優勝者、イドリス・ヴァイ＝カサデリコスのもので、彼女はまだとても若い。ヴァイ＝カサデリコスは、年をとればパールマンぐらいよくなるかもしれない。パールマンが彼女の年頃にどれほど巧かったか私は知らないが、いまの彼女は情熱をこめて弾く、長い音符を滑らかに胸にせまるように長く引っ張って弾く。

これはほかの曲より、ある種のパターンを見やすくしてくれる曲である。バッハは、パターンの大部分をきわだたせてくれるが、ほかの……私の最善の表現を使えば〈省略的な〉ものはそうではない。この長々と流れる音楽、これはバッハがきわだたせるバラの花のようなロゼット形のパターンをぼやけさせ、流れのなかに、安息をあらわす長い不均整な構成要素を見出し組み立てるのに役立つ。

それは暗い音楽である。私にはそれがうねうねとうねる長く黒い縞として聞こえる、濃紺のリボンが夜風に吹かれているように、星々をおおいかくし、ときにはあらわしたりする。いまは低く、いまは大きく、いまはヴァイオリンだけ、オーケストラがそのうしろでかすかに呼吸している、いまは大きく、ヴァイオリンは空気の流れにのるリボンのようにオーケストラに乗って走る。

〈シーゴとクリントン〉を読むあいだ頭に鳴らしておくにはよい音楽だと思う。弁当を大急ぎで食べ、扇風機のスイッチのタイマーをセットする。こうしておけば、きらきらと動く光が、仕事にもどる時間を私に教えてくれる。

〈シーゴとクリントン〉は、脳が、縁や角度や手触りや色彩を処理する方法、そして視覚処理の層のあいだを情報がいかに行き来するかということについて述べている。顔を認識するための特別な領域があることは知らなかった、もっとも彼らが引用している参考文献は二十世紀にさかのぼるものだが。一つの物体を異なった傾きでも同じものと認識する能力は、生まれつき盲目で、あとになって視力を得たひとたちには欠けていることも私は知らなかった。

くり返しくり返し彼らは、生まれつき盲目であるとか、頭部に怪我をして脳に外傷を受けた場合とか脳卒中とか動脈瘤とかいった状況について、私には理解しがたいことを記している。私の顔が、ほかのひとが強い感情を覚えたときに顔が変わるように変わらないのは、私の脳がその形の変化を処理しないということなのか？

かすかにぶうんという音。扇風機が回りだす。私は目を閉じ三秒待ってまた目を開ける。

部屋に色彩と動きが満ちあふれる、回転螺旋や風車がみんな回り、回りながら光を反射させている。私は本をおいて仕事にもどる。きらきらと光りながらたえまなく振動するものが私の神経を鎮めてくれる。ノーマルなひとたちがこれを無秩序と呼んでいるのを聞いたことがあるが、そうではない。これは一つのパターンだ、規則的で予測可能なパターン。それを理解するのに数週間かかった。きっと理解するにはもっと楽な方法があるにちがいないと思ったが、それがほかとうまく連動する速度で動くように、それぞれのパートを調整しなければならなかった。

電話が鳴る。鳴っている電話は嫌いだ。なにかやっているときは、ぎくっと跳び上がってしまう。向こう側のだれかが、私といますぐ話したがっているのだ。私は深呼吸をする。「ルウ・アレンデイルです」と答えると、はじめは騒音しか聞こえない。

「ああ――こちらはステイシー刑事」とその声は言う。「あのね――あんたのアパートにうちのものをやったんですがね。もういちどあんたのライセンス・ナンバーを教えてください」

私はそれを暗唱する。

「ああ。さて、あんたと折りいって話をする必要があるんですがね」彼は話をやめる。私がなにか言うのを待っているのかなと私は思う、だがなんと言えばよいかわからない。とうとう彼が話をつづける。「あんたは危険にさらされているんじゃないかと思うんですよ、アレンデイルさん。だれがこれをやったにせよ、いいやつじゃない。うちのものがあのおもちゃを取り出そうとしたとき、小さな爆発があった」

「爆発！」

「そう。さいわい、うちの連中は用心深かった。連中は、その装置が気に入らなかったので、爆薬処理班を呼んだ。だがもしあんたがあのおもちゃを取り上げていたら、あんたは指の一本か二本をなくしていただろう。あのおもちゃがあんたの顔に当たっていたかもしれない」

「なるほど」私はじっさいその光景を見ることができた、目の前に思い浮かべることができた。私はもう少しで手を伸ばしてあのおもちゃをつかむところだった……そしてもしそうしていたら……ふいに体が冷たくなる。手が震えだす。

「この人物をさっそく探し出す必要がある。あんたのフェンシングのインストラクターの家にはだれもいなくて――」

「トムは大学で教えています」と私は言う。「化学工学」

「それは助かる。奥さんのほうは？」

「ルシアは医者です」と私は言う。「医療センターで働いています。この人物はほんとうにぼくを傷つけたいのでしょうか？」

「あんたを面倒にまきこみたいと本気で思っているな」と刑事は言った。「それにいやがらせがだんだんひどくなっている。警察まで来てもらえませんか？」

「仕事が終わるまではここを出ることはできません」と私は言う。「ミスタ・クレンショウが怒るでしょう」もしだれかが私を傷つけようと狙っているのだとしたら、私はもうほかのひとを怒らせたくない。

「うちのものをそちらにやりましょう」とミスタ・ステイシーは言う。「あんたのいるところはどの建物ですか?」私は建物を彼に教えてやり、どの門を入ればいいか、われわれの駐車場にたどりつくにはどちらに曲がればいいか教えてやる。彼は話をつづける。「半時間以内にそちらに行けるはずです。指紋が出ましたから。あんたの指紋とほかの連中の指紋と比較する必要があります。あんたの指紋は車じゅうについているはずだしね——それに最近修理に出しているから、とうぜんほかの指紋もあるはずだ。しかしあんたの指紋、あるいは修理工の指紋と一致しない指紋が見つかれば……確かな証拠が入るわけだから今後の捜査に役立ちます」

ミスタ・オルドリンやミスタ・クレンショウに警察がここにやってきて私と話し合うということを話すべきかどうか迷う。どっちがミスタ・クレンショウをさらに怒らせるか、私にはわからない。ミスタ・オルドリンはあまりしばしば怒らないように思える。私は彼のオフィスに電話する。

「警察がぼくのところに話をしに来ます」と私は言う。「時間の埋め合わせはします」

「ルウ! いったいどうした? なにをやったんだ?」

「ぼくの車のことです」と私は言う。

私がなにも言わない先に、彼が早口で話しだす。「ルウ、彼らになにも言うな。きみに弁護士をつける。だれか、怪我をしたのか?」

「だれも怪我はしません」と私は言う。彼がふうと息を吐き出す音が聞こえる。

「そうか、そいつはよかった」と彼は言う。

「ボンネットを開けたとき、ぼくはあの装置に触りませんでした」

「装置? なんのことを言っているんだ?」

「あれ……あれです、だれかがぼくの車のなかにおいたものです。おもちゃのような、びっくり箱のようなものでした」

「待て——待てよ。警察は、きみの身になにかあったのでやってくるのか、だれかほかの人間がなにかやったから来るというのかね? きみがなにかやったからではなくて」

「ぼくはあれに触りませんでした」と私は言う。たったいま彼が言った言葉がゆっくりと一つずつ聞こえてくる。彼の声がうわずっているので、はっきりと聞きとれない。彼ははじめ、私がなにか悪いことをやったので、警察がここに来ると思ったのだ。ここで働きはじめてからずっと知っているこのひとが——このひとが、なにかとても悪いことを私ができると思っている。心がさらに重くなる。

「すまない」と彼は私が口を開くより先に言う。「きっと——きっとこんなふうに聞こえただろう——きみがなにか悪いことをしたという結論にわたしが飛びついたように。すまない。きみはそんなことはやらないと知っているのに。だがきみが警察と話をするときは、会社の弁護士がついているほうがいいと思うが」

「いいえ」と私は言う。私はひいやりと苦々しいものを感じる。子供扱いをされるのはいやだ。ミスタ・オルドリンは私が好きだと思っていた。もし彼が私を好きでないとしたら、私をもっと好きでないミスタ・クレンショウは、じっさい私を憎んでいるにちがいない。

「弁護士はいやです。弁護士は必要ありません。ぼくはなにも悪いことはしていません。だれかがぼくの車をこわしたのです」

「一度だけでなく?」と彼が訊く。

「はい」と私は言う。「二週間前、ぼくのタイヤがぜんぶパンクしました。だれかが切り裂いたのです。そのときぼくは遅刻しました。それからその次の水曜日、ぼくが友だちの家にいるあいだに、だれかがぼくのフロントガラスを叩き割りました。そのとき警察を呼びました」

「しかしきみはわたしに話してくれなかったな、ルウ」とミスタ・オルドリンが言う。

「ええ……ミスタ・クレンショウが怒ると思ったからです。それからけさ、ぼくの車のエンジンがかかりませんでした。バッテリーがなくなっていました、そしてそのかわりにおもちゃがおいてありました。オフィスに来て、それから警察に電話しました。警察のひとが見にいってくれましたが、そのおもちゃの下に爆発装置がありました」

「なんてこった、ルウ……すると……きみは怪我したかもしれないんだ。恐ろしいことだ。きみにはなにか考えが——いや、あるはずはないな。いいかね、これからすぐそっちへ行くよ」

すぐ来なくてもいいです、と言うより前に彼は電話を切った。私は興奮しすぎて、仕事ができない。ミスタ・クレンショウがどう思おうがかまわない。私はジムで時間を過ごすことが必要だ。あそこにはほかにだれもいない。跳躍用の音楽をかけてトランポリンの上で跳躍をやる、はずみをつけて高い跳躍を何度も。はじめのうちは音楽とリズムが合わないが、そのうちに動きが安定する。音楽が私を跳び上がらせ、はずみをつけて下ろす。トランポリンの伸縮する布地に落ちて、それからはずみをつけて跳び上がるとき、私の関節は圧縮され、そのたびに音楽のビートを感じる。

ミスタ・オルドリンがやってくるころには、私の気分はよくなる。汗をかいて汗のにおいがしても、音楽が私の体内で鳴っている。私は震えていない、怖くもない。とてもいい気分だ。

ミスタ・オルドリンは心配そうな顔をして、必要以上に私に近よりたがる。汗のにおいで彼に不快な思いをさせるのはいやだ。彼に触られるのもいやだ。「だいじょうぶか、ルウ？」と彼は訊く。彼の手が、私を軽く叩こうとするようにずっと伸ばされてくる。

「だいじょうぶです」と私は言う。

「ほんとかね？　ここに弁護士を連れてこようとほんとうに思っているんだ、それから診療所に行って——」

「怪我などしていません」と私は言う。「だいじょうぶです。医者に診てもらう必要はありませんし、弁護士もいりません」

「警察が来るとゲートに言っておいた」とミスタ・オルドリンは言う。「ミスタ・クレンショウにも言わなければならなかった」彼の眉が下がる。「彼は会議中だ。会議がおわったらメッセージを読むだろう」

ドアのブザーが鳴る。この建物に入る権限を持つ社員はそれぞれのキー・カードを持っている。訪問者だけがブザーを鳴らさなければならない。「わたしが行く」とミスタ・オルドリンが言う。私は自分のオフィスに行くべきか、廊下に立っているべきか、どうすればいいかわからない。私は廊下に立ったままミスタ・オルドリンがドアのところに行くのを見守る。彼はドアを開け、そこに立っている男のひとになにか言う。そのひとがそばに近づいてくるまで、そのひとが前に話したことのあるひとなのかどうかわからない、それからそのひとであることがわかる。

第十三章

「やあ、アレンデイルさん」と彼は言う、そして手をさしだす。私も手をさしだすけれども、握手はしたくない。握手はこの場にふさわしくない。「話のできる場所はありますかね？」と彼は訊く。

「ぼくのオフィスで」と私は言う。私は先に立って案内する。客が来ることはないので、余分の椅子はない。ミスタ・ステイシーは、きらきら光るもの、回転螺旋、風車、その他の飾りものを見ている。彼がこれらを見てどう思うか私にはわからない。ミスタ・オルドリンは低い声でミスタ・ステイシーと話をして出ていく。私は腰をおろさない、なぜかというと自分が相手のボスでないかぎり、相手が立っていなければならないのに、こちらがすわるのは無作法だから。ミスタ・オルドリンは、キチネットにある椅子を持って戻ってくる。彼はそれを私のデスクと書類の引き出しのあいだにおく。それから彼はドアのそばに立っている。

「で、あなたは？」とミスタ・ステイシーが彼を振り返って訊く。

「ピート・オルドリンです。ルウの直接の上司です。事情をご承知かどうか知りませんが

――」ミスタ・オルドリンは、私には見当のつきかねる表情で私を見る、そしてミスタ・ステイシーはうなずく。

「前にアレンデイルさんと話し合いましてね」と彼は言う。私はまたもや、彼らのやり方に驚く、言葉によらず情報を交換しあう彼らのやり方に。「あなたをお引き止めしてはいけないな」

「しかし……しかし彼には必要ではないかと――」

「オルドリンさん、アレンデイルさんは面倒を起こしたわけではありませんよ。われわれは彼を助けようとしているんです、この頭のおかしいやつが彼を傷つけるようなことがないように。われわれがこの人物を突き止めるあいだの数日間、彼を安全にかくまっておく場所があるなら、願ってもありませんが、そうでなければ――わたしが彼とお喋りをするあいだ、子守がいるとは思いませんがね。それも彼次第ですが……」警官は私を見る。彼の顔には、笑いではないかと思われる表情が浮かんでいるが、よくわからない。それはとてもかすかな表情だ。

「ルウは非常に有能です」とミスタ・オルドリンが言う。「われわれは彼を高く評価しています。わたしはただ――」

「彼が公平な扱いを受けるかどうかたしかめたかった。わかります。しかしあくまでも彼次第です」

彼ら二人は私を見ている。私は、博物館の展示品を見るような彼らの視線に突き刺されるのを感じる。ミスタ・オルドリンは、ここに残ってくださいと私に言ってもらいたいのだということはわかる、だが彼がそう望むのは間違った理由で、私は彼にここにいてもらいたくない。「ぼくはだいじょうぶです」と私は言う。「なにか起こったらあなたを呼びます」

「かならずそうするんだよ」と彼は言う。彼はミスタ・スティシーを長いこと見たのち出ていく。彼が廊下を歩いていく足音、そしてキチネットの椅子がきしる音がして、チリン、カタンとお金がドリンク・マシンに入っていく音、なにかの缶が下に落ちる音が聞こえる。彼はなにを選んだのか。私が彼を必要とする場合にそなえてそこにいるつもりなのだろうか。

警官は私のオフィスのドアを閉め、それからミスタ・オルドリンが彼のためにおいた椅子にすわる。私はデスクの前にすわる。彼は部屋のなかを見まわしている。

「回るものが好きなのかな？」と彼は言う。

「はい」と私は言う。彼はどのくらいの時間ここにいるのだろうか？　その時間の埋め合わせはするつもりだ。

「破壊行為について説明させてください」と彼は言う。「いくつかの種類があります。犯人は――たいてい子供ですが――ただちょっとした面倒を起こしたいやつら。タイヤを切り裂くとか、フロントガラスを壊すとか一時停止の標識を盗むとか――ほかの理由はともあれ、刺激が欲しくてやるんです、やつらは相手がだれだか知らない、だれでもいいんでそれからわれわれが過剰行動と呼ぶものがある。バーで殴り合いをして、それが外でもつづいて、駐車場にある車のフロントガラスを割る。通りに大勢ひとが集まる。だれかが乱暴をはたらく、そしてつぎには店の窓をたたきわって商品を盗む。そういう連中はふだんは過激なことはなにもやらない連中です——自分たちが群衆といっしょにやった行動にショックを受ける連中です」彼は話をやめて私を見る、私はうなずく。彼がなにかの反応を期待しているのがわかるからだ。

「破壊行為のあるものは、特定の人間を傷つける意図はないということですか？」

「そのとおり。騒ぎを起こしたがる人間はいるけれども、対象にする人間のことは知らない。ふだん騒ぎを起こさない人間が、なにかに関わりを持って過激な行動に走ってしまうこともある。さてわれわれはまず破壊行為の例をあげると——たとえばあんたのタイヤのように——これはあきらかに過激な行動ではない、われわれはさいしょに不特定多数の個人を考える。これはもっともふつうの形です。もしほかにもう二台の車がその近隣で——あるいは同じ交通ルート上で——その数週間後にタイヤを切り裂かれたら、どこかの悪がきがお巡りを愚弄するためにやったんだなと思う。迷惑な話だが、危険じゃない」

「お金がかかります」と私は言う。「その車の持ち主にとっては」

「たしかに、だから、それも犯罪ですよ。しかし破壊行為には三つ目の型があって、これは危険なものです。特定の人物を狙っているやつです。典型的な例では、この人物はまず迷惑行為のようなことをやるが危険なことはやらない——タイヤを切り裂くようなことです。こういう連中のあるものは、報復行為は一度で満足する、その恨みがなんであれ。もしそうなら危険ではない。だがあるものたちはちがうんです、われわれが心配するのはそういう連中です。あんたの場合を見ると、比較的非暴力的なタイヤの切り裂き事件、その次がもっと過激なフロントガラスの破壊、それからさらにあんたに怪我を負わせるような過激な行為、つまり小さな爆発装置をしかけた。犯行がしだいにエスカレートしている。それでわれわれはあんたの安全を憂慮しているんですよ」

私は、自分が外にあるなにものにも接続されずに水晶の球のなかに浮かんでいるような気がする。危険にさらされているという感覚はない。

「あなたは安全だと感じているかもしれない」とミスタ・ステイシーは、私の頭のなかを読んでそう言う。「だからといってあんたが安全だとはかぎらない。あんたが安全でいられる唯一の方法は、あんたをつけまわしているいかれ野郎が刑務所にほうりこまれることですよ」

彼は〈いかれ野郎〉といともあっさりと言う。私のことも彼はそう思っているのだろうか。

ふたたび彼は私の頭のなかを読む。「すまない——〈いかれ野郎〉なんて言うべきじゃなかった……あんたはきっとそういう種類の言葉はさんざん聞いてるでしょう。おれは頭にくるんですよ……ここにいるあんたは勤勉でちゃんと法も守っている、ところがこの——この人物はあんたを狙って追いまわしている。やつの問題はなんですかね？」

「自閉症者ではない」と私は言いたいが言えない。自閉症の人間がストーカーをするとは思わないが、すべての自閉症者を知っているわけではないし、私が間違っている可能性もある。

「われわれがこの脅迫を真剣に受け取っていることをあんたに知ってもらいたいだけですよ」と彼は言う。「たとえわれわれが最初すぐに行動を起こさなかったとしてもですよ。だから真剣に受け止めましょう。あんたを狙ってくるのはたしかですから――〝三度目は敵対行為〟という諺《ことわざ》を知っていますかね？」

「いや」と私は言う。

「一度目は事故、二度目は偶然、三度目は敵対行為。だからたまたまあんたが標的になったことが、三度起こったら、それはだれかがあんたを狙っていると考えていい」

私はこの言葉をちょっと考える。「しかし……もしそれが敵対行為なら、一度目のときも敵対行為だったわけですね？　事故ではなかったのでは？」

彼は驚いた顔をする、眉が上がり口が丸くなる。「じっさい――ああ――おっしゃるとおりだ、しかし問題は、ほかの事件が起こるまで最初の事件についてはわからないということで、そのときは同じ部類に入れられるわけだ」

「もしほんとうに偶然の事故が三度起きるとしても、それらを敵対行為だと考えることができるし、それでも間違いだと考えることもできるんですね」と私は言う。

彼は私を見つめ首を振り、そして言う。「間違い方はどれだけたくさんあるのかな、正しいやり方はどれほど少ないのかな?」

計算が即座に頭のなかを走りすぎる、解明の絨毯の表面に、事故（オレンジ）、偶然（グリーン）、敵対行為（赤）という色で模様をつける。三つの事件は、それぞれ三つの数値を持つことができる、すなわちその数値は三つの仮説を示すもので、その仮説の一つ一つがその行為にあたえられた数値によって正しいか、または間違っているかのどちらかになる。そこには、試みに事件を起こされた当人の敵かもしれない人物が行なう操作として不可能な場合を排除するという、事件の順序の選び方についての、ある種のふるいが必要である。

これは私が毎日扱っている問題のようなもので、ただしこれははるかに複雑である。「ぜんぶで二十七とおりの可能性があります」と私は言う。「もしこの仮説はすべて正しいということをもとに正しさを定義するのでしたら、そのうちのただ一つが正しいということになります――つまり最初の事件は事実上事故で、第二の事件は事実上偶然の一致、そして第三の事件は事実上敵対行為であるという仮説です。もしこの三つの事件のすべてが敵対行為だということが正しいと定義づければ、二十七とおりのうちたった一つが――しかし前のとはちがうもの――真実だということになります。もし前に二つの事件が起こったという事実があるにもかかわらず、三つめの事件が敵対行為であることが正しいという定義をくだせば、九つの事件において、この説がこれは敵対行為であるとあなたに警戒をうながすことになります。ただし前に起こる二つの事件が敵対行為ではなく、三つめがそうであるとなれば、それに関連した出来事の選択はより以上に重要なものになります」

彼は口をちょっと開けて私を見つめている。「あんた……それを考えだしたのか？　頭のなかで？」

「べつにむずかしいことではありません」と私は言う。「これは単に順列の問題です、順列の公式は高校で教えられます」

「するとそれがじっさいに正しいという確率は二十七に一つということなんですね？」と彼は訊く。「そりゃ馬鹿げてる。だってそれがまったくの真実でなかったら、諺になるはずがない……それはなんです？　四パーセントぐらいですか？　なにかが間違っている」

彼の数学の知識と論理の欠陥は、うんざりするほど明らかだ。「ほんとうを言えば、真実はその基礎となる目的がなにかということに依ります」と私は言う。「最初の事件は事故、二番めの事件は偶然の一致による出来事、そして三番めの事件は敵対行為であるという説が全面的に正しいという場合は二十七回に一回しかありません。ということは全体の三・七パーセントで、この説の真実性には九六・三パーセント、誤りの確率があることになります。しかし九つのケースの場合――つまり全体の三分の一ですが――最後の事件が敵対行為であるという場合がある、となるとこれは最後の事件に関するかぎり、誤りの確率が六七パーセントまで下がるということになる。そして十九のケースの場合、敵対行為が起こりうる――一度めの事件、二度めの事件、そして三度め、あるいはその組み合わせとして。二十七回のうちから十九回起こるといえば、七〇・三七パーセントの確率です。

つまりそれが三連続事件のなかの少なくとも一つが敵対行為として起こりうるという確率です。敵対行為に関してのあなたの推測は二九・六三パーセントの場合間違っています。でもそれは全体の三分の一の場合ですから、もし敵対行為を注意して見張っていることが大事なら——つまり敵対行為を見つけることが、それが存在しないときにそれを疑わないことより、あなたにとって大事であれば——あなたが三つのじゅうぶんに関連しあうと思われる事件を観察するとき、敵対行為が発生したと推定するのは価値があることでしょう」

「たまげたな」と彼は言う。「あんた、本気なんですね」彼はふいに頭を振った。「すまない。わたしは——あんたが数学の天才だとは知らなかったもんでね」

「ぼくは数学の天才ではありません」と私は言う。これらの計算は簡単で、小学生でもできることだと言いかけ、それはこの場にふさわしくないかもしれないと思いなおす。彼にそれができないのだとすると、彼は気分を悪くするだろう。

「しかし……あんたが言っていることは……〝三度めは敵対行為〟というあの諺に従うと、わたしはしじゅう間違えることになるわけですな？」

「数学的には、あの諺はしばしば正しいとは言えません。あれは単なる諺で、数学の公式ではありませんし、数学では公式だけが正しい答えをみちびきます。現実においては、それは結びあわせる出来事の選択によります」どう説明しようかと私は考える。「シャトルで仕事に行くとちゅう、ぼくがいまさっきペンキを塗ったばかりのものに手をのせるとしましょう。ぼくは〈ペンキ塗り立て〉の標識を見なかったか、あるいはその標識が偶然落ちていた。もしぼくが手にペンキをつけてしまった偶発事件を、卵を床に落とした事件、それから舗道の割れ目でつまずいた事件と結びつけて、これを敵対行為と呼ぶとすると——」

「それはあんた自身の不注意ということだ。なるほど。教えてくれませんかね、関連しあう出来事の数が多くなればなるほど間違いの確率は減るものですかね？」

「もちろん、あなたが正しい出来事を選択するならば」

彼はまた頭を振る。「ではあんたの事件にもどって、われわれが正しい出来事を選択しているかどうか確かめよう。だれかがあんたの車のタイヤを、二週間前の水曜日の夜のいつかに切り裂いた。さて水曜日にあんたは友だちの家に行く……フェンシングの稽古に？それは剣を使う競技かなにかですか？」

「ほんものの剣ではありませんよ」と私は言う。「スポーツ用の剣です」

「オーケー。それを車のなかに入れているんですか？」

「いいえ」と私は言う。「ぼくはそういうものはトムの家に預けてあります。何人かのひとたちがそうしています」

「すると動機は、まず盗みではない。そしてその次の週に、あんたの車のフロントガラスが、あんたがフェンシングをしているあいだに、通りがかりの車に割られた。またもやあんたの車への襲撃、それから今回はあんたの車の置き場所から、襲撃者が、毎水曜日にあんたがどこに行くかを知っていることを明らかにしている。そしてこの三度目の襲撃が行なわれたのは、水曜日の晩、あんたがフェンシングの稽古から帰宅したときから朝起きるまでのあいだです。このタイミングが意味するものは、この事件はあんたのフェンシングのグループに関係があるということじゃないですかね」

「水曜日の夜しか行動できない人間の仕業でないかぎりは」と私は言う。

彼は私を長いこと見つめている。「なんだかあんたは、フェンシングのグループに属する人間――あるいは過去に属していた人間――があんたに恨みを抱いている可能性に向かい合いたくないような口ぶりですな」

彼は正しい。私は何年ものあいだ毎週会っていたひとびとが私を嫌っていると考えたくはない。そのなかのひとりにしろ、私を嫌っているとは考えたくない。あそこにいると安全だという感じがした。彼らは私の友だちだ。私にはミスタ・ステイシーが私に見ろといっているパターンが見える――それははっきりしている、明らかに単純な頭脳の連想、そして私はすでにそれを見ている――しかしそれはありえないことだ。友だちは仲間にいいことを願うもので、悪いことを願ったりはしない。

「ぼくはそうは……」喉がつまる。頭のなかが押しつけられる感じがする、それはしばらく楽に話ができないということを意味している。「それは……正しくない……あなたが……言っている……不確かなことが……正しい……と……と……言うのは……正しく……ない」ドンのことを言わなければよかったと思う。悪いことをしたと思う。

「あんたは見当ちがいの非難はしたくないんですね？」と彼が言う。

私は無言でうなずく。

彼は溜め息をつく。「アレンデイルさん、だれにも自分を嫌う人間はいるものだ。みんなが嫌うからといってそのひとがかならずしも悪い人間とは限らないんですよ。それにほかの人間があんたを傷つけないよう穏当な予防措置をとったからといってあんたが悪者になるわけじゃない。そのグループのなかにあんたに恨みをもっている人間がいるとしたら、正当であろうとなかろうと、その人間は、今回の事件を起こした人物かもしれない。わたしにはわかっていますよ。わたしはなにも、その人間があんたを嫌っているからといって犯罪矯正所に投げこむつもりはありませんよ。しかしわれわれがこの事件を本気にしなかったためにあんたが殺されるようなことになってもらっては困るんです」

私にはまだ、だれかが——ドンが——私を殺そうとはかっているとは想像できない。私は知り合いのひとたちを傷つけるようなことはしたことはない。ひとは、些細な理由でひとを殺したりしないものだ。

「要はですね」とミスタ・ステイシーは言う。「ひとはそりゃあばかばかしい理由でひとを殺すものなんです。些細な理由で」

「そんな」と私はつぶやく。正常《ノーマル》なひとたちはなにをやるにも理由がある、大きなことには大きな理由が、小さなことには小さな理由が。

「そうなんです」と彼は言う。その声はきっぱりしている。彼は自分の言うことを信じている。「むろん、だれもかれもというわけじゃない。しかしあんたの車にあの馬鹿げたおもちゃを置いたやつは、それも爆薬が入っているものを置いたやつは――ふつうの正気の人間じゃないな、アレンデイルさん、わたしに言わせれば。殺しをやるそういう種類の連中は、職業柄よく見てきているんです。パンを一切れ、許しもないのに食べたといって壁に子供を投げつける父親とか。どちらが食料品を買い忘れたかについて口論の最中、前後の見境がなくなって凶器を手にするかみさんとか亭主とかね。あんたが根拠のない非難をするような人間だとは思わない。あんたが捜査の手がかりになるようなことを話してくれれば、われわれはぜったい慎重に捜査しますから。あんたにつきまとっているこの人間は、こんどはほかの人間につきまとうかもしれないんですよ」

私は話したくない。喉がぎゅっと詰まって痛くなる。しかしもしこんなことがほかのひとの身に起こるとすれば……

私がなにをどう言おうかと考えていると、彼が言う。「そのフェンシングのグループのことをもっと話してください。いつからそこへ行くようになったんです？」

これなら私にも答えられるので、私は答える。稽古はどんなふうにやるのか、稽古をするひとは何時に来るのか、何時に帰るのか、というようなことを話してくれと彼は言う。

私はあの家のこと、裏庭のこと、用具を置いておく場所のことを説明する。「ぼくのものはいつも同じ場所に置きます」と私は言う。

「何人の人間が、トムのところに用具を預けていくんですか、毎回持ち運びするかわりに」と彼は訊く。

「ぼくのほかにですか？　二人」と私は言う。「ほかにも預けるひとはいます、競技会に出るようなときには。でもいつも預けているのはわれわれ三人です。ドンとシェラトンがそうです」とうとう。ドンの名前を言っても息苦しくはない。

「なぜですか？」と彼は静かに訊く。

「シェラトンは仕事でよく出張します」と私は言う。「毎週は出てきません、そして彼は一度、海外に出張しているあいだにアパートに泥棒に入られて剣一式をなくしてしまったのです。ドンは――」喉がまた詰まりそうになるが、私は先を急ぐ。「ドンはいつも自分の用具を忘れてひとのものを借りるのです、それでとうとうトムが、忘れずにすむからここに置いていくようにと言いました」

「ドン。これはあんたが電話で言っていたのと同じドンですね？」

「はい」と私は言う。全身の筋肉がかたくなる。彼が私のオフィスにいて私を見ているので、ずいぶんかたくなる。

「あんたと同じグループなんですね？」

「はい」

「同じグループにいるほかの友だちはだれですか？」

彼らはみんな私の友だちだ。エミーは、彼らが私の友だちになるはずがないと言った。彼らはノーマルで私はノーマルではない。しかし彼らは友だちだと私は思った。「トム」

と私は言う。「ルシア。ブライアン。マ - マージョリ……」

「ルシアはトムの奥さん、そうですね？ そのマージョリっていうのは？」

顔が火照ってくるのがわかる。「彼女は……彼女はひとです……ぼくの友だちであるところの」

「ガールフレンド？ 恋人？」

私の頭から言葉が光より速く飛び去っていく。私はまた無言で頭を振るばかりだ。

「あんたがガールフレンドであってほしいと思うひとですか？」

私の全身が硬直する。あってほしいと思う？ もちろんあってほしい。あえて望むか？ いや。私は首を横に振ることもうなずくこともできない。喋ることができない。私はミスタ・スティシーの顔に浮かぶ表情を見たくない。彼がどう思っているか知りたいとも思わない。だれも私を知らないところへ、だれも質問しない静かなところに逃げていきたい。

「ここでちょっとわたしが考えていることを話しましょう、アレンデイルさん」とミスタ・スティシーが言う。彼の声はぷつんぷつんととぎれて、鋭い音のかけらになり、私の耳を切り裂き、私の思考を切り裂く。「あんたがほんとうにその女性、そのマージョリを好きだとして――」

そのマージョリ、まるで人間ではなく標本みたいな言い方だ。彼女の顔、彼女の髪の毛、彼女の声が温かく私を押しつつむ。

「それであんたはちょっとばかりはにかみ屋だ――けっこう、あまりひととのつきあいが多くない連中にはふつうのことだ、あんた、つきあいはそう多くはないと踏んでるが。そしてたぶん彼女はあんたが好きで、たぶん彼女は遠くから慕われるのをただ楽しんでる。そしてこのもうひとりの人物は――ドンかもしれないし、そうじゃないかもしれない――彼女がきみを好きらしいんで頭にきている。たぶんやつは彼女が好きだ。たぶん彼はただあんたが嫌いなだけかもしれない。どっちにせよ、あんたたちふたりのあいだに、見たくもないものを見ている。嫉妬は、暴力的な行為のごくふつうの原因になる」

「ぼくは……そう……思い……たくない……彼が……その人物だと……」私は喘ぎながら言葉を吐き出す。

「あんたは彼が好きですかね？」

「ぼくは……知っている……思う……思った……ぼくは知っている……知っていた……彼を……」黒々としたものが体のなかに渦巻いて、マージョリに対する温かな感情を突き抜ける。彼が冗談を言ったり笑ったり微笑をうかべたときを思い出す。

「裏切りは愉快なものではない」とミスタ・ステイシーは、十戒を暗唱する僧のように言う。彼は携帯コンピュータを取り出してコマンドを入力する。

なにか暗いものがドンの上をおおっているのが感じられる、日光の降りそそぐ風景に大きな雷雲がおおいかぶさるように。それを追いはらいたいが、どうやっていいのかわからない。

「終業時間は何時です？」とミスタ・ステイシーが訊く。

「ふだんは五時三十分に帰ります」と私は言う。「でもきょうは車のことで時間をむだにしました。その時間の埋め合わせをしなければなりません」

彼の眉がまたあがる。「わたしと話をしたせいでむだにした時間も埋め合わせしなければならないのかな?」

「もちろんです」と私は言う。

「あんたのボスはそんなにうるさいひとには見えなかったけどな」とミスタ・ステイシーが言う。

「ボスはミスタ・オルドリンではありません」と私は言う。「とにかくその時間の埋め合わせをするつもりです、でもわれわれが一生懸命働いていないと思って怒るのはミスタ・クレンショウです」

「ああ、なるほど」と彼は言う。彼の顔が赤くなる。ひどく輝いてくる。「あんたのミスタ・クレンショウはあまり好きになれないな」

「ミスタ・クレンショウは嫌いです」と私は言う。「でもとにかく最善はつくさなければなりません。彼が怒らないでもぼくはむだにした時間の埋め合わせはやります」

「そうだろうとも」と彼は言う。「それできょうは何時に帰るつもりですかね、アレンデイルさん?」

私は時計を見て、埋め合わせをしなければならない時間を計算する。「いますぐ仕事にもどるとして、六時五十三分には帰れます」と私は言う。「七時四分に構内駅を出発するシャトルがあります、急げばそれに乗れると思います」

「シャトルに乗ることはない」と彼は言う。「あんたの乗り物の便はこちらで取り計らいますよ。われわれはあんたの安全を憂慮していると言ったでしょう？　二、三日のあいだ、泊めてくれるひとはありませんかね？　自分のアパートにいるより安全ですからね」

私は頭を振る。「だれもいません」と私は言う。両親の家を出てから、他人の家に泊まったことはない。自分のアパートか、さもなければホテルに泊まった。いまホテルには行きたくない。

「われわれはいますぐそのドンという人物を探しますが、見つけるのは容易じゃないだろうな。彼の雇い主は、彼がここ数日姿をあらわさないと言ってたから。アパートにもいないしね。あと数時間なら、ここにいてもだいじょうぶでしょう、ただしわれわれに黙って帰ってはいけませんよ、いいですね？」

私はうなずく。議論するよりは楽だ。これは現実に起こっていることではなく、映画かドラマで起こっているような感じがする。いままでこんなことはだれも教えてくれなかった。

ドアがふいに開いた。私は驚いて跳び上がる。ミスタ・クレンショウだ。彼はまた怒った顔をしている。

「ルウ！　いったい何事だ、警察と面倒を起こしたというが？」彼はオフィスのなかを見まわし、ミスタ・ステイシーを見ると体をこわばらせる。

「ステイシー警部補です」と警官は言う。「アレンデイルさんは面倒を起こしたわけじゃありません。彼が被害を受けたある事件を捜査しています。切り裂かれたタイヤの話はお聞きおよびだと思いますが？」

「ああ――」ミスタ・クレンショウの顔から色が失せ、そしてまた赤くなる。「聞きました。しかしそれぐらいで警察がわざわざここにやってくるんですか？」

「いや、そうじゃない」とミスタ・ステイシーは言う。「二件連続の襲撃、そして彼の車に爆発物が仕掛けられていたものですからね」

「爆発物？」ミスタ・クレンショウの顔はまた青くなる。「何者かがルウに危害をくわえようとしているのかね」

「われわれはそう考えています」とミスタ・ステイシーは言う。「われわれはアレンデイルさんの身の安全を懸念しているんです」

「なぜ安全ではないと？」とミスタ・クレンショウが訊く。答えを待たず話しだす。「彼はわが社の極秘プロジェクトにたずさわっている。商売仇が邪魔をするということはありうる――」

「そうは思いませんね」とミスタ・ステイシーが言う。「仕事とはまったく関係がないという証拠はあるんです。もっとも大事な被雇用者を守ろうというお気持はよくわかりますよ――こちらの会社ではゲスト・ホステルとか、アレンデイルさんが数日間泊まれるような施設はありますか？」

「いや……つまり、これが本物の脅迫だと考えているのかね？」

警官のまぶたがちょっと下がる。「クレンショウさんですね？　アレンデイルさんからあなたのことをうかがってました。だれかがあなたの車からバッテリーを取り去って、そのあとに車のボンネットを開けたときに爆発するような装置を仕掛けたとしたら、これは本物の脅しじゃありませんかね？」

「マイ・ゴッド」とミスタ・クレンショウは言う。彼がミスタ・ステイシーのことを神《ゴッド》と呼んだわけではないことはわかっている。これは驚きを示す彼なりの表現である。彼は私をちらりと見る、そして彼の表情がきびしくなる。「いったいなにをやらかしたんだい、ルウ、だれかがきみを殺そうとしているとは？　きみは会社の方針は知っているね。きみが犯罪行為にかかわっていることがわかったら――」

「はやまらないでくださいよ、クレンショウさん」とミスタ・ステイシーは言う。「アレンデイルさんはなにも悪いことなんかしてやしませんよ。この事件を企んだものはアレンデイルさんの業績を妬《ねた》むものじゃないですかね――おそらく彼より才能において劣った人物」

「彼の特権に憤慨しているもの？」とミスタ・クレンショウが言う。「それならありうるな。わたしはいつも言ってたんだ、こういう人間たちに対する特別扱いは、そのとばっちりを被《こうむ》る連中の反発を招くと。ここで働いている人間たちのなかには、なぜこのセクションに、特別の駐車場所やジムやサウンド・システムや食堂が必要なのかわからないと言っているものもいる」

私はミスタ・ステイシーを見る、顔がこわばっている。ミスタ・クレンショウがいま言ったことのなにかが彼を怒らせた、だがそれはなんだろう？　とげとげしさが感じられるのろのろとした声、このトーンはある種の不服をあらわすものだと私は教えられている。

「ああ、そうですか……アレンディルさんの話では、あなたは、障害者を労働要員にするための支援手段には反対だそうですね」と彼は言う。

「わたしはそんなことは言っていない」とミスタ・クレンショウは言う。「それらがほんとうに必要かどうかによるんだよ。車椅子用の斜道とか、そういったものは必要だがね、いわゆる支援というやつは、ただのわがままにすぎない」

「それであなたは専門家でおいでしょうから、なにが必要かよくご存じなんでしょうな？」とミスタ・ステイシーが訊く。ミスタ・クレンショウはまた顔を赤くする。私はミスタ・ステイシーを見る。彼はぜんぜん怖そうな顔はしていない。

「貸借対照表がどういうものか、わたしにはわかっている」とミスタ・クレンショウは言う。「少数の人間を甘やかして破産しろとわれわれに強制できる法律はない、ぴらぴらしたものが必要だというような人間をね、ああいう……ああいう」彼は私のデスクの上のほうにつりさがっている回転螺旋を指さす。

「たかだか一ドル三十八セントですよ」とミスタ・ステイシーは言う。「国防省お出入りの業者から買わないかぎりはね」それはばかげている。国防省出入りの業者は回転螺旋は売らない。彼らが売るのはミサイルや地雷や飛行機だ。ミスタ・クレンショウはなにやら呟くが私には聞こえない、なぜミスタ・スティシーが、順列をべつとすれば物事をよく知っているミスタ・スティシーが、なぜ回転螺旋なんかを国防省のお出入り業者から買えばいいなどと言いだすのだろう。なんだか馬鹿げている。これはなにかのジョークなのか？

「……しかしそこが肝心なところだ」とミスタ・スティシーは、私がふたたび話に追いついたところでそう言う。「たとえば、このジムね。これはもうすでに設置ずみのものでしょ？ 管理費なんてたかが知れている。さてあなたがこのセクションのひとたちを全員解雇するとする――たぶん十六人か、二十人ぐらいのもんかな――このジムをなにかに転用する……たとえもっと大きなジムにしたって、これだけ大勢のひとたちの失業保険料を賄う金に匹敵するような費用がかかるなんて、どう考えたっておかしいでしょ。その障害者クラスに対するあなたの供給者‐雇用者としての資格認可を失うことはいうまでもない。あなたはこのおかげで税制上の優遇措置を受けていると思いますがね」

「あんたになにがわかるというのかね？」とミスタ・クレンショウは訊く。

「うちの課にも障害をもつ被雇用者はいますよ」とミスタ・スティシーは言う。「あるものは勤務中に障害者となり、あるものははじめから障害者として雇われている。数年前に、なんとも話にもならない大馬鹿野郎の市会議員がいましてね、彼が居候と呼んでいるものたちを排除することによってコストを削減したいと言いましてね。わたしゃ、彼らをほうりだすとどれだけ金を失うことになるかということをそいつに証明するためにずいぶん長いこと統計ととりくんできたんですよ」

「あんたは税金で養ってもらっている」とミスタ・クレンショウは言った。彼の赤く光る額の血管に鼓動が脈打っているのが見える。「利益を心配しないでいいからな。われわれはあんた方のくそいまいましい給料を払う金を稼ぎださなきゃならないんだ」

「そりゃ、ぞっとするでしょうな」とミスタ・ステイシーは言う。彼の血管も脈打っている。「さてよろしければ、アレンデイルさんと話がしたいのですが――」

「ルウ、むだにした時間は埋め合わせしてもらうよ」とミスタ・クレンショウは言って、ドアを叩きつけるように閉めて出ていった。

ミスタ・ステイシーを見ると、首を振っている。「いやはや、たいしたやつだ。数年前、わたしがまだパトロールの巡査だったころ、ああいう巡査部長がいたけど、シカゴに転属になって助かった。ほかの仕事を見つけたほうがよさそうですね。あのご仁は、あんたを追い出すことにきめたようだ」

「よくわかりません」と私は言う。「ぼくは働いています――われわれはみんな働いています――ここで一生懸命に。なぜ彼はわれわれを追い出したいと思うのですか?」あるいはなぜわれわれをほかの人間にしてしまおうと思うのか……ミスタ・ステイシーに実験計画のことを話そうかどうか迷った。

「やつは権力亡者のくそ野郎だ」とミスタ・ステイシーが言う。「ああいう手合いは、自分は善人面しやがって、ほかの人間を悪人に仕立てるものなんだ。あんたはここにおとなしくすわっていい仕事をし、うるさいことは言わない。あんたは、やつが安心してこづきまわせる人間に見えるんだな。やつにとって不運なことに、あんたの身に事件が起こった」

「それは運の問題だとは感じられません」と私は言う。「ますます悪い感じがします」

「たぶんね」とミスタ・ステイシーは言う。「しかしそうじゃない。これで、あんたのミスタ・クレンショウはわたしを相手にしなければならない――そうしてあんなでかい態度は警察には通用しないってことを知るわけだ」

これはどうも信じられない。ミスタ・クレンショウは単にミスタ・クレンショウではない。彼はまた会社であり、会社は市政の方針に多大の影響力をもっている。

「さあて」とミスタ・ステイシーは言う。「事件にもどろうじゃないですか、そうすれば、あんたを苛々させないですむし、遅くまで残業しなくてもすむわけだ。ほかになにかドンを刺激するようなことはありませんでしたか、どんなに小さなことでもいい、彼があんたに腹を立てているようなことは？」

これは愚かしいことのように思われる、しかし私は彼に話す、練習のときドンが私とマージョリのあいだに立ったこと、そしてマージョリが彼をほんもののかかと《リアル・ヒール》だと、彼がかかとであるはずはないのに、そう呼んだことを。

「するといまわたしが聞いているのは、あんたのほかの友だちはあんたをドンから守ろうとしている、これはドンのあんたに対する取り扱いが気に入らないということをはっきりさせているというパターンだ、そうでしょう?」

私はそのことをそんなふうに考えたことはなかった。彼がそう言うと、私にはそのパターンが、コンピュータに向かうときやフェンシングをしているときのようにはっきりと見える、なぜいままでそれが見えなかったのか不思議だ。「彼は幸せでないでしょう」と私は言う。「ぼくが彼とはちがう扱いをされていると思うでしょうから、そして」私は口をつぐむ、いままで見えなかったべつのパターンがふいに見えたのだ。「ミスタ・クレンショウと同じことですね」と私は言う。私の声が高くなる。声に緊張が感じとれる、だがその声はひどく興奮している。「彼は同じ理由でそれが気に入らないのです」私はまた口をつぐみ、じっくり考えようとする。扇風機のスイッチを入れる。興奮しているときに、扇風機の羽根は考える私を助けてくれる。

「われわれが支援を必要としていることを信じないで、その支援に対して怒るひとびとのパターンです。もしぼくが——もしわれわれが——仕事をうまくやらなかったら、彼らは納得するでしょう。われわれがよく仕事ができるということと、支援を受けているということ、この二つが結びついていることが、彼らを怒らせるのです。ぼくがノーマルすぎるんです——」私はミスタ・ステイシーを見る。彼は笑みをうかべ、うなずいている。「これはおかしいですね」と私は言う。「ぼくはノーマルではない。いまも。これから先もずっと」

「あんたにはそういうふうに見えるのかもしれないな」と彼は言う。「ほら、偶然の一致とか敵対行為とかいうあの古いたとえを持ち出してあんたがやったようなこと、そういうことをやるときのあんたははっきりいって並みじゃない……だがたいていのとき、あんたはノーマルで、ノーマルに振る舞う。だってね、わたしはこんなふうに考えていた――昔必修だった心理のクラスで聞いた話じゃ、自閉症のひとたちはほとんどが言葉が不自由で、引っ込み思案でこちこちだって」彼はにっこり笑う。彼はわれわれについて悪いことをたくさん言ったばかりなのに、その笑いがなにを意味しているのか、私にはわからない。

「ところがあんたは車を運転し、職にありつき、恋におち、フェンシングの競技会に出る――」

「いまのところ一度だけ」と私は言う。

「そうそう、いまのところ一度だけね。しかしわたしは大勢の人間を見ている、アレンデイルさん。あんたより劣った働きをするひと、あんたと同じくらいのレベルの働きをしようとしているひとたちをね。さまざまな支援なしにそれをやっている。支援が必要な理由と支援の経済性はよくわかった。テーブルの短い脚にくさびをはさむ――なぜぐらぐらしないしっかりしたテーブルを求めないのか？　そんな小さなものがそのテーブルを安定させるというのに、なぜ傾きやすいぐらぐらするテーブルをがまんするのか？　だがひとは家具じゃない、もしほかのひとたちが、そのくさびを自分たちに対する脅威だと見なしたら……彼らはそれを好きにはなれない」

「どうしてぼくがドンやミスタ・クレンショウにとって脅威なのかわかりません」と私は

言う。

「あんた個人はそうじゃないかもしれない。あんたを支援するものが、ほかのだれにとっても脅威であるとはわたしは思わない。だがなかには考えの浅いひともいる、そういう連中は、自分たちの人生でうまくいかないことはなんでもひとのせいにする。ドンはたぶんこう考えている、もしあんたが特別扱いを受けていなかったら、あの女ともうまくいったかもしれないとね」

彼にはマージョリという名前を使ってもらいたかった。〈あの女〉では、まるで彼女がなにか悪いことをしたみたいだ。

「彼女はたぶん、どっちみち彼が好きではないのでしょう、しかし彼はその事実に向きあいたくはない——むしろあんたのせいにしたい。つまり、彼が、この事件をすべて引き起こしたのであれば」彼は携帯コンピュータにちらりと目をやった。「彼についてわれわれが得た情報では、彼はレベルの低い仕事をつぎつぎと変えている、ときには自分から辞め、ときには解雇されている……彼の信用等級は低い……彼はおちこぼれを自任し、その責任をなすりつける人間を探しているんですよ」

ノーマルな人間が自分の失敗を説明する必要があるとは思わなかった。彼らが失敗をするとは思わなかった。

「だれかをよこしてあんたを送っていかせますよ、アレンデイルさん」と彼は言う。「帰宅できるときになったらこの番号に電話してください」彼は一枚のカードを私にさしだす。

「ここには警護のものは置きません、おたくの会社の警備は厳重ですからね、ですが、いいですか――用心してくださいよ」

彼が立ち去ったあと、なかなか仕事にもどる気になれないが、それでも自分のプロジェクトに神経を集中し、なんとか仕事をやりとげ、帰宅できる時間に迎えをたのむために電話をする。

ピート・オルドリンは、クレンショウが、ルウ・アレンデイルに面会しにやってきた〈なまいきなお巡り〉について怒りをぶちまけて帰っていったあと、深い吐息をつき電話を取り上げて人的資源部に電話した。「バート――」これはポールが持ち出した人的資源部の人間の名前だ。命令や助力を求める若くて未経験の社員の名前だ。「バート、わたしのところのセクションAの全員の休暇の手続きをしてもらいたい。研究プロジェクトに参加するんだ」

「だれのです?」とバートが訊いた。

「われわれのところのだ――成人の自閉症者が対象の新しい製品をはじめて人間で試験するんだよ。ミスタ・クレンショウは、これをわれわれのセクションの最優先事項と考えている、だから、もしきみが無期限休暇の手続きをとってくれたらありがたいんだが。それが最善だと思うんだ。どれくらいの時日がかかるのかわからないのだから――」

「全員のですか?　一度に?」

「研究の実施要項を少しずつずらしてやるかもしれない。まだどうとも言えないが。同意書に署名がすんだら、きみに知らせるよ。だが少なくとも三十日はかかるだろう――」

「どうすればよいのか――」

「ここに認可コードがある。もしクレンショウの署名が必要なら――」

「それだけじゃないんですが――」

「たのんだよ」とオルドリンは言って電話を切った。バートが怪訝そうな驚いたような顔をして、さてどうしたものかと上司のところに走っていくのが目に見えるようだった。オルドリンは深呼吸をして、それから経理部のシャーリーに電話をした。

「セクションAの全員が無期限休暇を取っているあいだ、給料を彼らの銀行口座に直接振り込むように手続きしてもらいたい――」

「ピート、言ったでしょう。それはできないって。まず許可手続きをしなければ――」

「ミスタ・クレンショウは、これを最優先事項と考えている。このプロジェクトの委任コードがあるし、彼の署名をもらうこともできる――」

「でもいったいどうやって――」

「彼らがべつの場所で仕事をしているということにできないかね？　それだったら現存するこのセクションの予算を変える必要がないだろう」

電話の向こうで彼女が歯を吸う音がした。「できる、と思うわ、もしあなたが、そのべつの場所がどこにあるか教えてくれれば」

「メイン・キャンパスの四十二号館」

一瞬沈黙がおち、そして「でもあれは病院よ、ピート。いったいなにをやらかすつもりなの？　研究対象の会社の従業員に年金と給料の二重取りをさせるわけ？」

「なにかをやらかそうなんてつもりはないよ」オルドリンはできるだけ傲慢に言いはなった。「ミスタ・クレンショウが鋭意進めたいと考えているプロジェクトの促進をはかっているんだよ。彼らが謝礼ではなく給料を受け取るなら、それは二重取りではないよ」

「どうだか怪しいものね」とシャーリーが言った。「できることをやってみましょう」

「ありがたい」とオルドリンは言って電話を切った。彼は汗をかいていた。脇腹を汗が流れるのが感じられた。シャーリーは経験が浅いわけではない。これが無法な要請だということは百も承知で、あとでおおっぴらに不満を唱えるだろう。

人的資源部、経理部……法務部と研究所がそのつぎだ。クレンショウが置いていった書類をかきまわし、実験の約定書に記された主任研究員の名前を見つけた。リセル・ヘンドリックス……ボランティアたちに話をするために送られてきた人物ではないことに彼は気づいた。ランサム博士は〈連絡担当医師、新人募集係〉というふうに、準技術職員のリストに記載されていた。

「ヘンドリックス博士」とオルドリンは数分後に言った。「わたしはピート・オルドリンです、解析部の。セクションAを担当しています、あなたが募集したボランティアたちが属する部局です。同意書の書類はもう用意してありますか？」

「なんのお話でしょう?」ヘンドリックス博士は訊いた。「ボランティア募集の件でしたら、内線の3-30-7へおかけになってください。わたしはそちらとはなんの関係もありません」

「あなたは主任研究員ではありませんか?」

「ええ……」オルドリンは、相手の女性の怪訝そうな顔を想像することができた。

「あのう、そちらがボランティアたちの同意書の用紙をいつ送ってくださるのかと待っているんですが」

「なんでわたしがあなたにそれを送らなければならないんですか?」ヘンドリックスは訊いた。「そちらのほうはランサム博士がやっていますけど」

「あのう、彼らはみんなここで働いているんです」とオルドリンは言った。「そのほうが手がかからないかもしれない」

「全員が同一のセクションで?」ヘンドリックスはオルドリンには思いがけぬほど驚いた声で言った。「それは知らなかったわ。そのことでなにか問題があるのですか?」

「なんとか処理できるでしょう」とオルドリンは言いながらむりやり笑ってみせた。「けっきょくわたしは処理者《マネージャー》ですから」彼女がその冗談にも無反応なので、彼は言葉をついだ。「問題はですね、彼らがみんなまだ同意していないということなんです。いずれは同意するでしょう、どっちみち……いずれはね、しかし――」

ヘンドリックスの声が鋭くなった。「それはどういう意味ですか、いずれはね、とは?

まさか彼らに圧力をかけているんじゃないでしょうね？　それは倫理に反する――」

「ああ、その心配はありませんよ」とオルドリンは言った。「むろんだれにも協力を強制することはできませんよ。むろんいかなる種類の強制についても話題にしているわけじゃありませんが、昨今は、財政的に窮乏の時代でしてね、ミスタ・クレンショウが言うには――」

「しかし……しかし――」せきこむような口調だった。

「そちらからそれらの用紙を至急送ってくだされば、非常にありがたいのですが」オルドリンは言って電話を切った。それから急いでバートの番号をダイヤルした、クレンショウが連絡をとれと言った男でもある。

「あの同意書はいつ受け取るつもりかね？」と彼は言った。「それから日程はどうなっている？　給与の件については経理部とは話し合ったの？　人的資源部には話を通したかね？」

「ああ……まだです」バートの声はいかにも青臭くて偉そうなふりもできなかった。だが彼はおそらくクレンショウのお気に入りなのだろう。「いま考えていました、ミスタ・クレンショウは、彼が――彼のところのセクションが――細かいことはやってくれると言いましたよ。ぼくがやるべきことは、彼らが研究対象としての資格があるかどうか確かめることです。同意書ね、草案を作ったかどうかわかりません――」

オルドリンはにんまりと笑った。バートの狼狽ぶりは思いがけない贈り物だ。どんな管理者だって、こんなだらしない若造の頭の上は素通りしていくだろう。彼がヘンドリックスに電話をした口実がいま手に入ったわけだ。もし運がよければ——運がいいと彼は感じた——彼が先に電話をした相手がだれか気づくものはいないだろう。

さて問題は、これがもっと上層部にあがったときだ。噂が上層部まで伝わりはじめたときにこの件を持ち出したい。シャーリーなりヘンドリックスなりは、いったいどれくらいのあいだ、手をこまねいたまま、彼があたえた新情報への対応を遅らせているだろう？もし彼女たちがまっすぐ二階に行けば、最高責任者は数時間以内にこのことを知るだろうが、もし彼女たちが一日かそこら手をこまねいていれば、長ければ一週間はかかるかもしれない。

胃がむかむかしてくる。彼は胃薬を二錠飲んだ。

第十四章

金曜日、警察は私を車で迎えにきて職場に送っていってくれるよう手配してくれた。私の車は検分のため警察署に牽引されていった。金曜日の夜までには返すということだった。ミスタ・クレンショウはわれわれのセクションにはやってこない。プロジェクトがおおいにはかどる。

警察は帰りの車をまわしてくれ、われわれはまず車のバッテリーを買うために店に立ち寄り、それから警察の車輛保管所にまわる。そこはちゃんとした警察署ではなく、押収車輛置場と言われているところだ。それは私には新しい言葉だ。私の車は私の車である、そして車は私の責任下にあると記した書類に署名をしなければならない。私が買ってきたばかりの新しいバッテリーを整備士が私の車に取り付けてくれる。警官のひとりが、家までいっしょに乗っていくと申し出るが、私は助けがいるとは思わない。警察は私のアパートを監視リストにのせたと言う。

私の車のなかは汚れていて、座席の表面には白っぽい埃がつもっている。それをきれいにしたいけれども、まず家まで運転していかなければならない。職場からまっすぐ家に帰るよりも長い道のりだが、迷わずにすむ。私の車をダニーの車の隣りに駐車し、部屋に上がっていく。

私は、私自身の安全のために部屋を出てはいけないことになっているが、金曜日の晩で洗濯日である。洗濯室はアパートの建物のなかにある。ミスタ・ステイシーはアパートの建物から外に出てはならないと言ったのだと思う。建物のなかは安全だろう、なぜならばダニーがここに住んでいるし彼は警官だから。建物から外に出るつもりはないが、洗濯はしようと思う。

暗い色のものは暗い色の籠に入れ、明るい色のものは明るい色の籠に入れ、その上に洗剤の箱をうまくのせてから、ドアを開ける前にのぞき穴から用心深くのぞいてみる。むろんだれもいない。私はドアを開け、洗濯物を持ち出してドアに鍵をかける。ドアにはそのたびに鍵をかけることが大切である。

いつもの金曜日の夜のように、アパートの建物は静かだ。階段を下りていくとだれかの部屋からテレビの音が聞こえてくる。洗濯室の前の廊下はふだんと変わりないように見える。外からのぞいている人間もいない。今週はいつもより早い時間に来たので、洗濯室にはだれもいない。右手の洗濯機に暗い色の衣類を入れ、明るい色の衣類は、その隣りの洗濯機に入れる。私を眺めているひとがいないときには、硬貨を両方の洗濯機に入れて同時にスタートさせることができる。そうするためには腕を伸ばさなければならないが、そうやったほうがいい音がする。

〈シーゴとクリントン〉を持ってきたので、折り畳み式のテーブルのわきのプラスチックの椅子に腰をおろす。ほんとうは廊下に椅子を持ち出したいのだが、こんなふうに記された標識がある。〈居住者は、椅子を洗濯室の外に持ち出すことは厳禁〉。私はこの椅子が嫌いだ——ブルー・グリーンという醜悪な奇妙な色なのだ——だがそれにすわってしまえば色も見えない。それでも気分が悪いけれども、椅子がないよりはましだ。

八頁読み進んだところにあのミス・キンバリーが洗濯物を持って入ってくる。私は顔を上げない。話したくないからだ。もし彼女が話しかけてくれば、こんにちはと言うつもりだ。

「こんにちは、ルウ」と彼女は言う。「読書なの?」

「こんにちは」と私は言う。質問には答えない、なぜならば私が読書しているのは、彼女にわかっているのだから。

「なんの本?」と彼女は言って近づいてくる。私は読みかけの頁に指をはさみ本を閉じる、そうすれば彼女に表紙が見えるからだ。

「おやおや」と彼女は言う。「厚い本だね。あんたが読書が好きだとは知らなかったね、ルウ」

ひとの邪魔をすることについてのルールは私にはわからない。私がほかのひとの邪魔をするのは無作法なことだが、ほかのひとたちは、私が邪魔をしたら無作法だというような情況に置かれている私の邪魔をするのは無作法だとは思わないらしい。

「ええ、ときどき」と私は言う。私は本から顔を上げない、なぜならば私が読書を続けたいことを彼女にわかってもらいたいからだ。

「なにかあたしのことで気でも悪くしてる？」と彼女が訊く。

私はいま気を悪くしている、なぜなら私が静かに本を読めるようにしてくれないからだ、だが彼女は目上のひとだから、そんなことを言っては失礼になるだろう。

「ふだんはあんた、愛想がいいのに、そんな厚くて大きい本を持ってきたからよ。あんたは、そんなものほんとうに読めやしないでしょ――」

「読めますよ」私は胸にちくりと痛みをおぼえる。「水曜日の夜に友だちから借りたんです」

「でもそれは――とてもむずかしそうな本じゃないの」と彼女は言う。「あんた、ほんとにわかるの？」

彼女はドクター・フォーナムのようだ。私がじっさいはいろいろなことができるとは思っていない。

「ええ」と私は言う。「わかりますよ。脳の視覚処理の部位がテレビ画面上にあるような断続的に送りこまれる情報を、どのように統合して安定した画像を作り出すのかというところを読んでいます」

「断続的に送りこまれる情報？」と彼女は言う。「テレビがちらちらするときのことを言ってるの？」

「まあそうです」と私は言う。「研究者は、そのちらちらする映像をスムースにするのは脳のどの領域かを明らかにしました」

「まあ、そんなものがじっさい利用価値があるとは思えないわね」と彼女は言う。彼女は籠から衣類を取り出し、洗濯機に詰めこみはじめる。「あたしは幸せだわよ、自分の内臓が働いているところを見ないですむからね」彼女は洗剤を計ってなかに入れ、硬貨を入れてから、スタートのボタンを押す前に手を止める。「ルウ、脳がどう働くかなんてことを考えすぎるのは、健康的だと思わないな。ひとって、そうやって頭がおかしくなるものなのよ、知ってるでしょ」

私は知らなかった。自分の脳の働きを知りすぎると、頭がおかしくなるなんて思いもしなかった。それが真実だとは思わない。彼女がボタンを押すと、水がじゃーっと洗濯槽に注ぎこまれる。彼女は折り畳みテーブルに近づいてくる。

「精神病のお医者や心理学者の子供の頭がおかしくなるのは、平均より多いんだってね」と彼女は言う。「二十世紀の昔に、ある有名な精神病のお医者がいて、自分の子供を箱のなかに入れて長いあいだそのままほうっておいたら、その子の頭がおかしくなったんだって」

それはほんとうのことではないだろう。それはほんとうのことではありませんと彼女に言ったとしても信じないだろう。説明する気にはなれないので、私はまた本を開く。彼女はひゅうっと空気を洩らすような音をたてる、立ち去る彼女の靴が床をこつこつ踏む音が聞こえる。

学校では、脳はコンピュータのようなものだが、コンピュータほど性能はよくないと教わったものだ。コンピュータは正しく組み立てられプログラムされれば、誤りは犯さないが、脳は誤りを犯す。そのため私は、どんな脳も――私の脳はさておいて、正常な人間の脳も――性能の劣るコンピュータだというふうに思うようになった。

この本が明らかにしているのは、脳はどんなコンピュータよりもはるかに複雑で、私の脳は正常であるということ――つまり正常な人間の脳とまったく同じ機能を――多くの面で――果たしているということだ。私の色覚は正常である。私の視力は正常である。正常でないのはなにか？　ほんのわずかなこと……だと私は思う。

幼時の医学的な記録があればと思う。この本に書かれているテストをすべて私にも実施したのかどうか私は知らない。たとえば私の知覚ニューロンの伝達速度をテストしたのかどうか私は知らない。母が、外側は緑で内側がブルーの蛇腹式ファイルを持っていたのを覚えている。ファイルのなかには書類が詰まっていた。両親が死んで、彼らの家から荷物を運び出したとき、それがあったかどうか覚えていない。私が成長して自活するようになったとき、母が捨ててしまったかもしれない。両親に連れられていった医療センターの名前は知っているが、彼らが協力してくれるのかどうか、成長してしまった子供たちの記録をまだ保存しているのかどうか、私は知らない。

この本は、一時的な短い刺激を捕らえる能力のバリエーションについて記述している。

振り返って考えるとあのコンピュータ・ゲームは、pやtやdなどの子音を、ことにそれが言葉のおわりにあるときにどう発音するか、耳から知るのに役に立った。目の訓練もあったが、私はとても小さかったのでほとんど覚えていない。

私は挿絵の一対の顔を見る、それは配置とか型によって顔の特徴を識別するテストに使われる。どの顔も私にはほとんど同じに見える。私にわかるのは――テキストにのっている挿絵の表示の助けを借りて――この二つの顔は、同じ目と鼻と口を持っているが、片方の顔の目鼻の配置より、もう一つの顔の目鼻の配置はそれぞれがはなれているということだ。ほんもののひとの顔のように、もしそれらが動いたら、私には識別がつかないだろう。おそらく顔の識別をつかさどる脳の特別の部位になにか欠陥があるということかもしれない。

正常《ノーマル》なひとたちはこうしたテストにぜんぶ正しい答えが出せるのか？ もし出せるとしたら、彼らは、遠くにはなれていようと、ちがう服を着ていようと、おたがいの顔を楽に認識できるのだろう。

今週の土曜日は会社のミーティングはない。私はセンターに行くが、担当のカウンセラーは病気で欠勤だった。掲示板に貼ってあった法律援助会の番号を見て記憶した。自分で電話をするつもりはない。ほかのひとたちがどう思っているかわからない。数分して私はまた家に帰りあの本を読むことにするが、先週やらなかった自分の部屋と車の掃除に時間を取られてしまう。古いシープスキンのシート・パッドはガラスの破片が残っていてときどきちくりとするから捨てて新しいのを買うことにする。新しいのは、革のにおいが強く、古いカバーより柔らかく感じられる。日曜日は教会の早朝礼拝に行く、そのため読書の時間はたっぷりある。

月曜日に、予備テストの日程と時間を書いたメモが全員にわたされる。陽《P》電子放射断層《E》撮《T》影検査。MRI検査。総合身体検査。心理学面接。心理テスト。これらの検査を受けるには仕事は罰則なしに休暇がとれるとメモには書いてある。私はほっとする。これらのテストに要する時間をすべて埋め合わせするのはごめんだ。最初のテストは月曜日の午後、身体検査。われわれはみんな病院に行く。見知らぬひとに触られるのはいやだが、病院ではどう振る舞えばよいかわかっている。採血するための注射はじっさいは痛くはないが、私の血液と尿が、私の脳の機能とどんな関係があるのか私は知らない。だれも説明してくれない。

火曜日、CT検査を受ける。機械が私を細長い部屋《チェンバー》に運びこむとき、技師のひとがこれは痛くはないから怖がる必要はないとしきりに言う。私は怖がってはいない。私は閉所恐怖症ではない。

仕事がおわったら食料品店で買い物をする必要がある、なぜならば先週の火曜日はグループのひとたちと会ったからだ。ドンには気をつけるように言われているが、彼が本気で私を傷つけようとしたとは思わない。彼は私の友だちだ。いまでは自分のしたことを後悔しているだろう……もし彼があああいうことをした本人だとしても。それにきょうは買い物の日だ。キャンパスを出るとき駐車場を見わたしてみるが、見えてはならない人間はだれも見えない。門のところにいる守衛が不審者は阻止してくれるだろう。

食料品店では、外に出たとき暗くなっている場合を考えて、なるべく明かりに近いところに車を止める。そこは幸運のスペース、素数だ。列のはしから数えて十一番目。今晩は店はそれほど混んではいない。だからリストにあるものはすべて買う時間がある。文字で書いたリストはないが、必要なものはちゃんとわかっている。買い忘れたものを探すために後戻りをすることはない。お急ぎレジに並ぶには品物の数が多すぎる、ほとんどカートにいっぱいだ、そこで一番列の短いふつうのラインに並ぶことにする。

外に出るとすでに暗くなりかけているが、ほんとうに暗いというわけではない。駐車場の舗装された地面の上でも空気はひんやりしている。カートを押しながら、舗装された地面にときどきしか触れない片方の車輪がたてるカタカタというリズムに耳をすませる。それはまるでジャズみたいだが、そう思いどおりにはならない。車にたどりつき、ドアの鍵を開け、食料品の入った袋をいくつか注意深く置く。洗濯用洗剤とかジュースの缶などの重いものは、倒れてなにかを押しつぶさないように床に置く。パンと卵はうしろのシートに置く。

背後でとつぜんカートのがらがらいう音がする。振り返るが、黒っぽいジャケットを着た男の顔はわからない。ともあれ最初はわからないが、やがてそれがドンであることがわかる。

「これはみんなきさまのせいだ。トムがおれを追い出したのはきさまのせいだ」と彼は言う。彼の顔はくしゃくしゃに歪み、筋肉がこぶのように浮き出している。怖い目をしている。私はそれを見たくないので、彼の顔のほかの部分を見る。「マージョリがおれを追いはらったのはきさまのせいだ。気色わるいぜ、女たちがこういう無能力者に惚れこむざまときたら。きさまにはそういう女がごまんといるんだろう、まったく正常な女たちが、おまえの演じるくだらない芸に惚れこむんだからな」彼の声が高いきいきい声になる、彼がだれの台詞を真似しているのか、だれの真似をしているのか、私にはわかる。「かわいそうなルウ、あのひとは、どうしようもないのよね」そして「かわいそうなルウ、彼にはあたしが必要なのよ」彼の声はまた低くなる。「おまえらみたいなのには、正常な女は必要ないんだよ」と彼は言う。「出来損ないは出来損ないと結婚すりゃいいんだよ、結婚する必要があるならな。きさまが正常な女と——ああいうことをする——と考えただけで反吐が出そうだ。ぞっとするぜ」

私はなにも言えない。怯えても当然だと思うが、私が感じたのは、恐怖ではなく悲しみだ、その悲しみはあまりにも大きく、重いおもりのように、形もなく黒々と私の全身をおおう。ドンは正常だ。彼はそうなることができたはずだし——そうすることができたはずなのだ——これほど多くのことを、これほどたやすく。なぜ彼は、すべてを投げ出してこんなふうになったのか。

「おれはこれをみんな書いておいた」と彼は言う。

「おれはきさまみたいなやつらの面倒は見られないけどな、なぜおれがこんなことをやったか、読んでみりゃわかるだろう」

「あれはぼくのせいではない」と私は言う。

「なに言いやがる」と彼は言う。彼は近くによってくる。彼の汗は妙なにおいがする。なんのにおいかわからないが、きっとこんなにおいがするようなものを食べたか飲んだかしたのだろう。シャツの衿が曲がっている。私は目を伏せる。彼の靴はすりへっている。片方の紐がゆるんでいる。きちんとした身なりが大切だ。それでひとによい印象をあたえる。いまのドンはよい印象をあたえていないが、だれもそれに気づくものはいないようだ。目のはしに、車に近づいていくひと、店に入っていくひとなどが見える、彼らはみんなわれわれを無視している。「きさまはいかれているんだ、ルウ――おれが言ってることがわかるか？　きさまはいかれてるから動物園行きだ」

ドンはわけのわからないことを言っている、彼が言っていることは客観的には事実ではないが、私への憎悪の烈しさに私は傷つく。愚かしい自分にもいやになる、彼の胸のうちにこんな憎悪があったとはいままで気づかなかった。彼は友だちだった。彼は私にほほえみかけた。私を助けてくれようとした。どうしてそんなことに気づけるだろう？

彼はポケットから右手を出す。銃器の先端の黒い円が私を狙っている。銃身の外側は明かりに照らされてちょっと光っているが、銃身の中は宇宙のように暗い。暗黒の闇が私にむかって疾走してくる。

「社会的援助だとかなんとかくだらんたわごとさ――きさまやきさまの仲間がいなかったら、世界じゅうの人間たちが不景気なんかにならなかったんだ。おれだってとうぜん手に入れられるはずの仕事も手に入れていただろう、こんな真っ暗な仕事にかじりついてることもないんだ」

ドンがどんな仕事をしているのか私は知らない。知っているべきだった。金がどうのこうのということはなにも私のせいではないと思う。もし私が死んでいたら、彼は思いどおりの仕事を手に入れたはずだとは私は思わない。雇用主は、よい身なりをした礼儀正しい人物、勤勉に働いてまわりのひとともうまくやっていける人物を選ぶだろう。ドンはいかにも汚らしい。粗暴で勤勉に働かない。

彼がとつぜん動く、銃器を持った腕を私に突きつける。「車に乗れ」と彼は言うが、私はすでに動いている。彼のパターンは単純で、簡単にわかってしまう。それに彼は自分が思うほど敏捷でもなく強くもない。私の手は、向かってくる彼の手首を捕らえ、それを横に受け流す。それがたてた音は、テレビで聞く銃器の音とはまるでちがう。それはもっとやかましく醜い音だ。店の入り口に反響する。私は剣を持ってはいないが、もう一方の手が彼のみぞおちに食いこんでいる。その一撃に彼は体を折り曲げる。いやなにおいのする息が彼の口から吐き出される。

「おい！」とだれかが叫ぶ。「警察を！」ほかのだれかが叫ぶ。悲鳴が聞こえる。大勢のひとたちがどこからともなくわっと現れてドンを押さえつける。ひとびとが私に体当たりをしてくるので、私はよろめいて倒れそうになる。だれかが私の腕をつかみ、私の体をくるりと回して車の側面に私を押しつける。

「彼をはなせ」ともうひとつの声が言う。「彼は被害者だ」それはミスタ・ステイシーの声だ。彼がここでなにをしているのか私は知らない。彼は私をにらみつける。「アレンデイルさん、用心するように言ったじゃないですか？　どうして勤めからまっすぐに帰宅しなかったんです？　ダンが、あんたから目をはなすなと言ってくれなかったら――」

「私は……思っていました……用心していると」と私は言う。まわりの騒音のために、話がしづらい。「でも食料が必要でした。きょうは食料の買い物の日です」そのときようやく私は思い出す、ドンは、きょうが私の買い物日だということを知っていたことを、そして前にも火曜日に彼をここで見かけたことを。

「まったく危ないところだった」とミスタ・ステイシーが言う。

ドンは地面にうつ伏せに寝かされ、二人の男が膝で彼を押さえつけている。彼の両腕をうしろにまわして手錠をかける。ニュースで見るより時間がかかってぶざまな見ものだ。ドンは奇妙な音を発している。まるで泣いているようだ。彼らに引き立てられると、彼は泣き叫ぶ。涙が顔を流れおち、泥で汚れた顔に筋をつける。私は気の毒に思う。あんなふうに大勢のひとの前で泣くというのはとても気分の悪いことだろう。

「きさま！」と彼は私を見ると言う。「罠にかけやがったな」

「罠にかけてはいない」と私は言う。警官がここにいたことを自分は知らなかったということ、そして警官たちは私がアパートを出たので怒っているということをドンに説明したいが、彼らはドンを引き立てていく。

「われわれの仕事をむずかしくするのはあんたみたいなひとたちなんだ」とミスタ・ステイシーは言う、「なにも自閉症のひとのことを指しているんじゃない。当たり前の警戒をしないひとのことを言っているんですがね」彼の声はまだ怒っている。

「食料が必要でした」と私はもう一度言う。

「先週の金曜日に洗濯が必要だったのと同じことですかね？」

「そうです」と私は言う。「それにきょうは昼間です」

「だれかに頼んでやってもらってもよかったのにね」

「頼めるひとを知りません」と私は言う。

彼は妙な顔をして私を見て、それから首を横に振った。

私の頭のなかでいま鳴っている音楽はなんだろう。この気持は理解ができない。自分の気持を落ち着かせるために私は跳び上がりたい、だがそれをする場所がここにはない——アスファルト、車の列、シャトルの駅。車を家まで走らせる気分ではない。

みんなが私にどんな気分かと何度も尋ねる。だれかが明るい懐中電灯を持っていて、それで私の顔を照らす。〈呆然としただろう〉とか〈怖かっただろう〉とかいうようなことを私に向かって言いつづける。私は呆然とはしていない。〈呆然とする〉という言葉の意味は、〈無力になる〉とか〈圧倒される〉とかいう意味だ。両親が死んで取り残されたときは心細かったけれど、いまはそういう気分ではない。ドンが私を脅したときは怖かったが、それよりもばかばかしいような悲しいような怒りたいような気持だった。

いま私が感じているのは、満ちあふれる生気と烈しい混乱である。いまの私が幸せで興奮しているとはだれも想像もつかないだろう。だれかが私を殺そうとして果たさなかった。そして私はまだ生きている。生気がみなぎるのを感じる、着ているものの質感、光の色、私の肺に入って出ていく空気の触感をありありと感じる。これは感覚の過剰な流入ということかもしれない。ただし今夜の場合はそうではない。これは快い気分だ。走って跳び上がって叫びたいが、それはこの場には不適当だ。マージョリがもしここにいたら、私は彼女を捕まえてキスをしたいと思うが、それは非常に不適当なことだ。

正常《ノーマル》なひとたちは、死なないということに対して、悲しみ打ちひしがれ動転することで対処するのだろうか。幸せでもなく、安堵もしていないでいられるなんて想像しがたいが、私にはよくわからない。きっとひとびとは、私の反応が正常《ノーマル》なひとたちとちがうのは、私が自閉症者だからだと思うのかもしれない。私にはよくわからない、だから私はいまの自分のほんとうの気持をひとに話したくない。

「あんたが車を運転していく必要はありませんよ」とミスタ・ステイシーが言う。「署のものに送らせるから、いいでしょう?」

「運転はできます」と私は言う。「それほど気持が動揺しているわけではありません」私は車のなかで、自分の音楽をひとりで聞きたい。それにもう危険はないのだ。ドンは私を傷つけることはできない。

「アレンデイルさん」警部は頭を私のほうに近づける。「自分では動揺していないと思っても、こういう経験をした人間は気持が動揺しているもんですよ。ふだんのような安全運転はできない。ほかの人間に運転してもらうべきだな」

私は自分が安全に運転できると思っているので首を振った。彼は肩をぐいと動かして言う。「後日あなたの供述をもらいにだれかがうかがいますよ、アレンデイルさん。おれかもしれないし、ほかの人間かもしれないが」そうして彼は立ち去る。群衆はしだいに散っていく。

食料品のカートが横倒しになっている。袋が破れて食料品が地面に叩きつけられ散らばっている。それは醜い光景なので、胃がちょっとひっくりかえる。散らばったものをここに残してはいけない。食料品はどうしても必要だ。ここにあるのは汚れている。どの品物を車に入れたか、そしてどの品物が無事であるか、なにを買いなおさなくてはならないか思い出せない。あの騒がしい店にもどるのはとうてい耐えがたい。

散らばったものを拾い集めねばならない。私は屈みこむ。おぞましい光景だ、汚い舗装の地面に叩きつけられ踏みつぶされたパン、とび散っているジュース、へこんだ缶。なにもよろこんでやらなくてもいい。ただやりさえすればいい。手を伸ばし、持ち上げ、運ぶ、その品物に最小限に触れるように努める。食料品を無駄にした、無駄にすることは悪いことだ、でも汚れたパンを食べることも、こぼれたジュースを飲むことも私にはできない。

「だいじょうぶかい？」とだれかが訊く。私は跳び上がる、すると彼は言う、「すまん……気分が悪そうだったのでね」

パトカーはもういない。いつ立ち去ったのか私は知らないが、あたりはもう暗い。起ったことをどう説明すればいいのかわからない。

「だいじょうぶです」と私は言う。「食料品はだいじょうぶじゃありません」

「手伝おうか？」と彼が訊く。彼は大男で、頭が禿げていて、ちりちり縮れた髪の毛が禿げた部分をかこんでいる。グレーのズボンをはき、黒いTシャツを着ている。彼の助けを借りるべきかどうか私にはわからない。こんな場合、なにが適切なのか、私にはわからない。こういうことは学校では教わらなかった。彼はさっさとつぶれた缶詰を二つ拾い上げている。一つはトマトソース、一つは煮豆だ。「これはだいじょうぶだよ」と彼は言う。「缶がへこんでるだけだ」彼は缶詰を私にさしだす。

「ありがとう」と私は言う。だれかがなにかをさしだしてくれるときは、ありがとうと言えばいい。へこんだ缶詰はいやだけれども、その贈り物がほしいかどうかは問題ではない。ありがとうと言わなければならない。

彼は、おそらく米が入っていたにちがいないぺちゃんこになった箱を拾い上げてごみ箱にほうりこむ。簡単に拾えるものがごみ箱か私の車のなかにおさまると、彼は手を振って歩み去った。彼の名前を私は知らない。

帰宅してみると、まだ午後七時にもなっていない。警官がいつ来るのか私は知らない。トムに電話をして起こったことを話した。なぜかというと彼はドンのことを知っているし、ほかに電話する人間を私は知らなかったからだ。彼は私のアパートに行くと言う。いま来てもらう必要はないが、彼は行きたいと言う。

やってきた彼は動揺しているように見える。眉が寄せられ、額にはたくさんの皺がある。

「ルウ、だいじょうぶか?」

「ぼくはだいじょうぶです」と私は言う。

「ドンがほんとうにきみを襲ったのか?」彼は私の答えを待ってはいない。先を急ぐ。

「信じられない——彼のことを警官に話しておいたのに——」

「ドンのことをミスタ・ステイシーに話したのですか?」

「爆弾事件があったあとに。ルウ、これはわれわれの仲間のうちのだれかであることは明らかだった。ぼくはきみに話そうと——」

ルシアが私たちの話をさえぎったときのことを思い出す。

「こうなることはわかっていた」とトムは言葉をつぐ。「マージョリのことできみに嫉妬していたからね」

「彼は仕事のことでも私を非難していました」と私は言う。「ぼくが出来損ないだと彼は言いました。彼が望んでいる仕事につけないのはぼくのせいだと、ぼくのような人間はマージョリのような女性を友だちにしてはいけないと言いました」

「嫉妬はだれにもあることだ。ものを壊したりひとを傷つけたりするのとはちがう」とトムは言う。「こんな目にあわされて、ほんとうに気の毒だったね。彼はぼくに腹を立てているのだと思っていた」

「ぼくはだいじょうぶです」と私はもう一度言う。「彼はぼくを傷つけはしませんでした。彼がぼくを嫌いなのは知っていました、だからそれほど悪いことにはなりませんでした」

「ルウ、きみには……驚かされるね。これは一部はぼくの罪だと思っている」

私にはこれは理解できない。これをしたのはドンだ。トムがドンにやれと命じたわけではない。それがどうしてトムの罪になるのだろう、たとえ一部にしても？

「ぼくがそれを予見できていたら、ぼくがドンをもっとうまく扱えていたら――」

「ドンはひとりの人間で、物ではありません」と私は言う。「だれにしても、他人を完全に支配することはできません、支配しようとするのは間違っています」

彼の顔がゆるむ。「ルウ、ときどき思うんだが、きみはわれわれのなかで一番賢明な人間じゃないかとね。わかった。これはぼくの罪ではなかった。それにしてもきみがこんな目にあったことは気の毒だったと思う。それから裁判もね――これはきみにとって容易なことではないだろう。裁判に巻きこまれるのは、だれにしても辛いことだよ」

「裁判？　なぜぼくが裁判にかけられる必要があるのですか？」

「かけられはしないが、ドンの裁判の証人になる必要はある。それは間違いない。警察は話さなかったかい？」

「ええ」裁判で証人がなにをするのか私は知らない。裁判に関係のあるテレビ・ドラマを見たいと思ったことはない。

「まあね、すぐではないだろうから、それまでに話し合うことはできるよ。目下はだ——きみのためにルシアとぼくができることはないか？」

「ありません。ぼくはだいじょうぶです。あすはフェンシングに行きますよ」

「そりゃいい。グループのだれかが、ドンみたいなことをするんじゃないかときみが恐れて、うちに近づかないようになったら困るからね」

「そんなことは考えませんでした」と私は言う。それは愚かしい考えのように思われるが、それはこうも考えられる、もしグループがドンを必要としているならば、だれかがその役目を引き受けるかもしれない。それにしても、ドンのような正常《ノーマル》な人間が、ああいう種類の怒りとか暴力を隠しておくことができるなら、正常《ノーマル》な人間はみんなそういう可能性を持っているのかもしれない。私は自分がその可能性を持っているとは思わない。

「けっこうだ。もしきみがそれについてたとえわずかでも心配があるなら——だれかほかの人間についてだが——どうかすぐぼくに教えてくれたまえ。グループというのはおかしなものでね。ぼくもかつてはそんなグループにいたことがあるんだよ、みんなが嫌っている人間がいなくなると、すぐにまた嫌う人間を見つけて、そいつがみんなの除け者になるというようなね」

「するとそれはグループのパターンですね」

「一つのパターンだ」彼は溜め息をつく。「うちのグループにはそういうことはないと願っているが、これからはよく気をつけよう。とにかくわれわれはドンの問題を見逃していたのだから」

ブザーが鳴る。トムはあたりを見まわし、私を見る。「警官だと思います」と私は言う。「ミスタ・ステイシーが、ぼくの供述を取るためにだれかをよこすと言っていましたから」

「それじゃぼくはお先に」とトムは言う。

警官のミスタ・ステイシーが私のカウチに腰をおろす。彼は褐色のズボンをはき、袖の短いチェックのシャツを着ている。靴は茶色で、表面がざらざらしている。彼はなかに入ってくるとまわりを見まわした。彼はすべてを見ているのだと思う。ダニーもこんなふうにものを見て値踏みをする。

「前に発生した破壊行為に関する報告書があります、アレンデイルさん」と彼は言う。

「それで今夜あったことを一応話してくださると……」これは愚かしい。彼もあそこにいたのだ。あのとき彼は私に質問をし、私はそれに答えた、そして彼はそれを携帯コンピュータに入力した。なぜまた彼がここにあらわれたのか私には理解できない。

「きょうは食料品の買い物に行く日です」と私は言う。「ぼくはいつも同じ店で食料品を買います、なぜかというと、毎週行っている店ならものが探しやすいからです」

「毎週同じ時間に行くんですか？」と彼は訊く。

「ええ。勤務を終えてから、夕食を作る前です」

「あなたはリストを作りますか？」

「ええ」私は、もちろん、と思うけれども、ミスタ・スティシーは、だれでもリストを作るとは思わないのだろう。「でも家に帰るとリストは捨ててしまいます」彼はそれをごみ箱から取ってきてもらいたいのだろうか。

「それならいいんです。ただあなたの行動がどれほど予測可能なものかと思ったのでね」

「予測可能なのはいいことです」と私は言う。私は汗をかきはじめる。「日課をきめるのは重要です」

「ええ、そのとおりです」と彼は言う。「ですがきまった日課があるということは、あなたを探して傷つけようと思っている人間が、楽にそれができるということですよ」

私はそういうふうに考えたことはなかった。

「まあ、先をどうぞ――あんたの邪魔をするつもりじゃなかった。なにもかもすっかり話してください」

私が食料品を買う順序というたいして重要でもないことに熱心に耳を傾けているひとを見るのは奇妙な感じだ。だが彼はなにもかもすっかり話してくれと言った。それがあの襲撃とどういう関係があるのか私にはわからないが、とにかく彼に話した、私が買い物をどんなふうに順序よく考えて、同じ通路に二度行かないようにしているかということを。

「それから外に出ました」と私は言う。「もう暗くなりかかっていました、真っ暗にはなっていませんでしたが、駐車場は照明がついて明るかったです。ぼくの車は、左手のはしから十一列おいたスペースに止めてありました」できれば素数のところに駐車したいということは彼には言わなかった。「手にキーを持ち、車のドアを開けました。カートから食料品の袋を取りそれを車のなかに入れました」重いものは床に軽いものはシートに置いたことまで彼が聞きたいとは思わない。「うしろでカートの音がしたので振り返りました。そのときドンが話しかけてきました」

私は口をつぐみ、彼が使った正確な言葉、その順序を思い出そうとした。「とても怒っているような声でした」と私は言う。「声がしゃがれていました。彼は言いました、『これはみんなきさまのせいだ。トムがおれを追い出したのはきさまのせいだ』」そこでまた私は口をつぐむ。彼はたくさんの言葉をとても早く言ったので、それをぜんぶ正しい順序で覚えているかどうか確信がない。間違って言うのは正しくないことだろう。

ミスタ・ステイシーは私を見つめながら待っている。

「ぜんぶを正確に覚えているかどうかわかりません」と私は言う。

「いいんですよ」と彼は言う。「あなたが覚えていることを話してくれれば」

「彼は言いました、『マージョリがおれを追いはらったのはきさまのせいだ』。トムというのはフェンシングのグループの主宰者です。マージョリは……マージョリのことは先週話しました。彼女はドンのガールフレンドだったことは一度もありません」マージョリのことを話すのは具合が悪い。彼女については彼女自身が話すべきだ。「マージョリはぼくのことが好きです、ある意味で、しかし」私にはそれ以上言えない。マージョリがどんなふうに私のことが好きなのか、知人としてなのか友人としてなのか、それとも……それ以上のものとしてなのか。もし私が〈恋人としてではなく〉と言えば、それはほんとうのことになるのだろうか？　それがほんとうのことであってほしくない。

「彼は言いました、『出来損ないは出来損ないと結婚すりゃいいんだよ、結婚する必要があるならな』。彼はとても怒っていました。不景気なのはぼくのせいで、彼はいい仕事にありつけないと」

「うむ」ミスタ・ステイシーはかすかな音をたてただけで、そこにすわったままだ。

「彼は車に乗れと言いました。そして拳銃をぼくのほうに動かしました。襲撃者といっしょに車に乗るのはよくありません。それは去年、ニュースでやりました」

「そんなことは毎年ニュースになる」とミスタ・ステイシーは言う。「でもみんなやっちゃうんだな。あんたがそうしなくてよかった」

「ぼくには彼のパターンが見えました」と私は言う。「だからぼくは動きました――銃をもっている彼の手をかわし、彼の胃を殴りました。ひとを殴るのは悪いことですが、彼はぼくに危害をくわえようとしました」

「彼のパターンが見えた？」とミスタ・ステイシーが言う。「それはなんのことです？」

「ぼくたちは何年も同じフェンシング・グループに入っていました」と私は言う。「彼が突きを入れるために右の腕を振りまわすときに、彼はかならず右の足をいっしょに動かします。それから左足を横に出し、それから肘を外に振り出して、次に来る突きはずうっと右のほうをまわってくるんです。それでぼくにわかったのは、もしぼくが大きくかわして、それから真ん中を突けば、彼がぼくを傷つける前に彼を殴るチャンスがあるわけです」

「彼が何年もあんたとフェンシングをやっていたのなら、どうして彼にはその動きが見えなかったのかな？」とミスタ・ステイシーが訊く。

「わかりません」と私は言う。「でもぼくは相手がどう動くかそのパターンを見るのが得意なのです。ぼくはそうやってフェンシングをやります。彼はそれはあまり得意ではありません。もしかすると、ぼくが剣を持っていなかったので、彼は、ぼくがフェンシングのときと同じ反撃手段をとるとは思わなかったのかもしれません」

「ほう。あんたのフェンシングを見たいものだ」とミスタ・ステイシーは言う。「おれは、フェンシングをスポーツと言うのはおこがましいと思っていたんですよ、あの白い服だの、ワイヤの面だの見ていると、でもあんたの話だとおもしろそうだな。そこで――彼は銃であんたを脅した、あんたは銃をはらい、彼のみぞおちを殴った、それから？」

「それから大勢のひとたちがわめきだして、みんなが彼に飛びかかったんです。警官だったと思いますが、前には彼らの姿は見えませんでした」私は口をつぐむ。ほかのことはそこにいた警官から聞き出せるだろうと思う。

「よろしい。二、三確認しておきましょう……」彼は何度も何度も同じことを私にくり返させ、そのたびに私は別の細かな事柄を思い出す。私はそれが心配になる——こういうことをほんとうに記憶しているのか、それとも彼をよろこばせたいためにそれらの空白を埋めているのではないか？　本でそんなことを読んだことがある。それはほんとうのようにも思えるが、ときにはそれは嘘なのだ。嘘をつくのは悪いことだ。私は嘘はつきたくない。

彼はフェンシング・グループのことを何度も何度も尋ねる。だれが私を好きで、だれが好きでないか。私はだれが好きでだれを好きでないか。私はみんなを好きだと思っていた。彼らも私を好いていてくれる、少なくとも私を寛大に扱ってくれていると思っていた、ドンがあらわれるまでは。ミスタ・ステイシーはマージョリを私のガールフレンドか恋人にしたいらしい。私たちがデートをしているのかどうかしきりに尋ねる。マージョリのことを話していると汗が出てくる。私は真実を話しつづける、私は彼女がとても好きで、彼女のことをよく考えるけれども、デートに出かけたことはないと。

とうとう彼は立ち上がる。「ありがとうございました、アレンデイルさん。きょうのところはこれくらいで。これを文書にさせますので、署のほうにおいで願って署名をしてもらいます、それから裁判でこれが必要になるときは、こちらから連絡します」

「裁判？」と私は問い返す。

「ええ。襲撃事件の被害者として、あなたは検察側の証人になるでしょう。なにか問題でも？」

「仕事の時間をたくさん使うようだとミスタ・クレンショウが怒ります」と私は言う。そのころにまだ仕事があれば、それはほんとうのことだ。仕事がなかったら？

「彼は理解してくれますよ」とミスタ・ステイシーが言う。

　彼が理解してくれないことは確かだ、なぜかというと彼は理解したくないからだ。

「ポワトウの弁護士が地方検事と取り引きする可能性はあります」とミスタ・ステイシーは言う。「法廷で審理される危険を冒すかわりに、はじめから減刑判決を受け入れるんです。いずれお知らせします」彼はドアに近づく。「それじゃ、アレンデイルさん。あの男を逮捕できて、あなたに怪我もなくてほんとうによかった」

「いろいろとありがとう」と私は言う。

　彼が立ち去ると、私は彼がすわっていたカウチの皺を伸ばし、クッションをもとの位置に戻す。気持が落ち着かない。ドンのことや襲撃されたことを考えたくない。忘れてしまいたい。あんなことは起こらなかったと思いたい。

　夕食を急いで作る、スパゲッティと野菜を茹でて、それを食べ、それから皿と鍋を洗う。もう午後八時だ。あの本を取り上げて、第十七章の「記憶と注意制御の統合——ＰＴＳＤと注意欠陥多動性障害《ＡＤＨＤ》について」を読みはじめる。

　いまでは、長い文章や複雑な構文をらくに理解できるようになった。それらの文章は直線的ではなく、積み重ねられているか放射状になっている。だれかがはじめにそのことを教えてくれればよかったのにと思う。

　著者が伝えようとしている情報は論理的に配列されている。自分で書いたもののように読める。私のような人間が脳機能に関する本の一章を書くかもしれないと考えると奇妙な感じがする。私が喋るとき、私は教科書のような話し方をしているのか？　これがドクター・フォーナムの言うところの〈ぎごちない言語《スティルテッド》〉なのか？　彼女がそう言うとき、私はいつも、竹馬《スティルト》に乗り派手な衣裳を着た芸人が群衆の頭の上のほうでダンスをしている光景を想像する。これはどうしてもおかしい。私は背が高くもなく派手でもない。私が教科書のような話し方をするというのであれば、彼女はそう言えばよかったのだ。

いまはもう、PTSDが〈心的外傷後ストレス障害〉で、それは記憶機能に異常な変化を発生させることを知っている。これは複雑な制御とフィードバックの機能、信号伝達の抑制と脱抑制の問題なのだ。

いまの自分が心的外傷後なのだということに気づく、つまり自分を殺したいと思っている人間に襲われたということは、彼らが心的外傷と言っているものだが、私はストレスを感じてもいないし、興奮もしていない。おそらくふつうの人間は、危うく殺されそうになったその数時間後に椅子にすわって教科書を読むようなことはしないのだろうが、私にとってはそれはやすらぎである。論理的に整理され、それを明確にする労をとっただれかのおかげで、その事実はまだそこにちゃんとある。私の両親が話してくれたように、空の星は、この惑星上のわれわれの身に起こったことによってなんら損なわれることなく、その光を減じることもなく輝きつづけている。私はどこかに秩序が存在するということが気に入っている、たとえそれが私の近くでこなごなに砕けようとも。

ふつうのひとたちはいったいどんなふうに感じているのだろう？　中学のときやった科学実験のこと、傾けて置いた植木鉢に種をまくという実験のことを思い出す。植物は、その茎がどちらの方角に向こうと、光に向かって成長していった。だれかが私を傾けた植木鉢に植えたのではないかと私は思ったが、先生がそれとこれとはまったくちがうことだと言ったのを覚えている。

いまでもその感覚は同じだ。私はこの世界に対して斜めに立っている、そしてほかのひとたちが、きっと私がうちのめされているにちがいないと思うときに、私は幸せを感じている。私の脳は光に向かって成長しようとしているが、脳の植わっている植木鉢が傾いても植木鉢はまっすぐに起きあがることはできない。

この本にしたがえば、私は駐車場にある車の何パーセントがブルーであるというようなことを覚えている。なぜかというと私は大方のひとたちより色や数字に注意をはらうからだ。彼らは注意をはらわない、だから関心がない。彼らは駐車場を見るとき、なにに注意をはらうのだろう。たくさん並んだ乗り物、たくさんのブルーとたくさんの褐色とたくさんの赤のほかにいったいどんな見るものがあるのだろう？　私はなにを見落としているのだろう、彼らが美しい数字のあいだの関連性を見落とすように？

私が覚えているのは、色と数字とパターンと、連続して上がり下りするもの。つまりそれは私の知覚処理機能が私と世界のあいだに置いているフィルターをもっともらくに通ってくるものだ。こうしたものはそれ以後私の大脳の生育の要因になっており、したがって私には薬剤の製造工程からフェンシングの相手の動きまで、いっさいのものが同じように見える。つまり一つの真実が単に表現を変えて現れているように見えるのだ。

私は部屋のなかをちらりと見まわし、自分のさまざまな反応について、秩序への執着について、くり返される現象や連続するものやパターンのあるものに魅せられることについて考える。だれでもある程度の秩序は必要である。だれでもある程度まで連続するものやパターンを楽しむ。それについては何年も前から知っていたが、いまの私はそれについてもっとよく理解している。われわれ自閉症者は、人間の行動と選択というひとつの弧の一方の端に乗っているが、われわれもほかのひとたちもつながっているのだ。マージョリに対する私の感情は正常《ノーマル》な感情で、不気味な感情ではない。おそらく私は彼女の髪の毛や目のさまざまな色に、ほかのひとたちより敏感なのかもしれないが、彼女のそばにいたいという欲求は正常な欲求である。

そろそろ寝る時間だ。浴室に入り、自分のまったくふつうの肉体を見る――ふつうの皮膚、ふつうの髪の毛、ふつうの指の爪、足の爪、ふつうの性器。香りのない石鹼を好む人間もいるにちがいない、まったく同じ湯の温度を好む人間も、タオルのまったく同じ肌ざわりを好む人間もいるにちがいない。

シャワーを浴び、歯を磨き、洗面台を洗う。鏡に映る私の顔は私の顔のように見える――私がいちばんよく知っている顔だ。光が私の瞳孔に飛びこんできて、私の視界のなかにある情報をいっしょにもちこみ、世界をいっしょにもちこむが、光が入りこむところを見つめるとき、私が見るのは深いビロードのような闇だ。光が入りこみ、暗闇が私を見返す。その映像は鏡に映るのと同じように私の目に映り脳に映る。

私は浴室の明かりを消し、寝室に行ってベッドに腰をかけベッドのわきの明かりも消す。光の残像が暗闇のなかで燃える。私は目を閉じ、たがいに向き合い宙に浮かんで均衡を保っているその相反するものを見る。はじめに言葉が、そして言葉にかわってその映像が浮かぶ。

光は闇と相反するもの。重いは、軽いの反対語。記憶は忘却の反対語。出席は欠席の反対語。それらはまったく同じものではない。重いの反対語である軽いというような言葉は、映像として浮かぶつるつるした風船よりも軽いように思われる。つるつるした球体が上がり、後退し、消えていくにつれ光がその球体にあたってきらきら光る……

あるとき母に訊いたことがある。眠るときは目を閉じているのに夢のなかにどうして光が見えるのだろうかと。なぜ夢はみんな暗くないのか、と私は訊いた。母にはわからなかった。書物は、脳における視覚処理について多くを教えてくれたが、このことは教えてはくれなかった。

なぜだろうと思う。たしかだれかが、なぜ夢は、暗闇のなかでも光があふれているのだろうかと尋ねた。脳が映像を作りだす、そう、でもそれはどこからくるのか、夢のなかの光は？　まったく失明したひとたちには光は見えない——見えると思えないし、脳走査写真では、異なるパターンを示す。そうだとすると夢のなかの光は、光の記憶なのか、それともほかのなにかなのか？

だれかがある子供のことをこう言っていたのを覚えている。「彼は野球がとても好きだから、もしあの子の頭を開いたら、そのなかには野球場があるかもしれない……」これは、ひとびとの言うことの多くは、言葉の意味とはちがうものだということを私が知る前のことだ。だれかが私の頭を開いたら、私の頭のなかにはなにがあるだろうと私は思った。母に尋ねると、母はこう言った。「おまえの脳だよ」そして灰色の皺のあるものの絵を見せてくれた。私は泣いた、なぜかというと、そんなものが頭に詰まっているのはいやだったからだ。ほかのだれだってあんな醜いものが頭のなかに詰まっているひとはいないだろうと思った。彼らの頭には、野球場やアイスクリームやピクニックが詰まっているのだろう。

いまの私は、みんなの頭のなかに詰まっているのは野球場やプールや自分たちの愛するひとたちではなく、皺のよった灰色の脳だということを知っている。心のなかにあるものは、脳のなかにはあらわれない。だがあの当時は、私が誤って作られてしまったという、それが証拠のように思われた。

私の頭のなかにあるものは、光と暗闇と重力と宇宙と剣と食料品と色と数字とひとびとで、そのパターンはとても美しいので私の全身は震える。私にはなぜこうしたパターンが見えるのか、ほかのひとにはなぜ見えないのか、私にはまだわからない。

この本は、ほかのひとびとが考えついた疑問に答えている。私は、彼らが答えていない疑問を思いついた。私はいつも、自分の疑問は誤った疑問だと思っていた、なぜならほかのだれもそんな疑問はもたないからだ。もしかするとだれもそんな疑問は思いつかないのかもしれない。もしかすると暗闇がはじめにそこにたどりついたのかもしれない。もしかすると私は、無知の深淵に触れた最初の光なのかもしれない。

もしかすると私の疑問には意味があるのかもしれない。

第十五章

光。朝の光。奇妙な夢を覚えているが、それがどんな夢だったか覚えていない、ただ奇妙だったということだけ。よく晴れた爽やかな日。窓ガラスに触ると冷たい。ひんやりした空気にすっかり目が覚めて、ふわふわはずむような気分だ。深い皿のなかのシリアルは、ぱりっとした折り目のあるような質感がある。口のなかに入れると、それはぱりぱりしていて、それから滑らかになる。

外に出ると眩しい太陽の光が駐車場の舗装にまじっている小石に反射している。明るく活気のある音楽の日だ。さまざまな可能性が頭を波のように洗っていく。ビゼーにきめる。車にこわごわ触れる。ドンは監獄に入っているのに、私の体は車が危険かもしれないことを覚えている。なにも起こらない。四本の新しいタイヤはまだ新しいにおいがする。車は走りだす。職場までの道々、音楽が頭のなかに流れる、陽光のように明るく。今夜は星を見に田舎に行こうかなと思う。宇宙ステーションも見えるはずだ。それからきょうが水曜日でフェンシングに行く日だということを思い出す。ずいぶん長いあいだ、忘れるということはなかったのに。けさはカレンダーを見てきただろうか？　覚えがない。

職場では、いつもの駐車スペースに車を入れる。ミスタ・オルドリンが、私を待っているかのように、ドアの内側に立っている。

「ルウ、ニュースで見たよ――だいじょうぶなのか？」

「はい」と私は言う。私を見れば、だいじょうぶなのは明らかなのにと私は思う。

「気分が悪ければ、きょうは休みをとってもいいんだよ」と彼は言う。

「だいじょうぶです」と私は言う。「仕事はできます」

「そうか……きみがそう言うなら」彼は、私がなにか言うのを期待するかのように口をつぐむが、私はなにも思いつかない。「ニュース・キャスターは、きみが襲撃者の銃を取り上げたと言っていたがね、ルウ――きみがそんなことを知っているとは知らなかったな」

「ただフェンシングでやっていることをやっただけです」と私は言う。「剣は持ってはいませんでしたけれど」

「フェンシング！」彼の目が大きくなる。眉が上がる。「フェンシングをやるのか？ あの……剣やらなにやらを使う？」

「はい。週に一度フェンシングのクラスに通っています」と私は言う。彼にどこまで話していいのかわからない。

「それは知らなかったな」と彼は言う。「わたしはフェンシングのことはなにも知らなくてね、あの白いスーツと、電線をうしろにひきずっているのは知ってるが」

われわれは白いスーツは着ないし、電気審判器も用いてはいないが、そのことをミスタ

・オルドリンに説明する気にはなれない。私は自分のプロジェクトに戻りたい、それにきょうの午後は、医学チームとの会合がもう一度ある。そこでミスタ・ステイシーが言ったことを思い出す。

「警察に行って供述書に署名しなければならないかもしれません」と私は言う。

「いいとも」とミスタ・オルドリンは言う。「必要なことはやりたまえ。こんどのことはひどいショックだったろうね」

私の電話が鳴る。ミスタ・クレンショウだろうと思ったので、急ぎはしなかったが、それでも出た。

「アレンデイルさん？……ステイシー刑事です。午前中に署のほうに来てもらえますか？」

これは本物の質問だとは思わない。これは私の父が、「あっちの端を持ち上げろ」という意味で「あっちの端を持ち上げてくれないか？」と言ったときと同じような質問だと思う。質問の形で命令をあたえるのは丁寧なやり方かもしれないが、これがまた混乱を引き起こす、なぜかというとときどきそれは本物の質問だからである。「上司に訊いてみます」と私は言う。

「警察の事務手続きだから」とミスタ・ステイシーは言う。「あんたの供述書やそのほかの書類にあんたの署名が必要なんで。上司にそう言ってください」

「ミスタ・オルドリンに電話しますか」と私は言う。「電話で返事をしますか？」

は本物の質問ではない。

「いや——来られるときに来てください。午前中はずっとここにいます」言いかえれば、彼は、ミスタ・オルドリンがなんと言おうと私が行くのを待っているということだ。これは本物の質問ではない。

私はミスタ・オルドリンのオフィスに電話をする。

「やあ、ルウ」と彼は言う。「気分はどうだい？」これは馬鹿げた質問だ。彼はけさそのことは私に訊いたのである。

「警察は、ぼくが警察署に行ってぼくの供述書やほかの書類に署名してほしいと言っています」と私は言う。「いま来るようにと言いました」

「だけどきみ、だいじょうぶかい？　だれかに付き添ってもらうほうがいいんじゃないか？」

「ぼくはだいじょうぶ」と私は言う。「でも警察署には行かなければなりません」

「いいとも。一日休んでもいいよ」

外に出ると、守衛詰所の前を車で通りすぎながら、ほんのちょっと前になかに入ったのに守衛はどう思うだろうかと心配だった。彼の顔からはなにもわからなかった。

警察署のなかは騒々しい。高くて長いカウンター、大勢のひとたちが列を作って並んでいる。私もその列にくわわっていると、ミスタ・スティシーが出てきて私を見つける。「こっちへ来て」と彼は言う。彼は先に立って別の騒々しい部屋へ私を案内する、その部屋には五つの机があり、どれも書類が山積みになっている。彼の机には——だと思う——携帯コンピュータのドッキング・ステーションと大きなディスプレイがのっている。

「なつかしのわが家」と彼は言いながら、机のそばの椅子にすわるように手まねきする。椅子は灰色の金属製で薄い緑色のビニールのクッションが敷いてある。クッションを通してフレームの感触がわかる。煮つまったコーヒーや安いキャンディ・バーやポテトチップスのにおい、紙やプリンターやコピー機の焼けたインクのにおいがする。

「ゆうべのあんたの供述書のプリントアウトがあるから」と彼は言う。「ひととおり目を通してもし誤りがあれば訂正し、もしなければ署名してください」

積み上げられる〈もし〉が私の動きを鈍らせるが、なんとかやりおえる。供述書を大急ぎで読むが、〈原告〉というのが私で、〈襲撃者〉というのがドンであることを理解するのに時間がかかる。それにまた、なぜドンと私が〈男〉ではなく〈男性〉と書かれるのか、マージョリが〈女〉ではなく〈女性〉と書かれるのか私にはわからない。彼女のことを〈両男性と交際している女性〉というのは彼女に対して失礼だと思う。誤りはないので、私は署名する。

それからミスタ・ステイシーは、ドンに対する告訴状に署名しなければならないと言う。なぜそうしなければならないのか私にはわからない。ドンがやったようなことをするのは法律違反であるし、彼がそれをやったという証人もいる。私が署名してもしなくても問題はないはずだ。だがもし法律がそれを要求するなら、私はそれに従うつもりだ。

「彼が有罪だとわかれば、ドンはどうなるのですか？」と私は訊く。

「暴力行為に及んだ連続破壊事件のことか？　保護更生処置を受けなければならない」とミスタ・ステイシーは言う。「ＰＰＤ――プログラムで調整しうる性格決定要素を助けるブレイン・チップの挿入。これはコントロール・チップを挿入するときに――」

「知っています」と私は言う。聞いただけで頭のなかがもぞもぞする。すくなくとも私は、自分の脳にチップを挿入されることを考える必要はない。

「映画で見るようなものではありませんよ」とミスタ・ステイシーは言う。「火花も飛ばず、閃光も走らない――ただ彼はあることをすることができなくなるだけですよ」

私が聞いたのは――センターでわれわれが聞いたのは――ＰＰＤは、元来の性格を無効にし、更生者（彼らが好きな用語）が、言われたこと以外のことをしないようにするものだということである。

「彼はぼくのタイヤとフロントガラスを弁償するだけではだめなのですか？」

「常習的犯行だからな」とミスタ・ステイシーは、プリントアウトの山を乱暴にひっかきまわしながら言う。「またやりますよ。それは実証されている。あんたが、自閉症者である自分をやめられないのと同じで、彼も嫉妬深くて暴力的な自分をやめられないんですよ。彼が幼いころにこれが見つかっていたら、まあ、そのときは……あ、これですよ」彼は特別の用紙を引き出す。「これが正式な告訴状です。注意深く読んで、一番下のＸ印のついたところに署名をして日付を入れてください」

私は一番上に市の紋章が入った正式な告訴状を読む。それにはこう書いてある。私、ルウ・アレンデイルは、予期せぬ数々の事件に対して告訴をするものである。事件は簡単なものだ。ドンが私を脅かし、それから私を傷つけようとした。そう書くかわりに告訴状にはこう書いてある、私は以下の事由により告訴する、財産の不当な破壊、二百五十ドル相当の財産の窃盗、爆破装置の製造と爆破装置の設置、爆破装置による殺人の意図をもった襲撃――「あれはぼくを殺したかもしれないのですか?」と私は訊く。「〈破壊的武器による襲撃〉とここに書いてあります」

「爆薬は破壊的武器ですよ。彼が仕掛けた爆薬は爆発すべきときに爆発しなかったし、爆薬の量もぎりぎり最小限だったことはたしかですがね。手とか顔の一部とか失うだけかもしれないが。それだって法律に照らせば重罪だ」

「バッテリーを取り出してそのかわりにびっくり箱を置くような行為が、法律をいくつも破ることになるとは知りませんでした」と私は言う。

「たいていの犯罪者は知りませんよ」とミスタ・スティシーが言う。「しかしこんなことはよくあることですよ。たとえば窃盗犯が家人の留守に住宅に押し入ってなにか盗んだとする。すると不法侵入と窃盗罪の二つの罪に問われる」

私は、ドンが爆薬を作ったことは知らなかったので、その件については告訴しなかった。私はミスタ・スティシーを見つめる。彼がなんでも知っていることは明らかなので、議論しても仕方がない。一つの行為に対して多くの告訴がなされるというのは不当だという気がするが、ひとびとがこれと似たようなことを話しているのを聞いたことがある。

書類には、ドンがやったことがさほど格式ばらない言葉で並べられていく。タイヤ、フロントガラス、二百六十二ドル三十七セント相当の自動車のバッテリーの窃盗、ボンネットの下に爆発物を仕掛けたこと、駐車場での襲撃。すべてが順序よく並べられると、ドンがこれをみんなやったことも、彼が私に本気で危害をくわえようとしていたことも、最初の出来事は明らかな警告であったことも明らかだろう。

それはなかなか理解しがたいことだ。彼が言ったことや彼が使った言葉を私は知っているが、どれもみんなあまり筋が通っていない。彼はノーマルな人間だ。彼ならマージョリに気楽に話しかけることができるはずだ。じっさいマージョリと話をしていた。彼がマージョリと友だちになるのを妨げるものはなにもない、彼自身を除けば。彼女が私を好きなのは、私のせいではない。彼女がフェンシングの稽古場で私と会うのは私のせいではない。私のほうが先にあのグループに入り、彼女が入ってくるまで私は彼女を知らなかった。

「なぜだかわかりません」と私は言う。

「なにが？」とミスタ・ステイシーが言う。

「なぜ彼がぼくに対して怒ったのかわかりません」と私は言う。

彼は頭を片側にかしげる。「やつが言ったでしょう」と彼は言う。「やつが言ったことをあんたは話してくれたでしょう」

「はい、でもそれでもわけがわかりません」と私は言う。「ぼくはマージョリがとても好きですが、彼女はぼくのガールフレンドではありません。彼女をデートに誘ったこともありません。彼女もぼくをデートに誘ったことはありません。ドンを傷つけるようなことはなにもしていません」マージョリをデートに誘いたいと思っていることはミスタ・スティシーには話さない、なぜそうしないのかと尋ねられるかもしれないし、私はそれに答えたくないからだ。

「きっとあんたにはわからないかもしれない」と彼は言う。「でもおれにはよくわかる。こういう種類のことはたくさん見てきているからな、嫉妬が怒りを醸成する。あんたはなにもする必要はなかった、すべて彼の問題、彼の頭のなかの問題なんだ」

「彼の頭のなかは正常です」と私は言う。

「彼は外見的には障害者ではないけれどね、ルウ、彼は正常じゃない。正常な人間は、爆発装置を他人の車に仕掛けたりしないものだ」

「彼の頭が狂っているというのですか？」

「それは法廷が決めることだ」とミスタ・スティシーは言う。彼は頭を振る。「ルウ、あんたはどうしてあんなやつを許したいと思うんだ？」

「ぼくはべつに……彼がしたことは悪いことだとは認めますが、彼の脳にチップを入れて別人にしようというのは――」

彼は目をぐるりと天井に向ける。「ルウ、どうかみなさん――犯罪の処罰分野に携わっていないみなさん――ＰＰＤのことをよく理解してほしいな。あれは彼をほかの人間にしてしまうわけじゃない。とにかくドンの気にさわる人間、その人間に危害をくわえようとする衝動をやつに持たせないようにするわけだ。そうすれば、やつがそういう行為をくり返す恐れがあるという理由でやつを何年も閉じこめておく必要がなくなるわけですよ――彼はただそれをやらなくなる。だれに対しても。これは、われわれがいままでやってきたようなこと、つまり悪人のなかに長い間ほうりこんで、ますます悪くさせるような方法よりずっと人間的じゃないかな。痛くも痒くもないんですよ。なにもロボットにするわけじゃない。やつはふつうの生活を送ることができる……ただ暴力的な犯罪を犯すことができなくなるだけなんだ。これは、死刑を除いては、われわれが考え出したもののなかで、唯一効果のある手段なんですよ。まあ、やつがあんたにしたことを裁くにしては少々極端すぎることは認めるが」

「それでもぼくは嫌ですね」と私は言う。「ぼくの脳のなかにチップなんか入れてもらいたくないです」

「あの方法は合法的な医学療法にも使われていますよ」と彼は言う。それは知っている。烈しい発作とかパーキンソン病とか脊髄損傷などを患っているひとたちのことは知っている。特別のチップとバイパスが彼らのために開発されたのはいいことだ。だがこれは納得がいかない。

それにしても法律は法律である。告訴状には真実ではないことはなにも書かれていない。ドンはここに書いてあることをぜんぶやったのだ。それが起こるたびに私は警察に電話をした、ただし最後の事件は警官が目撃者なので電話はしなかった。告訴状の最後のところ、本文と私が署名する欄とのあいだにもう一行ある。供述書に書かれたことはすべて真実であると私は誓うという一行だ。私が知るかぎりではすべて真実だから、これで十分だろう。私はその欄に署名をし、日付を入れ、それを警官にわたす。

「ありがとう、ルウ」と彼は言う。「地方検事補があんたに会いたいそうだ、次にどうするかは彼女が説明してくれる」

検事補は中年の女性で、細かく縮れた黒い髪に灰色の髪がまじっている。机の上の名札にはこう書いてある。〈地方検事補　ベアトリス・ハンストン〉。ジンジャーブレッド色の肌をしている。彼女のオフィスは私の仕事場より広く、まわりを取り囲む本棚には本がぎっしり詰まっている。本は古く、背表紙は薄茶色の地に黒と赤の四角が並んでいる。だれかが手に取って読んだような形跡はない。本物の本かどうかもわからない。デスクトップの画面にはデータ・プレートが出ている。それが放つ光が彼女の顎の下を奇妙な色合いにしている、私の側から見るデスクトップの画面は真っ黒に見えるが。

「生きていてよかったわ、アレンディルさん」と彼女は言う。「ほんとうに運がよかった。あなたはドナルド・ポワトウ氏に対する告訴状に署名した、そうですね？」

「はい」と私は言う。

「それではつぎにどうなるか説明しましょう。法律によれば、ポワトウ氏は、もし望めば陪審裁判を受ける権利があたえられます。彼がこのすべての事件にかかわりをもつ人物である証拠は十分揃っています、証拠は法廷で真実と認められるでしょう。しかし彼の法律顧問が有罪答弁取り引きを受け入れるようすすめるはずです。有罪答弁取り引きとはなにかご存じですか？」

「いいえ」と私は言う。彼女は私に教えたいと思っている。

「もし彼が裁判を要求して州の財源を使い果たすことにならなければ、彼の刑期は減刑されて、PPD、つまりチップの挿入と調整ということになるでしょう。もし有罪判決が出れば、最低五年の禁固刑になります。いずれ彼にも禁固刑がどういうものかわかってくるでしょうから、たぶん有罪答弁取り引きに応じますよ」

「でも有罪判決が出ないかもしれません」と私は言う。

検事補は微笑する。「それはもはや考えられません」と彼女は言う。「われわれが握っている証拠があれば。あなたは心配する必要はありませんよ。彼は二度とあなたに危害をくわえることはできないでしょう」

私は心配などしていない。というか彼女がそう言うまでは心配していなかった。ドンが拘留されてからは彼のことは心配しなかった。もし彼が逃げ出せば心配するだろう。でもいまは心配はしていない。

「彼の弁護士が有罪答弁取り引きに応じて、裁判にならなければ、あなたを召喚する必要はなくなります」と彼女は言う。「それは数日でわかるでしょう。もし彼が裁判を要求すれば、あなたは検察側の証人として出廷することになります。そうなるとわたしからうちの局のだれかが、あなたの証言の準備や、出廷したときのお手伝いをすることになります。おわかりですね？」

彼女の言っていることはわかる。彼女が言わないこと、彼女が知らないことは、私が仕事を休むようなことになればミスタ・クレンショウがとても怒るということだ。ドンと彼の弁護士が裁判を主張しないように願っている。「はい」と私は言う。

「けっこう。過去十年のあいだに訴訟手続きも変わってきたんです、PPDチップの有効性が認められるようになって。非常に簡素化されています。裁判にもちこまれるケースはわずかになりましたね。被害者や証人があまり時間を取られることもなくなったんです。いずれご連絡します、アレンディルさん」

司法センターをようやく出るときにはもう昼近くになっている。ミスタ・オルドリンはきょうはもう来なくてもいいと言っていたが、ミスタ・クレンショウに私を怒る理由をあたえたくないので、午後にはオフィスに戻る。われわれは別のテストをする、コンピュータの画面の上でいくつかのパターンを合わせるというテストである。これはみんなとても早くやれてすぐにすんでしまう。ほかのテストも簡単だが、退屈なものだ。けさ休んだ仕事の埋め合わせはしない、あれは私のせいではないからである。

フェンシングに出かける前に、テレビの科学ニュースを見る、宇宙に関する番組である。合同企業が新しい宇宙ステーションを建設している。知っているロゴが見える。私が働いている会社が、宇宙関連の事業に関心をもっているとは知らなかった。アナウンサーは、建設費は数兆ドルで、さまざまな企業が協力していると言っている。

おそらくミスタ・クレンショウが経費を削減する必要があると主張している理由の一つにちがいない。会社が宇宙事業に投資するのはよいことだと思う、私も宇宙に出ていく機会があればいいと思う。私が自閉症者でなければ、宇宙飛行士か宇宙科学者になれただろう。しかしこの治療によって私が変わるとしても、宇宙関連の仕事につくための再教育には手遅れだろう。

おそらくあるひとびとが、自分の寿命を延ばすライフタイム療法を望んでいる理由はそれだろう。そうすれば彼らは、いままでつけなかった職業の訓練を受けることができるからだ。しかしこの療法はとても費用がかかる。それが受けられるひとはまだそれほど多くはない。


到着してみると、トムとルシアの家の前に三台の車が駐車している。マージョリの車がある。心臓がどきどき鳴りだす。走ってきたわけでもないのに呼吸が苦しくなる。冷たい風が通りを吹き抜けていく。涼しくなるとフェンシングも楽になるが、裏庭にすわってお喋りをするのは辛くなる。

なかに入ると、ルシアとスーザンとマージョリがお喋りをしている。私が入っていくと話をやめる。

「だいじょうぶなの、ルウ？」とルシアが訊く。

「だいじょうぶです」と私は言う。舌が大きくふくらんだような感じがする。

「ドンがあんなことをしてとても残念だわ」とマージョリが言う。

「あなたがそうしろと言ったわけではありません」と私は言う。「あなたのせいではありません」

「そういう意味で言ったんじゃないの」と彼女は言う。「ただ――あなたがひどい目にあったと思って」

「だいじょうぶです」と私はもう一度言う。「ぼくはここにいます、そして――」そのあとがなかなか言えない。「拘留されてはいません」と私は言う、〈死んではいない〉と言わないようにする。

「厳しいことです――彼の脳にチップを入れると言うのです」

「そうしてもらいたいわよ」とルシアが言う。その顔が歪んでいる。スーザンはうなずいて、私にはまったく聞こえない声でなにか呟く。

「ルウ、あなたはまるで、彼の身にそんなことが起こらないように願っているみたい」とマージョリが言う。

「とても怖いことだと思います」と私は言う。「彼は悪いことをしました、でもその彼を別の人間に変えてしまうのは怖いことです」

「そういうものじゃないのよ」とルシアは言う。彼女は私をじっと見つめている。理解してもらえるひとがいるとすれば彼女こそそのひとだ。彼女は治療実験のことを知っている。

ドンがだれか別の人間にされてしまうことが、なぜ私をこれほど怖がらせるのか彼女は理解している。「彼は悪いことをした――とても悪いことをしたのよ。あなたを殺していたかもしれないのよ、ルウ。おそらく、だれかが止めていなかったら。彼をプディングみたいにしてしまっても当たり前だと思うけど、とにかくあのチップは、彼がひとに危害を加えることができないようにしてくれるのよ」

それほど単純なことではない。一つの言葉が、ある文章では一つの意味を表し、別の文章では別の意味になる、あるいは言葉の調子で意味が変わるのとまったく同じように、ある一つの行為は、その情況によって有益にもなれば有害にもなる。PPDチップは、なにが有害で、なにが有害でないかということについて、よりよい判断をひとびとにあたえるものではない。それは益より害の大きい行動をするかどうかの判断力や決断力を取り除いてしまうものだ。それはまたドンがときどきいいことをやろうと思ってもそれを妨げてしまうことにもなる。私にはそれがわかっている、ルシアにもわかっているはずなのに、彼女はどういうわけかそのことを無視している。

「このグループのなかでこれまでずっと彼を信頼してきたことを考えてちょうだい！」と彼女は言う。「彼がこんなことをするなんて思いもよらなかった。あのろくでなしの性悪男め。この手であいつの顔の皮をひんむいてやりたい」

頭のなかにあの閃光がひらめいて、ルシアがいま現在、私の気持より自分の気持のことを考えていることがわかる。ドンに騙されたので彼女は傷ついている。自分が馬鹿みたいに見えるのはドンのせいだと思っている、彼女は馬鹿にはなりたくない。自分が聡明な人間であることを誇りにしている。それを彼に傷つけられた——すくなくとも自分自身に対する気持ちを傷つけられた——ので彼を罰したいと思っている。

これはとても立派な態度とは言えない、ルシアがこんなふうになるとは知らなかった。私は彼女のことを知っていたと言えるのか、ドンのことは知っていたと彼女が思っていたのと同じなのではないか？　正常《ノーマル》な人間がたがいのことはすべて知っているとしたら、隠されていることもすべて知っているのが当然だとしたら、どうしておたがい相手に耐えられるのだろうか？　めまいがしないのだろうか？

「ひとの心を読むことはできないわよ、ルシア」とマージョリが言う。

「わかってるわよ！」ルシアはいきなり髪を振り上げ、指を振り立てる。「ただね——まったく、コケにされるのはごめんよ、彼はあたしをコケにしたんだわよ」彼女は私を見あげる。「ごめんなさい、ルウ、あたし、自分のことばかり言ってる。ほんとうに心配なのはあなたよね、あなたがどうするかよね」

彼女が一瞬前の怒れる人物からノーマルな人格に——いつもの人格に戻るのを見るのは、過飽和の溶液のなかで結晶ができていくのを見ているようだった。彼女が自分のしたことに気づき、もう二度とこんなことはしないとわかってほっとする。それは彼女が他人を分析するより遅い。ノーマルなひとたちが自分の頭のなかでじっさいになにが起こっているかを知るのに、自閉症者より長い時間がかかるのだろうか、あるいは私たちの脳は同じ速度で働いているのだろうか。ルシアが自己分析をするためにはマージョリが言ったように〈ひとの心を読む〉ことが必要だったのだろうか。

マージョリはほんとうは私のことをどう思っているのだろうか。彼女はルシアを見つめ、そして私のほうをちらりと見る。彼女の髪はとても美しい……その色を分析し、髪の毛にまじるいろいろな色の割合を分析し、彼女が動くたびに光が髪の毛の上を移動していく様子を分析している自分に気づく。

私は床にすわってストレッチをはじめる。しばらくすると女のひとたちもストレッチを開始する。私の体はすこし硬い。額が膝につくようになるまで何度もかかる。マージョリはまだできない。彼女の髪の毛が前のほうに落ちて膝をかすめるが、彼女の額と膝のあいだにはまだ四インチも隙間がある。

ストレッチがすむと、私は立ち上がり、用具室に用具を取りにいく。トムがマックスとサイモンといっしょに外にいる。競技会のレフリーである。暗い中庭の真ん中に光の輪が明るい場所を作っており、ほかのところには濃い影ができている。

「やあ、相棒」とマックスが言う。彼はここにやってくると男の連中をみんな相棒と呼ぶ。ばかばかしいが、それが彼のやり方だ。「元気かい？」

「元気です」と私は言う。

「フェンシングの動きでやつをやっつけたそうだね」とマックスが言う。「見たかったよ」

マックスは、たとえいまどう思っていようと、あの現場にはいたくはなかっただろうと思う。

「ルウ、サイモンがきみとフェンシングをやりたいと言っていたよ」とトムが言う。トムが元気か、と訊かなかったのでうれしい。

「はい」と私は言う。「マスクをつけます」

サイモンはトムほど背は高くなく、トムより痩せている。彼は詰め物をした古いフェンシング・ジャケットを着ている、これは公式のフェンシング競技会に使われる白いジャケットにそっくりだが、白ではなくむらのある緑色だった。「ありがとう」と彼は言う。それから、私が彼のジャケットの色を見つめていたのを知っていたように言う、「ぼくの妹が緑色の衣裳をほしがってね――彼女はフェンシングにはくわしいが、服を染めるのは苦手なんだ。染めたてはもっとひどかったんだよ。いまじゃ色が褪せちゃってね」

「緑色の衣裳は見たことがありませんでした」と私は言う。

「だれも見たことがないよ」と彼は言う。彼のマスクはふつうの白いマスクで、何年も使われているので黄色になっている。手袋は茶色だ。私はマスクをつける。

「剣は？」と私は訊く。

「きみのお気に入りは？」と彼が訊く。

私にお気に入りはない。それぞれの剣や剣の組み合わせの一つ一つにそれ自体の技のパターンがある。

「エペとダガーを使ってみれば」とトムは言う。「きっとおもしろいよ」

私はエペとダガーを手に取り、それが手に落ち着くまで何度も握り直す――ほとんど剣が感じられない、これは正しい。サイモンのエペは大きな鐘型の鍔《つば》がついているが、ダガーのほうは単純な輪型の鍔である。もし彼がパリがあまり巧くないなら、彼の手を打てるかもしれない。彼は突きを申告するだろうか？　彼はレフリーだ、きっと正直だろう。

彼は膝を屈めてゆったりと立っている、くつろいでいられるだけの余裕があるひとだ。われわれは礼《サルー》をする。彼の剣がひゅうっと音をたてて振りおろされる。胃がきゅっと縮む。彼がつぎにどう出るかわからない。予想する前に彼が突いてくる、この裏庭ではだれもやったことのないこと、彼の腕はいっぱいに伸ばされ、うしろの脚はまっすぐ伸びている。私は体をひねりながらかわす、私のダガーを下にひるがえして突き出し、彼のダガーの上のほうに狙いをさだめる――だが彼は早い、トムと同じくらい早い、あの腕を上げてパリの用意をする。突きからたちまち体勢を立て直すので、私は相手の一瞬止まった動きの隙を突くことができない。彼はうなずきながら守りの構えになる。「いいパリだ」と彼は言う。

私の胃がさらに縮む。それは恐怖のせいではなく興奮のためだと私は気づく。彼はトムより巧いかもしれない。彼が勝つだろう、でも私も学ぶだろう。彼が横に動く、私はそれについていく。彼はさらに何度か攻めに出る、どれも早い、私はそのどれもかわすことができるが、攻めはしない。彼のパターンを見たい。彼のパターンはとても変わっている。

くり返し、くり返し。低く高く高く低く低く高く低く低く低く高く高く。私は次を予測して、彼がふたたび低く来るとき攻めに出る、こんどは彼は私の突きをかわしそこね、私は彼の肩に軽く突きを入れる。

「いいぞ」と彼は言ってうしろに下がる。「すばらしい」トムをちらりと見ると、彼はうなずいてにっこり笑う。マックスが頭の上で両手を握りしめている。彼もにっこり笑っている。私はちょっと気分が悪くなる。接触の瞬間、ドンの顔が見えた、彼にあたえた一撃を感じ、彼が体を折り曲げるのが見えた。私は頭を振る。

「だいじょうぶかい?」とトムが訊く。私はなにも言いたくない。このまま続けたいのかどうかもわからない。

「ちょっとひと休みしよう」とサイモンが言う、たった二分ほどやったばかりなのに。自分が愚かしく思われる。彼は私のためにやっていてくれるのだ、取り乱してはいけないのに取り乱している。でもそれはくり返し襲ってくる、手の感触、しゅーっと吐き出すドンの息のにおい、音と情景と感触がいっぺんに襲ってくる。私の頭の一部はあの本を、記憶とストレスと心的外傷の叙述を思い出しているが、その記憶の大部分は、ただただ惨めな気持だ、悲しさと恐怖とそして怒りがぜんぶからまりあって硬く螺旋状に巻いている。

私はもがき、瞬きをする、すると音楽の一節が頭をさざ波のように流れる。螺旋状のものはときほぐされて漂いながら消えていく。「ぼくは……だい……じょうぶ……です」と私は言う。喋るのはまだ辛いが、気分はよくなっている。私は剣を上げる、サイモンはうしろに下がり剣を上げる。

われわれはふたたび剣を構える。こんどの彼の攻撃は前と同じように素早いが前とはちがう。彼のパターンがまったく読めないので、とにかく攻めることにする。彼の剣が私のパリをかわし、左の腹部に突きを入れる。「よし」と私は言う。

「きみのおかげでくたくただよ」とサイモンが言う。彼の呼吸が早くなっているのがわかる。私の呼吸も早くなっている。「もう四度もやられそうになったよ」

「あのパリはやりそこないました」と私は言う。「あまり強くなかったので――」

「あのミスをくり返すかどうか試してみよう」と彼は言う。彼は剣を構える、こんどは私のほうから攻める。突きは取れない、彼の攻めのほうが私の攻めより早いような気がする。隙を見つけるまで二度も三度もパリをつづける。私が突きを入れる前に、彼が私の右肩に突きを入れた。

「まったく手強いね」と彼は言う。「ルウ、あんたは優秀なフェンサーだ。あの競技会のときそう思ったよ。初出場者はぜったい勝てないものだし、きみは初出場者の問題をいくつか抱えていたがね、自分がしていることをちゃんと心得ていた。クラシカル・フェンシングをやってみようと考えたことはないのかい？」

「ええ」と私は言う。「ぼくが知っているのはトムとルシアだけですから――」

「考えるべきだね。トムとルシアは、たいていの素人フェンサーより優秀なトレイナーだ――」サイモンはトムに向かってにっこり笑い、トムは彼に向かって顔をしかめる。「だがクラシカルのテクニックのあるものは、きみのフットワークに役立つよ。このあいだきみがやられたのは、スピードのせいじゃない。体を最小限にさらしながら最大限に伸ばすための足の位置を正確に把握すること、それによって体をさらに伸ばせるんだ」サイモンはマスクをはずして、エペを外のラックに掛け、手を私に伸ばす。「ありがとう、ルウ、いい手合わせだった。息が楽になったら、また闘えるかもしれない」

「ありがとうございました」と私は言い、彼と握手する。サイモンの握力はトムより強い。私は息切れがしている。私も剣を掛け、マスクを空いている椅子に置いて腰をおろす。サイモンは私をほんとうに好きなのか、それとも彼もドンのようにあとになって私を憎むようになるのだろうかと心配になる。トムは彼に私が自閉症者であることを話したのだろうか。

第十六章

「ごめんなさい」とルシアが言う。彼女は用具を持って外に出てくると私の右側に腰をおろす。「あんなふうにかっとなっちゃいけなかったのよ」

「動揺していません」と私は言う。私は動揺はしていない。なにが悪かったか彼女にはわかっていることも、彼女がもう怒ってはいないことも私は知っているからだ。

「よかった。あのね……あなたがマージョリを好きで、マージョリもあなたが好きなのは知っているわ。ドンとのこのごたごたで、それをだめにしないようにね、いい？」

「マージョリが特別ぼくのことが好きなのかどうかわかりません」と私は言う。「彼女はぼくを好きだとドンは言っていたけれども、彼女はぼくに好きだとは言っていません」

「そうね。むずかしいことね。大人は、就学前の幼児のように率直ではないから、そういう意味で自分たちで厄介なことにしてしまうのよね」

マージョリが、フェンシング・ジャケットのジッパーを上げながら家から出てくる。ジッパーがひっかかると、にっこり笑いかける、私にかそれともルシアにか——彼女の笑いがどこに向けられたものかよくわからない。「ドーナツの食べすぎだわね」と彼女が言う。

「それとも運動不足かしらね」

「さあ――」ルシアが手をさしだし、マージョリが近づくとルシアはひっかかったジッパーを直してやる。手をさしだすことが助けてあげるという合図だとは私は知らなかった。手をさしだすのは助けを求める合図だと思っていた。もしかするとそれは「さあ」という言葉といっしょに使われる合図かもしれない。

「手合わせしない、ルウ？」とマージョリが訊く。

「ええ」と私は言う。顔がかっと熱くなるのがわかる。私はマスクをつけ、エペを取る。

「エペとダガーを使いますか？」

「いいわね」とマージョリは言う。彼女もマスクをつける、私は彼女の顔を見ることができない、見えるのはただ彼女の目の光と彼女が話すときの歯だけだ。でもフェンシング・ジャケットの下の彼女の体の線は見える。その体の線に触ってみたいが、ここではそんなことはしてはいけない。ボーイフレンドだけがガールフレンドにできるのだ。

マージョリが礼《サルー》をする。彼女のパターンはトムのパターンより単純なので、突きは入れられるけれども、それではすぐ終わってしまう。私は相手の剣をかわし、ちょっと突きを入れ、またかわす。刃先が触れ合うとき、その接触を通して彼女の手を感じることができる。私たちは触れ合うことなく触れ合っている。彼女はまわりこみ、反転し、前にうしろに動く、私も彼女といっしょに動く。それはまるでダンスのようだ、動きのパターン、ただし音楽はない。私は覚えている音楽を思い出し、このダンスにふさわしい音楽を探す。

自分のパターンを彼女のパターンに合わせるのは奇妙な感じだ。彼女を負かすのではなく、ただあの接触を感じるため、刃と刃の触れ合いが手や背中へと伝わってくるあの感じを求めている。

パガニーニ。ヴァイオリン協奏曲第一番ニ長調作品六、第三楽章。ぴったりというわけではないが、私が思いつけるどんな曲よりもこのダンスにふさわしい。堂々として速く、方向を変えるたびにマージョリが正確なリズムをくずすところで少しとぎれる。私は頭のなかで、音楽の速さを上げたり緩めたりして私たちの動きに合わせる。

マージョリにはなにが聞こえているのだろう。私に聞こえている音楽が彼女にも聞こえるだろうか。私たちがもし二人とも同じ音楽を考えているとしたら、それが同じように聞こえるのではないか？　私たちは同調しているのか、それともはずれているのか？　私には音が暗闇のなかの色のように聞こえる。彼女には光の上の暗い線のように聞こえるのかもしれない、音楽が印刷されているように。

私たちをいっしょに合わせると、見えるものを消してしまうだろうか、光の上の暗いものと、暗いものの上の光とは？　それとも……

マージョリの突きが思考の連鎖を断ち切る。「よし」と私は言い、うしろに下がる。彼女はうなずき、私たちはまた剣を構える。

考えることは光で、考えないことは闇で表されるということをいつかなにかで読んだことがある。彼女とフェンシングをやるあいだ私はほかのことを考えている。そしてマージョリは突きが私より速い。だからもし彼女がほかのことを考えていないのだとすると、この考えないということが、彼女の動きをより速くしているのか。すると私の考えるという光より、考えないという闇のほうが速いということになるのだろうか？

思考の速さとはどういうものか私にはわからない。思考の速さはだれでもみんな同じなのだろうか。それぞれの考えをちがうものにするのは、よりすばやく考えることか、それともさらに先に深く考えることなのだろうか？

ヴァイオリンの音が螺旋を描いて昇っていき、マージョリのパターンがくずれ、私は、ソロのダンスになってしまったダンスのなかで前に突進し、彼女に突きを入れる。

「よし」と彼女は言い、うしろに下がる。彼女の体は、大きな呼吸とともに動いている。

「あなたとやると疲れるわ、ルウ。長いんだもの」

「わたしとやらないか？」とサイモンが言う。私はマージョリともっとやっていたいが、さっきやったサイモンとのフェンシングはよかったので、もう一度やりたいと思う。

こんどははじめると同時に音楽が鳴りだす、ちがう音楽。サラサーテのカルメン幻想曲……私のまわりをぐるぐるとまわりながら隙をうかがう猫のようなサイモンの動きと、私の張り詰めた集中力にぴったりの音楽。これまでダンスができようとは思ったこともない――社交的なダンスでは、私はいつも硬くなりぎくしゃくしていた。いま――剣を手に――内なる音楽に乗って動くのは快い。

サイモンは私より巧いが、私は気にならない。彼になにができるか、私になにができるかひたすら見きわめようとする。彼が突きを入れる、さらにまた、それから私が彼に突きを入れる。「五本のうちでいちばんいいかな？」と彼が訊く。私は息をはずませながらうなずく。こんどはどちらもすぐには突きを入れない。こんどは闘いつづける、とうとう私が突きを入れる、それは技というより運のおかげだ。私たちはいまは五分五分。まわりにいるひとたちは静かに見ている。彼らの興味が感じられる、相手のまわりをまわりながら背中に温かな空間を感じる。前に、横に、まわって、下がる。サイモンは心得ていて、私のあらゆる動きを迎えうつ。私のほうも彼を迎えうつ。とうとう彼は、私に見えないことをやる——彼の刃が、私がかわしたはずのところにまたあらわれ、彼はこの試合のとどめの突きを入れる。

肌寒い夜なのに汗がだらだら流れている。いやなにおいがしているにちがいない、マージョリがそばによってきて私の腕に触れたのには驚く。

「すばらしかったわよ、ルウ」と彼女は言う。私はマスクを脱ぐ。彼女の目が輝いている。顔に浮かぶ微笑が髪の生えぎわまで這いあがっていく。

「汗をかいてしまった」と私は言う。

「当たり前よ、あの闘い方じゃ」と彼女は言う。「もう一度、わお、だわ。あなたにこんなフェンシングができるなんて知らなかった」

「ぼくもですよ」と私は言う。

「これでわかったわけだ」とトムが言った。「きみをもっと競技会に送りこまなくちゃならないな。あんた、どう思う、サイモン？」

「巧いどころじゃない。州のトップのフェンサーなら彼に勝てるだろうが、彼が競技会に慣れれば、連中にも手強い相手になるぞ」

「それじゃあ、こんどまた競技会に出場するかい、ルウ？」とトムが訊く。

私の全身が冷たくなる。私のためになにかいいことをしようというのだろうが、ドンは、競技会のせいで私を怒った。競技会に出るたびにだれかが私を怒ったらどうしよう、私のせいで、つぎつぎにPPDチップを埋めこまれるようなことになったら？

「土曜日のまる一日ですね」と私は言う。

「そうよ、ときには日曜日の終日ということもあるわ」とルシアが言う。「それがなにか？」

「その日——ぼくは日曜日には教会に行きます」と私は言う。

マージョリが私を見る。「あなたが教会に行っているとは知らなかったわ、ルウ」と彼女が言う。「じゃあ、土曜日だけ出ればいいわ……土曜日もなにか問題があるの、ルウ？」

私はすぐに答えられない。ドンのことを話したとしてもみんなが理解してくれるとは思わない。みんなが私を見ている、私は自分が心のなかで折りたたまれていくのを感じる。彼らが怒るのはいやだ。

「次の競技会は感謝祭のあとだよ」とサイモンが言う。「こんばん決めなくてもいいんだ」彼は興味ありげに私を見る。「だれかがまた突きを申告しないんじゃないかと心配しているのかい、ルウ?」

「いいえ……」私は喉が詰まるのを感じる。自分を落ち着けるために目を閉じる。「ドンなんです」と私は言う。「彼はあの競技会で怒っていました。彼が……見境がなくなってしまったのは……あのせいだと思います。だれかほかのひとの身にまたあんなことが起こるのは困ります」

「あなたのせいじゃないわ」とルシアが言う。でも彼女の声は怒っている。けっきょくこういうことになる、と私は思う。ひとは私を怒らなくても私のことで怒る。自分のせいでそうなるのは困る。

「あなたの言うことはわかる」とマージョリが言う。「面倒を起こすのはいやなのね、そうでしょう?」

「はい」

「そしてだれもあなたに対して怒らないという確信はないわけよね」

「はい」

「でも――ルウ――ひとって、理由がなくてもほかのひとに腹を立てるものなのよ。ドンはトムに腹を立てた。サイモンに腹を立てるひともいるかもしれない。あるひとたちがあたしのことを怒っていたのもあたしは知っている。そういうことっていつも起きることなのよ。なにも悪いことをしなければ、それでだれかが怒っていようと気にしてなんかいられないわ」

「たぶんそのことはあまりあなたを悩ませないのでしょう」と私は言う。

彼女は、たしかになにかを意味するような表情を見せたが、それがなにかはっきりとはわからない。もし私がノーマルな人間だったらわかるのだろうか？ ノーマルなひとびとは、彼らの表情の意味をどうやって学ぶのだろう？

「そうかもしれない」と彼女は言う。「あたしはいつもそうなるのは自分のせいだと思っていた。昔はそれでもっと心配していたわ。でもそれは——」彼女は口をつぐむ、彼女がていねいな言葉を探しているのがわかる。どうしてわかるかといえば、私もていねいな言葉を探しているときには話し方が遅くなるからだ。「そのことをどれだけ心配すればいいかなんてなかなかわからないものよ」と彼女はようやく言う。

「ええ」と私は言う。

「すべてはあなたのせいだとあなたに思わせたい人間のほうが問題よ」とルシアは言う。「そういう連中は自分の感情のせいで、とくに怒りのせいで、他人を非難するものだから」

「でも正しい怒りもあるのよ」とマージョリは言う。「ルウとドンのことを言ってるんじゃないわよ。ルウはなにも悪いことはしなかった。ドンを突っ走らせたのは、すべてドンの嫉妬よ。でもルウの言うこともわかるわ、このひとは、自分がほかのひとを面倒に巻きこむ原因になりたくないのよ」

「このひとはそんなことはしない」とルシアが言う。「彼はそういうタイプじゃない」ルシアは私を見るが、その表情はマージョリが私に見せた表情とはちがう。この表情がなにを意味しているのか私にはわからない。

「ルシア、きみはサイモンとやらないのかい？」とトムが言う。みんなが黙って彼を見る。ルシアの口が少し開く。それから小さな音をたててそれを閉じる。「いいわ」と彼女は言う。「ずいぶんしばらくね、サイモン？」

「うれしいね」と彼は微笑して言う。

ルシアとサイモンを見守る。彼はルシアより巧いが、取れるはずのたくさんのポイントを取らない。彼は彼女のレベルよりは高いところで闘っていながら、自分のできることをすべて使ってはいない。これはとても礼儀正しい。横にいるマージョリに気づく。石の縁に吹きよせられている枯葉のにおい、私の首のうしろにあたるひんやりした微風に気づく。心地よい。

九時になるともう涼しいとは言っていられない。とても寒い。みんななかに入り、ルシアがホット・チョコレートを作ってくれる。今年になってはじめてだ。ほかのひとたちはみんなお喋りをしている。私は緑色の革の足のせ台によりかかって、マージョリを見ながら話を聴こうと努める。彼女は喋るとき両手をしきりに動かす。二度ほど、彼女は両手をひらひらさせる、この動作は自閉症の特徴の一つだと教わったものだ。ほかのひとたちが手をひらひらさせるのを見て、そのたびに彼らは自閉症なのか、それとも軽い自閉症なのかと考える。

彼らは競技会のことを話している——過去にあった競技会のこと、だれが勝ってだれが負けたか、だれがレフリーで、みんながどんな試合をしたか。だれもドンのことには触れない。出てくる名前は覚えていない。私はそのひとたちを知らない。彼らがバートについて言っていること、なぜ〈バートはまったくヒキガエルだよ〉なのか理解できない。バートが皮が疣《いぼ》だらけのほんものの両棲類だと言っているのではないことはたしかだ。ドンがほんもの《リアル》のかかと《ヒール》でないのと同じことだ。私の視線はマージョリからサイモンへ、トムへ、ルシアへ、マックスへ、スーザンへ移ってまたもとに戻る、喋っているひとについていくようにしているのだが、いつだれが話をやめて、別のひとが話しはじめるのか、それはどっちのひとか、私には予測することができない。ときどき話し手たちのあいだに二、三秒の切れ目があり、ときには、ひとがまだ話している最中に別のひとが話しだす。

それはそれなりにとてもおもしろい。混乱したシステムのなかでほぼパターンを形成しているものを見ているようだ。まるで溶液のバランスがこっちに移ったりあっちに移ったりするたびに分子が分解したり再形成したりするのを見ているようだ。ほとんどわかるような感じがするが、そのうちに予測しなかったことが起きる。彼らはどうやって同時に予測し、情況を判断できるのか私にはわからない。

サイモンが話しだすと、みなが話をやめて彼に話をさせることがだんだんわかるようになる。彼はしじゅうみんなの会話を妨げるわけではないが、彼の話を妨げるものはだれもいない。学校の先生が言ったことがある、喋っている人間は、あるひとをちらりと見ることによって次にそのひとに話してもらいたいことを示すのだと。その当時私は、いつもひとがそこを長いことじっと見ていないと、どこを見たのかわからなかった。いまの私はそうしたちらり見についていくことができる。サイモンはいろいろなひとをちらりと見る。マックスとスーザンはいつもまずサイモンをちらりと見て、彼に優先権をあたえる。トムはだいたい半数の場合サイモンをちらりと見る。ルシアはだいたい三分の一の場合サイモンをちらりと見る。サイモンは、だれかが自分をちらりと見ても、かならずしも話しだすとはかぎらない。するとちらりと見た人物はほかのひとをちらりと見る。

だがそれはとても速い。どうすればあんなふうに速く見ることができるのか？　なぜトムはあるときはサイモンをちらりと見、そのほかのときには見ないのか？　彼にはサイモンをちらりと見るときが、どうしてわかるのだろう？

マージョリが私を見つめているのに気がついて、顔と首がかっと熱くなるのが感じられる。ほかのひとたちの声がぼやける。視界が曇る。影のなかに隠れたいと思うが、ここには影がない。私は目を伏せる。彼女の声を聴こうとするが、彼女はあまり喋らない。

それから彼らは用具の話をはじめる。鋼鉄の刃対合金の刃、新しい鋼鉄対古い鋼鉄。だれもが鋼鉄を好むように思われるが、サイモンは最近見た公式試合の話をして、合金の刃でも、刃が触れ合うときに鋼鉄のような音がするように握りのところにチップが埋めこんであるという話をした。薄気味が悪いと彼は言う。それからもう行かなければと言って立ち上がる。トムも立ち上がる、そしてマックスも。私も立ち上がる。サイモンはトムと握手をして言う、「楽しかったよ、ご招待ありがとう」

トムが言う。「いつでもどうぞ」

マックスが手をさしだして言う。「来てくださってありがとう。光栄でした」

サイモンは彼と握手をして言う。「いつでもどうぞ」

私は手をさしだすのかどうか迷ったが、サイモンがさっと手をさしのべたので、その手と握手をする、握手は嫌いだ――無意味なことに思われる――それから彼が言う、「ありがとう、ルウ、楽しませてもらったよ」

「いつでもどうぞ」と私は言う。部屋のなかに一瞬緊張がただよう。私は自分がなにか不適切なことを言ったのではないかと心配になる――トムとサイモンの真似をしたわけだが――するとサイモンが指先で私の腕を軽く叩く。

「競技会のこと、きみの気が変わるように祈ってるよ」と彼は言う。「楽しかった」

「ありがとう」と私は言う。

サイモンがドアを出ていくと、マックスが言う。「わたしも帰らないと」それからスーザンが床から立ち上がる。帰る時間だ。私はまわりを見まわす。どの顔もみんな親しげに見えるが、ドンの顔も親しげに見えたのを思い出す。もしこのなかのだれかが私のことを怒っているとしても、私にどうやってわかるだろう？

木曜日に、はじめての医学説明会があり、そこで医者たちに質問することができた。医者は二人で、巻き毛の灰色の髪の毛のランサム博士と、にかわで頭にぺったりくっつけたように見える黒いまっすぐな髪の毛のハンセル博士。

「それは後戻りが可能なのですか？」とリンダが訊く。

「ああ……だめです。やることになっていることはやってしまいます」

「ではあたしたちがいやだと言っても、もとのノーマルな自分に戻ることはできないのですか？」

「ああ……いや、だめです。おそらく。しかしいったいどうして——」

われわれ自身ははじめから正常《ノーマル》ではないが、私はそれを声に出して言わない。リンダも私と同じように知っているはずである。彼女はジョークを言ったのだ。

「ぼくはそうなりたいだろうか？」とキャメロンが言う。彼の顔は緊張している。「ぼくはいまのままの自分がいい。自分がなるものが好きになれるかどうかわからない」

「それほどのちがいはないはずです」とランサム博士が言う。

だがちがいはちがいである。私は、ドンがつきまといはじめる前の私と同じではない。彼がやったことばかりではなく、あの警察官たちと会ったことが私を変えた。私はいままで知らなかったことを知っている、知ることはひとを変える。私は手を上げる。

「はい、ルウ」とランサム博士が言う。

「ぼくたちを変えることにはならないというのが、ぼくにはわかりません」と私は言う。

「もしわれわれの感覚処理機能を正常化《ノーマライズ》するのだとすると、それはデータの入力の比率と種類を変えることになります。それはわれわれの知覚を変えるはずです。われわれの処理能力を――」

「そう、しかしあなたは――あなたの人格は――同じ、というかほぼ同じなんです。あなたは同じものを好み、同じような反応をする――」

「それではなんのための変化ですか？」とリンダが訊く。彼女の声は怒っているようだ。彼女は怒っているが、それ以上に心配している。「彼らはあたしたちが変わることを望んでいると言っています、あたしたちがいま必要としている支援を必要としなくなるように――でもあたしたちがそれを必要としなくなるというのは、あたしたちの好みが変わったということ……ではないですか？」

「わたしは過負荷に耐えることを学ぶためにずいぶん訓練をしてきました」とデイルが言う。「そういう変化が、わたしが気づくべきことにとつぜん気づかなくなるということだったらどうなりますか？」彼の左の目がぴくぴくして、烈しいチックを起こす。

「そういうことが起こるとは思いません」と医者はまた言う。「霊長類学者は、社会的な相互関係にのみポジティブな変化が起こることを発見しました――」

「わたしはくそチンパンジーじゃない！」デイルはテーブルをばんと叩く。一瞬彼の左の目が開いたままになり、そしてまたチックがはじまる。

医者はショックを受けたように見える。デイルが取り乱したからといって医者がなんで驚くのか？　彼は、霊長類学者として行なったチンパンジーの研究をベースにして自分の行動を推定してもらいたいだろうか？　それともこれは正常者《ノーマル》がやることなのか？　彼らは、ほかの霊長類そのもののように自分たちを見ているのか？　そうとはとても信じられない。

「だれもきみがそうだとは言っていない」と医者は、ちょっと不満そうな声で言う。「それはただ……彼らはわれわれの持てる最良のモデルというだけです。そして彼らは治療後は社会的な面での欠損が変わっただけの、判然としたパーソナリティを具《そな》えるようになり……」

いま世界じゅうにいるチンパンジーは、保護区や動物園や研究施設に住んでいる。彼らはかってアフリカの森林で野生の生活を営んでいた。自閉症的チンパンジーは野生的な生活のなかでもそんなふうだったのか、あるいは囚人となった生活のストレスが彼らをそう変えたのか。

スクリーンにスライドが映しだされる。「これは、いくつかの顔写真のなかから知っている顔を認識するときの正常な脳の活動のパターンです」と彼は言う。灰色の脳の輪郭があり、そのなかに小さな光る緑色の斑点がある。本を読んでおいてよかった、その部位のいくつかを私は知っている……いや、そのスライドを知っている。これは『脳の機能』という本の第十六章に載っている図16‐43・dである。「そしてここに――」スライドが変わる。「これは同じ課題を施行中の自閉症者の脳の活動パターンです」光る緑色の小さな斑点を持つ別の灰色の脳の輪郭。同じ章の図16‐43・cである。

あの本の図に添えられていた説明文を思い出してみる。この最初の図は、あのテキストでは、これが、いくつかの写真の顔から知っている顔を取り出す正常な脳の活動だとは書いてなかった。これは見慣れた顔を見たときの正常な脳の活動だったと思う。合成の……そうだ、思い出した。これは人間倫理研究委員会によって承認された実施要項《プロトコル》に従って大学生のなかから募集した九人の健康な男性のボランティアが……

別のスライドがすでに映しだされている。別の灰色の輪郭、こんどは青い斑点があるもの。医者の声がものうげにつづく。このスライドも見覚えがある。あの本に書かれていたことを必死に思い出しながら医者の言っていることを聞こうとするが、できない。言葉がもつれあっている。

私は手を上げる。彼は話をやめて言う、「はい、ルウ？」

「それのコピーをいただけませんか、あとでよく見たいので？　一度にぜんぶ理解するのはむずかしいです」

彼は眉をよせる。「それはどうだろうね、ルウ。これはまだ公開されていないものでね――極秘なんだよ。もしもっと詳しく知りたいと思うなら、わたしなり、きみのカウンセラーなりに尋ねればいいし、このスライドはまた見ることもできる、ただし」――彼はくすくす笑う――「きみは神経学者じゃないから、これを見てもよくわからないだろう」

「本なら読みました」と私は言う。

「ほんとうか……」彼の声が和らいで間延びのした声になる。「なにを読んだのかね、ルウ？」

「いろいろな本です」と私は言う。なんの本を読んだか教えたくないとふいに思う。なぜだかわからない。

「脳に関する本ですか？」と彼が訊く。

「はい――治療を受ける前に、脳がどのように機能するのか知りたいと思ったのです」

「それで……理解しましたか？」

「とても複雑なものです」と私は言う。「並列処理コンピュータみたいな、ただもっと複雑なものですね」

「きみの言うとおり、とても複雑なものです」と彼は言う。満足そうな声だ。彼は、私が理解したと言わなかったので嬉しかったのだろうと思う。私があの図は知っていると言ったら彼はなんと言っただろうか。

キャメロンとデイルが私を見ている。ベイリさえも私をちらりと見て目をそらす。彼らは私が知っていることを知りたいのだ。彼らに話すべきかどうか私にはわからない、一つには、自分がなにを知っているのかわかっていない、これがこのような情況のもとでなにを意味しているのかということがわかっていないからだ。

私は本のことはわきにおいてただ聴くことにする、そのあいだ次々に映しだされるスライドを記憶する。こんなふうに記憶するのは得意ではない――われわれでもだれもできないだろう――だがあとでこのスライドをあの本と照合することができる程度には覚えていられると思う。

やがてスライドは色のついた斑点を持つ灰色の輪郭の脳から、分子へと変わる。これは見たことがない。こんなものは有機化学の本には載っていない。だがここに水酸基グループ、あそこにアミノ酸グループがあるのを見つける。

「この酵素は、神経成長因子XI遺伝子発現を調整します」と博士は言う。「正常な脳において、これは注意制御機構と相互作用することによって社会的に重要なシグナルを優先的に処理するためのフィードバック回路の一部です――これはあなたがたが問題を抱えているものの一つです」

彼はわれわれが症例ではないというふりをすることはすっかりあきらめている。

「これは新生児の自閉症者、つまり自閉症と確認されず子宮のなかで治療を受けられなかったもの、あるいは正常な脳の発育を阻害する幼児感染症にかかった子供に対する治療パッケージの一部です。われわれの新治療法は、それを修正するものです――なぜならばこの治療法がそういう効果をあらわすのは発育の最初の三年間ですから――そういうわけでそれが成人の脳の神経の発育に効果を及ぼすわけです」

「そうすると――そうすればあたしたちはほかのひとに注意を向けるようになるのですか

？」とリンダが訊く。

「いや、いや──あなたたちはすでにそうしていることはわかっています。われわれは、自閉症者が他人を無視しているのだと考えていたあの愚かなひとたちとはちがいますよ。この治療法は、あなたがたが、社会的なシグナルに注目できるように手を貸すわけです──顔の表情、声音、身振り、そういったものにです」

ディルは失礼な身振りをしてみせるが、医者はそちらに注意は向けない。彼はほんとうに見なかったのか、それとも無視することにきめたのか、私にはよくわからない。

「でもひとびとは──目の見えないひとたちと同じように──新しいデータを理解するための訓練を受けなければならないのではありませんか？」

「もちろんです。それゆえ、この治療法には訓練期間が組み込まれています。社会的な出会いをコンピュータ上で再現する、コンピュータが生み出す顔を用いてね──」また別のスライド、ここではチンパンジーが上唇をめくりあげ、下唇を突き出している。みんなどっと笑いだして収拾がつかなくなる。医者は顔を赤くして怒っている。「すまない──これはスライドを間違えた。もちろんこれは誤ったスライドです。つまり人間の顔ですよ、そして人間の社会的相互関係のなかで訓練をする。われわれは基本的な評価を行ない、それから二カ月から四カ月、治療後の訓練をやる──」

「あの猿の顔を見てよ」とリンダが言い、まるで泣いているような大声でひいひい笑っている。私たちはみんなくすくす笑っている。

「これは間違いだったと言ったでしょう」と医者が言う。「われわれはこの介入を率先してやる心理療法士の訓練を行ないました……これは大切な問題です」

チンパンジーの顔から、ぐるりと輪になって腰かけている人間たちの写真に変わる。ひとりが話し、相手の人間が熱心に耳を傾けている。別のスライド、こんどは、衣料品屋で売り子と喋っているひとの写真。また別のスライド、これは忙しそうなオフィスで、だれかが電話に出ている写真。これはみんなとても当たり前な、とても退屈な写真に見える。フェンシングの競技会に出ている人間の写真とか、駐車場で暴力行為があったあと警官と喋っている人間の写真とかではない。警官が出てくる唯一の写真は、〈道を尋ねる〉という題がつけられるようなものだ。警官は、顔に硬い笑みを浮かべ、片腕を伸ばして指さしている。相手の人物は、おかしな帽子をかぶり小さなバックパックを背負って、表紙に『旅行者ガイドブック』と書いてある本を持っている。

それはポーズをとっているように見える。すべての写真がポーズをとっているように見える。そしてこの人物たちは本物の人間ではないかもしれない。彼らはもしかすると――たぶんそう――コンピュータの合成物かもしれない。われわれは正常な、本物の人間になることになっているのに、彼らは、こうしたわざわざ作られた情況に置かれている本物ではない想像上の人間から学べというのだ。医者もその助手たちも、われわれが直面する、あるいは直面しなければならない情況を知っていて、それにどう対処すればいいか、われわれに教えられると思っているらしい。これは私に前世紀のセラピストたちを思い出させる、人間が知る必要のある言葉とはなにか知っていると思いこんで、〝基本的〟な語彙を教えたあのセラピストたち。彼らのなかのあるものは、基本的語彙の習得を妨げないように子供たちにほかの言葉は教えてはならないと言ったものだ。

このようなひとびとは、自分たちが知らないことは知らない。私の母は、私が十二歳になるまで私が理解できなかった短い詩を暗唱したものだ。その一行はこうだ、「知らないひとたち、そして自分が知らないということを知らないひとたちは愚かです……」。この医者は、私が、競技会で突きを申告しない男にどう対処しなければならないかということや、フェンシング・グループの恋人になりたがり屋の嫉妬深い男や、破壊行為や脅迫に関する供述書を作らなければならない大勢の警官たちを相手にしなければならないことを知らない。

いま医者は、社交技術の一般化について話している。彼は言う、治療と訓練のあとは、われわれの社交技術は日常生活のあらゆる情況に適用されるようになると。ドンの社交術について彼がどう思うか訊いてみたいものだ。

私は時計をちらりと見る。一秒一秒がひょいひょいと動いていく。予定の二時間がもう過ぎようとしている。なにか質問はないかと医者が訊いている。私はうつむく。私が尋ねたいことは、こういう会合にはふさわしくないものだし、いずれにしても彼が答えるとは思わない。

「いつはじめるつもりですか？」とキャメロンが訊く。

「最初の被験者——ああ、患者——からできるだけ早くはじめたいと思います。来週までにはすべて準備が整っているでしょう」

「一度に何人ですか?」とベイリが訊く。

「二人。三日おきに一度に二人ずつ——こうすることによって中心の医療チームが、最初の不安定な数日間、それらの患者に集中することができます」

「最初の二人が治療を終わってそれが効果があるかどうかわかるまでにはどれくらい待てばいいのですか?」とベイリが訊く。

医者は頭を振る。「いや、全員を短時間のうちにいっぺんにやるほうがいいでしょう」

「そうすれば早く公表できる」と私は自分が言うのを聞く。

「なんだって?」と医者が訊く。

ほかのひとたちも私を見る。私は自分の膝を見る。

「もしわれわれがいっしょにかなり急いでそれをやれば、あなたはそれを論文にして早く出版できます。さもないと一年も二年もかかってしまうでしょう」私は彼の顔をちらりと見る。彼の頬はまた赤くなり輝いている。

「そういうことをするためではありませんよ」と彼は、ちょっと声を大きくして言う。

「それはこういうことです、もし被験者が——もしあなたがたが、短い時間にいっぺんに治療を受ければデータを比較しやすいということです。つまり、最初の二人が治療をはじめて、それが終わるまでのあいだに、なにか事態を変えるようなことが起こるとすると…

……残りのあなたがたに影響をあたえるようななにかが——」

「どんなことですか、われわれを正常にするような青天の霹靂《へきれき》とか？」とディルが訊く。

「われわれがはやばやと正常になって被験者としてふさわしくなくなるのが心配なんですか？」

「いや、いや」と医者は言う。「むしろ、情況を変える政治的ななにかが起こるかも……」

政府はどう考えているのだろう。政府は考えるのか？『脳の機能』のなかの、研究プロトコルの政治性について述べている章を思い出す。その研究が数ヵ月のあいだに不可能になってしまうような政策的な規制とか変化が起こるということなのか？

家に帰ればわかることだ。この男に訊いても、正直な答えをしてくれるとは思わない。

われわれは帰るとき、みんな体を傾けて、おたがいのリズムからはずれて歩いていく。われわれはおたがいの特異性に合わせて溶け合うようにしてきた、そうやってひとつのグループとして動いてきた。いまのわれわれの動きに溶け合うものはない。混乱と怒りを私は感じる。だれも話さない。私も話さない。長い間もっとも親しい仲間だったこのひとたちと私はいま話したくない。

自分の建物に戻ると、われわれは急いでそれぞれの仕事場に入っていく。私は腰をおろし、扇風機を回そうと手を伸ばす。その手を止め、なぜ止めたのかと思う。

私は仕事をしたくない。彼らが私の脳になにをしたいのか考えたい、それがなにを意味するのか考えたい。彼らが言っている以上の意味がある、彼らが言っていることはすべて、それが意味する以上のものを意味している。言葉の向こうに声音がある、声音の向こうに前後関係がある、前後関係の向こうに正常な社交づきあいという未開拓な領域がある、それはえんえんと広がる夜のような闇、そこにいくつかの似たような経験というぽっつりあいた穴、星の光のようなその穴で照らされている。

星の光は、とある作家は言った、宇宙全体にみなぎっている。宇宙全体が光っている。暗闇は幻想である、とその作家は言った。もしそうなら、ルシアの言うことは正しく、暗闇に速さはない。

だがここに単純な無知がある、知らないということ、それから知ることを拒むという恣意的な無知、それは知識という光を偏見という暗い毛布で覆うもの。だから私は、きっと陽の暗闇というものがあると思う、暗闇には速度があると思う。

書物には、私の脳は、たとえいまのままでも非常によく機能していて、この脳の機能を狂わせることは、修正するよりはるかに簡単にできると述べられている。もし正常な人間が、要求されることをすべてできるなら、そうした能力を持つことはおおいに役立つだろう……だが彼らにできるとは思えない。

彼らは、ほかのひとびとがなぜそう行動するかということをかならずしも理解するとはかぎらない。これは、彼らが自分のやることの理由、その動機について論ずるときに明らかになる。だれかが子供にこう言うのを聞いたことがある。「あんたは、あたしを困らせるためにそんなことをしている」その子供はその行為そのものを楽しんでやっているのであって……それが大人にあたえる影響については忘れている……ということが私にははっきりとわかる。私もそんなふうに忘れていることがあったから、ほかのひとがそうすると私にはわかるのだ。

私の電話が鳴る。私はそれを取り上げる。「ルウこちらはキャメロン。夕食にピザを食べにいかないか？」声が言葉をただ機械的に並べる。

「きょうは木曜日」と私は言う。「〈こんちは‐あたし‐ジーン〉がいる日」

「チャイとベイリとぼくはとにかく行く、そうすれば話ができる。それからきみも、もし来たいならば。リンダは来ない。ディルも来ない」

「行きたいかどうかよくわからない」と私は言う。「それについて考えてみる。きみはいつ行く？」

「五時になったらすぐ」と彼は言う。

「それについて話をするのはよくない場所がたくさんある」と私は言う。

「ピザ・レストランは、よくない場所ではない」とキャメロンが言う。

「大勢のひとがわれわれがそこへ行くのを知っている」と私は言う。

「監視？」とキャメロンが言う。

「そう。しかしわれわれはいつもあそこに行く、だからあそこへ行くのはよいことだ。そのあとどこかほかで会おう」

「センター」

「だめ」と私は、エミーのことを思い出して言う。「センターには行きたくない」

「エミーはきみが好きだ」とキャメロンが言う。「彼女はあまり頭はよくない、でも彼女はきみが好きだ」

「われわれはエミーのことを話しているのではないよ」と私は言う。

「ぼくたちはピザのあとで、治療のことを話す」とキャメロンが言う。「センターのほかにどこへ行けばいいか、ぼくは知らない」

私はいろいろな場所を思い浮かべるが、どこもみな公共の場所だ。このことを公共の場所で話してはならない。とうとう私は言う、「ぼくのアパートに来ないか?」これまでキャメロンをアパートに招待したことは一度もない。ほかのだれにしても私のアパートに招待したことは一度もない。

彼は長いこと黙っている。彼の家に招かれたことは一度もない。ようやく彼が言う。「行こう。ほかのひとたちのことはわからない」

「夕食をきみといっしょに食べよう」と私は言う。

私は仕事にかかれない。扇風機と回転螺旋と風車を回すが、ちらちらと踊る色も私を落ち着かせてくれない。私に考えられるのはただひとつ、われわれの上にのしかかっているあのプロジェクトだ。大洋の波が、サーフボードに乗っているひとの上にのしかかっている絵のようだ。上手なサーファーなら乗り切れるが、あまり技術のないひとは叩きつけられるだろう。われわれはどうやればあの波を乗り切れるだろう？

私は自分の住所とピザ・レストランから私のアパートまでの道順を書いてプリントアウトする。道順が正しいかどうか確かめるため市街図を見なければならない。ほかの運転者に道順を教えることに私は馴れていない。

五時になると扇風機を止め、立ち上がってオフィスを出る。これまでの数時間、仕事らしい仕事はしていない。頭がぼってり鈍くなったような気がする、頭のなかの音楽は、マーラーの交響曲第一番のように重苦しい。外に出るとひいやりとして、私はぶるっと震える。私の車に乗りこみ、四つのタイヤはぜんぶ無事で、フロントガラスもそっくりそのまま、キーをまわすとエンジンがスタートし、私はほっとひと安心する。警察で指示されたように警察の報告書のコピーを保険会社に送った。

ピザ・レストランのわれわれのいつものテーブルは空いている。私はいつもより早く着く。私は腰をおろす。〈こんちは－あたし－ジーン〉はちらりと私を見て目をそらす。すぐにキャメロンが入ってくる、それからチャイとベイリとエリック。テーブルは五人だけだと均衡を欠いているような感じがする。チャイが椅子をはしのほうに移動させ、ほかのみんなが少しずつ椅子を動かす。これで均衡がとれる。

ビールの看板がよく見える、ぱっぱと点いたり消えたりするパターンも。今晩はそれが邪魔になる。私はちょっと体をずらす。だれもがぴりぴりしている。私は指先を脚の上でぴょんぴょん跳ねさせなければならないし、チャイは首を前、うしろ、前、うしろと曲げている。キャメロンの腕が動いている。彼はポケットのなかでプラスチックのさいころを跳ねさせている。みんなの注文がすむと、エリックが多色ペンを取り出してパターンを描きはじめる。

ディルとリンダもいればよかったのに思う。二人がいないと妙な感じだ。食べ物が来ると私たちはほとんど黙って食べる。チャイが食べ物を口に入れる合間に「フン」というリズミックな音をたてる。ベイリはチャッチャッと舌を鳴らす。食べ物がほとんどなくなると、私は咳払いをする。みんながすぐに私を見て、目をそらす。

「ときには話す場所が必要です」と私は言う。「ときにはだれかの部屋であってもいい」

「あんたの部屋でいいのか?」とチャイが言う。

「いいです」と私は言う。

「みんなあんたがどこに住んでいるのか知らない」とキャメロンが言う。彼が知らないことはわかっている。われわれがあることについて話し合いをしなければならないというのは奇妙である。

「ここに道順がある」と私は言う。私は紙を取り出してテーブルの上に置く。一枚ずつ、みんなはその紙を取る。彼らはそれをすぐには見ない。

「早起きしなければならないひともいる」とベイリが言う。

「まだ時間は遅くない」と私は言う。

「ほかのみんなが遅くまで残っているとしても、先に帰らなければならないひともいる」

「わかっている」と私は言う。

第十七章

駐車場の来客用スペースは二つしかないが、私の客たちの車が駐車する余地はあることを私は知っている。このアパートの住人のほとんどは車を持っていない。この建物は、車が少なくとも一家に一台という時代に建てられたものである。

私は、ほかのひとたちがここに着くまで駐車場で待っている。それから彼らを二階に案内する。みんなの足音が階段に大きくひびく。こんなに大きくひびくとは思わなかった。

ダニーがドアを開ける。

「ああ——やあ、ルウ。何事かと思ったよ」

「友だちです」と私は言う。

「そうか、そうか」とダニーは言う。彼はドアを閉めようとしない。彼がなにを望んでいるのか私にはわからない。ほかのひとたちは私のあとについて私のドアの前に立つ、私は鍵を開けて彼らをなかに入れる。

自分の住居にほかのひとたちがいるのはとても奇妙な感じがする。キャメロンはあちこち歩きまわり、最後にバスルームのなかに消える。彼がそこを使っている音が聞こえる。

グループ・ホームに住んでいたときのようだ。グループ・ホームはあまり好きではなかった。ひとに知られてはならないこともある。だれかほかのひとがバスルームにいる音が聞こえるのはいい気分ではない。キャメロンがトイレットの水を流す。洗面台に水が流れる音がして、それから彼が出てくる。チャイが私を見る。私はうなずく。彼がバスルームに入っていく。ベイリは私のコンピュータを見ている。

「ぼくは家にはデスク型をおいていない」と彼は言う。「仕事場ではコンピュータに携帯用を接続して使うんだ」

「ぼくはこれが好きだ」と私は言う。

チャイが居間に戻ってくる。

キャメロンが私を見る。「それでは——これからなにを？」

「そう」私は棚に置いてあった『脳の機能』を取る。「ルウ、きみはこれについて本を読んだのだろう？」「ぼくの——友だちがこの本を貸してくれた。ここから始めるのがいちばんだと言った」

「エミーが話していた女のひと？」

「いや、ちがう。彼女は医者です。ぼくの知っているひとと結婚している」

「脳の医者か？」

「そうではないだろう」

「なぜ彼女はきみにこの本をあたえたのか？　プロジェクトのことを彼女に訊いたのか？」

「脳の機能について書いた本はないかと彼女に訊いた。彼らがわれわれの脳になにをするつもりなのかぼくは知りたい」

「勉強していない人間は、脳がどう働くのかなにも知らない」とベイリが言う。

「ぼくもこの本を読むまで知らなかった」と私は言う。「先生が学校で教えてくれたことだけ、それも多くはなかった。ぼくはこのために学びたいと思った」

「学んだ？」とキャメロンが訊く。

「脳について知られているすべてを学ぶにはとても長い時間がかかるよ」と私は言う。

「これまで知っていた以上のことを知ったけれど、それで十分かどうかはわからない。脳がどんな働きをするかということについて彼らはどう考えているのか、そしてどんな間違いが起こりうるかをぼくは知りたい」

「複雑だね」とチャイが言う。

「きみは脳の機能について知っていますか？」と私は言う。

「あまりよくは知らない。ぼくの姉は医者だった、死ぬ前は。姉が医学部にいるときに、ぼくは彼女の本を少し読んでみた。それはぼくが家族といっしょの家に住んでいたときだ。でもぼくはたった十五歳だった」

「ぼくは知りたい。彼らがやれると言っていることを彼らはやれると、きみは思っているのかどうか」とキャメロンが言う。

「ぼくにはわからない」と私は言う。「きょうのあの医者の話を理解したいと思った。彼の言ったことが正しいかどうかわからない。彼らが見せたあの写真は、この本にある写真に似ている――」私は本をたたく。「彼は、あの何枚かの写真はちがうことを意味していると言った。これは新しい本ではないし、ものごとは変化するものだ。新しい写真を見つける必要があると思う」

「ぼくたちにその写真を見せてくれ」とベイリが言う。

私は脳の活性化を示すあの写真が載っているページを開いてその本を低いテーブルの上に置く。「これは、だれかがひとの顔を見るときの脳の活性化を示すものだと書いてある」と私は言う。「これは、人ごみのなかで知っている顔を見たときを示していると医者が言ったあの写真とそっくりだ」

「同じものだ」としばらくしてベイリが言う。「全体の大きさと線の幅の割合がまったく同じだ。色のついた斑点が同じ場所にある。これは同じ図ではないとしても、写しだね」

「たぶん正常な脳の場合、活性化のパターンは同じだよ」とチャイが言う。

それは考えなかった。

「彼は言った、二番目の写真は、自閉症者の脳が見慣れた顔を見ているときのものだと」とキャメロンが言う。「だがこの本には、これは合成された知らない顔を見ているときの活性化のパターンだと書いてある」

「合成された知らない顔というのがわからない」とエリックが言う。

「いくつかの本物の顔の特徴をコンピュータで重ね合わせて作った顔です」と私は言う。

「自閉症者の脳が見慣れた顔を見ているときに活性化されたパターンが、正常な人間の脳が見慣れない顔を見ているときのパターンと同じだというのが真実だとすると、見慣れない顔を見ているときの自閉症者の脳のパターンはどういうものなのか？」とベイリが訊く。

「ぼくは知っているはずの人物の顔を見分けるのにいつも苦労する」とチャイが言う。

「ひとの顔を覚えるまで苦労する」

「そうだね、でもきみは覚える」とベイリが言う。「きみはぼくたちみんなの顔を覚えている、そうだろう？」

「そうだ」とチャイが言う。「でも長い時間がかかったよ、ぼくは、まずきみの声や体の大きさとかそういうものできみだと知るわけだ」

「問題は、きみはいま知っているということだ、それが肝心なのだ。たとえきみの脳がちがうやり方でひとを見分けているとしても、少なくともちゃんと見分けているわけだよ」

「脳は同じことをするにもいろいろとちがう回路を作る、とぼくは教えられた」とキャメロンが言う。「たとえばだれかの脳が傷ついたとすると、彼らは薬をあたえる——それがなんという薬か覚えていないが——それからある訓練をする、そうすればさまざまなことをやるやり方をもう一度学ぶことができるのだと彼らは言った」

「その話はぼくも聞いた」と私は言う。「そのときぼくは、なぜその薬をぼくにくれないのですかと訊いたら、それはぼくには効かないからだと彼らは言った。なぜかは言わなかった」

「この本には書いてあるのか？」とキャメロンが訊く。

「わからない。まだそこまで読んでいない」と私は言う。

「むずかしいのか？」とベイリが訊く。

「ある部分は、でもぼくが思っていたほどむずかしくはない」と私は言う。「ぼくはまずほかの資料を読むことからはじめた。それが役に立った」

「ほかの資料というと？」とエリックが訊く。

「インターネットである講座を読んだ」と私は言う。「生物学、解剖学、有機化学、生化学」彼は私を見つめている。私は目を伏せる。「それほどむずかしいものではない」

数分のあいだ、だれもなにも言わない。彼らの呼吸の音が聞こえる、彼らにも私の呼吸の音が聞こえている。われわれはあらゆる音を聞くことができる、あらゆるにおいを感知することができる。フェンシングの友だちといっしょにいるときとはちがう、あそこでは、私自身が気づくことに用心しなければならない。

「ぼくはやるつもりだ」とキャメロンがふいに言う。「ぼくはやりたい」

「なぜだ？」とベイリが訊く。

「ぼくはふつうになりたい」とキャメロンが言う。「ぼくはずっとそう思ってきた。ちがうというのは嫌だ。とてもむずかしいのだよ、自分はみんなとちがうのに、みんなと同じようなふりをするのはとてもむずかしいのだ。もう疲れた」

「でもきみはそういう自分に誇りを持っていないのか？」ベイリの口調で、彼がセンターのスローガンを引用していることは明らかだ。私たちは私たちであることに誇りを持ちましょう。

「いや」とキャメロンは言う。「ぼくはそういうふりをしてきた。でもじっさい――誇りにするようなことがあるのか？　きみが言おうとしていることはわかるよ、ルウ――」彼は私を見つめている。彼は間違っている。私はなにも言うつもりはない。「ふつうのひとがわれわれがやるようなことをやっても、やることの量が少ないのだと、きみは言うだろう。大勢のひとびとは自己刺激をしているが、彼らはそれに気づきもしない。彼らは、足を踏み鳴らしたり、髪の毛をくるくる指に巻きつけたり、顔に触ったりする。そう、でも彼らはふつうで、だれもそれをやめろとは言わない。相手のひととまともに目を合わせないひとたちがいても、彼らは正常で、ちゃんと目を合わせなさいとうるさく注意するものはない。彼らは、自閉症のように振る舞う彼ら自身のほんのわずかな部分を補うことのできる特別なものを持っている。ぼくはそれが欲しいのだ。ぼくはなりたい――ふつうに見えるように一生懸命努力する必要のない自分になりたい。ぼくはただノーマルになりたいだけだ」

「〈ノーマル〉というのは、乾燥機の設定だな」とベイリが言う。

「ノーマルというのはほかのひとたちのことだ」キャメロンの腕がぴくぴく痙攣し、彼は烈しく肩をすくめる、ときどきそうすると痙攣が止むのだ。「この――この阿呆な腕は……間違っていることを隠すのは疲れるよ。ぼくはふつうになりたい」彼の声は大きくなる、もし私がもっと静かにしろと言ったら、彼はもっと怒るだろうか、それはわからない。彼らをここに連れてこなければよかった。「とにかく」とキャメロンがやや穏やかに言う。

「ぼくはやるつもりだ、止めないでくれ」

「止めたりはしないよ」と私は言う。

「きみはやるのか?」と彼が訊く。

「わからない。まだなんとも言えない」彼はひとりひとりを見ていく。

「リンダはやらないだろう」とベイリが言う。「彼女は仕事を辞めると言っている」

「なぜパターンがぜんぶ同じなのかわからない」とエリックが言う。彼はあの本を見ている。「わけがわからない」

「知っている顔は知っている顔だね?」

「やるべき課題は、ちがったもののなかに見馴れたものの顔を探すことだ。活性化のパターンというものは、顔ではないさまざまな刺激のなかに、顔ではない知っているものを見つけるようなものではないか。彼らはあの写真をこの本で見つけたのか?」

「それは次のページにある」と私は言う。「それにはこう書いてある、活性化のパターンは、顔の課題が顔の認知の領域を活性化するということを除いては同じものだと」

「彼らには顔の認知のほうが大事なのだ」とエリックが言う。

「正常なひとびとは、正常なひとびとに関心がある」とキャメロンは言う。「ぼくが正常な人間になりたいのはそれが理由だ」

「自閉症者は自閉症者に関心がある」とエリックが言う。

「みんな同じではない」とキャメロンが言う。彼はグループのみんなを見まわす。「われわれを見てごらん。エリックは指でパターンを描いている。ベイリは唇を嚙んでいるし、ルウはじっとすわっているために懸命な努力をしている、彼は木片のように見える、それからぼくは、そうしたいと思わなくても、体を上下に弾ませている。きみは、ぼくが体を弾ませていることを受け入れている、ぼくがポケットのなかにさいころを入れていることも受け入れている、でもぼくに関心はない。去年の春、ぼくが風邪をひいたとき、きみはぼくに電話をかけてもこなかったし、食べ物を運んできてもくれなかった」

私はなにも言わない。なにも言うことはない。私が電話もかけず、食べ物も運んでいかなかったのは、キャメロンが私にそうしてほしいと思っていたことを知らなかったからだ。彼がいまそんな不満を言うのは卑怯だ。ふつうのひとびとが、だれかが病気になったとき、かならず電話をかけたり、食べ物を運んだりするとは思わない。私はほかのひとたちをちらりと見る。だれもがキャメロンから目をそらしている、私のように。私はキャメロンが好きだ。私はキャメロンには馴れている。好きだということと馴れていることのちがいはなんだろう？　私にはよくわからない。よくわからないというのは嫌なものだ。

「きみも関心がない」とエリックがとうとう言う。「きみは一年以上も協会の会合に出席していない」

「そうかもしれない」キャメロンの声はようやく穏やかになる。「あそこではずっと――

ひとには言えないが——年上のひとたち、われわれより悪いひとたちに会ってきた。若いひとたちには会わない。若者は、生まれたときか生まれる以前に治っている。ぼくが二十歳のころは会合に出るのはとても役に立った。でもいまは……会に出てくるのはわれわれのようなひとだけだ。年上の自閉症者、若いころに効果のある訓練を受けなかったひとたち——そういうひとたちのそばにいるのは嫌だ。彼らを見ていると、自分もあんなふうに後戻りして、彼らのようになるのではないかと怖くなる。われわれの役に立つひとはだれもいない、若いひとたちがいないからだ」

「トニー」とベイリが自分の膝を見つめながら言う。

「トニーはいちばん若いね、そして彼は……ええと、二十七歳？　三十歳以下のひとは彼だけだよ。センターに来る若いひとたちはみんな……ちがう」

「エミーはルウが好きだ」とエリックが言う。私は彼を見る。彼がどういう意味でそんなことを言ったのかわからない。

「もしぼくが正常なら、精神科医のところに二度と行く必要はない」とキャメロンが言う。私はドクター・フォーナムを思い出し、彼女に面接しなくてもいいということは、こんどの治療実験の危険を冒す大きな理由になると思った。「安定保証書がないと結婚できない。子供も持てない」

「結婚したいのだね」とベイリが言う。

「ああ」とキャメロンが言う。彼の声はまた大きくなるが、ちょっと大きくなっただけだ。

顔が赤い。「ぼくは結婚したいよ。子供も欲しいよ。ふつうの家に住み、近所にはふつうのひとがいて、ふつうの公共交通機関を使い、これからの一生をふつうの人間として生きていきたい」

「きみがきみでなくなってもか?」とエリックが訊く。

「もちろん、ぼくはぼく、同じ人間だ」とキャメロンが言う。「ただふつうになるだけだ」

そんなことが可能なのかどうか私にはよくわからない。正常《ノーマル》ではないときの自分のいろいろなやり方を考えると、正常《ノーマル》であり、そして同じ人間であるということを想像することはできない。この治療の目的は、われわれを変えること、われわれをなにかほかのものにすることで、それには性格とか、自我とかも含まれているはずである。

「だれもやらないなら、ぼくがやるつもりだ」とキャメロンが言う。

「それはきみがきめることだ」とチャイが、引用でもしているような口調で言う。

「そうだ」キャメロンの声が低くなる。「そうだ」

「淋しくなるね」とベイリが言う。

「きみも来ればいい」とキャメロンが言う。

「いや。まだいやだ、とにかく。もっと知りたい」

「ぼくは家に帰るよ」とキャメロンが言う。「あす彼らに話すつもりだ」彼は立ち上がる。

彼の手がポケットのなかのさいころを振っているのが見える、上に下に、上に下に。

私たちはさよならを言わない。おたがいに挨拶をする必要がない。キャメロンは部屋を出るとドアをそっと閉める。ほかのひとたちは私を見て、そして目をそらす。

「いまの自分が嫌なひとたちもいるね」とベイリが言う。

「ほかのひとたちが思っているのとはちがうひとたちもいる」チャイが言う。

「キャメロンは、自分を愛していない女を恋しているのだよ」とエリックが言う。「彼女は、この恋はぜったい成立しないと言った。彼が大学にいるときだった」エリックはどうしてこんなことを知っているのだろう。

「エミーが言っている、ルウは健常者の女と恋をしていて、その女は彼の人生を破滅させる」とチャイが言う。

「エミーは、自分がなにを言っているのかわかっていないのだよ」と私は言う。「エミーは自分のことを心配していればいいのだ」

「キャメロンは、自分がふつうになればその女が愛してくれると思っているのかな?」とベイリが訊く。

「彼女はほかの人間と結婚したのだ」とエリックが言う。「彼は自分を愛してくれる女を愛せるかもしれないと思っている。彼が治療を望んでいるのはそれが理由だと思うよ」

「ぼくは女のために治療を受けたいとは思わない」とベイリが言う。「受けるとしても、自分自身のための理由が必要だ」彼がマージョリを知っていたら彼はなんと言うだろうかと私は思った。治療によってマージョリが私を愛するようになることがわかっていたら、私は治療を受けるだろうか？　不愉快な考えである。私はその考えをわきに押しやる。

「健常者がどんなふうに感じるのかぼくにはわからない。健常者がみんな幸せそうには見えない。もしかすると、健常者であることが嫌なのか、われわれにとって自閉症者であることが嫌なのと同じように」チャイの頭がぐるりとねじれ、前やうしろに傾けられる。

「ぼくはやってみたい」とエリックが言う。「でもそれが効果がなかったときには、いまの自分に戻りたい」

「そうはならないだろう」と私は言う。「ランサム博士がリンダに言ったことを覚えているか？　ニューロン同士に連絡が形成されると、偶発的な原因でその連絡が破壊されないかぎり、その状態が保たれる」

「それが彼らのやることなのか、新しい結合を作ることが？」

「古いものはどうなるのか？　それはもしかすると」――とベイリは腕を振りまわしながら――「ものが衝突するときみたいなものではないのか？　混乱？　雑音？　カオス？」

「わからない」と私は言う。私はたちまち、自分の無知に、あまりにも広大な未知に呑みこまれるのを感じる。その広大な未知の領域から、たくさんの悪いことがやってくるかもしれない。それから宇宙に置いた望遠鏡によって撮影された写真の映像が頭に浮かぶ。星の光に照らされる広大な闇。あの美しさもまたあの広大な未知の領域にあるのかもしれない。

「彼らは、いま機能している回路を遮断して新しい回路を作り、その新しい回路を機能させる。そうやってよい神経連絡だけが機能するようになる」

「それは彼らの話とはちがう」とチャイが言う。

「だれも新しい脳を作るために自分の脳を破壊することに同意はしないだろう」とエリックが言う。

「キャメロンは――」とチャイが言う。

「彼はそんなことが起こるとは知らない」とエリックが言う。「もし彼が知っていたら……」彼は口をつぐみ、目を閉じる、私たちは待つ。「彼はいまとても不幸せなら、きっと治療を受けるだろう。自殺よりましだから。もし彼が望んでいるような人間になってもどってくるなら、そのほうがはるかにいい」

「記憶はどうなるのか？」とチャイが訊く。「彼らは記憶も取り除くのか？」

「どうやって？」とベイリが訊く。

「記憶は脳のなかに貯蔵されている。もし彼らがすべてを除去するなら、記憶もなくなるだろう」

「おそらくそんなことはない。記憶に関する章はまだ読んでいないけれども」と私は言う。「読んでみるつもりだ。次の章だから」記憶についてのある部分は、すでにこの本に述べられているが、そのすべてについてまだ十分に理解していないので、いま話したくはない。「それに」と私は言う。「コンピュータのスイッチを切っても、コンピュータの記憶がすべて消えることはない」

「手術を受ける人間は意識がなくなるが、記憶がすべて消えることはないよ」とエリックが言う。

「しかし手術のことは覚えていない、記憶の形成を阻害する薬がある」とチャイが言う。

「もしそれらの薬が記憶の形成を阻害することができるなら、彼らは古い記憶を除去することができる」

「それはオンラインで調べることができると思う」とエリックが言う。「調べてみる」

「神経連絡のパターンを変えて新しい連絡を作るのは、ハードウエアのようなものだ」とベイリが言う。「新しい連絡を使うことを学習するのは、ソフトウエアのようなものだ。言葉を学ぶのははじめはとてもむずかしかった。またあんなことはしたくない」

「ふつうの子供はそれをもっと早く学ぶことができる」とエリックが言う。

「いまでも何年もかかる」とベイリは言う。「彼らは、リハビリに六週間か八週間かかると言っている。たぶんチンパンジーにはそれで十分なのかもしれない。でもチンパンジーは喋らないからね」

「彼らがいままでに一度も間違いを犯したことがないというわけでもない」とチャイが言う。「彼らはわれわれのことについていろいろと間違ったことを考えていたのだ。この治療法も間違っているかもしれない」

「脳の機能についてはもっといろいろなことがわかってきた」と私は言う。「でもあらゆることがわかったわけではない」

「ぼくはなにが起こるのか知らずになにかをやるのは嫌だ」とベイリが言う。

チャイとエリックはなにも言わない。彼らは同意している。私も同意している。行動する前にその結果を知ることは重要なことである。ときにはその結果が明らかでないこともある。

行動しないことの結果もまた明らかではない。私が治療を受けないとしても、情況がいままでどおりというわけではないだろう。ドンが、私の車を襲撃し、そして私を襲撃したことで、それが証明された。私がなにをやろうと、私がいかに自分の世界を予想しようと、われわれの世界の外で起こることより、それが予想どおりにいくということは言えない。その世界も混沌たるものだ。

「喉がかわいたね」とエリックがふいに言う。彼は立ち上がる。私も立ち上がる。そしてキッチンに行く。私はコップを出して水を注ぐ。彼は水を飲んで顔をしかめる。それで彼が壜詰の水を飲んでいることを思い出す。彼の好きなブランドはうちには置いていない。

「ぼくも喉がかわいた」とチャイが言う。ベイリはなにも言わない。

「水がほしいですか?」と私は訊く。「うちにあるのは、フルーツ・ジュースが一壜だけです」フルーツ・ジュースを飲みたいと彼が言わないように願う。朝食のときに飲みたいものだからだ。

「水がほしい」と彼は言う。ベイリは手を上げる。私は二つのコップに水を入れて居間に持ってくる。トムとルシアの家では、私がなにかを飲みたくないときでも、なにか飲みたいかと訊かれる。なにか飲みたいとこちらが言うときまで待つほうがいいと思うが、ノーマルなひとたちは最初に尋ねるほうがいいと考えているのだろう。

自分のアパートに他人がいるのはとても奇妙な感じだ。空間が小さく感じられる。空気が濃くなる感じがする。彼らの着ているものの色や、彼らの色のせいで、色彩もちょっと変わる。彼らは空間をふさぎ、呼吸をする。

私はふと思う、もしマージョリと私がいっしょに暮らすようになったらどんなふうになるだろうか——彼女がここで居間やバスルームや寝室の空間をふさぐことになるとしたら。私ははじめて家を出て住むようになったグループ・ホームは好きではなかった。バスルームはたとえ毎日掃除をしていてもほかのひとたちのにおいがした。歯磨き粉は五種類で、シャンプーや石鹼や防臭剤の好みもそれぞれ五種類。

「ルウ！　だいじょうぶか？」ベイリが心配そうな顔をしている。

「考えていた……あることを」と私は言う。マージョリが私の部屋に来るのが嫌だということ、それはよいことではないかもしれないということ、空間がせまくるしく、騒がしく、嫌なにおいがするかもしれないということ、そんなことは考えたくない。

キャメロンが仕事に来ない。キャメロンは、彼らが、実験準備をはじめるために行くようにと指示したところにいるのだ。リンダが仕事に来ない。彼女はどこにいるのかわからない。キャメロンの身に起こっていることを考えるよりもリンダがどこにいるかということのほうが気になる。私はいまのキャメロンを知っている——二日前の彼がどんなだったかも。この治療実験のあとキャメロンの顔をつけて出てくる人物が私にはわかるだろうか？

このことを考えれば考えるほど、いつか見たサイエンス・フィクションの映画のように思われてくる。あの映画のなかでは、だれかの脳が他人に移植されたか、他人の人格が同じ脳に移し変えられたかした。顔は同じだが、同じ人間ではない。恐ろしいことだ。私の顔のうしろにだれがいることになるのだろう？　彼はフェンシングが好きだろうか？　よい音楽が好きだろうか？　彼はマージョリが好きだろうか？　マージョリは彼が好きだろうか？

きょうは、実験準備について詳しい説明がある。

「安静時のPETスキャンを行なうことによって個々の脳機能マッピングが作れます」と医者が言う。「あなたがたの脳が情報をいかに処理するか確認できるようにスキャンのあいだあなたがたにしていただく課題があります。それを正常な脳と比較すれば、あなたがたの脳をどう修正すればよいかがわかります」

「正常な脳は、すべてがまったく同じというわけではありません」と私は言う。

「かなり近いものです」と彼は言う。「あなたがたの脳画像と、複数の健常脳から得られた平均画像のちがいを求めることによって、修正すべき部分がわかります」

「それはぼくの基本的知能にどんな影響を及ぼすのですか？」

「影響はなにもないはずです、まったく。中心IQという概念は情報処理の階層性の発見とともに前世紀においてほぼ崩壊しました――これは一般化を非常にむずかしいものにしています――そしてあなたがた、自閉症のひとびと、表現言語の分野では平常曲線を下まわるひとびとが、たとえば、数学においては非常にすぐれた知能を持ちうることを証明しているのです」

なにもないはずということは、ないということと同じではない。私は自分の知能についてはよくわからない――彼らは、われわれの知能指数の値を教えてはくれないし、一般に受けられるテストを受けようとしたことはなかった――だが私は自分が馬鹿ではないことを知っている。馬鹿にはなりたくない。

「もしきみが、パターン認知の技能を心配しているのなら」と彼は言う。「この治療法が効果を及ぼすのは、パターン認知を司る脳部位そのものではありません。その脳部位が新しい情報――社会的に重要な情報――にきみが労することなくアクセスできるようにする、といったほうが正確でしょう」

「顔の表情のようなものですか」と私は言う。

「そう、そういうものです。顔の認知、顔の表情、言語における音調のニュアンス――注意制御領域にひとひねりをあたえると、あなたがたはそれらに気づくのが容易になり、そうすることが快くなります」

「快さ――あなたはこれを内因性のエンドルフィン放出機構に結びつけようとしているの

ですか？」

彼の顔がふいに赤くなる。「ひとびとと接することによって昂揚感を得られるようになるという意味で言っているのではありません。しかし自閉症者は、社会的相互関係を価値あることだとは思いませんが、これは少なくともそれへの脅威を減らすことになるでしょうね」私は声音のニュアンスを捕らえることはうまくないが、彼がすべての真実を語っているのではないことはわかる。

もし彼らが、われわれが社会的相互関係から得る快さの量をコントロールできるのだとしたら、彼らはノーマルなひとたちがそれから得る快さの量もコントロールできるはずである。私は学校の教師たちを思い浮かべる、生徒がほかの生徒から得る快さをコントロールできる存在……生徒たちをみんな、お喋りをするよりも勉強したいという程度まで自閉症にするようにコントロールする。私はミスタ・クレンショウのことを思い浮かべる、仕事以外のことはすべて無視する労働者であのセクションをいっぱいにしている彼を。

胃が締めつけられる。口のなかに酸っぱいものが湧いてくる。もし私にこういう可能性が見えていると言ったら、私の身になにが起こるだろう？　二カ月前なら、私は自分に見えたものや心配していることをべらべら喋っていただろう。いまの私はもっと慎重である。ミスタ・クレンショウとドンが私にその知恵をあたえてくれた。

「きみは偏執症的になってはいけないね、ルウ」と医者は言う。「社会的に主流からはずれている人間は、ひとがなにか恐ろしいことを企んでいるのではないかと考えたがる傾向がつねにあるが、それは不健康な考え方だよ」

私はなにも言わない。私はドクター・フォーナムやミスタ・クレンショウやドンのことを考えている。あのひとたちは私を、私のような人間たちを、好いてはいない。私や私のような人間を好いていないひとびとは、私にほんとうの危害をくわえようとするかもしれない。もし私が最初からドンが私のタイヤを切り裂いたのだと疑っていたとしたら、それは偏執症なのだろうか。そうは思わない。私は間違いなく危険を認めたはずである。間違いなく危険を認めることは偏執症ではない。

「きみはわれわれを信じなければいけないよ、ルウ、これが効果をもたらすことについてはね。きみを安心させるあることを教えようか——」

「ぼくは動揺してはいません」と私は言う。私は動揺してはいない。私は、彼が言っていることをよく考え、そこに隠されている意味を発見した自分を嬉しく思っているが、動揺はしていない、その隠された意味というのが、彼が私を操作しようとしているということであろうとも。私がそれを知っていれば、それはもはや操作ではない。「ぼくは理解しようと努力していますが、動揺してはいません」

彼はリラックスする。顔の筋肉がすこしゆるむ、ことに目のまわりと額の筋肉がゆるむ。

「いいかね、ルウ、これはとても複雑な問題なんだ。きみは知能のすぐれた人間だが、これはきみの分野じゃない。これをすべてほんとうに理解するには何年も学ばなければならない。短い講義を聞いたり、おそらくネットのサイトをいくつか見たぐらいでは、とうてい追いつかない。理解しようとしてもただ混乱し、いたずらに心配するだけだ。きみがすることを私にできないのと同じだよ。なぜわれわれの仕事をわれわれにまかせてはくれないのか、きみはきみの仕事をしていればいいじゃないか？」

なぜならそれは私の脳だから、あなたが変えようとしているのは私の自我だからです。なぜならあなたは真実のすべてを話してはいないし、あなたが私のための最善を考えてくれるのか――それどころかほんとうにそれはぼくのためになることなのか――私は確信が持てないのです。

「いまの自分であることがぼくにとっては重要なことなのです」と私は言う。

「きみは自閉症であることがいいと言っているのかね？」嘲りが彼の声を尖らせる。彼は、私のようになりたいと思っている人間がいるとは想像もつかないのだ。

「ぼくは、いまの自分が好きです」と私は言う。「自閉症はいまのぼくの一部です。それは全体ではありません」それが真実であればいいと私は思う、私は自分の診断判定以上の人間なのだ。

「だから――われわれがきみの自閉症を取り去れば、きみは自閉症ではないだけで、それまでと同じ人間なのだよ」

彼はそれが真実であることを望んでいる。それが真実だと自分は思っていると彼は思っているかもしれない。彼はそれが真実であるとかならずしも信じてはいない。それは真実ではないかもしれないという彼の恐怖が、すえた臭気のように彼の体からただよってくる。

彼の顔は、彼がそれを信じていると私に確信させるような表情になっているが、そんな見せかけの誠実そうな表情は、私が子供のころから見慣れている表情である。あらゆるセラピスト、あらゆる教師、あらゆるカウンセラーが、彼のレパートリーのなかのあの表情、心配で／気遣うという表情を浮かべていたものである。

私をもっとも脅かしていたのは、彼らはことによると――ぜったいに――現存するニューロンの結合ばかりでなく記憶もいじくりまわすかもしれないということだ。彼らは私と同じように知っているにちがいない、私の過去の体験は、この自閉症的な視点から得られたものだということを。ニューロンの結合を変えても、それは変わらないだろう、そしてそれが私という人間を形成していたものなのだ。しかしもし私が、これがどんなものかという、いまの私はこういう人間だという記憶を失ってしまったら、私は三十五年間に私が築いてきたすべてを失うことになるだろう。私はそれを失いたくはない。本で読んだことを覚えているようにものごとを覚えているのはいやだ。マージョリが、ビデオの画面で見るような人間であってはほしくない。私は記憶にともなう感情を大切に持ちつづけていたいのだ。

第十八章

日曜日の公共交通機関は、通常の平日の運行表では動かない、日曜日は、少数派のひとにのみ聖日であるのに。車で教会に行かないとすると、私は教会にとても早く着くか少し遅れて着く。遅れるのは無作法なことだ、神に無作法なのは、ほかの種類の無作法よりも無作法なことである。

教会は私が着いたときとても静かだ。私が通っている教会には早朝の礼拝があり、そのときは音楽がない。十時三十分の礼拝には音楽がある。私は朝早く来て薄暗い静寂のなかにすわり、光が色つきの窓ガラスを通して入ってくるのを見るのが好きだ。いままた私は教会の薄暗い静寂のなかにすわり、ドンとマージョリのことを考えている。

ここでは神のことを考えずにドンやマージョリのことを考えていけない。あなたの心を神に注ぎなさい、そうすればそう悪いことには近づけない、といつもここにいた司祭が言った。心のなかの映像が、ドンの銃の銃口であるとき、心を神に注ぐのはむずかしい。あれはブラックホールのように丸くて黒かった。私はそれが惹きつける力を感じた、その穴の、銃口の引力、私を永遠の暗黒に引きこもうとするその引力が感じられた。死。そして無。

死のあとになにが来るのか私は知らない。聖書は私にいろいろと教えてくれる。あるひとびとは強調する、すべての選民は救われ天国に行く、またあるものは言う、おまえは選民でなければならない。私には、天国が言葉で表現できるものだとは思えない。これまでそれについて考えようとすると、それは光のパターンのように見える。複雑で美しく、宇宙飛行士が宇宙望遠鏡で捕らえた写真、あるいはそれぞれに波長のちがう色で創造した写真のようだ。

だがいま、ドンの襲撃の直後のいま、私に見えるのは光より速い暗闇、銃身から飛び出して私を光の速度を超えた永遠へと引きこもうとしているもの。

それでも私はここに、この椅子に、この教会にいる、そして生きている。光は、祭壇の上の古いステンドグラスの窓から注ぎこんでくる、あかあかと輝くその色は祭壇の布や木材や敷物に色を染めつける。この朝の光は、十時三十分の礼拝のときよりも、教会の奥深くに、季節のせいで左よりに入ってくる。

私は息を吸い、蠟燭のにおいと早朝の礼拝のときに出たかすかな煙のにおいと本のにおいをかぐ——われわれの教会はまだ紙製の祈禱書と賛美歌集を使っている——それから木や布や床に使われる掃除用洗剤のにおいもする。

私は生きている。私は光のなかにいる。暗闇は、今回は、光より速くはなかった。だが暗闇が私を追いかけてくるような、背後にぐんぐん迫ってくるような、私には見えないとところにいるような、そんな不安を覚える。

私は教会の奥にすわっている、だが私の背後にはもっと未知の空間がある。ふだんは気にはならないが、きょうはそこに壁があればよいと思う。

私は光に集中しようとする、太陽が高く昇るにつれて、色どられた光の棒がゆっくりとうつろっていく。一時間もすると、光はだれにでもわかるほどの距離を移動するが、光が動いているわけではない。この惑星が動いているのだ。私はそれを忘れ、みんなが使うようなありふれた表現を使い、そして地球が動いているということを思い出すたびに衝撃的な歓喜を覚える。

われわれはつねに光の中へ、そして光の中から外へと動いている。それはわれわれの速さであり、光の速さでも暗闇の速さでもない、それはわれわれの昼と夜を作ってくれる。あれは私の速さだったのか、ドンの速さではなく、つまり彼が私を傷つけようと欲したあの暗い空間にわれわれを運びこんだのは。私を救ったのは私の速さだったのか？

私はまた心を神に集中しようとする、光は後退して、木製の台の上にのっている真鍮の十字架を照らしている。紫色の翳を背景に黄色い金属の光が燦然と輝き、私は一瞬息をのむ。

ここでは光はいつも暗闇より速い、暗闇の速さは問題にならない。

「こんなところにいたの、ルウ！」

その声は私を驚かす。私はびくっとしたが、声も立てず、礼拝用のパンフレットをさしだしている灰色の髪の女のひとに微笑さえ浮かべてみせる。ふだんは、時間の経過や、入ってくるひとびとにもっと注意をしているので、驚くことはないのだが。彼女は微笑を浮かべている。

「驚かすつもりはなかったのよ」と彼女は言う。

「いいんです」と私は言う。「ちょっと考えごとをしていました」

彼女はうなずき、それ以上なにも言わずに、やってきたひとびとを迎えるために戻っていく。彼女は名札を着けている、シンシア・クレスマン。彼女は三週間ごとに礼拝のパンフレットを配っている。そしてそのほかの日曜日はいつも中央通路の向こう側、私から四列前にすわっている。

私は油断なく目をくばり、おおぜいのひとたちが入ってくることに気づく。二本の杖をついた老人が最前列に向かって通路をよろよろと歩いていく。彼はいつも妻といっしょに来ていたが、妻は四年前に死んだ。だれかが病気のとき以外はいつも三人そろってやってくるおばあさんたちは、左手の三列目にすわる。一人そして二人そして三人、四人そして二人、一人、一人、ひとびとがぽつぽつと入ってくる。オルガン奏者の頭がオルガンの上にあがり、そしてまた下に落ちる。それからやわらかな〈む——〉という音がして音楽がはじまる。

私の母は、音楽を聞くためにだけ教会に行くのは間違っていると言った。私が教会に行くのはそれだけの理由ではない。私はよりよい人間になるにはどうすればよいか学ぶために教会に行く。でも音楽も、私が教会に行く理由の一つである。きょうはまたバッハだ——ここのオルガン奏者はバッハが好きだ——そして私の頭は、演奏を聞きながら、やすやすとパターンの流れを捕らえ、それについていく。

こんなふうにじっさい身のまわりに流れる音楽を聞くのは、録音を聞くのとはちがうものだ。それは自分がいる空間をいっそう明確に感じさせる。音が壁にはねかえり、この場所独特のハーモニーを作っている。私はほうぼうの教会でバッハを聞いたことがある、そしてそれはいつも不協和音ではなく協和音を作り出す。これは大きな謎だ。

音楽が止まる。私の背後に聖歌隊と聖職者が並ぶと、うしろで柔らかなつぶやきが聞こえる。私は聖歌集を取り上げて、行列聖歌の番号を探す。オルガンがふたたびひびき、メロディーを一度演奏する、すると私の背後で大きな声がひびく。だれかが少々単調な声で、ほかのひとたちに一歩おくれている音階に追いつこうとしている。それがだれであるか見つけるのは容易だが、それについてなにか言うのは無作法になる。十字架が行列を先導していくのを見て私は頭を下げる、すると聖歌隊が私の横を通りすぎる。彼らは濃い赤のローブを着てその上に短い白衣をはおっている、女のひとが先でそのあとに男のひとたちがつづく、私にはそれぞれのひとたちの声が聞こえる。私は言葉を読み、精一杯歌う。最後の二人の男のひとが通るときがいちばん好きだ。二人ともとても低い声の持ち主で、彼らが発する音は私の胸で震動する。

聖歌のあとに祈禱がある。これはみんないっしょに唱える。この言葉は暗記している。

少年のころから暗唱できた。音楽のほかに、私がこの教会に来るもう一つの理由は、礼拝の式次第が予測できるからである。私は聞き馴れた言葉をよどみなく唱えることができる。すわる、立つ、ひざまずく、話す、歌う、聴くという順序を間違いなくやることができ、うろうろとまごつくことがない。ほかの教会をおとずれるときは、神のことよりも、自分が然るべきときに然るべきことをやっているかどうかが心配になる。ここではきちんときまった手順のおかげで、神が私になにを望んでおられるかちゃんと聴くことができる。

きょう、シンシア・クレスマンは、読み手のひとりである。彼女は旧約聖書の教えを読む。私は礼拝用のパンフレットに書かれているものをいっしょに読む。ただ聞いているだけ、ただ読んでいるだけですべてを理解するのはむずかしい。両方をいっしょにやるとよくわかる。私は家であらかじめ、教会が毎年配ってくれるカレンダーでその教えを読んでおく。そのおかげで、教会でなにがなされるか私にはわかるのだ。詩篇を応答の形で読むのは楽しい。会話のようなパターンを作っている。

教訓と詩篇を越えて福音書音読までいくと、それは私が期待しているものではない。マタイ書の音読ではなくヨハネ書の音読である。私は司祭が声を出して読んでいるあいだ一心に読む。それはベテスダの池のほとりに横たわる男の話で、彼は癒されたいのだがだれも彼を池のなかにおろしてくれるものがいない。イエスは彼に、あなたはほんとうに癒されたいのかと尋ねる。

これは愚問ではないかと私はいつも思う。彼が癒されることを望んでいないとしたら、彼はなぜ癒しの池のほとりにいるのだろうか？　癒されることを望んでいないとしたら、彼はなぜ自分を水のなかに浸してくれるものがいないと不満を唱えているのだろうか？　神は愚かな質問はなさらないものだ。それはきっと愚かな質問ではないにちがいない、だがもしそれが愚かな質問でないのなら、それはなにを意味しているのだろう？　私がそんな質問をしたら、それは愚かしい質問だ。私が病気で医者のところに薬をもらいにいったとき医者がそんな質問をすればそれは愚かな質問だろう、だがここではそれはなにを意味しているのか？

司祭が説教をはじめる。私がまだ一見愚かな質問がどうすれば意味のある質問になるのかと考えていると、司祭の声が私の思考にこだまする。

「なぜイエスはその男に癒されたいかとお尋ねになったのでしょう？　それは愚かな質問ではありますまいか？　彼は癒しのときを待ちながらそこに横たわっていたのです……彼は癒されたいと望んでいたはずです」

そのとおりだと私は思う。

「もし神が愚かなふりをしてわたしたちをおからかいになっているのでないとすると、ではこの質問はなにを意味しているのでしょう、おまえは癒されたいのか？　この男が横たわっている場所を見てごらんなさい。癒しの力をもつ池のほとり、そこでは〈天使がやってきてときおりその水をかきまわす……〉。そして病者はその水が沸き返っているあいだにその水のなかに入らなければならない。言いかえれば、そこでは病者は、忍耐強く癒しがあらわれるのを待っているのです。彼らは知っています――彼らは教えられています――癒される方法は、水が沸き立つあいだにその水に入ることだと。彼らはほかのなにものも求めてはいない……彼らはその場所に、その時にいて、ただ癒されることを待つのではなく、特殊な方法によって癒されることを待っているのです。

いまの世界なら、ある一人の特別の医師――一人の世界的に有名な専門医――だけが自分の癌を癒してくれると信じているひとのようだとわれわれは言うかもしれない。彼はその医者のいる病院に行き、ほかのだれでもないその医者に診察を受けたいと言う、なぜなら、唯一その方法だけが自分の健康を取り戻してくれると確信しているからです。

そこで麻痺したその男は、その癒しの池に心を注ぐ、自分が必要とする助けは、その水のなかに、そのしかるべき時に自分を浸してくれるひとだと確信しているのです。

そこでイエスの質問は、彼が元気になりたいと望んでいるのか、それとも池のなかに身を浸すというその特別な体験を望んでいるのか考えよと迫っているのです。もし彼がこのほかに癒される方法があるのなら、彼はその癒しの法を受け入れるだろうか？

伝道者のなかには、この話を自ら招いた麻痺、ヒステリー性の麻痺の例としています――もしその男が麻痺したままでいることを望めば、麻痺したままでいる。これは精神的な病であって肉体的な病ではないのだと言います。だがわたしは、イエスが尋ねられたこの問いは、感情的な問題ではなく認識の問題にかかわるものだと思います。この男は箱の外が見えるだろうか？　この男はいままで経験したことのない治療を受け入れることができるか？　それは脚や背中を癒すことだけではなく、彼の内から外へ、霊魂から心へそして肉体へと作用するのです」

もしその男が麻痺した病人ではなく自閉症者だとしたら、なんと言うだろうか。彼はよくなりたいために池に行くだろうか？　キャメロンなら行くだろう。私は目を閉じ、キャメロンが、ちらちらする光のなか、沸き立つ水のなかに身を沈めるのを見る。そして彼は姿を消す。リンダは、癒される必要はないと言いはる、いまあるがままのわれわれにはなにも悪いことはないのだと、われわれを受け入れないひとたちがどこか悪いのだと。リンダが群衆をかきわけ、池から遠ざかる姿を想像する。

私は癒される必要があるとは思わない、自閉症が癒される必要があるとは思わない。ほかのひとたちは、私が癒されることを望んでいるが、私自身はそうではない。もしこの男に家族がいたとしたら、家族は、彼を担架に乗せて運ぶことにうんざりしていただろう。もし彼に両親がいて、『おまえにせめてできることは、癒されようと努めることだ』と言ったとしたら、あるいは妻がいて、『行って、試してみなさい、痛くはないのだから』と言ったとしたら、あるいは子供たちが、おまえの父親は働くことができないとからかわれたとしたら。池のほとりにやってくるひとたちは、癒されることを自分自身望んでいるからではなく、まわりのひとたちが、自分たちの重荷を少しでも軽くするために、彼が癒されることを望んでいたからだろうか。

私の両親は死んだので、私はだれの重荷にもなっていない。ミスタ・クレンショウは、私が会社にとっての重荷だと考えているが、私はそうは思わない。私は池のほとりに横たわり池のなかに沈めてほしいとひとびとに乞うているわけではない。私は彼らが私を池のなかにほうりこまないように努めている。それが癒しの池だと私は信じていないからだ。

「……そこできょうのわたしたちに投げかけられる問いとはこうです、わたしたちは自分たちの命のなかに聖霊の力が宿ることを望んでいますか、それともわたしたちはただ望んでいるふりをしているのですか？」司祭はいろいろなことを話していたが、私には聞こえていなかった。この言葉だけは聞こえて、私は身震いする。

「わたしたちは池のほとりにすわり、天使が水をかきまわしてくれるのを辛抱強く、だが安穏と待っているのですか。そのあいだわたしたちのかたわらには生ける神が、永遠の命を、豊かな命をわたしたちにあたえようと立っておられるのです、わたしたちはただ両手を開き心を開いてその贈り物を受け取りさえすればよいのです。

大勢のひとたちが、そうしているとわたしは信じます。わたしたちはだれでも時折そうするのですが、いまはまだ多くのひとたちがただすわって、天使があらわれたとき自分を水のなかに沈めてくれるひとがいないと嘆き悲しんでいるのです」彼は口をつぐみ、会堂のなかを見まわす。彼の視線が注がれるひとびとは、あるものは身をすくめ、あるものはゆうゆうとその視線を受け止める。「毎日、あなたがたのまわりを、あらゆる場所を見まわしなさい、あなたが会うあらゆるひとたちの目をのぞきこみなさい。この教会はあなたがたの人生にとって大切なところです、だが神はより偉大な存在なのです——そして神はあらゆる場所、あらゆる時、あらゆるひと、あらゆるもののなかにおられる。自分に問いなさい、『わたしは癒されたいのか？』と。そして——もしあなたが、はい、と答えられないとき——なぜそう答えられないのかと問いなさい。なぜなら、神はあなたがたすべてのひとたちのかたわらにお立ちになり、あなたの魂の奥深くでその問いを投げかけておられるからです、あなたが癒される覚悟ができたとき、あなたのすべての病が癒される準備ができるのです」

私は司祭を見つめ、立ち上がることも忘れ、次にくるニカイア信条の言葉を言うことも忘れる。

私は父なる神を、天と地の創造主、目に見えるもの見えないもののすべてをお創りになられた方を信じている。神は大切で、彼は間違いをなさらないことを私は信じている。私の母はよく、神さまも間違いをなさるというような冗談を言ったものだが、もし彼がほんとうの神なら間違いをするはずはない。だからそれは愚かな疑問である。

私はよくなることを望んでいるか？　いったいなにがよくなることを？

私が知っている唯一の人格は、この人格、いまの私である人間、自閉症の生物情報科学専門技士・剣士・マージョリを愛する男。

そして私は、彼がもうけたただひとりの息子、イエス・キリストを信じる。じっさいに肉体を持つイエスが池のほとりにいる男にこの質問をなされた。おそらくこの男は——話には語られていないが——まわりのひとびとが、彼の病と障害とに疲れたためにここにやってきて、おそらく終日そこに横たわっているだけで安心していたのだろうが、彼はそこで邪魔になった。

もし男が、「いいえ、わたしは癒されることは望まない、わたしはいまのままの自分に満足しています」と答えたら、イエスはどうなさっただろう、あるいは男が「わたしに悪いところはありませんが、親戚のものや近隣のものがわたしにここに来ることをすすめたのです」と答えたとしたら？

私はニカイア信条の言葉を無意識に淀みなく唱えているが、そのあいだ私の心は、聖書音読、説教、ニカイア信条の言葉と闘っている。私は故郷にいたある学生を思い出す、彼は、私が教会に行っていることを知り、こう尋ねた。「きみはほんとうにあんなものを信じているのか、それとも単なる習慣なのか？」

もしそれが、病気のときに癒しの池に行くように、単なる習慣ならば、それは信仰がないということを意味しているのだろうか？　もしその男がイエスに、自分はほんとうは癒されることを望まない、親戚のものがそうするように主張しているのだと答えたとしても、イエスは、その男が立ち上がり歩けるようになる必要があると思われたかもしれない。おそらく神は私が自閉症者ではないほうがよいのだと考えておられるかもしれない。神は私が治療を受けることを望んでおられるかもしれない。

私はふいに寒くなる。私はいまここで自分が受け入れられたと感じた――神によって受け入れられたと、司祭によって世間のひとびとによって、いやその大部分に受け入れられたと感じた。神は盲者を、聾者を、麻痺者を、狂者をはねつけはしない。そう私は教えられ、そう私は信じている。もし私が間違っていたとしたら？　もし神が、私がいまの私ではないものであることを望んでおられたら？

　私は礼拝が終わるまですわっている。聖餐式にも立ち上がらない。案内係の一人が、だいじょうぶですか、と私に訊き、私はうなずく。心配そうな顔をしているが、私を一人にしておいてくれる。聖歌隊や司祭が退場したあと、ほかのひとたちもすっかり立ち去るのを待ち、それから扉の外に出る。司祭はまだそこに立っていて、案内係のひととお喋りをしている。彼は私にほほえみかける。

「こんにちは、ルウ。元気ですか？」彼は私の手をしっかりと握ってすぐに手をはなす、なぜならば私が長い握手を嫌がっていることを知っているからだ。

「ぼくは癒されることを望んでいるのかどうかわかりません」と私は言う。

　彼の顔が歪んで心配そうな顔になる。「ルウ、わたしはあなたのことを——あなたのようなひとたちのことを話したわけではありませんよ。あなたがそんなふうに考えたとしたらすまなかったね——わたしは霊的な癒しについて話したのです。わたしたちはあなたを、あるがままのあなたを受け入れている——」

「そうです」と私は言う。「でも神は？」

「神は、いまのままのあなたを、そしてこれからのあなたも愛しておられます」と司祭は言う。「わたしの言ったことがあなたを傷つけたのならすまなかったね——」

「ぼくは傷ついてはいません」と私は言う。

「ただわからないのです――」

「それについて話し合いましょうか？」と彼が訊く。

「いいえ、いまはまだ」と私は言う。私は、自分がなにを考えているのかわからない、だから考えていることに確信が持てるまで話すつもりはない。

「聖餐式に来ませんでしたね」と彼は言う。私は驚く。彼が気づくとは思わなかった。

「おねがいします、ルウ――わたしが話したことがあなたと神のあいだを隔てることのないように」

「そんなことはありません」と私は言う。「ただ――考える必要があるのです」私は背を向ける、彼は私を解放してくれる。これは私の教会のもう一ついいところである。教会はそこに存在するけれども、それは必ずしも束縛するものではない。私は学生のころしばらくのあいだある教会に行き、そこではだれもがつねにだれかの生活に入りこんできた。私が風邪をひき礼拝を欠席すると、だれかが電話をかけてきてその理由を尋ねる。彼らはいつも心配し心にかけているのだと言うが、私は息苦しかった。彼らは、私が無知だと、火のように燃える霊性を育む必要があると言った。彼らは私のことを理解せず、耳を傾けようともしなかった。

私は司祭のほうに向きなおる。彼の眉があがるが、私が話しだすのを待っている。

「あなたが今週なぜ聖書のあの引用について話したのかわかりません」と私は言う。「あれは予定にはありません」

「ああ」と彼は言う。彼の顔がゆるむ。「ヨハネの福音書はいままで一度も予定にのったことがないのを知っていましたか？　信徒たちがあれを必要としているとわたしたちが思うとき、わたしたち司祭が引き出してくる秘密兵器のようなものです」

私はそのことに気づいていたが、その理由を尋ねたことはなかった。

「あの引用はこの特別の日のために選びました、というのは――ルウ、あなたは教区の仕事にかかわっていますか？」

だれかが答えをしかけて、それからほかのことに話題を変えるとき、それは理解するのがむずかしいが、私は理解しようと努める。「ぼくは教会に来ます」と私は言う。「ほとんど毎日曜日に――」

「あなたは、信徒たちのなかに友だちがいますか？」と彼は訊く。「つまり、教会の外でいっしょに過ごしたり、それから教会がどんなふうにやっているかということについて話し合うひとたちが？」

「いいえ」と私は言う。あの教会に行ったときから、私は教会のひとたちとあまり親しくなりたいとは思わなかった。

「まあ、それでは、あることについていろいろと論議されていることは気づいていないかもしれませんね。教会には新しいひとたちが大勢やってきます――その大部分は、ほかの教会からやってきたひとたちで、その教会で大きな争いがあり、彼らはその教会を去ったのです」

「教会で争い？」胃がきゅっと縮まる。教会で争いをするのはとても悪いことだ。

「そのひとたちは、ここにやってきたとき、とても腹を立て取り乱していました」と司祭は言う。「彼らが落ち着いて、その痛手を癒すまでには長い時間がかかることをわたしは知っていました。わたしは彼らに時間をあたえた。ですが彼らはまだ腹を立てており、いまだに前の教会のひとたちと言い争いをしています――そしてここでも、ずっとここでうまくやってきたひとたちとも諍《いさかい》をしています」司祭は眼鏡越しに私を見つめる。たいていのひとは目が悪くなると手術をするが、彼は流行遅れの眼鏡をかけている。


私は彼の言うことがよくわからない。「すると……あなたは、彼らがまだ怒っているので、癒されることを望むかどうかという話をしたのですか？」

「そうです。彼らには挑戦が必要だとわたしは思いました。彼らが、同じ轍《わだち》にはまりこみ、同じ諍をし、あとに残してきたひとたちのことをまだ怒っているということは、神に人生を癒していただくやり方ではありません」彼は頭を振り、ちょっと下を見て、そしてまた私を見た。「ルウ、あなたはまだ少し取り乱していますね。どうしても話せないことなのですか？」


いまここで治療の話を彼にしたくはないが、どこよりもこの教会で真実を話さないのはもっと悪いことだ。

「はい」と私は言う。「神はぼくたちを愛している、ぼくたちをありのままに受け入れているとあなたは言いました。でもあなたは、ひとは変わるべきだ、癒しを受けるべきだと言いました。ただぼくたちがありのままに受け入れられるなら、きっとそれがぼくたちのあるべき姿なのです。しかしもしぼくたちが変わるべきだとすれば、このまま受け入れられるのは間違いではありませんか」

彼はうなずく。そのしぐさは、私が正しいことを言ったという意味なのか、あるいはわれわれは変わるべきだということに同意を示したのか私にはわからない。「あの矢はほんとうにあなたを狙ったものではありませんよ、ルウ、あれがあなたに当たったとしたらすまないことをしました。あなたのことはいつも、とてもよく適応しているひとだと思っていました——神がその人生に課した限界のなかで満足しているひとだと」

「ぼくは、神がそうしたのだとは思いません」と私は言う。「ぼくの両親は、これは偶然に起こった事故だと言いました。あるひとたちは生まれつきこうなのです。でももしこれが神のしたことだとしたら、それを変えることは間違いではないでしょうか？」

彼は驚いた顔をする。

「でもみんなが、できるかぎり変わるようにと、できるかぎりふつうになるようにとつねにぼくに望んできました。もしそれが正しい要望なら、彼らはその障害が——自閉症が——神のあたえたものだとは信じられないはずです。そこがぼくにはよくわからないのです。それがどちらなのかぼくは知る必要があります」

「ふうむ……」彼はかかとから爪先へと体重を移しながら体を前後に揺すり、私の向こうを長いこと見つめている。「わたしはそんなふうに考えたことはありませんでしたよ、ルウ。たしかに障害を神があたえたものと考えるならば、池のほとりで待つことが唯一理にかなった行動でしょう。神があたえてくださったものを捨て去ることはできない。しかし現実には——あなたの言うとおりだ。神がひとびとに、生まれながらの障害をあたえることを望んでおられるとは思えない」

「するとたとえ癒しの方法がなくても、ぼくはそれが癒されることを望まなければならないのですか？」

「わたしたちが望むのは、神が望まれていることだと思います。ここで慎重に考えなければならないのは、多くの場合、神の望まれることがなにかわからないということです」と彼は言う。

「あなたにはわかっています」と私は言う。

「その一部はわかっています。神は、われわれが、正直で、親切で、たがいに役に立つものであるように望んでおられます。しかしわれわれがいまある状態、あるいは手に入れた状態を癒す方法はないのかとあらゆる兆しを追い求めていくことを、神が望まれるかどうかわたしにはわかりません。ただ神の子であるわれわれの生き方の妨げとならないならば、そうしてもよいと思いますよ。しかしあるものは、癒そうとしても人間の力が及ばないのです、ですから、それらとうまく付き合っていくように最善をつくすべきです。やれやれ、ルウ、あなたはむずかしいことを考えるものだね！」彼は私にほほえみかける、それはほんものの笑みのように見える、目も口も顔全体も。

「あなたは、非常に興味深い神学生に

なれただろうに」

「ぼくは神学校には行けませんでした」と私は言う。「言語を学ぶことはできませんでした」

「まあはっきりとは言えないが」と彼は言う。「あなたが言ったことについてもっとよく考えてみましょう、ルウ。もし話がしたいときがあったら……」

それは彼がもうこれ以上話したくはないという合図である。なぜふつうのひとたちは、ただ「ぼくはもうこれ以上話したくない」と言って立ち去らないのか私にはわからない。私は急いで「さようなら」と言って背を向ける。そうした合図のいくつかを私は知っているが、もっと理にかなったものであればよいと思う。

教会の礼拝がすんだあとに来るバスが遅れているので、私は乗り遅れずにすんだ。私は道の角の停留所に立ち、あの説教のことを考える。日曜日のバスはあまりひとが乗らないので、私はすわる場所を見つけ、窓の外の木立を眺める。秋の日差しを浴びてどの木も青銅色や銅色に見える。私が小さなころは、樹木はまだ鮮やかな赤や金色に紅葉したものだが、それらの木は暑熱のためにすべて枯死してしまった。そしていまでは紅葉した木々の色は昔よりどんよりしている。

部屋に戻ると私は読書をはじめる。〈シーゴとクリントン〉を朝までに読んでしまいたい。きっと彼らは治療について話し合い、決断させるために私を呼びつけるだろう。私はまだ決断する用意ができていない。

「ピート」と電話の声が言った。オルドリンにはそれがだれの声がわからなかった。「こちらはジョン・スラジクだ」オルドリンの心は凍りついた。心臓がよろめき、鼓動が速くなる。ジョン・L・スラジク将軍、米国空軍退役軍人。最近は会社の最高幹部である。

オルドリンはごくりと唾をのみ、それから落ち着いた声で言った。「はい、ミスタ・スラジク」一瞬「はい、将軍」と言うべきではなかったかと悔やんだがすでに手遅れだ。いずれにしても、退役した将軍が民間人のあいだでもその階級を名乗るかどうか彼は知らない。

「いいかね、ちょっと話してもらいたいんだがね、ジーン・クレンショウのこの小さなプロジェクトについて」スラジクの声は低く温かで、上等のブランデーのような滑らかさがあり、同じような強い力があった。

オルドリンは、火が血管のなかを這っていくような気がした。「はい」彼は考えをまとめようとしていた。最高幹部からじきじきに電話があるとは予想もしていなかった。彼は、研究のこと、自閉症者ユニットのこと、コスト削減の必要性、そしてクレンショウの計画は、自閉症の従業員同様に会社に対してもネガティブな結果をもたらすのではないかという自分自身の懸念などをぺらぺらとまくしたてた。

「なるほど」とスラジクは言った。オルドリンは息を詰めた。「いいかね、ピート」とスラジクは、同じようにゆったりとくつろいだ口調で言った。「いささか心配なのは、きみがまずわたしのところにやってこなかったことだよ。わたしはここでは新顔だがね、やっかいな問題をいきなり顔にぶつけられる前になにが起こっているかを知りたいのだよ」

「申しわけありません」とオルドリンは言った。「存じませんでした。会社の指揮系統に従ってことを運ぼうとしておりまして――」

「うむ」長々と息を吸いこむ大きな音。「まあ、きみの言わんとすることはわかるがね、問題は、こういうことは――めったにはないが、存在するんだよ――上にあげようとして頓挫してしまうようなことがね、そんなときにはどうやってそこを飛びこえるかを知る必要がある。それでこれもそうする必要がある、そうしてもらえると大助かりだということだ――わたしにとってね」

「申しわけありません」とオルドリンはふたたび言った。心臓がどくどく鳴っている。

「さて、われわれは間に合ったようだね」とスラジクは言った。「いまのところメディアには洩れていない、すくなくとも。きみが会社もさることながら部下のことも心配していると聞いて安心した。きみに理解してもらいたいのだが、ピート、わたしは、わが社の従業員に対して、あるいはいかなる研究課題に対しても倫理にもとるような違法な計画を進めることは許せないのだ。わたしの部下が、そんな手法でくだらんことをしようとしていることにいささか驚きもし、失望もしておる」この最後の部分には、ゆったりとくつろいだ調子は消え、鋼鉄の鋸歯のようなひびきがしのびこんでいた。オルドリンは思わず身震いをした。

ふたたびくつろいだ調子がもどる。「だがそんなことはきみの問題ではない。ピート、きみのところのあの連中に容易ならぬ事態が起こっているということだ。彼らは治療を約束させられ、職を失うという脅しをかけられている、きみはこれを正す必要がある。法務部が、事態を説明するためにひとを送るつもりらしいが、わたしはきみのほうでその準備をしてもらいたいのだ」

「その――その、いまどんな状況になっていますか?」とオルドリンは訊いた。

「彼らの仕事は確保されるということ、彼らがそのまま仕事を続けたいと望むならば」とスラジクは言った。「われわれはボランティアを強制はしない。ここは軍隊ではないのだから、わたしはそう理解している、たとえ……たとえある人間には理解できないとしても。彼らには人間としての権利がある。この治療に同意する必要はない。その一方、もし彼らがボランティアをかって出るなら、それはそれでけっこうなことだ。彼らはすでに予備テストをすませているね。給料は満額、先任権は失われない――これは特別なケースだ」

クレンショウと自分はどうなりますかとオルドリンは訊きたかったが、訊くことによって今後の事態がいっそう悪化することを恐れた。

「ミスタ・クレンショウに会って話をするようにする」とスラジクは言った。「このことはだれにも話さないように、きみの部下には、彼らはなんの危険もないことを保証したまえ。きみを信用していいかね?」

「はい」

「経理部のシャーリーにも人的資源部のバートにも、そのほかの関係者にも口外するなよ」

オルドリンは気が遠くなりそうだった。いったいスラジクはどれだけ知っているのだろう？　「はい、だれにも話しません」

「クレンショウが電話をかけてくるかもしれない——きっときみに当たり散らすだろうからね——だがそんなことは気にかけるな」

「はい」

「これがちょっと落ち着いたら、きみとも個人的に話し合おう、ピート」

「はい、かしこまりました」

「もしきみが、このシステムをもうちょっとうまく動かすようになれれば、会社の目標と従業員に対するきみの貢献度は大きい——そしてこういう問題の広報活動という面をきみが認識してくれるなら——われわれにとってはおおいに役立つだろう」スラジクは、オルドリンになにも言うすきをあたえず電話を切った。オルドリンは深呼吸をした——長いこと止めていた息をいまはじめて吸ったような気がした——そして時計の数字がいまも変わっているのに気づくまで、すわったまま時計を凝視していた。

それからセクションAに向かった、クレンショウに——いまごろは聞いているにちがいない——電話で怒鳴りつけられないうちに。なんだかぐったりとしたような、気の抜けたような感じがする。この通告を彼のチームの面々がやりやすくしてくれればいいが、と彼は思った。

キャメロンは先週立ち去ってから姿を見せない。こんどいつキャメロンに会えるのかわからない。彼の車が私の車の向かいに駐車していないのは気分が悪い。彼がどこにいるかわからないのは、彼がだいじょうぶなのかどうかわからないのは気分が悪い。

私が見つめているコンピュータの画面の符号は現実を出たり入ったりしながら変わっていき、パターンができたり消えたりしている。こんなことはいままで起こったことがない。私は扇風機のスイッチを入れる。回転螺旋の回転や反射する光に私の目は痛む。私は扇風機のスイッチを切る。

私は昨夜べつの本を読んだ。読まなければよかったと思う。

自閉症児としてのわれわれ自身について教えられたことは、それを教えたひとびとがほんとうだと信じていることの一部にすぎなかった。後にそれらのあるものを私は突き止めたが、そんなことはほんとうは知りたくなかった。私のどこがおかしいのか、ほかのひとたちが考えていることのすべてを知らないまま、世の中に処するだけでも困難なことだと思っていた。私は外側の行動だけでも世の中に適応させれば、それで十分だと思っていた。私はそう教えこまれていた。ふつうに行動しなさい、そうすればそれで十分ふつうなのだと教えられた。

彼らがドンの脳にチップを埋めこんでそれで彼に正常な行動をさせるというが、彼はそれで十分に正常だと言えるのか？　脳にチップを埋めこむことが正常なのか？　チップが必要な脳が、正常な行動を決定することができるというのか？

私はチップがなくても正常に見えるかもしれない、そしてドンにはチップが必要なのだとすれば、それは、私は正常であって、彼よりも正常なのだということにはならないか？

本にはこう書いてある、自閉症者は、このような抽象的哲学的な疑問について考えすぎる傾向がある、精神病者もおうおうにしてほぼ同じような疑問をもつ。それはもっと以前に書かれた本について触れている。そこには自閉症者はほんとうの意味での個人的アイデンティティを持っていないと述べてある。この書物はこう書いている、彼らは自己認識というものは持っているが、それは限られた規則に左右されるものである。

そんなことを考えると胸がむかむかする、それからドンの保護更生について、そしてキャメロンに起こりつつあることについて考えると吐き気がする。

もし私の自己認識が、限られたものであり規則に左右されるものだとすると、すくなくともそれは私の自己認識であって、他人のものではない。私はピザにのせたピーマンは好きだが、ピザにのせたアンチョビは嫌いだ。もしだれかが私を変えるとしたら、私はそれでもピザにのせたピーマンが好きで、ピザにのせたアンチョビは嫌いだろうか？　もし私を変えるだれかが、私がアンチョビを好きになるように望むとしたら……彼らは私をそんなふうに変えることができるのか？

脳の機能について書かれた本にはこう書いてある、嗜好というものは、生来の感覚処理と社会的条件づけとの相互作用の結果であると。私がアンチョビを好むようになることを望む人物が、社会的条件づけだけでは私がアンチョビを好きになることに成功しなくても、私の感覚処理機能にアクセスすれば、その人物は私をアンチョビを好む人間にすることができるというわけだ。

私はアンチョビが嫌いだということを——アンチョビが嫌いだったということを——思い出すだろうか？

アンチョビが嫌いだったルゥは消え去り、そしてアンチョビが好きな新しいルゥが過去を持たずに存在するわけだ。しかし現在ある私は過去のものになり、アンチョビが好きか嫌いかという私もまた過去のものになる。

もし私の望むことが満たされるならば、それがなんであろうとかまわないではないか？アンチョビが好きな人間とアンチョビが嫌いな人間のあいだになにかちがいがあるのだろうか？　すべてのひとがアンチョビを好きだとしたら、あるいはすべてのひとがアンチョビを嫌いだとしたら、そこになんのちがいがあるだろう？

アンチョビにとっては大きなちがいがある。もしすべてのひとがアンチョビが好きだとしたら、さらにたくさんのアンチョビが死ぬことになる。アンチョビを売るひとには大きなちがいがある。もしすべてのひとがアンチョビを好きだとしたら、アンチョビを売るひとはアンチョビをたくさん売って大儲けをする。しかし私にとって、いまある私と、これからなる私とでは？　もし私がアンチョビが好きだとしたら、私はもっと健康になるのか

不健康になるのか、親切になるのか不親切になるのか、利口になるのか馬鹿になるのか、
どうだろう？　私が見たアンチョビを食べているひとたちも、私が見たアンチョビを食べ
ていないひとたちも、あまり変わりはないように見える。私はいろいろなことを考えるが、
ひとがなにを好きかということは問題にはならない、なんの色が好きか、なんの味が好き
か、なんの音楽が好きかということは問題にならない。
あなたは癒されることを望んでいるかと尋ねられることと、アンチョビが好きかと尋ねられることは同じである。アンチョビが好きということは、どういう感じのものか、口のなかでアンチョビがどんな味がするものか私は想像することができない。アンチョビが好きなひとはアンチョビはおいしいと言う。正常なひとたちは正常であることは快い感じだと私に言う。彼らはその味やその感じを私にわかるように説明することはできない。

私は癒される必要があるのか？　私が癒されないとしたら傷つくのはだれなのか？　傷つくのは私自身だが、しかしそれは私が現在の自分のありように不快を感じていればだが、私は不快は感じてはいない、ただひとびとが、私は彼らの仲間ではない、私は正常ではないと言うときは別である。おそらく自閉症者は、ひとびとが自分たちをどう思っているか気にしていないのかもしれないが、そうとばかりは言えない。私は気にするのだ、私が自閉症者であるためにひとびとが私を避けるとき私は傷つく。

衣服のほかはなにも持たずに逃げる難民でさえ、記憶を持っていくことは禁じられていない。彼らは当惑し怯えているかもしれないが、彼らには比較する自分というものがある。

もしかすると彼らは好きだった食べ物を二度と味わうことができないかもしれないが、彼らはそれが好きだったことを思い出すことができる。彼らが知っていた土地を二度とふたたび見ることはないかもしれないが、彼らはそこに住んでいたことを思い出すことができる。彼らの人生がよくなったか悪くなったか、それを記憶と比較することによって判断することができる。

キャメロンはこれまでのキャメロンを思い出せるのかどうか私は知りたい、彼が行きついた国が、彼があとにした国よりよいと思っているのかどうか私は知りたい。

きょうの午後、私たちはまた治療アドバイザーと会合を持つことになっている。このことについて訊いてみよう。

私は時計を見る。十時三十七分十八秒。それなのに私は午前中まだなにもやっていない。私は私のプロジェクトでなにかをなしとげることは望んでいない、これはアンチョビを売るひとのプロジェクトで私のプロジェクトではない。

第十九章

ミスタ・オルドリンがわれわれの建物に入ってくる。彼は私のドアをノックして言う。「出てきてくれないか。ジムできみたちと話をしたい」胃が締めつけられる。彼がほかのひとたちのドアをノックしている音が聞こえる。彼らは出てくる、リンダとベイリとチャイとエリックとほかのみんな、われわれは列を作ってジムに入っていく、みんな顔をこわばらせている。ジムは全員が入れるほど広い。私は心配しまいとするが、汗が出てくるのがわかる。彼らはすぐに治療をはじめるつもりなのか？　われわれがどう決めようと？

「これはこみいった話でね」とミスタ・オルドリンが言う。「ほかの連中がまたきみたちに説明するだろうが、わたしはいまここできみたちに言っておきたい」彼は興奮しているように見える、数日前のように悲しそうではない。「わたしがはじめにこう言ったことをみんな覚えているかね、つまり彼らがこの治療を受けるようにきみたちに強制するのは間違いだと思うと。きみたちに電話をしてそう言ったのを覚えているかね？」

それは覚えている、そして彼はわれわれの力になることはなにもしなかったことも、そしてあとになって、われわれは自分のためになることだから同意すべきだと言ったことも。

「会社は、ミスタ・クレンショウのやり方が間違いだと認めた」とミスタ・オルドリンは言う。「きみたちがどう決めようと、仕事のほうはまったく心配ないことを、会社はきみたちにわかってほしい。これまでどおり会社に留まることもできるし、ここで働くこともできる、いままでどおりの支援も行なう」

私は目を閉じなければならない。あまりのことに耐えることができない。暗い目蓋を背景にくるくると踊るものが、鮮やかに彩られ歓喜に輝いて姿をあらわす。私はこれをする必要はない。もし彼らが治療をするつもりがないならば、私がそれを望むか望まないか決める必要さえないのだ。

「キャメロンはどうなのですか?」とベイリが訊く。

ミスタ・オルドリンは頭を振る。「彼はすでに治療をはじめたと理解している」と彼は言う。「彼らはこの時点でやめることはできないと思う。だが彼は十分な償いを得るだろう——」

愚かしいことを言うものだと私は思う。脳を変えられて、どんな償いを得るというのだ?

「それであとのきみたちだが」とミスタ・オルドリンは言う。「もし治療を望むならば、約束したとおりそれはむろんまだ有効だ」

約束されたのではない、脅されたのだ。私はそうは言わない。

「治療とリハビリのあいだも給料は同じように支払われるし、昇給も昇任もこれまでどおりに行なわれる。会社の法務部がきみたちのセンターと近しい法律扶助機関と連絡を取り合っている、双方の代理人が、法律上のことをきみたちに説明してくれるだろうし、法律上必要な書類の作成も手伝ってくれるはずだ。たとえば、もしきみたちが治療に参加することを選ぶなら、きみたちの銀行口座から請求書のたぐいを引きおとしできるよう手続きする必要があるし、その他もろもろのことだ」

「すると……これはまったく自発的にやるものですか？　ほんとうに自発的に？」とリンダがうつむいて訊く。

「そうだ。まったく」

「ミスタ・クレンショウが気を変えた理由がわかりません」と彼女は言う。

「正確に言うとミスタ・クレンショウではないんだよ」とミスタ・オルドリンが言う。

「上層部のある人物——あるひとたち——がミスタ・クレンショウは間違いを犯したと認めたのだ」

「ミスタ・クレンショウはどうなりますか？」とデイルが訊く。

「わからない」とミスタ・オルドリンが言う。「なにがどうなるかについてはだれにも話してはならないんだ、それに第一わたしは聞いていない」

もしミスタ・クレンショウがこの会社で働くとすれば、彼はまたわれわれを面倒に巻き込む方法を見つけるだろう。もし会社が方針をこの方向に転換することができるとすれば、担当者が変われば、逆戻りすることもありうるのだ、車が運転者次第でどの方向にも行けるように。

「午後からの医学チームとの会合には、わが社の法務部と法律扶助機関の代理人も出席するはずだ」とミスタ・オルドリンは言う。「そしておそらくほかにも数人。だからといっていいますぐ決める必要はないんだよ」彼はふいに微笑する、それは完璧な微笑、口と目と頬と額と、どの皺もみんな、彼がほんとうに幸せで、うんとリラックスしたことを示す形になっている。「ほんとうにほっとしたよ」と彼は言う。「きみたちのために、わたしもうれしい」

これは文字どおりの意味では筋が通らない表現の一つである。私は幸せにもなれるし悲しくもなれるし怒りもするし怖がりもするが、だれかほかのひとが感じるべき感情を、私は感じることができない。ミスタ・オルドリンが私のために幸せになることはじっさいにはないのである。私は自分のために幸せでなければならない、さもなければそれはほんとうの幸せではない。彼の言葉の意味が、彼は、私たちが治療を強制されていないと感じて前よりうれしいだろうと思うから、それで彼はうれしいというのでなければ、それはほんとうの意味ではないし、〈きみたちのためにわたしはうれしい〉というのが、〈情況がきみたちのために有利になるから、わたしはうれしい〉という意味でなければ、それはほんとうではない。

ミスタ・オルドリンのポケットベルが鳴りだし、彼は外に出ていく。しばらくして彼はジムをのぞきこんで言う。「行かなくてはならない――午後にまた会おう」

集会はもっと広い部屋に移された。私たちが行ってみると、ミスタ・オルドリンはドアのところにいて、スーツを着たほかの男のひとや女のひとたちは、部屋のなかのテーブルのまわりを歩きまわっている。この部屋も模造品には見えない木の鏡板が張られ、緑色の敷物が敷かれている。椅子も同じ種類のものだが、シートの詰め物に張られている布地は、鈍い金色で小さな菫の形をした緑色の斑点がついている。正面には大きなテーブルがおかれ、両脇に椅子が何脚かおいてあり、大きなスクリーンが壁から吊り下げられている。テーブルの上にはフォルダーの山が二つできている。片方には五つのフォルダー、もう一方にはわれわれに一つずつ配られるくらいたくさんある。

前と同じように、われわれは席に着き、ほかのひとたちもゆっくりと席に着く。ランサム博士は知っている。ハンセル博士はここにはいない。もう一人医者がいる、年輩の女。胸にL・ヘンドリックスという名札をつけている。彼女が真っ先に立ち上がる。名前はヘンドリックスだと告げる。研究チームの主任で、自分は、やる気のある参加者のみを望んでいると言う。彼女がすわる。黒っぽいスーツを着た男が立ち上がり、名前はゴドフリー・アラキーン、会社の法務部の事務弁護士、あなたがたは心配することはなにもないと言う。

私はまだ心配してはいない。

彼は障害を持つ被雇用者の採用や解雇の基準となる規定について話す。会社がわれわれを採用することにより、会社の各部門にいる障害を持つ労働者の割合によって、税金の控除が受けられるとは知らなかった。会社に対するわれわれの価値は、われわれのする仕事ではなく、税金の控除であると思わせるような言い方である。われわれには会社の人権擁護部《オンブズマン》と話し合う権利があることをミスタ・クレンショウは知らせるべきだったと彼は言う。オンブズマンとはなにか私は知らないが、ミスタ・アラキーンがすでにその言葉を説明している。彼はスーツを着たもうひとりの男を紹介する。ミスタ・ヴァナグリ、というように聞こえる。その名前をどう綴るのか私にはわからない。そのなかにあるすべての音を聞きとるのは容易ではない。ミスタ・ヴァナグリは、仕事に関してなにか心配なことがあれば、自分のところに話をしにきてほしいと言う。

彼の目は、ミスタ・アラキーンの目より、目と目のあいだがせまい、彼のネクタイの模様はめまぐるしく、金色と青色の小さなダイヤモンド型の模様が階段を上がり下りするように並んでいる。彼に私の心配を話せるとは思えない。ともあれ彼は長くはいないで、執務時間内ならいつでも話にくるようにと言って帰っていく。

それから黒っぽいスーツを着た女のひとが、自分は法律扶助機関の弁護士で、ふだんはわれわれのセンターといっしょに仕事をしていると言う、そして彼女がここに来たのは、われわれの権利を守るためだと言う。彼女の名前はシャロン・ビーズリー。その名前は私にいたち《ウィーゼル》を思い出させるが、彼女は親しみのある大きな顔をしていて、いたちにはぜんぜん似ていない。彼女の髪の毛は柔らかくウェーブがかかっており、肩までたれている。マージョリの髪の毛ほど艶やかではない。四つの同心円のイアリングをしている。それぞれにちがう色のガラスがはめこまれている。青、赤、緑、紫。彼女は、ミスタ・アラキーンが会社を守るためにここに来ていると言う、彼の正直さと誠実さを疑うものではないが、と彼女は言う——ミスタ・アラキーンは椅子の上で身じろぎをし、口はかたくひきむすばれている、まるで怒っているようだ——それでもあなたがたには味方になるものが必要で、自分がその人間ですと言った。

「あなたがたとこの研究実施要項に関して、現在の進捗情況を明確にする必要がありま す」とミスタ・アラキーンは、彼女がすわるのを見て言った。「あなたがたのグループの一人はすでに手続きに入っています。あなたがたはみなさん、この治療実験を受ける機会を約束されています」これは脅しで約束ではないと私はまた思うが、口ははさまない。「会社はその約束を果たす準備があります、それゆえこの実験計画に参加することを決めたひとはだれでもそうすることができます。あなたがたが参加を決めれば、給料はそのまま全額をもらえるが、研究対象として出されている手当てはもらえません。この研究に参加することが雇用の名目であって、あなたがたは別の場所で雇用されていると考えられることになります。会社は治療にかかる費用はすべて負担する用意があります、ふつうはあなたがたの健康保険では負担してもらえないものですが」彼は口をつぐみ、ミスタ・オルドリンに向かってうなずく。「ピート、このフォルダーをいま配ったらどうですか?」

フォルダーはそれぞれ、表紙の小さなステッカーに名前が書いてある、そしてもう一つの小さなステッカーにはこう書いてある。〈極秘 - 持出厳禁〉。

「おわかりのように」とミスタ・アラキーンは言う。「これらのフォルダーには、あなたがたがこの研究に参加されようとされまいと、会社があなたがたのためにする用意があることについて詳細に記されています」彼は振り返ると、その一つをミズ・ビーズリーにわたす。彼女はそれを急いで開いて読みはじめる。私も自分のを開く。

「さて、もしあなたがたが参加しないと決めたとしても、ごらんなさい――七頁の第一節に――あなたの当社における雇用条件にはなんらの影響もないと書いてあります。あなたがたは職を失うことはない。先任権も失うことはない。特別の地位を失うこともない。あなたがたはこれまでどおりに仕事を続けられます、いままでと同じ支援施設のある職場で――」

私はそれには疑問がある。もしミスタ・クレンショウの言ったことが正しいとしたらどうだろう、つまりわれわれがやっている仕事ができ、しかももっとよくもっと速くできるコンピュータがじっさいにあるとしたらどうだろう？　将来会社は変えることができる、たとえいま変えなくても。だれでも仕事は失うものだ。ドンは仕事を失った。私も仕事を失うかもしれない。別の仕事を見つけるのは容易ではない。

「われわれは終身雇用してもらえると言うのですか？」とベイリが訊く。

ミスタ・アラキーンはその顔に奇妙な表情を浮かべる。「わたしは……そんなことは言っていません」と彼は言う。

「するともしわれわれがこの数年のあいだに会社のために十分な利益をもたらさないとわかれば、われわれは仕事を失うかもしれない」

「今後の経済状態に照らして再検討が必要かもしれませんね、そう」とミスタ・アラキーンは言う。「しかしこの段階ではそのような情況は予測していません」

〈この段階〉というのがいつまで続くのだろうか。私の両親は、二十一世紀初頭の経済の大変動のとき職を失った。母は、一九九〇年代の後半には、これで終生安泰だと思っていたと私に語ったことがある。人生というものはカーブ・ボールを投げてくるものよ、と母は言った、それをつかむのがあなたの仕事だと。

ミズ・ビーズリーは背中を伸ばす。「雇用を保証する最低期間を明記すべきでしょう」と彼女は言う。「われわれの依頼人の憂慮と貴社の重役のこれまでの不法な脅迫を考慮すれば」

「そのような脅迫については上層部はあずかり知らぬことですよ」とミスタ・アラキーンは言う。「当社がそのようなことを期待される理由は――」

「十年」と彼女は言う。

十年は長い期間だ、最低期間ではない。ミスタ・アラキーンの顔が赤くなる。「それはどうも――」

「それでは長期的には解雇を考えておられるのですね？」と彼女が訊く。

「そうは言っていません」と彼は言う。「しかし将来なにが起こるかだれが予測できるでしょうか？　十年というのは長すぎます。だれもそんな約束はできませんね」

「七年」と彼女は言う。

「四年」と彼が言う。

「六年」

「五年」

「有利な離職条件を添えての五年」と彼女が言う。

彼の両手が上がる、掌を前にして。このしぐさの意味を私は知らない。「よろしい」と彼は言う。「詳細については後刻詰めることにしてはいかがでしょう?」

「もちろんです」と彼女は言う。彼女は唇で彼に笑いかけるが、その目は笑っていない。彼女は首の左側にたれている髪の毛に触れ、それを軽くたたき、ちょっとうしろに押しやる。

「それではと」とミスタ・アラキーンが言う。彼はカラーをゆるめるかのように頭をあちこちにまわす。「あなたがたは、実験に参加しようとしまいと、すくなくともこの先五年間は、同じ条件での雇用を保証されたわけです」彼はちらりとミズ・ビーズリーのほうを見て、それからまたわれわれを見た。「そこでおわかりでしょうが、あなたがたは、どちらに決めようと仕事を失うことはない、当社があなたがたの雇用を保証するかぎりにおいては。これはまったくあなたがたの選択次第です。しかしながら、実験に対してはあなたがた全員、医学的には資格を有しています」

彼は口をつぐむが、だれもなにも言わない。私はそれについて考える。五年といえば、私はまだ四十代である。四十すぎで新しい職を見つけるのはむずかしいだろうが、年金生活はまだまだ先のことだ。彼は軽くうなずき話を続ける。「では、このフォルダーは法的理由からこの建物の外に持ち出してはなりません。おわかりのように、このフォルダーに入っている書類を読む時間をちょっとさしあげよう。そのあいだミズ・ビーズリーとわたしは法律上の詳細について協議しようと思いますが、みなさんの質問にはお答えします。そのあと、ヘンドリックス博士とランサム博士が、きょうの分の医学的な概要説明をされます、むろんきょうみなさんに、参加するかしないか決めていただくことは考えておりません」

私はフォルダーの書類を読む。最後に私の署名をする空欄のある用紙がはさんである。それにはフォルダーのなかにあるすべての書類を読み諒解し、これらの事項についてはオンブズマンとセンターの法律扶助弁護士を除くこのセクション外のなにものにも話さないことに同意すると記されている。私はまだそれには署名はしない。

ランサム博士が立ち上がり、ふたたびヘンドリックス博士を紹介する。彼女は、われわれがすでに聞いたことを話しはじめる。その部分はすでに知っているので注意深く聞くことはむずかしい。私が知りたいことは、もっとあと、われわれの脳にじっさいなにが起こるかということについて彼女が話しはじめるときだ。

「みなさんの頭を大きくでもしないかぎり、新しいニューロンをただ埋めこめばいい、というわけにはいきません」と彼女は言う。「したがって、神経組織が正しい結合を行なうのに必要な適量となるように、その数を調整していく必要がある。ノーマルな成長過程においては、脳自体がそれを行ないます。つまり生まれた時以来、結合をしないあいだにニューロンはたくさん失われるのです――さもなければ、もし生まれた時にもっているニューロンがすべて結合したとしたら、それこそカオスになってしまうでしょう」

私は手を上げ、彼女は私に向かってうなずく。「調整というのは――これは、ある神経組織を取り出し、新しい神経組織のための空間を作るということですか？」

「物理的に取り出すのではありません、これは生物学的なメカニズムで、じっさいは再吸収――」

〈シーゴとクリントン〉では、成長の段階における吸収について叙述している。余分のニューロンは消失し生体に吸収される、部分的に感覚のデータを使って、フィードバックのコントロール機能で制御されているプロセス。概念モデルとして、これは魅力的な考えである。私のニューロンの非常に多くのものが消失していたということを知って私はうろたえはしなかった、それがだれにでも起こったことだということを知ったときには。しかしもし彼女はそこまではっきりとは言っていないと私が思うことを、彼女がそこまではっきり言っていないのだとしたら、彼らは、私が成人として現在持っているニューロンのいくらかを吸収すると言っているのだ。これは意味がちがう。私がいま持っているニューロンは、私のために役立つことをなにかやっているわけだ。私はまた手を上げる。

「はい、ルウ？」こんどはランサム博士だ。彼の声はちょっと緊張している。彼は、私が質問をたくさんしすぎると思っているのだろう。

「すると……あなたは、新しいニューロンの成育のための余地を作るためにわれわれのニューロンのいくらかを破壊するというのですか?」

「破壊というのは当たっていませんね」と彼は言う。「これはとても複雑なことなんですよ、ルウ。きみに理解できるとは思いませんが」ヘンドリックス博士が彼をちらりと見て、そして目をそらす。

「ぼくたちは馬鹿じゃない」とベイリが呟く。

「吸収とはどういう意味か、わたしは知っている」とデイルが言う。「組織がなくなってほかの組織がかわりにできるということです。わたしの妹は癌でしたが、彼らは、腫瘍を吸収するために彼女の体に生物学的なプログラムを組みこみました。もしニューロンを吸収すれば、それは消えます」

「そういう見方もできるわけだ」とランサム博士は、ますます緊張した表情で言う。彼は私をにらみつける。こんなことを言いだした私を非難しているのだと思う。

「しかしそれはそのとおりですね」とヘンドリックス博士は言う。彼女は緊張はしていないように見えるが興奮している、遊園地の大好きな乗り物に乗る順番を待っているひとのようだ。「わたしたちは、悪い結合をしていたニューロンを吸収して、よい結合をするニューロンを育てるわけです」

「消えることは消えることだ」とデイルが言う。「それは真実です。真実を話してください」彼は取り乱している。目がとても早くまばたきをする。「あるものが消えると、正しい種類のものは成長しないかもしれない」

「だめ！」とリンダが大声で言う。「だめ、だめ、だめ！　あたしの脳はだめ。ばらばらにしない。よくない、よくない」彼女は頭を下げ、目を合わせることを拒絶し、聞くことを拒絶する。

「だれかの脳をばらばらになんかしません」とヘンドリックス博士が言う。「そんなものじゃありません……これは単なる調整です──新しい神経のアタッチメントが育つのであって、なにものも変化させることはありません」

「ぼくたちが自閉症じゃなくなるということを除いては」と私は言う。「それがもしうまくいけばのことですが」

「そのとおりです」ヘンドリックス博士は、私がまさに正しいことをたったいま言ったとでもいうように微笑する。「あなたがたはこれまでどおりのあなたがたです、ただし自閉症ではない」

「しかし自閉症がこのぼくなのです」とチャイが言う。「ぼくはほかのひとたちがどういうふうなのか知りません、自閉症でないひとたちが。ぼくがほかのひとになるためには、はじめから、赤ん坊からはじめて、また成長していかなければならない」

「うん、それはちょっとちがう」と博士は言う。「ニューロンの多くは影響を受けない、影響を受けるのは一度に少数のニューロンです、だからあなたがたには頼れる過去というものがあるわけです。むろん、ある程度の再学習、ある程度のリハビリテーションはやらねばなりません——それは同意書のパッケージのなかにあります。あなたがたの個人的なカウンセラーがそれを説明してくれます——しかしこれもすべて会社が負担します。それについての個人的な負担はまったくありません」

「ライフタイム」とディルが言う。

「なんですって？」と博士が言う。

「もしわたしがはじめからやり直さなければならないとしたら、ほかの人間であるときの時間がもっとほしいです。生きるために」ディルはわれわれのなかでもっとも年長で、私より十歳年上である。彼は老けているようには見えない。髪の毛はまだ真っ黒で、てっぺんもふさふさとした毛がある。「わたしは寿命延長療法《ライフタイム》を望みます」と彼は言う。彼はあることを終生《ライフタイム》続けてほしいと言っているのではなく、市場に出ている寿命延長療法の〈ライフタイム〉のことを言っているのだ。

「しかし……それはしかし途方もないことだ」とミスタ・アラキーンは、博士たちがなにか言わぬうちに言う。「そんなことをすれば……このプロジェクトの費用のほかに莫大な金がかかることになる」彼は部屋の前のほうにすわっている会社の人間たちのほうをちらりと見る。だれも彼のほうを見ない。

ディルは目をしっかりと閉じる。それでも左の目蓋がぴくぴくと動いている。「もしその再学習というのが、あなたが考えているよりもずっと長くかかるとすると。何年もよぶんにかかるとすると。わたしはふつうの人間として生きていく時間がほしい。自閉症者として生きてきた年月と同じくらいの年月。それより長く」彼は口をつぐむ、彼の顔がぎゅっと歪む。「それはさらに多くのデータになる」と彼は言う。「さらに長い追跡になる」彼の顔がゆるみ、彼は目を開ける。「ライフタイムをつけてくれれば、わたしはやります。ライフタイムがつかなければ、わたしは帰ります」

私はまわりをちらりと見まわす。だれもがディルを見つめている、リンダさえも。キャメロンならこういうことを言ったかもしれないが、まさかディルが言うとは。彼はすでに変わってしまった。私もすでに変わってしまったことがわかる。われわれは自閉症者だ、でも変わりつつある。治療は必要ないのかもしれない、もっと変わる必要もない、見かけだけでなくほんとうに正常になる必要もないのかもしれない。

しかしそのことについて考え、それがどれだけかかるかを考えると、あの本のある一節が甦ってくる。「いや」と私は言う。ディルが振り返って私を見る。彼の顔は動かない。「それはよい考えではない」と私は言う。「この治療は、ニューロンをいじるのだし、ライフタイムもそうなのだ。この治療は実験的なものだ。だれもこれが効果をあげるかどうか知らない」

「効果があることはわかっています」とヘンドリックス博士が口をはさむ。「これはただ――」

「それが人間にはどのような効果を及ぼすかは知らないわけですね」と私は、彼女をさえぎって言う、さえぎることは無作法だとはわかっている。しかし彼女のほうが先に私をさえぎったのだ。「だからこそあなたがたはわれわれを必要としているのです、われわれのような人間を。両方をやるというのはいい考えではありません。科学では、変動要因は一度に一つずつ変えていきます」

ミスタ・アラキーンはほっとしたように見える。ディルは無言だが、彼の目蓋は下がっている。彼がなにを考えているかわからない。自分がどう感じているか、私にはわかる、体のなかのほうが震えている。

「あたしは長く生きたい」とリンダが言う。彼女の手は、まるでそれ自身が生命を持っているかのように暴れだす。「あたしはもっと長く生きたい、そして変わりたくない」

「ぼくはもっと長く生きたいのか、そうでもないのか、わかりません」と私は言う。言葉はとてもゆっくりと出てくるのに、ヘンドリックス博士さえも口をさしはさまない。「もしぼくが自分が好きでない人物になり、そのまま長く生きていかなければならないとしたらどうでしょうか？　ぼくはまず、もっと長く生きることについて心を決める前に、ぼくがどんな人間になるのか知りたいです」ディルがゆっくりとうなずく。「われわれはこの治療のみをベースに決めなければならないと思います。会社はわれわれに強制しようとしているのではありませんから。われわれはそれについて考えることができます」

「しかし――しかし」ミスタ・アラキーンは、言葉につかえた様子で、ぎくしゃくと言葉を出し、それから首をねじるようなしぐさをし、そして言葉をつづける。「あんたは考えると言うが……それはどれくらいかかるのかね？」

「彼らが望むかぎり」とミズ・ビーズリーが言う。「すでに治療を開始した被験者がいるじゃありませんか。ともあれ、間隔をおいて経過を観察しながら進めていくのが賢明だと思います」

「ぼくはやるとは言わない」とチャイが言う。「でももっとよく考えてみたい……同意するかどうか……もしライフタイムがそれにつけられるなら。同時にだめなら、あとからということで」

「あたしはこれについて考えます」とリンダが言う。彼女は青白い顔をして、すっかり目蓋を閉じてしまう前にやるように目をぐるりとまわしている。彼女は言う。「あたしはこれについて考えます。長生きできればそのほうがいいけれど、ほんとうにそうしたいわけではありません」

「ぼくも」とエリックが言う。「だれかにぼくの脳を変えさせるのはいやです。犯罪者は脳を変えられる、ぼくは犯罪者ではありません。自閉症者はちがいます、悪いものではありません。ちがうということは悪いことではありません。ときどきそれが辛いこともありますが、悪いことではありません」

私はなにも言わない。どう言いたいのか自分でもわからない。あまりにも早すぎる。どうやって決めればいいのか？　自分の知らない、予測もできない何者かになることをどうやって決めればいいのだろう？　変化はいずれにしてもやってくる。でも私がそれを選ばなかったとしてもそれは私のせいではない。

「ぼくはやりたい」とベイリが言う。彼は目をぎゅっと閉じたまま、とても緊張した声で話す。「ミスタ・クレンショウがわれわれを脅しているということと、この実験がうまくいかなくて情況がもっと悪くなるということと——そのかわりになるものがこの二つの治療です。ぼくが天秤にかける必要があるのはそれなんです」

私はヘンドリックス博士とランサム博士を見る。彼らは手を動かしながら囁きあっている。彼らはすでに、その二つの治療がどう影響しあうか考えているのだと思う。

「それは危険すぎる」とランサム博士が顔を上げて言う。「たぶん二つを同時に行なうことはできないと思う」彼は私をちらりと見る。「ルウの言ったことは正しい。あとで寿命を延ばす治療を受けるにしても、同時に行なうことはできないね」

リンダは肩をすくめ、下を見る。彼女の肩は緊張している。両手を握って膝の上においている。長生きできるという約束がなければ彼女はこの治療は受けないだろうと思う。私がやって彼女がやらないとなれば、私たちはもう二度と会えないだろう。それを思うと奇妙な感じがする。彼女は私より前にこのユニットにいる。私はもう何年も出勤日には彼女と会ってきた。

「これについては重役会に諮りましょう」とミスタ・アラキーンが、前よりも穏やかに言う。「法律的、医学的な助言がもっと必要です。だがわたしが理解したところでは、あなたがたのうちの何人かは、将来のある時期に、参加の条件として、寿命を延ばす治療を実験計画の一部として要求するということ、これでいいですか?」

「はい」とベイリが言う。リンダがうなずく。

ミスタ・アラキーンは立ったまま、体重を足から足へと移すので体がちょっと揺れている。光が彼の名札にあたり、彼の動きとともに動く。彼が体を前後に揺するたびに演壇のうしろで彼の上着のボタンが一つ消えたりあらわれたりする。とうとう彼は動きを止め、勢いよくうなずく。

「よろしい。重役会に提案しよう。彼らは反対するだろうが、とにかく諮ってみます」

「覚えておいてください」とミズ・ビーズリーが言う。「ここにいる被雇用者たちは、実験計画に同意したわけではなく、考慮中だということですよ」

「わかった」ミスタ・アラキーンはうなずき、それからまた首をねじる。「だがきみたち、約束はちゃんと守ってくれたまえ。ほんとうに考えるんだよ」

「わたしは嘘はつきません」とデイルが言う。「だからわたしにも嘘をつかないでください」彼は立ち上がり、ぎくしゃくと腰を伸ばす。「行こう」と彼はみんなに言う。「仕事をしに」

だれもなにも言わない、弁護士も医者もミスタ・オルドリンも。ゆっくりと私たちは立ち上がる。私はなんだか不安で震えている。このまま立ち去っていいのだろうか? しかし動きだし歩きだすと、気分はよくなる。強くなる。私は怖い、でも幸せでもある。重力が減ったかのように体が軽くなる。

廊下に出るとエレベーターのほうに向かって左に曲がる。エレベーターの前の広い廊下にやってくると、ミスタ・クレンショウが両手にボール箱を持って立っている。箱にはなにかがいっぱい詰まっているのだが、そのぜんぶは見えない。上に危なっかしくのっているのは運動靴、スポーツ用品のカタログで見たことのある高級ブランドの靴。ミスタ・クレンショウはどれだけ速く走れるのだろう。明るいブルーの警備員の制服を着た男が二人、彼の両脇に立っている。私たちを見ると彼の目が丸くなる。

「ここでなにをしている?」と彼は、みんなよりちょっと先を歩いているデイルに言う。彼はデイルのほうに向かって一歩踏みだし、制服の二人の男が両手を彼の腕にかける。彼は止まる。「きみたちは、午後四時までG28にいるはずじゃないか。ここはその建物でもない」

デイルは歩調をゆるめない。無言で歩きつづける。

ミスタ・クレンショウの頭がロボットのようにくるりとまわり、それからまたさっと戻る。彼は私をにらみつける。「ルウ!　ここでなにをしているんだ?」

私は、彼が警備員に付き添われて両手に箱をもってなにをしているのか知りたいが、それを訊くほど無作法ではない。ミスタ・オルドリンは、ミスタ・クレンショウのことはもう心配する必要はないと言った。だから彼が私に無作法なことをしても、私は彼に答える必要はない。「やらなければならない仕事がたくさんあります、ミスタ・クレンショウ」と私は言う。まるで箱を下に落として私につかみかかりたいとでもいうように彼の両手がびくりと動く、でも彼はそうはしない。私は彼のわきを通りすぎディルのあとを追う。

われわれの建物にたどりつくとディルが言う。「はい、はい、はい、はい、はい」と彼は言う。そしてもっと大きな声で、「はい、はい、はい！」

「あたしは悪くない」とリンダが言う。「あたしは悪い人間ではありません」

「きみは悪い人間ではないよ」と私は認める。

彼女の目に涙があふれる。「自閉症者であることは悪いことです。自閉症者であることを怒るのは悪いことです。自閉症者でないことを望むのは――自閉症者であることを望まないのは――悪いことです。みんな悪いやり方。正しいやり方はない」

「馬鹿なことだよ」とチャイが言う。「ぼくたちにふつうになれと言っておきながら、いまのままの自分を愛しなさいと言うなんてね。ひとが変わりたいと思うのは、いまの自分のどこかが嫌だからだ。ほかのあれは――不可能だ」

ディルは微笑している、私がこれまで彼の微笑としては見たことのないような、大きな、硬い微笑だ。「だれかが不可能だと言うときは、だれかが間違っているときだ」

「そう」と私は言う。「それは誤りだ」

「誤り」とディルは言う。「そして不可能が間違いだと信じるのは誤りだ」

「そう」と私は言う。ディルが宗教について話しだすのではないかと恐れ、自分の緊張が高まるのを感じる。

「だから正常者がわれわれになにか不可能なことをやれと言うときは、われわれは正常者が言うことはすべて真実だと考える必要はない」

「ぜんぶがぜんぶ嘘ではない」とリンダが言う。

「ぜんぶがぜんぶ嘘ではないということは、ぜんぶがほんとうだということにはならない」とデイルが言う。

それはそうだが、私はこれまで、変えることを望みながら、同時に変わる前の自分に満足しているということは不可能だということを考えたことがなかった。チャイとデイルが言うまでは、われわれのだれもそんなふうに考えたことはなかっただろう。

「きみのところで考えはじめたのだよ」とデイルが言った。「あのときはぜんぶ口で言えなかった。でもそれがかえって助けになった」

「もしあれがうまくいかなければ」とエリックが言った。「彼らにとっては……起ることの……後始末をするにはもっと金がかかるだろう。もしそれが長くなれば」

「キャメロンはどうしているかしら」とリンダが言う。

「彼は一番にやりたかったんだ」とチャイが言う。

「一度に一人ずつやって、その結果を見るほうがいいと思う」とエリックが言う。

「暗闇の速度は遅いだろうね」と私は言う。彼らは私を見る。そう言えば暗闇の速度と光の速度のことはまだみんなにちゃんと話していなかった。「真空における光の速度は、一秒に十八万六千マイルです」と私は言う。

「それは知っている」とデイルが言う。

「あたしが不思議に思うのは」とリンダが言う。「物体は、地面に近くなるほど落ちる速度が早くなる、それが重力ね。光は、ブラックホールのように重力がたくさんあるところに近づくと速度を増すのかな？」

リンダがそもそも光の速度に興味があるとは知らなかった。「わからない」と私は言う。「でも暗闇の速度についてはどの本にもなにも書いてない。あるひとは、暗闇は速度を持たないと教えてくれた、それはただ光のないところにあって、明るくないだけだと、でもぼくは暗闇もそこへ行かなければならないと思う」

みんなはしばらく黙りこむ。デイルが言う。「もしライフタイムが時間を長く延ばせるとしたら、なにかが光の速度を早くすることはできるだろう」

チャイが言う。「キャメロンは一番になることを望んだ。キャメロンは一番に健常者になる。これはわれわれより早い」

エリックが言う。「ぼくはジムに行きたい」彼は背を向ける。

リンダの顔がこわばる。額に深い溝ができる。「光には速度がある。暗闇にも速度があるはずよ。相反するものは、それが進む方向以外のあらゆるものを共有する」

私にはそれが理解できない。私は待つ。

「プラスの数とマイナスの数は方向を除いては同じものよ」とリンダはゆっくりと続ける。「大きいと小さいは二つとも大きさだけれども、方向はちがう。〈なになにへ〉と〈なになにから〉は同じ道だけれども、方向はちがう。だから光と闇も反対のものだけれども、

「あたしが天文学が好きなのは」と彼女は言う。「あそこにはとてもたくさんのものがある、たくさんの星がある、たくさんの距離がある。なにもかもいっしょに、有から無へ、無から有へ」

リンダが天文学が好きだとは知らなかった。彼女はいつも私たちとは、いちばんかけはなれているように見えた、もっとも自閉症らしい自閉症者のように。でも彼女の言う意味はわかる。私も小さなものから大きなものへ、近いものから遠いものへの連続が好きだ、近いというよりさらに近く、私の目のなかに入ってくる光の光子から、それが宇宙を越えて何光年のかなたからやってくるその場所への連続。

「あたしは星が好き」と彼女は言う。「あたしは――あたしは星といっしょに仕事がしたい。彼らはだめと言った。『あなたの頭は正しく働いていない。それができるのはごくわずかなひとたちだ』と先生は言った。それは数学だった。あたしは数学はよくできたのに、いつも百点をとっていたのに、初等数学を取らなくてはならなかったの、そうしてようやく上級数学のクラスに入ったときには、先生はもう遅すぎると言ったの。大学に入ると応用数学をやってコンピュータの勉強をしなさいと言われた。コンピュータの仕事はいくらでもあるから。天文学は実用的ではないと先生は言った。もっと長生きできるなら、もう遅すぎるということはないでしょう」

リンダがこんなに話すのを聞いたのははじめてだ。彼女の頬のピンク色がいつもより濃い。目もあまりきょろきょろしない。

「きみが星が好きだとは知らなかった」と私は言う。

「星はそれぞれがとても遠くにはなれているの」と彼女は言う。「おたがいを知るために触れ合う必要がないの。遠くのほうからおたがいに光を送るの」

星はたがいを知らないのだと、星は生きてはいないのだと、私は言いかけるが、なにかが私を押しとどめる。私はそれを本で読んで知った。星は白熱したガスだということ、それからほかの本で、そのガスは生命のないガスだということを知った。あの本は間違っているかもしれない。星は白熱したガスで生きているのかもしれない。

リンダは私を見る、ちゃんと視線を合わせる。「ルウ――あなたは星が好き？」

「ええ」と私は言う。「それから重力や光や宇宙や、それから――」

「ベテルギウス」と彼女は言う。彼女はにっこり笑う、そしてとつぜん廊下が明るくなる。廊下が暗かったとは気づかなかった。暗闇がはじめにそこにあり、そして光が追いついた。

「リゲル。アンタレス。光と色彩。波長……」彼女の手が空中をひらひらとさまよう、彼女は波長や周波が作るパターンを描いているのだ。

「連星」と私は言う。「褐色矮星」

彼女の顔が歪み、そしてほどける。「ああ、あれは古い星」と彼女は言う。「チュとサンダリーがそれらを分類しなおして――」彼女はふいに口をつぐみ、「ルウ――あなたはいつも健常者といっしょに過ごしていたと思っていた。健常者と遊んでいた」

「ぼくは教会に行く」と私は言う。「フェンシングのクラブにも行く」

「フェンシング?」

「剣だ」と私は言う。彼女の心配そうな顔は変わらない。「あれは……一種のゲームなのだよ」と私は言う。「おたがいをつつき合う」

「なぜ?」と彼女はまだ怪訝な顔をしている。「星が好きなら――」

「フェンシングも好きだよ」と私は言う。

「健常者たちと」と彼女が言う。

「そう、ぼくは彼らも好きだよ」

「それはむずかしい……」と彼女は言う。「あたしはプラネタリウムへ行く。あそこにいる科学者たちと話をしようとするけれど……言葉がもつれてしまうの。あのひとたちはあたしと話をしたくない。あたしが馬鹿か頭がおかしいと思って、そういう態度を見せるの」

「ぼくが知っているひとたちは、それほどひどくないよ」と私は言う。私はそう言いながら罪の意識を感じる、なぜかというとマージョリは〈それほどひどくない〉よりはずっといいからだ。トムとルシアも〈それほどひどくない〉より いい。「ぼくを殺そうとした男は別だけれど」

「あなたを殺そうとした?」とリンダが言う。彼女が知らなかったことに驚いたが、自分が彼女には話さなかったことを思い出す。彼女はニュースも見ないのかもしれない。

「ぼくのことを怒っていた」と私は言う。

「あなたが自閉症だから？」

「必ずしも……まあ……そう」けっきょくドンの怒りの核心はなんだったのか。この私、ただの出来損ない、偽人間が、彼の世界で成功をおさめたという事実に怒っていたのか？

「ぞっとする」とリンダは語気を強めて言う。それから大きく肩をすくめると背を向ける。

「星」と彼女は言う。

私は自分のオフィスに入り、光と闇と星と、星が注ぐ光であふれている宇宙空間を思う。あんなにたくさん星があるあの宇宙になぜ暗闇があるのだろう？　星が見えるということは、そこに光があるということだ。目に見える光以上のものを見る器具、その器具はぼやけた広大な空間に光を見つけだす――星はいたるところにある。

なぜひとびとは宇宙を、冷たく暗いところ、歓迎したくないところとして話すのか私にはわからない。夜、外に出ていき空を見あげたことがないのだろうか。ほんものの暗闇があるところ、われわれの器具の届かぬ先、宇宙のかなたの縁であるそこは暗闇が先にやってくる。だが光はそれに追いつく。

私が生まれる前、ひとびとは、自閉症児についていまよりもっと間違った考えを持っていた。私はそれについて読んだことがある。暗闇より暗い。

リンダが星が好きだとは知らなかった。彼女が天文学の仕事をしたかったとは知らなかった。もしかすると彼女は私と同じように宇宙に出ていきたいと考えていたのかもしれない。考えている。まだそう考えている。もし治療がうまくいけば、たぶん私も行けるかもしれない――そう考えると私は動けなくなる、歓喜に凍りつく。私は体を動かさなければならない。私は立ち上がってストレッチをするが、それでも十分ではない。

ジムに入っていくとエリックがトランポリンから下りるところである。彼はベートーベンの交響曲第五番に合わせて跳躍をしていたが、私が考えようとしていることに、この音楽は合わない、強烈すぎる。エリックが私に向かってうなずく、私は音楽を変え、気分にぴったり合うものが見つかるまでスクロールしていく。〈カルメン〉。管弦楽曲。いい。私にはこの興奮が必要だ。この爆発するような楽曲が必要だ。私は高く、さらに高く跳躍する、そしてこれまたすばらしい与圧を感じる前の自由落下のあのすばらしい解放感を味わう、関節が縮み、筋肉がさらに高い跳躍に私を押しやるために働く。反対ということはちがう方向に向かって同じ、ということだ。作用と反作用。重力――重力の反対はなにか知らないが、トランポリンの弾性は、それを作りだす。数字とパターンが頭を駆けめぐり、形作り、崩れ、そして再形成する。

　私は水を怖がっていたことを思い出す、水が私に触れたときの、ゆらゆらと予測のつかない不安定な動き。とうとう泳げたときの爆発するような歓喜、水は不安定であっても、プールのなかで変化する圧力を予測することができなくても、私はそれでもじっと浮かんでいることができ、私が行きたいと思う方向へ動くことができる。自転車を怖がっていたころのことを思い出す、ぐらぐらと不安定で予測不可能な動きを、そしてその予測不可能なことをいかに乗り越えるかということを発見したときの歓喜を、そこに内在する混沌を克服するために自分の意志をどう使うかということを発見したときの歓喜を思い出す。いままた私は怖がっている、理解すればするほど怖くなる――私がこれまで築いた適応のすべてを失う、なにもかもなくなるかもしれない――だがこの波を乗り切れれば、この生物学的自転車を乗りこなすことができれば、私は比較にならぬほど多くのものを得るはずだ。

脚が疲れてくると、私はだんだんに低く、低く、低く跳んで最後に止まる。

彼らはわれわれが馬鹿で途方に暮れている存在では困るのだ。彼らはわれわれの頭を破壊することは望んでいない。彼らはわれわれの頭を利用することを望んでいる。

私は使われることを望まない。私は自分の頭は自分で使いたい、私がしたいことのために。

私はこの治療を受けてみたいのかもしれないと思う。受けなくてはならないのではない。受ける必要はないのだ。いまのままの自分で私は満足している。それでも私は受けたいと思いはじめている。なぜならば、もし私が変われば、そして他人がそう言うからでなく自らの考えでやるとするなら、きっと私は学びたいことを学ぶことができ、やりたいことをやれるだろう。これはなにも一つのことではない。一度にあらゆることが起き、あらゆる可能性がある。「ぼくは同じではないだろう」と私は言う。心地よい重力を解き放ち、その安定のなかから自由落下の不安定さに向かって跳びながら。

ジムから外に出ると、私は軽く明るく感じる、いまもふつうの重力よりは軽く、いまも暗闇よりは明るいものに包まれている。だが友だちに私がやろうとしていることを話そうと考えると重力が戻ってくる。彼らはセンターのあの弁護士と同じように、これをよくは思わないだろう。

第二十章

ミスタ・オルドリンが私たちに話をするためにやってくる。会社は今回はライフタイムの治療を行なうことは認めない、もっとも会社はたぶん――彼はそれが可能性にすぎないことを強調している――もう一つの治療のあと、もしそれが成功したら、ライフタイムの治療を受けたい者には補助をするだろう。「二つをいっしょにやるのは危険すぎるのだよ」と彼は言う。「それはリスクを増大させる。それにもしうまくいかなかった場合、その状態が長引くことになるだろうし」

彼はこのことを率直に言うべきだと私は思う。もしこの治療が多くのダメージを生んだ場合、私たちは前より悪くなり、会社はもっと長期間私たちを支援しなければならなくなると言えばいいのだ。だが正常なひとたちは、率直にものを言わないことを私は知っている。

彼が去ったあとも、私たちは話をしない。みんな私を見ているが、だれもなにも言わない。ともあれリンダが治療を受けてくれればいいと思う。星や重力や光と暗闇の速度について彼女ともっと話をしたい。

私の仕事場から法律扶助機関のミズ・ビーズリーに電話をし、治療に同意することを決めたと伝える。彼女はほんとうにいいのかと訊く。ほんとうにいいのかどうかわからないが、いいと思う。それからミスタ・オルドリンに電話をして彼にも告げる。彼もほんとうにいいのかと訊く。「はい」と私は言う、それから尋ねる、「あなたのお兄さんもそれをやりますか?」彼のお兄さんのことが気になっていた。

「ジェレミーが?」彼は私が尋ねたことに驚いているようだ。これはまともな質問だと思う。「わからないね、ルウ。これは実験対象の規模によるんだ。もし彼らが外部の連中にも開放すれば、わたしは兄に訊いてみるだろう。もし兄が自力で生活できるようになるなら、兄がもっと幸せになれるなら……」

「彼は幸せではないのですか?」と私は訊く。

ミスタ・オルドリンは溜め息をつく。「わたしは……兄のことはあまり話さないのだが」と彼は言う。私は待つ。だれかがあることについて多くを話さないということは、それについて話したくないということではない。ミスタ・オルドリンは咳払いをし、それから話しだす。「ああ、ルウ、彼は幸せではないよ。彼は……障害が重いのだ。だから医者たちは……わたしの両親は……彼はかなりの薬物療法を受けているし、上手な話し方も学んだことはないんだ」彼が言わないことを私は理解したと思う。彼のお兄さんは、私やほかのひとびとを助けた療法が発見されるずっと以前に生まれているのだ。おそらく彼は最善の療法を受けてはいない、あの当時すでに行なわれていた療法さえも。いろいろな本に記されていた記述を思い出す。ジェレミーは、私が幼児だったころと同じところに留まっているのだろう。

「新しい治療がうまくいくように願っています」と私は言う。「彼のためにもうまくいくように願っています」

ミスタ・オルドリンは私には理解できない音をたてる。ふたたび話しだした彼の声はかすれている。「ありがとう、ルウ」と彼は言う。「きみは――きみはいいひとだね」

私はいいひとではない。私はただのひとだ、彼のように、でも彼が私のことをいいひとだと思っているのはうれしい。


私が到着すると、トムとルシアとマージョリがそろって居間にいる。彼らは次の競技会のことを話している。トムが私を見あげる。

「ルウ――きみは決めたのか？」

「はい」と私は言う。「ぼくはやるつもりです」

「そうか。じゃあこの参加申込書に記入する必要があるな――」

「それではありません」と私は言う。彼は、私がほかのことをやるつもりなのを知らないのだということに気づく。「この競技会には参加しません――」そのまた次の競技会に私は参加するだろうか？　未来の私はフェンシングをしたいと思うだろうか？　宇宙でフェンシングができるか？　自由落下のもとではフェンシングはとてもむずかしいと思う。

「でもあなたは言ったじゃないの」とルシアが言う。それから彼女の顔が変わり、驚きで顔がひらたくなったたように見える。「ああ――あなた、まさか……あの治療を受けるつもりなの？」

「はい」と私は言う。私はマージョリをちらりと見る。彼女はルシアを見て、それから私を見て、そしてまた目をルシアに戻す。治療のことをマージョリに話したかどうか私は思い出せない。

「いつ？」マージョリにどう説明しようかと考える時間がないうちにルシアが訊く。

「月曜日にはじまります」と私は言う。「やることがたくさんあります。病院に移らなければなりません」

「病気なの？」とマージョリが言う。彼女の顔が青白くなる。「どこか悪いの？」

「病気ではありませんよ」と私はマージョリに言う。「ぼくを正常にできるかもしれない実験的治療法があるのです」

「正常！　でも、ルウ、あなたはそのままですばらしいわ。あたしは、いまのままのあなたが好き。ほかのみんなと同じになる必要はないわ。だれがそんなことをあなたに言ったの？」彼女の声は怒っている。彼女は私に対して怒っているのか、それとも、変わる必要があると私に言ったと彼女が思っている人間に対して怒っているのか、私にはわからない。彼女にすべてのことを話すべきか、それとも一部を話すべきなのか、私にはわからない。

彼女にすべてを話そうと思う。

「職場のミスタ・クレンショウがわれわれのユニットを廃止したいと思ったことからはじまったのです」と私は言う。「彼はこの治療のことを知りました。これはお金の節約になると言いました」

「でもそれは——それは強制だわ。間違っているわ。法律に違反している。彼はそんなことはできない——」

彼女はほんとうに怒っている、頰に色が出たり消えたりしている。それを見ていると彼女を捕まえて抱き締めたいと思う。それは礼儀に反することだ。

「そうやってはじまったのです」と私は言う。「でもあなたの言うとおりです。彼はやりたいと言ったことをやれなくなったのです。われわれの主任であるミスタ・オルドリンが、彼を阻止する方法を見つけました」私はいまだにこのことに驚いている。ミスタ・オルドリンは心を変えて、われわれを助けないと私は確信していたからだ。ミスタ・オルドリンがミスタ・クレンショウを押しとどめて、彼が職を失うように、そして自分の持ち物をダンボール箱に入れて警備員に付き添われて出ていくように仕向けたのか、私にはまだわからない。ミスタ・オルドリンが言ったこと、それから弁護士が集会で言ったことを彼らに話す。「でもいまはぼくは変わりたいと思っています」と私は最後に言う。

彼女は深く息を吸う。彼女が深く息を吸うのを見ているのは好きだ。彼女の服の前の部分がぴんと張る。「どうして?」と彼女は静かな声で訊く。「まさか、あたしたちの……せい、だと言うの? あたしのせいだと?」

「ちがう」と私は言う。「これはあなたのことではありません。ぼくのことです」

彼女の肩ががくりと落ちる。それは安堵なのか悲しみなのか、私にはわからない。「じゃあ、ドンのせい？　彼があなたにそうするように仕向けたというの、いまのままのあなたではだめだというふうにあなたに思わせたというの？」

「ドンではない……ドンだけではない……」それは明らかだ、と私は思う、なぜ彼女にそれがわからないのか、私にはわからない。空港の警備員が私を押しとどめ、私は言葉が詰まり、彼女は私を助けなければならなかった、あのとき彼女はあそこにいたではないか。私が警官に話をしなければならなくなったとき、私は言葉が詰まって、トムが私を助けなければならなかった、あのとき彼女はあそこにいたではないか。いつも助けが必要な人間でいるのはもう嫌なのだ。「これはぼくの問題です」と私はもう一度言う。「ぼくは、空港でも問題を起こしたくない、ほかのひとたちとも問題を起こしたくない、なかなか言葉が出てこないとき、ひとから見られるのは嫌です。いろいろなところに行って、いままで学べるとは思わなかったいろいろなことを学びたいのです……」

彼女の顔がふたたび変わり穏やかになって、たかぶった口調がいくらか柔らかくなる。「治療というのはどんなものなの、ルウ？　なにが起こるの？」

私は持ってきた説明書一式を開く。この療法は独占的であり実験的なものなので、これについて討論してはならない、だがこれは悪い考えだと思う。いろいろなことがうまくいかなかったとき、外部の人間も知っているべきである。私が説明書一式を持ち出すことはだれにも話さなかった、彼らも私を止めなかった。

私は読みはじめる。ほとんどすぐにルシアが私を止める。

「ルウ――この説明書に書いてあることがわかっているの？」

「はい。そう思います。〈シーゴとクリントン〉を読んでから、オンラインの論文が楽に読めるようになったのです」

「じゃあなぜこれをあたしに読ませてくれないの？　文字で見たほうがよく理解できるわ。それから話し合えばいい」

ほんとうはなにも話し合うことなどないのだ。私はやるつもりでいる。だが私はルシアに説明書一式を渡す、なぜならルシアの言うとおりにするほうがいつも楽だからである。マージョリは彼女のそばに寄り、二人は読みはじめる。私はトムを見る。彼は眉を上げ頭を振る。

「きみは勇気があるね、ルウ。それは知っていたが、しかしこれは――！　他人に自分の脳をいじらせる勇気はぼくにはないね」

「あなたはその必要がありません」と私は言う。「あなたは正常です。終身在任権のある仕事を持っています。あなたにはルシアとこの家があります」そのほかのことは言えない、つまり彼は自分の体で居心地よくしていられるということ、彼はみんなと同じように聞き味わい嗅ぎ感じているということ、それゆえ彼の現実はほかのひとびとの現実と一致していることを、私は言えない。

「ここに戻ってくるつもりかな、そう思うかい？」とトムが訊く。彼は悲しそうに見える。

「わかりません」と私は言う。「これからもフェンシングが好きであるようにと願っています、なぜならフェンシングはおもしろいからです、でもわかりません」

「今晩は時間があるのかい？」と彼が訊く。

「はい」と私は言う。

「じゃあ外に出てやろうじゃないか」彼は立ち上がり、用具室のほうに歩いていく。ルシアとマージョリはあとに残って読んでいる。用具室に着くと彼は私を振り返る。「ルウ、きみは、マージョリを愛しているからこれをやるんじゃないというのはほんとかい？　きみが彼女のために健常者になりたいからじゃないのか？　それは立派なことかもしれないが、しかし――」

私は体じゅうが熱くなるのを感じる。「これは彼女の問題ではありません。ぼくは彼女が好きです。彼女に触りたい、彼女を抱き締めたい、そして……礼儀に反したこともしたい。でもこれは……」私は手を伸ばし、剣が並べてあるラックの上端に触る、なぜならふいに体じゅうが震えだして、いまにも倒れそうな感じがするからだ。「状況はいつまでも同じではないでしょう」と私は言う。「ぼくは同じではないでしょう。ぼくが変わらないことはありえない。これはただ……速い変化です。でもぼくはこれを選びます」

「〝変化を恐れれば、それはおまえを破滅させる、変化を受容すれば、それはおまえを大きくする〟」とトムは、引用するときに使う声で言う。彼がなにを引用しているのか私にはわからない。それからふだんの声で、ちょっと冗談めいた声でこう言う。「剣を選びたまえ。しばらくここに来ないのであれば、今晩は何本か勝ちをいただいておきたいからな」

私は剣とマスクを取り、革のジャケットを着てから、ストレッチをしていなかったことを思い出す。私はパティオにすわりストレッチをはじめる。外は寒い。体の下の敷石は硬く冷たい。

トムは私の向かいにすわる。「ぼくはもうやったんだが、年をとると、ストレッチを余分にやっても害にはならない」と彼は言う。彼が顔を膝につけるとき、彼の頭のてっぺんの髪の毛がうすくなっているのが見える、髪の毛のなかに白髪がある。彼は片腕を頭の上に伸ばし、もう一方の腕でそれを引っ張る。「治療がおわったときにはどうするつもりだ？」

「宇宙に行きたいのです」と私は言う。

「きみが――？ ルウ、きみにはいつも驚かされるね」彼はもう一方の腕を頭のてっぺんにのせてもう一方の肘を引っ張る。「きみが宇宙に行きたいなんて知らなかった。いつごろからそんなふうに思うようになったの？」

「小さなころでした」と私は言う。「でも自分にはできないとわかっていました。それは不適当だということはわかっていました」

「この無駄使いを考えると――！」トムは言いながら、頭をもう一方の膝につける。「ルウ、ぼくは前にもこのことを案じていたが、きみはいまも無駄に才能を浪費している。きみはきわめて多くの潜在能力を持っているから、残りの人生を医学的な診断に縛られることはないよ。きみが彼女からはなれていき《ユー・グロウ・アウェイ・フロム・ハー》、マージョリを傷つけることになろうとも」
「ぼくはマージョリを傷つけるのは嫌です」と私は言う。「ぼくは彼女からはなれていく《アイ・グロウ・アウェイ・フロム・ハー》とは思いません」これは奇妙な表現である。文字どおりの意味でないことは確かだ。たがいに親しい二つのものがともに成長《グロウ》すれば、それらはもっと近づくことになり、はなれていきはしないのだ。

「わかっているよ。きみは彼女が大好きだ——いや、きみは彼女を愛している。それははっきりしている。だがね、ルウ——彼女はたしかにすばらしい女性だ、だがきみが言うように、きみは大きな変化をとげようとしている。きみはもう同じ人間ではなくなるんだよ」

「ぼくはいつまでも好きです——愛しています——彼女を」と私は言う。ノーマルになることが、彼女を愛することを困難にする、不可能にするとは、私は考えてもいなかった。なぜトムがそう思うのか私には理解できない。「エミーがなにを言おうと、彼女がぼくを研究の材料にするために、ぼくを好きなふりをしていたとは思いません」

「なんてこった、だれがそんなことを考えた？　エミーってだれだ？」

「センターに来ているひとです」と私は言う。エミーのことは話したくないので、さっさとすませる。「エミーは、マージョリが研究者で研究の材料としてぼくと話をしているだけで、友だちではないと言いました。マージョリは自分の研究は神経筋異常だと話してくれましたから、エミーの言うことは間違いだったとわかりました」

トムは立ち上がり、私もよろよろと立ち上がる。「だがきみにとっては――これは大きな賭けだよ」

「わかっています」と私は言う。「ぼくはしたいと思って――一度前にそうしようと――彼女にデートを申しこもうとしたこともあったけど、どういうふうにやればいいのかわからなかった」

「その治療が助けになるときみは思うのか？」

「たぶん」私はマスクをつける。「でもたとえそれが助けにならなくても、ほかの面で助けになると思います。それにぼくはいつまでも彼女が好きです」

「そうだろうと思うが、でもこれまでと同じようなわけにはいかないだろう。それはありえない。それは体組織のようなものだよ、ルウ。ぼくは片足をなくしてもフェンシングを続けるかもしれない、だがぼくのパターンは変わる、そうだろう？」

トムが片足を失うことを考えるはいやだが、彼が言っている意味はわかる。私はうなずく。

「だからきみが、いまのきみとは大きく変わったとしたら、きみとマージョリはちがうパターンのなかにいるわけだ。きみは前より近づくかもしれない、でももっとはなれるかもしれないんだ」

いまや私は数分前には知らなかったことを知っている。マージョリと治療と私について私の心の奥深く隠されていた考えをいまの私は知っている。いろいろなことが前より楽になるだろうと私は思っていた。もし私がノーマルになれば、私たちはともにノーマルなわけだから、結婚もし子供も持ち、ノーマルな生活を送れるという希望を私は持っていた。

「これまでと同じではあるまいよ、ルウ」トムはマスクのかげからもう一度言う。彼の目の光が見える。「そんなことはありえない」

フェンシングは同じなのに、これは同じではないというのか。トムのパターンは、試合をするたびにますますはっきり見えてくる、だが私のパターンは焦点から出たり入ったりしている。私の集中力は揺らいでいる。マージョリは外に出てくるだろうか？フェンシングをするだろうか？ 彼女とルシアは、あの説明書一式についてなんと言っているだろうか？ 集中すればトムに突きを入れられるが、彼がパターンのどこにいるかわからなくなると、彼が私に突きを入れる。マージョリとルシアが出てきたときには、私は五本ちゅう三本の突きを取っていた。トムと私は一息入れたところである。冷えこむ夜なのに汗をかいている。

「さて」とルシアが言う。私は待つ。彼女はそれ以上なにも言わない。

「あたしには危険に見えるな」とマージョリが言う。「ニューロンの再吸収、そして再生をいじくりまわすなんて。でもオリジナルの研究論文を読んだわけじゃないから」

「あまりにも多くの場所がまずいことになる可能性があるわ」とルシアが言う。「遺伝子産物へのウイルス挿入、これは時代遅れ、すでに証明ずみのテクノロジー。ナノテクの軟骨修理、血管の修復、炎症の治療技術は、けっこうよ。脊髄の損傷に対するプログラム・チップはオーケー。でも遺伝子スイッチをいじくりまわすのは——彼らはまだそこからあらゆるバグを取り除いてはいないのよ。骨の再生における骨髄のあのひどいへま——むろんあれは神経ではないし、子供の治療の場合のことだけれど、それでも危ないわね」

彼女がなんの話をしているのかわからないが、怯えなければならない新しい理由など知りたくない。

「あたしがいちばん気になるのは、あなたの雇用者の内部事情よ、あたしから見たらいまだかつて見たこともないような排他的ご乱行よ。なにかまずいことが起こっても、あなたの代弁をしてくれる専門家がいないということ。あなたの法律顧問たちは医学の専門家じゃないし……でもこれはあなたが決めたことですものね」

「ええ」と私は言う。私はマージョリを見る。見ずにはいられない。

「ルウ……」それから彼女は頭を振る、彼女は言おうとしていたことを言うつもりはないのだ。「フェンシングをやらない？」

フェンシングはやりたくない。彼女のそばにすわっていたい。彼女に触れたい。彼女といっしょに夕食をし、いっしょにベッドに横たわりたい。だがそれはいまの私にはできないことだ。私は立ち上がり、マスクをつける。

彼女の剣が私の剣に触れたときの気持を説明することはできない。いつもより強く感じる。体が反応して硬くなる、ある意味でそれはこの場にふさわしいことではないけれど、それでもすばらしい。いつまでも続くようにと思い、フェンシングをやめて彼女に抱きつきたいと思う。私は勢いを落とす、そうすればすぐに突きを入れないですむ、そうすればこれはいつまでも続くだろう。

私といっしょに夕食をしませんかといまも彼女に言うことはできる。治療の前にもそしてあとにも、それはできるはずだ。たぶん。

木曜日の朝。ひえびえとして風があり、灰色の雲が空を疾走している。私はベートーベンのミサ曲ハ長調を聞いている。光は重苦しくゆっくりしているように見える、風は勢いよく吹いているのに。デイル、ベイリ、そしてエリックがすでに来ている——彼らの車がある。リンダの車はいつもの場所にない。チャイの車もだ。駐車場から建物のほうに歩いていくと、風が吹いて私のズボンを脚にはりつかせる。繊維が波立って皮膚にあたるのが感じられる。それはたくさんの小さな指のようだ。幼いころTシャツについているタグを取ってと母にせがんだのを覚えている。大人になって自分でできるようになるまでは。こんなことを私は治療のあと覚えているだろうか？

背後に車の音がしたので私は振り返る。リンダの車だ。彼女はいつもの場所に駐車する。私を見ずに車からおりる。

ドアのところで私は自分のカードをさし込み、プレートに親指をあてる、するとドア・

ロックがかちりといい、がしゃんと音をたてて解除される。ドアを開けたまま、私はリンダを待つ。彼女は車のトランクを開けて箱を取り出している。それはミスタ・クレンショウが持っていたような箱だが、箱の横にはなんのマークもついていない。

私は、持ち物を入れる箱を持ってくることは考えなかった。昼食時間のあいだに箱を見つけることができるだろうか。リンダが箱を持ってきたということは、治療を受ける決心をしたということか。

彼女は片腕で箱を抱えている。早足で歩いているので、風が髪の毛をうしろになびかせている。彼女はいつも髪の毛をまとめて縛っている。髪の毛が風に吹かれてあんなふうに波立つとは知らなかった。彼女の顔はいつもとちがうように見える、なんの恐れも心配もない彫刻のようにしゃきっとして、こぢんまりまとまっている。

彼女は箱を持ったまま私のわきをすり抜け、私は彼女のあとについてなかに入る。一枚のカードで二人の人間が入るにはスクリーンにタッチしなければいけないことを思い出す。ベイリが廊下にいる。

「箱を持ってきたね」と彼はリンダに言う。

「だれかに必要かもしれないと思ったの」とリンダは言う。「そのために持ってきた」

「ぼくはあした箱を持ってくる」とベイリが言う。「ルウ、きみはきょう出ていくのか、それともあしたか？」

「きょうだ」と私は言う。リンダは箱を持ったまま私を見る。「その箱を使ってもいいかな」と私は言う。彼女は目を合わさずにその箱を私に差し出す。

私は自分の仕事場に入る。そこはすでに見知らぬもののように、他人の仕事場のように見える。ここをこのままにして立ち去ったとしたら、あとでここに戻ったときもこんなふうに見知らぬもののような感じがするのだろうか？　だがいますでに見知らぬもののように見えるということは、私の一部はすでにあとの時間を生きているのだろうか？

私は回転螺旋と回転翼をまわす小さな扇風機を動かす、それからもとの位置にもどす。私は椅子にすわりもう一度見る。それは同じ仕事場だ。私は同じ人間ではない。

私はデスクの引き出しをのぞく、前と同じ古いマニュアルが重なっているのが見えるだけだ。底のほうに——もう長いあいだ見たことはなかったが——〈社員の手引き〉が置いてある。いちばん上には、さまざまなシステムのアップグレードのマニュアルが入っている。これはプリントアウトしてはいけないことになっているが、紙に印刷したものは文字が完全に静止しているので楽に読める。だれもが私のマニュアルを使っている。私が治療を受けているあいだ、これらの違法なコピーをここに残しておきたくはない。コピーをぜんぶ引き出して、積み重なっている書類の上下をさかさまにして〈社員の手引き〉がいちばん上にくるようにする。コピーはどうすればよいかわからない。

いちばん下の引き出しには、いちばん大きな魚が曲がってしまうまでここに吊るしておいた古いモビールが入っている。魚の光る表面に小さな黒い斑点が浮いている。私はそれを引き出すが、がちゃがちゃという音がして私はたじろぐ。ついている黒い斑点をこすりおとす。でもおとせない。見ていると気分が悪い。それを屑籠に入れる、その音に私はふたたびたじろぐ。

デスクの膝の入る空間の上側についている薄い引き出しに、カラーペンと、ソーダ自動販売機用の小銭を入れた小さなプラスチックの箱が入っている。その箱をポケットに入れ、カラーペンはデスクの上におく。私は棚を見る。のっているのはプロジェクトの資料、ファイルなど会社所有のものである。棚をすっかりきれいにする必要はない。まず私のお気に入りではない回転螺旋をおろす、黄と銀とオレンジと赤の。

ミスタ・オルドリンが、だれかに話しかけている声が廊下から聞こえる。彼は私のドアを開ける。

「ルウ――みんなに注意するのを忘れてしまったが、プロジェクトの資料はキャンパス外に持ち出さぬように。プロジェクト関連の資料を保存しておきたいときは、安全な保管所に保管せよと書いたラベルを貼っておくように」

「はい、ミスタ・オルドリン」と私は言う。箱のなかのシステムのアップグレードのプリントアウトが不安だが、それはプロジェクト関連の資料ではない。

「あしたは会社のほうにちょっとでも顔を出すかね？」

「そのつもりはありません」と私は言う。「はじめたことをやり終わらずに帰るのはいやですから、きょうぜんぶ片づけていきます」

「けっこう。わたしが箇条書きにした準備事項は受け取ったかね？」

「はい」と私は言う。

「そうか。わたしは――」彼は肩ごしにうしろを振り返り、それから私の仕事場に入ってくるとドアを閉める。自分が緊張するのがわかる。胃がむかつく。「ルウ――」彼はためらい、咳払いをし、目をそらす。「ルウ、わたしは――こんなことになってすまないと思っている、そのことを言いたい」

彼はどんな答えを期待しているのだろう。私はなにも言わない。

「わたしはぜったいしたくはなかった……わたしにとっては、いまの情況が変わる必要はまったくなかったんだよ」

彼は間違っている。情況は変わったのだ。ドンはまだ私のことを怒っている。私はまだマージョリと恋におちている。なぜ彼がこんなことを言うのかよくわからない。ひとびとが望もうと望むまいと、情況は変わるものだ。男は池のほとりに横たわっているだろう、何週間も、何年も、舞いおりてくるかもしれない天使のことを思いながら、だれかが立ち止まり、おまえは癒されたいのかと尋ねるまで。

ミスタ・オルドリンの顔に浮かんだ表情は、私がいままで何度も感じた気持を思い出させる。彼は怖がっているのだ、ということに私は気づく。彼はいつもなにかを怖がっている。長いこと怖がっていると心が痛くなる。私はその痛みを知っている。あんな表情を浮かべなければいいのに思う、なぜならば、その表情を見るとなにかをしなければならないと思い、でもどうすればよいかわからないからだ。

「あなたのせいではありません」と私は言う。彼の顔がゆるむ。そう言うのが正しかったようだ。楽なものだ。私はそれを楽に言えるが、言いやすいからといって、それが真実になるのか？　言葉は間違えることもある。考えも間違えることはある。

「わたしは確かめたいんだ、きみがほんとうに――ほんとうに治療を望んでいるのかどうか」と彼は言う。「圧力はまったくないのだ――」

　彼はまた間違っている、会社からの圧力はいまのところなにもないというのは彼の言うとおりかもしれないが。変化がやってくることがわかっているいま、変化が可能であることがわかっているいま、圧力は私のなかで増大している、風船に空気が満たされるように、光が宇宙を満たすように。光は受動的ではない、光自体はそれが触れるものを圧迫する。

「これはぼくの決めたことです」と私は言う。つまり、これが正しかろうと間違っていようと、これは私が決めたことだ。私もまた間違うことはある。

「ありがとう、ルウ」と彼は言う。「きみは――きみたちは――わたしにとってとても大《ミーン・》切《ア・ロット》なものだ」

　この〈mean a lot《ミーン・ア・ロット》〉という意味が私にはわからない。文字どおりにいえば、これは、われわれには彼が受けいれられるたくさんの意義があるという意味だ。ミスタ・オルドリンはそういう意味で言っているのだとは思わない。でも尋ねない。彼がわれわれに話しかけたときのことを考えるといまでも落ち着かない。私はなにも言わない。九・三秒後、彼はうなずき、背を向けて出ていこうとする。「気をつけて《テイク・ケア》」と彼は言う。「幸運を祈る」

私は〈Be careful〉は理解できるが、〈Take care〉はよくわからない。〈care《ケア》〉は箱のように持つことができるものではない。私ならそう言わない。この先は、こんなことは考えもしないかもしれない。この先がどんなものかいまから考えておくほうがいい。

彼が「きみが治るように祈っている」と言わなかったことに気づく。彼が社交的で礼儀正しい人間かどうか、治療法がうまくいかないと思っているのかどうか、私にはわからない。私は尋ねない。彼のポケベルがピーッと鳴る、彼は後ろ向きのまま廊下に出る。私の部屋のドアは閉めない。他人の会話を聞くことは悪いことだが、上司に対してドアを閉めるのは礼儀に反する。彼が言っていることが耳に入ってくる、だが相手の言っていることは聞こえない。「はい、すぐそちらに参ります」

彼の足音が遠ざかる。私はリラックスし、深呼吸をする。お気に入りの回転螺旋をおろし、スタンドから回転翼をとりはずす。部屋ががらんとしたように見えるが、デスクの上はまだ散らかっている。これがリンダの箱にすべておさまるかどうかわからない。たぶんもう一つ箱を探すことになるだろう。すぐはじめれば、すぐにすむ。廊下に出ていくと、チャイがドアの前に立って、ドアを開けたままいくつかの箱を運びこもうとしている。私は彼のためにドアを大きく開けてやる。

「みんなのために持ってきた」と彼は言う。「時間を無駄にしない」

「リンダが持ってきたくれた箱をぼくは使っている」と私は言う。

「たぶん二つ必要な人間がいるだろう」と彼は言う。彼は箱を廊下に落とす。「もし必要なら持っていっていい」

「一つ必要だ」と私は言う。「ありがとう」

私は、リンダが持ってきたものより大きい箱を取り上げて自分の仕事場にもどる。マニュアルは重いので箱のいちばん下に入れる。カラーペンはマニュアルと箱の側面のすきまにぴったりおさまる。回転翼と回転螺旋はいちばん上に置く、それから扇風機のことを思い出す。回転翼と回転螺旋を取り出してマニュアルの上におく。これでもうなにも入れる余地はない。私は箱を見る。〈社員の手引き〉は必要ない、自分の仕事場にこれを置いていってもだれも怒らないだろう。私は〈手引き〉を取り出し、デスクの上に置く。扇風機を入れ、回転螺旋と回転翼も入れる。ちょうどうまくおさまる。私は外の風を思う。これらは目方が軽いから、風で吹きとばされるかもしれない。

最後の引き出しには、雨降りで雨のなかを車からおりて歩いてきたときに、濡れた頭を拭くのに使ったタオルが入っている。それはちょうど回転螺旋と回転翼の上にかぶせるのにぴったりで、風に吹き飛ばされるのを防いでくれるだろう。タオルをたたんで箱のいちばん上にのせ、箱を持ち上げる。私はミスタ・クレンショウがしていたように、自分の持ち物を入れた箱を持って仕事場から出ていく。だれかが見ていたら、私はまるでミスタ・クレンショウのように見えるだろう、ただし私のわきには警備員はいない。私たちは同じではない。これは私の選択だ。彼が会社を去るのは彼の選択ではないと思う。ドアに近づくとディルが仕事場から出てくる。彼は私のためにドアを開けてくれる。

外に出ると、雲が厚くなり、あたりはいっそう暗く寒くなり、なんだか輪郭がぼやけている。じきに雨が降るかもしれない。この寒さが私は好きだ。風はうしろから吹いてくる、風が背中を押すのがわかる。箱を車のボンネットの上におろす。タオルが風に吹かれて舞い上がる。私は手をその上に置く。タオルを押さえながらドアのキーを開けるのはむずかしい。私は箱を持って車の助手席側にまわり、足を車体の縁にかけて膝で箱を支える。こうすればドアの鍵を開けることができる。

冷たい雨の最初の一滴が私の頬をかすめる。箱を助手席にのせ、ドアを閉めてロックする。なかに引き返すことを考えるが、すべて運んできたことは確かだ。最新のプロジェクトの資料を特別な保管所に入れたくはない。あのプロジェクトは二度と見るのはいやだ。でもデイルやベイリやチャイやエリックやリンダとはまた会いたい。またぽつりと雨。冷たい風は心地よい。私は頭を振り、玄関にもどり、カードをさしこみ、親指の指紋を入力する。ほかのひとたちはみんな廊下にいる、中身をいっぱい詰めた箱を持っているひとたちと、ただ立っているひとたちと。

「なにか食べにいかないか?」とデイルが言う。ほかのみんなはあたりを見まわす。

「まだ十時十二分だ」とチャイが言う。「昼食の時間ではない。ぼくはまだ仕事をしている」彼は箱を持っていない。リンダも箱を持っていない。ここを出ていかないひとたちが箱を持ってきたのは奇妙だ。彼らは、われわれがここを出ていくのを望んでいるのか? 彼らが

「あとでピザを食べにいけばいい」とデイルが言う。私たちはたがいに顔を見る。彼らが

なにを考えているのかわからないが、ピザを食べにいくのもいつもと同じではないと思う。これはそのふりをすることだ。

「あとでどこかほかへ行ってもいい」とチャイが言う。

「ピザ」とリンダが言う。

そういうことにしておく。私は行かないだろうと思う。

週日の昼間に車を乗りまわすのはとても変な感じがする。アパートに戻ると玄関のドアにいちばん近い場所に駐車する。箱を二階に運ぶ。アパートのなかはとても静かだ。箱をクロゼットの靴のうしろに置く。

部屋は静かできちんとしている。出かける前に朝食の皿は洗った。いつもそうする。ポケットから小銭を入れた小箱を取り出し、それを衣類の入った籠のいちばん上に置く。

着替えは三着持ってくるように言われた。いまそれをスーツケースに詰めてもいい。天気がどうなるのかわからないし、室内着のほかに外出するときの服もいるのかどうかもわからない。戸棚からスーツケースを出し、二番目の引き出しに入っている衣類のいちばん上にあるニットのシャツを三枚出す。下着を三組。ソックスを三足。黄褐色のズボンを二本、ブルーのズボンを一本。寒いといけないのでブルーのスウェットシャツ。

緊急の場合にしまってある予備の歯ブラシと櫛とブラシ。これまで緊急の場合は一度もなかった。これは緊急の場合ではないが、もしいまそれを詰めておけば、もう二度と考える必要がない。歯ブラシと新しい練り歯磨のチューブ、櫛、ブラシ、剃刀、シェイビング

・クリーム、それから爪切りをスーツケースにぴったりおさまる小さなジッパーつきのバッグに入れ、それをスーツケースのなかに入れる。あたえられたリストをもう一度見る。これでぜんぶだ。スーツケースのストラップを締め、ジッパーも閉めて片づけておく。

ミスタ・オルドリンは、銀行とアパートの管理人と心配するかもしれない友だちに連絡しておくようにと言った。そしてわれわれは会社の臨時の任務で留守をすること、給料はこれまでどおり銀行に振り込まれること、銀行の自動引き落としはそのまま続けること、などを説明した銀行とアパートの管理人宛ての書信を用意してくれた。私はその書信を私の支店の支店長にメールで送る。

階下のアパートの管理人の部屋のドアは閉まっていたが、なかで真空掃除機がうなっている。小さいとき、私は真空掃除機が怖かった、なぜかというと、母がそれを前後に動かすとき、それがまるで「オオーーーー……ノオーーーーー……オオーーーー……ノオーーーー」と叫んでいるように聞こえたからだ。それは吠えて泣いて呻いた。いまはただうるさいだけだ。私はボタンを押す。呻きがやむ。足音は聞こえないがドアが開く。

「アレンデイルさん！」管理人のミズ・トマツが、驚いた声で言う。彼女は週日の午前中に私に会えるとは思っていなかったのだろう。「具合が悪いの？　なにか要るものはない？」

「ぼくが働いている会社のプロジェクトに参加するつもりです」と私は言う。これを淀みなく言うために練習をしてきた。ミスタ・オルドリンがくれたあの書面を彼女にわたす。

「家賃の支払いは銀行にたのんでおきました。もし支払いがされないときには会社に連絡してください」

「まあ！」彼女は書面に目を落とす。そしてそれをぜんぶ読まないうちに顔を上げて私を見る。「でも……どれくらいのあいだ行っているの？」

「わかりません」と私は言う。「でも戻ってくるつもりです」それもよくわからないが、彼女を心配させたくない。

「あの男がうちの駐車場であんたの車のタイヤを切ったせいで、あんたを傷つけようとしたせいで出ていくんじゃないわよね？」

「ええ」と私は言う。なぜ彼女がそんなことを考えたのか私にはわからない。「これは特別に割り当てられた仕事です」

「あんたのことが心配だったのよ。ほんとうに心配だった」とミズ・トマツは言う。「ここに上がってきたあんたに言おうと――お気の毒だったと――言おうと思ったけど、ほら、あんたはひっそり引き籠もっているでしょ、たいていいつも」

「ぼくはだいじょうぶです」と私は言う。

「淋しくなるわね」と彼女は言う。彼女はほとんど私と会うことがないのに、淋しいというのがほんとうかどうか私にはわからない。「体に気をつけてね」と彼女は言う。私の脳が変わるので、そういうわけにはいかないと彼女には言わない。

部屋に戻ると、銀行の自動返信が来ていた。ご伝言は承りました、早速支店長からしかるべきご返事をいたします。毎度お引き立てありがとうございます。その下にこう記されている。〈安全情報二十一号。貸金庫の鍵は、休暇でお出かけの節は、ご自宅に置いていかないように〉。私は貸金庫は持っていないので、鍵の心配をする必要はない。

昼食をとるため、近所の小さなパン屋に歩いていくことにする――あそこでパンを買ったとき〈サンドイッチご調製〉という看板が出ているのを見た。パン屋は混んではいないが、ラジオが流す音楽が嫌いだ。大きな音ががんがん鳴っている。私は、野菜だけの餌をあたえ厳しい監督のもとに処理した豚と新鮮な材料で製造したハムでこしらえたハム・サンドイッチを注文し、それを持って店を出る。とても寒いので外で食べるのはむりだから、アパートに戻り、キッチンでそれを食べる。

マージョリに電話をしたらどうだろう。今晩か明日の晩、あるいは土曜日の晩、彼女が来てくれるなら夕食に誘ってもいい。彼女の仕事場の番号も家の番号も知っている。仕事場のほうの番号は、ほとんどが素数で、家のほうのは快い均衡を保った一揃いの番号だ。回転螺旋は部屋に吊るしてある、それは古い窓から吹きこむ隙間風に吹かれて回っている。壁の向こうで色のついた光がちらちらと光っていると、心が休まってものが考えられる。

彼女に電話して、彼女がいっしょに夕食に行ってくれるとしても、いったいなぜそんなことをするのか？　彼女は私のことが好きかもしれない、私のことを心配しているかもしれない、私を気の毒だと思っているかもしれない。それは彼女が私のことを好きだからなのか、私にはよくわからない。それが反対の方向において同じ状態であるためには、彼女も、私が彼女を好きであるのと同じ程度に私を好きでなければいけない。そうでなければよいパターンは形成されない。

私たちはいったいなにを話すのだろう？　脳の機能については、彼女はいまの私以上のことは知らない。これは彼女の専門分野でない。私たちはふたりともフェンシングをやるが、フェンシングのことをずっと話しているわけにもいかない。彼女が宇宙に興味があるとは思わない。ミスタ・オルドリンと同じように、彼女もそれはお金の無駄だと考えるかもしれない。

私は戻ってきたとき――治療がうまくいって、脳も体と同じようにほかのひとたちと同じになるとしたら――私はいまの私と同じように彼女が好きだろうか？

彼女もまた天使のいる池の話と同じなのだろうか――私は、彼女が私の愛せるただひとりのひとだと思うから彼女を愛しているのだろうか？

私は起き上がり、バッハの〈トッカータとフーガ　ニ長調〉をかける。音楽は、錯綜した風景、山や谷、風と冷気が吹き上げる巨大な峡谷を築く。私は、戻ってきたとき、戻れるとしてだが、まだバッハが好きだろうか？

一瞬、恐怖が私の全身をつかみ、私は暗黒のなかを、どんな光よりも速く落ちていくが、音楽が私の下で湧き上がり、私を大洋の波のように持ち上げてくれ、私はもう恐れない。

金曜日の朝。私は仕事場に行きたいが、仕事場ではなにもやることがない、アパートでもやることはなにもない。銀行の支店長からの確認が送信されてきた。洗濯をしてもいいけれども、洗濯は金曜日の夜にやることになっている。こんなことがふと頭に浮かぶ、もしいつもどおり今晩洗濯をして、今晩と土曜日の晩と日曜日の晩に洗濯したシーツを使うとしたら、病院に入るときには、ベッドには汚れたシーツ、バスルームには汚れたタオルを残していくことになる。この問題をどうしたらよいか私にはわからない。汚れ物をあとに残していきたくないが、それなら、月曜日の朝早く起きてそれを洗わなければならない。ほかのひとたちと連絡を取ろうと思うが、やめることにする。じっさいのところ彼らと話をしたくない。こんな一日の過ごし方には馴れていない、計画した休暇のときを別とすれば。私にはどう過ごしていいかわからない。映画を見にいくとか本を読むとかすればいいのだが、胸が締めつけられるような感じがしてそうする気になれない。センターに行けばいいのだが、それも行きたくない。

朝食の皿を洗ってしまう。アパートの部屋は、ふいにとても静かになり、がらんとしてとても広くなった感じがする。どこへ行けばいいかわからない、でもどこかに行かなければならない。財布と鍵をポケットに入れて家を出る。いつも出かける時間より五分遅いだけだ。

ダニーも階下に下りていくところだ。彼は言う。「やあ、ルウ、どう」と早口に言う。これは彼が急いでいて、話したくないという意味だと思う。私は「やあ」と言い、それ以上なにも言わない。

外は曇っていて寒いが、いまは雨は降っていない。昨日のように風も強くはない。車のところまで歩いて乗りこむ。エンジンはまだかけない、なぜなら私はまだ自分がどこに行けばいいかわからないからだ。エンジンを不必要にかけておくのは無駄である。グラブコンパートメントから道路地図を出して開く。川の上流の国立公園に行って滝を見るのもいい。たいていのひとが夏にはあそこにハイキングに出かけるが、公園は冬の昼間でも開いていると思う。


影がウインドウを暗くする。ダニーだ。私はウインドウを開ける。

「だいじょうぶかい?」と彼は訊く。「どうかしたのか?」

「きょうは仕事には行きません」と私は言う。「どこに行くか考えているところです」

「そうか」と彼は言う。私は驚く。彼がそれほど私に関心を持っているとは思わなかった。もし彼がそれほど関心を持っているのなら、彼は私が出ていくことを知りたいだろう。

「ぼくは出ていきます」と私は言う。


彼の顔の表情が変わる。「引っ越すのか? あのストーカーのせいかね? あいつは二度とあんたを傷つけるようなことはないよ、ルウ」


彼もアパートの管理人も、私がドンのせいで出ていくと思っているのは興味深いことだ。

「いいえ」と私は言う。「引っ越すわけではありませんが、少なくとも数週間はここにはいません。新しい治療実験があるのです。ぼくの会社は、その治療をぼくに受けるように言っています」

彼は心配そうな顔をする。「あんたの会社が――あんたはそれを望んでいるのかい？ 会社があんたに強制しているんじゃないのかね？」

「これはぼくが決めることです」と私は言う。「ぼくは受けることに決めました」

「それなら……いいが。だれかに相談したんだろうね」と彼は言う。

「はい」と私は言う。だれにとは言わない。

「それで――きょうは休みなのか？ それともきょう行っちまうのかい？ その治療というのはどこでやるのかね？」

「きょうは仕事をする必要がありません。昨日デスクは片づけてきました」と私は言う。「治療は研究所の病院で受けます。病院はぼくが働いているところにありますが、建物はちがいます。治療は月曜日にはじまります。きょうはなにもすることがありません――ハーパー滝にでも行こうかと思っています」

「ああ。それじゃ、気をつけてね、ルウ。うまくいくように祈ってるよ」彼は私の車の屋根をたたいて歩き去った。

彼がうまくいくよう祈っているのは、いったい何なのか私にはわからない。ハーパー滝へのハイキング？ 治療？ 彼がなぜ私の車の屋根をたたいたのか、私にはわからない。私にとって彼はもう怖くはない存在だ。これは私が独力で成功した変化。

公園で入園料を払い、からっぽの駐車場に車を止める。標識が、さまざまな道を示している。滝へ、二九〇・三メートル。キンポウゲ草原へ、一・七キロ。子供自然観察路、一・三キロ。子供自然観察路と本道とは、どちらもアスファルト舗装だが、滝への道は二本の金属の縁のあいだに砂利が敷いてある。私はこの道を歩きはじめる、私の靴がざっくざっくと音をたてる。ここにはだれもいない。聞こえてくる音は自然の音だけだ。遠くのほうに州間高速道路の絶え間ないうなりが聞こえるが、近くでは公園事務所に電力を送っている発電機の高いうなりだけである。

やがてそれも消える。私は高速道路の騒音を遮断している岩棚の下にいる。木の葉はほとんど落ちていて、昨日の雨のせいでじくじく湿っている。下のほうには、このいちばん低温の地域でまだ残っている紅葉の赤い葉が冴えない光のなかで輝いているのが見える。

自分がリラックスするのを感じる。私がノーマルであろうとなかろうと、樹木は気にしない。岩も苔も気にしない。彼らには、人間のちがいはわからない。これは心の休まることだ。自分のことを考えずにすむ。

私は足を止めて岩の上に腰をかけ両足をだらりと垂らす。私の両親は、私の子供のころ、家の近くの公園に私を連れていった。そこにも滝のある小川があった、ここの滝より幅はせまいが。あそこにあった岩はここのものより色が黒っぽく、地面から突き出している岩のほとんどは先が細く尖っていた。でもそのなかにひっくりかえって平らな面が上になっている岩があった。私はその岩の上に立ったりすわったりしたものだ。それはやさしい感じがした、なぜかというとそれはなにもしなかったから。私の両親にはそれがわからなかった。

もしだれかが葉の散る前の紅葉に、もっと温かな気候の場所に移れば幸せに暮らすことができるよと教えたら、彼らはそうするだろうか？　もしそうすることによって、毎年美しい色に変わる半透明の葉は失われることになるとしたら、どうだろう？

私は深呼吸をして濡れた落ち葉のにおいを、岩についた苔の、地衣の、岩そのものの、土のにおいをかぐ……ある論文に、自閉症の人間はにおいにきわめて敏感だと書いてあったが、犬や猫がそうであってもだれも気にしない。

私は森のなかの小さな音、このきょうという日に聞こえるひそやかな音に耳をすませる、濡れた落ち葉は地面にぴったり張りついて黙っている。紅葉の木にはまだ少し葉が残っていてそれが風に吹かれてひらひらと揺れ、近くの小枝にあたってはたはたと音をたてる。リスの足音、木から木へ跳びながら木の幹をつかんだりはなしたりするときのかりかりという音。鳥の羽のひゅうという音、それから目に見えない鳥のかすかなチーッチーッという鳴き声が聞こえる。ある論文には、自閉症の人間は小さな音に非常に敏感であると書いてあるが、動物が音に敏感でもだれも気にしない。

気にするものはここにはだれもいない。私はきょう、自分の無秩序な過度の感覚を楽しむ必要がある、来週のいまごろそれらは失われているかもしれない。そのときどんな感覚が生まれようと、それが楽しめるようにと願う。

私は体をのりだし、石や苔や地衣類に舌を触れてそれを味わい、それから石からすべりおりると石の根もとにある濡れた落ち葉に舌を触れる。オークの幹（苦く渋味がある）、ポプラの幹（はじめは味がないが、やがてかすかな甘味が感じられる）。私は両腕をぱっと伸ばして小道の上でくるくると回る、足は砂利をばりばりと踏みしめる（目を止めてあわてるものもいない、私を叱責するものもいない、私の頭を揺さぶり警告するものもいない）。くるくる回る私といっしょにさまざまな色が回る。私が止まってもそれらはぱっとは止まらない、徐々に止まる。

下へ下へ――私はシダを探して舌で触れる、一枚の葉だけがまだ青い。味はない。ほかの樹木の幹、そのほとんどはなんの木かわからないが、幹の模様でちがう木だということがわかる。それぞれがわずかずつちがっている、微妙にちがう味、微妙にちがうにおい、幹のとりどりの模様、それは私の指の下でざらざらとしていたり、すべすべしていたりする。滝の音、はじめのうちは柔らかなどーどーという音が、たくさんの構成要素をもつ音へと分解していく。下の岩をたたく大滝のどーどーという音とそのどーどーという音が反響したぼんやりした音が一つの轟音になる、小さな流れとしぶきの飛び散る音、小さな滝、霜に焼かれたシダの葉からしたたり落ちるしずくのひとつひとつのかすかな音。

私は水が落ちるさまを眺め、そのすべての部分を見ようと努める、岩の縁を滑らかに流れていき、それから下に落ちるとちゅうで分かれていくときの水の塊を見ようと努める……あの一滴のしずくは、最後の岩を滑り落ち、無へと落ちていくとき、どんな気持なのだろう？

水に心はない、水は考えることはできない、しかしひとは――ふつうのひとびとは――怒れる川とか怒れる大洪水とか、まるで水に心がないことを信じないかのように表現している。

一陣の風が私の顔にしぶきを運ぶ。いくつかのしずくが重力を無視して風にのって立ち上がるが、それらの水滴はもといた場所に帰ることはない。

私は自分の決めたことについて、未知なことについて、後戻りができないことについて考えそうになるが、きょうは考えたくはない。いま感じられるあらゆることを私は感じたい、それを記憶しておきたい、もし未知の未来でこの記憶が残っているなら。私は滝の水に神経を集中し、そのパターンを見る、混沌のなかに秩序を、秩序のなかに混沌を見る。

月曜日。九時二十九分。私は、セクションAとはいちばんはなれたキャンパスにある病院の研究所に入る。私はデイルとベイリのあいだにある椅子に腰かけている。

椅子は薄い灰色のプラスチック製で、座面と背に青と緑とピンクのツイードのような生地が張ってある。部屋の向こうにももう一列椅子が並んでいる。大勢のひとがその椅子にすわったあとに残ったかすかな盛り上がりや凹みが見える。壁の薄い灰色の横木の下には二色の灰色の縞模様の織り目の見える壁紙が張られ、横木の上のほうはクリームがかった白のざらざらしたもので覆われている。横木の下の壁紙は縞模様なのに、手ざわりは、上のものと同じようにざらざらしている。部屋の向こうの壁には二つの絵がかけてある。一つは遠景に丘が、手前には緑の草原が描かれた風景画、もう一つは銅製の水差しに投げこまれたヒナゲシの花。部屋の向こうはしにドアが一つある。ドアの向こうになにがあるか私は知らない。それがわれわれの入っていくドアなのかどうか私は知らない。われわれの前には、低いコーヒー・テーブルがあり、その上にポータブル・ビューワーが一揃いとディスクの入った箱がある。箱には〈患者が知っておくこと〉あなたのプロジェクトの理解のために〉というラベルが貼ってある。私から見えるディスクのラベルにはこう書いてある。〈あなたの胃を理解するために〉。

私の胃は、広い空間のなかの冷たい塊だ。私の皮膚はだれかがきゅっと引っ張っているような感じがする。〈あなたの脳を理解するために〉というラベルが貼ってあるディスクがあるかどうか確かめるのはやめる。もしあってもそんなものは読みたくない。

未来を想像してみようとすると——この日の残り、明日、来週、残りの人生——それは私の目の瞳孔をのぞきこむようなもので、ただ黒いものが私を見返しているだけだ。光が速度を上げて入ってくるときすでにそこにある暗闇、光がやってくるまでは未知のもの、知ることができないもの。

知らないことは知ることの前にやってくる。未来は現在の前にやってくる。この瞬間から、過去と未来は、ちがう方向で同じものになる、しかし私はあちらに行くのであって、こちらに行くのではない。

私があそこにたどりつくとき、光の速さと暗闇の速さは同じになるだろう。

第二十一章

光。闇。光。闇。光と闇。闇の上の光の縁。動き。音。ふたたび音。動き。寒いそして温かいそして熱いそして明るいそして暗いそしてざらざらするそしてすべすべする、寒い、とても寒いそして痛みそして温かいそして暗いそして痛みがない。ふたたび光。動き。音そして大きな音そしてとても大きな牛の鳴き声。動き、光を背景にした形、刺す痛み、温かくまた暗闇。

ひかりはひるま。やみはよる。ひるまはおきるときそれはおきるじかん。よるはねてしずかにねむる。

いまおきる、おきあがる、うでをのばす。つめたいくうき。あたたかいかんじ。いまおきあがる、たちあがる。あしのうらつめたい。さあああるいて。ひかりのあるところまで、つめたいこわいにおいのするところまで。ぬらしたりよごしたりするところ、きれいにするところ。うでをのばしてひふをなでる。あしをなでる。どこもかしこもつめたいくうき。しゃわーにはいる、てすりにつかまる。てすりはつめたい。こわいおと、こわいおと。だいじょうぶ。じっとたっていて。なにかがぶつかる、たくさんのものがぶつかる、ぬれたものすべっていく、とてもつめたい、そしてあたたかい、そしてとてもあつい。だいじょうぶ、だいじょうぶ。だいじょうぶじゃない。はい、はい、じっとして。どろどろしたかんじ、からだじゅうすべっていく。きれい。もうきれい。またぬれる。でるじかん、たっていて。からだじゅうこする、ひふあたたかくなる。ふくをきる。ずぼんをはく、うわぎをきる、くつをはく。もうあるくとき。これをもって。あるいて。

たべるところ。ふかいさら。さらのなかのたべもの。すぷーんをとる。たべもののなかにすぷーん。くちのなかにすぷーん。だめ、すぷーんをちゃんとにぎって。たべものみんななくなる。たべものおちる。じっとして。もういちどやって。もういちどやって。すぷーんをくちにたべものをくちに。たべものまずい。あごがぬれる。だめ、はきだしてはだめ。もういちどやって。もういちど。もういちど。

かたちがうごくひとたち。いきているひとたち。うごかないかたちいきていない。あるく、かたちかわる。いきていないかたちすこしもかわらない。いきているかたちたくさんかわる。ひとのかたちはうえのほうにすきまがある。ひとはいう、ふくきなさい、ふくをきなさい、それでいい。いいってあまい。いいってあたたか。いいってひかってきれい。いいってわらうこと、かおにつけるなまえ、こっちのほうにうごいてくる。いいってしあわせなこえ、そういうおとにつけるなまえ。そういうおとはしゃべるというなまえ。しゃべることはなにをやるかおしえてくれる。ひとはわらう、いちばんいいおと。いいよ。いいよ。いいたべものはあなたにいい。ふくはあなたにいい。しゃべることはあなたにいい。ひとつよりおおいひと。ひとはなまえ。なまえをつかうことはよいこと、しあわせなこえ、ひかっていてきれいで、そしてあまい。そのひとはジム、おはようおきてふくをきるじかん。ジムのかおくろい、あたまのてっぺんひかっている、あたたかい手、おおごえのおしゃべり。ひとつよりおおいふたつはサリー。いまここではちょうしょく、ちょうしょくをたべることができてよかったね？　サリーはあおじろいかお、あたまにしろいかみのけ。おおごえでしゃべらない。アンバーはあおじろいかお、あたまはくろいかみ、ジムのようにおおごえではなくサリーよりおおごえ。

こんちはジム。こんちはサリー。こんちはアンバー。

ジムはおきろという。こんちはジム。ジムはわらう。ぼくが、こんちはジムというとジムはしあわせ。おきてバスルームにいってトイレをつかいふくをぬいでシャワーにはいる。わのようなものに手をのばす。ジムはえらいという、そしてドアをしめる。わのようなものをまわす。みず。せっけん。みず。いいきもち。からだじゅういいきもち。ドアをあける。ジムがわらう。ジムはぼくがひとりでシャワーをあびるとしあわせ。ジムがタオルをもっている。タオルをとる。からだじゅうをこする。かわかす。かわかすときもちいい。ぬれるのもきもちいい。あさもきもちいい。

ふくをきる、ちょうしょくにいく。テーブルのサリーのとなりにすわる。こんちは、サリー。サリーわらう。ぼくが、こんちはサリーというとサリーしあわせ。まわりをみてとサリーいう。まわりをみる。テーブルがたくさんある。ほかのひと。サリーしってる。アンバーしってる。ジムしってる。ほかのひとしらない。おなかがすいているのとサリーきく。はいという。ぼくがはいというとサリーしあわせ。ふかいさら。ふかいさらのなかのたべものはシリアル。うえにのっているあまいものくだもの。うえのあまいものをたべる、シリアルをたべる、おいしいという、おいしい。サリーがわらう。ぼくがおいしいというとサリーしあわせ。しあわせ、だってサリーがしあわせだから。しあわせ、だってあまいものがおいしいから。

アンバーいくじかんという。こんちはアンバー。アンバーわらう。ぼくがこんちはアンバーというとアンバーしあわせ。アンバーがくしゅうしつにいく。ぼくがくしゅうしつにあるいていく。アンバーあそこにすわってという。ぼくあそこにすわる。まえにあるテーブル。アンバーはんたいがわにすわる。アンバー、ゲームをするじかんという。アンバーものをテーブルのうえにおく。これはなんですかとアンバーきく。これはあおい。あおいとぼくいう。アンバーそれはいろですという。このものはなんですか？　ぼくさわりたい。アンバーさわってはいけないという、ただみているだけ。このものはおかしなかたちしている、しわくちゃ。あおい。ぼくかなしい。しらないことよくない、あなたのためによくない、あまくもない、ひかってもいないきれいでもない。

あわててはいけませんアンバーいう。わかった、わかった。アンバーはアンバーのはこにさわる。それからあなたはさわっていいという。ぼくはさわる。それはふくのぶぶん。それはシャツ。それはぼくにはちいさすぎる。とてもちいさい。アンバーわらう。よくできました、さあいいもの、これはシャツです、これはあなたにはちょっとちいさい。にんぎょうのシャツ。アンバーにんぎょうのシャツどけて、ほかのものをおく。それもおかしなかたち、しわくちゃのくろいもの。さわってはだめ、みるだけ。しわくちゃのあおいものがにんぎょうのシャツならしわくちゃのくろいものもにんぎょうのもの？　アンバーさわる。それはひらたくなる。ふたつのものがしたのほうにつきだし、うえはひとつ。ズボン。にんぎょうのズボンとぼくはいう。アンバーはおおきなわらいをうかべる。よくできました、ほんとうによくできたわ。さあいいものあげる。アンバーははこにさわる。ランチのじかん。ランチはちょうしょくとゆうしょくのあいだのひるのしょくじ。こんちはサリー。おいしそうサリー。ぼくがそういうとサリーはうれしい。たべものはパンのあいだにべたしたものをはさんだものとくだものとみず。たべものは口のなかでいいかんじがする。これはおいしいサリー。ぼくがそういうとサリーはうれしい。サリーわらう。もっともっといいものあげる。サリーがすき。サリーはいいひと。ランチのあとはアンバー、せんにそってゆかをはう、それからかたあしをあげて、ゆかにたつ、それからもうかたほうもあげる。アンバーもはう。アンバーかたあしでたつ、ひっくりかえる。わらう。わらうとからだじゅうゆさぶるみたいできもちいい。アンバーわらう。よくできました。アンバーがすき。

ゆかをはったあとはテーブルのうえでまたゲーム。アンバーはテーブルにたくさんものをおく。しらないなまえ。なまえではない、とアンバーがいう。これをみて。アンバーはくろいものにさわる。もうひとつのものをみつけてアンバーいう。これをみなさい。またひとつちがうもの、おなじ。さわる。アンバーわらう。よくできました。アンバーはくろいものとしろいものをいっしょにする。おなじようにしなさいとアンバーいう。こわい。わからない。いいの、いいの、アンバーいう。わからなくてもいいの。アンバーわらわない。いいではない。くろいものさがす。みて。しろいものさがす。ふたつをいっしょにしなさい。アンバーこんどわらう。よくできました。

アンバーみっつのものをいっしょにする。これとおなじようにしなさいとアンバーいう。ぼくはみる。ひとつはくろい、ひとつはしろくて、くろいところがある、ひとつはあかいところにきいろがある。みて。くろいものをおく。しろくてくろいところがあるものをみつけて、それをおく。それからあかくてきいろのところのあるものをみつけてそれをおく。アンバーはアンバーのはこにさわる。それからアンバーはアンバーのものにさわる。まんなかにあかをとアンバーいう。みて。まちがえた。あかがはし。うごかして。よくできました、とアンバーがいう。ほんとうによくできた。うれしい。アンバーがうれしいのぼくはすき。ふたりともうれしいのはいい。

ほかのひとがくる。ひとりはしろいコートをきている、まえにみたことがある、なまえはドクターとしかしらない。ひとりはたくさんのいろのセーターとちゃいろのズボン。アンバーはしろいコートのひとにこんちはドクターという。ドクターはアンバーにはなしかける、このひとはリストにのっているかれのともだちですという。アンバーはぼくをみる、そしてもうひとりのおとこをみる。おとこはぼくをみる。うれしそうにみえない、わらっているのに。

おとこいう、こんちはルウぼくはトムだよ。

こんちは、トム、とぼくはいう。かれはよくできましたとはいわない。あなたはドクターですね、とぼくはいう。

いしゃのドクターではない、とトムいう。いしゃのドクターではないというのはどういういみだろう。

トムはあなたのほうもんリストにのっているのよとアンバーいう。かれをまえにしっていたでしょ。

なんのまえ？　トムはうれしそうにみえない。とてもかなしそうにみえる。

トムはしらないとぼくはいう。アンバーをみる。トムをしらないのはわるいことですか？

まえのことはぜんぶわすれましたか、とトムがきく。

なんのまえ？　しつもんがよくわからない。ぼくがしっているのはいま。ジム、サリー、アンバー、ドクター、しんしつのあるところ、バスルームのあるところ、たべるところ、がくしゅうするところ。
いいのよ、とアンバーいう。あとでせつめいします。いいの。あなたはうまくいってい
る。
もういきましょう、とドクターがいう。トムとドクターはむこうをむく。
なんのまえ？
アンバーはもういちれつおいていうあたしのいったとおりにしなさい。

「早すぎると言ったでしょう」ヘンドリックス博士は、廊下に出ると言った。「あなたを思い出せないだろうと言ったはずですよ」

トム・フェンネルは、こちらからしか見えない窓をちらりと振りかえった。ルウ――もしくはルウだったもの――は彼の相手をしているセラピストにほほえみかけ、ブロックを一つ取って相手のやったとおりにそれを並べる。ルウのぽかんとした顔、「こんちは、トム」という言葉についてきた空虚な笑みを思い出すと、悲嘆と憤怒がトムの全身を洗う。

「いまいろいろと説明しようとするのは彼にストレスをあたえるだけですよ」とヘンドリックスが言った。「理解さえできないでしょう」

トムはようやく声を出す、自分の声とは思えない声。「あなたは――あなたは自分がなにをやったかちょっとでもわかってるんですか？」彼は必死に自分を抑えている。自分の友だちをだめにしてしまったこの人物を絞め殺してやりたかった。

「ええ。彼はとてもよくやっています」ヘンドリックスは理不尽なほどうれしそうに言う。

「先週の彼はいまやっていることができませんでした」

よくやっている。あそこにすわってブロックを相手と同じように並べているのは、トムから見れば、よくやっているとは言えない。ルウの驚異的な才能を思い出すととうてい。

「しかし……しかしパターン解析やパターン生成は彼の特殊な才能で――」

「彼の脳の構造には、甚大な変化がありました」とヘンドリックス博士は言った。「変化はいまなお進行中です。彼の脳は年齢が逆行しているようなもので、さまざまな点でふたたび幼児の脳になっています。素晴らしい可塑性、素晴らしい適応能力」

彼女の独断的な口調が彼を苛立たせる。彼女は明らかに、自分のしたことになんの疑問も抱いていない。「こんな状態はどれくらい続くんですか？」と彼は訊いた。

ヘンドリックスは肩をすくめこそしなかったが、その間《ま》にはそういう意味がこめられていたのかもしれない。「われわれにはわかりません。われわれは考えました――願いました、と言うべきでしょうね――遺伝学とナノテクノロジーの組み合わせ、加速された神経の成長とによって、回復相はより短くなり動物モデルで観察されたものに近いものになる。そうは言っても人間の脳は、複雑きわまりないもので――」

「やるまえにそれを知っておくべきだったんですよ」とトムは言った。口調が非難めいたものになるのはやむえない。ほかの連中はどうなっているのだろうとふと思い、何人いたか思い出そうとしてみた。あの部屋にはほかに二人の人間がいて、別のセラピストと学習をしていた。ほかの連中はみんなだいじょうぶなのか、それとも？　彼はその連中の名前を知らなかった。

「そうですね」彼女の穏やかな同意は彼をいっそう苛立たせた。

「いったいあなたはなにを考えて――」

「助けることをです。ただ助けることを。ごらんなさい――」彼女は窓を指さし、トムは見た。

ルウの顔をしている男は――だが表情は彼のものとはちがう――形を完成したブロックをわきにおき、テーブルの向かいのセラピストに笑いかけている。セラピストは話している――トムにはガラスを隔てたその声は聞こえないが、ルウのリアクションは見ることができる、うちとけた笑いとかすかに振られる頭。それはあまりにもルウらしくなく、異様なほどノーマルだったので、トムは息が詰まるのを覚えた。

「彼の社交的な相互作用はすでにかなり健常者に近づいています。社交上の合図にらくに反応しています。ひとといっしょにいるのを楽しんでいます。この点ではまだ子供っぽいところはあるものの性格はとても明るい。彼の感覚処理は、正常化されてきたように思われます。気温、感触、味などの嗜好範囲も正常の範囲内にあります。彼の言語の使い方は日ましに上達しています。彼の機能が改善するにつれて抗不安薬の投与量を減らしていきます」

「しかし彼の記憶は――」

「まだなんとも言えません。精神病患者の失われた記憶の回復についてのわれわれの経験から言いますと、われわれが用いている技術は二つともある程度まで効果を上げています。複合感覚の記録をとっていますが、それらはふたたび挿入されるでしょう。さしあたって、特別の生化学薬品で——特許薬なので訊かないで——アクセスを妨げています。これは、これから数週間のあいだにふるいにかけられていくでしょう。われわれはそれをやる前に感覚処理と感覚統合の完全に安定した基質が得られているかどうか確かめたいのです」

「すると彼の以前の生活を彼に取り戻させることができるかどうかわからないのですね？」

「ええ、しかし大きな希望はあります。彼は、心的外傷によって記憶を喪失した人間より悪くなることはありません」彼らがルウにやったことは心的外傷と呼ばれるのではないか、とトムは思った。ヘンドリックスは言葉をついだ。「けっきょくひとびとは、過去の記憶がなくとも、必要な日常生活と社会生活の技術を学びなおすことができるならば、ちゃんと適応して生活していくことができます」

「認知についてはどうですか？」とトムは努めて平静な声で言った。「彼は現在はかなり機能が低下しているようですね。彼は以前は天才のレベルに近かったですからね」

「そこまではいっていなかったでしょう」とヘンドリックス博士は言った。「わたしどものテストによると、彼は平均をちょっとうわまわっていました、ですからたとえ十点、二十点下がったとしても、彼が独立の生活をしていく能力を危険に陥れるわけではありませんよ。しかし彼はどう見ても、天才ではなかった」彼女の声のきっぱりとした確信、彼が知っていたルウをあっさり却下する態度は、ゆっくり時間をかける残忍な扱いよりひどいものだった。

「あなたは以前から彼を知っていたのですか――あるいは彼らのうちのだれかを？」とトムは訊いた。

「いいえ、もちろん知りません。一度だけ会ったことはありますが、彼らを個人的に知らないほうがよかったでしょうね。彼らのテストの結果はもらいました、それから面接や記憶の数々の記録はリハビリ担当の心理学者たちが持っています」

「彼は並みはずれた人物でした」とトムは言った。彼は相手の顔を見たが、そこに見たものは自分がしていることに対するプライドと、邪魔されたことに対する苛立ちでしかなかった。「もとの彼になるように願っています」

「彼は、少なくとも、自閉症ではなくなるでしょう」と彼女は、それがほかのすべてを正当化するとでもいうように言った。

トムは、自閉症はそれほど悪いものではないと言おうとして口を開きかけたが、ふたたびその口を閉じた。彼女のような人間と議論をしてもむだだ、少なくともここで、いまは。そしてともあれルウにとっては手遅れだった。彼女は、ルウが癒されるためのただ一つの最大の希望だったのだ――そう考えるとわけもなく体が震えた。

「彼がもっとよくなったときに、もう一度いらっしゃるべきです」とヘンドリックス博士は言った。「そうすれば、わたしたちが成しとげたことをもっとよく理解していただけますよ。お電話をしますから」彼は、それを考えるだけで胃が締めつけられるようだった。彼はそれほどまでにルウに借りがあったのである。

外に出るとトムはコートのジッパーを上げ、手袋をはめた。ルウは、いまが冬だということを知っているだろうか？　ここの建物には窓がひとつもなかった。灰色の午後は暮れなずみ、足もとには融けかかった雪、いまの気分にぴったりだった。

家に帰りつくまで、彼は医学の研究というものを罵っていた。

ぼくはテーブルのまえにすわり、見しらぬひと、白いコートをきた女のひととむきあっている。ここにずっと長くいるような気がするけれども、なぜだかわからない。ドライブをしているあいだなにかほかのことを考えていて、そのあいだにじっさいなにが起こっていたか知らないまま、とつぜん十マイルもはなれたところにいるような感じがする。

うたたねから目がさめたような感じ。ぼくがどこにいるか、これからなにをやることになっているのかぼくにはよくわからない。

「すみません」とぼくはいう。「ちょっとぼんやりしていたにちがいありません。もう一度いってもらえませんか？」

彼女はけげんそうにぼくを見る。それからその目がこころなしか大きくなる。

「ルウ？　あなた、だいじょうぶ？」

「だいじょうぶですよ」とぼくはいう。「たぶん頭がちょっと混乱して……」

「あなたは自分がだれだかわかっている？」

「もちろん」とぼくはいう。「ぼくはルウ・アレンデイルですよ」ぼくがじぶんの名前もわからないかもしれないなんて、なんで彼女はそんなことを考えたのだろう。

「いまどこにいるかわかる？」と彼女がきく。

ぼくはまわりを見まわす。彼女は白いコートをきている。へやはどことなく病院か学校のように見える。はっきりわからない。

「よくはわからないな」とぼくはいう。「病院みたいなところかな？」

「ええ」と彼女はいう。「きょうは何日かわかる？」

きょうが何日かじぶんが知らないことにとつぜん気づく。かべにカレンダーがかかっているし、大きな時計もある、表示ばんの月は二月だが、なんだかぴったりこない。ぼくがさいごにおぼえているのは、秋ごろだった。

「わからない」とぼくはいう。なんだかこわくなってくる。「なにがあったんですか？じこかなにかでぼくは病気になったんですか？」

「あなたは脳の手術を受けたのよ」と彼女はいう。「なにかおぼえていない？」

おぼえていない。考えようとすると濃い霧がたちこめてくる、黒くどんよりと。手を伸ばして頭をなでてみる。いたくはない。傷口もない。かみの毛はかみの毛の感じがする。

「どんな気分？」と彼女がきく。

「こわい」とぼくはいう。「なにが起こったのか知りたいな」

ぼくは二週間ほどのあいだ立ったりすわったりしていたと彼らはいう、いわれたところへ行き、いわれたところにすわっていた。いまはそうしていることの自覚がある。昨日のことはおぼえているが、その前のことはぼやけている。

午後には物理療法がある。ぼくは何週間もベッドに寝たきりで歩くことができなかったので、体が弱っている。いまはだいぶしっかりしてきた。

ジムで行ったり来たり、ただ歩くのはたいくつ。かいだんを上がったり下りたりする練習のために手すりのついた段々があるが、これもすぐにあきてしまう。物理療法のセラピストのミッシーは、ボール・ゲームをやろうという。どうやればいいのかぼくはおもいだせないが、彼女はボールをぼくにわたし、それを自分に投げろという。彼女は数フィートはなれたところにすわっている。ぼくはボールを彼女に投げる、彼女が投げかえす。やさしい。ぼくはうしろに下がってまたボールを投げる。これもやさしい。彼女はぼくに的をしめす、それにうまくあたるとチャイムが鳴る。十フィートはなれたところからあてるのはやさしい。二十フィートはなれると何度か失敗する、そのうちにぜんぶあたるようになる。

過去のことはあまりおぼえていないといっても、ひととボールの投げっこをしていたとは思わない。ほんもののボール・ゲームをほんもののひとたちがやるとしたら、こんなものよりずっとふくざつなものにちがいない。

けさ起きてみると、じゅうぶん休養して体がしっかりしてきたように感じた。昨日のことも一昨日のこともおぼえているし、そのまえの日のこともなにかしらおぼえている。雑用がかりのジムがしらべにこないうちに身じたくをして、それから教えてもらわないで食堂まで歩いていった。朝食はたいくつだ。熱いシリアルと冷たいシリアルと、バナナとオレンジだ。熱いシリアルにバナナを入れて、熱いシリアルにオレンジを入れて、冷たいシリアルにバナナを入れて、冷たいシリアルにオレンジを入れる、それだけだ。まわりを見まわすと、何人か顔を知っているひとがいた、もっともその名前を思い出すのに一分かかったが。デイル。エリック。キャメロン。彼らはまえから知っていた。彼らも治療グループに入っていたのだ。もっと大勢いた。あとのひとたちはどこにいるのだろう。

「ねえ、ぼくはワッフルが好きなんだ」ぼくがテーブルのまえにすわるとエリックがいった。「おんなじものばかりでうんざりだよ」

「たのめば」とデイルがいった。彼は〝たのんでもなにも変わらない〟というつもりだったのだ。

「このほうがきっとヘルシーなんだよ」とエリックがいった。彼は皮肉をいったのだ。ぼくたちはみんな笑った。

ぼくは自分がなにを食べたいのかよくわからないが、いつもおなじシリアルと果物でないことはたしかだ。ぼくが好きだった食べ物のぼんやりとした記憶が頭にうかぶ。ほかのひとたちはなにをおぼえているのだろう。彼らとはなにかの知り合いだということは知っているけれども、どういう知り合いなのかわからない。

午前ちゅうはみんないろいろなセラピーを受ける。話し方、認知、日常生活の技術。はっきりとではないが、ながいあいだ毎朝これをやっていたことをおぼえている。

けさは、なんともたいくつだった。質問と指示、くりかえし、くりかえし。ルウ、これはなに？　鉢、グラス、皿、水さし、箱……ルウ、青いグラスを黄色のバスケットに入れて――あるいは緑色のボウタイを赤い箱にいれて、あるいは積木をかさねて、あるいはなにか同じようなむだなこと。セラピストは用紙をもっていた、彼女はそれにマークをつけた。そのタイトルを読もうとしたが、それを逆さから読むのはむずかしい。そんなことはかんたんにやっていたように思う。箱にはってあるラベルをよむ。診断に役立つ玩具‐セット1、日常生活の技術に役立つ玩具‐セット2。

ぼくは部屋を見まわす。ぼくたちはみんなが同じことをしているわけではないが、みんなセラピストと一対一で学習をしている。セラピストはみんな白衣を着ている。みんな白衣の下に色のついた服を着ている。コンピュータが四台、部屋のむこうの机にのっている。なぜあれを使わないのかふしぎだった。コンピュータがどういうものか思い出した。それでぼくになにができるかも。コンピュータとは言葉や数字や画がいっぱいつまっている箱で、ぼくに質問に答えさせることができる。ぼくが質問に答えるよりもコンピュータに質問の答えをさせたい。

「コンピュータは使えますか?」とぼくは、話し方のセラピストのジャニスに訊く。

彼女は驚いている。「コンピュータを使う? なぜ?」

「こんなのは退屈ですよ」とぼくはいう。「あなたは馬鹿らしい質問ばかりして、馬鹿らしいことをやるように命令するだけだ。どれもやさしいことなのに」

「ルウ、これはあなたのお手伝いをするため。あなたの理解力をチェックする必要があるの――」彼女は、子供か、あまり頭がよくない人間を見るようにぼくを見る。

「ふつうの言葉は知っていますよ。あなたが知りたいのはそういうことですか?」

「そう、でもはじめて目覚めたとき、あなたは知らなかった」と彼女はいう。「じゃあ、もっとレベルの高いものに変えてみよう――」彼女はべつのテスト集を取り出す。「これができるかどうか試してみようね、むずかしすぎても心配しないように……」

ぼくは言葉に合う絵をさがすのだ。彼女が言葉を読む。ぼくは絵を見る。とてもやさしい。二分たらずでやってしまう。「ぼくが言葉を読めば、もっと早くできるのに」とぼくはいう。

彼女はまた驚いている。「言葉を読めるの?」

「もちろん」ぼくは彼女が驚いたことに驚く。ぼくはおとなだ。おとなは字が読める。胸の奥がなんだか不安になる。言葉が読めない、文字はなんの意味もない、ただどれも同じような形に見える、そんなぼんやりした記憶がある。「ぼくはまえは読めなかったのですか?」

「いいえ、でもあのあとすぐは読めなかったのよ」と彼女はいう。彼女は別のリストと絵をぼくにさしだす。短く簡単な言葉だ。木、人形、トラック、家、車、電車。彼女はまた別のリストをさしだす、これは動物のリスト、それから道具のリスト。みんなとてもやさしい。

「するとぼくの記憶はもどってきたんだ」とぼくはいう。「こういう言葉やものはおぼえている……」

「そうらしいわね」と彼女はいう。「読み方の理解力をためしてみる?」

「いいですよ」とぼくはいう。

彼女は薄い本をぼくにさしだす。最初の文は、ふたりの少年が野球をする話だ。言葉はやさしい。ぼくは、彼女にいわれたとおり、それを声を出して読みはじめると、とつぜんふたりの人間が同じ言葉を読んでいて、ちがうメッセージを受け取っているような感じをおぼえる。ぼくは〈ベース〉と〈ボール〉のあいだで読むのをやめる。

「どうしたの?」ぼくがしばらくなにもいわないので彼女が訊く。

「よく――わからない」とぼくはいう。「なんだかおかしい」ハッハと笑うおかしさではなく、奇妙なおかしさという意味だ。一方の自分は、ビルがティムのバットを折ったのにそれを認めないのでティムが怒っているのだと思う。もう一方の自分は、父親がティムにバットをくれたのでティムが怒っていると思う。その下に書いてある質問は、なぜティムは怒っているのかと尋ねている。ぼくには答えがわからない。たしかなことがわからない。

それをセラピストに説明しようとしてみる。「ティムは誕生日にバットをほしくなかった。彼は自転車がほしかった。だから彼はそのことを怒っているかもしれない、あるいはビルが父親からもらったバットを折ったので怒っているのかもしれない。どちらなのかぼくにはわからない。この話はぼくにじゅうぶんな情報をあたえてくれていません」

彼女は薄い本を見る。「ふーん。解答欄にはCが正解だと書いてあるけど、あなたのジレンマはよくわかる。それはいいことだわ、ルウ。あなたは社会的な微妙な差異をとらえたわけだから。もうひとつやってごらん」

ぼくは頭を横に振った。「このことをよく考えたいです」とぼくはいう。「どちらの自分が新しい自分なのかわからない」

「でも、ルウ――」と彼女はいいかける。

「失礼します」ぼくは椅子をうしろに引いて立ち上がる。そうするのは失礼なことだとわかっている。そうするのが必要だということもわかっている。一瞬、部屋が明るくなり、あらゆるものの輪郭が光る線となってはっきりうかびあがる。奥行きの判断がむずかしい。ぼくはテーブルの角にぶつかってしまう。明かりが暗くなる。輪郭がまたぼやける。なんだか体が不安定でふらふらする……それからぼくは床にしゃがみこみテーブルにつかまる。テーブルの縁は硬い、その表面は木目に似せた合板でできている。ぼくの目には木目が見えるし、ぼくの手は木ではないものの感触に触れている。空気が部屋の換気口をひゅうひゅう通っていく音が聞こえる、ぼくの気管をすうすう通っていく空気の音も、心臓の鼓動も、そして耳のなかの繊毛が——なんでそれが繊毛だとわかるのだろう?——音の流れにつれて動く音も。においがぼくを襲う。自分のすえくさい汗、床に使われた洗剤、ジャニスの甘い化粧品のにおい。

ぼくがはじめて目を醒ましたときもこうだった。いま思い出す。目が醒め、知覚データがどっと入ってくる、それに溺れ、安定したものがなにも見つからない、その過負荷から解放してくれるものがなにも見つからない。光と闇と色と音と共鳴とにおいと味と感触のさまざまなパターンを理解しようと何時間も苦闘したことを思い出す……

それはビニール・タイルの床、濃いグレーの斑点のある薄いグレー、それは木目仕上げの合板のテーブル、それはぼくが見つめている靴、カンバス地の魅力的なパターンをまばたきで追いはらい、それを靴として見る、靴の下には床がある。ぼくはセラピー・ルームにいる。ぼくはルウ・アレンデイル、かつては自閉症のルウ・アレンデイル、いまは未知のルウ・アレンデイル。靴のなかのぼくの足は床の上で床は基礎の上で基礎は地面の上で地面は惑星の表面で惑星は太陽系で太陽系は銀河系で銀河系は宇宙で宇宙は神さまのみこころのなかにある。

目を上げると床が壁まで伸びているのが見える。床は波うって、またじっと動かなくなり、工事人が敷いたようにたいらだが、まったいらというわけではない、でもそれはどうでもいいことだ。これは便宜上、たいらといわれる。ぼくは頭のなかでたいらに見えるようにする。たいらというのはそういうことだ。たいらは絶対ではない平面、たいらはそこそこたいらということだ。

「だいじょうぶ？　ルウ、おねがいだから……返事をして！」

ぼくはそこそこだいじょうぶ。「オーケーです」とぼくはジャニスにいう。オーケーというのは、〝そこそこだいじょうぶ〟ということで、〝まったくだいじょうぶ〟ということではない。彼女は怖がっている。ぼくが彼女を怖がらせたのだ。彼女を怖がらせるつもりはなかった。だれかを怖がらせたら、その相手を安心させなければいけない。「すみません」とぼくはいう。「また例の一時的なものです」

彼女はちょっと緊張を解く。ぼくは上半身を起こし、それから立つ。壁は完全にまっすぐではないが、そこそこまっすぐだ。

ぼくはそこそこルウだ。元ルウと、今ルウ、元ルウはこれまでのあらゆる経験をあたえてくれる、彼がかならずしも理解しえなかった経験を。そして今ルウは評価し、解釈し、再評価する。ぼくには両方がある——ぼくは両者なのだ。

「しばらくひとりになりたいんです」とぼくはジャニスにいう。彼女はまた心配そうな顔をする。ぼくのことを心配してくれているのがわかる。ある理由で彼女は同意しないこともわかっている。

「あなたにはひととの相互関係が必要なの」と彼女はいう。

「わかっています」とぼくはいう。「でも一日のうち何時間かはひとりです。いまぼくはひとりになってたったいま起こったことを解き明かす必要があるんです」

「そのことをあたしに話して、ルウ」と彼女はいう。「なにが起こったのかあたしに話して」

「話せません」とぼくはいう。「時間が必要です……」ぼくはドアのほうに一歩踏み出す。テーブルのわきを過ぎるときテーブルの形が変わる。ジャニスの体が形を変える。壁とドアがコメディの酔っぱらいのようにぼくのほうに傾いてくる——どこであれを見たんだっけ？　なんで知っているのだろう？　どうしてあんなことを思い出せるのか、そしてなぜそこそこにたいらで、完全にたいらでない床に納得できるのか？　ぼくは努力して壁とドアをまたたいらにする。伸び縮みするテーブルは、ぼくの目にそう見えなければならない長方形にぱっともどる。

「でも、ルウ、もし知覚に問題があるのだとしたら、投薬量を加減する必要があるかもしれないのよ——」

「だいじょうぶ」ぼくは振り返りもせずにいう。「ただ休みがほしいんです」これで決着。

「手洗いに行きたいんです」

　ぼくにはわかっている——どこかから記憶がよみがえる——起こったことというのは、感覚統合と視覚処理に伴うものだ。歩き方がおかしい。いま歩いているのはわかっている。脚がよどみなく動いているのを感じることができる。だがぼくに見えるのは、ぎくしゃくとした、ひとつの急激な動きから、次々と位置を変えていくもの。ぼくに聞こえるのは足音と足音の反響とそのまた反響。

元ルゥが、これは前とはちがう、自分が小さいときからそうであったようなものとはちがうとぼくにいう。元ルゥは男性用トイレに入るドアに、そしてぼくがそのドアを入っていくことにぼくの注意を集中させるようにしてくれる、そのいっぽう、今ルゥはたまたま聞いた会話や、なにかの助けになるものを見つけようとして読んだたくさんの本の記憶を狂ったように探っている。

男性用トイレは前より静かだ。なかにはだれもいない。なめらかな曲線をもつ白い陶器の備品やぴかぴか輝いているノブやパイプから発する光がぼくの目にまっしぐらに走ってくる。奥のほうに個室がふたつある。ぼくはそのなかに入ってドアを閉める。

元ルゥは床のタイルや壁のタイルに気づき、部屋の容積を計算したいと思う。今ルゥは柔らかな暗い場所に入りこんで朝まで出てこないでいたいと思う。

いまは朝だ。まだ朝だ、そしてぼくたち——ぼく——はまだランチを食べていない。対象の永続性。ぼくに必要なのは対象の永続性だ。元ルゥはそのことをある本で読んだ——彼が読んだ本、よく覚えていないがそれでもいま思い出す本——それがいまよみがえってくる。赤ん坊にはそれがない。おとなにはある。生まれながら目が見えないひとが視覚を修復したとしても、それを学ぶことはできない。テーブルのそばを通りすぎるとき、彼らにはテーブルがひとつの形からべつの形へと流動的に変形するのが見える。

ぼくは生まれながらの盲目ではない。元ルゥは視覚処理においては対象の永続性があった。ぼくにもそれはそなわるだろう。あの話を読むまでは、ぼくにもそれはあった……

心臓の鼓動がだんだん遅くなり、意識下に沈んでいくのが感じられる。ぼくは体をのりだして、床のタイルを見る。それがどんなサイズなのか知ろうとは思わないし、また床のその部分のタイルの数を数えようとか、部屋の容積を計算しようという気もない。もしここに捕らえられて退屈したらそんなことをするかもしれないが、いま現在は退屈はしていない。ぼくは混乱し不安になっている。

なにが起こったのかぼくにはわからない。脳外科手術？　どこにも傷口はないし、不揃いな伸び方をしている髪の毛もない。なにか医学的な非常事態？

感情がぼくに襲いかかる。恐怖、そして怒り、そしてそれとともに自分が膨らみ、そして縮んでいく異様な感覚がある。怒ったときには、自分の背丈が伸びるのを感じ、ほかのものが小さく見える。怖いときには、自分が小さくなり、ほかのものが大きく見える。ぼくはそうした感覚と戯れる、そしてぼくのまわりの小部屋のサイズが変わるのはとても奇妙な感じがする。だがもしほんとうに変わっているのだとしたら、どうしてぼくにわかるのだろう？

音楽がとつぜん頭のなかにあふれる、ピアノ音楽。やさしく、流れる、組み立てられた音……ぼくはぎゅっと目をつぶり、ふたたびリラックスする。名前がよみがえる。ショパン。エチュード。エチュードは練習曲……いや音楽が流れるままにしろ、考えるな。

両手で自分の腕を上下になでさすり、自分の肌の感触を、毛の弾力を感じる。心が休まる、だがこんなことをつづけている必要はない。

「ルウ！　そこにいるのかい？　だいじょうぶか？」それはジム、ほとんど毎日ぼくの世話をしてくれる雑用係。音楽は消えるが、それが皮膚の下でさざ波のように流れ、ぼくの心を静めてくれるのを感じる。

「だいじょうぶ」とぼくはいう。声がリラックスしているのがわかる。「ちょっとひと休みしたかっただけですよ」

「出てきたほうがいいよ、ぼうや」と彼はいう。「みんな大騒ぎしてさ、頭が変になりそうだよ」

ぼくは吐息をついて立ち上がりドアのかけ金をはずす。歩きだすと対象の永続性がその形をとどめてくれる。壁も床もちゃんとたいらのままでいる。てかてかした表面に反射する光も気にならない。ジムがにっこり笑いかける。「じゃあオーケーなんだね、ぼうや」

「だいじょうぶ」とぼくはもう一度いう。元ルウは音楽が好きだった、元ルウは、気持を静めるために音楽を聞いた……元ルウが好きだった音楽をいまのぼくはどれだけ思い出せるだろう。

ジャニスとヘンドリックス博士が廊下で待っている。ぼくはほほえみかける。「だいじょうぶですよ」とぼくはいう。「ほんとうに手洗いに行く必要があったんです」

「でもジャニスが、あなたが倒れたっていうものだから」ヘンドリックス博士はいう。

「ほんのちょっとした不調ですよ」とぼくはいう。「本を読んでいるあいだに混乱してそれが知覚を混乱させたんですが、もう消えましたから」ぼくは廊下の向こうとこっちを見てたしかめる。なにもかも問題なしのように見える。「じっさいになにが起こったのかお話ししようと思います」ぼくはヘンドリックス博士にいう。「脳外科手術をしたとみながいいましたが、見たところ、なんの傷口もありませんし。自分の脳でなにが起こっているのかぼくは知る必要がありますね」

彼女はくちびるをすぼめてうなずく。「いいわ。カウンセラーがあなたに説明します。ただ、わたしたちがいまやっている手術のようなものは、頭に大きな穴をあける必要はないの。ジャニス、彼のアポイントメントを取っておいてね」そして彼女は歩み去る。

彼女のことはあまり好きではない。秘密を抱えている人間のような感じがする。

ぼくのカウンセラー、真っ赤な髭を生やした快活な青年が、彼らがしたことを説明してくれたとき、ぼくはひどいショックを受けた。元ルウはなぜこんなことに同意したのか？これほどのリスクを負うとは？　元ルウにつかみかかりゆさぶってやりたいが、元ルウはいまはぼくだ。ぼくは彼の未来であり、彼はぼくの過去である。ぼくは宇宙に流れ出した光、彼はぼくが出てきたものが爆発したもの。ぼくはこんなことは、カウンセラーにはいわない。カウンセラーはとても実際家で、おそらくぼくがいかれたと思うだろう。ぼくは安全で、これから先も世話してもらえるからとしきりにいう。カウンセラーはぼくが落ち着いて平静でいることを望んでいる。ぼくの外側は落ち着いて平静だ。ぼくの内側は、自分のネクタイの模様がどうやって織られたか考えようとしている元ルゥと、その元ルゥをふるいおとし、カウンセラーの顔に嘲笑を浴びせ、ぼくは安全なんかでいたくないし世話などしてもらいたくないといってやりたい現在のルゥと、二つに引き裂かれている。いまのぼくはその段階を過ぎている。カウンセラーが安全だというやり方ではもはや安全ではない。自分の面倒は自分でみるつもりだ。

ぼくは目を閉じてベッドに横になり、この日のことを考えている。とつぜんぼくは宙に、暗闇のなかに浮いている。はるかかなたにさまざまな色をした光の小さなかけら。それが星だということをぼくは知っている、ぼやけているのはたぶん銀河だ。音楽がはじまる、ふたたびショパン。それはゆるやかで思索的な哀愁をおびた音楽。ホ短調の曲。そこにほかの音楽がわりこんでくる、ちがう感触。いっそう立体的な肌ざわり、いっそう力強く、大洋の波のようにぼくの下から突き上げる、ただしこの波は光だ。

色が変わる。分析しなくてもわかっている、ぼくはそれらの遠い星にむかって走っている、早く、早く、光の波がぼくをほうりなげるまで、そしてぼくはなおも早く飛びつづける、暗い知覚、時空間の中心に向かって飛びつづける。

目が醒めるとぼくはこれまでよりずっと幸せな気分だ、なぜだかわからない。

つぎにトムが来たとき、ぼくは彼に気づき、彼が以前ここに来たことを思い出す。彼に話すことがいっぱいある、尋ねたいことがいっぱいある。元ルウは、トムがどこのだれよりも彼のことを一番よく知っていたと思っている。できれば元ルウに挨拶させたいが、もうそういうわけにはいかないのだ。

「あと数日で出られますよ」とぼくはいう。「もうアパートの管理人とも話をしましたから。電気も入れて万事用意してくれるはずです」

「気分はいいんだね？」と彼が訊く。

「いいですよ」とぼくはいう。「なんども来ていただいてありがとう。最初のときにはあなたがわからなくてすみませんでした」

彼はうつむく。彼の目に涙が見える。彼はその涙に当惑している。「きみのせいじゃないんだよ、ルウ」

「ええ、でもあなたが心配してくださったことはわかっています」とぼくはいう。元ルウならわからなかったかもしれないが、ぼくにはわかる。トムは、とても思いやりのある人間だ。彼の顔がわからないぼくを見て、彼がどんな気持だったか想像がつく。

「これからなにをするのかわかっているのかい？」と彼が訊く。

「夜学に入学するのはどうかと、ご相談しようと思っていました」とぼくはいう。「大学にもどりたいんです」

「それはいい」と彼はいう。「入学手続きなんかは手伝えると思うよ。なにを勉強したいのかね？」

「天文学」とぼくはいう。「または天体物理学。どちらにするかまだきめていませんが、そんなようなものですね。宇宙に行きたいんですよ」

彼はちょっぴり悲しそうだ。彼がむりやり微笑をうかべるのがわかる。「きみの希望がかなえられるといいね」と彼はいう。それから、押しつけがましいのはいやだけど、といいたげに彼はいう。「夜学に入るとフェンシングをやる時間があまりないだろうね」

「ええ」とぼくはいう。「どういうことになるでしょうかね。でもうかがえれば、うかがいますよ」

彼はほっとしたように見える。「いいとも、ルウ。きみの消息がわからなくなるのはいやだ」

「だいじょうぶですよ」とぼくはいう。

彼は頭をかしげ、それから一度だけ横に振った。「そう、だいじょうぶだと思う。ほんとにそう思うよ」

エピローグ

ぼくにはとても信じられない、この七年ぼくがやってきたことのすべては、まさにこれを目指していたとはいうものの。ぼくは机の前にすわってノートに記している、机は船のなかにある、船は宇宙にいる、宇宙は光にあふれている。元ルウは自分をずっと抱きしめ、ぼくの内側で、はしゃいでいる子供のように踊っている。ぼくは作業服を着ていかにも沈着そうなふりをしているが、笑いが口もとに浮かんでくる。ぼくたちはふたりとも同じ音楽を聞いている。

ぼくのＩＤの識別コードには、ぼくの学位、血液型、国家機密保持者などの項目がインプットされている……ぼくが人生のほぼ四十年を自閉症者、障害者として過ごしてきたことにはなにも触れていない。むろんあるひとたちは知っている。被雇用者たちにほどこした注意力調整治療を市場に出そうとして失敗した会社の試みをめぐっての報道合戦がわれわれにありがたくない悪名をもたらした。ことにベイリは、メディアむけの恰好の標的になった。ニュースの古い記録を見るまでは、彼がどんなひどい目にあったかぼくは知らなかった。彼らはわれわれに彼をぜったい会わせようとはしなかった。

ベイリに会えないのは寂しい。彼の身に起こったことは、まったくひどい。ぼくのせいではないとはいえ、うしろめたい感じがしてならない。リンダとチャイにも会いたい。あれがぼくにもたらした効果を見て、彼らが治療を受けてくれればよいと思ったが、リンダは、ぼくが去年博士号をとるまで受けようとはしなかった。彼女はまだリハビリ中である。チャイはとうとう受けなかった。最後に彼に会ったとき、彼はいまのままで幸せだといった。トムとルシアとマージョリに、そしてフェンシングの仲間たちに会いたい。彼らは回復期のはじめの数年、ぼくをよく助けてくれた。元ルウがマージョリを愛していたことは知っているが、その後彼女に会ってもぼくのなかではなにも起こらなかった。ぼくは選ばなければならなかった、そして——元ルウのように——ぼくは先に進むことを、成功に賭けることを、新しい友人を見つけることを、いまのぼくであることを選んだのである。

外は暗い。われわれがいまだに知らない暗闇である。それはいつもそこで待っている。それは、そういう意味では、いつも光より先にいる。暗闇の速度は光の速度より早いのではないかと元ルウはいつも悩んでいた。いまのぼくにはそれがうれしい。なぜならば、もしそうなら、ぼくが光を追うかぎり、ぼくはぜったいに終局にたどりつくことはないだろうから。

さあこれからしなければならない質問がたくさんある。

解説

SF評論家
大野万紀

「暗闇は光がないところのものです」とルウは言った。「光がまだそこに来ていませんから。暗闇はもっと速いかもしれない――いつも光より先にあるから」

本書は二〇〇四年度のネビュラ賞長篇部門を受賞した、エリザベス・ムーンの長篇、*The Speed of Dark* の全訳である。二〇〇三年に書かれた本書は、二十一世紀版『アルジャーノンに花束を』と評せられ、三十五歳の自閉症の男性を主人公にして、近未来における彼の人生と社会との関わりを描いた、シリアスで感動的な作品である。

この時代、自閉症に関する画期的な療法が開発され、幼児期であれば治療可能なものとなっていた。またそれ以前に生まれた者であっても、ある種のトレーニング法によって症状を著しく緩和し、就職して日常生活が営めるようになっていた。

本書の主人公、ルウも、一人で生活し、大企業に就職して、ルウのような者のみで構成される部署で、〈健常者〉とのコミュニケーションには悩みながらも、特にひどい不自由はなく暮らしている。フェンシングのサークルに入り、サークルの女性に恋愛感情も抱いている（このあたりは、現実でいえば、自閉症というよりアスペルガーなどの高機能のスペクトラムに近い描き方がされているといえるだろう）。企業の方でも、彼らのパターン認識力や特定な事象への集中力を生かした専門部署を立ち上げ、彼らのために特別な環境を用意するなどの配慮をした上で、それなりの業績を上げている——という、現実から見ると、未来はぜひともこうあってほしいという夢のような世界が描かれている。

しかし、暗闇は光よりもっと速いかもしれない。彼らのような〈患者〉を完璧に〈治療〉し、〈健常者〉と同じにできるかもしれない治療法が開発される。彼らを雇うために必要な余分な出費、特別な環境、一般社員とは違う配慮、そういったものを無駄と考える会社のボスが、彼らにこの療法の人体実験を受けるよう強要する。障害者の雇用を守る法律があるので、あからさまには言わないまでも、拒否すればリストラされるのは明白だ。

部署の責任者である彼らの直属の上司は、いつも彼らに良くしてくれる思いやりのある人物だが、人間的な弱点のある〈健常者〉であり、ジレンマに悩みながらも、ボスの意向に表立って逆らうことはできない。彼らから見れば頼りにならない会社側の人間にすぎない。

会社とは別に、フェンシングサークルでのルウを取り巻く人々とそこで発生する事件、事件の捜査でルウと接することになる警察官、そういった様々な人々の思いの中で、ルウは最終的に自らの決断を下すのだ……。

本書はネビュラ賞を受賞したSFである。自閉症者の社会生活とそこで起こる様々な問題を繊細な感覚で描いた普通小説としても読めるし、その面でも大変に感動的な小説なのだが、もう一つ、その中に大きなSF的テーマを見いだすことができる。それは、自分とは何か、自意識とは何なのか——それを現代科学の観点から考えようとするテーマである。そしてそのような領域にまで達した現代の（近未来の）科学技術に、われわれはどのように対するべきかというテーマである。

ルウが視点人物となるパートでは、自閉症の人が（というか現実的にはアスペルガーの人が、ということかも知れないが）どのように物事を感じ、人の態度や言葉にどのように反応するのかということが、とても細やかに描かれている。それは実際にアスペルガーの人が書いた書物と同様に、この症候が示す〈健常者〉とは微妙に、だが明らかに異なる観点を示してくれる。なるほど、われわれが何気なく示す態度や言葉が彼らにはどのように見えるのか、そこにはある種の驚きがある。しかし、それはちょっと変わっているとは思っても十分に理解できる範囲のものである。「世間一般の人と違うこと」に伴う不安や違和感は、重い軽いの差はあっても誰しもが共有できるものだからである（とりわけ古くからのSFファンにとっては。ぼく自身、ルウの観点には身につまされるところが多々あった)。読者はルウの感情を理解し、その観点を社会の多様性の中にそのまま受け入れようと思うだろう。

実際、〈障害者〉の〈治療〉といったことが、この多様性を認めようとする立場からは必ずしも正しいことだとはいえない、という議論がある。彼らが今あるそのままの姿で受け入れられ、暮らしていける社会こそ、あるべき姿であるといった主張である。それが間違っているとは思えない。だが治療が不要という主張も極端に思える。治療によって、その人はその人でなくなってしまうのか。本当の自分ではなくなってしまうのか――それこそ本書の最大のテーマでもある。ルウを見守る多くの人々は、ルウの自閉症を治すというこの治療法に反対する。半ば強制的な人体実験だから、という当然の部分もあるが、仮にそうでないとしても、ルウの個性であるその観点そのものを一般人と同じにしてしまうわけだから。

だが、ルウであるとは、どういうことなのか。自分が自分であるとはどういうことなのか。

かつてダニエル・キイスの『アルジャーノンに花束を』で、知的障害者だった主人公が手術によって天才となり、それまで知らなかった苦悩を知ることになる(その変化を見事に描いた、本書の訳者である小尾芙佐の名訳がある)その姿を見て、知能の低かった彼と天才になった彼が同一の人物ではないと考えられるだろうか。その社会への受け入れられ方や、それが彼にとって幸せだったのかどうか、ということは別として。

現代のSFは、このような哲学的テーマを、現代科学の知見を取り入れて積極的に追求しようとしている。例えば、グレッグ・イーガンやテッド・チャンの作品、日本でも小林泰三、菅浩江、飛浩隆らの作品にはこのテーマを扱ったものがある。

本書が早川書房からハードカバー版で翻訳された二〇〇四年、グレッグ・イーガンの『万物理論』が東京創元社から翻訳された。この小説は本書とは全くといってよいほど読後感の異なる〈ハードSF〉の傑作であるが、本書と同じテーマをその重要な柱としている。

自分というものを他者によって定義付けされること――ジェンダーや社会的な役割によって「こうあらねばならない、こう考えなければならない、こう接しなければならない」等々といった定義付けをされることの拒否が、それを可能とするテクノロジーを背景に、力強く打ち出されている。さらにそういった関係性の中における認識、自己意識といったものが何と宇宙論にまでつながっていくという大技が仕掛けられている。そのキーワードの一つとして〈自閉症〉というものが、そこでも重要な役割を示しているのだ。

エリザベス・ムーンは、一九四五年にメキシコ国境に近いテキサス州の小さな町で生まれた。ライス大学で歴史学を学んだ後、一九六八年から数年間、軍務について海兵隊でコンピュータ関連の仕事に従事。その後テキサス大学で生物学を学ぶ。軍務についている間に、ライス大学時代のクラスメートだった夫と結婚。一九八三年に長男が生まれたが、彼は自閉症だった。そのことが本書の成立に大きく影響しているが、決して彼がモデルというわけではないという。

子供のころからSFが好きで、ハインラインの作品に衝撃を受け、SFなんてゴミと同じだという教師に向けて感想文を提出したりしていた。高校のころからSF小説を書いていたが、本格的に書き始めたのは三十代半ばになってからだという。デビューは一九八六年。マリオン・ジマー・ブラッドリー編集のアンソロジーとアナログ誌に短篇が掲載され、八八年には初の長篇が出版された。その後、スペースオペラやミリタリーSFのシリーズを中心に二十冊以上の著書を出版している（詳しいリストは後述の『栄光への飛翔』の巻末解説や著者のホームページを参照）。二〇〇七年には宇宙開発を主題にしたSF作家へ贈られるロバート・A・ハインライン賞を受賞した（ちなみにこの賞を設立したのは、NASAの科学者で、エリック・コタニの筆名でSFを書いている日本人、近藤陽次博士である）。

日本では、ハヤカワ文庫SFから〈若き女船長カイの挑戦〉シリーズが今までに三冊、『栄光への飛翔』『復讐への航路』『明日への誓い』が翻訳されている。本書とは全く傾向の異なる（彼女の作品では本書のみが特別なのだ）古き良きスペースオペラの雰囲気をもつシリーズで、あまりミリタリー色が強くないのも好ましい。

彼女は現在テキサス州オースチンの近郊に住み、教会で歌ったり、フェンシングのサークルでルネッサンス・スタイルのフェンシングを楽しんだりしているということだ。

著者ホームページは http://www.elizabethmoon.com/ (英語のみ)。

最後に、蛇足ではあるが、実際に著者の息子がいったという「くらやみの速さはどのくらい」という疑問について一言。この疑問は決して非科学的な問いというわけではない。もちろん暗闇に速さがあるわけではないが、光に対する闇の卓越、無数の星があるこの宇宙がなぜ暗いのかという、オルバースのパラドックスと呼ばれる問題に通じる疑問であり、宇宙の膨張と光速度の限界によって生じる天文学の重要なパラドックスなのである。一見非常識に見える問いも、深い科学的な洞察につながることがあるものなのだ。

本書は、二〇〇四年十月に早川書房より単行本として刊行された作品を文庫化したものです。

現代イギリスSF

シンギュラリティ・スカイ
チャールズ・ストロス／金子　浩訳

シンギュラリティ後の宇宙を、奔放な想像力と最新の科学知識で描く傑作スペースオペラ

アイアン・サンライズ
チャールズ・ストロス／金子　浩訳

迫りくる魔犬、謎の暗殺者たち……はたしてウェンズデイは生き残れるのか？　冒険ＳＦ

啓示空間
アレステア・レナルズ／中原尚哉訳

巨大ラム・シップ、99万年前の異星種族絶滅の謎などを壮大なスケールで描く、ＳＦ巨篇

カズムシティ
アレステア・レナルズ／中原尚哉訳

異形の街カズムシティを舞台に壮大なスケールで展開する、ハードボイルド・アクション

火星の長城
〈レヴェレーション・スペース1〉

アレステア・レナルズ／中原尚哉訳

赤い惑星で展開される凄惨なる攻防戦の果てに……壮大な宇宙史を包括する短篇集第一弾

グレッグ・イーガン

〈キャンベル記念賞受賞〉
順列都市〔上〕〔下〕
山岸 真訳
並行世界に作られた仮想都市を襲う危機……電脳空間の驚異と無限の可能性を描いた長篇

〈ヒューゴー賞／ローカス賞受賞〉
祈りの海
山岸 真編・訳
仮想環境における意識から、異様な未来までヴァラエティにとむ十一篇を収録した傑作集

〈ローカス賞受賞〉
しあわせの理由
山岸 真編・訳
人工的に感情を操作する意味を問う表題作のほか、現代SFの最先端をいく傑作九篇収録

ディアスポラ
山岸 真訳
遠未来、ソフトウェア化された人類は、銀河の危機にさいして壮大な計画をもくろむが⁉

ひとりっ子
山岸 真編・訳
ナノテク、量子論など最先端の科学理論を用い、論理を極限まで突き詰めた作品群を収録

フィリップ・K・ディック

アンドロイドは電気羊の夢を見るか？

浅倉久志訳

火星から逃亡したアンドロイド狩りがはじまった……映画『ブレードランナー』の原作。

〈ヒューゴー賞受賞〉

高い城の男

浅倉久志訳

第二次大戦から十五年、現実とは逆にアメリカの勝利した世界を描く奇妙な小説が……!?

パーマー・エルドリッチの三つの聖痕

浅倉久志訳

謎の人物エルドリッチが宇宙から持ち帰った禁断のドラッグがもたらしたものとは……？

〈キャンベル記念賞受賞〉

流れよわが涙、と警官は言った

友枝康子訳

ある朝を境に〝無名の人〟になっていたスーパースター、タヴァナーのたどる悪夢の旅。

火星のタイム・スリップ

小尾芙佐訳

火星植民地の権力者アーニイは過去を改変しようとするが、そこには恐るべき陥穽が……

ハヤカワ文庫

アーサー・C・クラーク

壮大な叙事詩〈宇宙の旅〉シリーズ

ハヤカワ文庫SF

2001年宇宙の旅　伊藤典夫訳

2010年宇宙の旅　伊藤典夫訳

2061年宇宙の旅　山高　昭訳

3001年終局への旅　伊藤典夫訳

三百万年前に地球に出現した謎の石板は、ヒトザルたちに何をしたか。月面で発見された同種の石板は、人類に何をもたらすのか……巨匠アーサー・C・クラークが壮大なスケールで人類の未来と可能性を描く一大叙事詩シリーズ。

ハヤカワ文庫

現代SF傑作選

〈英国SF協会賞／ジョン・W・キャンベル記念賞受賞〉
タイム・シップ〔上〕〔下〕
スティーヴン・バクスター／中原尚哉訳
時間航行家はまたも未来をめざす。ウエルズの名作『タイム・マシン』遺族公認の続篇。

〈ジーリー・クロニクル1〉
プランク・ゼロ
スティーヴン・バクスター／古沢嘉通・他訳
謎の超種属〈ジーリー〉の存在を軸に、時空の誕生から終末までを壮大に描いた短篇集。

〈ジーリー・クロニクル2〉
真空ダイヤグラム
スティーヴン・バクスター／小野田和子・他訳
謎の超種属〈ジーリー〉と対決する人類の運命は⁉　壮大な未来史を描く連作集、第二弾

タフの方舟1　禍《まが》つ星《ぼし》
ジョージ・R・R・マーティン／酒井昭伸訳
巨大宇宙船〈方舟〉号を駆る、宇宙一あこぎな商人のタフの活躍を描いた宇宙冒険SF。

タフの方舟2　天の果実
ジョージ・R・R・マーティン／酒井昭伸訳
人口問題に苦しむ惑星に対して、タフが示した前代未聞の解決策とは⁉　連作集、完結篇

銀河帝国興亡史

〈銀河帝国興亡史6〉
ファウンデーションへの序曲〔上下〕
アイザック・アシモフ／岡部宏之訳
人類の未来を予言する心理歴史学によりファウンデーションの祖となったセルダンの冒険

〈銀河帝国興亡史7〉
ファウンデーションの誕生〔上下〕
アイザック・アシモフ／岡部宏之訳
ファウンデーション創立をめざす心理歴史学者セルダンを描く壮大な宇宙叙事詩完結篇。

〈新・銀河帝国興亡史1〉
ファウンデーションの危機〔上下〕
グレゴリイ・ベンフォード／矢口　悟訳
天才数学者セルダンは心理歴史学完成をめざす。アシモフの遺志をつぐ新シリーズ第一弾

〈新・銀河帝国興亡史2〉
ファウンデーションと混沌〔上下〕
グレッグ・ベア／矢口　悟訳
ファウンデーション創設を目前に、セルダンの未来予測を外れる衝撃の事件が発生した！

〈新・銀河帝国興亡史3〉
ファウンデーションの勝利〔上下〕
デイヴィッド・ブリン／矢口　悟訳
人生最後の冒険に旅立ったハリ・セルダンは驚天動地の事件に直面する。シリーズ完結篇

ハヤカワ文庫

訳者略歴　津田塾大学英文科卒，英米文学翻訳家　訳書『アルジャーノンに花束を』キイス，『闇の左手』ル・グィン，『軍犬と世界の痛み』ムアコック（以上早川書房刊）他多数

HM=Hayakawa Mystery
SF=Science Fiction
JA=Japanese Author
NV=Novel
NF=Nonfiction
FT=Fantasy

くらやみの速《はや》さはどれくらい

〈SF1693〉

二〇〇八年十二月　十　日　印刷
二〇〇八年十二月十五日　発行

（定価はカバーに表示してあります）

著　者　エリザベス・ムーン
訳　者　小《お》尾《び》芙《ふ》佐《さ》
発行者　早川　浩
発行所　株式会社　早川書房

郵便番号　一〇一 - 〇〇四六
東京都千代田区神田多町二ノ二
電話　〇三 - 三二五二 - 三一一一（大代表）
振替　〇〇一六〇 - 三 - 四七七九九
http://www.hayakawa-online.co.jp

乱丁・落丁本は小社制作部宛お送り下さい。
送料小社負担にてお取りかえいたします。

印刷・精文堂印刷株式会社　製本・株式会社川島製本所
Printed and bound in Japan
ISBN978-4-15-011693-4 C0197